Demner, Merlicek & Bergmann
Arzt
Pilotin
Model
Space Ranger
Wir wissen nicht,
was Ihre Kinder werden wollen.
Wir wissen nur:
Sie können es sich leisten.
Mehr Bank mehr Chancen.
www.bankaustria.com

Kulturverband Böh

Gern gesehener Gast im Böhmischen Prater: Hofrat Dr. Berghammer mit Obmann Fritz Bruckmoser

Polizeiarbeit: Bahnpolizei sucht in den 30er Jahren nach Sprengkörpern an der Ostbahn

Polizeiarbeit: Großveranstaltung im Böhmischen Prater

In der Hochblüte des Böhmischen Praters von 1890 bis 1940 war der Böhmische Prater ein wildes Pflaster; um die vielen Raufereien in den Griff zu bekommen, wurde sogar berittene Polizei vor Ort stationiert und eingesetzt.
Die Brandbomben 1945 löschten den Böhmischen Prater fast vollständig aus; in den fünfziger und sechziger Jahren begann sich dann wieder ein zaghaftes Leben zu regen, das in den Achtzigern durch die Unterstützung der Gemeinde Wien (durch den Grundstückskauf durch die Gemeinde kam es endlich zu geordneten Pachtverhältnissen – nochmals vielen Dank an den damaligen Bürgermeister Dr. Helmut Zilk) zu einem bis jetzt anhaltenden Aufschwung geführt hat.
Da sich der Böhmische Prater in den letzten Jahrzehnten zu einem wirklichen Familienprater entwickelt hat und die Kriminalitätsrate verschwindend gering ist, kann unser Favoritner Polizeichef Hofrat Dr. Berghammer zwar kaum etwas über ihn in seinem Buch erzählen, ist aber dafür ein gern gesehener Gast im Böhmischen Prater.
Wer sind wir? – Was ist das Tivoli?
Tivoli ist weltweit ein Synonym für ein Vergnügungszentrum; das berühmteste findet man in Kopenhagen. Bereits im 19. Jahrhundert gab es in Meidling einen Veranstaltungsort mit dem Namen Tivoli, der die Wiener in Massen anzog. Nach der Neuübernahme des bestehenden Automatenbetriebs 1982 ließen Direktor Hannes Bohinc und sein Geschäftsführer vor Ort, Fritz Bruckmoser, den traditionellen Namen wieder auferstehen.
Von Beginn unserer Tätigkeit im Böhmischen Prater unterstützten wir die vom Obmann des Club Monte Laa, Otto Geissler, und seinem Sekretär Wilhelm Heidenhofer im Böhmischen Prater durchgeführten Veranstaltungen.
Nach dem viel zu frühen Ableben Otto Geisslers konnte das Vereins- und Veranstaltungsgeschehen nicht mehr den von vielen Unternehmungen gewünschten Erfolg verbuchen. Hannes Bohinc, Fritz Bruckmoser und Franz Reinhardt erarbeiteten gemeinsam ein Konzept mit vielen Veranstaltungen, um zum Vorteil aller Unternehmen im Böhmischen

★ ★ Casino Tivoli ★
Böhmischer Prater ★

scher Prater – Tivoli

Prater den Erfolg auch in Zukunft sicherzustellen. Das Casino Tivoli pachtete von der Gemeinde Wien ein Grundstück gegenüber, samt dem darauf befindlichen Lager und der aufgelassenen Produktionshalle der ehemaligen Firma Neon Geissler. Das war die eigentliche Geburtsstunde des Kulturverbandes Böhmischer Prater – Tivoli. Aus der früheren Produktionshalle entstand ein nostalgisches, aber trotzdem modern ausgerüstetes Veranstaltungszentrum, in dem kulturelle und sportliche Events abgehalten werden.

Polizist in den 30er Jahren mit Funkgerät, Reichweite 1000 Meter!!! (Aus: Radio Wien, 9. Jahrg., Heft 20)

Mußten anfangs diese Veranstaltungen vom Casino Tivoli großzügig finanziell unterstützt werden, so gelang es dem Kulturverband Böhmischer Prater – Tivoli schon bald, vor allem durch die Mithilfe von vielen Sponsoren und Helfern, den Verein immer fester auf eigene Füße zu stellen. Fast alle Unternehmen des Böhmischen Praters honorieren den Erfolg des Vereins durch ihre Mitgliedschaft – sowie ebenfalls weit über 200 unterstützende Mitglieder (Stand Juni 2000). Das ist für uns besonders wichtig, da wir keine öffentlichen Subventionen erhalten.

Mit einer eigenen Zeitschrift, den „Tivoli News", kündigen wir nicht nur unsere Veranstaltungen an, sie ist auch eine gute Reklame für den Böhmischen Prater als Ganzes.

Was sind das für Veranstaltungen? 1999 waren es 150, mit über 50.000 Besuchern. Etwa die Intern. Wiener Drehorgelfesttage, Sport im Böhmischen Prater – Austrian Giants oder Mountain Bike Cross Country, Kinderveranstaltungen wie „Tivoli Show Kids", Ferienspiel und Schulveranstaltungen, Operetten-Nachmittage, große Verkaufsausstellungen wie Kakteen- und Mineralienausstellung, die beliebten Kleintierschauen, Volksmusik- und Volkstanzveranstaltungen und last, but not least, zahlreiche Vorstellungen junger oder etablierter Künstler. Die hier abgehaltenen Events gewannen – und gewinnen immer noch – immer mehr an Attraktivität, und das Publikum kam und kommt in den Böhmischen Prater ...

Wenn Sie den Böhmischen Prater unterstützen möchten, werden Sie Mitglied beim Kulturverband Böhmischer Prater – Tivoli!

Wir können Ihnen als Gegenleistung einiges bieten:

- ◆ Die Clubzeitung „Tivoli News" mit aktuellen Berichten und Vorschauen aller Veranstaltungen im Tivoli und im Böhmischen Prater, fünfmal jährlich per Post,
- ◆ VIP-Einladungen zu exklusiven Veranstaltungen und Spezial-Events
- ◆ einen registrierten Schlüssel-Fund-Anhänger (ein verlorener Schlüsselbund findet per Post wieder heim), sowie
- ◆ 20% Sonderrabatt für Inserate in unserer Vereinszeitschrift.

Kulturverband Böhmischer Prater – Tivoli,
1100 Wien, Laaer Wald 30c, Tel. 01/689 91 91, Fax 01/689 91 07

★ Veranstaltungszentrum ★
★ Tivoli – Böhmischer Prater

Mercedes-Benz
Wiesenthal & Co
Wiesenthal & Co Diplomatic-Sales
Welcome Kredit
Welcome Leasing
Welcome Versicherung
Wiesenthal & Co
Diplomatic-Sales

TARBUK

TARBUK AUTOHAUS GESELLSCHAFT M. B. H. NFG. KG

1100 Wien, Davidgasse 90
Tel. 601 80-0, Telefax 601 80-397

Die Firma TARBUK & Co. begann ihre Tätigkeit bereits im Jahre 1920 und hatte somit 1995 das 75jährige Firmenjubiläum. 1939 wurde im 10. Wiener Gemeindebezirk der Betrieb Davidgasse 90 eröffnet. Schon damals gehörte TARBUK SÜD mit einer Gesamtfläche von über 20.000 m^2 zu den größten Kundendienstwerken Österreichs. Im Jahre 1955 wurde der Betrieb durch die starke Ausweitung der Geschäftstätigkeit nach dem Krieg ausgebaut. So wurde zum Beispiel eine Halle für den Karosseriebetrieb und das Zentrallager in Betrieb genommen, die noch heute in Verwendung ist. 1976 begann mit der neuen Geschäftsleitung einen Modernisierungsprozeß. 1978 fand eine Straffung und Reorganisation des gesamten Werkstättenbetriebes statt – gleichzeitig wurde das Parkhaus neu gebaut. Im Jahre 1981 wurde ein neues Verkaufslokal errichtet und in das neue Bürohaus integriert.

1994 wurde für die Marke JAGUAR ein exklusiver, völlig separater Betrieb mit der Einfahrt „Zur Spinnerin 1" eröffnet. Im Jahre 1998 wurde die Modernisierung des Werkstättenbereiches mit der Eröffnung eines neuen Schauraumes für die Marke NISSAN abgeschlossen. Auch Umweltschutz wird bei TARBUK SÜD großgeschrieben. Diverse Problemstoffe, wie Bremsflüssigkeit oder Altöl, werden in getrennten Behältern aufbewahrt sowie Filter, Dosen, Bleche, Reifen und Batterien in Containern gesammelt und als Sondermüll entsorgt. Das gesamte Betriebsobjekt wird umweltfreundlich mit Fernwärme beheizt.

Im Service- und Werkstättenbereich des Unternehmens werden sämtliche Arbeiten – vom Abschleppen bis zur komplizierten Unfallreparatur – an bis zu 150 Fahrzeugen pro Tag prompt und gewissenhaft durchgeführt. Ölwechsel oder Reifenmontage gehören genauso zum Leistungsangebot wie Karosseriearbeiten und Spezialaufgaben im Bereich Tuning.

Im Autohaus TARBUK werden Produkte der Weltmarken NISSAN, SAAB, JAGUAR, ROVER, SEAT und SUZUKI angeboten. Daß alle Arbeiten im Hause erledigt werden, ist einer der Hauptgründe für den Erfolg und die große Zahl der zufriedenen Kunden. Insgesamt stehen ca. 200 Mitarbeiter für die Wünsche der Kunden jederzeit zur Verfügung.

Seit 1992 ist die TARBUK-Unternehmensgruppe eine AG. Damit hofft man, für die zukünftigen Anforderungen bestens gerüstet zu sein.

PEUGEOT
206

Ludwig Berghammer

TATORT WIEN-FAVORITEN

Dreißig Jahre Kriminalgeschichte und Kriminalgeschichten aus Wien-Favoriten

Verlag Fun Toy

Ludwig Berghammer

Tatort Wien-Favoriten

Dreißig Jahre Kriminalgeschichte und
Kriminalgeschichten aus Wien-Favoriten

ISBN 3-9501290-1-4

Verlag: Fun Toy; Alanovaplatz 4, 2320 Schwechat
Tel.: (01) 707 05 05, Fax: (01) 707 05 05-30, E-Mail: funtoy@aon.at

Satz und Graphische Gestaltung: Jan Donner

Produktion: Fun Design, Schwechat

Druck: Eurografik, Wien

INHALTSVERZEICHNIS

VORWORT DES HERRN POLIZEIPRÄSIDENTEN

Rund 150.000 gerichtlich-strafbare Handlungen hatte die Wiener Polizei im Jahre 1999 zu bearbeiten. Etwa 50.000 Verdächtige wurden der Staatsanwaltschaft zur Anzeige gebracht, wobei die Funkstreifen rund 200.000 Einsätze fuhren. Fragt man jedoch Freunde und Bekannte nach ihren Erfahrungen mit der Polizei, dann ist man sehr schnell beim Thema „Verkehrskontrolle“.

Ich bin daher dem Autor sehr dankbar, daß er die Arbeit der Wiener Polizei einmal aus einer anderen Sicht aufzeigt und Kriminalfälle der letzten 30 Jahre in Erinnerung ruft, die entweder besonders verwerflich, skurril oder bemerkenswert wegen ihrer besonderen Begehensart waren.

Mein Dank gilt auch all jenen Kolleginnen und Kollegen, die täglich ihr Leben für „Sicherheit und Hilfe“ zugunsten der Gesellschaft einsetzen.

Dr. Peter Stiedl
Polizeipräsident

Meinen Söhnen Markus und Lukas gewidmet.

VORWORT

Wenn Sie, verehrter Leser, dieses Buch zur Hand nehmen, machen Sie sich die Mühe, das Vorwort zu lesen. Die geschilderten Kriminalfälle haben sich in einem Zeitraum von dreißig Jahren ereignet. In diesen drei Jahrzehnten haben sich die rechtlichen, vor allem die praktisch-technischen Methoden der Polizeiarbeit entscheidend verändert, und die kriminalpolizeiliche Arbeit wurde durch die neu geschaffene Infrastruktur um vieles schwieriger. Seit Errichtung der U-Bahn-Linie U1 und Schaffung der Südosttangente (das stärkstbefahrene Straßenstück Österreichs) ist es innerhalb weniger Minuten möglich, in den Bezirk zu gelangen und diesen ebenso rasch wieder zu verlassen. Bis in die siebziger Jahre konnte man davon ausgehen, daß der Täter einer strafbaren Handlung im Bezirk zu suchen sei; davon kann heute keine Rede mehr sein.

Dreißig Jahre Polizeidienst im einwohnerstärksten Bezirk Wiens (rund 160.000 Einwohner, darunter 31.000 Fremde) geben mir Gelegenheit, authentisch über die Polizeiarbeit zu berichten. Das Leben schrieb Kriminalgeschichten, wie sie sich selbst ein einfallsreicher Schriftsteller nicht ohne weiteres vorstellen könnte. In vielen Fällen habe ich die Amtshandlungen bis zur Verurteilung der daran beteiligten Täter verfolgt. Es war aufschlußreich, wie die polizeilichen Ermittlungsergebnisse von der Strafjustiz bewertet wurden. So manche Überraschung und Enttäuschung war damit verbunden.

Am äußeren Erscheinungsbild des Sicherheitswachebeamten – es ist dies seit Bestehen der Polizei der Beamte, mit dem der Bürger am ehesten zu tun hat und an dem die Qualität der Polizei gemessen wird – ist am besten zu erkennen, was sich in den letzten Jahren geändert hat.

Im Jahre 1970 war der uniformierte Beamte noch mit einer Signalpfeife ausgerüstet. Bewaffnet war er mit einem Gummiknüppel und einer Pistole der Marke Walther-Manurhin vom Kal. 7,65 mm. Benötigte der Beamte Hilfe, konnte er auf seine Signalpfeife zurückgreifen oder mußte nach einer Möglichkeit suchen, zu telefonieren. Von erfahrenen Polizeiinstruktoren wurde den jungen Kollegen deshalb geraten, stets einige Schillingmünzen bei sich zu haben. Ein Taschenmesser sollte gleichfalls vorhanden sein. Ein Messer leistet wertvolle Hilfe, etwa bei Unglücksfällen oder bei Selbstmorden durch Erhängen; diese kommen leider öfter vor, als man sich vorstellt. Aber auch zum Durchtrennen der Nabelschnur bei Frühgeburten ist es unverzichtbar. Die Bandbreite der polizeilichen Tätigkeit reicht eben von der Geburt bis zum Tod eines Menschen. So „ausgerüstet“, versah der Sicherheitswachebeamte jahrzehntelang Dienst.

Die Kriminalitätsentwicklung, die grenzüberschreitende und organisierte Kriminalität sowie die zunehmende Terrorismusgefahr (man denke an den OPEC-Überfall 1975) machten eine Erneuerung der Polizeiausrüstung unumgänglich.

Heute trägt jeder uniformierte Beamte ein Funkgerät mit sich. Es ist so eine jederzeitige Kontaktnahme mit einer modernst ausgestatteten Funkleitzentrale möglich. Am Dienstgürtel finden sich ein Universalwerkzeug der Marke Leatherman, eine Taschenlampe und Handschellen. Bewaffnet ist der Beamte mit einer Pistole der Marke Glock vom Kal. 9 mm samt einem Reservemagazin mit sechzehn Schuß. Der Gummiknüppel ist 1999 einem wirkungsvollen Pfefferspray gewichen. In jedem Streifenwagen finden sich für den Fall des Falles beschußsichere Westen.

Mit der Spezialeinheit der Wiener Polizei, WEGA genannt, steht eine rund um die Uhr einsatzbereite und motivierte Truppe zur Verfügung. Diese Einheit verfügt über ein wahres Arsenal an Ausrüstung: Beschußsichere Kleidung, Scharfschützengewehre, Blendgranaten und Vorrichtungen zur Errichtung von Straßensperren stehen ebenso zur Verfügung wie geländegängige Fahrzeuge, Scheinwerferzüge, Taucherausrüstung und vieles andere mehr.

Die Tätigkeit und die Methoden zur Verbrechensbekämpfung durch die Kriminalpolizei unterscheiden sich von jener der siebziger Jahre enorm. Waren es ehemals der kriminalistische Instinkt, auf gut wienerisch das „G'spür" des Kriminalbeamten, und die Resultate, die er bei der Vernehmung erzielte, welche den Erfolg ausmachten, so sind es heute die Fähigkeiten, die Kriminaltechnik gezielt einzusetzen und die polizeilich relevanten Datensätze zu nutzen.

Welche Vorstrafen ein Verdächtiger aufweist, ob und in welcher Form er bereits mit der Justiz oder Exekutive zu tun hatte, welches Fahrzeug er benützt oder benützt hat, ob er eine Waffe besitzt, er allenfalls erkennungsdienstlich behandelt wurde und ob er möglicherweise als gefahndet aufscheint, läßt sich innerhalb von Minuten feststellen. Unendlich fern scheint die Zeit, in der Kriminalbeamte mit Fahndungsunterlagen von der Dicke eines Telefonbuches, welche periodisch ergänzt wurden, bei ihren Streifen unterwegs waren.

Gestatten Sie eine Anmerkung zum Begriff der Vernehmung, auch Verhör genannt, wird doch damit ein „heißes Eisen" angesprochen. Welcher Tatverdächtige wird von sich aus, also aus freien Stücken, strafbare Handlungen zugeben, wissend, daß er dafür bestraft wird? Über Jahrzehnte fand sich der vernehmende Beamte, der in der Regel ein Kriminalbeamter war, infolge dieser Problematik am Rande der Legalität wieder. Von ihm wurde „höheren Ortes" ein Erfolg erwartet, wie er jedoch zustande kam, interessierte nicht. Dieses mangelnde Interesse fand sich sowohl bei der Strafjustiz, aber auch in der Politik. Im großen und ganzen war man bis in die siebziger Jahre mit der Arbeit der Exekutive zufrieden. Es gab so gut wie keinen Bankraub, organisierte Kriminalität nur in Ansätzen, und der Eiserne Vorhang stoppte eine von Osten kommende grenzüberschreitende Kriminalität.

Der ehemalige Justizminister Dr. Foregger formulierte die Erwartungshaltung der Strafjustiz, indem er sich dazu bekannte, daß die Justiz gewohnt war, von der Exekutive ein „fertiges Menü" serviert zu bekommen.

Die Vernehmungssituation hat sich spätestens mit dem Strafprozeßänderungsgesetz 1993 von Grund auf geändert. Seit dem Inkrafttreten dieses Gesetzes ist der vernehmende Beamte verpflichtet, dem Verdächtigen – und zwar nachweislich – zur Kenntnis zu bringen, daß er nicht auszusagen brauche. Daß eine derartige Einleitung einem Geständnis nicht gerade förderlich ist, bedarf wohl keiner weiteren Erörterung. Spät aber doch hatte man erkannt, daß es ohne moderne Kriminaltechnik nicht mehr weitergehen konnte. Allerdings, und dies ist fairerweise anzuführen, haben sich in den neunziger Jahren die Methoden der Kriminaltechnik entscheidend verbessert. Immer mehr ersetzte der Sachbeweis jene kriminalpolizeilichen Erfolge, die in der Vergangenheit über Geständnisse erbracht worden waren.

Aber nicht nur die Kriminaltechnik hat sich positiv entwickelt, auch die Rahmenbedingungen der kriminalpolizeilichen Tätigkeit haben sich weitgehend gebessert. Mit der Einführung der anonymen Strafverfügung 1994 und mit der Einrichtung von Verwaltungserhebungsgruppen 1998 wurde ein bis dahin in Europa einzigartiges Kuriosum beseitigt. Bis dahin gehörte es zu den Aufgaben der Kriminalbeamten, eine Lenkererhebung durchzuführen, das heißt festzustellen, welche Person ein Kraftfahrzeug gelenkt und dabei beispielsweise die Höchstgeschwindigkeit überschritten hatte.

Die Kriminalitätsentwicklung der neunziger Jahre und die zu Recht immer lauter werdenden Forderungen der Kriminalbeamten, sie von dieser unangemessenen und zudem äußerst zeitaufwendigen Tätigkeit zu befreien, fanden schließlich politisches Gehör.

Der Zusammenbruch des kommunistischen Machtblocks, vor allem der Zerfall Jugoslawiens, brachte tausende Fremde, die teils illegal die Grenze überschritten hatten, nach Österreich. (Im Jahre 1970 wurden rund 3700 Fremde im Bezirk registriert, drei Jahrzehnte später waren es etwa 31.000.) Eine der Folgen dieser geänderten Machtverhältnisse war ein vom Osten her einsetzender Kriminaltourismus. Die Zahl der gerichtlich strafbaren Handlungen erreichte in den Jahren 1991 und 1992 ihren bisherigen Höhepunkt. Eine Entlastung der Exekutive wurde unumgänglich, die auf mehrfache Art und Weise durchgeführt wurde. So wurde der gesamte „ruhende Verkehr“, damit alle Halte- und Parkverbotsdelikte, im Jahre 1994 zur Bestrafung der Gemeinde Wien übertragen. Die Überwachung dieses Verkehrs haben weitgehend sogenannte Parksheriffs, die Beamte der Gemeinde Wien sind, übernommen. Anhand der diesbezüglichen Aktenzahlen läßt sich etwa für das Kommissariat Favoriten diese Entwicklung deutlich nachweisen. Wurden im Jahre 1989 noch rund 30.000 Anzeigen überwiegend wegen Übertretungen der Straßenverkehrsordnung erledigt, so waren es im Jahre 1999 nur noch etwa 11.000.

Im Laufe der Jahre waren der Polizei überdies immer mehr Aufgaben übertragen worden. Für die Vergangenheit wäre hier die personalintensive Überwachung von Banken zu nennen, aber auch die Begleitung von Werttransporten der Post und die Schulwegsicherung. Für die eigentlichen Aufgaben der Polizei blieb immer weniger Zeit übrig. Nach und nach gelang es, sich von diesen Aufgaben zu lösen. Heute sind es private Sicherheitsdienste, die Banken überwachen und Werttransporte begleiten. Zivildiener haben einen Großteil der Schulwegsicherung übernommen.

All diese Maßnahmen hatten zur Folge, daß sich in der Kriminalitätsentwicklung seit dem Jahre 1993 ein positiver Trend einstellte. Es ereigneten sich seither weniger strafbare Handlungen, und überdies erhöhte sich die Aufklärungsrate.

Im Laufe der Jahre wurde das eigenverantwortliche Einschreiten der Exekutivbeamten mehr und mehr sowohl vom Gesetzgeber als auch durch die Rechtsprechung der Höchstgerichte eingeschränkt.

Grundsätzlich soll nur ein Richter für eine zwangsweise Freiheitsbeschränkung verantwortlich sein; er hat zu entscheiden, ob ein Haftbefehl gerechtfertigt ist oder nicht. Nur ausnahmsweise, wenn eine Information des Richters nicht möglich ist, wenn also Gefahr im Verzug ist, kann der Exekutivbeamte festnehmen. Das klassische Beispiel ist die Festnahme eines Täters auf frischer Tat.

In diesem Zusammenhang ist es angebracht, einige Worte über das Verhältnis von Justiz und Polizei zu sagen. Polizei und Gendarmerie sind dort, wo es um die Klärung gerichtlich strafbarer Handlungen geht, im Dienste und Auftrag der Strafjustiz tätig. Diese Abhängigkeit wird besonders deutlich, wenn es um Grundrechtseingriffe geht. Dies ist beispielsweise bei Haft- und Hausdurchsuchungsbefehlen der Fall. Zu ihrer Erteilung ist ausschließlich ein Strafrichter berufen. Er hat zu beurteilen, ob die Voraussetzungen dafür vorliegen. Daß es hierbei zu Auffassungsunterschieden mit schwerwiegenden Konsequenzen kommen kann, ist in diesem Buch anhand einiger Fälle nachzulesen.

Eine Konfliktsituation wird verständlich, wenn etwa ein im Dienst ergrauter Kriminalist mit einem am Beginn seiner Laufbahn stehenden Staatsanwalt oder Richter zusammentrifft. Erziehung, soziale Herkunft, Weltanschauung und vor allem unterschiedliche Lebens- und Berufserfahrung können zu verschiedenartiger Beurteilung eines Sachverhalts führen.

Mit dem Strafprozeßänderungsgesetz 1993 kam es zu einer weiteren Einschränkung der polizeilichen Entscheidungsfreiheit. Stand es bis dahin im Ermessen der Polizei, ob sie einen Tatverdächtigen, den sie aus eigenem Akt festgenommen hatte, dem Gericht überstellte oder ihn auf freiem Fuße zur Anzeige brachte, ist sie nunmehr für den Fall der Einlieferung ins Gericht an einen Antrag des Staatsanwaltes gebunden.

In diesem Zusammenhang sei darauf hingewiesen, daß die Anhaltung eines Tatverdächtigen im Polizeigewahrsam 48 Stunden nicht überschreiten darf. Innerhalb dieser Frist ist der Verdächtige entweder dem Gericht zu überstellen oder zu enthaften.

Doch nun zurück zur kriminalpolizeilichen Arbeit. Sie wird heute und mit Sicherheit in noch größerem Umfang in Zukunft von der Kriminaltechnik bestimmt. Im Jahre 1991 wurde ein automatisationsunterstütztes Fingerabdruckidentifikationssystem, kurz AFIS genannt, eingeführt. Dieses System hat sich seither in tausenden Fällen bewährt und kann in Europa als führend angesehen werden. Waren es bis zur Einführung dieser modernen Methode jährlich 30 bis 40 Täter, die über am Tatort zurückgelassene Fingerabdrücke ausgeforscht wurden, so sind es nunmehr bis zu 400. Durch die Schaffung von Tatortgruppen ist Gewähr gegeben, daß die Spurensicherung nach modernsten kriminalistischen Erfordernissen durchgeführt wird. Geradezu einen Quantensprung in der Kriminalistik bedeutete die Einführung der DNA-Analyse im Jahre 1998. Es ist dies die Verwertung biologischer Spuren zur Überführung von Tatverdächtigen. Sie können in diesem Buch die „Premiere“ dieser modernsten Methode der Verbrechensbekämpfung nachlesen. Zu erwähnen ist auch die immer stärker werdende EDV-mäßige Einbindung der polizeilichen Tätigkeit.

Die Republik Österreich war am 1. 12. 1997 dem Schengener Abkommen beigetreten und übernahm damit die Verpflichtung zur Grenzsicherung nach außen gegenüber allen Nichtmitgliedstaaten. Die geographische Lage Österreichs erforderte einen enormen Sach- und Personalaufwand. Wie wichtig eine effektive Grenzsicherung ist, beweisen die nahezu täglichen Aufgriffe illegaler Grenzgänger.

Mit dem Gewaltschutzgesetz 1997 wurde der Exekutive ein völlig neues und wirksames Instrumentarium gegen die tägliche Gewalt innerhalb der Familie zur Verfügung gestellt.

Mit der zweiten Verordnung zum Waffengesetz 1996 wurde der Exekutive die Aufgabe übertragen, Waffenbesitzer regelmäßig auf deren Verläßlichkeit und sichere Verwahrung der Waffen an Ort und Stelle zu prüfen.

In meiner dreißigjährigen Dienstzeit hatte ich Gelegenheit, die Arbeitsweise von acht Innenministern und vier Polizeipräsidenten sowie deren Auswirkung auf die Praxis kennenzulernen. Rückblickend hat sich nach meinem Verständnis die Amtszeit einiger Persönlichkeiten besonders positiv für die Exekutive ausgewirkt. Lob gebührt dem Innenminister Dr. Franz Löschnak (Minister in der Zeit von 1989 bis 1995), der insbesondere mit der Fremden- und Ausländerproblematik konfrontiert war. Mit einer „Sicherheitsmilliarde“ trug er wesentlich zur Erneuerung und Ergänzung der Ausrüstung von Gendarmerie und Polizei bei. Er war es, der den damaligen Stadthauptmann des zweiten Bezirks, Hofrat Mag. Michael Sika, zum ranghöchsten Beamten seines Ressorts, nämlich zum Generaldirektor für die öffentliche Sicherheit, ernannte. Mit dieser Ernennung erhielt ein Mann das Sagen, der auf eine jahrzehntelange Diensterfahrung zurückblicken konnte und aus eigenem Erleben wußte, wie schwierig die Polizeiarbeit war und woran es vor allem bei der Kriminalpolizei mangelte. Mag. Michael Sika wurde nicht müde, seine Forderungen so lange vorzutragen, bis er damit Erfolg hatte. Die Einführung der DNA-Analyse sowie die modernen Fahndungsmethoden wie Lauschangriff und Rasterfahndung sind seinem Engagement zu verdanken.

Für die Polizeidirektion Wien war es der Polizeipräsident Dr. Günther Bögl (Präsident in der Zeit von 1988 bis 1995), der innerhalb der Direktion für frischen Wind sorgte. Die Schaffung des Referates zur Bekämpfung der Jugendkriminalitat, des Referates zur Bekämpfung der organisierten Kriminalität und die Einrichtung von Tatortgruppen seien als Beispiele genannt. Weit über seinen eigentlichen Wirkungsbereich hinaus schuf er die Grundlagen einer bis dahin nicht bekannten Institution, der mitteleuropäischen Polizeiakademie.

Für die Gegenwart ist der Wiener Polizeipräsident Dr. Peter Stiedl anzuführen. Dr. Stiedl hat seine Laufbahn als Polizeijurist 1972 begonnen. Nach zwölfjähriger Tätigkeit in verschiedenen Bezirkspolizeikommissariaten wechselte er zur Wirtschaftspolizei, deren Leiter er im Jahre 1990 wurde. Er hat die Wirtschaftspolizei zu einer effizienten, mit modernsten Methoden arbeitenden Dienststelle gemacht, vor allem hat er sein kriminalpolizeiliches Wissen eingebracht. Dr. Stiedl zeichnet ein analytischer Verstand aus. Er ist jederzeit, sozusagen aus dem Stand, in der Lage, über den Zustand und allfällige Tendenzen „seiner“ Behörde Auskunft zu geben. Pager, Mobiltelefon und Laptop sind seine unverzichtbaren Begleiter.

Verehrter Leser, verstehen Sie mein Lob nicht als Anbiederung. Wer mich kennt, würde dies ohnehin nicht vermuten. Meine berufliche Laufbahn nähert sich ihrem Ende, und ich habe keine weiteren Ambitionen über meine Pension hinaus. Es waren und sind schlicht und einfach die täglichen Arbeitsbedingungen, die sich durch Maßnahmen der angeführten Persönlichkeiten deutlich verbessert haben. Es ist nicht ohne weiteres verständlich, weshalb viele dieser Maßnahmen nicht bereits früher getroffen worden sind.

Zum Schluß meiner Ausführungen soll das Bezirkspolizeikommissariat Favoriten näher dargestellt werden. Untergebracht ist die Polizei in einem fünfstöckigen Zweckbau aus den siebziger Jahren. Die amtliche Anschrift lautet: 1100 Wien, Van-der-Nüll-Gasse 11. Im angeführten Gebäude finden sich das Meldeamt, das Paßamt, die Kanzlei und der Strafvollzug, weiters die Dienstzimmer der Sicherheitswache, der Kriminalbeamten und der Verwaltung. Auch das Kommissariatswachzimmer beherbergt dieses Gebäude, ebenso modernst ausgestattete Arresträumlichkeiten mit einem Fassungsraum bis zu 45 Personen.

Das Kommissariat wird vom Stadthauptmann geleitet, dem ein Stellvertreter zur Seite steht. Vier Polizeijuristen vervollständigen den Stand der rechtskundigen Beamten.

Die Kriminalbeamtenabteilung setzt sich aus vier Gruppen, die von zwei Offizieren geleitet werden, zusammen. Jede Gruppe besteht aus zehn Kriminalbeamten, wovon jedem einzelnen ein bestimmter Bezirksteil zugewiesen ist. Der dafür zuständige Beamte wird Rayonskriminalbeamter genannt. Die Abteilung verfügt über drei Pkw und ein Motorrad. Die Fahrzeuge sind mit Funkgeräten ausgerüstet, und bei Bedarf kann eine Kojak-Leuchte, wie das Blaulicht genannt wird, welches nicht ständig am Fahrzeug befestigt ist, angebracht werden.

Die Sicherheitswacheabteilung umfaßt einen Personalstand von etwa 240 Beamten. Sie wird von drei Offizieren geleitet. Seit 1993 versehen auch weibliche Beamte Dienst. Im Jahre 1999 waren es bereits 30 Sicherheitswachebeamtinnen, die ihren „Mann" stellten. Die Beamten versehen ihren Dienst auf insgesamt acht Wachzimmern. Es sind dies die Wachzimmer Van-der-Nüll-Gasse 11, Ada-Christen-Gasse 2, Holbeingasse 12, Keplergasse 10, Südbahnhof, Patrubangasse 9, Sibeliusstraße 8 und Oberlaaer Straße 87. Letzteres Wachzimmer ist gleichzeitig als Diensthundestützpunkt eingerichtet. Der Abteilung sind fünf Streifenfahrzeuge zugewiesen, die rund um die Uhr im Einsatz sind. Der den Fahrzeugen zugewiesene Name im Funkverkehr lautet Julius eins bis Julius fünf. Es ist dies nicht zufällig, steht doch der Buchstabe J als zehnter im Alphabet.

Im Jahre 1998 wurde die Aktenerledigung in den Bezirkspolizeikommissariaten von Grund auf geändert. Nach einem vorgegebenen Deliktskatalog werden die gerichtlich strafbaren Handlungen von den Beamten der Sicherheitswache und der Kriminalpolizei selbständig erledigt. Die Endkontrolle obliegt dem Sicherheitsreferenten und dessen Stellvertreter, die Polizeijuristen sind.

Die Anzeigen wegen Verwaltungsübertretungen, etwa nach dem Führerscheingesetz, der Straßenverkehrsordnung, dem Kraftfahrzeuggesetz usw., werden von drei eigens dafür ausgebildeten Verwaltungsstrafreferenten erledigt.

Im Jahre 1999 wurden im Bezirkspolizeikommissariat Favoriten etwa 13.800 gerichtlich strafbare Tatbestände bearbeitet und rund 11.000 Verwaltungsstrafsachen erledigt. Im selben Jahr wurden 1350 Personen wegen gerichtlich strafbarer Handlungen und wegen verwaltungsrechtlicher Übertretungen festgenommen. Zehn Jahre zuvor waren es 2402 Personen, die festgenommen worden waren. Die deutliche Reduzierung der Haftzahlen ist das Resultat einer Rechtsentwicklung, die positiv zu beurteilen ist. Die Freiheit eines Menschen gehört zu seinen wertvollsten Gütern und dieses verfassungsgesetzlich geschützte Menschenrecht soll nur im äußersten Fall eingeschränkt werden.

Die Tätigkeit im Bezirk war seit jeher mit mehr Arbeit für den einzelnen verbunden als in den übrigen Bezirken. Nicht zufällig hat sich polizeiintern der Begriff „Bergwerk" eingebürgert, wenn von diesem Kommissariat die Rede ist. Dank gebührt jenen Kolleginnen und Kollegen, die in der Vergangenheit, aber auch in der Gegenwart vielfach mehr leisten, als man von ihnen erwarten konnte. Häufig geschah dies unter nicht idealen Voraussetzungen. Je länger diese Erfolge zurückliegen, um so schwieriger waren sie mangels vorhandener Hilfsmittel zu erreichen. Nicht zufällig ist die Anzahl der Exekutivbeamten im Bezirk mit einem Lebensalter von fünfzig oder mehr Jahren an einer Hand abzuzählen.

Bewußt habe ich Kollegen aus dem Korps der Sicherheitswache und der Kriminalpolizei namentlich erwähnt, um sie so aus der Anonymität hervorzuheben und ihr Engagement auf diese Art festzuhalten. Ungeachtet meines archivarischen Eifers, der zum Schreiben dieses Buches nötig war, bin ich mir bewußt, nicht jede herausragende Leistung gewürdigt zu haben, und ersuche dafür um Nachsicht.

Meine größte Sorge galt von Beginn meiner Tätigkeit an der Verhinderung von Gewalttaten und deren Aufklärung. Im Laufe der Jahre gelang es, so gut wie jeden Gewalttäter im Bezirk erkennungsdienstlich zu erfassen. Ein Foto samt Personenbeschreibung ist so jederzeit abrufbar. Die Registrierung leistete in der Prävention und Repression wertvolle und unverzichtbare Hilfe.

Wenn ich dem Bezirk nach meiner Pensionierung etwas hinterlasse, so ist es die Gewißheit, Favoriten weitgehend von Brutalität und Aggression befreit zu haben.

Nicht selbstverständlich, gerade deshalb erwähnenswert ist die Zusammenarbeit der Polizei mit den politisch Verantwortlichen des Bezirkes. Die Bezirksvorsteher Josef Deutsch, Leopold Prucha und die erste weibliche Vorsteherin, Hermine Mospointner, haben die Polizei im Rahmen ihrer Möglichkeiten jederzeit unterstützt.

Die Arbeit der Polizei im 21. Jahrhundert wird mit Gewißheit von einer neuen Strafprozeßordnung bestimmt sein; die Entwürfe dafür liegen bereits im Justiz- und Innenministerium auf. Wem die entscheidende Rolle im polizeilichen Vorverfahren zukommen wird, ist noch ungewiß. Eines dürfte feststehen: Die Einvernahme des Tatverdächtigen bei der Polizei wird anders ablaufen als bisher. Die Beweisführung wird künftig noch viel stärker als bisher vom Sachbeweis bestimmt werden. Wer die Problematik von Geständnissen und Zeugenaussagen kennt, kann dem nur zustimmen. Was gibt es für den Kriminalisten Schöneres, als einen Fingerabdruck oder eine DNA-Spur oder als speziellen Leckerbissen die filmische Aufzeichnung eines Täters bei der Tatausübung.

Wie sehr in Zukunft die Rechte der Exekutive erweitert werden, ist davon abhängig, wieviel ihr von der Politik zugestanden wird. Die politischen Diskussionen anläßlich der Einführung von Lauschangriff und Rasterfahndung haben diese Problematik aufgezeigt.

Der Exekutivbeamte weiß wie kein anderer Beamter um menschliche Fehlleistungen und Leidenschaften, aber auch vom Verhältnis der Mächtigen im Staat und von der Gefahr des Machtmißbrauchs. Jedem Exekutivbeamten wünsche ich, daß er nicht wie viele seiner Vorgänger im abgelaufenen Jahrhundert von politischen Systemen mißbraucht wird.

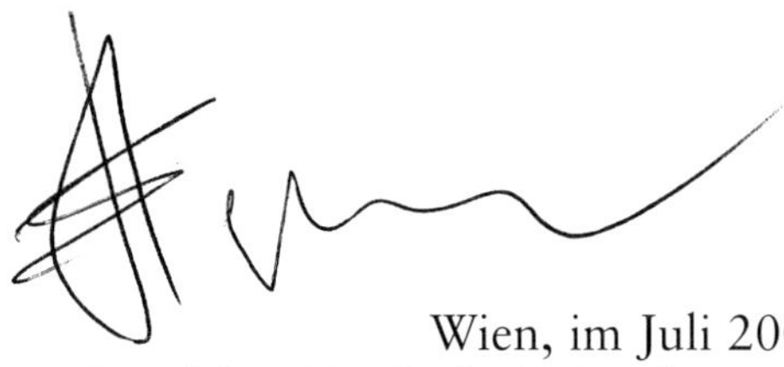

Wien, im Juli 2000
Ing. Mag. Dr. Ludwig Berghammer

1

WILDWESTSZENEN AM WIENERBERG

Im November 1972 wurde vom AUK Meidling dem Kommissariat Favoriten eine Verletzungsanzeige übermittelt. Sie hatte die Versorgung einer Schußverletzung zum Inhalt. Vom Verletzten war Fremdverschulden behauptet worden. Nach Einholung der Krankengeschichte stand fest, daß der 18jährige Kurt B. aus Wien 12, Frühwirtgasse, am 14. Oktober 1972 gegen 11 Uhr im Wienerberggelände angeschossen worden war. Er war am Kopf getroffen und noch am selben Tag im Spital ärztlich versorgt worden. Der Angeschossene war selbst gekommen. Aus der Krankengeschichte war zu entnehmen, daß Kurt B. am 22. November 1992 abermals im AUK Meidling gewesen war und bei diesem zweiten Spitalsbesuch ein chirurgischer Eingriff erfolgte. Aus der Schädeldecke war ein Projektil entfernt worden.

Ein unbekannter Schütze, der, aus welchen Motiven immer, auf Menschen schoß, bedeutete eine immense Gefahr. Jederzeit hätte er wieder „zuschlagen" können. Einige Jahre später, nämlich 1978, sollte ein Amokschütze vom Fenster einer Wohnung in Wien 10, Laxenburger Straße 59, auf Passanten schießen und dabei einen töten und zwei schwer verletzen. Eine penible Befragung des Opfers konnte Anhaltspunkte liefern, die die Ausforschung des unbekannten Schützen möglich machten. Kurt B. wurde vorgeladen, und dabei stellte sich heraus, daß seine Angaben zum Tathergang widersprüchlich waren. Die Fragen der vernehmenden Beamten wurden drängender, und als der junge Mann einsehen mußte, daß er sein Lügengebäude nicht länger aufrechterhalten konnte, erzählte er, was sich tatsächlich zugetragen hatte.

Die Hintergründe, die zur Schußverletzung geführt hatten, sind dem Autor ungeachtet der vielen Jahre, die vergangen sind, im Gedächtnis geblieben. Kurt B. war, wie viele seiner Altersgenossen, ein Fan von Wildwestfilmen. Sein gleichaltriger Freund Lambert T., gleichfalls aus dem 12. Bezirk, teilte diese Leidenschaft mit ihm. Eines Tages kamen die beiden auf die Idee, die Szenen eines Filmes nachzuspielen. Es bot sich dafür das Wienerberggelände an. Anfang der siebziger Jahre war das Gebiet rechts und links der Triester Straße ein Eldorado für Jugendliche. Ein großflächiges, verwildertes Terrain mit einer Anzahl aufgelassener Ziegelteiche war ein idealer Platz für Räuber-und-Gendarm-Spiele. Jugendliche aus Favoriten, aber auch aus den Nachbarbezirken nützten dies.

Am 14. Oktober 1972 ließ sich Kurt B. wie zuvor vereinbart zu Boden fallen, und sein Freund, der seinen Gegner mimte, schoß mit einem Gewehr auf ihn. Eines hatte man bei dem aktionsreichen Geschehen übersehen: Im Luftdruckgewehr befand sich ein Projektil aus vorausgegangenen Schießübungen, und dieses traf Kurt B. am Kopf. Um seinem Freund nicht zu schaden, erzählte er im Spital von einem unbekannten Schützen, und auch bei seiner Vernehmung tischte er vorerst diese Version auf. So harmlos wie die Verletzung anfangs schien, war sie nicht. Wochen nach dem Unglück bekam Kurt B. immer stärker werdende Kopfschmerzen. Das Projektil, welches bei der ärztlichen Erstversorgung nicht entdeckt worden war, war die Ursache der nicht enden wollenden Kopfschmerzen.

Kurt B. und Lambert T. wurden angezeigt und kamen mit bedingten Strafen davon. Das Ereignis hatte auch etwas Gutes an sich: Opfer und Täter hatten nie mehr mit der Polizei zu tun. Sie hatten aus dem Unglücksfall, so scheint es, Lehren für ihr weiteres Leben gezogen.

Die Örtlichkeit, die Schauplatz dieses Falles war, ist nunmehr ein exklusiver Golfplatz.

2

HARTNÄCKIG

Am 21. Juni 1973 forderte der Lenker eines städtischen Autobusses der Linie 66a einen Fahrgast, der eingestiegen war, ohne einen Fahrschein zu lösen, zur Bezahlung auf. Die Reaktion des etwa 20- bis 25jährigen Mannes war ein wuchtiger Faustschlag ins Gesicht des Buslenkers, der blutüberströmt über dem Lenkrad zusammenbrach. Der gewalttätige Fahrgast nützte diese Situation, um zu flüchten. Die Fahndung nach dem Täter verlief ergebnislos. Wie sich herausstellte, hatte der 54jährige Lenker Josef K. einen komplizierten Nasenbeinbruch erlitten.

Die Tat und der Täter waren dem Verletzten verständlicherweise im Gedächtnis geblieben. Einige Wochen nach dem Vorfall, als Josef K. wieder einen Autobus der Linie 66a lenkte, stieg der Täter abermals zu. Josef K. vermied jede Konfrontation mit dem Gewalttäter und war erleichtert, als er bei seiner Weiterfahrt an der Kreuzung mit der Triester Straße eine „Weiße Maus“ sah. Er lenkte den Bus schnurgerade auf den motorisierten Polizisten zu, sprang heraus und erzählte von seinem Erlebnis. Was auch immer der Grund gewesen sein mag, der Polizist schritt nicht ein. Dem Buslenker blieb nichts anderes übrig, als seine Fahrt fortzusetzen – der Gewalttäter stieg bei der nächstbesten Gelegenheit aus. Die Chance auf Identifizierung war vertan worden. Der verletzte und in seinem Vertrauen in die Polizei erschütterte Buslenker wandte sich an die Tageszeitung „Kurier“. In dieser Zeitung erschien damals eine Kolumne unter dem Titel „Menschlich gese-

SAMSTAG, 11. AUGUST 1973

menschlich gesehen
sebastian leitner

Freund und Helfer (II)

Vor einer Woche berichtete ich von einem geradezu unglaublichen Vorfall: Einem Autobuslenker der Wiener Verkehrsbetriebe namens Josef Klima war nachts von einem Unbekannten die Nase eingeschlagen worden. Drei Wochen später, am hellichten Tag, stieg derselbe Mann wieder in Klimas Wagen ein. Der Fahrer hielt auf der Triester Straße bei einem Polizisten und bat ihn, die Personalien des Schlägers festzustellen. Der Polizist aber weigerte sich, der Gewalttäter kam abermals ungeschoren davon ...

Dieser Polizist hat sich, auf meine Glosse hin, nun selbst bei seinem Vorgesetzten gemeldet.

Er gibt zwar alles zu, doch stellt er den Sachverhalt ein wenig anders dar: Richtig, der Buslenker habe neben ihm an der Kreuzung Triester Straße-Wienerbergstraße gehalten; richtig, er habe ihn um die Feststellung von Name und Adresse eines Fahrgastes ersucht; richtig, er habe behauptet, von diesem Mann ins Gesicht geschlagen worden zu sein.

Doch dieser Josef Klima sei sehr erregt gewesen, und aus seiner Aussage sei nicht klar hervorgegangen, wann und wo seine Nase von der Faust des angeblichen Gewalttäters getroffen wurde.

Der Polizist verantwortet sich damit, er habe angenommen, daß Klima eben erst, bei dieser letzten Fahrt, vor wenigen Minuten also, ins Gesicht geschlagen worden sei: Und weil keine Spuren, keine Verletzungen, kein Blut an ihm zu sehen waren, habe er, der Polizist, dem Autobusfahrer „erklären müssen“, daß hier offenbar eine „tätliche Ehrenbeleidigung“ und somit nur ein Privatanklagedelikt vorliege, zu dessen Verfolgung die Polizei auch nicht durch Aufnahme der Personalien einschreiten dürfe ...

Ein Sprecher der Polizeidirektion teilt mir dazu mit, in diesem Punkt habe sich der Polizist geirrt – die Mißhandlung eines Busfahrers in seinem Wagen sei, auch wenn sie keine sichtbaren Spuren hinterlasse, auf jeden Fall eine „Ordnungsstörung“, gegen welche die Polizei von amtswegen vorgehen könne und müsse.

Gegen den Polizisten werden, sagt man mir, entsprechende dienstrechtliche Maßnahmen eingeleitet. Sein Name wird jedoch geheim gehalten, weil Disziplinarverfahren nicht öffentlich sind.

Soweit die neueste Entwicklung dieser monströsen Angelegenheit.

Was mich daran, über den Einzelfall hinaus, besonders interessiert, ist die seltsame Haltung der Polizei gegenüber Gewalttätigkeiten, die sie als „Privatanklagedelikte“ einstuft – die polizeiliche Gleichgültigkeit gegenüber schnell verabreichten und spurenlosen Watschen also.

Wer somit rasch genug und geschickt zuschlägt, den darf ein Polizist dann nachher nicht einmal nach seinem Wohnort fragen?

Darüber wird noch mehr geredet und geschrieben werden müssen.

Kurier vom 11. August 1973

hen“. Es war nicht verwunderlich, daß die Polizei in mehreren Artikeln dieser Serie nach Schilderung des Vorfalles nicht gut wegkam.

Der Autor war damals vier Jahre lang als Polizeijurist im Bezirk tätig. Von seiner Berufserfahrung her sollte es doch möglich sein, den Unbekannten auszuforschen. Wenn der Gesuchte zweimal mit dem Autobus der Linie 66a gefahren war, war ein Naheverhältnis zu Favoriten zu vermuten. Möglicherweise wohnte der Täter im Bezirk oder er hatte sonst eine Beziehung zu Favoriten. Alle Kriminalbeamten wurden um Mitarbeit ersucht. Es vergingen Monate, doch nach und nach fanden sich die Daten von acht Verdächtigen auf dem Schreibtisch des Autors. Von den acht Straftätern konnte man vom Aussehen, vom Alter und von ihren Vorstrafen her annehmen, daß sie für die Gewalttat in Frage kämen. Von sämtlichen Tatverdächtigen gab es Fotos. Es war den Versuch wert, diese dem Buslenker zur möglichen Identifizierung vorzulegen. Vielleicht war der so lange Gesuchte darunter. Der Verletzte leistete der Vorladung keine Folge; auch eine neuerliche negierte er. Offenkundig hatte er, wer könnte es ihm verargen, die Nase voll. Ein altgedienter und im besten Sinn pflichteifriger Kriminalbeamter erhielt den Auftrag, Josef K. in seiner Wohnung aufzusuchen und ihm die Fotos der Tatverdächtigen vorzulegen. Kriminalbezirksinspektor Erwin Rauch strahlte am nächsten Tag über das ganze Gesicht: der Täter war ausgeforscht; er hatte sich tatsächlich unter den acht Verdächtigen befunden.

Der Autor besorgte einen Haftbefehl gegen den 23jährigen Günther H. aus Wien 12, und nach seiner Festnahme gestand der Verdächtige. Günther H. war bereits einschlägig vorbestraft und wurde wegen dieser neuerlichen Straftat zu einer einjährigen Freiheitsstrafe verurteilt. Vor allem aber war mit der

Polizei ermittelte vier Monate

Die Scharte ausgewetzt

Der Gewalttäter, dem ein Polizist selbst dazu verhalf, unerkannt zu bleiben, konnte nun ausgeforscht werden. Es ist der 23jährige Günther H[redacted] aus Wien-Favoriten, dessen Identität nun doch durch die Hartnäckigkeit eines Polizeikommissärs gelüftet werden konnte.

Kurz die Vorgeschichte, die der Wiener Sicherheitswache (vom Sorgenkind zum Lieblingskind aufgepäppelt) einen eher dunklen Fleck einbrachte: Völlig verdutzt mußte am 21. Juni 1973 der 54jährige Autobuslenker der Verkehrsbetriebe Josef Klima die Prügel eines Burschen über sich ergehen lassen. Der Gewalttäter flüchtete, wie der KURIER seinerzeit berichtete, und Klima mußte sich in Spitalsbehandlung begeben. Tage später gab es dem Mann einen Riß: Er sah jenen Burschen in Favoriten auf der Straße, hielt ihn fest, und bat einen Polizisten um Hilfe. Sie blieb jedoch aus, und der Gewalttäter konnte sich abermals unbehelligt davonmachen.

Knapp vier Monate ermittelte nun Kommissär Berghammer vom Kommissariat Favoriten, um den Burschen auszuforschen. Dutzende Verdächtige wurden durchleuchtet, Alibis überprüft und nach potenten „Schlägertypen“ Favoritens Ausschau gehalten.

H[redacted] der zu diesem Zeitpunkt wegen anderer Gewalttätigkeiten bereits hinter Schloß und Riegel saß und Dienstag zu eineinhalb Jahren Kerker verurteilt wurde, traf die neuerlich drohende Anklage wie ein Donnerschlag: „Mi hat sicher a Trottl bei der Höh verpfiffen“, meinte er gekränkt bei der Polizei.

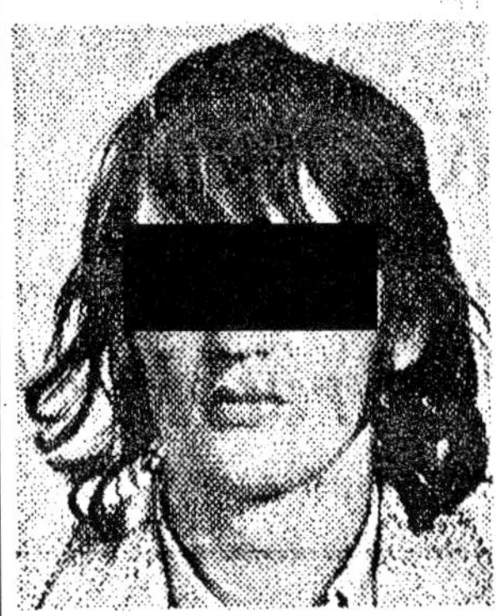

Gewalttäter: Günther H[redacted]

Kurier vom 17. Oktober 1973

Klärung die Blamage der Polizei ausgebügelt worden. Kriminalbezirksinspektor Erwin Rauch wurde Jahre später bei der versuchten Festnahme eines Autoeinbrechers mit einer Maurerklampfe niedergeschlagen. Er sollte sich von der dabei erlittenen schweren Kopfverletzung bis zu seiner Pensionierung nie mehr erholen. Sowohl der Kriminalbeamte als auch der Autobuslenker sind nicht mehr am Leben. Lediglich der Täter Günther H. könnte seine lange zurückliegende Straftat noch nachlesen. Er blieb seiner Neigung zuzuschlagen treu – nachfolgende Vorstrafen belegen dies.

Noch eines: Die Vermutung, daß der Täter mit Favoriten verbunden war, bestätigte sich. Seine Freundin wohnte im Bezirk und, um sie zu besuchen, benützte Günther H. regelmäßig einen Autobus der Linie 66a. Die Hartnäckigkeit der viermonatigen Erhebungen hatte sich letztendlich gelohnt.

Rückblickend ist anzuführen, daß bis in die Mitte der siebziger Jahre die Ausforschung von Tätern eindeutig einfacher war. Favoriten war ein weitgehend in sich abgeschlossener Teil Wiens. Mit hoher Wahrscheinlichkeit konnte man davon ausgehen, daß bei einer Straftat, die im Bezirk verübt worden war, auch der Täter dort zu suchen war. Es gab weder eine U-Bahn, noch existierte die Südost-Tangente. Die moderne Infrastruktur hat dies grundsätzlich verändert. Heute ist es einem Täter in wenigen Minuten möglich, von weit her, etwa mit der U-Bahn, in den Bezirk zu gelangen und diesen ebenso rasch wieder zu verlassen.

3

EIN VERWIRRTER DOLMETSCH

Obgleich der folgende Vorfall lange zurückliegt – er ereignete sich in den frühen siebziger Jahren –, blieb er dem Autor bis heute im Gedächnis.

Ort des Geschehens war das heute nur noch in der Erinnerung älterer Favoritner existierende Kommissariatsgebäude in Wien 10, Götzgasse 11. In den Nachtstunden war es Sicherheitswachebeamten gelungen, einen Auslageneinbrecher unmittelbar nach dem Einbruch festzunehmen. Der Täter war ein Jugoslawe, der kein Wort deutsch sprach. Zur Einvernahme war deshalb die Beiziehung eines Dolmetsch' nötig. Erreicht wurde ein betagter, aber ausgesprochen rühriger und einsatzbereiter Übersetzer. Dieser Mann, er hatte das siebzigste Lebensjahr bereits überschritten, war ein typischer Vertreter der ehemaligen k. u. k. Monarchie. Als selbständiger Kaufmann hatte er viele Jahre seines Lebens in der Türkei und am Balkan verbracht. Der Mann beherrschte eine Vielzahl von Sprachen, darunter auch die serbokroatische. Überdies war er mit den Sitten und Gebräuchen der Balkanvölker vertraut, worauf er besonders stolz war.

Die Haltung des Häftlings gegenüber dem vernehmenden Polizeijuristen machte dem alten Herrn zu schaffen. Seine Lebenserfahrung war stark von obrigkeitlichem Denken geprägt, obendrein hatte die dreijährige Militärdienstzeit ihre Spuren hinterlassen. Seinem Verständnis nach hatte ein Häftling aufzustehen und überdies Haltung anzunehmen, wenn er dem vernehmenden Beamten vorgeführt wurde. Das Verhalten des Häftlings hielt dieser Vorstellung nicht stand. Um so stärker begann der Dolmetsch seine autoritären Vorstellungen einzubringen.

Mit Autorität allein, noch dazu wenn sie aggressiv vorgetragen und eingefordert wird, ist einer Vernehmung, die zum Gutteil doch der Mitwirkung des zu Vernehmenden bedarf, nicht gerade gedient.

Der Häftling war durch das Gehaben des Dolmetsch' vorerst verunsichert. Als er sich gefaßt hatte, machte er „zu", das heißt, er gab dem Polizeijuristen, aber auch dem Dolmetsch keinerlei Antwort auf deren Fragen. Nun war es mit der Geduld des Dolmetsch' endgültig vorbei. Nicht nur daß es dem Häftling seiner Meinung nach am nötigen Respekt gegenüber der Obrigkeit mangelte, erfrechte er sich zu schweigen. Der Dolmetsch wurde immer erregter und lauter, seine Stimme überschlug sich; überdies drosch er wiederholt mit den Fäusten auf den Tisch und lief äußerst erregt im Zimmer auf und ab.

Das Zimmer des Juristen befand sich neben dem Zimmer der Journaldienst versehenden Kriminalbeamten, die, ob sie es wollten oder nicht, Ohrenzeugen der Vorfälle nebenan wurden. Eine Vernehmung in Favoriten konnte durchaus laut sein; so manche Emotion wurde dabei nach außen kundgetan. Daß derartige Turbulenzen jedoch von einem Dolmetsch ausgelöst wurden, war man nicht gewohnt. Als sich die Situation immer mehr zuspitzte, kamen zwei neugierig gewordene Kriminalbeamte in das Zimmer des Juristen. Sie wollten wissen, ob auch alles in Ordnung war. Letzlich fühlten sie sich berufen, ihrerseits Stellung zu nehmen. Das Stimmengewirr nahm bedrohliche Ausmaße an: der Dolmetsch brüllte, die Kriminalbeamten schrien, und schließlich schrie auch der aus seiner Lethargie aufgewachte Häftling. Die Situation war am Kippen; es bestand Gefahr, daß der Dolmetsch seine Beherrschung vollends verlieren und nicht nur auf den Tisch, sondern auch auf den Häftling einschlagen könnte.

Um eine – möglicherweise mit Konsequenzen verbundene – Konfrontation zu vermeiden, versucht der Polizeijurist, den Dolmetsch kurzfristig aus dem Gefahrenbereich zu entfernen und forderte ihn auf, für einige Minuten das Zimmer zu verlassen. Doch diese Aufforderung wurde vorerst überhört, und so mußte auch der Jurist immer lauter werden, um sich Gehör zu verschaffen. Als der Dolmetsch endlich verstand, brach für ihn die Welt gänzlich zusammen. Jetzt, da er seinem Empfinden nach drauf und dran war, den Arrestanten „klein" zu kriegen, sollte er das Zimmer verlassen. Doch seine obrigkeitliche Erziehung gewann die Oberhand, Befehl war Befehl, und er gehorchte, wenn auch widerwillig.

Nun aber wurde die Situation in einer Weise grotesk, wie man es sich gar nicht vorstellen kann. Der Dolmetsch wollte aus dem engen Zimmer hinaus, doch seine Emotionen hatten seine Sinne so verwirrt, daß er eine doppelflügelige Kastentüre öffnete (bei dem Möbel handelte es sich um einen Aktenschrank) und durch diesen hinausgehen wollte. Er bemerkte in seinem Zustand nicht sogleich, daß der Aktenschrank, er war zugegeben nur teilweise belegt, ihm keine Möglichkeit bot, das Zimmer zu verlassen. Zornig schlug er die Kastentüre zu, um sie sogleich wieder zu öffnen; neuerlich wollte er durch den Schrank das Zimmer verlassen. Erst nach diesem zweiten Versuch und nach Zurufen der Anwesenden kam ihm zu Bewußtsein, daß er den Schrank mit der Türe verwechselt hatte.

Als er endlich im Nebenzimmer war, kam es bei den Zurückgebliebenen gleichsam zu einer Explosion der aufgestauten Gefühle. Obgleich die Vernehmung zu einer gerichtlich strafbaren Handlung der eigentliche Anlaßfall war, war es mit dem Ernst der Situation endgültig vorbei. Minutenlange Lachsalven der Beamten, die einander dadurch noch animierten, waren die Folge. Selbst der vorerst verstockte, später aggressive Arrestant und dessen Bewacher konnten sich der Situationskomik nicht entziehen.

Was aus der Amtshandlung geworden ist, weiß der Autor nicht mehr, aber es sollte nie mehr vorkommen, daß ein Dolmetsch einen Aktenschrank mit einer Türe verwechselte.

4

LICHTDEFEKT MIT TÖDLICHEN KONSEQUENZEN

Am 23. Juni 1974, gegen 22.30 Uhr bemerkte die Besatzung eines Funkwagens, daß an einem Pkw der Marke Peugeot 404 das rechte Scheinwerferlicht nicht funktionierte. Die Beamten gaben dem Lenker mittels Handzeichen zu verstehen, daß er anhalten möge. Der so Aufgeforderte gab daraufhin Vollgas und fuhr gegen eine Einbahnstraße, es war die Van-der-Nüll-Gasse, stadtauswärts. Die Polizeibeamten schalteten Blaulicht und Folgetonhorn ein und nahmen die Verfolgung auf, lag doch der Verdacht nahe, daß der Pkw gestohlen war. Die Fahrt ging über die Inzersdorfer Straße Richtung Laxenburger Straße; die Tachometernadel des Funkwagens pendelte sich bei etwa 100 km/h ein. Ungeachtet dessen vergrößerte sich der Abstand zum verfolgten Pkw. Mit unverminderter Geschwindigkeit übersetzte der Flüchtende die Laxenburger Straße, und was zu befürchten war trat ein.

Ein die Laxenburger Straße stadteinwärts fahrender VW-Käfer wurde mit voller Wucht erfaßt. Nachdem der Peugeot mehrere parkende Pkws gestreift hatte, kam er zum Stillstand. Die Sicherheitswachebeamten Palecek und Kozar fuhren so knapp an das Auto heran, daß der Fahrer die Türe nicht öffnen konnte. Auf diese Weise verhinderten sie seine Flucht.

Der Lenker, der 26jährige Ernst D. aus Wien 10, Richard-Lindström-Gasse, wurde festgenommen. Im VW saß auf dem Lenkersitz eine Frau, die nicht mehr ansprechbar und offenbar schwer verletzt war. Der Beifahrer, ein älterer Mann, war durch die Wucht des Zusammenpralls auf die Straße geschleudert worden.

Die Polizisten verständigten die Rettung und das Verkehrsunfallkommando. Sie hatten alle Hände voll zu tun, den schuldtragenden Lenker vor Tätlichkeiten aufgebrachter Passanten, die Zeugen des Verkehrsunfalles geworden waren, zu schützen. Rasch stellte sich heraus, daß der Peugeot wie vermutet gestohlen worden war. Ernst D. roch aus dem Mund nach Alkohol; eine Alkotestprobe verlief positiv. Eine Führerscheinabnahme war nicht möglich, da der Lenker keinen Führerschein besaß.

Bei seiner Vernehmung gab er an, den Pkw am Vortag aus der Garage eines Einfamilienhauses in Wien-Simmering gestohlen zu haben. Er hatte die Absicht gehabt, ein Auto für eine Spritzfahrt zu stehlen, und als er in einer offenstehenden Garage eines sah, setzte er seinen Entschluß in die Tat um. Die Fahrzeugschlüssel steckten im Zündschloß, denn der Eigentümer des Pkws war nur kurz ins Haus gegangen, um eine Einkaufstasche in die Küche zu tragen. Die wenigen Minuten seiner Abwesenheit hatte Ernst D. zum Diebstahl genutzt.

Der Täter hatte es bereits auf fünf Vorstrafen gebracht; seine letzte Verurteilung aus dem Jahre 1967 hatte ihm eine fünfjährige Freiheitsstrafe eingebracht. Doch auch diese hatte bei ihm keinen Gesinnungswandel bewirkt. Noch während die Erhebungen andauerten, wurde mitgeteilt, daß die 47jährige Edith P. aus

Wien 10, Laxenburger Straße, ihren schweren Verletzungen erlegen war. Der Beifahrer, ihr 73jähriger Vater, wurde mit leichteren Verletzungen zur Beobachtung im Spital behalten.

Ernst D. hatte während seiner Fahrt den Funkwagen der Polizei gesehen und auch bemerkt, daß er aufgefordert worden war, anzuhalten. Er wußte, daß eine Anhaltung zu einer neuerlichen Verurteilung führen würde, deshalb versuchte er, sich durch Flucht der drohenden strafrechtlichen Verantwortung zu entziehen. Er riskierte auf gut Glück die stark befahrene Laxenburger Straße, ohne auf die dortige Nachrangtafel zu achten, zu übersetzten. Seine Rücksichtslosigkeit hatte den Tod einer alle Verkehrsvorschriften korrekt einhaltenden Verkehrsteilnehmerin zur Folge. Er hatte einer Frau zumindest statistisch gesehen etwa 25 Lebensjahre „gestohlen" und einem alten Mann einen Gutteil seiner Lebensfreude genommen. Beim Autor hat sich dieser Verkehrsunfall ungeachtet der lange zurückliegenden Zeit infolge der tragischen Umstände tief ins Gedächtnis eingegraben.

Daß ein Scheinwerfer am gestohlenen Pkw nicht funktionierte, will der Täter nicht bemerkt haben; ein banaler Lichtdefekt hatte tödliche Konsequenzen.

Im Dezember 1974 wurde Ernst D. im Landesgericht Wien zu einem Jahr schweren Kerkers, verschärft durch zwei Fasttage vierteljährlich, verurteilt. Er sollte einer der letzten Straftäter sein, die noch mit Fasttagen bestraft wurden. Das neue, am 1. Jänner 1975 in Kraft tretende Strafgesetz kannte diese Art von Strafverschärfung ebenso wie Dunkelhaft und hartes Lager nicht mehr. Die aus den vergangenen Jahrhunderten stammenden Strafverschärfungen entsprachen nicht mehr den Vorstellungen eines modernen Strafvollzuges.

Der Verurteilung im Jahre 1974 sollten zahlreiche weitere in den kommenden Jahren folgen. Weder das „alte", bis 1975 gültige, noch das „moderne" Strafrecht und der damit verbundene humane Strafvollzug konnte an der Täterpersönlichkeit des Ernst D. etwas ändern. Der von ihm im Zusammenhang mit Eigentumsdelikten angerichtete materielle Schaden geht in die Millionen. Ernst D. hat nicht einen Schilling an Schadensgutmachung geleistet.

Fotos der beteiligten Kraftfahrzeuge

5

MORD AN EINER LEBENSLUSTIGEN WITWE

Kriminalisten, die nicht jede Weisung befolgen, vielmehr selbständig denken und handeln, geraten fallweise mit ihren Vorgesetzten in Konflikt. Nur allzu leicht werden sie als „Besserwisser“ abgestempelt, selbst wenn sich herausstellt, daß sie recht hatten. Der folgende Kriminalfall sei hierfür als Beispiel angeführt.

Am 14. November 1974 versah der Autor als junger Oberkommissär mit der Kriminalbeamtengruppe III Journaldienst. Am frühen Nachmittag wurde er telefonisch von einer Funkstreifenbesatzung verständigt, daß eine ältere Frau in ihrer Wohnung in Wien 10, Florian-Geyer-Gasse, verstorben sei. Die Leiche lag in der Küche und wies am Hinterkopf eine unbedeutende, leicht blutende Verletzung auf. Sonstige Hinweise auf Fremdverschulden gab es nicht. Der anrufende Polizist wollte wissen, ob die Leiche ungeachtet dessen kommissioniert werden sollte. Der Autor bejahte dies und bildete gemeinsam mit dem Amtsarzt und dem Kriminalbeamten Neuhser die dafür vorgesehene Kommission.

Am Ort des Geschehens wurde festgestellt, daß die Leiche der 62jährigen Rosa K. nur mit einem Schlafrock bekleidet auf dem Boden der Küche lag. Die Fenster der ebenerdig gelegenen Wohnung waren geschlossen und die Eingangstüre war versperrt. Die Tür war erst von der Funkstreifenbesatzung gewaltsam geöffnet worden. Die Polizei war von einer Nachbarin verständigt worden. Die Frau wollte Rosa K. aufsuchen, doch ihr wurde trotz heftigen Klopfens nicht geöffnet. Mißtrauisch geworden, blickte sie durch das Fenster in die Wohnung und sah die Nachbarin bewegungslos auf dem Boden liegen.

Die Wohnung machte keinen durchwühlten Eindruck. Lediglich auf einem Tischchen im Zimmer war die Zierdecke verrutscht. Der Kriminalbeamte suchte nach dem Wohnungsschlüssel und fand diesen im Briefkasten, der an der Innenseite der Wohnungstür angebracht war. War die Frau so schrullig, daß sie ihre Wohnungstür versperrte, dann die Schlüssel abzog und in den Briefkasten legte? Der Amtsarzt jedenfalls stellte fest, daß die Wunde am Hinterkopf nur oberflächlich, geradezu typisch für einen Sturz war. Die Leichenstarre war bereits abgeklungen; der Tod dürfte in der vergangenen Nacht eingetreten sein. Vermutlicher Herztod lautete die Diagnose des Arztes. Eilig verließ er die Wohnung, zumal in seiner Privatordination die Patienten auf ihn warteten.

Auffällig an der Leiche war, daß die Augengläser genau aufsaßen. Verrutschen diese nicht, wenn man zu Boden stürzt und mit dem Hinterkopf so aufschlägt, daß man blutet? Alles Fragen, die sich der Autor und der Kriminalbeamte stellten. Sie einigten sich letztlich darauf, die Mordkommission des Sicherheitsbüros zu verständigen. Bei der Hauserhebung hatte der Kriminalbeamte in Erfahrung gebracht, daß die verwitwete Rosa K. ein recht flottes Leben geführt hatte und in der Auswahl ihrer Männerbekanntschaften nicht gerade wählerisch gewesen war. Sie hätte auch einen Fernsehapparat besessen, der, so verriet einer ihrer Bekannten, noch am Tage zuvor auf einem Tischchen im Zimmer gestanden wäre. Es war dies genau jenes Tischchen, auf dem sich das verrutschte Deckchen befand. Selbst bei einer genauen Durchsuchung der Wohnung konnte ein solches Gerät nicht gefunden werden.

Nach einiger Zeit traf der Chef der Mordkommssion, Hofrat Mag. Kornek, mit seinem Team ein. Er ließ sich über den Fall berichten, begutachtete die Leiche und entschied ungeachtet der vorgebrachten Argumente, daß die Amtshandlung im Bezirk verbleibe. Etwas verärgert, unnötigerweise gerufen worden zu sein, fuhr er ins Sicherheitsbüro zurück. Der Gerichtsmediziner Dr. Boltz traf erst ein, nachdem die Mordkommssion den Tatort verlassen hatte. Er untersuchte die Leiche, und als er die Untersuchung beendet hatte, teilte er den Beamten mit, daß die Frau seiner Meinung nach erwürgt worden war. Von dieser Diagnose wurde die Mordkommission verständigt, und nur etwa eine Stunde, nachdem sie den Tatort verlassen hatte, kehrte sie dorthin wieder zurück. Nun jedoch wurde die Amtshandlung übernommen.

Bei den weiteren Erhebungen stellte sich heraus, daß der Mörder den Fernsehapparat aus der Wohnung mitgenommen und im Dorotheum versetzt hatte. Nach dem Mord hatte er die Wohnungstüre versperrt und die Schlüssel durch den Briefschlitz in den Briefkasten geworfen. Die Vermutung des Kriminalbeamten Neuhser hatte sich bestätigt. Der Täter war der 30jährige Matrose Helmut M. Er hatte sein späteres Opfer bei einer Tanzveranstaltung am Laaer Berg kennengelernt. Der Mörder wurde zu einer lebenslänglichen Freiheitsstrafe verurteilt.

Von ihrem 30 Jahre jüngeren Freund erwürgt

Mord an „lustiger Witwe"

Sie war eine ältere, lebenslustige Frau, die sich für junge Männer lebhaft interessierte, die Wiener Pensionistin Rosa Klika, 62. Einer von ihnen, Helmut M[redacted] 32, wurde ihr zum Verhängnis, erwürgte und beraubte sie am 13. November 1974. Aus Ekel, als sie mit ihm wieder – „Mir hat graust, da mußte sie weg" – intim werden wollte, und aus Geldgier. Seit Dienstag muß sich Helmut M[redacted] wegen Raubmords vor einem Wiener Geschworenengericht verantworten.

Kronen Zeitung vom 20. August 1975

Opfer Rosa Klika, 62

6

DER DISC-JOCKEY

In den siebziger Jahren kam es in den Reihen der Exekutive zu einem Generationswechsel: altgediente Kriminalbeamte wechselten, soweit sie dies erlebten, in die Pension über; dessen ungeachtet produzierte die Täterseite ihren jugendlichen Nachwuchs.

Wie die nachstehende Episode zeigt, kam es dadurch zu einem Zusammentreffen verschiedener Generationen, wobei sich ein Altersunterschied zwischen Kriminalbeamten und Tätern von 40 bis 45 Jahren ergab.

In der Praxis kam es vor, daß ein 60jähriger Kriminalbeamter fallweise mit jugendlichen Tätern im Alter zwischen 15 und 20 Jahren zu tun hatte, woraus sich generationsbedingte Kommunikationsprobleme ergaben. Einer der erfolgreichsten Kriminalbeamten des Bezirkes, dessen Fähigkeit in seinem Vernehmungsgeschick und seiner angeborenen Vernehmunspsychologie lag, wurde so Opfer des Generationskonfliktes.

Der Kriminalbeamte begann die Vernehmung eines 20jährigen Einbrechers. Wie jeder gute Vernehmer begann seine Befragung nicht sogleich mit der eigentlichen Tat, sondern mit dem Herantasten an die Täterpersönlichkeit. Wie die Erfahrung beweist, zeigt sich für den erfahrenen Kriminalisten gerade dabei eine mögliche Schwachstelle in der Psyche des Verdächtigen, die, wenn es darauf ankommt, zur Klärung der strafbaren Handlung genutzt werden kann. So befragte der Kriminalbeamte vorerst den Festgenommenen über dessen privates Umfeld. Als dieser dem Beamten erzählte, daß er zu den Wochenenden fallweise als Disc-Jockey arbeitete, war der Kriminalbeamte doch mehr als „baff". Seine Frage lautete dementsprechend ungläubig: „Was, reiten tust du auch?" Das erstaunte Aufhorchen des Befragten und die Stille der an der Vernehmung teilnehmenden Kollegen ließ den an sich hellwachen Vernehmer sogleich erkennen, daß irgendetwas nicht stimmen konnte.

Der altgediente Kriminalist war erstmals in seiner Laufbahn, die ihm wahrlich keine menschliche Schwäche verborgen hatte, mit einem Disc-Jockey konfrontiert worden. Ihm war dieser Begriff bisher nicht untergekommen; Jockey dagegen war ein Ausdruck, mit dem er selbstverständlich etwas anzufangen wußte, hatte er doch in seiner Laufbahn auch mit Betrügereien, die sich auf Pferderennbahnen ereignet hatten, zu tun gehabt. Um so überraschter war er, der im Arbeiterbezirk Favoriten dienstlich alt geworden war, daß ein Tatverdächtiger der exklusiven Freizeitbeschäftigung eines Jockeys nachging.

Nach Beendigung der Vernehmung wurde er über das Mißverständnis von seinen jüngeren Kollegen humorvoll, wenn auch mit einem Quentchen Schadenfreude aufgeklärt.

Der Kriminalbeamte, dies bewies seine Qualität einmal mehr, blieb bis zu seiner Pensionierung lernfähig; er hat den Unterschied zwischen Disc-Jockey und Jockey nie wieder vergessen. Sein Vernehmungstalent hat auch nach dieser Episode noch eine lange Reihe von Verdächtigen überführt.

Doch seine Frage: „Was, reiten tust du auch?“ blieb jahrelang im Repetoire der Kriminalabteilung Favoritens erhalten, wenn es darum ging, Schnurren aus vergangenen Tagen zu erzählen.

7

DER VERRÄTERISCHE GRIFF ZUR ZIGARETTE

In der Nacht zum 22. Februar 1976 gab es für die Favoritner Feuerwehr Großalarm. Der Kindergarten der Gemeinde Wien in Wien 10, Migerkastraße, brannte lichterloh. Nur durch das rasche Eingreifen der Löschmannschaften konnte vermieden werden, daß die Flammen auf die Nachbarhäuser übergriffen. Nach Beendigung der Löscharbeiten begann die Arbeit der Favoritner Kripo. Rasch stand fest, daß Brandstiftung vorlag. Bei der Spurensuche am Tatort wurde ein Zigarettenstummel der Marke Kent sichergestellt. Das mögliche Beweismittel wurde der Gerichtsmedizin zur Untersuchung übergeben, und es stellte sich heraus, daß der Raucher dieser Zigarette die Blutgruppe A aufwies. Diese Spur sollte zum Täter führen.

Die beigezogenen Kriminaltechniker waren der Ansicht, daß mindestens zwei Täter in den Kindergarten eingedrungen waren, zumal ihrer Auffassung nach eine Person es nicht allein schaffen konnte, über ein hoch gelegenes und enges Lüf-

Durch die Tat eines Schwachsinnigen entstand ein Schaden von 2 Millionen

Jugendlicher Einbrecher ließ einen Kindergarten in Flammen aufgehen

Sinnlose Zerstörungswut – damit kann man am ehesten die Tat des 17jährigen Wieners Leopold Z. charakterisieren, der infolge eines angeborenen Hirnschadens und Alkoholmißbrauches an einer seelischen Abartigkeit leidet. Er brach in der Nacht zum 22. Februar in einen Kindergarten in Wien-Favoriten ein, stahl aus einer Kasse 5000 S, zerschnitt die Saiten einer Gitarre und steckte die Räume – Schaden 2 Mill. S – in Brand.

Eine stark versengte Puppe zwischen halb verkohlten Gitterbetten – so sah es nach dem Brand in dem Kindergarten in Wien-Favoriten aus

Kronen Zeitung vom 19. August 1976

tungsrohr in das Innere zu gelangen. Der Kindergarten war zur Gänze vernichtet worden; der angerichtete Schaden betrug zirka zwei Millionen Schilling. Die Erhebungen verliefen vorerst ergebnislos.

Am 8. März 1976 ging der Straßenbahner Richard K. durch die Troststraße zur Arbeit. Er traute seinen Augen nicht: Aus einer Trafik nächst der Neilreichgasse kletterte ein junger Mann durch den engen Einwurfsschlitz des Rollbalkens.

Richard K. hielt den mutmaßlichen Einbrecher fest und verständigte die Polizei. Der 18jährige beschäftigungslose Leopold Z. aus Favoriten war so wie seine vielköpfige Familie amtsbekannt. Schon als Strafunmündiger hatte er mit seinen Geschwistern Straftaten verübt. Einbrüche, Sachbeschädigungen und Körperverletzungen gingen auf ihr Konto. Die Familie Z. hat wohl noch nie gemeinsam Weihnachten oder ein sonstiges Fest gefeiert. Mindestens ein Familienmitglied war entweder in Haft oder gerade auf der Flucht. Daß es für Hausparteien keine Freude ist, mit einer derartigen Familie unter einem Dach zu wohnen, sei nur am Rande angemerkt.

Leopold Z. konsumierte seit seiner Kindheit Alkohol und hatte es bereits auf einen täglichen Verbrauch von etwa zehn Flaschen Bier gebracht. Er wurde einvernommen, gab den Einbruch in die Trafik zu und gestand noch zwei weitere Einbrüche in Gasthäuser. Im Arrest des Kommissariates wartete er auf seine Überstellung ins gerichtliche Gefangenenhaus.

Nachtdienst hatten damals die Kriminalbeamten Kurt Kuhn und Alfred Neuhser. Die beiden Beamten nahmen den Festgenommenen neuerlich ins „Gebet", zumal sie den Verdacht hatten, daß er für die Brandstiftung im Kindergarten verantwortlich sein könnte. Die Einvernahme begann mit harmlosen Gesprächen. Dies geschah, um die für eine Vernehmung so wichtige Vertrauensbasis aufzubauen. Wie zufällig hatten die Kriminalisten Zigaretten der Marken Falk, Marlboro und Kent auf den Tisch gelegt, und sie fragten Leopold Z., ob er sich nicht eine Zigarette anrauchen wollte. Freudig nahm er eine Zigarette der Marke Kent. Darauf hatten die Beamten nur gewartet. Nachdem der junge Mann einige Züge aus der Zigarette genossen hatte, sagten ihm die routinierten Verhörspezialisten die Brandlegung auf den Kopf zu. Nach einer guten Stunde war es soweit: Leopold Z. legte ein umfassendes Geständnis ab. Er war allein in den Kindergarten eingebrochen und hatte nach Brauchbarem gesucht. Aus Wut, daß er außer Süßigkeiten nichts gefunden hatte, begann er die Einrichtung zu demolieren; schließlich steckte er umherliegendes Buntpapier in Plastiksäckchen, zündete sie an und warf sie auf ein Bündel alter Decken. Als alles lichterloh brannte, suchte er das Weite. Er blieb dabei, daß er die Straftat allein ausgeführt hatte. Am nächsten Morgen führten die Kriminalisten einen Lokalaugenschein durch. Leopold Z. schaffte es ohne jede Hilfe, mit geradezu akrobatischem Geschick das Lüftungsrohr zu erreichen und hineinzuklettern.

Leopold Z. wurde vom Gericht in eine Sonderanstalt für abnorme Rechtsbrecher eingewiesen. Die zwei Millionen Schilling Schaden gingen, wie sollte es anders sein, auf Kosten der Steuerzahler.

8

FINGIERT

Am 12. Mai 1976 wurde die Polizei in die Per-Albin-Hanson-Siedlung gerufen. Es wartete dort das Opfer eines Raubdeliktes, die 65jährige Maria Sch. Die auf einem Auge blinde Frau war gegen 12.30 Uhr vom Einkaufen nach Hause gekommen, als sie vor ihrer Wohnungstüre von einem Unbekannten unter Vorhalt eines Revolvers in die Wohnung gedrängt wurde. Sie mußte alle Läden und Kästen öffnen, und schließlich flüchtete der Täter unter Mitnahme mehrerer Schmuckstücke und etwa siebentausend Schilling Bargeld.

Bewaffnete Raubdelikte, noch dazu am hellichten Tag an einer betagten Frau, waren 1976 durchaus nichts Alltägliches. Die Kriminalbeamten der Gruppe Hava gingen gewissenhaft an die Arbeit – sie befragten die Hausbewohner und suchten in der Wohnung des Opfers nach Spuren der Tat, unter anderem nach Fingerabdrücken des Täters. Doch weder Zeugen noch Spuren fanden sich. Die Tageszeitungen berichteten tags darauf von dem brutalen Raub, und das Opfer fand sich plötzlich im Mittelpunkt des Interesses. Maria Sch. hatte nichts dagegen einzuwenden, daß ihr Foto in den Zeitungen erschien.

Bei den Kriminalisten waren rasch Zweifel an den Schilderungen des Tatherganges aufgekommen. Wie aber sollte man nachweisen, daß kein Raub stattgefunden hatte? Vor allem stellte sich die Frage nach dem Motiv für das vermutlich vorgetäuschte Delikt. Viele Fragen waren offen, doch fehlten vorerst die Antworten.

Bis in die achtziger Jahre wurden die Filialen des Dorotheums von Kriminalbeamten überwacht. Es kam immer wieder vor, daß Diebsgut versetzt wurde. Die Anwesenheit des Kriminalbeamten machte, wenn nötig, die Überprüfung eines bedenklichen Gegenstandes und dessen Einbringers an Ort und Stelle möglich, und so manches Eigentumsdelikt wurde so geklärt. Diese Überwachung wurde wegen Personalmangels und den geänderten Methoden der Eigentumstäter zur Vermarktung des Diebsgutes eingestellt.

Ihr Fest soll schöner werden

Beraubt – und in Not geraten

Sie selbst kann das, was hier über sie geschrieben steht, nicht lesen. Das ist aber auch nicht so wichtig. Wesentlich ist, daß dieser Bericht Leser findet, die bereit sind, der 65jährigen Maria Sch[redacted] nach all dem Leid, das ihr zugefügt wurde, das Leben etwas leichter, das kommende Fest etwas fröhlicher zu machen.

Der KURIER berichtete am 13. Mai von dem Überfall, den ein Unbekannter auf die fast blinde Rentnerin verübt hatte.

Von Erich Beyer

Geld und Schmuck im Wert von rund 30.000 Schilling sind der Frau geraubt worden. Für den Täter, der die vom Einkaufen kommende Rentnerin in ihre Wohnung, in der Alaudagasse, Wien-Favoriten, gedrängt und ihr mit einer Pistole gedroht hatte, war das Opfer nicht nur hilflos – er brauchte auch nicht zu fürchten, durch eine Personsbeschreibung verraten zu werden.

Blinde muß zahlen

„Der Schmuck hat gar nicht mir gehört. Ich habe ihn für eine Bekannte aufbewahrt und bin nun haftbar dafür. Monat für Monat zahle ich eine Kleinigkeit ab."

Von einer geringen Rente und dem Blindenzuschuß.

Auch der 84jährige Gatte hat keine große Pension. Er war Elektrikermeister und seine Rente reicht nicht hin und nicht her.

„Außerdem hat der Räuber noch 7000 Schilling Bargeld bei mir gefunden und mitgenommen", schildert die kleine Frau, die nicht viele schöne Stunden erlebt hat.

„Mein Augenleiden habe ich seit der Geburt, mit 14 wurde es besser, aber einige Jahre darauf mußte überraschend ein Auge entfernt werden. Nur so konnte ich die Sehkraft am anderen behalten."

Heute, mit 65, ist es damit auch nicht mehr weit her. „Das macht mir die größte Sorge", erklärte Maria Sch[redacted].

Trotzdem hat sie selbst viel Liebe gegeben, um einen anderen Menschen glücklich zu machen: Sie nahm ein neun Monate altes Mädchen, eine Halbwaise auf, um ihr ein Elternhaus zu geben. Heute ist die Ziehtochter 32 Jahre alt.

„Was ich mir zu Weihnachten wünsche? Ein bisserl von dem Geld, das mir geraubt wurde, ein Paar warme Pelzschuhe für meinen Mann . . ." (Schuhgröße 43.)

Noch einen Wunsch hat sie uns verraten: Eine kleine Waschmaschine, denn mit zunehmender Blindheit wird es für Frau Sch[redacted] immer schwerer, den Haushalt in Ordnung zu halten.

Wir bitten unsere Leser auch in diesem Fall unverschuldeter Notlage um baldige Hilfe im Rahmen der KURIER-Weihnachtsaktion.

PSK 1,850.008

Für Geldspenden haben wir das Postscheckkonto 1,850.008, Sie können aber Ihren Beitrag beim KURIER-Standl auf dem Christkindlmarkt vor dem Rathaus persönlich abgeben, **bitte** jedenfalls mit dem Vermerk „[redacted]", damit Ihre Spende auch richtig weitergeleitet werden kann.

Sachspenden bitten wir Sie ab 27. November im Wiener Bauzentrum, Fürstengasse 1, am Alsergrund, unseren Helfern zu übergeben.

Kurier vom 24. November 1976

Zwei Tage nach dem Raub wandte sich ein Schätzmeister der Zweigstelle des Dorotheums in Wien 10, Wielandgasse, an den dienstversehenden Kriminalbeamten und teilte diesem mit, daß jene Frau, die als Raubopfer in den Zeitungen abgebildet war, einige Wochen zuvor im Dorotheum mehrere Schmuckstücke versetzt hatte. Der Schätzmeister konnte sich an die Kundin deshalb erinnern, weil diese infolge ihrer Sehbehinderung äußerst hilfsbedürftig war.

Die versetzten Schmuckstücke wurden überprüft, und siehe da, es waren von der Beschreibung her jene, die angeblich geraubt worden waren. Maria Sch. wurde zur Einvernahme geladen, und nach und nach kam die Wahrheit ans Tageslicht: Maria Sch. hatte vor drei Jahren den damals 83jährigen Alois Sch. geheiratet. Sie kam mit dem Haushaltsgeld nicht aus, und eines Tages beschloß sie, Schmuckstücke, darunter auch solche, die ihrem Ehemann gehörten, zu Geld zu machen, indem sie diese ins Dorotheum trug und versetzte. Ihr 86jähriger Ehemann war geistig voll auf der Höhe, und so war ihm aufgefallen, daß einige seiner Schmuckstücke nicht mehr an ihrem ursprünglichen Platz waren. Er stellte seine Frau zur Rede, doch er erhielt lediglich ausweichende Antworten. Alois Sch. gab sich damit nicht zufrieden, und seine Fragen nach dem Verbleib der Schmuckstücke wurden immer drängender. Als seiner Frau keine Ausreden mehr einfielen, kam ihr die Idee, sich als Raubopfer darzustellen. Wenn ihr der Schmuck geraubt worden war, mußte auch der Starrsinnigste einsehen, daß sie ihn nicht mehr zurückgeben konnte. Nach einer mehrstündigen Einvernahme lag ein Geständnis vor. Ein Raub, der tatsächlich nicht stattgefunden hatte, war damit geklärt. Das vorgebliche Raubopfer wurde wegen der fingierten Anzeige vom Gericht zu einer Geldstrafe verurteilt.

Eine weitere Aktion dieser Täterin macht ihren Fall aufzeichnenswert. Der Autor traute seinen Augen nicht, als er in einer Tageszeitung im November 1976 einen Artikel unter dem Titel „Beraubt und in Not geraten" las. Wieder war Maria Sch. abgebildet, und im Rahmen der jährlichen Weihnachtsaktion dieser Tageszeitung wurde für sie zu Geld- und Sachspenden aufgerufen. Ein gutmeinender Reporter hatte sich an den Vorfall vom Mai erinnert, und da offenkundig nichts Geeigneteres zu vermarkten war, hatte er Maria Sch. für seinen Artikel auserkoren. Der Autor informierte den Berichterstatter vom tatsächlichen Sachverhalt. Die Spenden, die auf das Konto der Maria Sch. geflossen waren, wurden daraufhin auf andere, tatsächlich Hilfsbedürftige umgeleitet. Eine Berichtigung in der Zeitung erfolgte nicht, da die damit verbundene Blamage, gerade im sensiblen Spendenbereich, äußert peinlich gewesen wäre.

Maria Sch. hatte nicht nur ihren Ehemann, sondern Monate später auch den Journalisten einer Tageszeitung hinters Licht geführt. Beide Male war sie an der Aufmerksamkeit der Kriminalisten des Bezirkes gescheitert.

9

DER JUSTIZGUERILLA

In der Mitte der siebziger Jahre sorgte ein unbekannter Täter wiederholt für Schlagzeilen in den Medien. Immer wieder gab es Brandanschläge, und als Verursacher gab sich ein Unbekannter zu erkennen, der sich selbst den Namen Justizguerilla zugelegt hatte.

Die von diesem Täter verübten Brandanschläge wurden immer häufiger, provokanter und auch gefährlicher. Schließlich wurde die Amtshandlung von der Staatspolizei an sich gezogen und weitergeführt. Die mit der Aufklärung des Falles beschäftigten Beamten erstellten, heute würde man sagen ein Täterprofil. Das heißt, man erfaßte sämtliche bekanntgewordenen Eigenschaften und Motive des Unbekannten und nahm schlußendlich an, daß der Gesuchte sich von der Justiz zu Unrecht bestraft oder verfolgt fühlte. Der Name Justizguerilla (Guerilla kommt aus dem Spanischen und bedeutet Kleinkrieg) ließ diesen Schluß zu. Es wurde daher jemand gesucht, der mit der Justiz „Krieg" führte oder sich an dieser rächen wollte. In

Jagd auf „Justizguerilla": Nach 30 Attentaten noch immer keine Spuren!

Nach einer kriminaltechnischen Untersuchung steht es eindeutig fest: auch das Feuerattentat auf die Lazaristenkirche in Wien-Neubau wurde von dem unbekannten Attentäter verübt, der sich Justizguerilla nennt und schon 30 Anschläge in Wien, Graz, Klagenfurt und Salzburg verübt hat. Selbst der Sonderkommission des Innenministeriums gelang es nicht, eine Spur zu finden.

Die Sonderkommission selbst hat die Suche nach dem Justizguerilla erschwert. Nach dem Anschlag auf den Mozart-Expreß in Salzburg (eine Brandbombe detonierte, ein Abteil brannte aus), erklärte man: „Das war kein Attentat, eine Putzfrau hat ein Fleckputzmittel vergessen, und dieses ist durch die Hitze explodiert. Deshalb meldeten sich auch keine Zeugen. Ein Woche später wurde zugegeben: „Es war ein Anschlag des geistesgestörten Justizguerillas."

Auch das Attentat auf das Kärntner Landesgericht in Klagenfurt geht auf das Konto des Psychopathen: „Er warf eine Sprengpatrone in das Wachzimmer. Ein Polizist wurde verletzt. In der steirischen Landeshauptstadt explodierte in der Toilette eines jugoslawischen Zuges eine Brandbombe, wodurch ein Fahrgast – eine Frau – leichte Verletzungen erlitt.

Bericht: Hans Konitschek
Dokumentation: H. P. Hasenöhrl

Mehrere Bombenalarme in Graz dürften allerdings nicht mit der Kette der Anschläge zusammenhängen.

Das Motiv des Attentäters ist noch immer nicht klar erkennbar. Der Unbekannte fordert die Freilassung angeblich schuldlos Verurteilter, nennt aber keine Namen und macht auch keine konkreten Angaben.

Auch der Sekretär des Justizministers, Staatsanwalt Dr. Keller, erhielt einen Drohanruf. Seltsamerweise wurden auch Attentate auf die Wohnungen von Rechtsanwälten verübt, die nur mit Wirtschaftsangelegenheiten befaßt sind. Die Bundesbahnen haben das Personal aufgefordert, besonders wachsam zu sein. Auch bei den zwei Anschlägen mit radioaktivem Material hatte sich ein anonymer Anrufer als Justizguerilla ausgegeben. Der vorläufig letzte Anruf erfolgte beim Anschlag auf die Lazaristenkirche in Wien.

DIE LAZARISTENKIRCHE in Wien-Neubau sollte in Flammen aufgehen

DAS PHANTOMBILD, wie es von der Polizei gezeichnet wurde

DER PFARRER gab allerdings eine andere Personenbeschreibung

Frage kamen daher Personen, die sich durch ihre möglicherweise psychopathischen Vorgangsweisen bei der Polizei oder Justiz verdächtig gemacht hatten.

Sämtliche Polizeidienststellen wurden um Mitarbeit ersucht, und jeder Vorfall, der allenfalls dazu beitragen konnte, den Täter auszuforschen, mußte dringend, also mittels Fernschreiben, der Staatspolizei mitgeteilt werden.

Eines Tages war es auch im Bereich des Kommissariates Favoriten so weit, daß ein möglicherweise passender Vorfall zu berichten war. Ein nicht mehr junger, sehr pragmatisch geschulter Beamter, der 1945 der Polizei beigetreten war, in einer Zeit, in der mehr Wert auf politische Verläßlichkeit als auf theoretische Ausbildung gelegt worden war, verfaßte das entsprechende Fernschreiben.

Der altgediente Kriminalbeamte berichtete darin über den „Justizgorilla". Ein Erfolg war ihm sicher: das Fernschreiben hatte gewaltige Aufmerksamkeit erregt. Wenn es auch nicht zur Klärung der Straftaten beitrug, sorgte es wienweit für Heiterkeit.

Der Beamte nahm, als er davon erfuhr, dies durchaus gelassen zur Kenntnis, hatte er doch in seiner bisherigen Laufbahn mit dem Begriff Justizguerilla noch nie zu tun gehabt. Ein Gorilla dagegen war ihm etwas durchaus Geläufiges. Warum sollte ein gefährlicher Täter nicht eine Anleihe aus dem Tierreich genommen haben und, die Wildheit dieser Affenrasse als bekannt vorausgesetzt, sich Justizgorilla nennen. So gesehen war die Begriffsverwechslung nicht ganz von der Hand zu weisen, und die Vorgesetzten des Beamten konnten sich dieser Erklärung nicht gänzlich verschließen.

Aber Spaß beiseite: Ungeachtet aller Bemühungen und Anstrengungen der Polizei ist es nie gelungen, den gesuchten Justizguerilla auszuforschen.

In der Polizeichronik des 10. Bezirkes hat sich dieser Fall nicht zuletzt wegen der nicht alltäglichen Begriffsverwechslung erhalten.

Ein Favoritner, der als Taxilenker wiederholt Probleme mit der Polizei hatte, die letztlich mit Verurteilungen bei Gericht endeten – denken Sie an das angeführte Täterprofil –, kam so in das Visier der Fahnder der Staatspolizei und wurde als Tatverdächtiger festgenommen. Nach einigen Wochen Untersuchungshaft mußte er enthaftet werden; der Nachweis, daß er der gesuchte Justizguerilla war, war nicht gelungen. Dieser Mann hat nach seiner Entlassung jahrelang „Krieg" gegen Polizei und Justiz geführt. Sowohl das Fernsehen als auch diverse Zeitungen gaben ihm Gelegenheit, über das ihm widerfahrene Unrecht zu berichten. Er ließ Plakate drucken und im Bezirk verteilen, auf welchen er gleichfalls auf sein Schicksal hinwies. Dem Autor des Buches, der ihm persönlich bekannt war, ließ er ebenfalls ein Exemplar zukommen. So gesehen war er auf seine Art und Weise zu einem Justizguerilla geworden.

10

DIE FLAMINGOMÖRDER

Im Jahre 1974 wurde die „Wiener Internationale Gartenausstellung“ auf einem weitflächigen Gelände des zehnten Bezirkes in Oberlaa veranstaltet. Ein bis dahin weitgehend als „G'stetten“ existierendes Gebiet wurde in ein bis zum heutigen Tag gern benütztes Naherholungsgebiet umgewandelt.

Zur Belebung der gärtnerisch gestalteten Flächen wurden Schwäne, Enten und eben Flamingos in einem Freigehege angeschafft.

Am 3. August 1976 wollte der Bedienstete der MA 42, Karl M., in den Morgenstunden im WIG-Gelände in Wien-Oberlaa das sogenannte Flamingohaus kontrollieren. Entsetzt prallte er zurück: Von den dort untergebrachten 17 Flamingos waren drei getötet und acht verletzt worden, einer davon so schwer, daß er später verendete. Die Tatbestandsaufnahme ergab, daß in dieses Gehege, in dem die Tiere während der Nacht untergebracht wurden, eingebrochen worden war. Nach Einschlagen einer Fensterscheibe waren die unbekannten Täter in das Haus eingedrungen und hatten mit Holzprügel die anmutigen Tiere erschlagen beziehungsweise schwer verletzt.

Flamingos von Rowdies erschlagen!

Erschüttert sind die Besucher des Kurparks in Wien-Oberlaa über einen Rohheitsakt unbekannter Täter: Mit Holzprügeln schlugen die Rohlinge auf die 17 Flamingos (Bild oben) in einem Gehege nahe des Seerosenteiches ein. Drei Vögel waren auf der Stelle tot, die übrigen überstanden die Wahnsinnstat der Vandalen zum Teil schwer verletzt. Möglicherweise müssen einige Tiere eingeschläfert werden. Der Gärtner hatte Dienstag früh das aufgebrochene Flamingohaus entdeckt. Die 17 Flamingos befinden sich tagsüber im Kurpark und werden am Abend von einem Wärter in das Gehege gebracht. Die Holzprügel (Bild unten) weisen Fingerabdrücke auf.

(Fotos: Gino Molin)

Kronen Zeitung vom 4. August 1976

Die Tageszeitungen berichteten in Schlagzeilen von dieser Straftat, und der überwiegende Teil der Leser war, wie in Leserbriefen zum Ausdruck kam, über diesen Rohheitsakt empört und fassungslos.

Selbstverständlich arbeitete die Favoritener Kripo mit Hochdruck an der Klärung dieser Straftat. Etwa eine Woche später war es soweit: Die Kriminalisten Karl Reisinger und Alfred Neuhser forschten die Täter aus. Es waren dies der damals erst 17jährige beschäftigungslose Günther W. und sein zwölfjähriger Freund Sven S. Beide leugneten vorerst die Tat, verwickelten sich letztlich in Widersprüche und legten schließlich ein Geständnis ab. Sie waren direkt stolz, diese widerwärtige Tat verübt zu haben. Als Motiv gab Günther W. an, daß er Streit mit seinem Vater gehabt hätte und sich abreagieren wollte. Ehe die beiden die Tiere niedermetzelten, hatten sie mit einer Luftdruckpistole auf Schwäne und Enten im WIG-Gelände geschossen. Im Anschluß daran drangen sie in das Flamingohaus ein. Sven S. trieb die verängstigten Tiere Günther W. zu, der mit einem Holzprügel auf diese einschlug. „Es hat uns richtig gefreut, die Tiere zu quälen", meinten beide. Auf die Frage, was sie sich dabei gedacht hätten, kam die vielsagende Antwort: „Nix".

Die Luftdruckpistole hatte Günther W. in einem Kanalschacht in der Nähe seines Wohnortes versteckt. Sie konnte sichergestellt werden. Der bereits vorbestrafte Günther W. erhielt beim Jugendgerichtshof Wien für das Gemetzel eine sechsmonatige unbedingte Freiheitsstrafe. Sven S. war strafunmündig; gegen ihn wurden Fürsorgemaßnahmen ergriffen.

11

TÖDLICHE SEXUALPRAXIS

Im Februar 1978 machte die Mutter eines 22jährigen jungen Mannes eine grauenhafte Entdeckung. Ihr Sohn war von zu Hause ausgezogen und wohnte allein in Wien 10, Quellenstraße. Nachdem Robert B. längere Zeit nichts von sich hatte hören lassen, sorgte sich seine Mutter, und sie suchte die Wohnung auf, um nachzusehen, ob alles in Ordnung war.

Als sie das Zimmer betrat, prallte sie entsetzt zurück: Ihr Sohn war tot. Er hing vom Luster herab. Rettung und Polizei wurden verständigt, und eine polizeiliche Kommission begab sich zum Auffindungsort. Der Tote hatte mehrere Elektrokabel um den Hals geschlungen. Der Tod, dies stand mit großer Wahrscheinlichkeit fest, war durch Strangulierung eingetreten. Unter dem Luster fand sich ein umgestürzter Sessel, der vermutlich benützt worden war, um die Kabelenden am Lusterhaken zu befestigen.

Der Umstand, daß der Tote an den Händen gefesselt war und überdies einen Plastiksack über den Kopf gestülpt hatte, war Anlaß genug, Fremdverschulden nicht auszuschließen. Die Mordkommission wurde gerufen, aber auch diese Spezialisten hatten keine eindeutige Antwort. Die Amtshandlung verblieb im Bezirk.

Vorerst traten technische Probleme auf. Der Verwesungszustand war derart fortgeschritten, daß das Herunternehmen des Leichnams nicht ohne weiteres möglich war. Der Zustand des Toten erklärte sich aus der Raumtemperatur. Da die Wohnung gut beheizt war, hatte dies den Verwesungsprozeß beschleunigt. Der Tote mußte geborgen werden. Als Retter bot sich die Wiener Feuerwehr an. Mit Atemschutzgeräten und Schutzanzügen ausgerüstet gelang die Bergung. Die Leiche wurde in das gerichtsmedizinische Institut gebracht, und seitens der Staatsanwaltschaft Wien wurde die Obduktion angeordnet.

Die Erhebungen brachten nur soviel ans Tageslicht: Der Verstorbene war ein kontaktarmer junger Mann gewesen, hatte weder eine Freundin noch Freunde gehabt. Aus seinem Leben wurden keine Auffälligkeiten in Erfahrung gebracht. Die gerichtsmedizinische Obduktion brachte die Lösung des Falles. Am Tod des jungen Mannes lag kein Fremdverschulden vor. Die Fesselung an den Händen, der über den Kopf gestülpte Plastiksack und das Erhängen am Luster waren Vorbereitungshandlungen für eine spezifische Form der sexuellen Erregung. Das drohende Gefühl der Strangulierung, die durch Fesselung selbstverschuldete Wehrlosigkeit und die damit verbundene Todesnähe gaben ein besonderes Lustgefühl, welches zum Orgasmus führte.

Aus welchem Grund auch immer, bei der letzten derartigen Sexualpraxis stürzte der Sessel um, und es gab keine Chance, das Abstürzen zu verhindern. Diesmal blieb es nicht beim Spiel, es war tödlicher Ernst geworden. Die abnorme Sexualpraxis hatte den jungen Mann das Leben gekostet.

Der Fall ist abgesehen von seiner menschlichen Tragik ein Beispiel mehr dafür, was im Polizeialltag alles vorkommt und wie kompliziert es im Einzelfall sein kann, alle nur erdenklichen Varianten auszuschöpfen, um einen Sachverhalt zu klären.

12

SPEKTAKULÄRE RAUBDELIKTE

Am 6. Juni 1978 betraten zwei Männer gegen 11.30 Uhr das Postamt in Wien 10, Hardtmuthgasse 139. Einer der beiden war maskiert und hatte eine Faustfeuerwaffe in der Hand. Der Bewaffnete ging auf den 55jährigen Franz K. zu und bedrohte ihn mit den Worten: „Das ist ein Überfall!“ Der Postbeamte gab zur Antwort: „Macht's kan Scherz.“ Unmittelbar darauf fiel ein Schuß, und der Beamte stürzte getroffen zu Boden. Er hatte einen Treffer in den Unterleib erhalten. Der zweite Schalterbeamte stellte eingeschüchtert durch die brutale Vorgangsweise die Geldlade auf das Schalterpult. Der bewaffnete Räuber raffte das Geld zusammen, und beide Täter ergriffen die Flucht. Wie sich später herausstellte, betrug die Beute 172.000 Schilling. Die Täter flüchteten mit einem Pkw der Marke Fiat 850; dabei stießen sie gegen ein geparktes Auto, sprangen aus dem Fahrzeug und setzten ihre Flucht zur Fuß fort. Ein Taxilenker, der mit seiner Frau einkaufen war, wurde Zeuge dieses Vorfalles. Er wollte die beiden wegen des Verkehrsunfalles mit anschließender Fahrerflucht zur Rede stellen, worauf einer der Täter zu ihm sagte: „Mich halt'st du net auf!“ und gleichzeitig auf ihn schoß. Der 34jährige Taxilenker Walter B. erlitt einen Lungenschuß; die Täter setzten ihre Flucht fort.

Eine Großfahndung wurde ausgelöst, doch nach einigen Stunden wurde sie ergebnislos abgebrochen. Der angeschossene Postbeamte verstarb nach seiner Einlieferung im Spital infolge der Verletzung. Die Amtshandlung wurde vom Sicherheitsbüro übernommen. Wenige Wochen später waren die Täter gefaßt. Die Beamten des Sicherheitsbüros hatten einen vertraulichen Hinweis erhalten; der 42jährige Franz

Brutaler Überfall in Wien-Favoriten: Gangster erbeuteten 200.000 Schilling Sie schossen sofort und rammten mit dem Fluchtauto mehrere andere Wagen Beide Opfer sind noch in Lebensgefahr

◄ Die Polizei vermutete zunächst, die Gangster hätten sich in dieser Tiefgarage verschanzt. Doch eine Durchsuchung blieb erfolglos.

▲ Mit diesem gestohlenen Auto flüchteten die Verbrecher und rammten dabei mehrere andere Fahrzeuge. Der Wagen blieb beschädigt stehen.

Kronen Zeitung vom 7. Juni 1978

K. und der 29jährige Juan Carlos B., wurden festgenommen und gestanden die Tat. Der Todesschütze war Juan Carlos B. Er hatte auch auf den Taxilenker geschossen. Die Tatwaffe war eine Pistole der Marke Radom im Kaliber 9 mm. Wie in den meisten Fällen, in denen Faustfeuerwaffen zur Begehung von Straftaten verwendet werden, wurde sie illegal besessen.

Am 27. Februar 1978 wurde in Wien 10, Troststraße, ein Angestellter der Firma Kunz überfallen, als er auf dem Weg zur Bank war, um die Tageslosung in den Nachttresor einzuwerfen. Ein unbekannter, maskierter Täter hatte dem Angestellten aufgelauert, ihn mit einer Waffe bedroht, auf ihn geschossen und ihm schließlich den Plastiksack mit der Tageslosung von 76.000 Schilling geraubt.

Der Angestellte, der 22jährige Johann S., lief in die Filiale zurück und teilte dem Filialleiter mit, was vorgefallen war. Dieser verständigte die Polizei. Die Erhebungen im Zusammenhang mit diesem Raub sind dem Autor ungeachtet der mehr als zwei Jahrzehnte zurückliegenden Tat deutlich in Erinnerung geblieben.

Im Jahre 1978 waren Raubdelikte eher die Ausnahme, und solche, bei denen geschossen wurde, kamen noch seltener vor. Die „Raubwelle", insbesondere auf Postämter, Banken, Lebensmittelmärkte und Trafiken, war damals so gut wie unbekannt.

Obgleich die Kriminalpolizei sämtliche Möglichkeiten, die ihr zur Verfügung standen, einsetzte, konnte der Überfall nicht geklärt werden. Die Erhebungen am Tatort verliefen negativ. Der Verkäufer war zum Zeitpunkt des Überfalls mit einem Arbeitsmantel bekleidet gewesen, der unbeschädigt geblieben war. Seine Hose dagegen wies in der Höhe von etwa 50 Zentimeter einen Durchschuß auf. Die Kriminalbeamten wurden, was den Tathergang betraf, mißtrauisch. Was erweckte das Mißtrauen der erhebenden Beamten?

Ein Raubdelikt wie das angeführte war in den vergangenen Jahren im Bezirk nicht vorgekommen. Es gab weder Zeugen, noch fanden sich am Tatort Spuren. Es war äußerst seltsam, daß der Arbeitsmantel keinen Einschuß aufwies, wohl aber die Oberhose, die unter dem Mantel getragen worden war.

Die Raubbeute in der Höhe von 76.000 Schilling war im Jahre 1978 viel Geld. Der 22jährige Johann S. verdiente monatlich 6700 Schilling. Kurz und gut, die Kriminalbeamten waren davon überzeugt, daß die Anzeige erfunden war und der Verkäufer den Raub vorgetäuscht hatte. Johann S. leugnete dies. Der Autor ließ sich von den Kriminalbeamten nicht von der Schuld des Anzeigers bzw. Verdächtigten überzeugen.

Als Johann S. nach mehrstündiger Einvernahme nach Hause ging, war die Stimmung der erhebenden Beamten eisig. Viele Stunden Arbeit waren aufgewendet worden. Der Autor, ein damals relativ junger Polizeijurist, war nicht zu bewegen gewesen, einen Haftbefehl gegen Johann S. einzuholen. Nur unter dem Druck der Haft wäre nach Auffassung der Kriminalbeamten mit einem Geständnis und damit mit einer Klärung der strafbaren Handlung zu rechnen gewesen.

Nach einigen Monaten stand fest, daß Johann S. die Wahrheit gesagt hatte. Er war beraubt und angeschossen worden. Der Täter des Postraubes, Juan Carlos B., hatte auch diesen Raub gestanden. Daß es bei der Schußabgabe zu keiner Verletzung des Opfers gekommen war, ist einem jener unwahrscheinlichen Zufälle zu verdanken, wie sie im Leben manchmal vorkommen. Der Täter hatte in einem Moment auf sein Opfer geschossen, als der Arbeitsmantel die Hose nicht verdeckte.

Juan Carlos B. sorgte während seiner Strafverbüßung wiederholt für Aufsehen. Zweimal gelang ihm die Flucht aus der Haftanstalt. Nach seinem zweiten Ausbruch nahm er eine Frau als Geisel, verletzte diese mit einem Messer und vergewaltigte sie.

13

EIN BEZIRK HÄLT DEN ATEM AN

Am 6. Juli 1978 wurde gegen 13.20 Uhr der Journaldienst verständigt. Der polnische Staatsbürger Pavel P., 23 Jahre alt, war in Wien 10, Laxenburger Straße – Ecke Erlachgasse, bewußtlos zusammengebrochen und in das Kaiser-Franz-Joseph-Spital gebracht worden. Der junge Mann war mit Reklametafeln, die er an der Brust und am Rücken trug, in der Laxenburger Straße auf und ab gegangen. Ein zufällig vorbeikommender Arzt hatte Erste Hilfe geleistet und das Eintreffen der Rettung abgewartet. Als Todesursache wurde Herzversagen festgestellt.

Gegen 13.35 Uhr wurden über Notruf Rettung und Polizei neuerlich angefordert. Einsatzgrund war eine verletzte Frau. Die 63jährige Raffaela H. aus Wien 4, Kolschitzkygasse, war auf der Laxenburger Straße gegangen, als sie an der linken Schulter einen Schlag und danach immer stärker werdende Schmerzen verspürte. Der intervenierende Sicherheitswachebeamte kam zu der Ansicht, daß die Frau durch einen Schuß verletzt worden war. Diese Vermutung wurde alsbald vom Rettungsarzt bestätigt.

AZ vom 8. April 1978
✶ Standort des Schützen

Noch während man sich um die Verletzte kümmerte, kam auch die 14jährige Schülerin Margit V. aus Wien 10, Quellenstraße, in Begleitung ihrer Mutter und wies auf eine blutige Verletzung am Hinterkopf hin. Auch sie war auf der Laxenburger Straße gegangen, als sie einen Knall hörte und im selben Moment einen Schmerz am Hinterkopf verspürte. Sie war vorerst nach Hause gelaufen und hatte ihrer Mutter von dem Vorfall erzählt. Gemeinsam waren sie zu jener Örtlichkeit zurückgegangen, wo es zu der Verletzung gekommen war, um allenfalls die Ursachen dafür in Erfahrung zu bringen. Der Rettungsarzt stellte einen Streifschuß am Hinterkopf des Kindes fest. Nun stand fest, daß ein Unbekannter auf beide Frauen geschossen hatte.

Um weitere Attentatsopfer zu vermeiden, wurde die Laxenburger Straße zwischen Gudrunstraße und Pernersdorferstraße zur Gänze für Fußgänger, Fahrzeuge und Straßenbahn gesperrt.

Der Autor des Buches begab sich mit dem Polizeiamtsarzt Dr. Schmitt und den Kriminalbeamten Reisinger und Wohlwendt zur Kommissionierung der Leiche des 23jährigen Polen in das Kaiser-Franz-Joseph-Spital. Auf dem Weg ins Spital beschäftigte die Beamten nur ein Gedanke: War der junge Mann allenfalls auch angeschossen worden und nicht, wie ursprünglich vermutet, an Herzversagen gestorben?

Kronen Zeitung vom 8. April 1978
✶ An dieser Stelle wurde Pavel P. tödlich getroffen

Der Leichnam wurde von der polizeilichen Kommission untersucht. Der Tote wies an der linken Schulterseite eindeutig einen Einschuß auf; eine Ausschußöffnung war nicht feststellbar. Der Tod war somit mit Sicherheit durch eine Schußverletzung eingetreten. Weder von dem zufällig vorbeigekommenen Arzt, noch vom Rettungsarzt und auch nicht im Spital war die eigentliche Todesursache entdeckt worden.

Die Wunde ließ den Schluß zu, daß mit einer Kleinkaliberwaffe geschossen worden war.

Als die Beamten das Spital verließen, stand fest, daß ein Amokschütze einen Mann erschossen hatte und kurz darauf auch auf zwei Frauen das Feuer eröffnet hatte.

Am Tatort wurde von der Sicherheitswache ein Projektil aufgefunden und sichergestellt. Dieses Projektil bestätigte die Vermutung, daß mit einer Kleinkaliberwaffe geschossen worden war. Die Laxenburger Straße war damals wie heute eine der Hauptverkehrsstraßen des Bezirks. Die Schußdetonationen wurden teilweise vom starken Verkehrslärm absorbiert. Sämtliche verfügbaren Polizeibeamte, egal ob Sicherheitswache- oder Kriminalbeamte, wurden einberufen. Der Polizeipräsident Dr. Karl Reidinger, der Bezirksvorsteher Josef Deutsch sowie der Leiter des Sicherheitsbüros, Mag. Otto Kornek, erschienen am Tatort. In allen Häusern links und rechts der Laxenburger Straße zwischen Gudrunstraße und Pernersdorferstraße wurden Erhebungen durchgeführt, dennoch fand sich kein Hinweis auf den Schützen. Theoretisch wäre es möglich gewesen, daß die Schüsse aus einem Pkw abgegeben worden waren. Nach etwa zwei Stunden erfolglosen Suchens wurden die Verkehrsbeschränkungen, die zu einem Verkehrsinfarkt im Bezirk geführt hatten, aufgehoben.

Die Kriminalbeamten des Kommissariates versuchten immer wieder, so gut wie dies eben möglich war, den Standort des Toten beziehungsweise der Verletzten zu rekonstruieren. Die Rekonstruktion war deshalb von größter Wichtigkeit, weil sich so allenfalls die Position des Schützen eruieren hätte lassen und damit möglicherweise seine Ausforschung.

Man einigte sich schließlich darauf, den Standort des Schützen auf das Haus Wien 10, Laxenburger Straße 59, einzuengen. Alle dort wohnhaften Personen wurden über das Meldeamt erfaßt und auf allfällige Vorstrafen oder Vormerkungen überprüft. Die im Haus anwesenden Parteien wurden Tür für Tür befragt und um Auskunft ersucht. Bei diesen Erhebungen zeigten sich sämtliche Befragte ausgesprochen hilfsbereit – der Schock über die geschilderten Vorfälle hatte alle gleich betroffen gemacht. Bei der Befragung konnte in Erfahrung gebracht werden, daß seit kurzer Zeit ein Mann im Wohnhaus aufhältig war, der durch seinen unregelmäßigen Lebenswandel aufgefallen war. Es stellte sich auch heraus, daß dieser Mann polizeilich nicht gemeldet war. Die Identität des Hausbewohners wurde festgestellt: es handelte sich um den 35jährigen Zusteller Peter P.

Bei einer Lagebesprechung erinnerte sich der Verfasser des Buches, er war damals Journalbeamter und Leiter der dargestellten Amtshandlung, an ein Gespräch mit dem Kriminalbeamten Neuhser einige Tage zuvor. Diesem Kriminalbeamten war in einer Bank ein Mann aufgefallen, welchen er von einer Amtshandlung her kannte. Der Name dieses Mannes wollte dem Kriminalbeamten nicht und nicht einfallen. Er sprach den Bankangestellten an, und dieser nannte dessen Familiennamen. Mit diesem wußte der Beamte nichts anzufangen – seine Neugier war geweckt.

Des Rätsels Lösung war eine Namensänderung im Zusammenhang mit einer Verehelichung. Peter P. hatte vor seiner Verehelichung einen anderen Familiennamen, unter dem er dem Kriminalbeamten bekannt gewesen war. Bei den Recherchen zeigte sich eine Absurdität: Stellte man eine Strafregisterauskunft auf den Namen Peter P., war diese negativ, anders ausgedrückt, eine Person dieses Namens wies keine Vorstrafe auf. Stellte man eine Strafregisterauskunft auf den Namen Peter K., wurden die Vorstrafen mitgeteilt. Was war die Ursache? Bei einer Novellierung des Namensrechtes hatte man völlig darauf vergessen, einen Konnex mit der Strafregisterauskunft herzustellen. Kriminelle hatten alsbald die Vorzüge dieser Gesetzteslücke erkannt und von der Namensänderung in Verbindung mit einer Verehelichung Gebrauch gemacht. Nun aber zurück zur Amtshandlung:

Der festgestellte Peter P. alias K. konnte im Wohnhaus Laxenburger Straße Nummer 59 nicht angetroffen werden. Die Kriminalbeamten Buchelt und Hadek verblieben im Wohnhaus, um das Eintreffen des Gesuchten abzuwarten. Um 20.15 Uhr kam Peter P., und die Kriminalbeamten führten aus eigenem Antrieb in Gegenwart des Verdächtigen eine Hausdurchsuchung durch.

In der Wohnung wurde ein halbautomatisches Kleinkalibergewehr der Marke ERMA sowie eine größere Anzahl dazugehöriger Munition gefunden. Als die Beamten von einem der Wohnungsfenster Richtung Laxenburger Straße blickten, merkten sie am Fensterblech Einschüsse. Der Beweis war erbracht: Der gesuchte Schütze hatte vom Fenster aus in Richtung Laxenburger Straße geschossen und dabei versehentlich das Fensterblech durchschossen.

Der Amokschütze war damit mit größter Wahrscheinlichkeit ausgeforscht worden. Peter P. wurde wegen dringenden Tatverdachtes festgenommen und dem Kommissariat überstellt. Die Amtshandlung wurde vom Sicherheitsbüro übernommen und weitergeführt.

Viele Stunden anstrengendster Erhebungstätigkeit, verbunden mit zahlreichen Kombinationen hinsichtlich der Tatausübung hatten sich gelohnt. Eine der wohl aufsehenerregendsten Amtshandlungen im 10. Bezirk hatte ein positives Ende gefunden.

Peter P. wurde im Dezember 1978 zu einer lebenslangen Freiheitsstrafe verurteilt. Das Motiv der Tat konnte nicht geklärt werden.

Die angeführte Amtshandlung war Anlaß für eine abermalige Novellierung des Namensrechtes. Die Möglichkeit, durch Namensänderung in Verbindung mit einer Verehelichung ein einwandfreies Leumundszeugnis zu erlangen, ist seit damals nicht mehr gegeben.

14

EIN UNAPPETTITLICHES VERSTECK

Am 8. November 1978 war es gegen 15 Uhr in einem Geschäft in Wien 10, Columbusgasse 38, zu einem brutalen Raubüberfall gekommen. Das Geschäft befand sich in unmittelbarer Nähe des Viktor-Adler-Marktes, und der Geschäftsinhaber handelte mit Waren aller Art.

Bei dem Überall war der 61jährige Geschäftsmann zusammengeschlagen und seine 25jährige Verkäuferin zu Boden geworfen worden. Anschließend machten sich die drei Täter an die Durchsuchung des Geschäftes; sie raubten Geld und Wertgegenstände. Die Raubbeute stopften sie wahllos in mitgebrachte Taschen. Ehe sie den Tatort verließen, rissen sie das Telefonkabel aus der Verankerung, um so eine Verständigung der Polizei hinauszuzögern. Als sich der verletzte Geschäftsmann nicht mehr unmittelbar bedroht fühlte, lief er mit blutüberströmtem Gesicht vor das Geschäft und rief lautstark um Hilfe. Damals wie heute war und ist die Gegend rund um den Viktor-Adler-Markt stark frequentiert. Ein vorbeifahrender Autofahrer wurde auf die Hilferufe aufmerksam, bemerkte die flüchtenden Täter und fuhr ihnen nach. Sie bogen in die Schröttergasse ein und waren plötzlich wie vom Erboden verschluckt.

Da der Tatort nicht allzu weit vom Kommissariat entfernt lag, waren drei Kriminalbeamte bereits wenige Minuten nach dem Überfall zur Stelle. Der Autofahrer, der die Verfolgung aufgenommen hatte, erzählte den Beamten von seiner Beobachtung. Die Kriminalisten zogen die richtige Schlußfolgerung: Wenn die Täter plötzlich nicht mehr zu sehen waren, mußten sie in eines der Eckhäuser gelaufen sein und sich dort verborgen halten. Das Haus Schröttergasse 21 wurde als erstes Objekt in die Durchsuchung einbezogen. Der Hausbesorger sollte dabei helfen, konnte er doch nötigenfalls die Schlüssel für Keller und Dachboden zur Verfügung stellen.

Die Kriminalbeamten klopften an die Tür der Hausbesorgerwohnung, doch es wurde ihnen nicht geöffnet. Da von innen Geräusche bis auf den Gang drangen, blickten die Beamten durch den Briefschlitz an der Wohnungstüre und sahen die Beine mehrerer Personen, die aufgeregt hin- und herliefen. Sogleich liefen zwei Beamte auf die Straße, weil eine Flucht der Täter durch das im Parterre gelegene Fenster nicht auszuschließen war. Dies geschah keine Minute zu früh: Das Fenster wurde geöffnet, und zwei Männer versuchten auf die Straße zu springen. Der Zuruf „Polizei" hatte zur Folge, daß die beiden ihr Vorhaben aufgaben.

Die Kriminalbeamten drangen gewaltsam in die Wohnung ein und fanden darin drei Männer vor. Auf einer Bettbank lag ein grüner Mantel. Nach Zeugenaussagen war einer der Täter mit einem solchen bekleidet gewesen. Die Verdachtsmomente waren ausreichend; die Festnahme wurde ausgesprochen und die mutmaßlichen Räuber zum Dienstauto eskortiert. Dabei kam es zu einem Fluchtversuch, der nach einem heftigen Handgemenge vereitelt wurde. Den Verdächtigen wurden Handschellen angelegt – einer „Reise“ auf das Kommissariat sollte nichts mehr im Wege stehen.

Rasch stellte sich heraus, daß die Festgenommenen die gesuchten Räuber waren. Sie wurden von den Überfallenen eindeutig wiedererkannt. Die Täter waren jugoslawische Staatsbürger: der 27jährige Vladan S. aus Wien 10, Schröttergasse, Dragic B., gleichfalls 27 Jahre alt, aus Wien 16, Herbststraße, und der 31jährige Danilo M., der keinen festen Wohnsitz hatte.

Vladan S. und Dragic B. hielten sich seit einigen Jahren in Wien auf. Sie waren als Gastarbeiter nach Österreich gekommen, hatten ihren Arbeisplatz verloren und in einem Lokal Danilo M. kennengelernt. Dieser war es, der die Idee zum Raubüberfall hatte. Er wollte gehört haben, daß in dem Geschäft in Wien 10, Columbusgasse, „schwarz“ Geld, vor allem Ostwährungen, gewechselt würde, und er versprach den beiden reiche Beute. Anhaltende Geldprobleme einerseits und die kriminelle Energie des Anstifters andererseits übertrugen sich auf Vladan S. und Dragic B. Der geplanten Tat stand nichts mehr im Wege. Die Frau von Vladan S. war Hausbesorgerin des Hauses in Wien 10, Schröttergasse 21, weshalb die Räuber dorthin geflüchtet waren. Es war von vornherein so geplant gewesen. In der Wohnung wollte man die zu erwartende Polizeiaktion abwarten, um sich nach Teilung der Beute friedlich und gefahrlos zu trennen.

Die Vernehmung der Täter begann. Vladan S. und Dragic B. zeigten sich nach und nach kooperativ. Die Raubbeute, eine große Anzahl von Uhren und Schmuck sowie Bargeld, konnte in der Hausbesorgerwohnung und in einem Kellerversteck aufgefunden werden.

Das Foto zeigt den von den Tätern durchwühlten Tatort

Alles wurde von den Kriminalbeamten aufgelistet, aber so oft man auch nachrechnete, es fehlten 1500 Schilling. Die Vernehmungen begannen aufs neue, aber es blieb dabei, Vladan S. und Dragic B. wiederholten ihre Angaben, sie hätten ihrer Meinung nach alles gesagt und nichts verschwiegen. Danilo M. war von Anfang an nicht sehr gesprächig gewesen, doch seine Aussage war nicht mehr von wesentlicher Bedeutung, lag doch ein Geständnis seiner Komplizen vor. Die Kriminalisten der Gruppe Wohlwendt wollten aber einen hundertprozentigen Erfolg. Es geschieht nicht jeden Tag im Leben eines Kriminalbeamten, daß ein brutaler Raubüberfall nur etwa eine Viertelstunde nach der Tat geklärt wird.

Der Rest der Beute mußte aufzutreiben sein. Während der Vernehmung des Danilo M. ersuchte dieser um Unterbrechung der Einvernahme: er müsse dringend aufs WC. Es gehört mit zu den Aufgaben eines Kriminalbeamten, einen Häftling auch auf diesem Weg zu begleiten, und gerade dabei ist besondere Vorsicht angebracht. Nur allzu oft war der Gang aufs WC zu einem Fluchtversuch oder zur Vernichtung von Beweisgegenständen genützt worden. Danilo M. kam gar nicht mehr zum angestrebten Ort. Im Vorraum war es bereits soweit: sein Darm entleerte sich unüberhörbar, und, siehe da, das vermißte Geld kam zum Vorschein. Aber es sollte noch besser kommen: Die in Gang gesetzte Darmtätigkeit ließ sich willentlich nicht beeinflussen, und so kam, wenn auch unter hörbaren Anstrengungen, auch noch ein Reisepaß hervor.

Wie man sieht, ist die spezielle Körperöffnung allemal geeignet, Gegenstände verschiedenster Art aufzunehmen; vor allem Polizeibeamte sollen dies wissen. So manch böse Überraschung kann dadurch verhindert werden.

Wie sich herausstellte, war der Reisepaß verfälscht worden. Danilo M. hieß Lubisa B. und wurde wegen Einbruchdiebstahles gesucht.

Die Raubbeute wurde sichergestellt und in einem Plastikbehälter zu den Depositen gegeben.

Die Tat war nun restlos geklärt, und so sehr sich die Kriminalbeamten und der Autor, der Leiter der Amtshandlung war, darüber freuten, der Appetit auf ein Abendessen war allen Beteiligten vergangen.

Die Täter wurden im April 1979 vom Landesgericht für Strafsachen Wien zu fünf-, fünfeinhalb- und sechsjährigen Freiheitsstrafen verurteilt. Bei der Strafbemessung war ihre brutale Vorgangsweise als erschwerend gewertet worden.

Vladan S. sollte im Jahre 1986 nochmals die Kriminalchronik bereichern: abermals war er an einem brutalen Raubdelikt beteiligt und erhielt dafür eine zwölfjährige Freiheitsstrafe. Ein ehemaliger Gastarbeiter blieb so für insgesamt achtzehn Jahre der Republik Österreich, wenn auch als Strafgefangener, erhalten.

15

TÖDLICHE GARTENPARTY

Am 15. September 1979 kam es in Wien 10 in einer Kleingartenanlage, zu einer Auseinandersetzung, die mit dem Tod eines Menschen enden sollte.

Der Monat September des Jahres 1979 war schön und heiß. Nahezu alle Kleingartenbesitzer nützten deshalb die Wetterlage und hielten sich jede freie Minute in ihren Gärten auf. Der 15. September 1979 fiel auf einen Samstag, und einer der Gartenbewohner hatte sich entschlossen, eine Party zu veranstalten. Das Fest begann in den Nachmittagsstunden, und nach und nach fanden sich fünfzehn Gäste ein. Gegen 16.30 Uhr kam auch der Gartennachbar in Begleitung seiner Frau.

Es wurde gegrillt und Wein und Bier sowie eine eigens für diesen Anlaß angemachte Bowle serviert. Die Stimmung wurde zusehends ausgelassener, der Alkohol trug das seine dazu bei.

Den Anwesenden fiel auf, daß sich einer der Gäste, der 43jährige Johann Sch., Versicherungsvertreter von Beruf, aus Wien 10, Raxstraße, intensiv mit der 43jährigen Sonja P., der Gattin des Nachbarn, unterhielt. Ihrem Gespräch war zu entnehmen, daß sie sich über „alte Zeiten" und über gemeinsam erlebte Situationen und Personen gut und immer angeregter unterhielten.

Die beiden kamen sich im Verlaufe des Abends im wahrsten Sinn des Wortes immer näher, und letztlich schmusten sie miteinander. Warum auch nicht, die angeheizte Stimmung ließ solche Intimitäten als nichts Außergewöhnliches erscheinen. Irgendwann sonderten sich die beiden alten Bekannten von den übrigen Partygästen ab, doch fiel dies vorerst nicht weiter auf.

Die im Garten aufgefundene Tatwaffe

Plötzlich jedoch vernahmen die Gäste mehrere Detonationen. Zunächst dachte man an „Überbleibsel“ von Silvester, nämlich an Feuerwerkskörper, die jemand zufällig entdeckt hatte und, wenn auch Monate später als eigentlich vorgesehen, zu ihrem Zweck, der Ausgelassenheit hörbar Ausdruck zu verleihen, benützte.

Doch unmittelbar danach hörte man eine Frau vom Nachbargarten her rufen „Helfts ihm, er bringt ihn um!“ Erschrocken und neugierig zugleich liefen einige Gäste in Richtung der Hilferufe und sahen im Nachbargarten Johann Sch. im Gras liegen.

Der Mann war im Gesicht stark blutverschmiert. Während man dem Verletzten so gut es ging Erste Hilfe leistete und Rettung und Polizei verständigte, kam der Ehemann von Sonja P., der 49jährige Erich P. aus Wien 10 hinzu und sagte zu einem der Helfer: „Hättest du ihn nicht auch niedergeschossen, wenn du ihn mit deiner Frau in der Hütte erwischt hättest?“ Die Rettung brachte Johann Sch. in das AUK Meidling.

Die kurz nach dem Anruf eintreffenden Polizeibeamten leiteten eine Fahndung nach Erich P. ein, der aufgrund seiner Äußerungen dringend verdächtig war, auf Johann Sch. geschossen zu haben. Kriminalbeamte begannen an Ort und Stelle mit der Befragung der Zeugen, und relativ rasch wußte man, was und vor allem weshalb es zu der Tat gekommen war. Eifersucht war das Motiv gewesen. Die Tatwaffe, eine Pistole, wurde im Rasen aufgefunden.

Erich P. wurde etwa eine Viertelstunde nach der Tat von der Besatzung des Funkwagens „Tasso 3“, den Sicherheitswachebeamten Köstenbaumer und Scheidl, auf der Straße erkannt und festgenommen. Er setzte seiner Festnahme keinen Widerstand entgegen.

Bei seiner Vernehmung gab Erich P. an, daß ihm aufgefallen war, daß seine Frau und Johann Sch. plötzlich nicht mehr anwesend waren. Er hätte sich auf die Suche nach ihnen gemacht, und was er vermutet hatte, traf zu. In seinem Gartenhaus überraschte er die beiden auf dem Bett liegend. Was jetzt geschah, war nicht mehr von Vernunft, sondern vom Gefühl bestimmt. Er wäre zum Nachtkästchen gegangen und hätte die dort zum Schutz vor Einbrechern verwahrte Pistole herausgenommen, durchgeladen und mehrmals auf Johann Sch. geschossen. Dieser war, als er seinen Kontrahenten bemerkt hatte, aufgesprungen und hatte zu flüchten versucht, doch der eifersüchtige Ehemann war schneller. Ungeachtet seiner Schußwunden war es Johann Sch. noch gelungen, aus dem Gartenhaus zu laufen, doch dann verließen ihn seine Kräfte, und er stürzte zu Boden. Als er aufgefunden wurde, war er noch bei vollem Bewußtsein.

Zur Tatwaffe gab der Täter an, daß er diese samt Munition auf einer Planie gefunden hätte. Vor Jahren hätte er einige Schüsse abgeben, um die Funktion zu überprüfen, seither lag die Pistole im Nachtkästchen. Eine Berechtigung zum Besitz der Waffe besaß Erich P. nicht. Was die Herkunft der Waffe betrifft, sind berechtigte Zweifel angebracht; häufig wird bei einer nicht registrierten Waffe angegeben, sie gefunden zu haben. Auf diese Art erspart man dem ursprünglichen Eigentümer behördliche Schwierigkeiten und unter Umständen ein gerichtliches Strafverfahren.

Die Pistole der Marke Ortgies, ein deutsches Erzeugnis aus den zwanziger Jahren im Kaliber 7,65 mm, hatte spät aber doch ihre tödliche Wirkung demonstriert. Wie jede nicht registrierte Waffe wurde sie kriminaltechnisch untersucht. So gelingt es fallweise, ein ungeklärtes Delikt zu klären. Sämtliche verfeuerte Patronenhülsen von nicht geklärten strafbaren Handlungen werden zentral gesammelt und aufbewahrt, in der Hoffnung, vielleicht doch einmal die dazugehörige Waffe, aus der sie verschossen wurden, zu finden. Hat man erst einmal die Tatwaffe, besteht die Chance, den Schützen und damit den Täter zu finden.

Bei dem Beschuß der Waffe funktionierte diese nicht mehr. Die Mechanik war durch die Schußabgabe beschädigt worden. Wäre dies bereits beim ersten oder zweiten Schuß aufgetreten, hätte Johann Sch. überlebt, so aber trat der Defekt erst beim dritten, dem tödlichen Schuß auf.

Sieben Stunden nach der Einlieferung verstarb Johann Sch. infolge seiner Schußverletzungen. Bei der Obduktion ließ sich eindeutig nachweisen, daß dreimal auf ihn geschossen worden war. Instinktiv hatte sich das Opfer die Hände vors Gesicht gehalten, so war die rechte Hand durchschossen worden, ehe das Projektil in der linken Augenhöhle steckenblieb. Der zweite Schuß hatte das Opfer in den Mund getroffen, und das Geschoß war im Unterkiefer steckengeblieben. Nach Aussage des Gerichtsmediziners hätten beide Schüsse wohl schwere Verletzungen herbeigeführt, nicht aber den Tod. Die dritte Patrone durchschlug den Bauchraum und führte zu einer großflächigen inneren Blutung. Dieser letzte Treffer war tödlich.

Dem Tatverdächtigen wurde Blut abgenommen, ist doch der Grad der Alkoholbeeinträchtigung für das Gerichtsverfahren von wesentlicher Bedeutung. Der Gerichtsmediziner errechnete einen Blutalkoholwert von 2,7 Promille. Ein sehr hoher Wert, doch der psychiatrische Gutachter bejahte die Zurechnungsfähigkeit, das heißt, Erich P. war demnach für seine Tat voll verantwortlich.

Am 19. November 1980 fand im Landesgericht Wien der Prozeß statt. Erich P. wurde wegen Verbrechens des Totschlages und wegen Vergehens nach dem Waffengesetz zu einer fünfjährigen Freiheitsstrafe verurteilt. Er hatte sich dem Urteilsspruch zufolge in einer allgemein begreiflichen Gemütsbewegung dazu hinreißen lassen, Johann Sch. durch drei Schüsse zu töten.

Ein bis zu dieser Tat unbescholtener Mann hatte bei einer feucht-fröhlichen Party unter Alkoholeinfluß seinen Emotionen freien Lauf gelassen, und eine fatalerweise griffbereite Pistole besiegelte das Schicksal eines an sich harmlosen Gastes. Wäre die Faustfeuerwaffe nicht in unmittelbarer Nähe gewesen, ist mit großer Wahrscheinlichkeit anzunehmen, daß die aufgestauten Gefühle mit einer körperlichen Attacke geendet hätten. Ein blaues Auge, möglicherweise aufgeschlagene Lippen hätten ausgereicht, das verletzte Ehrgefühl zu befriedigen. Ein Mensch wäre am Leben und einem zweiten seine bisherige Existenz erhalten geblieben.

Offen blieb im Gerichtsverfahren, ob es überhaupt zu einem Beischlaf gekommen war; die Umstände sprachen eher dagegen. War die Ehe von Erich und Sonja P., wie bei der Gerichtsverhandlung bekannt wurde, im großen und ganzen als harmonisch zu bezeichnen, um so tragischer ist demnach der Ausgang der Eifersuchtsszene zu beurteilen.

16

MASSENFLUCHT

Am 20. Mai 1981 teilte ein Justizwachebeamter der Justizanstalt Favoriten in Wien 10, Hardtmuthgasse 42, dem Journaldienst mit, daß es vor einigen Minuten zu einer Massenflucht von Häftlingen gekommen sei.

Insgesamt befänden sich sieben Häftlinge auf der Flucht. Sämtliche Flüchtende wären mit Trainingsanzügen und Sportschuhen bekleidet.

Dem Anlaß entsprechend wurden alle Funkwagenbesatzungen in die Fahndung mit einbezogen, und auch alle verfügbaren Kriminalbeamten beteiligten sich daran. Eine Hundertschaft von Polizeischülern wurde mittels Mannschaftstransporter zur Unterstützung der Fahndung in den Bezirk gebracht. Doch alles war, wie auch nicht anders zu erwarten, vergeblich. Nach drei Stunden wurde die Fahndungsaktion ergebnislos eingestellt.

Wie war es zu dieser Massenflucht gekommen? Insgesamt wurden zehn Häftlinge in Begleitung dreier Justizwachebeamter von der Haftanstalt zum Sportplatz nach Wien 10, Ettenreichgasse, zu den dort befindlichen Sokolsälen ausgeführt. Es geschah dies einmal wöchentlich. Bei den Häftlingen handelte es sich um Drogenabhängige, die nach dem Suchtgiftgesetz verurteilt worden waren und noch Haftstrafen in der Dauer von ein bis zwei Jahren zu verbüßen hatten.

Als die Häftlinge den Bestimmungsort erreicht hatten, begann die Mehrheit, nämlich sieben von zehn, zu flüchten. Ein in Wien 10, Senefeldergasse, etablierter Trafikant sah die jungen Männer laufen, doch er dachte, wer konnte es ihm verargen, an eine Gruppe von Sportlern, und hatte daher keinerlei Veranlassung die Polizei zu verständigen. Der moderne Strafvollzug mit seinen Gestaltungsmöglichkeiten auch außerhalb der Vollzugsanstalt stand erst am Beginn seiner Entwicklung.

Die Häftlinge waren zwischen neunzehn und dreißig Jahre alt, sechs davon waren Österreicher, einer war britischer Staatsbürger.

Noch am Tag der Flucht kehrte einer der Flüchtigen freiwillig in die Strafanstalt zurück. Seinen Angaben zufolge war die Flucht nicht geplant, sondern entstand vielmehr aus der Spontanreaktion eines Häftlings, die sich auf sechs weitere animierend auswirkte.

Gegen die Flüchtigen wurden Fahndungsmaßnahmen eingeleitet; diese sollten nach und nach zum Erfolg führen. Wie sich herausstellen sollte, kam es dabei zu weltweiten Rückholaktionen.

Erwin K., 1952 geboren, war mit einem gefälschten Paß nach Indien geflüchtet, wandte sich schließlich an die österreichische Vertretungsbehörde in New Dehli und wurde mit dem Flugzeug nach Österreich zurückgebracht. Am 10. August 1981 war er wieder in Haft.

Andreas M., 1960 geboren, wurde am 12. August 1981 an einer Anschrift in Wien 17 verhaftet.

Eduard W., 1953 geboren, wurde in Thessaloniki (Griechenland) festgenommen und gleichfalls mittels Flugzeug nach Österreich zurückgebracht. Am 9. Juni 1982 landete er in Begleitung eines Kriminalbeamten auf dem Flughafen Wien-Schwechat.

Peter H., 1953 geboren, traf am 24. Juni 1983 mit einer Kursmaschine von Moskau kommend auf dem Flughafen Wien-Schwechat ein. Bei der Paßkontrolle wurde er als ausgeschriebener Häftling erkannt und festgenommen.

Walter N., 1954 geboren, wurde unter nicht mehr nachvollziehbaren Umständen aufgegriffen und festgenommen. Er wurde in den folgenden Jahren wegen Suchtgiftdelikten wiederholt verurteilt, zuletzt 1994.

David R., 1951 geboren, britischer Staatsbürger, wurde als einziger von den Fahndungsmaßnahmen nicht eingeholt. Es ist zu vermuten, daß er nach Großbritannien zurückgekehrt ist; kein Staat aber liefert seinen Staatsbürger an einen anderen Staat aus.

Die geschilderten Umstände der Massenflucht entbehren ungeachtet des damit verbundenen finanziellen und bürokratischen Aufwandes zur Wiedereinbringung der Flüchtigen nicht einer gewissen Komik. Es liegt in der Natur des Menschen, im Falle eines Freiheitsentzuges alles zu unternehmen, um die Freiheit wiederzuerlangen. Dieses „Grundrecht" berücksichtigt die österreichische Rechtsordnung insofern, als die Flucht und der Fluchtversuch an sich nicht strafbar sind.

Obgleich seit der Massenflucht viele Jahre vergangen sind, taucht der Akt periodisch immer wieder auf. Der einzige noch flüchtige Häftling ist dafür verantwortlich. Solange eine Verjährung nicht eintritt, bleibt die Fahndung aufrecht. Die Flucht aber hemmt die Verjährungsfrist. Kein vernünftiger Mensch wird daran glauben, daß ein englischer Staatsbürger, der weiß, daß er in Österreich noch eine Freiheitsstrafe zu verbüßen hat, wiederkommt.

Aber Vorschrift ist Vorschrift: Das Gewieher des Amtsschimmels ist in diesem Zusammenhang deutlich zu hören, und es sieht so aus, als ob er noch über das Jahr 2000 hinaus weiterwiehert.

17

AUTOEINBRÜCHE IM WANDEL DER RECHTSPRECHUNG

Während der Sommermonate des Jahres 1981 kam es auf den Parkplätzen in der Umgebung der Panorama-Schenke in Wien 10, Filmteichstraße, zu einer Mehrzahl von Autoeinbrüchen. Sowohl Kriminalbeamte als auch uniformierte Polizeibeamte wurden verstärkt zu Streifen rund um dieses Gebiet eingeteilt.

Am 12. August 1981 mußte der Besitzer eines dort abgestellten Pkws feststellen, daß während seiner Abwesenheit eingebrochen worden war. Um in das Innere des Fahrzeuges zu gelangen, hatte der Täter die Seitenscheibe eingeschlagen.

Der Kriminalbeamte Jakits nahm eine routinemäßige Besichtigung des Pkws vor, entdeckte Fingerabdrücke und sicherte diese. Bereits wenige Tage nach diesem Einbruch sollte sich herausstellen, wie wichtig diese Spurensicherung gewesen war. Ein Sicherheitswachebeamter perlustrierte in der Nähe des Tatortes einen Mann, der sich auf dem Parkplatz herumgetrieben hatte. Eine strafbare Handlung konnte ihm nicht nachgewiesen werden. Darüber befragt, was er hier zu suchen hätte, gab er an, daß er spazieren ginge; die Luft in der Nähe der WIG 1974 täte ihm eben gut.

Der Autor war 1981 als Sicherheitsreferent tätig; jeder Einbruchsdiebstahl landete daher zwangsläufig auf seinem Schreibtisch. Als er den Namen des Spaziergängers las, wurde er stutzig. Eine Person dieses Namens war von ihm wegen Autoeinbrüchen etwa ein Jahr zuvor vernommen worden. Der Täter war in Haft gewesen, und bei einer Überprüfung stellte sich heraus, daß er deshalb bereits vom Gericht verurteil worden war. Er hatte eine zehnmonatige Freiheitsstrafe erhalten und verbüßt, doch seit April 1981 war er wieder auf freiem Fuß.

Eine Überprüfung der gesicherten Fingerabdruckspur war jedenfalls einen Versuch wert. Wie sich herausstellte, stammte die Spur von Felix F., 26 Jahre alt, aus Wien 10, Davidgasse. Der Beweis für seine abermalige Täterschaft war somit erbracht, und Felix F. wurde verhaftet. Er gestand an die fünfzig Autoeinbruchsdiebstähle, die er nahezu ausnahmslos auf den Parkplätzen rund um die Filmteichstraße verübt hatte.

Wien: „Inflationäre“ Autoeinbrüche geklärt

Drogensüchtige plünderten 53 Autos / Favoritens Polizeichef kritisiert geringe Strafen für Serientäter

Die Klärung von 53 Autoeinbrüchen nahm Favoritens Polizeichef Ludwig Berghammer zum Anlaß, um über diese „inflationäre“ Deliktsform „im Lichte der Rechtssprechung“ zu philosophieren. Nicht nur, daß die nun ausgeforschten Verdächtigen noch hinter Gittern sein sollten, schließt Berghammer aus einem anderen einschlägigen Fall: „Obwohl diese Sparte boomt, kommen Autoeinbrecher immer ‚billiger' davon“.

Die zwei dank eines Hinweises an den Kriminalbeamten Peter Sokele (Gruppe 3) ausgeforschten Burschen sind „amtsbekannt“. Der 21jährige war im Vorjahr nach einem Handtaschenraub zu zwei Jahren Gefängnis verurteilt, heuer im Mai jedoch bedingt entlassen worden. Lebte er von 8500 S Notstandshilfe, so kassierte sein um ein Jahr älterer mutmaßlicher Komplize 12.000 S „Arbeitslose“. Auch er war bedingt auf freiem Fuß.

Die staatliche Unterstützung habe zur Finanzierung der gemeinsam benötigten Drogen nicht ausgereicht, gaben beide im Verhör zu. Also hätten sie – ausschließlich in Favoriten – 53 Autos geknackt, vorwiegend Radios gestohlen. Schaden: rund 700.000 S. Die Beutestücke verkaufte das Duo gleich nach den Diebstouren. Zwei Hehler wurden ausgeforscht.

Angesichts dieses Falles erinnert sich Hofrat Berghammer an einen „alten Bekannten“. Mit dem hatte er 1979 erstmals zu tun. Damals faßte der heute 43jährige Mann, der mittlerweile als notorischer „Automarder“ gilt, erstmals 10 Monate Haft aus. Zuletzt, 1996, bekam der Wiederholungstäter gar nur drei Monate unbedingte (und ein Jahr bedingte) Haft aufgebrummt, „obwohl das Gericht sehr wohl erkannt hat, daß er ‚gewerbsmäßig' ans Werk geht, also seinen Lebensunterhalt durch Straftaten finanziert“, schüttelt Berghammer den Kopf: „Bei uns entsteht der Eindruck, daß Pkw-Einbrüche, aber auch Ladendiebstähle allgemein inflationär zu sehen sind – sowohl was die Verübung, als auch die Bestrafung betrifft“. **Peter Grolig**

Kurier vom 25. November 1998

Eine dreijährige Freiheitsstrafe war die strafrechtliche Konsequenz dieser Taten.

Jahre sollten vergehen, der Autor war vom Sicherheitsreferenten zum Stadthauptmannstellvertreter und schließlich zum Stadthauptmann avanciert. Am 27. Jänner 1996 las er ein Fernschreiben, welches an die Pressestelle der Polizei abgefaßt war. Der Grund dafür lag darin, daß es bei einer Amtshandlung zu einem Waffengebrauch mit der Dienstpistole gekommen war.

Ein langjähriger Bekannter, nämlich Felix F., war in Wien 10, Filmteichstraße, von einem außer Dienst befindlichen Polizeibeamten beobachtet worden, wie er bei einem parkenden Pkw die Scheibe eingeschlagen hatte. Der Zeuge des Vorfalles lief zur nächsten Telefonzelle und informierte über den Polizeinotruf seine Kollegen. Er hatte bemerkt, daß der von ihm beobachtete Täter nach der Tat zu einem Pkw der Marke Lancia ging und mit diesem wegfuhr. Das Kennzeichen hatte sich der Beamte gemerkt. Eine Fahndung nach dem Pkw wurde veranlaßt. In der Neilreichgasse wurde eine Funkwagenbesatzung auf das gesuchte Fahrzeug aufmerksam. Der Lenker dieses Fahrzeuges bemerkte das einsatzmäßig fahrende Polizeiauto, hielt an und versuchte zu Fuß zu flüchten. Als die Zurufe „Halt, Polizei!" nichts nützten, gab der verfolgende Beamte zwei Warnschüsse ab, und diese zeigten Erfolg. Der Flüchtende blieb stehen und wurde festgenommen. Den Einbruchsdiebstahl, bei welchem er beobachtet worden war, gab er sogleich zu.

Vom Kriminalbeamten wurde die Amtshandlung, wie sich herausstellte, mit Erfolg weitergeführt. Fünfzehn Autoeinbrüche gab Felix F. zu. Als Motiv gab er Geldschwierigkeiten an. Er ging keiner Beschäftigung nach. Obgleich er von der Notstandsunterstützung lebte, hatte er sich einen Lancia geleast. Um den Aufforderungen der Leasingfirma zur Bezahlung der ausständigen Raten nachkommen zu können, hatte er beschlossen, sein altes Metier wieder aufzunehmen.

Wie bereits in den Jahren zuvor suchte er die ihm bestens vertrauten Parkplätze rund um die Filmteichstraße auf. Er war dort Dutzende Male erfolgreich gewesen, warum also sollte es in den Jahren 1995 bzw. 1996 anders sein. Bis zu seiner neuerlichen Festnahme hatte er, das stand nunmehr fest, durchaus wieder Erfolg gehabt.

Felix F. wurde abermals in Untersuchungshaft genommen und in weiterer Folge verurteilt. Bei seiner nunmehrigen Verurteilung – es war dies die sechste wegen Einbruchsdiebstahles – erhielt er eine 15monatige Freiheitsstrafe, aber, man höre und staune, davon wurden nur drei Monate unbedingt, die restlichen zwölf auf eine Probezeit von drei Jahren bedingt ausgeprochen.

Am 24. Juni 1996 war Felix F. wieder ein freier Mann. Ungestört konnte er auch in der Nähe der WIG 74 ungesiebte Luft atmen.

Wie dieser Fall beweist, muß man auch bei gleichbleibender schädlicher Neigung nur auf eine zeitgemäße Rechtsprechung warten, um für neuerliche strafbare Handlungen weniger an Strafe zu erhalten, als bei den vorausgegangenen.

Schadensgutmachung ist ein Begriff, mit dem eine Person vom Schlage des Felix F. nichts anzufangen weiß; auch einen Führerschein hatte er nie besessen. Wozu auch, Auto fahren konnte er, und wer keinen Führerschein besitzt, dem kann er auch nicht entzogen werden.

Die strafrechtliche Realität scheint der „Rechtsauffassung" des Felix F. recht zu geben.

18

SCHÜSSE IN DER NACHT

Am 1. Oktober 1981 wurden gegen drei Uhr nachts aus einer Wohnung in Wien 10, Schüsse wahrgenommen. Eine aufgeregte Frauenstimme verständigte telefonisch die Polizei und teilte mit, daß möglicherweise eine Frau in der Nachbarwohnung angeschossen worden war.

Drei Funkwagenbesatzungen fuhren zum angegebenen Tatort. Zwei Sicherheitswachebeamte wurden in der gemeindeeigenen Wohnhausanlage auf einen Mann aufmerksam, der sich bei den im Hof befindlichen Mistkübeln zu schaffen machte. Die Beamten fragten den Mann, was er um diese Zeit zu suchen hätte, worauf er angab, auf dem Weg zur Arbeit zu sein und zuvor noch etwas entsorgen wolle. Die Polizeibeamten gaben sich mit dieser Auskunft nicht zufrieden und forderten den Verdächtigen auf, ihnen seine Wohnung zu zeigen. Während sie sich dieser näherten, fiel ihnen auf, daß die betreffende Wohnungstüre halb geöffnet war. Als die Beamten das Schlafzimmer betraten, fanden sie quer über dem Bett liegend eine mit einem Nachthemd bekleidete Frau vor, die in der Herzgegend eine blutende Verletzung, möglicherweise einen Einschuß, aufwies und nicht ansprechbar war. Im Schlafzimmer befand sich überdies ein im Gitterbett schlafendes Kleinkind. Die Beamten verständigten die Rettung und forderten den Wohnungsinhaber auf, seinen Aktenkoffer, welchen er die ganze Zeit über bei sich getragen hatte, zu öffnen.

Im Aktenkoffer fanden sich eine Anzahl von Kleinkaliberpatronen und ein vermutlich zu einem Gewehr gehöriges Magazin. Der 45jährige Rudolf N. wurde von den Sicherheitswachebeamten Götzinger und Janca wegen dringenden Tatverdachts festgenommen, doch er machte vorerst keine weiteren Angaben.

Die Beamten sorgten dafür, daß das Kleinkind ins Preyersche Kinderspital gebracht wurde, und informierten die Kriminalbeamten.

Die Ehefrau des Festgenommenen, die 30jährige Erika N., wurde von der Rettung ins Meidlinger Unfallkrankenhaus geführt.

Für die Kriminalbeamten begann die bei solchen Straftaten übliche Routinetätigkeit. Sie verständigten die Kollegen der Spurensicherung und erkundigten sich bei den Hausparteien nach allfälligen Wahrnehmungen. Im Zuge dieser Erhebungen befragten sie auch jene Wohnungsnachbarin, welche die Polizei zu Hilfe gerufen hatte. Die Anruferin erzählte, daß sie gegen 2.30 Uhr wach geworden war, weil sie aus der Nachbarwohnung Hilfeschreie gehört hatte. Ihr Schlafzimmer schloß unmittelbar an das der Nachbarwohnung an. Nach den Hilferufen der Frau hatte sie eine laute männliche Stimme gehört und daraus geschlossen, daß ihre Nachbarn, wie des öfteren, miteinander stritten. Schüsse hatte sie nicht wahrgenommen.

Wenige Minuten nach ihrer Wahrnehmung wurde an ihre Eingangstüre geklopft, und als sie öffnete, stand Rudolf N., ihr Nachbar, davor und sagte: „Sie ist ja deppert, sie hat sich mit zwei Schüssen gerichtet." Rudolf N. hielt während dieser Aussage ein Gewehr in der Hand. Ohne weitere Erklärungen ging er in seine Wohnung und kam unmittelbar danach, noch immer mit dem Gewehr in der einen, einem Aktenkoffer in der anderen Hand zurück und ging Richtung Aufzug. Er hatte die Wohnung so hastig verlassen, daß er sich nicht mehr die Mühe machte, die Türe zu schließen.

Die Nachbarin hatte unmittelbar darauf über den Notruf die Polizei verständigt. Noch während die Erhebungen im Gange waren, wurde in jenem Mistkübel, bei welchem der Verdächtige bemerkt worden war, ein Kleinkablibergewehr gefunden. Da anzunehmen war, daß es sich um die Tatwaffe handelte, wurde es sichergestellt. Anläßlich einer Anfrage im Spital erfuhren die Kriminalbeamten, daß Erika N. verstorben war. Eine polizeiliche Kommission fuhr ins Spital, wo vom Polizeiamtsarzt zwei Einschüsse an der Leiche festgestellt wurden. Die Art der Verletzungen ließ den Schluß zu, daß auf die Frau geschossen worden war, während sie im Bett lag.

Nach Abschluß der Spurensicherung und der Erhebungen wurde der Verdächtige vernommen. Rudolf N. gab an, daß er zufällig vom Nachtdienst nach Hause gefahren war und seine Frau verletzt im Bett liegend vorgefunden hatte. Wie es zu den Verletzungen gekommen war, wüßte er nicht. Den vernehmenden Kriminalbeamten waren im Verlaufe ihrer jahrelangen Tätigkeit jegliche auch noch so unsinnige Verantwortungen aufgetischt worden, sie ließen daher auch diese über sich erge-

Angeklagter schiebt im Mordprozeß die Schuld auf das Opfer

Kein Essen fürs Kind: Ehefrau erschossen

Mordopfer Edith N[redacted]

Der Mordprozeß gegen den 46jährigen [redacted] Rudolf N[redacted] der seine Frau im Bett erschossen hatte, lief so ab, wie es die Strafprozeßordnung vorsieht. Was keineswegs die Regel ist.

Der Mordprozeß gegen Rudolf N[redacted] im Wiener Landesgericht wurde zum zweistündigen Soloauftritt des Angeklagten. Richter Hofrat Ernst Schertler bot N[redacted] die Gelegenheit, zu erzählen.

N[redacted] erste Ehe war gescheitert: „Ich bin halt nur ein Arbeiter, sie hat an Professor kennengelernt."

Dann zog er mit der 31jährigen Edith zusammen. Im Juni 1981 kam Markus zur Welt. N[redacted]: „Sie hat eam net wollen. Er war ein Achtmonatkind und halt kränklich. I hab immer Nachtdienst g'habt und bin manchmal um Mitternacht heimkommen. Weil alle zwa Stund' kriegt er ja sein Papperl."

Seine Frau, sagt er, war nicht daheim.

„Wenn s' kommen is, hat s' g'sagt: ‚Schau, du bist eh nie da. I hab wen anderen.' Und dann hat s' g'schimpft."

Erstmals unterbricht der Richter seinen Redeschwall: „Wie hat s' geschimpft?"

N[redacted] „Muß i des sagen?"

Richter: „Sagen Sie es ruhig dazu."

N[redacted] „Sie hat g'sagt: ‚Der andere kann's sowieso besser wie du.' "

Und schon sprudelt es weiter aus ihm heraus: „Sogar auf mei Mutter is sie losgangen. Die Mama hat sich eh so kränkt."

Dann weint N[redacted] Und Verteidiger Clemens Obendorfer erklärt: „Seine Mutter ist während seiner U-Haft gestorben."

N[redacted] fängt sich wieder: „Es war halt kein Tag ohne Streit."

Auch der 1. Oktober 1981 nicht: N[redacted] kommt um zwei Uhr nachts heim. Sie sagt: „Was tust denn da, du Scheißkerl? Nimm dein Buam und verschwind."

N[redacted] „Dann hat sie ins Gitterbett reintreten, daß 's nur so g'wackelt hat."

N[redacted] holt sein Gewehr aus dem Schrank, tritt vor das Ehebett und erschießt seine Frau: „I hab einfach nur abdrückt."

Er selbst nennt das Gewehr „einen Dreck, denn sie zum Schutz haben wollte". Staatsanwältin Liane Kleifel hingegen bezeichnet N[redacted] als „Waffensammler".

Urteil heute, Mittwoch.

RICARDO PEYERL

Kurier vom 17. November 1982

hen. Der erfahrene Gruppenführer Bezirksinspektor Weiss begann ohne jede Emotion unter Vorhalt der gesammelten Beweise Stück für Stück die Verantwortung des Verdächtigen zu „zerpflücken", und er hatte damit Erfolg. Plötzlich kam es bei dem Vernommenen zu einem Gefühlsausbruch, und er begann zu reden. Nach einer mehrstündigen Befragung lag ein Geständnis vor. Der Festgenommene hatte vor etwa einem Jahr Erika N. geheiratet. Beide waren bereits zuvor verheiratet gewesen. Wenige Wochen nach der Verehelichung wurde ein Sohn geboren. Von allem Anfang an kam es zu Streitigkeiten, und diese wurden immer heftiger.

Am 1. Oktober 1981 hatte Rudolf N. Nachtdienst und nützte seine Mitternachtspause, um nach Hause zu fahren. Seinen Angaben nach wollte er nachsehen, ob seine Frau sich auch um das Kleinkind kümmere. Das drei Monate alte Kind war an Grippe erkrankt. Als er die Wohnung betrat, kam es sogleich zu Streitigkeiten, die immer aggressiver wurden.

In dieser Situation hätte er die Nerven verloren, das Gewehr aus dem Kasten geholt und drohend in Richtung seiner im Bett liegenden Gattin gehalten. Diese hatte sich durch sein drohendes Verhalten nicht beruhigt, im Gegenteil, ihn noch heftiger beschimpft. In dieser Situation hatte er den Abzug des Gewehres betätigt; wie oft er geschossen hatte, wußte er nicht. Diese Angaben waren glaubhaft, zumal es sich bei der Tatwaffe um ein halbautomatisches Kleinkalibergewehr handelte und das Verfeuern einer Patrone automatisch die Zufuhr der nächsten zur Folge hat. Ein relativ geringer Druck auf den Abzug genügte, um die folgende Patrone zu zünden.

Die Mordabsicht bestritt der Verdächtige von Anfang an, eine Verletzungsabsicht gab er aber zu.

Rudolf N. wurde wegen Mordes angeklagt. Einmal mehr war es in der nicht enden wollenden Serie von Gewalttaten innerhalb der Familie zu einem Kapitalverbrechen gekommen.

Die Geschworenen machten sich ihre Aufgabe nicht leicht. Sie befanden den Angeklagten letztlich des Mordes für nicht schuldig, jedoch schuldig des Verbrechens der absichtlich schweren Körperverletzung mit tödlichem Ausgang. Der Angeklagte wurde zu einer vierjährigen Freiheitsstrafe verurteilt.

Ein Kleinkind hatte durch die Tat seine Mutter für immer, den Vater für die wesentlichen Jahre seiner Entwicklung verloren. Es darf nicht verwundern, wenn ein unter solchen Vorzeichen heranwachsender Mensch in seiner Lebensbewältigung selbst Probleme, manchmal auch solche krimineller Art, bekommt. So setzt sich eine Straftat in ihren Auswirkungen möglicherweise über Jahrzehnte in der nächsten Generation und allenfalls darüberhinaus fort. Kaum jemand macht sich darüber Gedanken. So mancher Hardliner möge daher seine Einstellung zu Kriminellen revidieren. Die Beurteilung, aber auch die Verurteilung eines Menschen ist ohne Bedachtnahme auf sein soziales Umfeld nicht möglich. Nach Auffassung des Autors soll damit nichts entschuldigt, jedoch einiges richtiggestellt werden. Nichts ist schlimmer als eine Vereinfachung und Reduzierung menschlicher Verhaltensweisen ohne umfassende Kenntnis des Menschen und dessen Umwelt.

19

ABSCHLEPPDIENST

Am 21. Jänner 1982 erkundigte sich ein Mann in Wien 10, Schleiergasse, nach zwei dort ohne Kennzeichentafeln abgestellten Pkw. Es wurde ihm mitgeteilt, daß diese nicht zu verkaufen waren. Um so überraschter war der Befragte, als einige Stunden später ein Lkw, der mit einem Kran bestückt war, kam, die Fahrzeuge auflud und wegfuhr.

Der Zeuge dieser Abschleppung war mißtrauisch geworden und hatte sich das Kennzeichen des Lkw notiert. Sein Mißtrauen sollte sich rasch als berechtigt herausstellen. Der Eigentümer der beiden Autos erkundigte sich in der Nachbarschaft nach dem Verbleib seiner Fahrzeuge und erfuhr so von deren Abtransport. Da er keinerlei Einwilligung zu einer derartigen Vorgangsweise gegeben hatte, ging er zur Polizei und teilte den Vorfall mit. Aus rechtlicher Sicht war der Sachverhalt als Diebstahl zu werten, und eine entsprechende Anzeige wurde protokolliert. Über das Kennzeichen des Lkw war es einfach, den Zulassungsbesitzer, der in Liesing wohnhaft war, zu eruieren. Es wurde im dortigen Polizeikommissariat angefragt, ob gegen den Tatverdächtigen etwas vorlag, und siehe da, der 42jährige Ludwig P. war nach den dortigen Unterlagen mehrfach wegen Autodiebstahls angezeigt worden. Nach dieser Erkenntnis war die Abschleppung möglicherweise die Fortsetzung einer sehr eigenwilligen Art von Diebstählen.

Jeder glaubte an eine Aktion der Behörden:

Autodieb schleppte geparkte Fahrzeuge mit Kranwagen ab!

(BERICHT SEITE 11)

Lit 700,- Din 27,- Pts 80,- Dr 50,- DM 1,70 sfr 1,70

Donnerst., 11. Febr. 1982/Nr. 7796, S 5,-

Neue Kronen Zeitung

UNABHÄNGIG

Wien 19, Muthgasse 2, Telefon 36 52 50

Die Kriminalbeamten der Gruppe Madlberger fuhren an die Anschrift nach Wien 23, und es stellte sich heraus, daß der Verdächtige auf einem Lagerplatz einen Alteisenhandel betrieb, wo sich auch der mit einem Kran versehene Lkw fand.

Ludwig P. gab freimütig zu, Autowracks einzusammeln und zur Verschrottung zu bringen. Sein Gewinn bestand im Eisenpreis, der zum damaligen Zeitpunkt 40 Groschen pro Kilogramm betrug. Zur Abschleppung der beiden Fahrzeuge aus dem zehnten Bezirk befragt, gab er diese zu. Seiner Meinung nach hatte er jedoch nichts Unrechtes getan, zumal

Zeugen glaubten, er sei vom Gemeinde-Abschleppdienst:

Dieb mit einem Kranwagen stahl die Autos direkt von Parkplätzen

Mit einem Kranwagen fuhr der 42jährige Autodieb Ludwig P[redacted] aus Wien-Liesing durch Wien und Niederösterreich. Er lud Personenautos, die geparkt herumstanden, auf seinen Lkw auf. Die gestohlenen Fahrzeuge brachte er wie der Abschleppdienst der Gemeinde Wien auf einen Abstellplatz. Dort zerlegte er die Autos und verkaufte die Bestandteile . . .

Der Autodieb, der seit mehr als einem Jahr mit seinem Kranwagen „Jagd" auf Dauerparker machte, flog durch die Aufmerksamkeit eines Gemeindeangestellten auf. Der Mann hatte in der Schleiergasse in Wien-Favoriten auf einem Gelände zwei Autos stehen. Die Wagen befanden sich in einem ordentlichen, betriebsbereiten Zustand und waren versperrt. Als der Autobesitzer eines Abend wegfahren wollte, bemerkte er, daß die zwei Fahrzeuge

VON ERICH SCHÖNAUER

verschwunden waren. Er erstattete eine Diebstahlsanzeige.

Bei den Nachforschungen durch Sicherheitsreferent Dr. Berghammer und die Gruppe Madlberger stellte sich heraus, daß von dem Gelände noch ein Auto mit einem Kranwagen abgeholt worden war. Der Besitzer hatte sein Einverständnis gegeben. Er wies Ludwig P[redacted] jedoch darauf hin, daß die beiden anderen Pkw, die dort standen, dem Gemeindeangestellten gehören und nicht verkäuflich sind. Einen Tag später waren die zwei Citroen verschwunden . . . Sie wurden von den Kriminalisten auf dem Abstellplatz des Autodiebes in Wien-Liesing verschrottet aufgefunden.

Bisher konnten dem 42jährigen Ludwig P[redacted] acht Diebstähle nachgewiesen werden. Der große Kranwagen lud binnen weniger Minuten die Autos auf. Oft schauten Passanten sogar interessiert zu und dachten: „Da wird schon wieder ein Falschparker abgeschleppt." Niemand dachte, daß der Kranführer ein Autodieb ist . . .

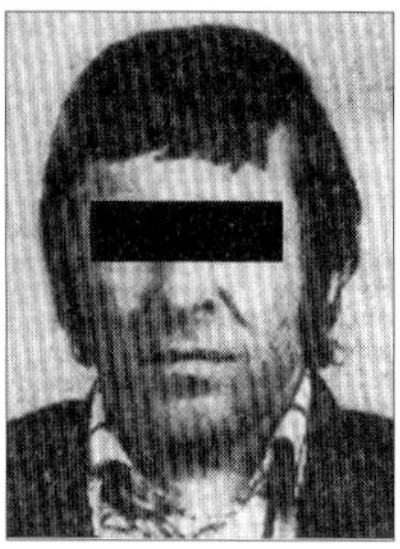

Ludwig P[redacted] der Autodieb mit dem Kranwagen . . .

Kronen Zeitung vom 11. Februar 1982

es sich um herrenlose Fahrzeuge gehandelt hätte. Die Kriminalbeamten entschlossen sich, dieser Verantwortung mit einer Festnahme zu begegnen, lag doch der Verdacht von fortgesetzten Diebstählen vor.

Bei seiner Vernehmung sah der rührige Alteisenhändler ein, daß ein weiteres Leugnen sinnlos war, und gestand acht Diebstähle gleicher Art. Die Gemeinde Wien hatte ihm zusehends mehr Konkurrenz gemacht, war es doch in der Vergangenheit immer öfter zur Gewohnheit geworden, nicht mehr fahrbereite oder desolate Fahrzeuge nach Abmontieren der Kennzeichentafeln auf der Straße stehenzulassen. Es war dies jedenfalls die billigste Art einer Entsorgung, sollte sich wer auch immer um diese Autos kümmern. Diese Unsitte hatte solche Dimensionen angenommen, daß sich die Gemeinde Wien entschloß, diese herrenlosen Fahrzeuge auf eigene, damit also auf Kosten der Wiener Steuerzahler, zu entsorgen. Ehe es zu dieser Aktion kam, hatte Ludwig P. genug zu tun – er hatte diese Marktlücke erkannt und für sich zu nutzen verstanden. Das nunmehrige Tätigwerden der Gemeinde, die für ihre Aktion noch Werbung betrieb, um so dringend nötigen Parkplatz zu schaffen und obendrein das Straßenbild zu verbessern, verminderte zwangsläufig die Einkünfte des Ludwig P. erheblich. Er versuchte den Einkommensrückgang einigermaßen auszugleichen und hielt deshalb vermehrt nach brauchbaren Fahrzeugen Ausschau. Dabei nahm er es nicht mehr so genau, und so kam es, daß durchaus fahrbereite, auf eine neuerliche Zulassung wartende Fahrzeuge in der Schrottpresse landeten.

Ludwig P. wurde im März 1982 vom Landesgericht für Strafsachen Wien wegen gewerbsmäßigen Diebstahls zu einer sechsmonatigen unbedingten Freiheitsstrafe verurteilt.

Wie man sieht, kann die Übernahme von Tätigkeiten durch die Öffentlichkeit einen Privaten durchaus in wirtschaftliche, ja sogar in Schwierigkeiten strafrechtlicher Art bringen.

Ein ungewöhnlicher privater Abschleppdienst wurde durch diese Amtshandlung gezwungen, seine Tätigkeit einzustellen.

20

KRAMPUSÜBERRASCHUNG

Am 4. Dezember 1982 wandte sich die 24jährige Verkäuferin einer Palmers-Filiale in Wien 10, Favoritenstraße, an die Polizei. Die junge Frau hatte am Vortag an ihrem Arbeitsplatz eine Krampuskarte erhalten, auf welcher ein Krampus für den folgenden Tag seinen Besuch angekündigt hatte.

Mit Recht werden Sie fragen, was daran Besonderes sein soll. Die Verkäuferin hatte ein Jahr zuvor, als sie in einer Filiale im fünften Bezirk beschäftigt gewesen war, eine Krampusüberraschung erlebt.

Ein als Krampus verkleideter Mann war in die Filiale gekommen, hatte eindrucksvoll mit Kette und Rute sein Erscheinen unterstrichen und sich schließlich der Verkäuferin mit dem Namen Eva-Maria zugewandt. Er hatte ihr mit der Kette die Hände auf den Rücken gebunden, sie über ein Stockerl gelegt und ihr zwanzig bis fünfundzwanzig Rutenschläge auf das Gesäß versetzt. Die „Züchtigung" war professionell und hatte für die Angestellten eine willkommene Abwechslung des üblicherweise nicht gerade aufregenden Berufsalltages bedeutet. So schnell der Krampus gekommen war, so schnell war er auch wieder verschwunden. Gesprochen hatte er während des Besuches kein Wort.

Die junge Frau erzählte von dem Vorfall in ihrem Freundes- und Bekanntenkreis, war sie doch der Meinung, daß einer von ihnen für die Krampusüberraschung verantwortlich war. Doch nach und nach wurde es zur Gewißheit, daß ein ihr völlig Fremder als Krampus in Erscheinung getreten war. Da sie sich nun doch Gedanken über dieses Ereignis machte, fiel ihr ein, daß der Unbekannte während der Verabreichung der Rutenschläge auffällig gekeucht hatte. Er hatte Geräusche von sich gegeben, die möglicherweise auf eine sexuelle Erregung zurückzuführen waren. Kurz und gut, ein zweites Mal wollte die Verkäuferin diese Art von Überraschung nicht mehr erleben.

Am 5. Dezember verbargen sich die Sicherheitswachebeamten Höger und Kogelbauer zur angekündigten Zeit im Aufenthaltsraum der Filiale, und sie sollten nicht lange warten müssen, bis der angekündigte Krampus tatsächlich das Geschäft betrat. Diesmal jedoch sollte die Überraschung auf seiner Seite sein, als er nämlich plötzlich zwei Uniformierten gegenüberstand. Vorbei war es nun mit der Maskierung; ein 34jähriger Akademiker aus dem 12. Bezirk war hinter der Krampusmaske verborgen.

Die weitere Amtshandlung erfolgte im Kommissariat. Ein Polizeiamtsarzt untersuchte den Mann und wies ihn wegen möglicherweise sadistischer Wahnideen in das psychiatrische Krankenhaus der Stadt Wien ein. Der Aufenthalt sollte jedoch nur wenige Tage dauern. Bei seiner Einvernahme gab der Verdächtige den Vorfall, der ein Jahr zurücklag, zu und machte dafür seine „flagellantische Ader" verantwortlich.

Der Flagellantismus ist eine spezielle sexuelle Abnormität, bei der sich der Täter durch Geißelung seiner selbst oder anderer sexuelle Befriedigung verschafft.

Bei der Vernehmung stellte sich heraus, daß noch weitere Opfer am 5. Dezember aufgesucht werden sollten. In einem Notizbuch fanden sich diese fein säuberlich eingetragen.

Weshalb, werden Sie fragen, suchte sich der Flagellant gerade die Verkäuferin mit dem Namen Eva-Maria aus? Die Erklärung dafür ist banal: Seine Ehefrau war in der selben Filiale beschäftigt gewesen, und bei seinen fallweisen Besuchen fand er am Aussehen dieser Verkäuferin Gefallen und erkor sie zu einem seiner Opfer.

Dem Mißtrauen von Eva-Maria und dem polizeilichen Einschreiten war seine Enttarnung zu verdanken. Wie die fortgesetzten Erhebungen bewiesen, waren sich die übrigen Opfer gar nicht bewußt geworden, Objekt eines abnormen Täters gewesen zu sein.

Die Tarnung als Krampus war gut gewählt gewesen, denn sie hatte den gewünschten sexuellen Erfolg gebracht und bis zum 5. Dezember 1982 eine behördliche Verfolgung verhindert.

21

WIE MAN SICH NICHT „ABMELDEN“ SOLL!

Am 27. Dezember 1982 gab ein anonymer Anrufer der Polizei bekannt, daß sich in Wien 10, Randhartingergasse, an einer Wohnungstüre die Mitteilung „Bin gestorben, kein Verlust“, fand.

Man muß wissen, daß es vor allem zu Feiertagen, insbesondere um die Weihnachtszeit, zu vermehrten Selbstmorden kommt. Das Gefühl der Verlassenheit bzw. der Einsamkeit wird in dieser Zeit als besonders drückend empfunden, und häufig wird der einzige Ausweg aus einer derartigen Situation in einem Selbstmord gesehen.

Unter Bedachtnahme auf diese Umstände wurde unverzüglich eine Funkwagenbesatzung einsatzmäßig zur angegebenen Adresse entsandt – möglicherweise war ein Menschenleben noch zu retten. Die vom Anrufer gemachten Angaben bestätigten sich den eintreffenden Beamten vor Ort. Tatsächlich fand sich an der Wohnungstüre auf einem dort angebrachten Karton die Mitteilung „Bin gestorben, kein Verlust“. Der Mieter dieser Wohnung war der 21jährige Alexander D. Die Befragung der Hausparteien zur möglichen Aufklärung des Sachverhaltes half nicht weiter, und so wurde eine Wohnungsöffnung unter Assistenzleistung der Feuerwehr veranlaßt. Doch wie man daraufhin feststellte, war in der Wohnung niemand anzutreffen, und es fanden sich auch keinerlei Spuren, die auf ungewöhnliche Umstände schließen ließen.

Die Polizeibeamten hinterließen eine Verständigung, in der der Mieter von der Wohnungsöffnung in Kenntnis gesetzt und gleichzeitig aufgefordert wurde, sich mit der Kriminalpolizei ins Einvernehmen zu setzen. Einen Tag später erschien der gesuchte junge Mann und gab eine nicht alltägliche Erklärung für die an der Türe angebrachte Mitteilung an. Er hatte in der Absicht, von Freunden und Bekannten während der Feiertage in Ruhe gelassen zu werden, einen Karton mit der Aufschrift „Bin gestorben“ an der Türe befestigt. Diese merkwürdige Mitteilung fand durch einen unbekannten Hausbewohner eine gleichfalls makabre Ergänzung durch die Beifügung der Worte „Kein Verlust“. Das angeblich goldene Wienerherz hat sich auf diese Weise einmal mehr artikuliert.

Der Vorfall verdient es, aufgezeichnet zu werden, weil er einerseits zeigt, welch abstruse Idee so mancher Zeitgenosse hat, und andererseits die nicht einzugrenzende Bandbreite der polizeilichen Tätigkeit belegt.

22

UM HAARESBREITE

Zum Jahreswechsel von 1982 auf 1983 lud die 84jährige Anna R. aus Wien 10, Schrankenberggasse, ihre 71jährige Nachbarin zu sich ein. Die alten Damen, beide alleinstehend, wollten gemeinsam Silvester feiern. Als im Fernsehen das Läuten der Pummerin übertragen wurde, erhoben sie sich und stießen im Wohnzimmer mit einem Glas Sekt auf das neue Jahr an. Im selben Augenblick vernahmen sie einen Knall, und Anna R. verspürte einen Luftzug an der rechten Wange, doch vorerst maß man dem keine besondere Bedeutung bei. Wie alljährlich verging gut eine Viertelstunde, ehe die Knallereien allmählich abflauten.

Erst in den Morgenstunden sollte sich herausstellen, was die Ursachen des Knalles und des Luftzuges gewesen waren: Im linken Flügel des Wohnzimmerfensters stellte Anna R. sowohl in der äußeren als auch in der inneren Fensterscheibe ein Loch fest; wenig später bemerkte sie auch eine Beschädigung an der Türe des Kleiderkastens. Nachdem sie die Kastentüre geöffet hatte, mußte sie erstaunt sehen, daß dort ein abgelegter weißer Sommerhut und eine Pelzkappe gleichfalls beschädigt worden waren. Die beiden Kopfbedeckungen wiesen jeweils zwei Löcher auf. Für Anna R. lag der Verdacht nahe, daß jemand in der Silvesternacht in ihre Wohnung geschossen hatte. Jetzt war ihr auch klar, was es mit dem Knall und dem Luftzug auf sich gehabt hatte und daß sie unwahrscheinliches Glück hatte, nicht getroffen worden zu sein. Der Luftzug, den sie verspürt hatte, war durch das vorbeifliegende Geschoß verursacht worden. Anna R. ließ sich ihre Wahrnehmungen von ihrer Nachbarin, mit der sie gefeiert hatte, bestätigen, und man beschloß, die Polizei zu verständigen.

Die Fotos zeigen das durchschossene Fenster, den Einschuß im Kasten und in die Kopfbedeckungen

Kriminalbeamte fuhren daraufhin zum Tatort, und als für sie feststand, daß tatsächlich in die Wohnung geschossen worden war, verständigten sie einen Spezialisten des Erkennungsamtes. Dieser sicherte die Spuren und hielt sie fotografisch fest. Mittels einer Teleskopsonde gelang es, den Standort des Schützen in einer Wohnung im zweiten Stock schräg vis-à-vis der Wohnung der Geschädigten zu fixieren. Das Projektil hatte nicht nur die Fensterscheiben, die Kastentür und die beiden Kopfbedeckungen durchschlagen, sondern überdies noch die Hinterwand des Kleiderkastens. Es war schließlich in der Mauer steckengeblieben. Das Geschoß war stark verformt; es wies ein Gewicht von neun Gramm auf und war demnach einer Faustfeuerwaffe zuzuordnen, die zum Verschießen von Patronen im Kaliber 38 oder 357 Magnum geeignet war. Als mutmaßliche Tatwaffe kam also ein großkalibriger Revolver in Frage.

Am 9. Jänner 1983 wurde der Tatortbericht dem Kommissariat übermittelt, und nun waren wieder die Kriminalbeamten des Bezirkes am Ball. Sie stellten fest, daß in der Wohnung, aus der geschossen worden war, ein 26jähriger Mann wohnte. Wie sich anhand der polizeilichen Unterlagen feststellen ließ, besaß er einen Waffenpaß und einen Revolver der Marke Smith & Wesson im Kaliber 357 Magnum. Friedrich M. war als Taxifahrer beschäftigt und in dieser Eigenschaft zum Führen einer Waffe berechtigt. Die Kriminalbeamten suchten den Verdächtigen in dessen Wohnung auf, und nach wenigen Minuten stand fest, wer zum Jahreswechsel geschossen hatte. Friedrich M. hatte gleichfalls Silvester gefeiert. Reichlicher Alkoholkonsum hatte seine gute Laune gesteigert, und zur Begrüßung des neuen Jahres hatte er das Fenster geöffnet und mit seinem Revolver sechs Schüsse – wie er meinte – in die Luft abgegeben.

Er war glaubhaft entsetzt, als er erfuhr, welche Folgen sein „Silversterscherz" hatte. Friedrich M. verlor seinen Waffenpaß und seinen Revolver – mangels Verläßlichkeit wurde ihm dieser entzogen. Der Schütze wurde im April 1983 wegen Gefährdung der körperlichen Sicherheit zu einer zweimonatigen bedingten Haftstrafe verurteilt.

Eine betagte Frau kam mit dem Schrecken davon und sollte noch vier weitere Jahreswenden, allerdings ohne dramatische Zwischenfälle, erleben.

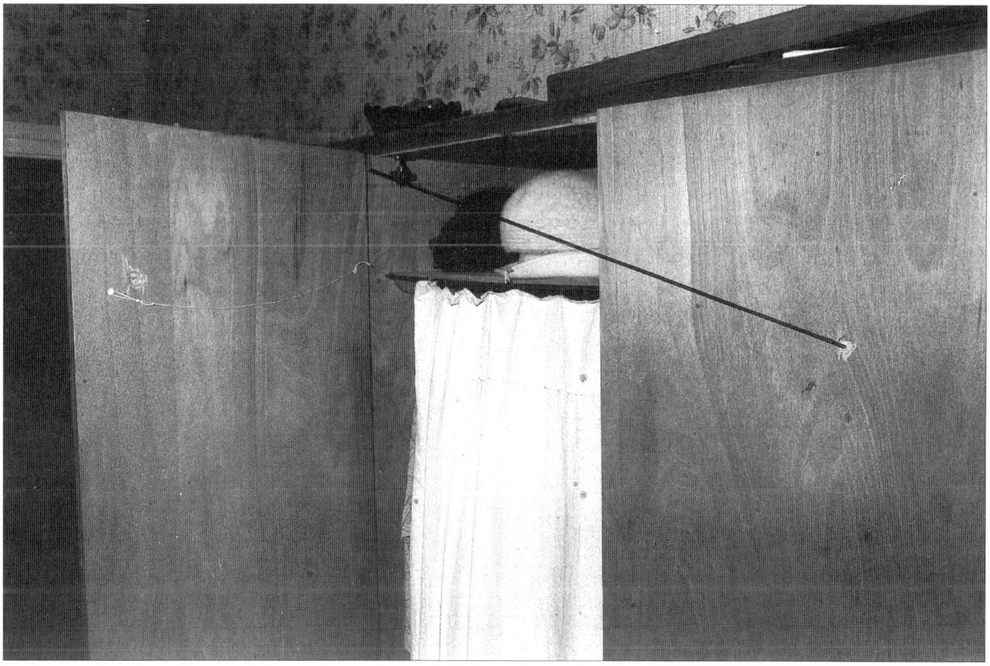

23

VERZWEIFELT

Am 24. August 1983 wurde kurz vor Mitternacht ein Streifenwagen nach Wien 10, Fernkorngasse, beordert. Die Polizeibeamten wurden von den Angehörigen der an dieser Anschrift wohnhaften 33jährigen Krankenschwester Helga S. erwartet. Die Geschwister machten sich Sorgen, daß ihrer Schwester etwas zugestoßen sein könnte. Sie hatte sich entgegen ihrer sonstigen Gewohnheiten weder gemeldet, noch war sie telefonisch erreichbar, und eine Verabredung mit einer Freundin am Tage zuvor hatte sie unentschuldigt nicht eingehalten. Trotz heftigen Klopfens wurde die Wohnungstüre nicht geöffnet. Die Feuerwehr wurde angefordert und die Wohnungstüre gewaltsam aufgebrochen. Rasch sollte sich herausstellen, daß die Befürchtungen zu Recht bestanden: Helga S. wurde in der Wohnung auf dem Boden liegend vorgefunden. Sie wimmerte leise, doch sie war nicht ansprechbar. Im Gitterbett wurde die Leiche eines etwa einjährigen Buben vorgefunden.

Die Beamten verständigten die Rettung und den Journaldienst. Helga S. wurde in das AKH auf die zweite Unfallstation gebracht. Die vorgefundenen Umstände machten die Anforderung einer polizeilichen Kommission erforderlich, die sich aus einem Polizeijuristen, einem Amtsarzt und einem Kriminalbeamten zusammensetzte. Die Kommissionierung einer Leiche ist bei jedem bedenklichen Todesfall, aber auch bei tödlichen Unfällen und Selbstmorden vorgesehen. Sinn und Zweck ist es, wenn möglich, an Ort und Stelle festzustellen, ob Fremdverschulden am Tode eines Menschen vorliegt.

Todesspritze für Baby: Drei Jahre

● Kollegen hielten zur Mutter – Höchstgericht wenig beeindruckt

Das Höchstgericht schrieb für das Drama den Schlußakt, die fast griechische Tragödie ist damit perfekt, der Vorhang fällt. Für den kleinen Christopher, damals ein Jahr alt, ist er schon am 22. August 1983 gefallen – für immer: Seine Mutter spritzte ihm ein tödliches Schlafmittel. Für sie selbst reichte die Dosis nicht mehr aus, sie überlebte.

Motiv der Wahnsinnstat (strafrechtlich Totschlag genannt): ein Mann, der sich nicht entscheiden konnte. Hier Freundin [redacted], 29, Krankenschwester, und der kleine Christopher (das gemeinsame Kind) – da die Ehefrau, die ebenfalls ein Baby von ihm erwartete. Fiaker Johann P., 46: „I steh in der Mitte, entweder hat [redacted] geweint oder meine Frau." Dennoch hatte er [redacted] immer wieder Hoffnungen gemacht.

[redacted] griff zur Injektion!

Das Urteil im Wiener Landesgericht: vier Jahre Haft. Verteidiger Heinrich Wille ging zum „Obersten" und legte einen Brief vor. Chefarzt und Oberschwester jenes Wiener Kinderspitals, in dem [redacted] gearbeitet hatte, stehen hinter ihr: „Wir möchten wieder mit ihr zusammenarbeiten, sie war eine liebevolle Krankenschwester." Starke Worte – es half wenig. Der Senat „schenkte" [redacted] ein Jahr, es bleiben drei Jahre in Gugging.

Um ein Jahr zuviel: Bei zwei Jahren Haft hätte die Gemeinde Wien [redacted] nicht entlassen müssen.

RICARDO PEYERL ■

Kurier vom 5. Dezember 1984

Die nur allzu oft unter ungünstigen Bedingungen, wie Nachtzeit, schlechte Sichtverhältnisse, unsachlich reagierende Angehörige, Alkohlbeeinträchtigung von anwesenden Zeugen, fortgeschrittener Verwesungszustand der Leichen, aber auch Streß und Übermüdung der an der Kommissionierung beteiligten Beamten, getroffenen Schlußfolgerungen sind von wesentlicher Bedeutung für die weitere Vorgangsweise.

Werden falsche Schlüsse gezogen, hat dies häufig schwerwiegende Folgen für die Klärung einer Straftat. Im schlimmsten Fall macht sie diese unmöglich, etwa dann, wenn Spuren beseitigt oder nicht gesichert wurden.

Aufgabe des Kriminalbeamten ist es, kriminalistische Überlegungen anzustellen, jene des Amtsarztes, die Art und Herkunft der Verletzungen sowie den Todeszeitpunkt festzustellen. Dem Leiter der Kommission, dem Polizeijuristen, obliegt die juristische Wertung der festgestellten Tatsachen. Bei Verdacht auf Fremdverschulden bedeutet dies, daß der Akt raschest der Staatsanwaltschaft Wien weiterzuleiten und die Vornahme einer gerichtsmedizinischen Obduktion zu beantragen ist. Nach diesen etwas trockenen, doch nötigen theoretischen Ausführungen zurück zum gegenständlichen Fall.

Der Kriminalbeamte fand auf einem Tischchen in der Nähe des Kinderbettes eine Spritze. Im Abfalleimer wurden leere Tablettenschachteln sowie drei angebrochene Ampullen sichergestellt. Die Sperrverhältnisse wurden überprüft. Im Schloß der Wohnungseingangstüre steckte innen der Schlüssel, und überdies war eine Sicherungskette eingehängt gewesen. Eine dritte Person konnte demnach nicht in der Wohnung gewesen sein. Der Amtsarzt stellte am Gesäß des toten Kleinkindes die Spur eines Einstiches, wie er nach Verabreichen einer Injektion zurückbleibt, fest. Er schloß nicht aus, daß der Tod durch Medikamtenüberdosierung eingetreten war. Über den Zustand der Mutter befragt, verwies er auf die behandelnden Ärzte im Spital.

Der Polizeijurist ging kein Risiko ein: Er übermittelte nach Abschluß der Erhebungen einen Bericht an die Staatsanwaltschaft Wien und stellte zur Klärung der Todesursache einen Antrag auf Vornahme einer gerichtsmedizinischen Obduktion. Die Leiche des Kindes wurde in das gerichtsmedizinische Institut verschafft.

Die Befragung der Angehörigen half vorerst nicht viel weiter. Helga S. war nie depressiv gewesen; sie liebte ihren Beruf als Krankenschwester, hatte keine finanziellen Sorgen, und ihr ganzer Lebensinhalt war ihr zehn Monate alter Sohn. Mühsam kam man den Dingen auf den Grund: Helga S. hatte anläßlich eines Urlaubes einen Mann kennen und lieben gelernt. Dieser, ein Geschäftsmann, gestand im Laufe der Beziehung, verheiratet zu sein, doch er wollte sich von seiner Frau trennen. Bewußt und gewollt gebar Helga S. ein Kind, dessen Vater der unglücklich verheiratete Mann war. Die Ehe dieses Mannes litt unter Kinderlosigkeit, und es ist glaubhaft und verständlich, daß er sich freute, als er erfuhr, Vater eines Sohnes zu werden.

Die langjährige Ehe des Geschäftsmannes war in Bewegung gekommen. Seine Frau erwartete, was niemand mehr für möglich gehalten hätte, ein Kind. Dazu kam noch, daß beide Kinder, jenes seiner Ehefrau und das seiner Freundin, in nur kurzem zeitlichen Abstand geboren wurden. Die Ehe des Geschäftsmannes festigte sich, und seine Absicht, sich scheiden zu lassen, wurde immer vager. Die Hoffnung seiner Freundin auf Scheidung bzw. auf Heirat rückte in immer weitere Ferne. Zahlreiche Aussprachen brachten keinen Ausweg. Am 22. August 1983, also zwei Tage vor der gewaltsamen Wohnungsöffnung, war es zu einem Telefonat gekommen, und dabei, so gab der Kindesvater später zu Protokoll, hätte er endgültig seine Absicht erklärt, doch bei seiner Ehefrau zu bleiben.

Für Helga S. waren damit alle Hoffnungen auf eine gemeinsame Zukunft geschwunden. In ihrer Verzweiflung faßte sie den Entschluß, das Kind und sich selbst zu töten. Sie wußte aus ihrer beruflichen Tätigkeit um die Wirkung von Medikamenten. Sie suchte ihren ehemaligen Arbeitsplatz auf und versorgte sich dort mit den nötigen Arzneien. Daheim angekommen, spritzte sie dem Kleinkind ein starkes Beruhigungsmittel, das zu dessen Tod führte. Im Anschluß daran nahm sie selbst eine große Anzahl von Schlaftabletten in der Hoffnung, nicht mehr zu erwachen. Die Sorge ihrer Angehörigen ließ ihr Vorhaben scheitern.

Helga S. wurde im Oktober 1984 wegen Totschlags zu einer dreijährigen Freiheitsstrafe verurteilt.

Sie werden dem Autor wohl zustimmen, daß die Urteilsfindung bei einer derartigen Straftat den erkennenden Richter und die Geschworenen an die Grenzen ihrer Fähigkeiten, Recht zu sprechen, heranführt.

Zum Schutze der Identität dieser tragischen Täterin wurden sowohl der Vorname als auch der Anfangsbuchstabe des Familiennamens geändert.

24

AGGRESSION IM STRASSENVERKEHR

Am 25. November 1983 wurden sich gegen 1 Uhr zwei Autofahrer in Wien 10 bei einem Überholmanöver nicht einig, wer allenfalls wen behindert hätte. An der Kreuzung Wien 10, Laxenburger Straße – Bitterlichstraße kamen beide Pkw wegen Rotlichts der Verkehrsampel zum Stillstand. Der Lenker eines Alfa Romeo, ein etwa 30jähriger Mann, stellte sein Auto so auf, daß sein Kontrahent, ein Taxilenker, nicht ohne weiteres an ihm vorbeifahren konnte. Der Lenker des Alfa Romeo griff durch das geöffnete Fenster des Mercedes und versuchte, dessen Lenker mit Gewalt herauszuzerren. Dieser wehrte sich nach Kräften; dabei wurde ihm seine Armbanduhr heruntergerissen und die Innenverkeidung der Fahrertür beschädigt. Er hatte insofern Erfolg, als es ihm gelang, das Fenster zu schließen und das Fahrzeug zu verriegeln. Die beabsichtigte körperliche Züchtigung für ein mögliches Fehlverhalten war dadurch vorerst vereitelt worden. Doch gerade dies sollte den aggressiven Verkehrsteilnehmer erst recht in Wut bringen.

Was nun geschah, ist Gott sei Dank die Ausnahme. Der Rabiate trat vorerst mit aller Gewalt gegen die Türe des Mercedes, danach riß er den Außenspiegel aus der Verankerung. Nun kam die Antenne an die Reihe, sie wurde total verbogen, aber noch war es nicht genug: Auch die beiden Scheibenwischer mußten daran glauben.

Der Taxilenker war von Berufs wegen einiges gewöhnt, doch auch er bekam es nach diesen Handlungen mit der Angst zu tun. Es gelang ihm mit dem ramponierten Fahrzeug die Flucht. Über Funk verständigte er die Polizei, doch vom Lenker des Alfa Romeo war keine Spur mehr zu finden.

Ein auf dem Rücksitz des Taxis sitzender 62jähriger Fahrgast war Zeuge eines geradezu filmreifen Vorfalles geworden.

Die Anzeige wurde vom Autor bearbeitet. Es stellte sich heraus, daß der Verdächtige mehrfach wegen Sachbeschädigung und Körperverletzung vorbestraft war. Es gelang – einfach war es nicht – einen Haftbefehl zu erlangen. Der 33jährige Hans Heinz H. aus Wien 6 wurde festgenommen. Eine glatte Angelegenheit, würde man meinen, doch der Festgenommene bestritt, zur Tatzeit mit dem Pkw gefahren zu sein. Nach wiederholten Vernehmungen mußte er einsehen, daß sich bildlich gesprochen die Tore des Gefangenenhauses des Landesgerichtes Wien für ihn bereits geöffnet hatten. Er gab, wenn auch trotzig, die Beschädigungen zu, doch sein Geständnis hatte nunmehr nicht mehr den von ihm erhofftem Erfolg. Der Haftbefehl blieb aufrecht, die Tore des Gefangenhauses waren für Hans Heinz H. nicht nur geöffnet worden, sie schlossen sich auch hinter ihm.

Der Führerschein, das tat sicherlich weh, wurde wegen mangelnder Verkehrszuverlässigkeit für die Dauer von einigen Monaten entzogen.

Hans Heinz H. wurde vom Landesgericht für Strafsachen Wien wegen versuchter Nötigung und Sachbeschädigung zu einer Geldstrafe von 16.000 Schilling verur-

teilt. Der Täter dürfte die Lektion verstanden haben, denn er trat seither in Favoriten nicht mehr in Erscheinung.

Als der 25jährige Karl B. am 18. August 1985 gegen 0.30 am Gaudenzdorfer Gürtel Richtung Matzleinsdorfer Platz fuhr, wurde er von einem überholenden BMW-Fahrer derart geschnitten, daß er, um einen Umfall zu verhindern, sein Fahrzeug verreißen mußte. Mittels Lichthupe machte er den rücksichtslosen Lenker auf sein Verhalten aufmerksam. Das hätte er besser nicht getan. Die Aggression kam nun vollends zum Ausbruch. Der Lenker des BMW nötigte Karl B. mehrmals durch bewußt riskantes Überholen und abrupten Fahrstreifenwechsel zum Abbremsen. Als dieser „Spaß" seinen Reiz verloren hatte, warf der Beifahrer des Rowdys bei einem neuerlichen Überholmanöver ein rohes Ei durch das geöffnete Fenster in das gegnerische Fahrzeug. Der Lenker konnte rechtzeitig ausweichen, doch das Ei zerbrach und verschmutze die Vordersitze. Als der geschockte Autofahrer wegen Rotlichts anhalten mußte, stellte der BMW-Fahrer seinen Pkw quer, um so die Weiterfahrt zu verhindern, und kam mit wutverzerrtem Gesicht auf seinen Gegner zu. Dieser wollte nicht noch mehr abkriegen und er riskierte es, die Kreuzung bei Rotlicht zu übersetzen, um aus der Reichweite seines unberechenbaren Kontrahenten zu entkommen.

Karl B. fuhr zur erstbesten Tankstelle, sprang aus seinem Fahrzeug und ersuchte den Tankwart, ihn telefonieren zu lassen. Er wollte, was sollte er sonst auch

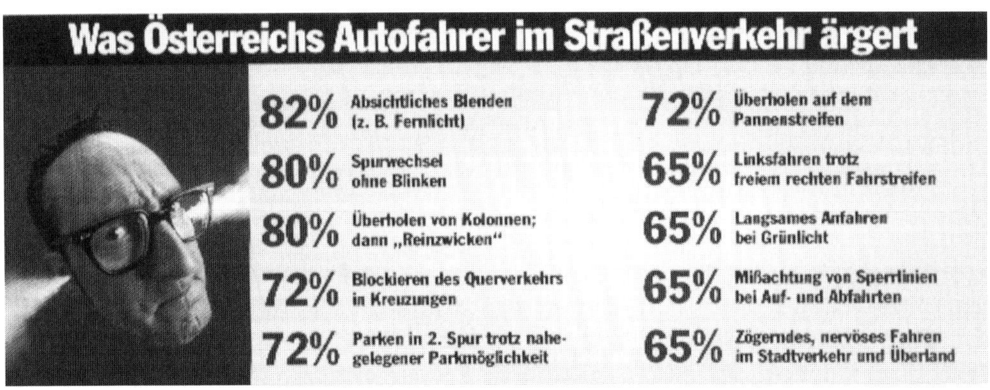

tun, die Polizei zu Hilfe rufen. Noch ehe er dazu kam, stürzte der Beifahrer in die Tankstelle und versetzte ihm zwei Kopfstöße. Unmittelbar darauf kam auch der Lenker und schrie sinngemäß: „Wann'st wos aufschreib'st, zerleg' i di". Beide Gewalttäter verließen die Tankstelle, und sozusagen als Draufgabe ging der rabiate Autofahrer zum Pkw seines Gegners und brach hämisch grinsend die Autoantenne ab. Mit quietschenden Reifen und ohne die Fahrzeugbeleuchtung einzuschalten – das Ablesen des Kennzeichens sollte so unmöglich gemacht werden – fuhr er weg.

Als sich der Mißhandelte einigermaßen gefaßt hatte, kam er zur Polizei. Eine Anzeige wurde aufgenommen. Glücklicherweise hatte er sich das Kennzeichen des flüchtigen BMW notiert, noch ehe es zu den Vorfällen in der Tankstelle gekommen war.

Die Amtshandlung lief an. Unschwer ließ sich der Eigentümer des BMWs feststellen; er wurde vernommen und bestritt die Straftaten. Er hätte seinen Pkw verborgt, doch er könne nicht mehr angeben, an wen. Der Bedrohte bzw. Mißhandelte erkannte mit ziemlicher Sicherheit seinen Gegner wieder, doch dieser leugnete ungeniert weiter. Der Verdächtige war ein Gastwirt aus dem 11. Bezirk, der einschlägige Erfahrungen mit Polizei und Justiz hatte.

Was konnte man tun, um die Vorfälle zu klären? Aus langjähriger Erfahrung weiß der Autor, daß die Haft häufig das einzige Mittel ist, um die Wahrheit an den Tag zu bringen. Es gelang, einen Haftbefehl zu erwirken. Nicht immer ist dies möglich, denn Beugehaft ist nicht zulässig. Damit ist gemeint, daß die Verhaftung nicht dazu dienen darf, den Willen eines Verdächtigen zu beugen, um zu einem Geständnis zu gelangen. Deutlich kommt hier die Interessenskollision zwischen Grundrechtseingriff und dem Bestreben zur Klärung einer Straftat zum Ausdruck. Diese Ausführungen erscheinen nötig, um den nicht mit Polizei- und Justizpraxis Vertrauten zumindest die juristischen Schwierigkeiten bei der Wahrheitsfindung erkennen zu lassen.

Als der 43jährige Gastwirt Peter W. festgenommen wurde, trat ein Sinneswandel ein: Plötzlich war er geständig. Die Haft hatte einmal mehr zur Wahrheitsfindung beigetragen. Nicht nur seine eigenen Straftaten gab er zu, er nannte auch seinen Komplizen, der für die Kopfstöße und den Eiwurf verantwortlich war.

Mit Recht werden sie fragen, woher das Ei kam. Der Gastwirt war einkaufen gewesen, und eine Packung Eier befand sich auf dem Rücksitz seines Pkw. Sein Beifahrer brauchte nur zurückzugreifen, und schon hatte er ein Wurfgeschoß.

Die Strafen fielen moderat aus. Der Gastwirt wurde zu 13.000 Schilling, der „Eierwerfer" zu 5000 Schilling Geldstrafe verurteilt.

Diese zwei Kriminalfälle, die zugegeben nicht alltäglich sind, sind Ausdruck einer leider tagtäglich zu beobachtenden Aggression im Straßenverkehr.

Ein gut gemeinter Rat: Lassen Sie sich auf keine Debatten ein, steigen Sie nicht aus Ihrem Auto aus. Sie wissen nicht, wer Ihr Gegner ist. Ein Nasenbein ist nur allzu rasch gebrochen. Notieren Sie sich das Kennzeichen des Fahrzeuges – es führt, wenn auch manchmal mit Schwierigkeiten, zur Ausforschung und Bestrafung des Täters. Sie zahlen schließlich Steuern, damit Polizei und Justiz tätig werden.

25

DIE REKONSTRUKTION EINES TATHERGANGES

Am 12. November 1984 wurde die Polizei gegen 1 Uhr telefonisch verständigt, daß eine verletzte Frau vor einer Wohnungstüre in Wien 10, Absberggasse, läge. Als die Polizeibeamten eintrafen, befand sich die Verletzte bereits im Rettungsfahrzeug. Nach Auskunft des Sanitäters bestand Lebensgefahr: Das Opfer wies eine Schußverletzung in der Brust auf und wurde ins AUK Meidling gefahren.

Bei den Sicherheitswachebeamten meldete sich Hermann P., 45 Jahre alt, aus Wien 10, Randhartingergasse, der angab, daß er in der Wohnung der Angeschossenen gewesen war, als deren Bekannter ihn unvermutet mit einer Pistole bedroht hatte. Bei dem darauffolgenden Handgemenge hätte sich ein Schuß gelöst, der die 57jährige Anna T., die auf einem Sessel saß, traf. Nach der Schußabgabe wäre er in panischer Angst aus der Wohnung geflüchtet, und auch Anna T. floh, brach jedoch auf dem Gang zusammen. Nach Angaben des Hermann P. mußte sich der Schütze noch in der Wohnung aufhalten. Die Polizisten nahmen vor der Wohnung Aufstellung und forderten Kollegen der Alarmabteilung an. Kurze Zeit später drangen diese, ausgerüstet mit Schußwesten, in die Wohnung ein und fanden den Gesuchten. Der 36jährige Leopold S. aus Wien 10, Puchsbaumgasse, wurde festgenommen. Die Tatwaffe, eine Pistole der Marke FN-High-Power, eine ehemalige Wehrmachtspistole im Kaliber 9 mm Para, wurde sichergestellt. Im Patronenlager der Waffe fand sich eine leere Patronenhülse, und im Magazin steckten fünf weitere Patronen.

In der Zwischenzeit waren Kriminalbeamte am Tatort eingetroffen und übernahmen die weitere Amtshandlung. Da Leopold S. unmittelbar nach seiner Festnahme Hermann P. bezichtigte, geschossen zu haben, wurde auch dieser wegen dringenden Tatverdachtes festgenommen. Nachdem die Kriminalbeamten mit den beiden Männern im Kommissariat eingetroffen waren, wurde ihnen mitgeteilt, daß Anna T. im Spital ihrer Schußverletzung erlegen ist.

Es war drei Uhr morgens geworden, eine Frau war erschossen worden, zwei Verdächtige befanden sich in Haft und beschuldigten einander. Zeugen des Vorfalles gab es nicht – wahrlich keine leichte Aufgabe für die erhebenden Beamten, den tatsächlichen Tathergang herauszufinden. Vielleicht konnte die Kriminaltechnik helfen? Bei beiden Verdächtigen wurde eine Schußhanduntersuchung veranlaßt. Jede Schußwaffe hinterläßt beim Verfeuern einer Patrone Pulverspuren. Es kommt vor, daß diese selbst mit freiem Auge sichtbar sind, in jedem Fall aber lassen sie sich chemisch nachweisen.

Die Vernehmung der beiden Männer begann unverzüglich. Anna T. war eine lebenslustige Frau gewesen, die häufig Lokale im Bezirk aufgesucht und hin und wieder auch ein Glas zuviel getrunken hatte. Sie hatte vor einigen Monaten bei einem ihrer Lokalbesuche Leopold S. kennengelernt, und zwischen den beiden hatte sich eine lockere Bekanntschaft entwickelt. Am 11. November 1984 waren sie gemeinsam in einem Gasthaus; zufällig war auch Hermann P. dort anwesend. Anna T. kannte diesen Mann flüchtig, und sie erzählte ihm im Laufe des Abends von ihrer mit vielen Konflikten verbundenen Beziehung zu Leopold S.

Letztlich lud sie ihren Gesprächspartner auf einen Kaffee zu sich in die Wohnung ein. Nachdem sich die beiden etwa eine halbe Stunde in der Wohnung aufgehalten hatten, wurde plötzlich die Wohnungstüre aufgetreten. Leopold S. kam mit einer Pistole in der Hand auf Hermann P. zu und hielt ihm die Waffe gegen den Kopf. Der Bedrohte sprang auf, und zwischen den beiden Männern kam es zu einem Handgemenge. Plötzlich fiel ein Schuß, und die auf einem Sessel bei Tisch sitzende Anna T. schrie auf – sie war getroffen worden. Der Frau gelang es noch, die Wohnung zu verlassen, doch auf dem Gang brach sie zusammen.

Leopold S. gab zu, daß die Pistole ihm gehörte; er hätte sie im Puchsbaumpark gefunden und behalten. Diese Version war völlig unglaubwürdig. Immer wieder geben Verdächtige an, Faustfeuerwaffen gefunden zu haben. Mit diesen Angaben soll in Wahrheit nur der Überlasser der Waffe vor strafrechtlicher Verfolgung geschützt werden. Der Vollständigkeit halber sei erwähnt, daß Leopold S. keine Berechtigung zum Besitz einer Waffe besaß.

Leopold S. gestand, gewaltsam in die Wohnung seiner Bekannten eingedrungen zu sein und Hermann P. die Pistole gegen den Kopf gehalten und ihn aufgefordert zu haben, die Wohnung zu verlassen. Eifersucht war das Motiv seiner Handlungsweise. Der Besucher wäre aufgesprungen, und im Zuge eines Handgemenges wäre es Hermann P. gelungen, ihm die Waffe zu entreißen. Dabei wäre ein Schuß gefallen, der Anna T. getroffen hätte. Beide Verdächtigen wurden wiederholt vernommen, doch an ihren Angaben änderte sich nichts. Jeder von ihnen blieb dabei, daß jeweils der andere die Pistole in der Hand gehalten hatte, als es zur Schußabgabe gekommen war. Der Zustand der Tatwaffe bestätigte objektiv den Tatablauf, doch es ließ sich daraus nicht ableiten, wer zum Zeitpunkt der Schußabgabe die Waffe in der Hand gehalten hatte.

Eine halbautomatische Waffe wirft nach der Schußabgabe die leere Patronenhülse aus. Nur wenn ein technischer Mangel vorliegt oder aber der Schlitten der Pistole am Bewegungsablauf gehemmt wird, kann es geschehen, daß sie nicht ausgeworfen wird. Durch das Umklammern der Waffe im Zuge des Handgemenges war die Schlittenbewegung gehemmt worden. Es war dies die Erklärung, weshalb die Patronenhülse nicht ausgeworfen worden war. Bei einem nachträglich vorgenommenen Beschuß der Waffe stellte sich heraus, daß diese einwandfrei funktionierte. Die Leiche wies einen Durchschuß

Ein Kriminalrätsel in Wien-Favoriten – Das Motiv war Eifersucht

Streit um Witwe endete mit Mord
Zwei in Haft: Wer ist der Täter?

Das Opfer (Bild rechts).

Kronen Zeitung vom 13. November 1984

des rechten Oberarmes auf; das Projektil war in den Brustbereich eingedrungen und in der Lunge steckengeblieben. Der Schußkanal bestätigte insofern die Angaben der Verdächtigen, als demnach mit großer Wahrscheinlichkeit feststand, daß es zu einer unbeabsichtigten Schußabgabe gekommen war. Ein Täter, der sein Opfer töten will, schießt dieses niemals von der Seite her an.

Der Leiter der Amtshandlung, es war der Autor, besprach sich mit den Kriminalbeamten der Gruppe Madlberger, und man entschloß sich zu einer Rekonstruktion des Tatherganges. Die beiden Verdächtigen wurden zum Tatort gebracht, und jeder demonstrierte für sich, wie es seiner Meinung nach gewesen war. Diese Demonstration wurde fotografisch festgehalten. Nach Vergleich der beiden Tatabläufe stand für die Beamten fest, daß Leopold S. im Moment der Schußabgabe die Pistole in der Hand gehalten hatte.

Noch ein Umstand sprach für die Glaubwürdigkeit des Hermann P. Er hatte unmittelbar nach der Tat, sozusagen noch im Schock, dieselben Angaben gemacht, die er Stunden später wiederholte. Anders formuliert, hatte er keine Zeit, einen für sich günstigen Tatablauf zu konstruieren.

Die Schußhanduntersuchung brachte nicht das erhoffte Resultat. An den Händen beider Verdächtiger fanden sich Pulverschmauchspuren. Dies war verständlich, hatte sich doch der Schuß gelöst, während um die Waffe gekämpft worden war. Auch Fingerabdrücke fanden sich auf der Waffe, doch auch diese stammten von beiden Verdächtigen.

Das Gericht folgte den Argumenten der Beamten und verurteilte im April 1985 Leopold S. wegen versuchter Nötigung, fahrlässiger Tötung und unbefugten Waffenbesitzes zu einer fünfmonatigen unbedingten Freihheitsstrafe. Das Strafverfahren gegen Hermann P. wurde von der Staatsanwaltschaft eingestellt.

Es kommt nicht allzu oft vor, daß sich ein Richter bei der Polizei für die geleistete Arbeit bedankt. In diesem Fall war es so. Die fotografisch festgehaltene Rekonstruktion der Tat hatte entscheidend zur Wahrheitsfindung beigetragen.

Mit relativ wenig Aufwand und Kosten, aber mit um so mehr kriminalistischem Engagement war es möglich, den strafrechtlich Verantwortlichen, sprich den Täter, zu überführen. Vor allem aber war es gelungen, einen Schuldlosen zu entlasten.

26

EIN NERVÖSER KRIMINALBEAMTER

Im Mai 1985 hatte der Autor als Polizeijurist im Rahmen des Zentraljournaldienstes im Bezirkspolizeikommissariat Meidling zu tun. Mehrere Personen befanden sich dort wegen verschiedenster Delikte in Haft.

Es war einiges zu tun, und der Polizeijurist war froh, als sich ein Ende der zu erledigenden Tätigkeiten ankündigte. Er war bereits im Begriff, das Kommissariat zu verlassen, als er von einem aufgeregten Kriminalbeamten darauf hingewiesen wurde, daß ein Haftbefehl, der wegen Mordverdachtes erlassen worden war, seine Gültigkeit verliere.

Es war vorerst völlig unklar, was damit gemeint sein könnte, es blieb daher nichts anderes übrig, als auf die Sache näher einzugehen. Nach Überprüfung des Sachverhaltes hatte sich das Problem von selbst gelöst.

Wird eine Person wegen Mordverdachtes zur Verhaftung ausgeschrieben, so wird die Fahndung automatisch für einen Zeitraum von vierzig Jahren gespeichert. Ein Widerruf des Haftbefehles erfolgt, wenn die Verhaftung des Gesuchten gelingt, dieser in der Zwischenzeit verstirbt oder die Fahndung aus anderen Gründen vom Gericht widerrufen wird.

Sollte dies alles aber nicht der Fall sein, so wird der Haftbefehl automatisch nach vierzig Jahren gelöscht.

Im konkreten Fall erfolgte die Ausschreibung des zu Verhaftenden am 25. Mai 1984; das Ende der Fahndung war sohin, man denke an die vierzigjährige Frist, der 25. Mai 2025.

Der nervöse Kriminalbeamte war zugegebenerweise relativ jung im Gewerbe und hatte die Feinheiten der Fahndungsausschreibungen noch nicht durchschaut.

Sein (Auf) Drängen beruhte auf einem Mißverständnis. Er hatte, aus welchem Grund auch immer, angenommen, daß die Fahndung am 25. Mai um 20.25 Uhr zu Ende ginge. Als der Autor gegen 20Uhr das Kommissariat verlassen wollte, sollte dies nicht geschehen, ohne etwas zu veranlassen, damit der Haftbefehl nicht wirkungslos werde – noch waren ja etwa 25 Minuten Zeit.

Der besorgte Kriminalbeamte wurde darauf hingewiesen, daß es objektiv keinen Grund zur Aufregung gäbe, nicht um 20.25 Uhr, sondern erst im Jahre 2025 würde der Haftbefehl aus den Fahndungsunterlagen gelöscht werden.

Dieser wohl nicht alltägliche Fauxpas blieb dem Autor im Gedächtnis und zeigt, was im Polizeialltag alles möglich ist.

27

GEFÄHRLICH ABARTIG!

Am 27. November 1985 kam ein verstört wirkender Mann zum Journaldienst. Der 27jährige Wolfgang S., ein Vertragsbediensteter aus Wien 10, Inzersdorfer Straße, schilderte den Kriminalbeamten nach und nach Vorfälle, die so unfaßbar waren, daß man meinen konnte, sie wären einem Roman des amerikanischen Psychothriller-Autors Stephen King entnommen.

Wolfgang S. hatte zwei Tage zuvor ein Lokal in Wien 10, Gußriegelstraße, aufgesucht und etwas über den Durst getrunken. Im Laufe des Abends war er von einem Mann angesprochen worden, und als es zur Sperrstunde kam, bot sich dieser neue Bekannte an, ihn mit seinem Pkw nach Hause zu führen. Wolfgang S. nahm das Angebot an, doch kaum in seiner Wohnung angekommen, zog sich der Unbekannte nackt aus und forderte ihn unter Drohungen auf, es ihm gleichzutun. Eingeschüchtert tat der Vertragsbedienstete wie ihm befohlen, doch dies sollte nur der Beginn einer Serie von Perversionen sein, zu welchen er in den folgenden Stunden gezwungen wurde. Nach Befriedigung seiner sexuellen Abartigkeiten packte der Unbekannte alles, was ihm irgendwie brauchbar erschien, zusammen und verließ damit die Wohnung. Ehe er ging, drohte er seinem Opfer Repressalien für den Fall an, daß er es wagen sollte, die Polizei zu verständigen.

Wolfgang S. war durch die Ereignisse physisch und psychisch so fertig, daß er am folgenden Tag nicht in der Lage war, zur Arbeit zu gehen, ja er getraute sich nicht einmal, die Wohnung zu verlassen. Gegen 21 Uhr läutete es an der Wohnungstüre, und als er durch den Türspion blickte, sah er seinen Peiniger. Dieser teilte ihm mit, daß er die mitgenommenen Gegenstände zurückbringe. Daraufhin öffnete der Wohnungsinhaber. Doch kaum in der Wohnung, forderte der Unbekannte 20.000 Schilling als Schmerzensgeld für eine Verletzung im Analbereich, von welcher er behauptete, Wolfgang S. hätte sie ihm zugefügt. Tatsächlich war es genau umgekehrt gewesen. Da die Forderung nicht erfüllt werden konnte – es fanden sich lediglich 50 Schilling in der Wohnung –, begann der Unbekannte neuerlich Gegenstände einzusammeln. Ein Münzalbum, Schallplatten, aber auch Kleidungsstücke nahm er an sich und verließ unter Wiederholung seiner bereits am Vortag ausgesprochenen Drohungen die Wohnung.

Wolfgang S. wußte nicht mehr ein und aus. Nach einer durchwachten Nacht entschloß er sich spät, aber doch, die Hilfe der Polizei in Anspruch zu nehmen.

Seine Angaben wurden protokolliert; die Handlungen des Unbekannten fanden in den Tatbeständen Nötigung zur Unzucht, Erpressung, Diebstahl und Sachbeschädigung ihren Niederschlag.

Das Opfer konnte zur Person des Täters wohl eine brauchbare Personsbeschreibung geben, doch weitere Angaben konnte es nicht machen. Das Kennzeichen des Pkws, mit dem er nach Hause gebracht worden war, hatte er sich jedoch, als der Täter einen Tag darauf wiedergekommen war und neuerlich Habseligkeiten aus seiner Wohnung abtransportierte, gemerkt. Die Ausforschung eines Fahrzeughalters über ein Kennzeichen ist für die Polizei dank der EDV-mäßigen Speicherung der Zulassungsdaten eine Angelegenheit von Minuten. Doch diese Chance auf Ermittlung des Täters blieb insofern ergfolglos, als die Kennzeichentafeln vor Wochen durch einen Unbekannten gestohlen worden waren.

Die Kriminalbeamten der Gruppe Weiss ließen dennoch nicht locker, zumal sich bei einer Nachschau in der Wohnung herausstellte, daß tatsächlich eine große Anzahl von Gegenständen des täglichen Gebrauchs fehlten. Was aber noch viel wichtiger war: die Psyche des Opfers ließ den Schluß zu, daß es nicht fähig war, sich gegen einen brutal und überzeugend auftretenden Täter zur Wehr zu setzen. Einmal mehr zeigte sich bei diesem Fall eine geradezu schicksalhafte Täter-Opfer-Beziehung. Ein untrüglicher Instinkt ließ den Täter ein für ihn ideales Opfer suchen und finden.

Die Ausforschung des abartigen Mannes gelang auf zweifache Art: über Nachforschungen im Lokal, in welchem es zur Bekanntschaft von Täter und Opfer gekommen war, und über einen Fahndungserfolg der Polizei. Am 29. November 1985 geriet der Lenker eines Opel mit dem gesuchten gestohlenen Kennzeichen im ersten Bezirk in ein Planquadrat. Die gestohlenen Kennzeichentafeln wurden abgenommen und sichergestellt, der Dieb auf freiem Fuße zur Anzeige gebracht. Entscheidend aber war, daß im Zuge der Amtshandlung seine Identität bekannt geworden war.

Am 12. Dezember 1985 wurde der 30jährige Peter N. aus Wien 10, Raxstraße, festgenommen. Der Tatverdächtige war nicht geständig; seiner Version nach hätte der Anzeiger alles bereitwillig getan, ja selbst seine Habseligkeiten freiwillig herausgegeben. Weshalb er dies alles getan hätte, konnte allerdings auch Peter N. nicht

Falscher Polizist: „Gefährlicher Psychopath"

Vorbestrafter machte regelrecht Jagd auf Homosexuelle: Er wird zu Gewalttaten im Milieu überprüft

Bereits 14 Beutezüge, deren Opfer ausschließlich Homosexuelle waren, können Beamte der Kripo Wien-Innere Stadt einem Mann nachweisen, der sich, wie berichtet, als Kriminalbeamter ausgegeben hat. Der Verdächtige wird jetzt auch zu Morden im Milieu überprüft.

Denn der 43jährige Mann gilt als „gefährlicher Psychopath". Zuletzt wegen eines Postraubs (1989) zu neun Jahren Haft verurteilt, war der Wiener schon zuvor ein nicht eben unbeschriebenes Blatt. „Ja, ja", erinnert sich Favoritens Polizeichef Ludwig Berghammer, vom KURIER befragt, an den „alten Bekannten", der 1985 einen Beamten in dessen Wohnung stundenlang brutal sexuell mißbraucht hat. „Tage später ist er dann zu seinem Opfer zurückgekommen, hat gesagt, *er* sei verletzt worden, wofür das Opfer zahlen müsse", so Berghammer: „Der Täter hat die Wohnung des eingeschüchterten Mannes dann regelrecht ausgeräumt".

Nun soll der Wiener „aus Haß auf Homosexuelle, die mich im Häf'n vergewaltigt haben", wie er sagt, in öffentlichen WC-Anlagen „Geldbußen für unzüchtiges Verhalten" kassiert haben. Als „Kriminalbeamter" mit falscher Dienstmarke, Handschellen und Handy dürfte er in zumindest 14 Fällen mehr als 150.000 S erbeutet haben. Die von ihm „ertappten" Männer setzte er so unter Druck, daß sie sich mehrmals mit ihm trafen, um die „Strafen" abzuzahlen. Ein Opfer nahm sogar einen Kredit auf (Hinweise: ☎ 313-47, 2113 Dw.).

Das Sicherheitsbüro hat den Mann bereits zu zwei Vergewaltigungen überprüft und wird ihn auch zu Gewalttaten in der Homosexuellen-Szene unter die Lupe nehmen. **Peter Grolig**

Bild: Gerhard Deutsch

Die Ausrüstung des verhafteten falschen Kriminalbeamten

Kurier vom 16. Februar 1999

erklären. Auch vor Gericht blieb er bei seinen Angaben, dennoch wurde er im September 1986 – sein Strafregister wies bereits zehn Vorstrafen auf – zu einer dreijährigen Freiheitsstrafe verurteilt. Im März des Jahres 1989 wurde Peter N. entlassen.

Am 31. Juli 1989 wurde in Favoriten, am Hermann-Schöne-Platz, das dortige Postamt überfallen. Ein maskierter Täter bedrohte die Kassierin mit einer Pumpgun und raubte 70.000 Schilling. In der Nähe des Postamtes wartete in einem gestohlenen Fahrzeug sein Komplize. Nach wenigen Tagen gelang es Beamten des Sicherheitsbüros, diesen Überfall zu klären. Der im Pkw sitzende Komplize des Räubers war Peter N. gewesen. Für diese Straftat wurde er zu einer neunjährigen Freiheitsstrafe verurteilt und im Jänner 1998 bedingt entlassen.

Nur wenige Monate sollten vergehen, ehe Peter N. abermals für Schlagzeilen sorgte. Seine Fähigkeiten, als „Brutalo“ aufzutreten und als solcher Wirkung zu erzielen, hatte er während seiner langjährigen Haftstrafe nicht verlernt, sondern, soweit dies überhaupt möglich war, noch intensiviert. Bei seinen neuerlichen Straftaten sollten seine sexuellen Abartigkeiten abermals eine Rolle spielen.

Peter N. lauerte auf einer öffentlichen WC-Anlage im ersten Bezirk Homosexuellen auf. Wenn diese ihre Neigungen offen kundgetan hatten, gab er sich als Kriminalbeamter aus und forderte von ihnen Geldstrafen für ihr verbotenes Verhalten. Insgesamt vierzehn Männer waren bestrebt, weiteres Aufsehen und behördliche Schwierigkeiten zu vermeiden, und akzeptierten die Geldstrafen. Hatten sie zu wenig Bares dabei, wurden sie vom vorgeblichen Kriminalbeamten zum nächsten Bankomat oder gar zu sich nach Hause eskortiert. Einer zahlte dem falschen Polizisten 60.000 Schilling an „Strafe“. Anfang Februar 1999 flog der Schwindel auf. Eines der Opfer betätigte von seiner Wohnung aus den Polizeinotruf und übergab dem vorgeblichen Kriminalbeamten den Hörer. Dieser nannte seinem „Kollegen“ eine fünfstellige Dienstnummer und entlarvte sich damit: Die echten Dienstnummern sind ausschließlich vierstellig. Der Notrufbeamte handelte prompt. Eine Funkwagenbesatzung war Minuten später in der Wohnung des Anrufers, und der falsche Kriminalbeamte wurde festgenommen.

Von seinen Opfern hatte Peter N. an die 150.000 Schilling kassiert und erhielt im März 1999 dafür eine nach Auffassung des Autors milde Strafe. Er wurde wegen Amtsanmaßung und Betruges zu einer eineinhalbjährigen Freiheitsstrafe verurteilt. Die Täterpersönlichkeit des Verurteilten läßt befürchten, daß Peter N., nunmehr 44 Jahre alt, auch nach dieser Strafverbüßung über genügend kriminelle Energie verfügen wird, um weitere Straftaten zu verüben. Kriminelle seines Schlages beschäftigen Polizei und Justiz ein Leben lang.

28

VERRÄTERISCHE TÄTOWIERUNG

Am 23. März 1986 kam ein erboster Taxilenker zur Polizei und erstattete eine Betrugsanzeige. Der Anzeiger war am Wiener Südbahnhof von zwei Männern aufgefordert worden, sie zum Autoabstellplatz der MA 48 nach Wien 10, Eibesbrunnergasse, zu fahren. Aus der Unterhaltung seiner Fahrgäste entnahm er, daß diese von dort einen Pkw abholen wollten. Das Kraftfahrzeug war vorschriftswidrig abgestellt gewesen und abgeschleppt worden. Aus der geplanten Abholung wurde nichts, weil sich die beiden Fahrgäste gegenüber dem Platzwart der MA 48 nicht mit einem gültigen Lichtbildausweis legitimieren konnten. Der Taxilenker setzte seine Fahrt fort; den Scheck, den er zur Begleichung des Fuhrlohnes erhalten hatte, wollte er noch am selben Tag einlösen. Es blieb beim Versuch, denn in der Bankfiliale wurde die Einlösung mit dem Hinweis verweigert, daß der Scheck gestohlen und deshalb das Konto gesperrt worden war.

Die Betrugsanzeige landete auf dem Schreibtisch des zuständigen Kriminalbeamten Leitgeb. Dieser fuhr zum Autoabstellplatz der Gemeinde Wien, doch es war nicht einfach, den fraglichen Pkw aufzufinden. Dutzende Fahrzeuge wurden und werden tagtäglich abgeschleppt. Letztlich gelang es, den gesuchten Pkw festzustellen. Mittels einer Zulassungsanfrage ließ sich dessen Zulassungsbesitzer unschwer feststellen. Es war der 41jährige Johann G. aus Wien 10, Fernkorngasse. Noch stand nicht fest, ob dieser Autobesitzer mit dem gestohlenen Scheck in Verbindung zu bringen war. Bei den weiteren Erhebungen stellte sich heraus, daß der Scheck, dessen Einlösung verweigert worden war, zusammen mit mehreren anderen Schecks und einer Brieftasche mit diversem Inhalt aus einer Bauhütte im ersten Bezirk gestohlen worden war. Von den insgesamt zwanzig Schecks waren einige bereits an Zahlungs Statt ausgestellt und in verschiedenen Lokalen damit die Zeche beglichen worden. In einem Kaffeehaus ließ sich der Scheckaussteller den Differenzbetrag in bar auszahlen. Dem Mißtrauen des Kellners begegnete der Gast durch Einsetzen eines Zulassungsscheines. Doch dieses Pfand erwies sich als wertlos, da es ebenso wie die Schecks gestohlen war. Die Personsbeschreibung des Scheckausstellers war stets die gleiche. Entscheidend war ein Hinweis, welchen der Platzwart der MA 48 gab. Er konnte sich erinnern, daß jener Mann, der den Pkw abholen wollte, am Handrücken das Wort „Baby“ eintätowiert hatte.

Der Kriminalbeamte stellte die polizeiinternen Anfragen über den Zulassungsbesitzer Johann G. Dabei stellte sich heraus, daß der Mercedes-Besitzer nicht weniger als 25mal, überwiegend wegen Eigentumsdelikten, vorbestraft war, und überdies lag er in den erkennungsdienstlichen Evidenzen ein. Sie müssen wissen, daß bei einer erkennnungsdienstlichen Behandlung einer Person nicht nur deren Fingerabdrücke abgenommen und Fotos derselben hergestellt, sondern auch ihre körperlichen Merkmale erfaßt werden; hierzu zählen etwa vorhandene Tätowierungen. Und, siehe da, welch ein Zufall, Johann G. hatte seiner Beschreibung zufolge am rechten Handrücken das Wort „Baby“ tätowiert. An seiner Täterschaft war demnach nicht zu zweifeln. Der Richter schloß sich ebenfalls den Argumenten der Polizei an und erließ einen Haftbefehl. Johann G. wurde einige Tage danach festgenommen.

Ein Täter mit seinem Erfahrungsschatz weiß, was er zugeben muß, vor allem aber, was er nicht zugeben muß. Ja, er hatte die Schecks ausgestellt, doch diese hätte ihm ein Unbekannter, den er zufällig kennengelernt hatte, mit einer Brieftasche, in der sich auch ein Zulassungsschein befand, sozusagen als Gegenleistung für die Zeche, die er ihm bezahlt hatte, geschenkt. Einen Diebstahl, wo denken Sie hin, hatte er nicht verübt. Die Schecks habe er daher gutgläubig ausgestellt, wie sollte er auch ahnen, daß sie gestohlen waren. Bei dieser Verantwortung sträubten sich auch dem erkennenden Richter die Haare. Es konnte mit an Sicherheit grenzender Wahrscheinlichkeit angenommen werden, daß Johann G. den Diebstahl der Brieftasche verübt hatte, ungeachtet dessen, daß er bis zur Urteilsverkündung den in der Kriminalgeschichte so häufig vorkommenden Unbekannten dafür verantwortlich machte. Johann G. wurde wegen Diebstahls und Betruges zu einer einjährigen Freiheitsstrafe verurteilt.

Nicht nur, daß er den Mercedes unter Vereinbarung von Ratenzahlungen gekauft und diese nicht bezahlt hatte, war er ohne Führerschein alkoholisiert gefahren und hatte den Pkw nach einer Zechtour in einer Halteverbotszone abgestellt. Als er dahinterkam, daß sein Auto abgeschleppt worden war und er nicht über die nötigen Mittel verfügte, die Abschleppkosten zu bezahlen, wußte er sich zu helfen.

Ein Diebstahl mehr oder weniger, darauf sollte es ihm nicht ankommen, doch seine auffällige Tätowierung am Handrücken beendete seinen kriminellen Übermut.

Während er seine Strafe verbüßte, bemühte sich ein Rechtsanwalt als Bevollmächtigter jener Autofirma, die Eigentümer des Mercedes war, um dessen Ausfolgung. Zumindest einen positiven Aspekt hatte so die Straftat des Johann G. bewirkt. Ein Rechtsanwalt hatte einen Fall mehr zu bearbeiten und konnte ein Honorar mehr auf seinem Konto verbuchen. So gesehen wurde, wie dies häufig der Fall ist, eine geklärte strafbare Handlung zum Anlaß für die Tätigkeit eines Rechtsanwaltes. Wenn man kurzsichtig bei Beurteilung der ökonomischen Verhältnisse ist, könnte man darin noch eine Sinnhaftigkeit entdecken.

So mancher „aufgeweckte“ Kriminelle hat die Polizei wissen lassen, daß diese ihre Existenzberechtigung eigentlich seinem Stande zu verdanken hat.

Ein Kriminalist ist daher gut beraten, auch auf dem Gebiet der Philosophie Grundkenntnisse zu besitzen.

29

EIN MANN FÜRS „GROBE"

Am 20. Jänner 1987 wurde gegen 1.45 Uhr dem Polizeinotruf von einem anonymen Anrufer mitgeteilt, daß sich in einem Lokal in Wien 10, Gudrunstraße, ein Mann aufhalte, der mit einer großkalibrigen Waffe die Gäste bedrohe. Der Informant gab auch eine Personsbeschreibung des Verdächtigen. Minuten nach dem Anruf traf eine Funkwagenbesatzung ein. Den Beamten fiel ein Fußgänger auf, der in unmittelbarer Nähe des Lokales neben einem Pkw stand. Die Beschreibung konnte zutreffen, und so entschlossen sich die Beamten, den Passanten zu perlustrieren. Die Aufforderung zur Ausweisleistung ließ den mittelstark alkoholisierten Mann ausrasten. Er beschimpfte die Polizeibeamten auf das Ordinärste und prahlte unentwegt mit seinen Kontakten zur Unterwelt. Überdies weigerte er sich, seine Identität bekanntzugeben. Sein Verhalten ließ dem Sicherheitswachebeamten Lindner und seinem Kollegen keine Wahl: Eine Festnahme war nicht zu umgehen.

Bei der Durchsuchung des Randalierers fiel ein Schnellziehholster zu Boden, doch vorerst fehlte die dazugehörige Waffe. Im Pkw des Festgenommenen fand sich diese, ein Revolver der Marke Colt Phyton im Kaliber 357 Magnum. Der Revolver war mit sechs Hohlspitzpatronen geladen. Noch während der Amtshandlung kam ein Passant auf die Polizisten zu und gab sich als der anonyme Anrufer zu erkennen. Er bezeichnete den Festgenommenen als jenen, der im Lokal die Gäste bedroht hatte. Nach Überstellung des 32jährigen Gerald K. aus Wien 15 in das Kommissariat wurde die Amtshandlung von den Kriminalbeamten weitergeführt.

Die Strafregisterauskunft wies Gerald K. als Gewalttäter aus. Gerald K. war in Halbweltkreisen als sogenannter „Buckel" bekannt. Es ist dies die Bezeichnung für jemanden, der insbesondere im Rotlichtmilieu für Ordnung sorgen soll und überdies seinem Auftraggeber als Leibwächter dient. Um einen Begriff aus der Innenpolitik der neunziger Jahre zu verwenden, eben ein Mann fürs „Grobe".

Gerald K. bestritt wie nicht anders zu erwarten jegliche Drohung mit der Waffe. Daß er den Revolver unbefugt besessen hatte, mußte er wohl oder übel zugeben. Doch dieser strafbare Tatbestand bereitet einem Mann vom Schlage des Festgenommenen kein „Kopfweh". Die Höchststrafe für verbotenen Waffenbesitz ist mit sechs Monaten limitiert. Ein Strafausmaß, mit dem Gerald K., wenn es darauf ankommt, spielend zurechtkommt. Gekauft hatte er die Waffe, wie konnte es anders sein, von einem ihm Unbekannten.

Der vorerst anonyme Anrufer wurde als Zeuge vernommen. Er blieb dabei, daß Gerald K. mehrmals einem Gast den Revolver an die Schläfe gesetzt hatte und, möglicherweise um sein Handling mit der Waffe zu unterstreichen oder aber um seine Drohung zu verstärken, den Hahn des Revolvers gespannt hatte. Man muß wissen, daß ein Revolver der Marke Colt Phyton als Rolls-Royce unter großkalibrigen Faustfeuerwaffen gilt und seine Abzugsmechanik besonders sensibel ausgelegt ist. Eine geringe Druckausübung auf den Abzug der Waffe hätte eine Schußauslösung zur Folge gehabt. Der Bedrohte schwebte infolge der Alkoholisierung des Täters einerseits und der sensiblen Abzugscharakteristik der Waffe andererseits in höchster Lebensgefahr. Eine einzige unachtsame Bewegung, etwa durch einen Stoß, hätte unweigerlich zu einer Katastrophe, nämlich zum sofortigen Tod des Opfers geführt.

Den Kriminalbeamten gelang es innerhalb weniger Stunden, den Bedrohten auszuforschen, doch rasch stellte sich heraus, daß dieser Gerald K. nicht schaden wollte. Was immer seine Beweggründe waren, ein freundschaftliches Entgegenkommen oder Furcht vor Repressalien, der Mann konnte sich an einen Vorfall, wie er vom Zeugen zu Protokoll gegeben worden war, nicht erinnern. Obgleich sich an der Schläfengegend eine leicht blutende Verletzung fand, von der anzunehmen war, daß ihm diese mit dem Lauf der Waffe zugefügt worden war, änderte dies an seiner Verantwortung nichts. Für seine Erinnerungslücken machte er seine starke Alkoholisierung verantwortlich.

Gerald K. wurde wegen gefährlicher Drohung und verbotenen Waffenbesitzes angezeigt und dem Landesgericht Wien überstellt.

Bei näherer Betrachtung der sichergestellten Waffe fiel auf, daß die Nummer eher unfachmännisch eingeschlagen war – ungewöhnlich bei einem Revolver dieser Güteklasse. Es war zu vermuten, daß die ursprüngliche Nummer entfernt und durch eine andere ersetzt worden war. Der Revolver wurde einer kriminaltechnischen Untersuchung unterzogen, und nach einigen Wochen lag das Ergebnis vor: Tatsächlich war die ursprüngliche Waffennummer entfernt worden. Dennoch war es gelungen, diese festzustellen. Über diese Nummer war es möglich, die Herkunft der Waffe und ihren ehemaligen Eigentümer zu eruieren. Der Revolver war von einem prominenten Justizflüchtling, nämlich Dipl.-Ing. Erwin T., gekauft worden. Der ehemals geschäftsführende Gesellschafter der Klimatechnik GesmbH. hatte ihn in einer Waffenhandlung in der SCS erworben. Dipl.-Ing. T. wurde von der österreichischen Justiz wegen Verdachtes der betrügerischen Krida – er hatte die größte private Milliardenpleite der Nachkriegszeit zu verantworten – gesucht. Es wurde vermutet, daß er sich unter dem Namen Marquez Acosta in Spanien aufhielt.

Wie seine Waffe in die Hände des Gerald K. gekommen war, ließ sich nicht nachvollziehen. Gerald K. wurde wegen unbefugten Waffenbesitzes im Februar 1987 zu einer zweimonatigen Freiheitsstrafe verurteilt. Die Erinnerungslücken seines Opfers ersparten ihm eine Verurteilung wegen gefährlicher Drohung. Wenn man weiß, wie man sich zu verhalten hat, kann man sich durchaus Vorteile bei der Strafjustiz verschaffen. Dem unbescholtenen Bürger, der möglicherweise nur einmal im Leben mit der Strafjustiz in Konflikt gerät, gelingt dies mit Sicherheit nicht.

Dipl.-Ing. Erwin T. verunglückte 1992 bei einem Verkehrsunfall in Spanien tödlich; damit war auch das anhängige Strafverfahren „gestorben".

Gerald K. sollte gleichfalls international tätig werden. Sein Ruf als Gewalttäter hatte ihm den Job als Leibwächter eines deutschen Unterweltbosses eingebracht.

Im Jahre 1997 wurde Gerald K. im Landesgericht Wien wegen Mordes angeklagt. Ein Mord auf Bestellung wurde ihm zur Last gelegt. Im Jahre 1993 hatte Gerald K. seine Tätigkeit nach Belgien verlagert, wo er in die „Firma" eines Deutschen, der europaweit als die Nummer eins im Kokainhandel galt, eintrat. Gerald K. mußte sich wegen eines Mordes, der sich im September 1993 in Holland ereignet hatte, verantworten. Damals war ein türkischer Staatsbürger, der sich während eines Gefängnisaufenthaltes des deutschen „Paten" dessen Ehefrau genähert hatte, erschossen worden.

Doch wie schon öfter in der Laufbahn des Angeklagten sollten auch in diesem aufwendigen Gerichtsverfahren die Beweise für eine Verurteilung nicht ausreichen: Gerald K. wurde freigesprochen. Nur nebenbei sei bemerkt, daß dem Angeklagten im Prozeß ein tüchtiger Strafverteidiger zur Seite stand. Leute vom Schlage des Gerald K. läßt man im Milieu nicht im Regen stehen. Ungeachtet dieses Freispruches blieb er weiterhin in Untersuchungshaft. Er wurde neuerlich angeklagt, nunmehr wegen des Verdachtes, 24 Kilogramm Heroin von Polen in den Westen transportiert zu haben. Doch auch dieses Delikt wollte erst bewiesen sein. Auf dem Prüfstand stand in diesem Gerichtsverfahren die grenzüberschreitende Zusammenarbeit der europäischen Polizeibehörden. Im Bereich der internationalen Kriminalität gibt es keinerlei bürokratische Hemmnisse.

Am 14. April 1998 wurde Gerald K. wegen Kokainschmuggels in erster Instanz zu einer fünfjährigen Freiheitsstrafe verurteilt – selbstverständlich hat sein Verteidiger dagegen berufen.

Dieses Urteil beweist eine effektive internationale Zusammenarbeit von Polizei- und Strafverfolgungsbehörden.

30

EIN MERCEDES-FAHRER MIT NOTSTANDSHILFE

Im Februar 1987 kam die neunzehnjährige Kellnerin Bettina W. aus Wien 11, Muhrhoferweg, zum Journaldienst der Kriminalpolizei und zeigte einen Unbekannten, der sie willenlos gemacht und in diesem Zustand mißbraucht hatte, an.

Nachdem die junge Frau tags zuvor ihren Dienst um 22 Uhr beendet hatte, suchte sie mit ihrer Freundin eine Discothek in Wien 10, Hasengasse, auf. Bettina W. nahm an der Theke Platz und bestellte sich einen Kaffee. Sie wurde von einem etwa 35jährigen Gast angesprochen. Eine Zeitlang unterhielten sich die beiden, und Bettina W. konnte sich erinnern, daß sie im Mercedes des Unbekannten in eine Wohnung gefahren worden war. Dort war es zum Geschlechtsverkehr gekommen. Die Ereignisse dieser Nacht waren ihr nur unvollkommen in Erinnerung. In den Morgenstunden war sie allein in einer ihr völlig fremden Umgebung munter geworden. Sie hatte die Wohnung verlassen und sogleich Kontakt mit ihrer Freundin, mit der sie am Vorabend gemeinsam die Discothek aufgesucht hatte, aufgenommen. Nachdem sie von ihren Erlebnissen erzählt hatte, äußerte diese den Verdacht, daß Bettina W. möglicherweise mittels eines Medikamentes willenlos gemacht worden war.

Die aufmerksame und mißtrauische Freundin hatte den späteren Begleiter von Bettina W. dabei beobachtet, wie dieser in deren Kaffeeschale umgerührt hatte.

Die Kriminalbeamtin Ebenführer und ihr Kollege Fitzthum ließen sich von der Anzeigerin zu der Wohnung fahren, in der sie aufgewacht war. Als dringend tatverdächtig wurde der 35jährige Detlev P. ausgeforscht. Der Journalstaatsanwalt wurde vom Tatverdacht informiert, doch diesem war die „Suppe“ zu dünn – er stellte keinen Haftantrag. Die Einvernahme des Verdächtigen war nicht möglich, da dessen Aufenthalt nicht zu eruieren war. Detlev P. wurde angezeigt und über Gerichtsauftrag zur Aufenthaltsermittlung ausgeschrieben.

Monate später, nämlich im August 1987, wurden Polizeibeamte auf einen Mercedes aufmerksam, der vor einer Discothek in Wien 10, Laxenburger Straße, abgestellt war. Das Fahrzeug war als veruntreut zur Fahndung ausgeschrieben. Als Tatverdächtiger schien Detlev P. auf. Da anzunehmen war, daß sich der Gesuchte im Lokal aufhielt, erkundigten sie sich dort nach dem Lenker des Mercedes. Doch keiner der Gäste gab sich als solcher zu erkennen. Einer der Anwesenden verhielt sich insofern auffällig, als er sich eifrig an einem Spielautomaten zu schaffen machte und die Polizisten nicht einmal eines Blickes würdigte. Der so in das Spiel vertiefte Gast wurde zur Ausweisleistung aufgefordert. Es war der gesuchte Zulassungsbesitzer des Mercedes, Detlev P. Inspektor Klug sprach die Festnahme aus und überstellte den Festgenommenen dem Kommissariat Favoriten.

Der Verdächtige wurde vernommen und nahm die gegen ihn erhobenen Vorwürfe nicht weiter tragisch. Er gab zu, dem Mädchen in einem unbeobachteten Augenblick Rohypnol in den Kaffee gegeben und sich in weiterer Folge mit ihr in seiner Wohnung „unterhalten“ zu haben. Seiner Auffassung nach wäre daran nichts wirklich Strafbares gewesen.

Der Vorwurf der Veruntreuung des Pkws war darauf zurückzuführen, daß sich Detlev P. einen Mercedes der Luxusklasse angeschafft hatte. Selbstverständlich hatte er nicht bar bezahlt, vielmehr war eine Ratenzahlung von 6700 Schilling monatlich vereinbart worden. Bis zur gänzlichen Begleichung des Kaufpreises blieb der Mercedes im Eigentum der kreditgewährenden Bank.

Detlev P. zahlte einige Raten, doch dann wartete das Kreditinstitut vergeblich. Als mit einer gütlichen Lösung nicht mehr gerechnet werden konnte, zumal der Schuldner nicht auffindbar war, wurde Anzeige erstattet. Das Fahrzeug wurde zur Fahndung ausgeschrieben. Detlev P. hatte sich mit dem Auto in Italien, Frankreich und Deutschland etwas umgesehen. In Deutschland war ihm das Geld knapp geworden, doch es war ihm gelungen, sich mit Wechselbetrügereien über Wasser zu halten, ehe er von den deutschen Polizei- und Justizbehörden dafür zur Verantwortung gezogen und in Haft genommen wurde.

Mit Schlaftabletten Frau hörig gemacht

„Es war lustig“: Zehn Monate Gefängnis

Der 36jährige Angeklagte hat eine eigene Art von Humor: Detlev [redacted] mischt Mädchen Schlafmittel in Getränke und findet es lustig, daß seine Opfer „wirre Sätze reden und nicht mehr aufstehen können“.

Daß er eine junge Frau nach der „Behandlung“ mit in seine Wohnung genommen und mit ihr geschlafen hat, wertete der Staatsanwalt als Notzucht.

Doch Detlev [redacted] (Verteidiger Rudolf Mayer) ist sich keiner Schuld bewußt: „Ich hatte das Gefühl, sie wollte das.“

Ganz anders beschreibt die Frau ihr Erlebnis mit dem Mann: „Ich habe plötzlich ein komisches Gefühl gehabt. Ich war müde, mir war alles wurscht, ich wollte nur ein Bett. Ich habe mich ausgezogen und hingelegt.“

Ob sie denn auch mitgegangen wäre, wenn sie sich nicht so müde gefühlt hätte, will der Richter wissen. Die Zeugin: „Nicht um die Burg.“

Der gerichtliche Sachverständige sollte klären, ob die Frau, wie in der Anklage beschrieben, wirklich widerstandsunfähig war.

Der Mediziner bestätigt, daß der Zustand, den die Zeugin beschreibt, nach Einnahme der Mittel durchaus möglich sei: „Der einzige Drang war Schlafen.“

Urteil: zehn Monate Haft.

Kurier vom 6. November 1987

Ein Wiener lebte von der Sozialunterstützung und kaufte ein Auto um 260 000 Schilling

Mercedesfahrer mit Notstandshilfe

Ein seit Februar gesuchter Gewalttäter, der eine Frau mit Medikamenten betäubte und mißbrauchte, ging nun der Polizei ins Netz, weil er die Kreditraten für seinen AMG-Mercedes in Höhe von 7000 Schilling nicht bezahlte. Der Mann, der 36jährige Tankwart Detlev P[redacted] aus Wien-Favoriten, der seit zwei Jahren von der Notstandshilfe lebt, wurde verhaftet.

Kronen Zeitung vom 19. August 1987

Detlev P. hatte in einem Animierlokal Arbeit gefunden. Er war dort Barmixer, Aufpasser und Kellner, wie es eben der Animierbetrieb so erforderte. Täglich konnte er zirka 2000 Schilling netto kassieren. Da er unangemeldet arbeitete, brauchte er dem Finanzamt nichts abzuliefern. Obendrein bezog er Notstandshilfe, wovon ihm die Alimente abgezogen wurden, doch 3000 Schilling Taschengeld verblieben noch. Wenn man weiß, wie's geht, dann geht's eben ganz gut im Sozialstaat Österreich. Es gibt genügend Staatsbürger, die nicht so zu leben verstehen, im Gegenteil viele Milliarden Steuergelder jährlich zahlen, um dies zu ermöglichen.

Erstmals wurde in der Öffentlichkeit aus Anlaß dieses Kriminalfalles über den Mißbrauch von Sozialleistungen diskutiert. Es sollten dennoch Jahre vergehen, ehe es vom Gesetzgeber zu Maßnahmen kam, die den Mißbrauch einschränkten. Im November 1987 kam es im Landesgericht Wien zur Verhandlung gegen Detlev P. Selbst in der Hauptverhandlung fand er es lustig, daß sein von ihm betäubtes Opfer wirr gesprochen hatte und umhergetaumelt war.

Diese Art von Humor wurde vom Gericht nicht geteilt: Detlev P. wurde zu einer zehnmonatigen unbedingten Haftstrafe verurteilt.

31

EINE AUSSERGEWÖHNLICHE ABGÄNGIGKEITSANZEIGE

Ende Jänner 1988 wurde bei der Polizei Favoriten eine Abgängigkeitsanzeige erstattet. Im Durchschnitt werden in Favoriten jährlich zwischen 150 und 170 Personen als abgängig angezeigt.

In der Mehrzahl der Fälle stellt sich heraus, daß es private Gründe sind, die Menschen veranlassen, ihren bisherigen Lebensbereich zu verlassen. Überwiegend dauert die Abgängigkeit nur einige Tage an, doch es gibt auch hier Ausnahmen, und häufig sind dies solche, die eine dramatische Wende erfahren. Von einem derartigen Ereignis soll nun berichtet werden.

Als abgängig angezeigt wurde der 37jährige Friedrich W., von Beruf Mittelschulprofessor, aus dem zehnten Bezirk.

Verständlicherweise waren die Angehörigen über das nachrichtenlose Verschwinden äußerst beunruhigt, und obgleich die nötigen Erhebungen unverzüglich durchgeführt wurden, konnte der Verbleib des Lehrers nicht in Erfahrung gebracht werden.

Die computermäßige Erfassung der Kontobewegungen brachte die ersten Hinweise. Die Vernetzung des bargeldlosen Zahlungsverkehrs ist weltumspannend, und die Kommunikation funktioniert, dies sei neidlos anerkannt, besser als die auf internationaler polizeilicher Ebene.

Der Abgängige war im Besitz einer Kreditkarte und hatte diese auch mitgenommen. Die Buchungen ließen erkennen, daß am 29. Jänner 1988 in Italien Geld behoben worden war, ebenso am 31. Jänner 1988 in Thailand, wo mehrere Buchungen registriert worden waren. Da eine Barabhebung, um die es sich hier handelte, nur unter Vorweis eines Reisepasses möglich ist, war der Schluß zulässig, daß der Gesuchte vorerst nach Italien gefahren und von dort nach Thailand weitergereist war. Der Vermißte war schon früher in Thailand gewesen, und aus seinen Erzählungen wußte man, daß es ihm in diesem Land außerordentlich gut gefallen hatte.

Mysteriös wurde die Abgängigkeit überdies, weil der Gesuchte seine Frau angerufen und dieser erzählt hatte, daß er in Südamerika von der Mafia festgehalten werde. Obgleich dieser Mitteilung von polizeilicher

Nach Mopeddiebstahl in Thailand flog falsche Identität auf:

Entflohener Mörder sitzt nun in Österreich wieder hinter Gittern

Donnerstag, 5.25 Uhr früh: Friedrich W. (47) klettert in Begleitung von Kriminalbeamten aus der Linienmaschine aus Bangkok. Dem wegen Mordes verurteilten Mann gelang vor sechs Jahren die Flucht aus dem Gefängnis. Nach einem Mopeddiebstahl in Thailand flog seine falsche Identität auf.

Kronen Zeitung vom 25. Juli 1997

Seite kein Glauben geschenkt wurde, nahmen sich die Tageszeitungen des Falles an. Es kommt ja nicht jeden Tag vor, daß ein Mittelschullehrer vermißt wird, und es wurde ausführlich darüber berichtet. Bei den Erhebungen wurden die Indizien immer dichter, daß der Vermißte mit einer strafbaren Handlung in Verbindung stand. Eine zweite Abgängigkeitsanzeige wurde mit der des Professor Friedrich W. in Zusammenhang gebracht, nämlich die eines begüterten und bekannten Baumeisters aus Niederösterreich. Der 52jährige Baumeister Peter Sch. wurde schließlich in einer Garage in Frauenkirchen im Burgenland in stark verwestem Zustand aufgefunden.

Friedrich W. kurz nach der Ankunft am Donnerstag in Wien-Schwechat. Der wegen Mordes verurteilte Mann war 1991 aus dem Gefängnis Eisenstadt ausgebrochen. Jetzt wurde er in Thailand gefaßt und nach Österreich ausgeliefert.

Die Obduktion brachte den Beweis, daß der Baumeister erschossen worden war. Der Kreis um den nun des Mordes verdächtigen Friedrich W. begann sich langsam, aber sicher zu schließen. Das Haus, zu dem die Garage gehörte, in welcher die Leiche aufgefunden woren war, war Eigentum der Mutter des Abgängigen. Die Verdachtslage war so stark, daß gegen den Lehrer ein Haftbefehl wegen Mordes erlassen wurde. Monate später war es soweit: der Gesuchte wurde in Frankfurt festgenommen. Wieder waren es die Kreditkarte und die damit verbundenen Kontobewegungen, die auf seine Spur geführt hatten.

Nach seiner Auslieferung wurde Friedrich W. wegen Mordes an dem Baumeister Peter Sch. vom Landesgericht Eisenstadt zu einer 18jährigen Freiheitsstrafe verurteilt. Motiv der Tat waren Geldschwierigkeiten des Professors. Doch mit der Verurteilung sollte der Fall nicht zu Ende sein. 1991 gelang Friedrich W. die Flucht aus der Haftanstalt Eisenstadt.

Der Musterhäftling, der in EDV-Angelegenheiten als Spezialist galt, leitete in der Haftanstalt Computerkurse, und jeden Sonntag war er in der zur Strafanstalt gehörigen Kapelle als Orgelspieler zu hören. Das Fenster dieser Kapelle war nur ungenügend gesichert. Friedrich W. erkannte diese Schwachstelle und nützte sie. Über dieses Fenster war ihm die Flucht gelungen. Wieder verlor sich seine Spur. Vermutungen, daß er nach Thailand zurückgekehrt war, gab es, doch sollten Jahre vergehen, ehe es zu seiner neuerlichen Verhaftung kam.

Mit einer anderen Identiät ausgestattet, wurde Friedrich W. am Neujahrsmorgen des Jahres 1997 in einem thailändischen Dorf aufgestöbert und verhaftet. Er hatte in der Zwischenzeit eine Familie gegründet und war Vater eines vierjährigen Sohnes. Seine Auslieferung nach Österreich wurde in die Wege geleitet. Ob damit der Fall, der als Abgängigkeitsanzeige begann, endgültig zu Ende ist, wird die Zukunft weisen.

32

GLEICHGÜLTIG, OB MENSCH ODER TIER

Am 25. März 1988 pfiff ein Mann in Wien 10, Troststraße, aus dem Fenster seiner im dritten Stock gelegenen Wohnung. Es war gegen 3.30 Uhr, und seine Pfiffe erreichten ihre Adressatin. Die im selben Gemeindebau wohnhafte Freundin, die 27jährige Helene S., erkannte ihren 41jährigen Bekannten Franz H.

Was Helene S. in den nächsten Sekunden zu sehen bekam, wird sie wohl ihr Leben lang nicht vergessen. Franz H. nahm seinen Hund, einen 19 Monate alten Schäferrüden, hob diesen mit einer triumphierenden Geste in die Höhe und warf das Tier in den Hof der Wohnhausanlage. Er wollte damit seiner Freundin wehtun und gleichzeitig seiner Macht über Mensch und Tier Ausdruck verleihen.

Helene S. lief in den Hof und holte das verletzte Tier in der Hoffnung, noch helfen zu können, in die Wohnung.

Wenige Minuten später klopfte es an ihrer Wohnungstüre. Franz H. begehrte Einlaß. Als ihm dieser verweigert wurde, drohte er, die Tür einzutreten. Die Frau hatte Angst vor weiteren Gewalttätigkeiten, und sie sollte damit recht behalten. Die Drohung hatte insofern Erfolg, als ihm geöffnet wurde. Unmittelbar nachdem der Mann in die Wohnung gelangt war, stürzte er sich auf den Hund, schlug und trat auf diesen ein, und als das Tier noch immer Lebenszeichen gab, erwürgte er es mit der Hundeleine.

Erika B., eine Bekannte von Helene S., hatte den Gewalttäter kleinlaut ersucht, von dem Tier abzulassen. Nicht nur, daß ihr Bitten nichts nützte, wurde sie zum nächsten Opfer. Wie von Sinnen suchte Franz H. in der Küche nach einem Messer. Nachdem er eines gefunden hatte, schlug er mit dem Messergriff mehrmals auf die Bittstellerin ein und fügte ihr stark blutende Platzwunden am Kopf zu. So in Rage gekommen, war Franz H. nicht mehr zu bremsen. Sein nächstes Opfer war Helene S. Ihr rammte er das Messer in den Leib und verletzte sie lebensgefährlich.

Erika B. gelang es, aus der Wohnung zu flüchten, und sie verständigte die Polizei. Den Beamten wurde nicht geöffnet; ein Feuerwehreinsatz war nötig, um in die Wohnung zu gelangen. Der Gewalttäter gab an, daß er Medikamente eingenommen hatte und eingeschlafen war, weshalb er nicht gehört hätte, daß jemand angeklopft habe. Eine Behauptung, die sich nach Einvernahme der Verletzten als unrichtig erwies, im Gegenteil: Franz H. hatte seine Freundin ohne Rücksicht auf deren lebensgefährliche Stichverletzung daran gehindert, die Wohnung zu verlassen. Er hatte bewußt nicht geöffnet, als die Polizei Einlaß begehrte. Franz H. wurde festgenommen und konnte in weiterer Folge kein Motiv für seine Handlungsweise angeben. Er wäre unter Medikamenteneinfluß gestanden und wüßte deshalb nicht mehr, was vorgefallen war.

Franz H. wurde wegen leichter und schwerer Körperverletzung, Nötigung, Tierquälerei und Sachbeschädigung im September 1988 im Landesgericht Wien zu einer dreijährigen Freiheitsstrafe verurteilt. Es war dies die dreißigste Vorstrafe und die zweite dreijährige Freiheitsstrafe, zu der er verurteilt wurde. Bereits 1971 hatte er seine damalige Freundin wegen Differenzen über deren Einkommen als Prostituierte und vor allem seinen Anteil daran schwer verletzt, erpreßt und bedroht.

Im März 1997 kam vom Gericht ein Ersuchen um Vorführung des Franz H. zur Verbüßung einer sechsmonatigen Freiheitsstrafe wegen Suchtgiftkonsums. Wie schon 1988 war zehn Jahre später gleichfalls eine gewaltsame Wohnungsöffnung nötig, um dem Gerichtsauftrag zu entsprechen. Franz H. gehört einem Personenkreis an, der der Polizei prinzipiell keinen Zutritt zu seiner Behausung gewährt. In der Wohnung des Gesuchten wurden zwei Mädchen im Alter von 17 und 18 Jahren angetroffen. Sie stammten aus dem Suchtgiftmilieu und waren froh, für einige Tage ein Dach über dem Kopf zu haben. Bezahlt haben sie dafür mit ihrem Körper.

Franz H. wurde in seinem 15. Lebensjahr erstmals straffällig und blieb es sein Leben lang. Als Gewalttäter und Einbrecher hinterließ er über Jahrzehnte seine kriminelle Spur in der Kriminalchronik des Bezirkes.

Nahezu sein ganzes Leben lang wurde er von einem milliardenteuren Sozialsystem erhalten, zwangsläufig auch seine Kinder, für die er die Unterhaltsleistungen schuldig blieb.

Seit Jahren bewohnte er eine Gemeindewohnung, für die er als Fürsorgerentner keine Miete bezahlte. Sein Status befreite ihn auch von Radio-, Fernseh- und Rezeptgebühren. Sein Einkommen unterschied sich nur unwesentlich von dem eines Menschen, der ein Leben lang unverschuldet auf der unteren Sprosse der sozialen Leiter gearbeitet hat. Nach Auskunft des Sozialministeriums betrug 1998 die Mindestpension 7992 Schilling. Die Fürsorgerente, die Franz H. erhielt, betrug 7488 Schilling. Die Differenz macht ganze 504 Schilling aus. Vergleicht man Einsatz und Leistung, hat Franz H. unbestritten ungleich besser abgeschnitten. Überdies hat er sich jeglichen Ärger und jegliche Enttäuschung, die ein Arbeitsleben mit sich bringt, erspart.

Ein über viele Jahre andauernder Alkohol-, Medikamenten- und Suchtgiftmißbrauch konnte die Gesundheit des über 180 cm großen, athletisch gebauten Mannes nicht wirklich beeinträchtigen. Seine Aktivität und Potenz wird ihm auch künftig noch manches Hochgefühl bescheren. Mit einiger Wahrscheinlichkeit wird er weitere strafbare Handlungen verüben, und seine nunmehr 32. Vorstrafe wird nicht die letzte sein.

Mit Recht werden Sie sich fragen, ob das so sein muß. Nein, das müßte nicht so sein. Das Strafgesetzbuch sieht im § 23 die Unterbringung gefährlicher Rückfalltäter in einer Anstalt vor. Warum von dieser Bestimmung bisher kein Gebrauch gemacht wurde, weiß nur die „blinde“ Göttin Justitia.

Zu ihrer Beunruhigung sei erwähnt, daß in Favoriten, selbstverständlich aber auch in den übrigen Bezirken Wiens, eine nicht geringe Anzahl vergleichbarer Täterpersönlichkeiten auf Kosten des Staates lebt.

33

STREIFE IM WALDMÜLLERPARK

Dieser Park ist jedem Favoritner ein Begriff, doch nicht jeder weiß heute noch, daß dies ursprünglich ein Friedhof war. So manche bedeutende Persönlichkeit hat dort ihre letzte Ruhestätte gefunden. Bei der Bezirkserweiterung um die Jahrhundertwende wurde der Friedhof aufgelassen und zu einem Park umgewidmet. Heute liegt dieser im dicht verbauten, doch bereits älteren Bezirksteil Favoritens.

Wie jede größere bewachsene Grünfläche bietet ein Park Gelegenheit, sich in den Gebüschen zu verstecken. Eine spezifische Art von Sexualtätern weiß diese Vorteile zu nützen. Es sind dies Exhibitionisten, also Sexualtäter, die ihre sexuelle Erregung beim Entblößen des Geschlechtsteiles vor anderen Personen erleben. Üblicherweise sind die so überraschten Parkbesucher von dem Dargebotenen nicht gerade begeistert. Einer allfälligen Verfolgung entziehen sich die Täter durch Flucht ins Gebüsch.

In den Sommermonaten des Jahres 1988 kam es wie nahezu alle Jahre, wenn die Triebe erblühen, dazu, daß ein Exhibitionist im genannten Park sein Unwesen trieb. Mehrere diesbezügliche Anzeigen waren bereits im Kommissariat eingelangt. Die Antwort darauf waren Streifen. Bereits der zweite Tag sollte insofern erfolgreich sein, als der gesuchte Täter von den Kriminalbeamten entdeckt wurde. Doch der Zuruf „Halt, Polizei!" löste eine Fluchtreaktion aus. Die Beamten, jung an Lebensjahren, sprinteten los, doch der Flüchtende war schneller. Als sie erkannten, daß sie unter-

lagen, zogen sie die Dienstwaffe und gaben Alarmschüsse in die Luft ab, in der Hoffnung, die Flucht auf diese Art stoppen zu können. Doch auch dieser Versuch brachte nicht den gewünschten Erfolg.

Eine betagte Frau, die mit ihrem Hund im Park spazierenging, wurde Zeugin des Vorfalles. Erschrocken über die Schußdetonationen rief sie den Beamten drohend zu: „Wenn's jetzt net gleich aufhörts zu schießen, ruf ich die Polizei!" Das moderne Outfit der Kriminalbeamten war mit den Vorstellungen der alten Frau, wie solche auszusehen hatten, nicht in Einklang zu bringen. Sie hatte Zeiten erlebt, in denen die Korrektheit eine weit überschätzte menschliche Eigenschaft war und ein Kriminalbeamter, es war dies auch so gewollt (die damalige Berufskleidung zeichnete sich durch einen breitkrempigen Hut und häufig durch den berüchtigten schwarzen Ledermantel aus), von weitem als solcher zu erkennen war.

Entgegen diesen Vorstellungen waren die Kriminalbeamten mit Lederjacken und Jeans bekleidet, trugen das Haar lang, und einer von ihnen hatte überdies ein Flinserl im Ohr. Diese modernen Beamten stellten sich nach dem Zuruf der Zeugin als Kriminalbeamte vor. Nur mühsam gelang es ihnen, ihre Echtheit zu beweisen. Ganz anders dagegen war die Einschätzung des flüchtigen Exhibitionisten, dem ungeachtet der Schußabgabe die Flucht gelungen war. Er hatte zu Recht vermutet, daß auch verwegen aussehende Kriminalbeamte nicht ohne weiteres auf einen Exhibitionisten schießen würden, und er sollte damit recht behalten.

An diesem Fall kann belegt werden, wie sich nicht nur die Einschätzung gegenüber dem Verhalten von Kriminalbeamten, sondern auch deren Aussehen in der Zweiten Republik entscheidend verändert hat.

34

DEM BETRUG VERFALLEN

Am 7. September 1988 kam die 79jährige Angela E. aus Wien 10, Lippmanngasse, zur Kriminalpolizei. Sie wußte nicht mehr weiter und machte nachstehende Angaben:

Etwa drei Wochen zuvor war eine Frau zu ihr in die Wohnung gekommen, die sich als Sozialarbeiterin der Strafvollzugsanstalt Schwarzau vorstellte. Sie gab vor, für die Enkelin von Angela E., die drogenabhängige 25jährige Gabriele E., einen Therapieplatz besorgen zu können. Angela E. wollte nichts lieber, als ihrer Enkelin helfen, und so war sie gerne bereit, für den in Aussicht gestellten Therapieplatz die geforderten 69.000 Schilling zu bezahlen.

Kurz danach mußte sie feststellen, daß sich ihre Enkelin nach wie vor in der Strafvollzugsanstalt Schwarzau in Haft befand. Die gutherzige alte Frau war mißtrauisch geworden, und da sie sonst niemanden hatte, dem sie sich anvertrauen konnte, beschloß sie, die Polizei um Rat zu fragen.

Es kann dies durchaus der beste Weg sein, mit einem Problem fertig zu werden, und überdies kostet dieser Weg nichts.

Die polizeilichen Nachforschungen brachten die wahren Zusammenhänge zutage. Die vorgebliche Sozialhelferin war mit der Enkelin bekannt, und zwar aus gemeinsam verbrachter Haft in der angeführten Strafanstalt.

Die Betrügerin wurde als die 40jährige Edith F., unbekannten Aufenthaltes, ausgeforscht. Gegen die skrupellose Täterin wurde ein Haftbefehl erteilt, und etwa vier Monate später konnte sie an einer Anschrift im 20. Bezirk festgenommen werden.

Bei ihrer Vernehmung wurde ein Detail bekannt, welches der Geschädigten seitens der Kriminalpolizei bewußt verschwiegen wurde. Die hilfsbereite Frau sollte zumindest von polizeilicher Seite nicht die ganze Wahrheit erfahren. Die Betrügerin Edith F. gab die ihr zur Last gelegte Tat zu, doch diese war mit Wissen und im Einverständnis der Enkelin geschehen. Diese wußte über die Einkommensverhältnisse ihrer Großmutter Bescheid und nahm zu recht an, daß ihr diese, wenn nur irgendwie möglich, helfen würde. Die arglistige Komplizenschaft rächte sich insofern, als der Enkelin und Komplizin der vorgeblichen Sozialhelferin der versprochene Anteil aus dem Betrug nicht ausbezahlt wurde. So war auch sie zur Betrogenen geworden.

Edith F. wurde wegen dieses und weiterer Betrugsdelikte zu einer vierjährigen Haftstrafe verurteilt.

Am 28. Juni 1992 wurde dem Autor eine Anzeige vorgelegt. Anzeigerin war die nunmehr 83jährige Angela E., die abermals Opfer eines Betruges geworden war. Wieder war eine Unbekannte bei ihr gewesen und hatte ihr unter der Vorgabe, ihre Enkelin, die sich neuerlich in Haft befand, aus dem Gefängnis holen zu können, 62.000 Schilling herausgelockt.

Sicher war, daß die alte Frau den angeführten Betrag bezahlt hatte, denn diese Summe war von ihrem Sparbuch behoben worden. Sicher war auch, daß sich ihre Enkelin, die wegen eines Suchtgiftdeliktes verurteilt worden war, wieder in Haft befand. Nach Kenntnis der Anzeige stand für den Autor mit größter Wahrscheinlichkeit fest, wer die Täterin war.

Der dringende Verdacht sollte sich rasch als richtig herausstellen: die Betrügerin war dieselbe wie vier Jahre zuvor.

Wenn man über viele Jahre in ein und demselben Bezirk Dienst versieht und das nötige Interesse an seinem Beruf hat, gelingt es fallweise, vom Schreibtisch aus eine Tat zu klären.

Die Kritikfähigkeit der 83jährigen Frau hatte altersbedingt gelitten. Diesen Umstand hatte die nunmehr 44jährige Edith F. schamlos ausgenützt. Die Betrügerin hatte, wie im Strafvollzugsgesetz vorgesehen, Ausgang erhalten, um sich auf ihr Leben in Freiheit vorzubereiten. Sie kehrte von diesem Ausgang nicht zurück, vielmehr nützte sie die Gelegenheit zur Begehung eines neuerlichen Betrugsdeliktes und kam dabei auf ihr Opfer aus dem Jahre 1987 zurück.

Ihre Verhaftung gelang auch diesmal erst Monate später. Sie hatte ihre Freiheit zu weiteren Betrügereien genützt. Im Oktober 1992 wurde sie in Dornbirn festgenommen und neuerlich wegen Betruges zu einer fünfeinhalbjährigen Haftstrafe verurteilt.

Sie wurde zur Strafverbüßung in die ihr bestens vertraute Strafvollzugsanstalt Schwarzau überstellt. Eine findige Strafgefangene wie Edith F. weiß sich zu helfen: es gelang ihr im Oktober 1995 die Flucht. Sie konnte bisher nicht festgenommen werden. Ihre jeweiligen Aufenthaltsorte lassen sich anhand neuer Betrugsopfer quer durch Österreich verfolgen. Vorwiegend sind es Personen im Greisenalter, die sie sich aussucht, und wie in der Vergangenheit tritt sie unter einer Vielzahl von Alias-Namen auf.

Edith F. wurde mit 17 Jahren erstmals straffällig – wie könnte es anders sein, wegen eines Betrugsdeliktes. Sie ist jener Tätergruppe zuzurechnen, die es selbst bei einem zunehmend liberalen Strafgesetz schafft, den Großteil ihres Lebens in Haftanstalten zu verbringen.

Als junge Frau und als Frau in den besten Jahren hat sie die überwiegende Zeit ihres Lebens in Haftanstalten verbracht und wird, wie es aussieht, noch weitere Jahre dort verbringen.

35

TÖDLICHER VERKEHRSUNFALL MIT FAHRERFLUCHT

Am 4. Dezember 1988 hatte der sechzehnjährige Schüler Gerhard W. mit zwei Freunden eine Discothek in Wien 10, Himberger Straße, aufgesucht. Gegen 3.40 Uhr machten sich die Jugendlichen auf den Heimweg. Unmittelbar nach Verlassen des Lokales überquerten sie die Himberger Straße. Sie hatten bereits die Fahrbahnmitte erreicht, als sie einen Pkw, der mit hoher Geschwindigkeit stadteinwärts fuhr, bemerkten. Während sich zwei der Jugendlichen vor einem Zusammenstoß retten konnten, gelang dies Gerhard W. nicht. Er wurde vom Pkw erfaßt und durch die Luft geschleudert. Der Lenker setzte seine Fahrt ohne anzuhalten fort.

Gerhard W. hatte so schwere Verletzungen erlitten, daß er noch am Unfallsort verstarb. Für die Wucht der Kollision spricht der Umstand, daß dem jungen Mann seine Stiefletten von den Füßen gerissen worden waren. Sie fanden sich meterweit vom eigentlichen Unfallsort.

Vom Verkehrsunfallkommando wurden Glas- und Lacksplitter des fahrerflüchtigen Pkw aufgefunden und gesichert. Das dramatische Ereignis hatte sich in Sekundenbruchteilen zugetragen, was zur Folge hatte, daß sowohl das Kennzeichen des Fahrzeugs als auch dessen Marke oder Type unbekannt blieben. Aufgrund der Lackspuren stand fest, daß der gesuchte Wagen rot lackiert sein mußte. Nach Beendigung der Unfallaufnahme war davon auszugehen, daß der unfallbeteiligte Pkw an der Frontseite stark beschädigt war. Die Glassplitter ließen den Schluß zu, daß die Frontscheibe zertrümmert worden war. Diese Umstände wurden zu Fahndungszwecken allen Polizeidienststellen mitgeteilt. Insbesondere wurden die Polizeibeamten des Bezirkes informiert und ersucht, im Rahmen ihres Streifendienstes nach einem havarierten roten Pkw Ausschau zu halten.

Am 5. Dezember 1988 wurde gegen 9.45 Uhr die Besatzung des Funkwagens „Julius 1“ in Wien

Das Fahrzeug zeigt die für einen solchen Verkehrsunfall typischen Beschädigungen

10, Liesingbachstraße, auf einen Pkw der Marke VW Scirocco aufmerksam, bei dem die Frontseite und die Windschutzscheibe starke Beschädigungen aufwiesen. Der Wagen war nicht versperrt, und eigenartigerweise war das Autoradio noch in Betrieb. Die Vermutung lag nahe, daß der Lenker sein Fahrzeug fluchtartig verlassen hatte.

Der Zulassungsbesitzer wurde eruiert, und die Sicherheitswachebeamten Wachtler und Schinagl nahmen den 24jährigen Robert N. aus Wien 10, Weldengasse, wegen dringenden Tatverdachtes fest. Der Verdächtige bestritt jegliche Schuld; auch bei seiner anschließenden Vernehmung durch Kriminalbeamte leugnete er. Seinen Angaben nach hätte er nach diversen Lokalbesuchen den Wagen vor einem der Lokale stehengelassen und wäre zu Fuß nach Hause gegangen. Er schloß nicht aus, daß er die Fahrzeugschlüssel steckengelassen und ein Unbekannter die Situation genützt hätte.

Die Kriminalbeamten untersuchten den beschädigten Pkw und stellten fest, daß der Aufprall des Fußgängers derartig heftig war, daß Splitter der zerborstenen Frontscheibe auch in das Innere des Autos gelangt waren. Mit großer Wahrscheinlichkeit mußten sich daher Glassplitter an der Oberbekleidung, die der Lenker zum Unfallszeitpunkt getragen hatte, finden.

Nachdem der Verdächtige zu keinem Geständnis bereit gewesen war, blieb nur noch der Weg des Sachbeweises. Es war daher von Bedeutung, festzustellen, welche Oberbekleidung Robert N. am Tag des Unfalles getragen hatte. Die Lokale, die er frequentiert hatte, wurden auch von den Kriminalbeamten aufgesucht, und nach übereinstimmenden Zeugenaussagen stand fest, daß er mit einer schwarzen Lederjacke bekleidet gewesen war. Ein Hausdurchsuchungsbefehl wurde eingeholt, und es fand sich die gesuchte Lederjacke. Bei genauerer Betrachtung des Kleidungsstückes fanden sich Glassplitter. Diese waren wohl winzig, doch für eine kriminaltechnische Untersuchung sollten sie ausreichen. Vorsichtig wurden sie geborgen und gesichert.

Die Kriminalbeamten Bruckner und Rotthaler vernahmen den Verdächtigen neuerlich und hielten ihm das Resultat der Hausdurchsuchung vor. Der Sachbeweis ließ ein weiteres Leugnen sinnlos erscheinen, und Robert N. gab die Tat zu. Der Verdächtige besaß keinen Führerschein; dieser war ihm wegen Trunkenheit am Steuer entzogen worden. Anlaß dafür war ein Verkehrsunfall mit Sachschaden gewesen. Aber auch nach diesem Unfall wurde er noch zweimal wegen Alkoholisierung und Fahrens ohne Führerschein angezeigt und bestraft. Doch alle behördlichen Maßnahmen konnten Robert N. weder vom Trinken noch vom Autofahren abhalten. Auch zum Unfallzeitpunkt war er alkoholisiert gewesen. Aus Furcht vor neuerlicher Bestrafung war er weitergefahren, hatte den Pkw schließlich stehengelassen und war zu Fuß geflüchtet.

Robert N. wurde wegen des tödlichen Verkehrsunfalles im März 1989 zu einer einjährigen Freiheitsstrafe unbedingt verurteilt.

Ein junger Mann, der das Leben noch vor sich hatte, war durch einen rücksichtslosen und uneinsichtigen Autofahrer ums Leben gekommen.

36

EIN GEFÄHRLICHER BERUF

Am 27. Jänner 1989 gab es gegen 2.30 Uhr Großalarm für die Polizei. Ein Taxilenker war im 3. Bezirk durch zahlreiche Messerstiche schwer verletzt aufgefunden worden. Er konnte noch angeben, daß er in Wien 10, im Böhmischen Prater, von vier jugendlichen Tätern überfallen, mißhandelt und gestochen worden war. Zu Fuß war ihm die Flucht gelungen.

Nicht weniger als elf Funkwagenbesatzungen nahmen innerhalb weniger Minuten an der Großfahndung teil. In Wien 10, Absbergasse, fiel einer Besatzung eine Gruppe von vier Jugendlichen auf. Als diese das Polizeifahrzeug sahen, versuchte einer der vier wegzulaufen. Den Sicherheitswachebeamten gelang es, alle vier Verdächtigen anzuhalten. Bei einem wurden an der Handfläche Blutspuren und bei einem zweiten Schnittverletzungen am Handrücken festgestellt. Bei der Befragung, was sie hier zu suchen hätten und wo sie gewesen wären, verwickelten sie sich in Widersprüche. Die Beamten taten das einzig Richtige: Sie sprachen die Festnahme aus und fanden überdies in der Nähe des Anhalteortes unter einem geparkten Pkw ein Messer, das sie als mögliche Tatwaffe sicherstellten.

Eine weitere Funkwagenbesatzung war gleichfalls erfolgreich: sie fand das Taxi des Beraubten.

Der Polizeiapparat hatte innerhalb einer Viertelstunde seine Effektivität bewiesen. Die Tatverdächtigen waren festgenommen und das Taxi aufgefunden worden. Die Möglichkeiten einer funkzentral gesteuerten Fahndungsaktion waren damit einmal mehr bewiesen worden. Die Tatortgruppe wurde zur Spurensicherung am

Taxi-Mord: Sieben ungeklärte Fälle

23 Überfälle auf Taxifahrer endeten in Österreich bisher mit dem Tod des Überfallopfers.

● Das erste Opfer war der 40jährige Wilhelm Krünes aus Wien. Er wurde am 17. März 1949 mit einem Genickschuß gleichsam hingerichtet. Der Täter wurde gefaßt. Anklage und Urteil lauteten auf Mord.

● Der letzte tödliche Überfall betraf ebenfalls Wien: Am 13. Juli 1994 wurde in Wien-Donaustadt der 32jährige Johann Heigl getötet. Der Täter – es war Raubmord – ist gefaßt.

● Sieben Morde an Taxifahrern, die meisten davon in Wien – zwei aufsehenerregende davon aber auch in Graz und Salzburg (Georg Tomaselli und Claudia Deubler) – sind bis heute nicht geklärt.

● In zwölf Fällen war die Tat mit Revolvern verübt worden, bei zwei Raubmorden wurden Pistolen, bei drei Schrotgewehre (Pumpguns) verwendet. Bei einem Raubmord war die Tatwaffe ein Winkeleisen, in einem Fall ein Drahtseil.

● In keinem Fall war die Raubbeute bedeutend: Sie reichte von wenigen Schillingen bis einigen Tausendern.

Kurier vom 1. Februar 1995

So wurde das Taxi aufgefunden

Taxi angefordert, und die Amtshandlung wurde von den nachtdienstversehenden Kriminalbeamten übernommen.

Der Taxilenker, der 41jährige August B. aus Wien 6, Otto-Bauer-Gasse, wurde in das AUK Meidling gebracht und zur Operation vorbereitet.

Die Tatverdächtigen wurden als der 15jährige Tomislav K. aus Wien 3, Kölbelgasse, der 18jährige Andreas M. aus Wien 10, Schrankenberggasse, der 19jährige Drazen K. aus Wien 3, Hafengasse, und der 20jährige Bozidar B. aus Wien 3, Kölblgasse, identifiziert.

Einen nicht zu unterschätzenden Vorteil hatten die Kriminalbeamten Tiefenbacher und Gruber bei der Vernehmung: Sie hatten es mit vier Tatverdächtigen zu tun und wußten ihre Chance zu nutzen. Nach und nach kam die Wahrheit zutage. Alle vier hatten sich aus Geldverlegenheit zu einem Raub an einem Taxilenker verabredet. Sie waren mit dem Taxi vom 3. Bezirk weggefahren und gaben als Ziel bewußt den Böhmischen Prater an. Sie wußten von früheren Besuchen, daß diese Gegend in Favoriten nach Mitternacht so gut wie ausgestorben ist. Mit unliebsamen Zeugen war daher nicht zu rechnen.

Die Gegend um den Böhmischen Prater wurde in den achtziger Jahren in Grünland umgewidmet und ist während der schönen Jahreszeit ein beliebtes Naherholungsgebiet. Dort angelangt, wurde dem Taxilenker von einem der Täter, der auf dem Rücksitz saß, ein Messer gegen den Hals gedrückt und er aufgefordert, Geld herauszugeben. Der auf dem Beifahrersitz befindliche Komplize schlug auf den Lenker ein, als dieser versuchte, die Alarmanlage auszulösen. In Todesangst öffnete der Überfallene die Fahrzeugtüre und ließ sich aus dem noch fahrenden

Taxi fallen. Er flüchtete anschließend zu Fuß weiter. Im 11. Bezirk gelang es ihm, den Wagen eines Kollegen, der sogleich über den Taxifunk Polizei und Rettung anforderte, anzuhalten.

Die Verletzungen, die bei dem Raubopfer festgestellt wurden, waren fürchterlich. Bei August B. fanden sich zwölf Stichverletzungen im Bereich des Brustkorbes. Dadurch war es zu einer Verletzung der Lunge gekommen; überdies wies er zahlreiche Prellungen im Schädel- und Gesichtsbereich auf.

Verursacher der Stichverletzungen war der Jüngste des Quartetts, der erst 15jährige Tomislav K., gewesen.

Als die Täter bemerkt hatten, daß der Überfallene versuchte, die Alarmtaste zu drücken, waren sie über ihn hergefallen und hatten blindlings auf ihn eingeschlagen und -gestochen.

Die Klärung des Raubüberfalles wurde von der Pressestelle der Bundespolizeidirektion Wien zu Recht als polizeilicher Erfolg den Medien mitgeteilt. Die prompte Aufklärung war in den Tageszeitungen nachzulesen.

Wieder einmal sollte die Kriminalberichterstattung zur Aufdeckung einer weiteren Straftat beitragen. Es meldete sich der 57jährige Taxilenker Kurt G. aus Wien 14, Vogtgasse. Er war in der Nacht vom 19. zum 20. Jänner 1989 gleichfalls im 3. Bezirk angehalten worden. Als Fahrziel war ihm das Arsenal genannt worden. Als er in einer Sackgasse angehalten hatte, war er unter Vorhalt eines Messers zur Herausgabe seines Geldes aufgefordert worden. Kurt G. hatte die Hand des Täters ergriffen und den drohenden Stich abgewehrt. Er hatte sich dabei eine stark blutende Verletzung zugezogen, doch ungeachtet dessen war es ihm gelungen, die Alarmanlage zu betätigen. Als die Täter dies bemerkten hatten, flüchteten sie. Die nunmehr bereits in gerichtlicher Untersuchungshaft befindlichen Räuber wurden zu diesem Vorfall vernommen und gaben auch diese Tat zu.

Im April 1989 kam es im Jugendgerichtshof Wien zum Prozeß. Die drei jugendlichen Straftäter wurden zu je zweieinhalbjähriger Freiheitsstrafe verurteilt, davon verbüßten sie allerdings nur zehn Monate. Der Rest der Strafe wurde bedingt ausgesprochen. Der einzige nicht Jugendliche, der 20jährige Bozidar B., wurde vom Landesgericht fur Strafsachen Wien zu einer fünfjährigen Freiheitsstrafe verurteilt. Obgleich er nicht als Haupttäter anzusehen war, kam ihm der Milderungsgrund des jugendlichen Alters nicht zugute. Ob der doch gravierende Unterschied in der Strafbemessung berechtigt ist, möge jeder für sich entscheiden.

Der Beruf des Taxilenkers war und ist ein gefährlicher. Man sollte annehmen, daß die zu erwartende Beute einen Raub nicht lohnt, die Praxis beweist aber das Gegenteil.

37

DER KORREKTE POLIZEIJURIST

Dem Autor ist es ein Anliegen, eine viele Jahre zurückliegende Amtshandlung der Nachwelt zu überliefern, weil sie die Psyche eines bemühten, jedoch gestreßten Polizeijuristen, aber auch einen Teil des damaligen Polizeialltages wiedergibt.

Bis in die späten achtziger Jahre war es üblich, für Verwaltungsübertretungen Arreststrafen zu verhängen. Diese Bestrafungen erfolgten durch den Polizeijuristen. Im Regelfall wurden Freiheitsstrafen im Ausmaß von ein bis zu drei Tagen verhängt. Ein Großteil der Bestraften wäre aufgrund ihrer sozialen Verhältnisse gar nicht in der Lage gewesen, eine Geldstrafe zu bezahlen.

Als typisches Beispiel ist ein alkoholisierter Sandler – im Soziologendeutsch nunmehr Nichtseßhafter genannt – anzuführen. Für den Fall, daß ein solcher Delinquent am Gehsteig herumtorkelte und Passanten beschimpfte und er sich auch durch eine Abmahnung nicht beruhigte, erfolgte seine Festnahme, üblicherweise durch einen Sicherheitswachebeamten. Nach allfälliger Ausnüchterung wurde der Festgenommene wegen Verwaltungsübertretungen der Anstandsverletzung, der Ordnungsstörung und allenfalls der Lärmerregung bestraft. Zur Durchführung des Verfahrens wurde er einem Polizeijuristen vorgeführt und von diesem bestraft.

Der Beschuldigte mußte die Strafe nicht annehmen; er konnte auch dagegen berufen. Man muß wissen, daß für den Fall einer Berufung eine langwierige Prozedur in Gang gesetzt wurde. Der Nichtseßhafte wurde in diesem Fall enthaftet, seine Erreichbarkeit war jedoch in der Mehrzahl der Fälle nicht möglich. Wie sollte man auch einen Obdachlosen eine Ladung, einen Bescheid usw. zustellen? Häufig gelang dies nur, wenn es zu einer neuerlichen Festnahme kam. Kurz und gut, die Polizeijuristen waren bestrebt, ein Strafverfahren nach Möglichkeit an Ort und Stelle endgültig zu erledigen. Dazu war jedoch ein Rechtsmittelverzicht des Bestraften nötig. Üblicherweise hatten die Beschuldigten gegen eine angemessene Bestrafung und einem damit verbundenen kurzfristigen Aufenthalt im Polizeigefangenenhaus, in welches sie zur Strafverbüßung gebracht wurden, nichts einzuwenden. War doch damit die Möglichkeit einer Reinigung, einer ärztlichen Betreuung, aber auch ein wenn schon nicht gemütlicher, doch warmer Aufenthalt verbunden.

Unter den Polizeijuristen gab es mehrere Auffassungen, wie es am besten gelänge, eine rechtskräftige Bestrafung, das heißt eine sofortige Verbüßung der Arreststrafe, zu erreichen.

Einer der Kollegen, ein nunmehr seit Jahren in Hofratsrang befindlicher, reisefreudiger Pensionist, hatte sich eine besondere Methode zurechtgelegt. Eines Tages lud er den Autor zur Demonstration seiner Vorgangsweise ein. Im Kommissariat Mariahilf war ein Häftling so weit ausgenüchtert, daß das Verwaltungsstrafverfahren durchgeführt werden konnte. Der Polizeijurist Mag. Karl F. machte sich auf den Weg. Während der Fahrt gab er sein „Geheimnis" preis: Angelehnt an die formelle Urteilsverkündung bei Gericht meinte er, auch im polizeilichen Bereich hätte dies Erfolg.

Er, der vorerst dem Häftling gegenübersaß, stand auf, um den Bescheid zu verkünden. Er vergaß nicht, seine Uniformkappe aufzusetzen, um damit seiner staatlichen Autorität sichtbar Ausdruck zu verleihen, und verkündete die Strafe. Mit gestrenger Stimme sagte er, die Antwort gleichsam vorwegnehmend, zum Beschuldigten: „Nehmen Sie die Strafe an!?“ In der Mehrzahl der Fälle wären die so Bestraften von einer derartig formellen, ihnen bisher unbekannten Verkündung der Strafe so verblüfft gewesen, daß sie der demonstrativ zur Schau gestellten Autorität gehorchend die Strafe sogleich angenommen hätten.

Der bestrafte Häftling war jedoch entgegen der Erwartung des Kollegen nicht in dem Maße beeindruckt und sagte gleichfalls unüberhörbar: „Die Strafe nehme ich nicht an.“ Mit der bisher zur Schau gestellten Korrektheit des Polizeijuristen war es vorbei. Er, der von Natur aus cholerisch veranlagt war, lief im Gesicht rot an, riß sich seine Uniformkappe vom Kopf, schleuderte diese zu Boden und begann zu schimpfen und zu toben. Sinngemäß brachte er zum Ausdruck, daß er nun schon seit vielen Stunden tätig war, seine Geduld zu Ende war und er sich in seiner Arbeit nicht behindern ließe. Der Häftling, der vorerst nicht beeindruckt war, war es offenbar jetzt. Er sagte geradezu mitleidig: „Herr Dokta, regen's ihna net so auf, geben's her den Zett'l, i unterschreib' in Gott's Nam'.“ Sogleich aber floß das cholerische Blut des Kollegen zum Herzen zurück, seine Miene wurde entgegenkommend und freundlich. Im großen und ganzen schieden zwei Menschen, auf verschiedenen Seiten des Gesetzes stehend, nicht in Unfrieden voneinander. Zu einer weiteren Demonstration seiner Methode wurde der Autor vom Kollegen allerdings nicht mehr eingeladen.

Die Gesetzeslage hat sich in der Zwischenzeit entscheidend geändert. Die Verhängung von Freiheitsstrafen im Verwaltungsstrafverfahren wurde weitestgehend zurückgedrängt. Wohl zu recht – es wäre nicht einsichtig, daß bei Ordnungswidrigkeiten Freiheitsstrafen, wenn auch nur in geringem Ausmaß, wegen gerichtlich strafbarer Handlung dagegen zusehens mehr Geldstrafen verhängt würden.

Überdies kann der nunmehrigen Gesetzeslage entsprechend eine in Haft befindliche Person keinen Rechtsmittelverzicht abgeben. Anders ausgedrückt bedeutet dies, daß selbst jener Festgenommene, der eine Strafe sogleich annehmen möchte, dies von gesetzeswegen nicht kann.

Die Demonstration eines Verwaltungsstrafverfahren, wie es gezeigt wurde, gehört sohin der Polizei- und Rechtsgeschichte an.

Der Name des Polizeijuristen wurde aus medienrechtlichen Gründen geändert.

38

KRIMINELLER WERDEGANG

Die folgenden Fälle geben nach Auffassung des Autors ein bezeichnendes Bild über die Effektivität der von den Strafgerichten in Form von Urteilen getroffenen Maßnahmen. Auch die Fremdenproblematik im Zusammenhang mit einer wirksamen Grenzüberwachung wird dabei deutlich:

Die Karriere des Sadat M., geboren 1971, beginnt 1989 und sollte über mehrere Jahre die Beamten des Kommissariates Favoriten beschäftigen.

Am 19. August 1989 überquerte der 30jährige Norbert G. aus Wien 10 die Kreuzung Waldgasse bei der Gellertgasse und wurde dabei vom Lenker eines Pkw der Marke Audi 80 gestreift, jedoch nicht verletzt. Der Fußgänger stellte den rücksichtslosen Autofahrer zur Rede, daraufhin sprangen dieser und sein Beifahrer aus dem Fahrzeug, und einer der beiden stach Norbert G. in die Brust. Nach diesem Vorfall, der nur wenige Sekunden gedauert hatte, stiegen die beiden in das Fahrzeug und fuhren mit quietschenden Reifen davon.

Ein Passant hatte das Geschehen beobachtet, sich vorsorglich das Kennzeichen des Pkw gemerkt und teilte dieses dem Fußgänger mit. Norbert G. bemerkte, daß er von der linken Brustseite blutete, doch die Blutung hörte rasch auf, und der brennende Schmerz ließ nach. Der Attackierte nahm die Verletzung vorerst nicht weiter ernst und ging nach Hause. Er hatte einen arbeitsreichen Tag hinter sich und war froh, sich ausruhen zu können. In den Abenstunden bekam er immer stärker werdende Schmerzen, die nicht aufhörten. In Begleitung seiner Lebensgefährtin fuhr er mit einem Taxi in das AKH. Nach Untersuchung seiner Verletzung wurde ihm mitgeteilt, daß er sofort operiert werden müsse. Es hatte sich herausgestellt, daß sein Herzbeutel durchstochen worden war und eine lebensbedrohende Verletzung vorlag.

Die Erhebungen der Kriminalpolizei setzten unverzüglich ein. Als Täter wurde der Beifahrer, der 18jährige Sadat M. aus Wien 10, Gellertgasse, ausgeforscht. Ungeachtet dieses schlimmen Vorfalls wurde ein Haftbefehl vorerst nicht erteilt – der Verdächtige war nicht vorbestraft, und das Vorliegen eines Haftgrundes wurde verneint. Die brutale Vorgangsweise des jugendlichen Täters und sein reueloses Verhalten während der Vernehmung waren Grund für den Autor, sich des Aktes anzunehmen. Tatsächlich gelang es ihm, einen Haftbe-

Familienvater in Favoriten von Pkw gestreift ● Zur Rede gestellter Fahrer drehte durch:

Autolenker stach Fußgänger nieder

Mit einer lebensgefährlichen Stichverletzung endete ein Streit zwischen einem Spaziergänger und einem Autofahrer in Wien- Favoriten. Nachdem ein Mann von einem Pkw gestreift worden war, stellte er den Lenker zur Rede. Dieser zog einen Bohrer und rammte ihn dem Fußgeher in die Brust. Der Täter flüchtete, konnte aber festgenommen werden.

Mit Ehefrau und Tochter ging der 29jährige Norbert G. aus dem 10. Bezirk in der Favoritenstraße spazieren. Als der Mann Samstag um 15.30 Uhr die Gellertgasse überqueren wollte, konnte Sadat M. (18) aus Favoriten sein Auto nicht mehr rechtzeitig stoppen. Die Stoßstange des Wagens berühte ein Bein des Fußgehers.

Obwohl Norbert G. nicht verletzt wurde, kam es zwi-

VON GERNOT HEIGL

schen ihm und dem Pkw-Lenker zu einer Auseinandersetzung. Plötzlich sprang Sadat M. aus seinem Fahrzeug und stieß dem Spaziergänger vor den Augen seiner Familie einen Bohrer in die Brust. Der Gewalttäter raste mit seinem Auto davon, Norbert G. mußte in das AKH gebracht und notoperiert werden.

Während einer Großfahndung konnte die Polizei den Pkw-Lenker sowie den Mitfahrer, Milan D. (16), ausforschen und festnehmen. Im Verhör erklärte der Täter: „Da mich der Fußgänger bedrohte, wehrte ich mich. Daß der Mann dabei verletzt wurde, habe ich nicht bemerkt!“

Kronen Zeitung vom 21. August 1989

fehl zu erwirken. Die Tatwaffe, ein Schraubenzieher, wurde im Handschuhfach des Pkw sichergestellt.

Mit der Einlieferung des Täters in den Jugendgerichtshof Wien war eine erkennungsdienstliche Behandlung verbunden. Sadat M. lag nunmehr mit einem Lichtbild, einer Personsbeschreibung, vor allem aber mit seinen Fingerabdrücken in den Karteien der Polizei ein. Insofern hatte der Haftbefehl Sinn gemacht. Nach einem nur eintägigen Aufenthalt im Jugendgerichtshof Wien wurde der Täter enthaftet. Das vom Autor erhoffte Eingehen auf die Psyche des Täters seitens des Gerichtes erfolgte demnach nicht. Die Strafe im Ausmaß von zehn Monaten, die er in weiterer Folge wegen schwerer Körperverletzung erhielt, wurde bedingt ausgesprochen. Die Milde der Rechtsprechung des Jugendgerichtshofs Wien, die sich auch als Korrektiv einer möglichen negativen sozialen Umwelt versteht, hat sich als nicht zielführend erwiesen. Die kriminelle Karriere des Sadat M. kann dafür als Beweis gelten.

Am 17. September 1992 wurde die Polizei gegen 22 Uhr von der Verwaltung des Kurbades Oberlaa zu Hilfe gerufen.

Ein 43jähriger Gemeindebediensteter war mit seiner Bekannten ins Kurbad gekommen. Die Frau suchte die Bio-Sauna auf, während ihr Begleiter ins Schwimmbad ging. In der Sauna fiel der Besucherin ein junger Mann auf, der sich im Duschraum aufhielt, obgleich dieser Bereich für weibliche Badegäste reserviert war. Sie forderte daher den ungebetenen Gast auf, den Duschraum zu verlassen. Der Angesprochenen entfernte sich, doch nach einigen Minuten kam er zurück, und als er abermals aufgefordert wurde zu gehen, zeigte sich der wahre Grund für seinen Aufenthalt in der Damensauna. Der junge Mann hatte seine Badehose heruntergezogen und onanierte ungeniert. Die Besucherin hatte vom Saunabesuch endgültig genug – sie suchte ihren Begleiter und erzählte ihm, was sie erlebt hatte.

Während die Frau nach Badeschluß auf ihren Lebensgefährten wartete, kam nahezu gleichzeitig mit diesem auch der Exhibitionist. Der Gemeindeangestellte stellte den Mann wegen seines Verhaltens zur Rede und erhielt als „Antwort" zwei Faustschläge ins Gesicht. Danach flüchtete der Täter.

Die beiden geschockten Badegäste verließen das Bad und gingen Richtung Parkplatz zu ihrem Pkw. Auf dem Weg dorthin kam ihnen der Täter, der ihnen offenkundig aufgelauert hatte, entgegen, schlug der Frau ohne ein Wort zu sagen mehrmals ins Gesicht, und zwar so heftig, daß sie stürzte. Ihr Begleiter wollte zu Hilfe kommen, doch auch er wurde sogleich attackiert; er erlitt dabei Rißquetschwunden im Gesicht und zahlreiche Prellungen.

Der Täter flüchtete mit einem Pkw der Marke BMW. Er fuhr, ohne die Beleuchtung einzuschalten, weg, um so das Ablesen des Kennzeichens zu verhindern. Dennoch war es den Mißhandelten möglich, sich Fragmente der Autonummer zu merken. Die EDV-mäßige Erfassung aller zum Verkehr zugelassenen Kraftfahrzeuge machte, wenn auch mit viel Aufwand, die Ausforschung des Wagens möglich. Zulassungsbesitzer des BMW war Sadat M., nunmehr 21 Jahre alt. Ein Haftbefehl gegen ihn wurde eingeholt. Doch die Verhaftung gelang vorerst nicht. Der Gesuchte ging keiner Beschäftigung nach, und sein tatsächlicher Wohnort war nicht bekannt. Seine

Eltern gaben an, daß ihr Sohn entweder in Deutschland oder in Jugoslawien aufhältig war. Da anzunehmen war, daß diese Angaben nicht stimmten, wurde die Wohnung der Eltern observiert, doch dies brachte keinen Erfolg. Endlich, im April 1993, also sieben Monate nach dem Vorfall im Kurbad, kam ein entscheidender Hinweis: Eine Freundin des Gesuchten befand sich im Kaiser-Franz-Joseph-Spital und erwartete dort die Geburt eines Kindes, dessen Vater Sadat M. war.

Am 8. April 1993 war es soweit: In der gynäkologischen Abteilung auf Zimmer 13 wurde der Gesuchte angetroffen und verhaftet. Der Besucher bestritt, Sadat M. zu sein, und wies einen jugoslawischen Reisepaß auf den Namen Dragan B. vor. Die Kriminalbeamten Giesser und Schreiber ließen sich nicht beirren; sie hatten sich vorsorglich ein Lichtbild des Gefahndeten besorgt, denn seit seiner erkennungsdienstlichen Behandlung im Jahre 1989 war ein solches jederzeit greifbar. Sie überstellten den Verhafteten dem Kommissariat. Bei seiner Vernehmung gab Sadat M. zu, sich einen gefälschten Reisepaß besorgt zu haben, um sich so einer allfälligen Verhaftung zu entziehen. Er wußte, daß gegen ihn von der Fremdenpolizei ein Aufenthaltsverbot erlassen worden war und er im Falle seiner Anhaltung mit einer Abschiebung zu rechnen hatte. Während Sadat M. in Untersuchungshaft genommen wurde, trugen die Kriminalisten weiteres Beweismaterial zusammen. Dabei stellte sich heraus, daß der Verhaftete im Mai 1992 im Waldmüllerpark in Favoriten, aber auch in Grünanlagen in Liesing als Exhibitionist in Erscheinung getreten war. Es gelang weiters, Sadat M. zahlreiche Diebstähle, die er in Geschäften verübt hatte, nachzuweisen. Seine Spur ließ sich in den Bezirken Margareten, Neubau, Josefstadt und Favoriten verfolgen.

Verbrecher lieferte Polizei filmreife Verfolgungsjagd

Dramatische Szenen spielten sich Mittwoch mittag am Heumarkt in Wien-Landstraße ab: Als Kriminalbeamte den 24jährigen Sadat M. verhaften wollten, raste der zur Fahndung ausgeschriebene Verbrecher mit seinem Wagen trotz Warnschüssen davon. Nachdem er mehrere Autos gerammt hatte, flüchtete der Serbe zu Fuß.

Sadat M. ließ den beschädigten Wagen stehen und rannte davon

Kronen Zeitung vom 7. September 1995

Im Juli 1993 kam es im Landesgericht Wien zur Verhandlung. Sadat M. erhielt für sämtliche von ihm verübten Straftaten, die Körperverletzungen im Kurbad, die Sittlichkeitsdelikte sowie eine Vielzahl von Diebstählen und die Urkundenfälschung, eine zwölfmonatige Freiheitsstrafe. Davon wurden allerdings nur vier Monate unbedingt ausgesprochen, der Rest wurde unter Setzung einer Probezeit bedingt verhängt. Nach Verbüßung seiner Haftstrafe wurde Sadat M., gebürtiger Bosnier, von der Fremdenpolizei abgeschoben.

Am 13. Dezember 1994 wurde Sadat M. von Sicherheitswachebeamten am Parkplatz vor dem Südbahnhof perlustriert, und als sich bei der Fahndungsanfrage herausstellte, daß gegen ihn ein Aufenthaltsverbot bestand, wurde er festgenommen und auf das Wachzimmer Südbahnhof gebracht. Der dortige Dienstbetrieb ließ lediglich einen einzigen Beamten im Wachzimmer verbleiben. Bis zur bereits veranlaßten Überstellung des Festgenommenen auf das Kommissariat wurde dieser mit Handschellen an eine Sitzbank angehängt. Eine Arresträumlichkeit ist im angeführten Wachzimmer nicht vorhanden. Als sich der verbliebene Beamte ins Nebenzimmer begab, um ein Telefongespräch entgegenzunehmen, nützte der Festgenommene sein Chance. Es gelang ihm, die Handschellen von der Bank zu lösen und zu flüchten. Eine sofort eingeleitete Fahndung verlief ohne Erfolg.

In den folgenden Monaten sollte Sadat M. neuerlich strafbare Handlungen verüben – wieder waren es Diebstähle. Am 15. Dezember 1994 verschuldete er in Favoriten einen Verkehrsunfall mit Verletzten und beging im Anschluß daran Fahrerflucht. Bei Eintreffen der Polizei mußte er ja damit rechnen, wegen seines illegalen Aufenthaltes neuerlich festgenommen zu werden. Die Zulassungsbesitzerin des von ihm gelenkten Pkws gab schließlich zu, daß Sadat M. mit ihrem Auto gefahren war. Nach dem Unfall, von dem er ihr erzählt hatte, bedrohte er sie mit Repressalien für den Fall, daß sie seinen Namen der Polizei bekanntgeben würde. Wieder wurde gegen Sadat M. ein Haftbefehl erlassen.

Am 7. September 1995 wurden Kriminalbeamte auf den Gesuchten, der einen Pkw der Marke BMW lenkte, zufällig aufmerksam. Eine Verfolgung begann, Warnschüsse wurden abgegeben, doch die Fahrt war nicht zu stoppen. Nachdem der Flüchtende vier Pkw gerammt hatte, sprang er aus seinem Auto und flüchtete zu Fuß. Etwa drei Monate nach diesem Vorfall gelang die vorläufig letzte Verhaftung.

Für seine neuerlichen strafbaren Handlungen erhielt er im Landesgericht Wien eine sechsmonatige Freiheitsstrafe. Im Februar 1996 wurde er nunmehr zum vierten Mal abgeschoben. Wie sich bei Recherchen zu diesem Fall herausstellte, war Sadat M. in den vergangenen Jahren von der Fremdenpolizei dreimal abgeschoben worden und ebenso oft nach Österreich zurückgekehrt. Einerseits geschah dies unter Verwendung gefälschter Dokumente, andererseits unter Benützung der grünen Grenze.

Die Kosten, die dieser an Jahren junge Straftäter verursacht hat – man denke an die Kosten der Gerichtsverfahren, die Unterbringung in den Haftanstalten, aber auch an die Schäden, die er bei Diebstählen und Unfällen verursacht hat –, sind als uneinbringlich anzusehen.

Es ist zu bedenken, daß es eine Mehrzahl von Tätern vom Schlage des Sadat M. in Österreich gibt. Die von ihnen verursachten Kosten am jährlich zu erstellenden Budget sollen, auch wenn es darüber keine seriösen Unterlagen gibt, nicht unterschätzt werden.

39

EINE IN JEDER BEZIEHUNG SCHLIMME AMTSHANDLUNG

Am 12. Jänner 1990 war dem Preyerschen Kinderspital mittels Krankentransportes ein fünfjähriges Mädchen eingeliefert worden. Das Kind wurde nach einer Erstuntersuchung unverzüglich in die Intensivstation transferiert und an eine Beatmungsmaschine angeschlossen, doch keine ärztliche Kunst konnte mehr helfen. Um 9.40 Uhr wurde die Maschine abgestellt – das Kind war verstorben.

Bei der Untersuchung des Mädchens hatten die Ärzte Verletzungen festgestellt, die so gräßlich waren, daß Fremdverschulden vorliegen mußte.

Am gesamten Körper fanden sich zahlreiche Verletzungen verschiedenen Alters. Vor allem wurden an beiden Fußsohlen tiefe Wunden festgestellt; es handelte sich um Verbrennungen zweiten und dritten Grades. Auch im Gesicht und im Genitalbereich fanden sich Mißhandlungsspuren.

Der ärztliche Leiter des Spitals, Primarius Prof. Stögmann, veranlaßte unverzüglich die Verständigung der Polizei.

Die Streifenbeamten Heidegger und Haider fuhren zum angegebenen Einsatzort, informierten sich an Ort und Stelle, so gut dies eben möglich war, und entschlossen sich zur Festnahme.

Mit dem Krankentransport waren auch die Mutter des Kindes, die 23jährige ungarische Staatsbürgerin Laszlone K., und deren Lebensgefährte, der nicht der Vater des Kindes war, der 32jährige ungarische Staatsbürger Nandor V., mitgefahren. Es war in der Zwischenzeit bekannt geworden, daß gegen die beiden von der Stadtpolizei Baden Erhebungen wegen Verdachtes der Kindesmißhandlung geführt wurden. Dieser Umstand sowie der massive Verdacht auf Vorliegen von Fremdverschulden am Tode des Kindes waren die Gründe der Festnahme. Die Sicherheitswachebeamten gaben als Haftgründe Flucht-, aber auch Verabredungs- und Verdunkelungsgefahr an. Sie informierten den Journalbeamten und dieser den Autor. Wie in solchen Fällen vorgesehen, fuhr eine polizeiliche Kommission, bestehend aus einem Polizeijuristen, einem Polizeiamtsarzt und einem Kriminalbeamten, ins Spital.

Der Polizeiarzt Dr. Sommer fand die telefonischen Angaben der Beamten bestätigt; sein Gutachten lautete auf Kindesmißhandlung mit Todesfolge. Die Vornahme einer gerichtsmedizinischen Obduktion wurde beantragt.

Diese Amtshandlung sollte mit bis dahin unbekannten juristischen Schwierigkeiten zu kämpfen haben.

Der Staatsanwalt des zuständigen Gerichtes in Niederösterreich war vom Erhebungsbeamten der Stadtgemeinde Baden vom Tod des Kindes informiert worden. Er stellte keinen Haftantrag – seiner Auffassung nach war ein Unfall nicht auszuschließen.

Wie sollte es weitergehen? Die beiden Verdächtigen befanden sich nunmehr im Arrest des Kommissariates Favoriten. Der Autor versuchte zu retten, vergeblich; der im Wiener Landesgericht dienstversehende Journalstaatsanwalt wollte helfen, doch er konnte es nicht. Die Tat war in Niederösterreich und nicht in Wien begangen worden. Der Staatsanwalt war daher vom Tatort her unzuständig. Der Autor versuchte es neuerlich: Er nahm Kontakt mit dem Leiter der Staatsanwaltschaft Wien auf, welcher ein äußerst erfahrener und mit der Praxis der Polizei bestens vertrauter Justizfunktionär war. Aber auch er konnte mangels Zuständigkeit nichts tun.

Seitens der Staatsanwaltschaft des Kreisgerichts Wiener Neustadt bestand man ungeachtet aller Einwände auf der einmal getroffenen Entscheidung, nämlich keine Haftanträge gegen die Verdächtigen zu stellen.

Die Exekutive ist gegenüber der Justiz weisungsgebunden. Eine Mißachtung der getroffenen Weisung hätte strafrechtliche, damit aber auch disziplinäre Konsequenzen nach sich gezogen.

Der Autor setzte sich mit dem Leiter der Mordgruppe der Erhebungsabteilung des Landesgendameriekommandos für Niederösterreich, Abteilungsinspektor Windisch, in Verbindung. Der Ausweg war gefunden: Der alte Fuchs, einer der fähigsten Kriminalisten Österreichs, bat um etwa 15 Minuten Zeit. Was war vereinbart worden?

Der unverständlichen Weisung seitens der Staatsanwaltschaft des Kreisgerichts Wiener Neustadt wurde Folge geleistet. Die beiden Verdächtigen wurden aus dem Arrest des Kommissariats Favoriten entlassen, aber vor dem Kommissariat

4jähriges Mädchen zu Tode gequält!

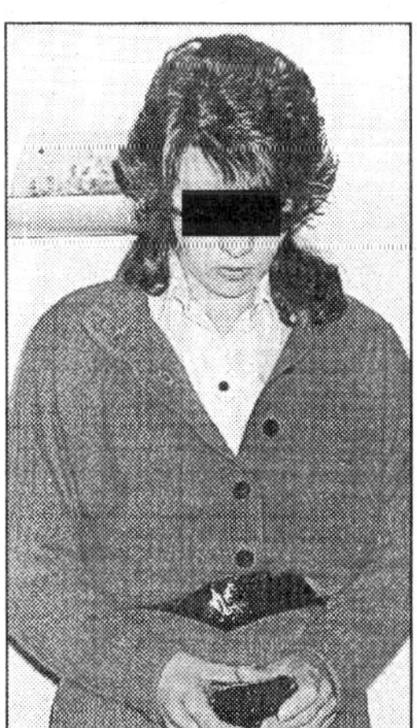

Mutter Andrea K[redacted] (23)

Nandor V[redacted] (32) vor Gericht

Fotos: Moriggl

Andrea K[redacted] sagt es emotionslos: „Es war eine häßliche Brandwunde. Aber die Kleine hat ja nicht einmal geweint." Und so schaute die 23jährige Frau weiter zu, wie ihr vierjähriges Kind langsam zu Tode gequält wurde. „Ich", sagt sie, „ich habe meine Tochter nicht getötet. Das war mein Lebensgefährte!" Aber auch Nandor V[redacted] (32) leugnete am Dienstag vor Gericht diese grauenhafte Tat.

Mit allen Mitteln versuchte Andrea K[redacted] im Kreisgericht Wr. Neustadt jede Schuld von sich zu schieben. Die Ungarin erzählt freilich nur von den Umständen, unter denen sie als Flüchtlinge leben mußten.

VON URSULA MORIGGL

„Aber das ist doch kein Grund, ein Kind zu Tode zu quälen!", entsetzt sich der Richter. – „Ich habe dem Kind nichts getan", fährt die 23jährige fort. „Aber mein Lebensgefährte! Der hat sich nämlich immer wieder darüber geärgert, daß meine Tochter zu ihm gesagt hat: Ich hasse Zigeuner!"

Und weiter: „Schuldig bin ich nur, weil ich die Mißhandlungen nicht verhindert habe."

Als „fürsorgliche Mutter", als die sie sich jetzt darstellt, hatte die Frau also mitangesehen, wie ihr Kind so geschlagen und gemartert wurde, daß es schließlich starb.

Das Obduktionsgutachten ist erschütternd: Sowohl frische als auch Wochen bis Monate alte Verletzungen, am gesamten Körper neben Blutergüssen und Kratzspuren auch Brandwunden wie von glühenden Zigaretten, und an beiden Füßen großflächige Verbrennungen. Gestorben ist die kleine Andrea letztlich an einer schweren Schädel-Hirn-Verletzung.

Aber davon wollen beide nie etwas bemerkt haben. Auch Nandor V[redacted] verantwortet sich vor Gericht, als wäre er die ganze Zeit über ahnungslos gewesen. „Die Verletzungen müssen von anderen stammen", sagt er teilnahmslos und setzt nach: „Oder von der Andrea!" . . .

Das Urteil: je 5 Jahre Haft!

Kronen Zeitung vom 10. Oktober 1990

warteten bereits Kollegen der niederösterreichischen Mordgruppe, die neuerlich die Festnahme aussprachen und gleichzeitig die Amtshandlung übernahmen.

Etwa fünfzehn Minuten hatten die Beamten von ihrer Dienststelle im 3. Bezirk nach Favoriten gebraucht.

Bereits einen Tag später wurde mittels Fernschreiben von diesen Beamten mitgeteilt, daß die Mutter des Kindes insofern geständig war, als sie ihren Lebensgefährten Nandor V. der fortwährenden Mißhandlung an ihrer Tochter bezichtigte. Mit Zigaretten soll er dem Kind vorsätzlich Brandwunden zugefügt haben. Nandor V. beschuldigte die Mutter, ihre Tochter wiederholt geschlagen und mißhandelt zu haben.

Am 13. Oktober 1990 wurden die Tatverdächtigen dem Gefangenenhaus beim Kreisgericht Wiener Neustadt eingeliefert. Nach den gegenseitigen Beschuldigungen führte an ihrer Verhaftung kein Weg mehr vorbei.

Bei der Obduktion wurden ein Schädel-Hirn-Trauma sowie Blutunterlaufungen und Verbrennungen unterschiedlichen Alters festgestellt. Der Schluß, daß das fünfjährige Mädchen über Wochen hindurch schwerst mißhandelt worden war, war zulässig.

Im Oktober 1990 kam es im Kreisgericht Wiener Neustadt zum Prozeß. Er endete damit, daß die Mutter und deren Lebensgefährte zu je fünfjährigen Haftstrafen verurteilt wurden.

Dieser Fall blieb dem Autor im Gedächtnis, zumal Straftaten dieser Art Gottseidank auch in einem Bezirk von der Größe Favoritens nicht an der Tagesordung sind und weil es der bisher einzige Fall war, bei welchem eine Zusammenarbeit mit der Justiz beim besten Willen nicht möglich war.

Probleme juristischer Art, etwa über das Vorliegen eines Haftgrundes, gibt es des öfteren, doch in aller Regel findet sich ein modus vivendi.

Der Leser möge an diesem zugegeben krassen Fall sehen, mit welchen Schwierigkeiten die Exekutive, die, wenn ihr Fehler unterlaufen, sogleich an den Pranger gestellt wird, im Einzelfall zu kämpfen hat.

40

AMOK!

Am 16. Mai 1990 wurde der Autor des Buches als Stadthauptmann von Favoriten gegen 2.30 Uhr, wie immer, wenn sich spektakuläre Vorfälle im 10. Bezirk ereignen, vom Journaldienst verständigt.

Der Information nach hatte sich gegen 1.20 Uhr im vierten Stock der Wohnhausanlage in Wien 10, Ada-Christen-Gasse 2, eine starke Detonation ereignet. Kurze Zeit später waren bereits Polizeibeamte und auch Löschbereitschaften der Feuerwehr zum Tatort gerufen worden. Die Brandbekämpfung war schwierig und mußte von außen über den Balkon erfolgen, da bei der Explosion die Wohnungseingangstüre total zerstört worden und der Zugang zur Wohnung durch Trümmer versperrt war. Noch während der Löscharbeiten war vom Einsatzleiter der Feuerwehr der Verdacht der Brandstiftung geäußert worden.

Als die Wohnung betreten werden konnte, bot sich den Polizeibeamten ein Bild der Verwüstung. Auf dem Balkon der Wohnung lagen drei teilweise stark verkohlte Leichen. Diese waren von der Feuerwehr vor den Löscharbeiten in den Räumlichkeiten dorthin gelegt worden. Die Leichen konnten an Ort und Stelle identifiziert werden. Es handelte sich um die 46jährige Christine S., deren 19jährigen Sohn Markus und die 11jährige Tochter Irene. In der Wohnung war starker Benzingeruch wahrnehmbar; es fand sich ein leerer zwanzig Liter fassender Benzinkanister. Die Wohnung war also bewußt in Brand gesteckt worden.

Bei näherer Betrachtung der Leichen fiel auf, daß diese Schußverletzungen aufwiesen. Diese waren so gräßlich, daß eine Pumpgun als Tatwaffe vermutet wurde.

Der Ehemann und Kindesvater, der 46jährige Eduard S, war dringend der Tat verdächtigt.

Für den Verfasser des Buches hatten sich damit seine schlimmsten Befürchtungen erfüllt. Um dies zu verstehen, ist es nötig, näher auf die Persönlichkeit des Eduard S. einzugehen.

Dieser Mann war bereits in der Vergangenheit wiederholt im Zusammenhang mit Aggressionsdelikten in Erscheinung getreten. Die Stationen seiner Gewalttätigkeiten seien aufgelistet:

Im Juni 1986 fühlte sich Eduard S. in Greifenstein (Niederösterreich) durch das Verhalten eines Mopedlenkers als Autofahrer behindert. Er schlug auf diesen mit einem Schirm ein und fügte ihm so Verletzungen zu. Es wurde Anzeige wegen Körperverletzung erstattet, und Eduard S. wurde 1986 vom Bezirksgericht Tulln zu 3600 Schilling Geldstrafe verurteilt.

Im November 1986 schlug Eduard S. einen im selben Haus wohnhaften 14jährigen Buben ohne erkennbaren Anlaß ins Gesicht und verletzte diesen.

Im August 1987 mißhandelte Eduard S. in der zur Wohnhausanlage gehörenden Tiefgarage einen 61jährigen Pensionisten nach einem vorausgegangenen Wortwechsel mit einer Reitgerte. Wegen dieses Vorfalls und jenem vom November wurde er vom Strafbezirksgericht Wien 1987 abermals wegen Körperverletzung zu einer Geldstrafe von 5600 Schilling verurteilt.

Im Juni 1988 kam es im Bereich von Tulln zwischen Eduard S., er lenkte zu diesem Zeitpunkt einen Pkw, und einem zweiten Autofahrer zu Meinungsverschiedenheiten. Beide fuhren zum Gendarmerieposten St. Andrä-Wördern. Vor dem Eingang versetzte Eduard S. seinem Kontrahenten einen Faustschlag ins Gesicht und verletzte diesen. Die Konsequenz war eine neuerliche Anzeige wegen Körperverletzung und eine abermalige Verurteilung vom Bezirksgericht Tulln zu 18.000 Schilling Geldstrafe.

Während dieser Gerichtsverhandlung bezichtigte Eduard S. einen Gendarmeriebeamten, der im Prozeß als Zeuge aussagte, der Lüge. Die Folge war ein Strafverfahren wegen Beleidigung. Er wurde dafür zu einer Geldstrafe von 5000 Schilling verurteilt.

Gleichzeitig wurde gegen ihn beim Landesgericht St. Pölten Anzeige wegen Verleumdung erstattet.

Im September 1989 schlug Eduard S. einem 21jährigen Autolenker mit der Faust ins Gesicht; wieder hatte dies eine Anzeige wegen Körperverletzung bei Gericht zur Folge.

Im November 1989 hatte Eduard S. einen unbekannten Autofahrer wegen versuchter schwerer Körperverletzung zu Anzeige gebracht. Er gab an, daß der angezeigte Lenker auf ihn während eines Überholvorganges geschossen habe und er die Einschläge der Projektile am Straßenbelag wahrgenommen hätte. Diese Anzeige hatte weitreichende Folgen. Der Angezeigte, ein 21jähriger Postbeamter, Bürger einer Gemeinde in Niederösterreich mit zirka 1500 Einwohnern, sorgte ungewollt für großes Aufsehen. Insgesamt drei Gendarmeriepatrouillen hatten das elterliche Wohnhaus umstellt und nahmen eine vom Gericht angeordnete Hausdurchsuchung vor, die negativ verlief. Die weiteren Erhebungen ließen den Schluß zu, daß Eduard S. den Postbeamten bewußt wahrheitswidrig zur Anzeige gebracht hatte.

Für den Autor waren die Grenzen nunmehr überschritten – so konnte es nicht weitergehen.

Welche rechtlichen Möglichkeiten gab es, eine menschliche „Bombe“ zu entschärfen?

Alle strafrechtlich relevanten Vorfälle des Eduard S. wurden zusammengefaßt. Bei der Aufarbeitung der Täterpersönlichkeit wurde festgestellt, daß Eduard S. seit 1981 im Besitz einer Waffenbesitzkarte war und er auch Faustfeuerwaffen besaß. Allerdings hatte er bei seinen diversen strafbaren Handlungen nie eine Faustfeuerwaffe verwendet.

Im Dezember 1989 wurde Eduard S. von der Polizei Favoriten im Zusammenhang mit seiner bewußt wahrheitswidrigen Anzeige der Staatsanwaltschaft Wien wegen Verleumdung angezeigt. Die Staatsanwaltschaft übernahm die Argumentation der Polizei, und das Verfahren gegen den bedauernswerten Postbeamten wurde eingestellt. Das Verfahren wegen Verleumdung gegen Eduard S. wurde fortgesetzt.

Gleichzeitig mit der Anzeige an die Staatsanwaltschaft Wien wurde eine Aktenkopie dem Administrationsbüro der Bundespolizeidirektion Wien übermittelt. Es ist dies jenes Amt, welches für die Ausstellung von waffenrechtlichen Urkunden zuständig ist. Unter Hinweis auf die aggressive Persönlichkeit des Eduard S. wurde um Einleitung eines Entzugsverfahrens betreffend der Waffenbesitzkarte ersucht. Das Verkehrsamt wurde um Einleitung eines gleichen Verfahrens betreffend den Führerschein ersucht, und zwar wegen mangelnder Verkehrszuverlässigkeit.

Die Justiz- und Verwaltungsbehörden nahmen ihre Arbeit auf; die so oft zitierten Mühlen der Gerechtigkeit begannen zu mahlen.

Eduard S. bekam dies auch zu spüren: Er wurde in das Administrationsbüro vorgeladen. Bei seiner Einvernahme gab er an, daß er seine Waffen verloren hätte, doch das Entzugsverfahren wurde ungeachtet dessen fortgesetzt. Auch vom Verkehrsamt Wien erhielt er im Zusammenhang mit einem Entzugsverfahren eine Vorladung. Die Situation für Eduard S. war eng geworden.

Bereits in der Vergangenheit hatte er letztlich zur Kenntnis nehmen müssen, daß er für seine strafbaren Handlungen zur Verantwortung gezogen worden war. Immerhin hatte er es auf mehrere gerichtliche Vorstrafen gebracht.

Weshalb es letztlich zur Wahnsinnstat des Eduard S. gekommen ist, wird sich nie mehr eruieren lassen.

Eduard S. wurde wegen mehrfachen Mordverdachtes zur Fahndung ausgeschrieben, doch er konnte nur noch tot aufgefunden werden.

Der Täter war nach der Tat im 10. Bezirk zu seiner Mutter gefahren, die in Tulln ein Einfamilienhaus bewohnte. Nachdem er auch diese erschossen und das Haus angezündet hatte, erschoß er sich selbst.

Ein Täter, dessen immense Gefährlichkeit erkannt worden war, hat sich der irdischen Verantwortung durch Selbstmord entzogen und zuvor seine schuldlose Familie ermordet.

Als Tatwaffe konnte, wie vermutet, eine Pumpgun aufgefunden werden, die der Täter zwei Tage vor der Tat in einem Waffengeschäft im Bezirk erworben hatte. Der Verkäufer konnte sich an den Kunden erinnern. Es waren ihm an diesem keinerlei Besonderheiten aufgefallen.

Kein „Hilferuf" durch Familienmitglieder, Bekannte oder Arbeitskollegen hatte je die Behörde oder eine sonstige Institution erreicht.

Man ist an ein griechisches Drama erinnert: Wahrlich unabwendbar nahm das Schicksal seinen Lauf. Weder Polizei noch Justiz waren in der Lage, den Lauf der Dinge zu stoppen.

Fünf Menschen, Angehörige dreier Generationen, kamen bei einem Amoklauf ums Leben.

Ein tiefes Unbehagen bleibt bestehen. Wie sollte in Zukunft eine ähnliche Persönlichkeit von der Tatausführung abgehalten werden?

41

MIT „GESTOHLENER“ IDENTITÄT JAHRELANG UNTERWEGS

Am 6. Juni 1990 suchte der 30jährige Student Christian Sch. aus Wien 18, Wittauergasse, den Squash-Club Oberlaa in Wien 10, Kurbadstraße, auf. Als er seine sportlichen Aktivitäten beendet hatte, mußte er feststellen, daß aus seiner Sporttasche, welche er im Umkleideraum zurückgelassen hatte, seine Brieftasche gestohlen worden war. In dieser hatten sich sein Führerschein, Bargeld und diverse Schecks befunden. Sein nächster Weg, was blieb auch anderes übrig, führte ihn auf das Wachzimmer in Wien 10, Oberlaaer Straße. Eine Anzeige gegen Unbekannt wurde zu Protokoll genommen.

Wie sich in den nächsten Wochen herausstellte, waren die Schecks in einer Höhe von 60.000 Schilling eingelöst worden. Der Dieb hatte sich unter anderem in der Inneren Stadt in einem exklusiven Herrenmodengeschäft neu eingekleidet und mit den gestohlenen Schecks den Kaufpreis von 31.920 Schilling bezahlt. Die Erhebungen verliefen ergebnislos. Für den Bestohlenen sollten in den nächsten Monaten und Jahren weitere unangenehme Überraschungen folgen.

Am 2. November 1991 kam der Inhaber einer Videothek in das Wachzimmer Sibeliusstraße und zeigte einen säumigen Kunden an. Der Angezeigte hatte sich eine große Anzahl von Videos ausgeliehen, diese jedoch nicht zurückgebracht. Die Entlehngebühr war so auf 10.000 Schilling angewachsen. Ausgewiesen hatte sich der Kunde, Sie werden es bereits erraten haben, mit dem Führerschein des Bestohlenen.

Am 29. Juli 1992 wurde in der U-Bahn-Linie U6 ein Fahrgast beanstandet, der keinen Fahrschein vorweisen konnte, und da er ungeachtet dessen nicht bezahlen konnte oder wollte, wurde er angezeigt. Der Student erhielt von den Wiener Verkehrsbetrieben eine Strafverfügung; erst bei seinem Einspruch dagegen konnte er nachweisen, daß nicht er gefahren war. Abermals hatte sich der unbekannte Dieb für ihn ausgegeben.

Am 4. April 1993 kam es in Wien 10 in einem Straßenbahnzug der Linie 67 zwischen dem Lenker der Garnitur, als dieser in der Station Alaudagasse anhielt, zu einem Wortwechsel mit einem jungen Mann, der mit Gewalt die Türen der Straßenbahn öffnen wollte. Der Fahrer gab dem Mann zu verstehen, daß es sich um einen Sonderzug handle und eine Beförderung von Personen nicht vorgesehen sei. Diese Erklärung hatte zur Folge, daß der erregte Passant seine Beherrschung vollends verlor und er, nachdem es ihm gelungen war, die Türen mit Körperkraft zu öffnen, mit den Fäusten mehrmals auf den Gemeindebediensteten einschlug. Als er seine Aggressionen auf diese Art und Weise im wahrsten Sinn des Wortes an den Mann gebracht hatte, flüchtete er. Der Verletzte forderte über Funk polizeiliche Unterstützung an. Minuten später war eine Funkwagenbesatzung zur Stelle und begann mit der Streifung nach dem Täter. Im Ekazent der Per-Albin-Hanson-Siedlung Ost gelang dessen Anhaltung. Der Verdächtige, er war mittelstark alkoholisiert, wurde vom Verletzten eindeutig wiedererkannt. Er wies sich mit einem Führerschein aus, und nachdem eine Fahndungsanfrage über diese Person negativ verlaufen war, wurde er auf freiem Fuße zur Anzeige gebracht.

Neuerlich wurde der Bestohlene als Verdächtiger vorgeladen; abermals erzählte er seine für ihn nun schon leidvolle Geschichte.

Die bisherigen Vorfälle waren nicht nur dem Autor und dem Bestohlenen im Gedächtnis geblieben, sondern auch dem mißhandelten Straßenbahnfahrer.

Am 3. Mai 1995, zwei Jahre nach dem geschilderten Vorfall, bemerkte der Mißhandelte, der wieder einen Straßenbahnzug der Linie 67 lenkte, diesmal jedoch keinen Sonderzug, als er in die Haltestellte Alaudagasse einfuhr, den damaligen Täter.

In Begleitung des Mannes befand sich ein etwa zehnjähriger Bub, der in die Straßenbahn einstieg, während der Verdächtige bei der Haltestelle zurückblieb. Der Fahrer nützte seine Chance und fragte den Buben nach dessen Namen und wollte darüberhinaus wissen, wer der Mann war, der ihn begleitet hatte. Der neunjährige Patrick nannte folgsam seinen Namen und jenen seines Vaters, der ihn zur Straßenbahn gebracht hatte. Der Straßenbahnfahrer suchte die Polizei auf, und seine Angaben wurden protokolliert. Was nun geschah, war kriminalpolizeiliche Routinearbeit. Der Tatverdächtige Gerald K., 1958 geboren, lag wegen früherer Straftaten in den Evidenzen der Polizei mit einem Foto ein. Die diversen Geschädigten, also der Inhaber der Videothek und der Straßenbahnfahrer, erkannten Gerald K. eindeutig als Kunden beziehungsweise Schläger wieder. Einen Mangel hatte die Amtshandlung dennoch: Gerald K. war, wie sich herausstellte, ein „U-Boot“. Das heißt, er war weder polizeilich gemeldet, noch ging er einer angemeldeten Beschäftigung nach. Der Autor erwirkte einen Haftbefehl gegen Gerald K. Ungeachtet dessen sollten Monate vergehen, ehe am 6. April 1996 der Gesuchte nach einem vertraulichen Hinweis bei seiner Freundin in Wien 10, Stockholmer Platz, angetroffen und verhaftet werden konnte.

Sechs Jahre lang war Gerald K. mit einer „gestohlenen“ Identität unterwegs gewesen. Geschickt hatte er das Foto im entwendeten Führerschein ausgetauscht. Der Unterschied im Lebensalter zwischen dem Bestohlenen und ihm betrug lediglich zwei Jahre; einer Benützung des Dokuments für weitere strafbare Handlungen stand damit nichts mehr im Wege.

Im Juli 1996 wurde Gerald K. im Landesgericht für Strafsachen Wien wegen schweren Betruges, Urkundenunterdrückung, Gebrauch fremder Ausweise und Verleumdung zu einer neunmonatigen Freiheitsstrafe verurteilt, allerdings mußte er nur zwei Monate verbüßen, die restlichen sieben wurden bedingt ausgesprochen. Für die Körperverletzung, die er dem Straßenbahnfahrer zugefügt hatte, konnte er nicht mehr bestraft werden – diese Straftat war verjährt.

Eine weitere Amtshandlung soll in diesem Zusammenhang erwähnt werden. Am 22. März 1997 wurde die Polizei nach Wien 10, Triester Straße, zu einem dort etablierten Baugroßmarkt gerufen. Diese Firma ist seit Jahren eine bevorzugte Örtlichkeit von Ladendieben. Das überaus große Warensortiment läßt nahezu täglich Kunden „schwach" werden. Die Firma war, um weiterhin schwarze Zahlen schreiben zu können, genötigt, eine von einer Privatdetektei betreute Videoüberwachung einzurichten – wie die nahezu tagtäglich einlangenden Anzeigen beim Kommissariat bewiesen, mit vollem Erfolg. Am 2. März 1997 war es wieder einmal soweit. Ein Kunde wurde über die Videokamera beobachtet, wie er Gegenstände in seiner Kleidung verschwinden ließ. Bei der Kasse war Endstation. Vier Schraubenmuttern im Gesamtwert von, man höre und staune, zwei Schilling wurden gefunden. Die Polizei war gerufen worden, weil der Täter keinen Ausweis bei sich hatte. Während man auf das Eintreffen der Polizeibeamten wartete, genierte man sich seitens der Firma geradezu, wegen eines solch lächerlich geringen Betrages die Polizei zu beschäftigen. Doch ehe man den Einsatz noch abwenden konnte, waren die Beamten schon da. Bei einer routinemäßigen Anfrage in der Funkstelle, ob gegen den 42jährigen Peter K., Raumausstatter von Beruf, aus Wien 6, Mollardgasse, etwas vorlag, wurde es wieder spannend. Dieser Mann wurde mit Haftbefehl wegen Körperverletzung und gefährlicher Drohung gesucht – und dies schon seit 1987.

Zehn Jahre lang war demnach ein österreichischer Staatsbürger zur Verhaftung ausgeschrieben, ehe er über den Diebstahl von vier Schraubenmuttern stolpern sollte. Pikanterweise war die Begleiterin bei seiner Verhaftung die selbe Frau, die ihn vor langer Zeit angezeigt und damit ein Gerichtsverfahren und den Haftbefehl ausgelöst hatte. Längst hatten sich die beiden wieder versöhnt, doch dem Gericht war von ihrem Gesinnungswandel nichts bekannt geworden.

Es ist erwähnenswert, daß in einem flächenmäßig kleinen Staat wie Österreich eine Personenfahndung über viele Jahre hinweg letztlich nur durch Zufall zu Ende ging. Für den Fall, daß sich ein Mensch an seinem Wohnort nicht anmeldet und er überdies keiner registrierten Beschäftigung nachgeht, ist dies, wie die dargestellten Fälle zeigen, ohne weiteres und über Jahre hinweg möglich.

Für den „normalen" Bürger, der bereits nervös wird, wenn er eine Rechnung nicht auf den Tag genau bezahlt oder sonst auf eine Kleinigkeit, vor allem im Umgang mit Behörden, vergißt, müssen die beiden Fälle kurios erscheinen.

42

SCHICKSALSHAFTE BEGEGNUNG

Am 13. September 1990 kam die 38jährige Elisabeth N. aus Wien 10 in Begleitung ihres 19jährigen Sohnes Peter N. gegen 4 Uhr zum Wachzimmer Holbeingasse.

Was die Beamten in den nächsten Minuten zu hören bekamen, sollte der Beginn einer Amtshandlung sein, die mit einer Verurteilung wegen Mordes zu Ende ging.

Elisabeth N. gab an, daß sie gegen 3 Uhr von ihrem Sohn angerufen worden war und dieser ihr mitgeteilt hatte, daß er soeben einen Mann in dessen Wohnung erstochen hätte. Sie ersuchte ihren Sohn, sofort zu ihr zu kommen. Etwa zehn Minuten später war Peter N. bei seiner Mutter, und es fiel ihr sogleich auf, daß seine Hände und seine Oberkleidung blutverschmiert waren.

Auf die sorgenvollen Fragen seiner Mutter erzählte er, daß er in der vergangenen Nacht in einem Lokal in Wien 10, das er des öfteren besuchte, einen Gast kennengelernt hatte, der ihn zu sich einlud. In der Wohnung hatte sich ihm der neue Bekannte in homosexueller Art genähert. Vorerst hätte er die Annäherungen geduldet, dann aber aus Ekel den Mann erstochen. Im Wachzimmer wiederholte Peter N. die Angaben, die er seiner Mutter gegenüber gemacht hatte. Sofort wurde ein Funkwagen zum möglichen Tatort nach Wien 10, Zur Spinnerin, entsandt. Die

Angeklagter junger Wiener im Mordprozeß: „Mir hat plötzlich so gegraust"

19 tödliche Stiche für Professor

Er wußte, daß Dr. Hartmut B[redacted] 50, eine „Neigung für junge Männer hatte". Der 19jährige Peter N[redacted] ging mit dem AHS-Professor am 13. September des Vorjahres, nachdem sie sich kurz zuvor in einem Café in Wien-Favoriten kennengelernt hatten, dennoch mit in die Wohnung.

Und stach nach einem sexuellen Annäherungsversuch insgesamt 19mal auf den Mittelschullehrer ein . . .

Am Dienstag mußte N[redacted] Mord und Raub an dem Witwer vor einem Wiener Geschworenengericht verantworten. Er legte ein umfassendes Geständnis ab:

„Mir hat auf einmal so gegraust vor ihm, da ist es mir gekommen, daß ich ihn jetzt erstechen muß", schilderte N[redacted], wie er auf B[redacted], der mit entblößtem Unterkörper vor ihm stand, so oft mit einem 28 Zentimeter langen Küchenmesser in die Brust-, Hals-, Schulter- und Nabelgegend einstach, bis sich die Klinge verbog;

Bild: Gerhard Sokol

Stach zu wie in einem Blutrausch: Peter N[redacted]

wie er auch dann noch nicht von seinem wehrlosen Opfer – bei der Obduktion hatte man 3,45 Promille im Blut festgestellt – abließ, sondern ein neues Messer aus der Küche holte, das er B[redacted] so wuchtig in den Rücken rammte, daß die Klinge abbrach und im Körper des Sterbenden steckenblieb.

Unmittelbar nach der Bluttat stellte sich N[redacted] auf Anraten der Mutter der Polizei. Er war von Anfang an geständig, wies aber den Vorwurf zurück, B[redacted] deshalb getötet zu haben, um einen Radio-Kassettenrecorder zu rauben. Das leugnete N[redacted] auch beim Prozeß. Das glaubten ihm die Geschworenen auch. – Urteil: 15 Jahre wegen Mordes. A. WASINGER

Kurier vom 20. Februar 1991

Wohnung war versperrt. Da ein Verbrechen zu befürchten war, wurde sie gewaltsam geöffnet.

Im Vorraum lag ein etwa 50jähriger Mann, der nur teilweise bekleidet war. Ihm war nicht mehr zu helfen. Im Rücken des Toten steckte ein Messer, dessen Griff fehlte. Bei näherem Hinsehen fanden sich mehrere Einstiche. Die Sicherheitswachebeamten ließen den Tatort richtigerweise unberührt; allfällige Spuren sollten jedenfalls bis zum Eintreffen der Kriminalbeamten nicht verändert oder beseitigt werden. Wie bei solchen Straftaten üblich, wurde die Leiche kommissioniert. Der Polizeiamtsarzt fand bei seiner Untersuchung nicht nur Stichverletzugen im Rücken, sondern auch eine Mehrzahl von Stichen und Schnitten im Brustbereich und im Hals des Toten.

Die Kriminalbeamten der Gruppe Böröcz fanden bei einer Nachschau in der Küche ein zweites Messer, das blutverschmiert war. Möglicherweise war es, nachdem der Griff des zuerst verwendeten abgebrochen war, gleichfalls als Tatwaffe benützt worden.

Der Tote, der 51jährige Dr. Hartmut B., war Professor an einer Mittelschule.

Bei den Erhebungen im Wohnhaus wußte man lediglich, daß Dr. B. seit dem Tode seiner Gattin vor einigen Jahren alleinstehend war. Er wurde als höflich und zuvorkommend beschrieben. Aufgefallen war im Wohnhaus, daß der Ermordete in letzter Zeit wiederholt jüngere Männer in seine Wohnung mitgenommen hatte. Von Exzessen irgendwelcher Art war nichts bekannt. Der Täter Peter N., der gerade seinen Präsenzdienst beim Bundesheer ableistete, war ein einziges Mal wegen eines geringfügigen Eigentumsdelikts mit der Polizei in Kontakt gekommen, ansonsten war über ihn nichts Nachteiliges bekannt geworden. Die Kriminalbeamten vernahmen den Verdächtigen ausführlich.

Der Täter war zum Zeitpunkt der Tat alkoholbeeinträchtigt gewesen. Es war zu homosexuellen Handlungen, allerdings mit Einverständnis des Peter N., gekommen. Plötzlich fürchtete er, daß Dr. B. von den Vorfällen im Lokal, wo sie einander kennengelernt hatten, etwas erzählen könnte. Um dies zu verhindern, faßte er den Entschluß, seinen Gastgeber zu töten. Er ging in die Küche, holte von dort ein Küchenmesser, kehrte damit in das Schlafzimmer zurück und begann auf sein Opfer blindlings einzustechen. Er hatte mit solcher Gewalt zugestochen, daß dabei der Griff des Messers abgebrochen war. Daraufhin holte er sich ein zweites Messer und stach, wie oft konnte er selbst nicht angeben, auf Dr. B. ein. Als er von seinem Opfer abließ, bemerkte er, daß sich dieses nicht mehr rührte; erst jetzt kam ihm die Tragweite seiner Handlungsweise zu Bewußtsein. In seiner Verzweiflung rief er noch vom Tatort aus seine Mutter an und erzählte in kurzen Worten, was er angerichtet hatte.

Peter N. wurde am 19. Februar 1990 wegen Mordes vom Landesgericht für Strafsachen Wien zu einer 15jährigen Freiheitsstrafe verurteilt.

Ein durch einen Schicksalsschlag schwer getroffener, in seinem bisherigen Lebensrhythmus beeinträchtigter Mittelschullehrer und ein orientierungsloser Präsenzdiener waren durch Zufall aufeinandergetroffen. Für den Professor endete diese Bekanntschaft tödlich, und ein junger Mann verlor für viele Jahre seine Freiheit.

43

ALKOHOL UND MOHNKAPSELN

Am 31. Oktober 1990 überquerte die 95jährige Maria E. aus Wien 10, Ahornhof, gegen 19 Uhr die Gudrunstraße in Höhe der Jagdgasse. Ein auf der Vis-à-vis-Seite stehender Passant wurde durch ein lautstarkes Bremsgeräusch und einen dumpfen Aufprall aufmerksam. Als er in die Richtung, aus der die Geräusche kamen, blickte, sah er, wie ein menschlicher Körper durch die Luft flog und Sekundenbruchteile danach auf der Fahrbahn zum Liegen kam. Ein schwarz lackierter Pkw hielt kurz an, dann fuhr der Lenker ohne aus dem Fahrzeug auszusteigen mit hoher Geschwindigkeit Richtung Laxenburger Straße weiter. Ein nachkommender Autofahrer nahm die Verfolgung des Fahrerflüchtigen auf. Dieser erhöhte seine Geschwindigkeit auf zirka 100 km/h und übersetzte die folgenden Kreuzungen bei Rotlicht. Auf diese Art gelang es ihm, seinen Verfolger abzuhängen.

Der greisen Fußgängerin war nicht mehr zu helfen: sie verstarb noch auf dem Transport ins Spital. Von den Beamten des Verkehrsunfallkommandos wurde eine Bremsspur in der Länge von 21,6 Metern gemessen. Nach Einvernahme der Zeugen konnte man davon ausgehen, daß es sich bei dem gesuchten Pkw um einen schwarzen Opel Manta handelte. Es waren Bruchstücke des Kennzeichens, nämlich W 26 ..., bekannt. Die Kriminalbeamten Petz und Kerschbaum nutzten die EDV-mäßige Speicherung der Zulassungsdaten und die damit gegebenen Abfragemöglichkeiten. Sie ließen sich die Zulassungen sämtlicher Pkw der angeführten Marke ausdrucken, deren Kennzeichen mit W 26 ... begann. Etwa ein Dutzend paßte zu den vorhandenen Merkmalen. Logischerweise konnte aber nur einer davon der Gesuchte sein. Die Arbeit der Kriminalpolizei ist bei derartigen Überprüfungen schwierig, ist doch in solchen Fällen mit möglichster Rücksicht auf das Ansehen und den Ruf der zu Überprüfenden vorzugehen, gleichzeitig aber mit der nötigen Konsequenz, die zur Klärung der Straftat führt. Es fanden sich drei Opel Manta, die Beschädigungen aufwiesen, von denen es denkbar war, daß sie von einem Unfall herrührten. Die Zulassungsbesitzer wurden zur Einvernahme vorgeladen; einer von ihnen kam dabei in Schwierigkeiten und kurzfristig in Haft. Er hatte der Ladung zur Einvernahme keine Folge geleistet. Es war zu vermuten, daß er etwas zu verbergen hatte. War dies aber zutreffend, so lagen die Haftgründe der Verabredungs- und Verdunkelungsgefahr vor. Auch der Journalrichter ließ sich von diesen Argumenten überzeugen und erließ

Foto: Klemens Groh

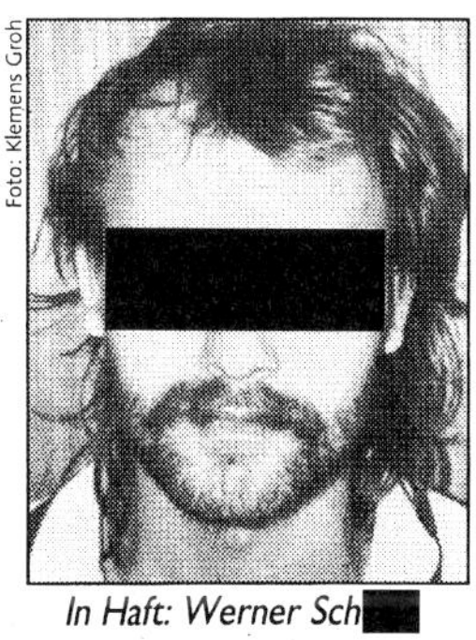

In Haft: Werner Sch[redacted]

Das Auto als Mordwaffe! Eine 95jährige Frau, die vorschriftsmäßig die Gudrunstraße in Wien-Favoriten überquerte, wurde das Opfer eines 25jährigen Amokfahrers, der im Drogenrausch durch die Stadt raste. Die Fußgängerin prallte gegen die Kühlerhaube und starb, der Lenker flüchtete. Er wurde mit Hilfe des Polizeicomputers ausgeforscht, zeigte jedoch bei der Verhaftung in seiner Wohnung keine große Reue . . .

Kronen Zeitung vom 7. November 1990

Im Drogenrausch auf Amokfahrt durch Wien!

Auto eines Süchtigen wurde „Mordwaffe“ Alte Frau überfahren

BERICHT SEITEN 8/9

Lit 1600,– / Din 14,– / Dr 260,– / Ltqu 3700,– / Ft 75,–
Pts 170,– / Pts 200,– Kanar. Inseln / DM 2,50 / sfr 2,–

Mittwoch, 7. November 1990 / Nr. 10.945, S 7,–

Neue Kronen Zeitung
UNABHÄNGIG

einen Haftbefehl. Der 19jährige Günther E. aus Wien 21, Stammersdorfer Straße, wurde verhaftet, und es bedurfte nur eines einzigen „überzeugenden“ Gesprächs, bis man der Wahrheit und damit dem Täter auf die Spur kam.

Günther E. hatte seinen Pkw vor einigen Wochen einem Bekannten, dem 25jährigen Werner Sch. aus Wien 10, Triester Straße, verkauft. Der Käufer versprach, die Ummeldung des Fahrzeuges beim Verkehrsamt vorzunehmen, doch er hielt weder diese Zusage ein, noch bezahlte er den vereinbarten Kaufpreis. Einen Tag nach dem tödlichen Verkehrsunfall stellte er den Pkw in der Nähe des Wohnortes des Verkäufers ab und teilte diesem telefonisch mit, daß er es sich anders überlegt und kein Interesse mehr hätte.

Werner Sch. wurde wegen dringenden Tatverdachtes festgenomen. Als er gestanden hatte, wurde der von ihm hintergangene Verkäufer enthaftet. Der Täter gab bei seiner Einvernahme an, daß er am Unfallstag etwa zehn Flaschen Bier und überdies Tee, aus Mohnkapseln gebraut, getrunken hatte. Er war nicht nur alkohol-, sondern auch suchtgift- und medikamentenabhängig. So „aufgeladen“ war er mit dem Auto gefahren. Er hatte den Unfall wahrgenommen und im ersten Schock angehalten, doch sei er aus Furcht vor den Konsequenzen weitergefahren. Er war sich bewußt, daß er alkoholisiert gewesen war, und obendrein hatte er noch nie einen Führerschein besessen. Er war deshalb in der Vergangenheit bereits wiederholt bestraft worden.

Immer wiederkehrend sind entweder Alkoholbeeinträchtigung und/oder Nichtvorhandensein eines Führerscheines Motiv einer Fahrerflucht.

Im Februar 1991 wurde Werner Sch. zu einer vierzehnmonatigen Freiheitsstrafe verurteilt. Eine Fußgängerin, die nahezu ein volles Jahrhundert, noch dazu eines mit zwei Weltkriegen, überlebte hatte, starb infolge des Fehlverhaltens eines „ausgeflippten“ Autorasers.

44

ERWÜRGT UND ERTRÄNKT

Am 11. Februar 1991 wurde gegen 18 Uhr die Polizei um Intervention ersucht. Eine Hauspartei aus Wien 10, Bürgergasse, wußte sich nicht anders zu helfen. Aus der oberhalb liegenden Wohnung drang Wasser durch die Decke, und deren Mieterin öffnete nicht. Die Polizeibeamten riefen die Feuerwehr zu Hilfe, die gewaltsam in die Wohnung eindrang.

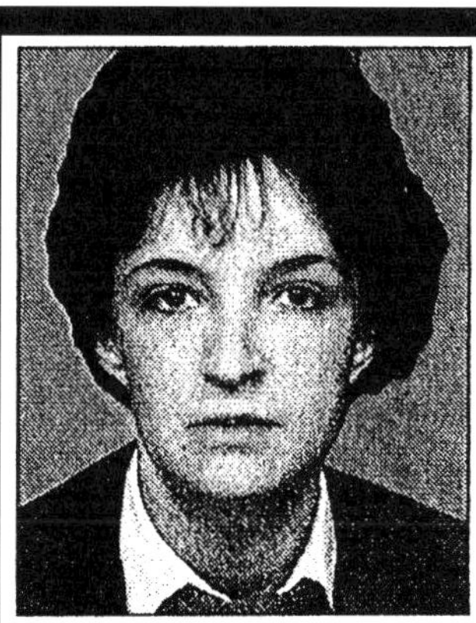

Ermordet: Brigitte Bratfisch

Die Wohnung im 5. Stock des Hauses Bürgergasse 21-23 wurde nach dem Mord versiegelt. Hinweise auf den Täter an das Sicherheitsbüro, Gruppe Fiala, ☎ 34 55 11/DW 3640 bis 3643.

Die Feuerwehrleute fanden die Mieterin auf dem Bauch liegend vor. Der Körper der Frau lag in der Küche, der Kopf befand sich, mit dem Gesicht nach unten, in der Brausetasse. In dieser Tasse stand das Wasser etwa zehn Zentimeter hoch, war übergeronnen und daher in die darunterliegende Wohnung gedrungen. Die Rettung wurde verständigt, doch der Rettungsarzt konnte nur noch den Tod der Frau feststellen. Diese war vor etwa sieben bis acht Stunden verstorben. In unmittelbarer Nähe der Toten fand sich ein etwa dreißig Zentimeter langes Küchenmesser.

Die Tatumstände ließen befürchten, daß die 32jährige Brigitte B., Mutter einer achtjährigen Tochter, umgebracht worden war. Die Beamten der Mordkommission wurden verständigt und übernahmen die Amtshandlung. Ein Gerichtsmediziner wurde beigezogen und untersuchte die Leiche noch am Tatort. Seinen Angaben zu Folge war die Frau vorerst bis zur Bewußtlosigkeit gewürgt und anschließend in der Brausetasse ertränkt worden. Bei der Besichtigung der Wohnung fanden sich zahlreiche Blutspuren. Diese ließen den Schluß zu, daß der Täter vorerst mit einem Messer auf Brigitte B. losgegangen war. Tatsächlich fanden sich Schnittverletzungen an den Händen der Toten. Weshalb das Opfer vom Mörder nicht erstochen, sondern erwürgt worden und mit dem Kopf in der Brausetasse zu liegen gekommen war, blieb ungeklärt.

Das Privatleben der Ermordeten wurde, wie dies bei Mordfällen üblich ist, in der Hoffnung, auf diese Art Hinweise zur Klärung zu finden, durchleuchtet. Alle Bemühungen in dieser Richtung blieben jedoch erfolglos. Die Klärung des Mordfalles gelang bis zum heutigen Tage nicht.

Nach Mord an 31jähriger Frau in Wien-Favoriten fragt ihre kleine Tochter verzweifelt:

„Wo ist meine Mutti geblieben?"

„Wo ist die Mutti? Warum hat sie mir nicht gesagt, daß sie nicht kommt?" Die kleine Bianka ist völlig verstört, hat Tränen in den Augen – das Mädchen kann nicht verstehen, weshalb es seine Mammi vorgestern nicht vom Hort abgeholt hat. Doch niemand traut sich, die Fragen der Achtjährigen zu beantworten. Denn wie erklärt man einem Kind, daß die geliebte Mutter ermordet wurde?

Kronen Zeitung vom 13. Februar 1991

45

AMTSHANDLUNGEN RUND UM DEN HUND

ERHEBUNGEN ZU EINEM HUNDEBISS

Zu den polizeilichen Aufgaben gehört es, im Falle einer Verletzung durch einen Hundebiß den verantwortlichen Hundehalter auszuforschen. Gelingt dessen Eruierung, hat dies in der Regel eine Anzeige beim Strafbezirksgericht wegen fahrlässiger Körperverletzung infolge nicht ordnungsgemäßer Tierhaltung zur Folge. Überdies wird dem Hundehalter die tierärztliche Untersuchung des Tieres aufgetragen, um festzustellen, ob der Hund allenfalls tollwütig ist.

Im Februar 1991 wurde ein derartiger Akt einem Kriminalbeamten zur Erhebung zugeteilt:

Eine Frau war mit ihrem Hund äußerln und traf dabei auf eine Passantin, die gleichfalls mit einem Hund unterwegs war. Wie es des öfteren vorkommt, fanden die beiden Tiere keinen Gefallen aneinander – sehr rasch kam eine Rauferei in Gang. Die Hundebesitzerin, deren Hund zu unterliegen drohte, versuchte ihren Liebling vor Schaden zu bewahren und von seinem Widersacher zu trennen, wobei sie vom gegnerischen Hund in den Daumen gebissen wurde. Das aggressive Verhalten der Tiere übertrug sich auf deren Besitzerinnen. Ein sachliches Gespräch war nach diesem Vorfall nicht mehr möglich, und die Besitzerin des bissigen Hundes lief davon, ohne sich weiter um den angerichteten Schaden zu kümmern.

Dem zuständigen Kriminalbeamten gelang es letztlich nicht, die verantwortliche Tierhalterin auszuforschen. Er hatte sich jedoch redlich bemüht, und so war es zu einer Gegenüberstellung mit einer Verdächtigen und deren Hund gekommen, doch diese war negativ verlaufen.

Aufbewahrenswert ist die getroffene Schlußfolgerung des Erhebungsbeamten, die da lautete: „Der gegenübergestellte Hund kommt als Täter nicht in Frage!“

Diese skurille Feststellung übertraf selbst die von Tierliebhabern immer wieder geforderte Gleichstellung von Mensch und Tier. Selbstverständlich kann dem Strafgesetz zufolge nur ein Mensch, nicht aber ein Tier, daher auch kein Hund zur Verantwortung gezogen werden.

VERDÄCHTIGE BEOBACHTUNG

Um beim Thema Hund zu bleiben, sei ein Polizeieinsatz geschildert, wie er sich nicht jeden Tag ereignet.

Die seit den siebziger Jahren nicht endende Serie von Banküberfällen hat nicht nur zu einer verstärkten Überwachung dieser Institute geführt, sondern auch im Bewußtsein der Bevölkerung und des Bankpersonals erhöhte Aufmerksamkeit hervorgerufen.

Im November 1994 wurde von einem aufgeregten Anrufer dem Polizeinotruf mitgeteilt, daß sich in der Nähe einer Bankfiliale ein maskierter Mann in einem dort geparkten Auto befände. Die so alarmierten Polizeibeamten näherten sich mit entsprechender Vorsicht, doch siehe da, die Überraschung war für sie und den Insassen des Pkws gleichermaßen groß.

Nicht ein potentieller Bankräuber wurde gesichtet, vielmehr ein Riesenschnauzer, der aufrecht sitzend den verwaisten Platz seines Herrn eingenommen hatte und auf dessen Rückkehr wartete. Die jahreszeitlich bedingt früh eintretende Dämmerung ließ einen mißtrauischen Beobachter den Schnauzer mit einem Maskierten verwechseln.

46

EIN PAUSBÄCKIGER BANKRÄUBER

Am 14. März 1991 gab es gegen 11.25 Uhr für die Polizei in Favoriten Großalarm. Die Erste oesterreichische Spar-Casse in Wien 10, Laxenburger Straße 76, war überfallen worden und der Täter flüchtig. An der Fahndung nahmen die Beamten des Streifenwagens „Julius 1" teil. Die Sicherheitswachebeamten Veszely und Josef Schwarz waren die ersten, die zur Fahndung in die in der Zwischenzeit bekanntgewordene Fluchtrichtung eingesetzt wurden. In der Höhe des Hauses Leebgasse 67 bemerkten sie einen Mann, der mit erhobenen Händen an einer Hausmauer lehnte. Er wurde von einem zweiten an der Oberbekleidung festgehalten. Die Beamten näherten sich mit gezogenen Dienstwaffen; rasch sollte sich die Situation klären. Der Mann, der die Hände nach oben hielt, war der gesuchte Bankräuber. Sein Bewacher war ein Angestellter eines privaten Bewachungsunternehmens. Die Polizisten sprachen die Festnahme aus.

Innerhalb kurzer Zeit sollte sich herausstellen, daß sie einen mehrfachen Bankräuber in Gewahrsam genommen hatten, der in den vergangenen Monaten wiederholt Banküberfälle im Bezirk verübt hatte.

Der 28jährige Erich G. aus Wien 10 hatte sich gegen 11.20 Uhr vor dem Kassenschalter 1 der angeführten Bankfiliale angestellt, und als er an die Reihe kam, hatte der Kassier bemerkt, daß der vorgebliche Kunde unter einer Schirmkappe, die er in der Hand gehalten hatte, eine Waffe verbarg. Er hatte den Lauf der Waffe auf den Kassier gerichtet, wobei er sagte: „Ganz ruhig, spiel keinen Helden, alles Geld her, kein Alarm!" Der Bedrohte hatte dem Räuber mehrere Geldbündel übergeben, doch damit war der Täter nicht zufrieden gewesen – er hatte noch mehr verlangt. Vom Räuber unbemerkt hatte der Bankangestellte den Alarmknopf betätigt. Der Täter hatte seine Beute in der Innenseite seiner Jacke verstaut und flüchtete.

Während des Überfalls wurde die Bank von einem Angestellten eines privaten Sicherheitsdienstes bewacht. Dieser bemerkte den Überfall nicht; er wurde erst durch den Kassier aufmerksam gemacht und nahm sogleich die Verfolgung auf. Er nahm den flüchtigen Räuber wahr und versuchte dessen Flucht durch Abgabe eines Warnschusses zu stoppen. Wider Erwarten hatte dies Erfolg. Der Flüchtende blieb stehen und wurde von seinem Verfolger bis zum Eintreffen der Polizeibeamten festgehalten. Diese nahmen an Ort und Stelle eine Personsdurchsuchung vor und wurden fündig. Es kamen 372.000 Schilling, die gesamte Beute, zum Vorschein. Sie stellten auch die Waffe, eine Luftdruckpistole, die einer Pistole der Marke Beretta täuschend ähnlich war, sicher. In der Hosentasche des Festgenommenen fanden sich zwei Plastikstoppel, zirka 2 x 1 cm groß. Mit diesen hatte sich der Täter während des Überfalls die Wangen ausgestopft. Diese Pausbäckigkeit war dem Bedrohten auch aufgefallen und wurde als besonderes Merkmal des Flüchtigen den an der Fahndung beteiligten Beamten mitgeteilt.

Die Pausbäckigkeit war als Tarnung gedacht, doch gerade sie sollte zum raschen Ende einer Bankräuberkarriere beitragen. Der Täter hatte sich für seine Überfälle ausschließlich Bankfilialen in Favoriten ausgesucht. Bei den vergangenen Überfällen war der flüchtige Täter jeweils als auffällig pausbäckig beschrieben worden. Die Polizisten waren aufmerksame und am kriminellen Geschehen des Bezirkes interessierte Beamte. Sie nutzten ihr Wissen um die ungeklärten Überfälle und sagten diese dem Festgenommenen auf den Kopf zu. Der polizeiliche Erfolg war durchschlagend: der Täter gestand insgesamt sechs Banküberfälle.

Wie vorgesehen war das Sicherheitsbüro verständigt worden; wie bei Banküberfällen üblich wurde die Amtshandlung übernommen. Die Banküberfälle werden von dieser Dienststelle zentral für ganz Wien bearbeitet. Sie verfügt daher über Informationen, die es ermöglichen, einen Zusammenhang mit ungeklärten Delikten herzustellen. Penibel wird jeder Bankraub erfaßt; die Personsbeschreibung des unbekannten Täters, ein allfälliges Fluchtfahrzeug, die Art der Bewaffnung, die Vorgangsweise usw. werden registriert.

Das Motiv war in der zunehmenden Verschuldung des Täters zu suchen. Er hatte Kredite für die Wohnung und deren Einrichtung aufgenommen; für einen Pkw hatte er monatlich eine Leasingrate zu bezahlen. Als es zu einem selbstverschuldeten Arbeitsplatzverlust kam, wurde es finanziell sehr eng.

Vorerst versuchte Erich G. sein Glück im Casino, und wie es leider immer wieder vorkommt, hatte er Anfängerglück. Er gewann eine erhebliche Summe – seine Spielleidenschaft war geweckt worden. Doch die Glückssträhne blieb ihm nicht lange treu; rasch verlor er alles, was er gewonnen hatte, und überdies noch das Geld, das er von seiner Frau genommen hatte.

Der glücklose Spieler suchte einen Ausweg und glaubte ihn schließlich in der Verübung eines Bankraubes gefunden zu haben. Fünfmal sollte er dabei Glück haben.

Die Serie der Banküberfälle begann am 13. Juli 1990; Tatort war die CA-Filiale in Wien 10, Quellenstraße 2. Die Raubbeute betrug rund 140.000 Schilling.

Der zweite Überfall fand am 11. September 1990 statt; Tatort war eine CA-Filiale in Wien 10, Wienerbergstraße 21-23. Die Beute betrug etwa 90.000 Schilling. Dieser Überfall wäre beinahe schiefgegangen. Der Kassier hatte ihm ein für derartige Fälle vorbereitetes Alarmpaket gegeben. Als er mit seinem Pkw flüchtete, explodierte dieses Paket. Dichter rötlicher Rauch breitete sich im Inneren des Fahrzeuges aus. Erich G. blieb cool, öffnete die Fenster des Pkws und fuhr in Richtung einer in der Nähe befindlichen Kleingartenanlage. Dort hielt er an, zog seine Jacke aus und warf diese über das Alarmpaket. Es gelang ihm, die Rauchentwicklung zu stoppen. Da er sich nicht sicher war, ob nicht jemand den Vorfall beobachtet hatte, verließ er vorsorglich das Fahrzeug. Als er nach etwa einer Viertelstunde Wartens nichts Verdächtiges wahrnehmen konnte, ging er zum Auto zurück und fuhr nach Hause. Er reinigte das Fahrzeug gründlich. Der Großteil des im Alarmpaket befindlichen Geldes war unbrauchbar geworden. Den Rest konnte er bei mehreren Waschvorgängen in der Waschmaschine einigermaßen von der roten Farbe befreien. Es sollte ihm gelingen, zirka 30.000 Schilling des gewaschenen Geldes im Casino in Linz einzuwechseln.

Nach sechs Überfällen auf mehrere Geldinstitute in Wien mit 1,5 Millionen Schilling Beute:

„Pausbacken"-Räuber ist gefaßt!

Nach dem sechsten Überfall auf Wiener Banken mit insgesamt 1,5 Millionen Schilling Beute konnte der „Pausbacken"-Räuber in Favoriten gefaßt werden. Der Angestellte einer privaten Überwachungsfirma verfolgte den zu Fuß flüchtenden Täter, gab einen Warnschuß ab und überwältigte den Verbrecher nach einem wilden Kampf.

Der Räuber mit den besonders auffallenden „Pausbacken" überfiel die „Erste"-Filiale in der Laxenburgerstraße insgesamt dreimal.

Fotos: Joschi Schröpfer

Als Tarnung hatte er Holzstoppeln im Mund

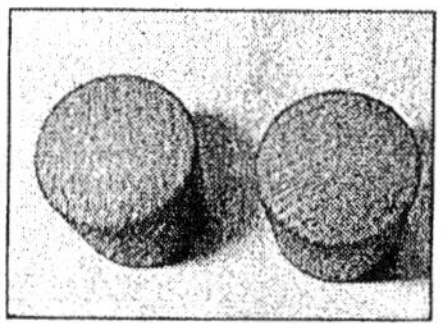

Mit einer Gaspistole im Anschlag, die einer scharfen Waffe zum Verwechseln ähnlich sieht, bedrohte Donnerstag um 11.29 Uhr ein Räuber die Angestellten und Kunden der „Ersten"-Filiale in der Laxenburgerstraße 76 im

VON GERNOT HEIGL

10. Bezirk. „Überfall! Geld her! Keinen Alarm, sonst schieße ich!" rief der Täter und ging zum Kassenschalter.

Dort stopfte er rund 372.000 Schilling in seine Jacke und rannte davon. Auf die Fersen des Kriminellen heftete sich ein Mann einer Wachfirma. Der Sicherheitsoffizier hielt sich zum Schutz der Angestellten in der Bank auf. „Ich hätte auch schon im Gebäude einschreiten können. Da ich aber einen Schußwechsel befürchtete und niemanden gefährden wollte, wartete ich auf einen besseren Augenblick!"

Nach einer Jagd durch mehrere Straßen schlug der Wachmann den Räuber nieder. Vor Polizisten spuckte der Täter zwei Holzstoppeln aus, die er als Tarnung hinter die Wangen geschoben hatte, um „pausbäckig" auszuschauen. Im Verhör gestand der verheiratete Schlosser Erich G[redacted] (28) aus dem 10. Bezirk fünf weitere Banküberfälle.

Kronen Zeitung vom 15. März 1991

Am 20. September 1990 überfiel er neuerlich die CA-Filiale in Wien 10, Quellenstraße 2. Die Beute betrug rund 250.000 Schilling. Davon finanzierte er nicht nur seine üblichen Casinobesuche, sondern gestattete sich ausnahmsweise einen weiteren Luxus: er zahlte ein Appartement in Spanien an.

Am 15. November 1990 fand der vierte Überfall, diesmal auf eine Filiale der Ersten oesterreichischen Spar-Casse in Wien 10, Laxenburger Straße 76, statt. Die Beute betrug rund 398.000 Schilling.

Am 18. Dezember 1990 kam es zum fünften Überfall; er wählte dieselbe Filiale. Die Beute betrug etwa 360.000 Schilling.

Am 14. März 1991 kam es zum sechsten und letzten Überfall. Ziel war abermals die Filiale der Ersten oesterreichsichen Spar-Casse in Wien 10, Laxenburger Straße 76. Wie man sieht, hat der Bankräuber bei seinen Überfällen „Firmentreue" bewiesen. Erwähnenswert war die Reaktion des Täters nach seiner Verhaftung. Er machte einen geradezu erleichterten Eindruck. Nach eigenen Angaben wußte er, daß er seiner Spielleidenschaft nicht Herr werden konnte und der nächste Bankraub sozusagen unausbleiblich gewesen wäre.

Im Juli 1991 wurde der nicht vorbestrafte Bankräuber vom Landesgericht für Strafsachen Wien zu einer achtjährigen Freiheitsstrafe verurteilt. Als mildernd wurde sein Vorleben und sein lückenloses Geständnis gewertet.

Mit Erich G. wurde der bisher „fleißigste", letzten Endes jedoch glücklose Bankräuber in Favoriten verurteilt.

47

IN DER ORDINATION ERMORDET

Am 28. Mai 1991 kam der Arzt Dr. Günther M. gegen 14.40 Uhr in seine in Wien 10, Pernersdorfergasse, befindliche Ordination. Bereits im Warteraum und in weiterer Folge im Arbeitszimmer seiner Assistentin fand er zahlreiche Blutspritzer und Blutlachen vor. Als er den Behandlungsraum betrat, prallte er entsetzt zurück: Auf der Liege fand er seine Assistentin blutüberströmt vor. Die 47jährige Reinegard F. war tot; sie war offenbar erstochen worden.

Der Arzt verständigte sogleich die Polizei. Der polizeilichen Kommission bot sich ein schreckliches Bild. In der gesamten Ordination waren Blutspuren. Vom Amtsarzt wurde unter anderem eine tiefe Schnittverletzung im Hals festgestellt. Bei der Untersuchung der Leiche tropfte noch immer Blut aus dieser Wunde; unterhalb der Untersuchungsliege hatte sich eine riesige Blutlache angesammelt. Es stand ohne jeden Zweifel fest, daß die Frau einem Gewaltverbrechen zum Opfer gefallen war. Die Mordkommission wurde verständigt und übernahm die Amtshandlung.

Bei der Obduktion wurden beim Mordopfer vierzehn Stiche, hauptsächlich im Bereich des Halses, des Kopfes und des Nackens, festgestellt. Nach Aussage der Gerichtsmedizin war es nicht eine einzelne Stichverletzung, die tödlich war, vielmehr war der Tod durch die Vielzahl der Verletzungen infolge Verblutens eingetreten. Die Tatwaffe, die nicht vorgefunden werden konnte, mußte nach Vermessungen der Wunden ein Messer mit elf Zentimeter langer und zwei Zentimeter breiter Klinge gewesen sein.

Am Tatort wurden ein blutiger Schuhabdruck und eine Fingerabdruckspur gesichert. Die Spuren in der Ordination ließen auf eine heftige Gegenwehr des Opfers schließen. Der Telefonhörer hing im Behandlungsraum lose zu Boden; vermutlich wollte Reinegard F. die Polizei zu Hilfe rufen und war von ihrem Mörder daran gehindert worden.

Die Ermordete war Mutter zweier Söhne und in der Südstadt in Niederösterreich wohnhaft. Vorerst waren die mit der Klärung des Falles betrauten Beamten optimistisch. Aller kriminalistischen Erfahrung nach konnte man davon ausgehen, daß der Mord aus privaten Motiven verübt worden und der Täter im Bekanntenkreis des Opfers zu suchen war.

In dem Haus, wo sich das Gewaltverbrechen ereignet hatte, waren zur Tatzeit Bauarbeiter beschäftigt, die einen Mann, den mutmaßlichen Täter, vor der Ordination stehen gesehen hatten. Nach ihren Angaben wurde ein Phantombild angefertigt. Doch auch dessen Veröffentlichung erbrachte keine brauchbaren Hinweise.

Die ursprüngliche Hoffnung der Kriminalisten, den Täter im Bekanntenkreis zu finden, erfüllte sich nicht. Reinegard F. hatte sich im Privatleben, wie dies viele Menschen tun, bedeckt gehalten. Ihre Diskretion war unter anderem dafür ver-

Zweifache Mutter (46) kämpfte um ihr Leben ● Killer schnitt ihr die Kehle durch ● Mediziner fand Leiche

Arztgehilfin in der Praxis ermordet

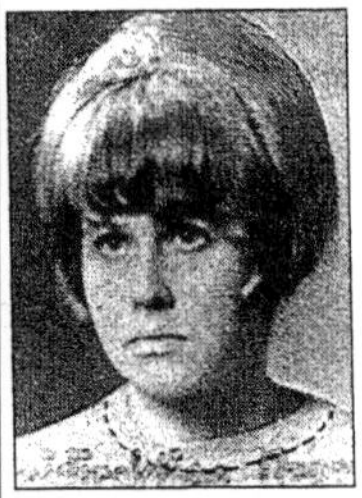

Tot: Reingard Frühwirt (46)

Ein wilder Kampf, heftige Abwehrversuche – trotzdem hatte die Ordinationsgehilfin eines Facharztes in Wien-Favoriten keine Chance: Mit einem Messer stach der Killer zwanzigmal auf die Frau ein, durchschnitt ihr die Kehle und legte das Opfer auf einen Untersuchungstisch. Die Leiche der zweifachen Mutter wurde vom Mediziner entdeckt.

Seit September 1990 arbeitete die 46jährige Reingard Frühwirt aus Maria Enzersdorf (NÖ) als Ordinationsgehilfin. Die geschiedene Mutter zweier Söhne leitete die Kanzlei des Facharztes für Innere Medizin, Doktor Günther Mostbeck, in der Pernerstorfergasse 24 in Wien-Favoriten.

Dienstag um 14 Uhr sperrte sie die Praxis auf, hängte ihren Mantel in den Garderobekasten und setzte sich an ihren Schreibtisch. Kurz darauf läutete es an der Türe. Pflichtbewußt, obwohl die Ordination erst um 16 Uhr den Betrieb aufnahm, öffnete sie – und ließ ihren späteren Mörder ein.

VON GERNOT HEIGL UND TOBIAS MICKE

Noch im Wartezimmer attackierte der Killer die Frau mit einem Messer und fügte ihr erste Schnittwunden zu. Obwohl sie sich mit Leibeskräften wehrte, war Reingard Frühwirt unterlegen. Die Frau versuchte dem Täter zu entkommen, rannte in den Behandlungsraum, schlug die Tür zu und stemmte sich dagegen. Es nützte nichts. Der Mörder zwengte sich in das Ordinationszimmer.

Dort schleuderte er die Assistentin zu Boden und stieß ihr das Messer mehrmals in den Oberkörper. Trotz der schweren Verletzungen gelang Reingard Frühwirt neuerlich die Flucht. Blutspuren am Fußboden, dem Schreibtisch, dem Telefon, auf Bildern, Vorhängen, Wänden und Fenstern zeigen den ausweglosen Kampf der Niederösterreicherin.

Der Killer holte das Opfer ein, stach neuerlich zu – und schnitt ihm die Kehle durch. Dann legte er die Arztgehilfin auf ein Bett für Magenuntersuchungen.

Als der 36jährige Dr. Günther Mostbeck gegen 14.40 Uhr seine Praxis aufsperrte, prallte er entsetzt zurück: „Ich sah überall Blut und ahnte Schreckliches. Da ich nicht ausschließen konnte, daß sich ein Verbrecher in der Ordination versteckt hielt, holte ich Hilfe!"

Der Mediziner bat zwei Arbeiter, die mit dem Renovieren der Fassade beschäftigt waren, aber nichts Verdächtiges gehört hatten, mit ihm in das Untersuchungszimmer zu gehen. Zur Verstärkung nahmen sie noch einen Mieter mit.

Doch der Mörder hatte die Praxis bereits verlassen. „Als ich Frau Frühwirt fand, sah ich sofort, daß es keine Hilfe mehr gab. Sie war tot", sagte Dr. Günther Mostbeck und fügte hinzu: „Soweit ich bis jetzt feststellen konnte, wurde nichts geraubt."

Die Arbeitskollegin des Opfers, Dr. Elisabeth Nechvile (30): „Wir verstanden uns sehr gut. Reingard war immer freundlich und bei den Patienten sehr beliebt. Auch mit ihrem geschiedenen Mann pflegte sie ein freundschaftliches Verhältnis. Sie hatte keine Feinde. Ganz im Gegenteil."

Trotzdem schließen Kriminalisten nicht aus, daß der Mörder im Bekanntenkreis der Frau zu suchen ist. Hinweise an das Wiener Sicherheitsbüro ☎ 34 55 11/3607.

In diesem Haus in Wien-Favoriten wurde Arztgehilfin ermordet

Fotos: Mischa

Kollegin Dr. Nechvile

Kronen Zeitung vom 29. Mai 1991

antwortlich, daß der Mörder bis zum heutigen Tage nicht ausgeforscht werden konnte.

Sollte der unbekannte Täter irgendeinmal jedoch mit der Polizei in Konflikt geraten, so wäre über den gesicherten Fingerabdruck seine eindeutige Identifizierung möglich. Spuren dieser Art bleiben sozusagen auf „ewig" gespeichert. Sie werden fortlaufend mit neu hinzukommenden Fingerabdrücken verglichen. Wenn der Täter nicht schon wegen der Tat als solcher nicht mehr ruhig schlafen sollte, müßte er aus den angeführten Gründen Schlafprobleme bekommen. Diese Ungewißheit kommt gewissermaßen einer lebenslänglichen Strafe ohne Gerichtsurteil gleich.

48

WIE ES ZU EINEM SEXUALDELIKT KOMMT

Am 26. September 1991 kam die 39jährige Berta A. aus Wien 10, Pernersdorfergasse, gegen 11 Uhr vormittags vom Einkaufen nach Hause.

Die Mieter des Wohnhauses hatten beschlossen, die Hauseingangstüre grundsätzlich zu versperren, und überdies hatte man eine Gegensprechanlage montieren lassen.

Berta A. stellte ihren Einkaufskorb zu Boden, sperrte das Haustor auf und ging in Richtung des Aufzuges, als ihr auffiel, daß hinter ihr ein nicht im Haus wohnender Mann mit hereingekommen war. Sie wollte soeben fragen, was er zu suchen hätte, als der Unbekannte sie an den Schultern erfaßte und in Richtung Kellerstiegen zerrte. Die Frau setzte sich, so gut sie konnte, zur Wehr und schrie lautstark um Hilfe. Der Täter ließ von ihr ab und flüchtete.

Die Überfallene geriet in Panik, bestieg den Lift und fuhr bis in den letzten Stock, wo sie bemerkte, daß sie von der Hand stark blutete. Sie fuhr mit dem Lift in das Erdgeschoß zurück und schloß das Haustor ab. Dabei sah sie, wie der Täter Richtung Neilreichgasse flüchtete.

Sie bat eine Nachbarin um Hilfe, die Polizei und Rettung verständigte. Der Rettungsarzt stellte eine Stichverletzung am linken Unterarm und eine Verletzung unterhalb des linken Auges fest. Während des Angriffes hatte die Überfallene von ihren Verletzungen nichts bemerkt; ihre Aufmerksamkeit hatte ausschließlich der Abwehr des Angriffs gegolten.

Die Funkzentrale setzte sechs Funkwagenbesatzungen zur Fahndung ein. Die Personsbeschreibung des Täters lautete: Mann, zirka 35 Jahre alt, schlank, 170 cm groß, kurzes blondes Haar, bekleidet mit hellem Leibchen.

In der Höhe des Hauses Herzgasse 2 fiel der Besatzung des Streifenwagens „Emil 2" ein Fußgänger auf, auf welchen die Beschreibung passen konnte. Der Verdächtige hatte eine Jacke um die Hände gewickelt, so als ob er etwas verbergen wollte. Er wurde angehalten und zur Ausweisleistung aufgefordert. Dabei bemerkten die Beamten Mayer und Kraxner, daß er an beiden Händen blutverschmiert war; auch an seiner Hose fanden sich Blutspuren. Die Festnahme wurde ausgesprochen, und noch während seiner Überstellung auf das Kommissariat gab der 28jährige Kurt P. aus Wien 9, Rögergasse, zu, daß er eine Frau vergewaltigen wollte.

Die Amtshandlung wurde von Kriminalbeamten weitergeführt. Die Angaben des Verdächtigen anläßlich seiner Vernehmung sind deshalb wert, wiedergegeben zu werden, weil es nicht allzu häufig vorkommt, daß die Motive für ein Sexualdelikt mit solcher Deutlichkeit wie im gegenständlichen Fall angeführt werden.

Kurt P. war als Maschinschlosser beschäftigt und hatte einige Vorstrafen. Seit einem Jahr hatte er weder eine feste Freundin noch Kontakt zu Frauen, obwohl er sich um solchen bemühte. Am Tag zuvor kam er gegen 22 Uhr von der Nachtschicht nach Hause, zog sich um und ging weg. Er tingelte durch mehrere Loka-

Der Tatort im Stiegenhaus zeigt die Tatwaffe und die Blutspuren.

le im 9. und 6. Bezirk und kehrte gegen 9 Uhr vormittags in seine Wohnung zurück.

Nach seinen Angaben war er sexuell derartig angespannt, daß er beschloß, sich eine Frau, wenn nötig auch mit Gewalt, zu nehmen. Deshalb steckte er ein Küchenmesser ein, als er die Wohnung verließ. Zufällig kam er mit der U-Bahn am Reumannplatz an, stieg aus und ging zu Fuß weiter. Er suchte nun bereits nach einem Opfer für sein Vorhaben – dabei fiel ihm Berta H. auf. Er ging ihr nach, und als er bemerkte, daß sie ein Haustor aufsperrte und das Haus betrat, schien ihm die Gelegenheit günstig.

Die Verletzungen des Opfers stellte er nicht in Abrede; er hatte zur Einschüchterung bereits das Küchenmesser in der Hand, als er die Frau überfiel. Die unerwartet heftige Gegenwehr, vor allem aber die Hilferufe ließen ihn flüchten. Er war, wie auch sein Opfer, in Panik geraten. Er wollte nicht vorsätzlich zugestochen haben; die Verletzungen wären im heftigen Abwehrkampf entstanden. Auch bei aller Skepsis gegenüber Angaben von Verdächtigen kann diese Version nicht als unglaubwürdig abgetan werden.

Kurt B. wurde in Untersuchungshaft genommen und im Jänner 1992 wegen versuchter Notzucht zu einer achtmonatigen Freiheitsstrafe unbedingt und zu weiteren zehn Monaten bedingt verurteilt.

Mit der Ausforschung und Bestrafung des Täters war das kriminalpolizeiliche und strafrechtliche Kapitel einer Straftat zu Ende gegangen.

Für das Opfer der versuchten Notzucht hatte sich das Leben entscheidend verändert. Die Frau wurde mit der Tat nicht fertig; die Inanspruchnahme einer psychotherapeutischen Behandlung war nötig geworden. Nur am Rande sei auch auf die Belastung ihrer Angehörigen hingewiesen – kein Zeitungsbericht hält dies je fest.

Unter Umständen verändert eine Straftat das Leben eines Opfer und dessen Umgebung in entscheidender Weise. So manche Verzweiflungstat findet darin ihren Ausgangspunkt.

Zur Ausforschung und Festnahme des Täters hatte eine strategisch richtige Fahndung beigetragen. Der Täter hatte keinerlei Bezugspunkte zum Opfer, ja nicht einmal zum Bezirk, in dem die Tat geschah. Er war wegen seines Sexualtriebes bis dahin nie aufgefallen, mit anderen Worten wäre seine Ausforschung nach den Erfahrungen der Praxis eher unwahrscheinlich gewesen. Wie hätte sie auch gelingen sollen?

Wenn auch immer wieder der uniformierte Beamte zu Fuß, in Erinnerung an den ehemaligen Rayonsposten, von der Bevölkerung gefordert wird, zeigt gerade dieser Fall, wie wichtig der Einsatz der modernen Technik ist. Ohne konzentrierte Aktion der Funkzentrale wäre die Festnahme des Täters innerhalb von nur wenigen Minuten nicht möglich gewesen.

Was die Tat selbst betrifft, kann sie als Beispiel angeführt werden, wie Zufälligkeiten bei Sexualdelikten den Tatausgang bestimmen. Ein Messerstich anders geführt – und ein Sexualmord wäre geschehen. Vernunftmäßiges Handeln bei der Tatausführung, wie etwa bei einem Betrug, findet bei einem Sexualdelikt – das liegt in der Charakteristik dieser Straftaten – nie statt. Die Reaktion des Opfers, aber auch jene des Täters ist nicht vorhersehbar.

49

BÜRGERWEHR

An der Wende der achtziger zu den neunziger Jahren wurde die Polizei mit einem Phänomen konfrontiert, das unter dem Schlagwort Bürgerwehr am ehesten zu definieren ist. Verantwortlich dafür war eine zunehmende politische Polarisierung und der immer wieder in diesem Zusammenhang vorgebrachte Vorwurf, die Polizei würde durch artfremde Tätigkeiten von ihren eigentlichen Aufgaben abgehalten. Die Zunahme der Kriminalität, insbesondere der Eigentumskriminalität, wurde in den Vordergrund der politischen Diskussion gestellt.

Wie auch immer, das politische Geschäft mit der Angst vor Kriminellen fiel auf fruchtbaren Boden – eines der Resultate war das Entstehen von Bürgerwehren.

In Favoriten gibt es eine große Anzahl von Gartenanlagen, deren Bestand durch die Ökologiebewegung auch in Zukunft gesichert ist.

Naturgemäß werden Gartenanlagen hauptsächlich während der schönen Jahreszeit bewohnt und verwaisen während der Herbst- und Wintermonate. Die eher armselig ausgestatteten Schrebergartenhütten der Nachkriegszeit gehören gottseidank der Vergangenheit an; der Wohlstand hat auch hier Einzug gehalten. In nahezu keinem Schrebergartenhaus fehlt heute ein Farbfernsehgerät, und auch die übrige Ausstattung steht dem Luxus der Wohnung nicht nach.

Diese Umstände machen Gartenhäuser vor allem während der schlechten Jahreszeit zu begehrten Objekten von Einbrüchen. Jahr für Jahr wird die Poli-

Schrebergärtner glaubte, es sei ein Einbrecher:

„Bürgerwehr" schoß auf einen Polizeibeamten!

Auf einen Polizisten, der einen Einbrecher suchte, schoß der Obmann eines Kleingartenvereins, der eine „Bürgerwehr" gegründet hatte und auf eigene Faust in Wien-Favoriten auf Verbrecherjagd ging. Der Beamte zog darauf ebenfalls seine Waffe, feuerte aber in der Dunkelheit zum Glück nicht sofort zurück, sondern rief zuerst: „Halt, Polizei!"

Die Besonnenheit des jungen Beamten rettete dem 56jährigen „Bürgerwehr"-Chef vermutlich das Leben. Der Obmann des Kleingartenvereins „Rudolfshügel" warf seine Pistole zu Boden und klärte das Mißverständnis.

VON ERICH SCHÖNAUER

Nachdem innerhalb von zwei Wochen zehn Einbrüche am Friesenplatz in Wien-Favoriten verübt worden waren, übernahmen die Schrebergärtner selbst die Überwachung der Anlage. Um zu testen, wie „schlagkräftig" seine „Bürgerwehr"-Truppe ist, fingierte der Obmann einen Einbruch. Anrainer hatten den „Verdächtigen" jedoch bemerkt und alarmierten die Polizei. Als der erste Funkstreifenbeamte am Tatort eintraf, glaubte der „Bürgerwehr"-Chef, daß es der gesuchte Einbrecher sei.

Nach dieser Verwechslung legten sich dann Kriminalbeamte der Gruppe 3 auf die Lauer. Nach drei Tagen hatten sie den 24jährigen Kurt W. auf frischer Tat ertappt. Er gestand bisher 30 Einbrüche.

Die Beute hatte er in Tauschzentralen oder im Dorotheum verkauft. Favoritens Polizeichef Hofrat Dr. Berghammer: „Der Fall zeigt, daß man die Zusammenarbeit mit uns suchen sollte. Wären wir von Anfang an informiert gewesen, wäre es nicht zu so einer gefährlichen Situation gekommen!"

Kronen Zeitung vom 4. Dezember 1991

Höhepunkt der Einbruchsserie in Favoritner Kleingärten: „Duell" mit der Polizei

„Bürgerwehr"-Einsatz hätte fast fatal geendet

Mit Schlagstöcken und Schreckschußwaffen ausgerüstet, gingen die Kleingärtner der Anlage am Rudolfshügel in Wien-Favoriten auf Einbrecherjagd. Ohne Erfolg. Dafür hätte der Versuch des Obmanns der Selbstschutzgruppe, die „Aufmerksamkeit der Nachbarn zu testen", um ein Haar fatal geendet – nämlich in einer Schießerei mit der Polizei!

Kurier vom 4. Dezember 1991

zei mit dieser Form der Eigentumskriminalität befaßt.

Auch im Herbst 1991 kam es zu derartigen Einbrüchen. Bevorzugtes Gebiet war der Kleingartenverein Rudolfshügel.

Der rührige Vereinsobmann dieser Gartenanlage hatte den Gedanken der Bürgerwehr aufgegriffen und sich mit einigen Gleichgesinnten entschlossen, selbst nach dem „rechten" zu sehen. Bewaffnet mit Gas- und Schreckschußwaffen patrouillierte man in der Schrebergartenanlage.

Am 25. Oktober 1991 wurde gegen 21.20 Uhr die Polizei verständigt: Verdächtige Männer waren beobachtet worden. Mehrere Funkwagenbesatzungen zernierten die Anlage und begannen sie zu bestreifen.

Um möglichst rasch in die Anlage zu gelangen, überstieg der Sicherheitswachebeamte Karl Amon den Zaun, wobei er seine Uniformkappe verlor. Noch ehe er dazukam, sie wieder aufzusetzen, bemerkte er das Herannahen von zwei Männern. Unmittelbar darauf sah er einen Mündungsblitz und hörte die Detonation eines Schusses. Der Beamte suchte hinter einer Mauer Deckung, zog seine Dienstwaffe und rief in Richtung der Männer „Halt, stehenbleiben, Polizei, werfen Sie die Waffe weg oder ich schieße!" Die Androhung hatte insofern Erfolg, als die beiden Männer mit erhobenen Händen näher kamen und einer der beiden sich als Vereinsobmann der Gartenanlage vorstellte.

Da in den vergangenen Wochen mehrmals eingebrochen worden war, wollte er selbst aktiv werden. Um die Aufmerksamkeit seiner Nachbarn zu testen, kletterte er über den Zaun seines Grundstückes und tat so, als ob er über das Fenster in das Gartenhaus eindringen wollte. Sein Test verlief insofern positiv, als ein Gartennachbar, durch dieses Verhalten mißtrauisch geworden, den Polizeinotruf betätigte. Wie es weiterging, haben Sie bereits gelesen.

Der übereifrige Obmann hatte mit seiner Schreckschußpistole in Richtung eines Polizeibeamten geschossen, den er für einen möglichen Einbrecher hielt. Der Besonnenheit des Beamten ist es zu danken, daß dieser nicht sogleich zurückgeschossen hat.

Die Problematik einer Bürgerwehr wurde mit diesem Fall deutlich aufgezeigt.

Der Vollständigkeit halber sei angeführt, daß die genannte Gartenanlage immer wieder bestreift wurde und es Kriminalbeamten am 3. Dezember 1991 gelang, einen Einbrecher auf frischer Tat festzunehmen.

50

VIER JAHRE SPÄTER

Am 16. April 1992 wurde gegen 19.15 Uhr über den Polizeinotruf ein soeben in Wien 10, Laxenburger Straße 59, stattgefundener Raubüberfall auf eine dortige Billa-Filiale mitgeteilt. Wie in solchen Fällen üblich, wurden die in der Nähe befindlichen Funkwagen zum Tatort beordert.

Den Polizeibeamten teilte der Filialleiterstellvertreter, der 20jährige Sandor N., mit, daß er unmittelbar nach dem Überfall einen Mann mit einem Auto amerikanischer Bauart flüchten sah. Das Kennzeichen dieses Pkws hatte er sich notiert. Unverzüglich wurde die Fahndung nach diesem Fahrzeug aufgenommen.

Die Billa-Filiale hatte bereits geschlossen, doch der Hintereingang war noch offen, denn es wurde noch eine Warenlieferung erwartet. Im Geschäft befanden sich Sandor N., die Filialleiterin und zwei Bekannte von ihr, welche sie nach Geschäftsschluß abholen wollten.

Richter Dr. Ortwin Kahler

Plötzlich betrat ein mit einer Maske getarnter Mann den Hintereingang der Filiale. Der Täter trug grüne Gummihandschuhe und hielt eine Faustfeuerwaffe in der Hand. Er schrie mehrmals: „Überfall, Überfall, alles Geld her!" Der Filialleiterstellvertreter versuchte es vorerst mit einem Trick. Er gab vor, daß die Tageslosung bereits zur Bank gebracht worden war. Der Täter wiederholte ungeachtet dessen seine Aufforderung und zwang die Anwesenden, sich auf den Boden zu legen. Eingeschüchtert durch die entschlossene Haltung des Räubers wurde ihm die Tasche mit der Tageslosung in Höhe von rund 80.000 Schilling übergeben. Der Räuber schlug das Sicherheitsglas eines Kästchens ein, in dem sich der Schlüssel zum Notausgang befand, sperrte diesen auf und flüchtete. Der Filialleiterstellvertreter drückte den Alarmknopf, wodurch eine Sirene ausgelöst wurde, und lief sogleich auf die Straße.

Vorerst konnte er keine verdächtige Wahrnehmung machen. Plötzlich blieb in einer Entfernung von nur wenigen Metern an der Kreuzung Pernersdorferstraße – Columbusgasse ein Pkw amerikanischer Bauart stehen. Der Lenker dieses Fahrzeuges blickte nervös und etwas ratlos umher, so als ob er überlegte, wohin er fahren sollte. Es kam zu einem Blickkontakt zwischen diesem Mann und seinem Verfolger. Sandor N. fiel die Oberbekleidung des Mannes auf: sie war mit jener des Räubers ident. Vor allem aber irritierte ihn das zerzauste Haar. Er konnte sich vorstellen, daß durch das Herunterreißen der Maske das Kopfhaar in diesen Zustand gekommen war. Plötzlich gab der Lenker Gas, bog in die Laxenburger Straße ein und fuhr stadtauswärts davon. Sandor N. notierte sich das Kennzeichen und teilte dieses, wie angeführt, den Polizeibeamten mit.

Alle Überfallenen waren sich einig, daß der Gesuchte mit ausländischem Akzent gesprochen hatte, auf eine bestimmte Nationalität wollte man sich jedoch nicht festlegen. Der Täter wurde als zirka 25 bis 30 Jahre alt, etwa 170 cm groß mit brünetten Haaren beschrieben. Die Fahndung nach dem flüchtigen Pkw brachte keinen Erfolg. Zugelassen war das Fahrzeug, ein Pontiac-Phönix, auf eine Anschrift in Bruck an der Leitha im Burgenland. Beamte der burgenländischen Erhebungsabteilung der Gendamerie suchten den Zulassungsbesitzer auf, und dieser gab an, daß er seinen Pkw einem Bekannten geborgt hatte. Dieser wäre ein in Budapest wohnhafter ungarischer Staatsbürger, der 29jährige Tamas S. Die Verdachtslage hatte sich so verdichtet, daß ein Haftbefehl erlassen wurde.

Nach mehreren Wochen wurde das gesuchte Fahrzeug im 10. Bezirk aufgefunden, die Fahndung nach Tamas S. verlief jedoch weiterhin erfolglos. Es sollten einige Jahre vergehen, ehe die Klärung der Straftat aktuell wurde.

Im Oktober 1994 wurde von der Interpol Wiesbaden mitgeteilt, daß ein Gabor H. wegen Raubes vom Kammergericht Berlin verurteilt worden war und bei einer erkennungsdienstlichen Behandlung sich herausgestellt hatte, daß Gabor H. mit dem gesuchten Tamas S. ident war. Es geht, wie in diesem Buch wiederholt ausgeführt wurde, eben nichts über die erkennungsdienstliche Erfassung eines Verdächtigen. Die Fingerabdrücke lassen keinen Zweifel an der Identität einer Person. Sie sind ein unverzichtbares Beweismittel der kriminalpolizeilichen Arbeit. Das Kammergericht Berlin wollte wissen, was nach dortiger Strafverbüßung mit Tamas S. alias Gabor H. geschehen sollte.

Ein aufwendiger juristischer Schriftverkehr wurde eingeleitet und hatte zur Folge, daß der Gefahndete am 6. Oktober 1995 am Grenzübergang Mariahilf in Oberösterreich Gendameriebeamten des Postens Schärding übergeben und von diesen dem landesgerichtlichen Gefangenenhaus Wien überstellt wurde.

Am 17. April 1996 fand im Landesgericht Wien die Gerichtsverhandlung statt. Fast auf den Tag genau waren seit der Tat in Favoriten vier Jahre vergangen.

Der Verdächtige hatte bei seiner Einvernahme vor dem Untersuchungsrichter jegliche strafbare Handlung bestritten. Ein Geschworenenprozeß sollte spät aber doch ein Raubdelikt zur Klärung bringen. Der Verdächtige war ein unscheinbarer, schlanker, mittelgroßer Mann, der sich gelassen dem Gerichtsverfahren stellte. Alle Bedrohten des Überfalls waren als Zeugen geladen. Ein Pflichtverteidiger stand dem Angeklagten zur Seite. Objektiverweise soll das Engagement des Verteidigers erwähnt werden. Er versuchte, die unterschiedlichen Zeugenaussagen im Zusammenhang mit der Personsbeschreibung des Täters zum Vorteil des Verdächtigen zu nutzen. Ein erfahrener und kluger Vorsitzender leitete den Prozeß. Es war der in anderem Zusammenhang bereits erwähnte Richter Dr. Ortwin Kahler. Das Beweisverfahren nahm mehrere Stunden in Anspruch.

Schließlich kam es zur Beratung der Geschworenen, die mit Interesse das prozessuale Duell von Verteidiger und Staatsanwalt mitverfolgt hatten. Der Angeklagte gab zu, zur Tatzeit in der Nähe des Tatortes gewesen zu sein, doch er wollte damals die Mutter eines Freundes besucht haben. Nähere Angaben, die zur Ausforschung dieser Frau führen hätten können, blieb er schuldig.

Die Staatsanwältin stellte die Angaben des Angeklagten als unglaubwürdig hin und verwies ihrerseits auf dessen kriminelle Vergangenheit.

Tamas S. wurde mit sieben zu einer Stimme des Raubes schuldig gesprochen und zu einer zehnjährigen Freiheitsstrafe verurteilt. Der Autor hat als (einziger) Zuhörer am Prozeß teilgenommen.

Bemerkenswert war die Reaktion des Verdächtigen: er zeigte nämlich keine. Offensichtlich hatte er mit einer Verurteilung gerechnet. Wie wäre wohl einem Unschuldigen zu Mute, wenn er zu einer derart hohen Freiheitsstrafe verurteilt werden würde?

Im Prozeß wurde bekannt, daß der Verurteilte, der im übrigen gegen das Urteil Berufung einlegte, nach seiner Strafverbüßung nach Ungarn ausgeliefert wird, wo ihn ein neuerliches Strafverfahren erwartet. Abermals wird er sich in einem Strafprozeß wegen eines Raubdeliktes verantworten müssen. Tamas S. ist dringend verdächtig, etwa zwei Wochen nach dem Raubüberfall in Wien-Favoriten in Budapest ein Postamt beraubt zu haben.

Weder die beim Raub benützte Waffe noch die Beute konnten aufgefunden werden.

Die hohe Freiheitsstrafe ist als Signal für potentielle Nachahmer zu verstehen.

Österreich soll auch in einem künftigen grenzenlosen Europa nicht zum „Spielplatz“ internationaler Krimineller werden.

51

EIN JUBILÄUM

Am 23. April 1992 fanden die über den Polizeinotruf alarmierten Polizeibeamten gegen 10.30 Uhr in Wien 10, Quellenstraße 173, einen Schwerverletzen vor, der sich in einem dramatischen Zustand befand.

Der 23jährige Nikolaus V. aus Wien 11, Zippererstraße, lag auf den Stiegen zum Eingang der Filiale der Ersten oesterreichischen Spar-Casse. Sein Gesicht und sein Oberkörper waren stark blutverschmiert. Der Verletzte wies eine Stichwunde am Hals und überdies Stich- und Schnittverletzungen an der linken Hand auf. Mit der unverletzten Hand hielt sich der Gestochene, so gut es ihm möglich war, die Wunde am Hals zu, doch er konnte nicht verhindern, daß in periodischen Abständen Blut herausspritzte. Dies ließ auf eine Verletzung der Halsschlagader schließen, es bestand daher akute Lebensgefahr. Der unmittelbar nach den Polizeibeamten eintreffende Rettungsarzt nahm eine Erstversorgung vor und brachte den Verletzten in das Wilhelminenspital.

Die Beamten konnten in Erfahrung bringen, daß sich der Streit, der Anlaß für die Stichverletzung gewesen war, in einem Lokal in Wien 10, Quellenstraße, zugetragen hatte. Am Tatort waren noch mehrere Personen, die Zeugen des Vorfalls waren, anwesend. Der Täter war noch vor Eintreffen der Polizei mit einem Taxi geflüchtet.

Der Verletzte war demnach in Begleitung einer Frau und eines Mannes ins Espresso gekommen. Die drei Personen hatten bei einem Tisch Platz genommen und einiges an Alkohol konsumiert. Der Lautstärke nach war es zwischen den beiden Männern zu Streitigkeiten gekommen, und plötzlich taumelte einer der Männer stark blutend aus dem Lokal. Kurz darauf verließ auch der mutmaßliche Täter das Lokal, kam jedoch nach wenigen Augenblicken wieder zurück, wobei er den Anwesenden erklärte, daß er sich die „Scheibe“ noch zu Ende anhören wollte. Nachdem die Melodie aus der Musikbox verstummt war, verließ er das Lokal so, als ob nichts geschehen wäre. Während der Täter ein zufällig vorbeifahrendes Taxi anhielt und mit diesem wegfuhr, lag nur wenige Meter davon entfernt der lebensgefährlich Verletzte auf den Stufen zum Eingang der Bankfiliale.

Zur „Silbernen“ verurteilt

Trotz eines ellenlangen „Sündenregisters“ hat der 44jährige Friedrich S. die Übersicht über seine Vorstrafen nicht verloren. „I hob a Jubiläum. Des wird die 25.!“, ließ er Freitag Richter Karl Fischer im Grauen Haus wissen. „Das Silberne“, lächelte der „Herr Rat“, der den Hilfsarbeiter inzwischen recht gut kennt.

Diesmal ging es um eine Messerstecherei in einem Lokal in Wien-Favoriten. S. hatte einem Widersacher einen Hirschfänger in den Hals gerammt. „Heftig war's net, sonst wär er g'storb'n“, betonte der Beschuldigte. Das Urteil: Ein Jahr unbedingt wegen schwerer Körperverletzung. „Dank' schön“, meinte S. und nahm die Strafe an.

Das Opfer hatte offenbar die Freundin des Angeklagten beleidigt und die Worte „schleich Di“ nicht beachtet. „Da bin i eam im Zorn einig'fahr'n“, gab Friedrich S. unumwunden zu und überraschte damit den Richter. Bisher hatte er nämlich behauptet, der Mann sei ihm mit dem Hals ins Messer „gefallen“, das er nur in der Hand gehalten habe, weil er es in seinem Rausch mit dem Feuerzeug verwechselt habe. „Des is a Bledsinn“, kommentierte S. nun diese Verantwortung. – „Des hab i ma a dacht. Der Schmäh mit'm Einifallen zieht eh nimma“, pflichtete ihm der Richter bei.

„An Rausch hab' i g'habt, g'sehn hab' i a nix mehr“, führte der Wiener aus, „i wollt ihn jo a net so schwer bedienen. A Wirtshausg'schicht halt, milieubedingt“. Der Kontrahent, dem er die Halsschlagader durchtrennte, litt noch Monate nach der Attacke an Schluckbeschwerden, hat sich aber zum Glück mittlerweile vollständig erholt. Dieser sei ja auch kein „Waserl“, schon zigfach vorbestraft, stellte der Richter fest. „Schwer“, bestätigte der Beschuldigte und unterstrich: „I hab no kan Raub g'habt.“

Wiener Zeitung vom 3. Juli 1993

Über den Taxifunk wurde der Versuch unternommen, das Taxi mit dem Flüchtigen zu eruieren, doch gelang dies nicht.

Die weiteren Erhebungen wurde vom Kriminalbeamten Fürst geführt, dem es gelang, den mutmaßlichen Täter auszuforschen. Zur Fahndung wurde der 43jährige Friedrich Leopold Sch. ausgeschrieben, der in Wien 20, Engerthstraße, zu Hause war.

Noch am selben Tag gelang den Kriminalbeamten Reischenböck und Priet die Verhaftung des Gesuchten. In seinem Wohnbezirk war der Täter in den Lokalitäten rund um sein Wohnhaus bestens bekannt, und als sein allfälliger weiterer Aufenthaltsort wurde den Beamten der Allerheiligenpark genannt. Dieser Tip sollte sich als zielführend herausstellen. Im Park wurde der Verdächtige angetroffen. Seine Kleidung war blutverschmiert, und bei seiner Durchsuchung fand sich ein zirka 25 cm langer Hirschfänger.

Bei der Einvernahme erzählte der Verhaftete seine Version der Tat. Einmal mehr war demnach das Opfer im wahrsten Sinne des Wortes sozusagen in das Messer hineingelaufen. Das Motiv der Streitigkeiten war schlicht und einfach Eifersucht. Die Freundin des Täters hatte in Nikolaus V. einen neuen Freund gefunden; dieser Umstand und reichlich Alkohol waren Auslöser der Tat gewesen.

Friedrich Leopold Sch. hatte jahrzehntelange Erfahrung im Umgang mit der Polizei und der Strafjustiz. Er wies 24 Vorstrafen auf; den überwiegenden Teil davon hatte er wegen Gewalttätigkeiten erhalten.

Nikolaus V. wurde im Spital vernommen und konnte zur Aufklärung der Tat selbst nicht viel beitragen. Sein Kontrahent war ihm gegenüber immer aggressiver geworden, und plötzlich hatte er einen Schlag gegen den Hals verspürt. Als er einen neuerlichen Hieb abwehren wollte, hatte er in ein Messer gegriffen, welches sein Gegner in der Hand hielt. Dabei zog er sich tiefe Schnittverletzungen zu. Wenige Augenblicke danach hatte er bemerkt, daß aus seinem Hals stoßweise Blut herausspritzte. Er befürchtete, an der Halsschlagader verletzt worden zu sein. Er war aus dem Lokal geflüchtet und zu der in der Nähe befindlichen Bankfiliale gelaufen, wo er auf den Stufen zusammengebrochen war.

Nikolaus V. war bewußt geflüchtet, da er sich nicht sicher war, ob man vom Lokal aus sogleich die Rettung verständigen würde. Daß dies aber von der Bank aus geschehen würde, damit rechnete er. Diese richtige Einschätzung der Situation und des Milieus dürften ihm das Leben gerettet haben. Tatsächlich war es ein Angestellter der Bank, der die Rettung verständigt hatte.

Im Juli 1993 fand die Gerichtsverhandlung statt. Einem diesbezüglichen Zeitungsbericht zufolge ging es dabei geradezu launig zu – gefeiert wurde ein Jubiläum. Die „Silberne", gemeint war damit die fünfundzwanzigste Vorstrafe, wurde erreicht.

Bei dieser Art von Jubiläen drängt sich ein Nachdenken über Sinn und Zweck der Strafe geradezu auf.

Das Urteil fiel ungeachtet dessen moderat aus: Der Gewalttäter erhielt eine einjährige Freiheitsstrafe.

Das Opfer war dank einer modernen Medizintechnik und Chirurgie am Leben geblieben.

52

ERFOLGREICHE ALARMFAHNDUNG

Am Samstag, dem 6. Juni 1992, betrat gegen 7.15 Uhr ein etwa 30jähriger, zirka 180 cm großer Mann mit langem, ungepflegtem Haar, das zu einem Roßschwanz zusammengebunden war, die Trafik in Wien 10, Troststraße 63–67. Der Kunde verlangte eine bestimmte Sorte Tabak. Als ihm mitgeteilt wurde, daß diese Sorte nicht vorhanden wäre, verließ er das Geschäft. Die 62jährige Verkäuferin Beatrix N. war soeben dabei, die angelieferten Zeitungen einzuschlichten, als derselbe Mann nur wenige Minuten später abermals das Geschäft betrat. Der vorgebliche Kunde hielt nun ein Messer in der Hand, ergriff die Verkäuferin am Oberarm und bedrohte sie mit diesem, wobei er zu ihr sagte: „Gib her die Marie, ich weiß, du hast welche!“ Die eingeschüchterte Angestellte erklärte sich bereit, seinem Wunsch nachzugeben, worauf der Täter seinen Griff lockerte. Sie übergab ihm rund 50 Stück 100-Schilling-Noten. Als der Griff des Räubers wieder fester wurde, händigte sie ihm noch weitere Banknoten aus. Der Täter steckte das Geld in seine Jeansjacke und flüchtete. Die Verkäuferin lief vor das Geschäft und rief lautstark um Hilfe. Ihre Hilferufe lösten einen Anruf bei der Polizei aus, was eine Alarmfahndung zur Folge hatte.

Das Opfer und eine Zeugin, die den Täter flüchten sah, wurden befragt. Letztere hatte beobachtet, wie der Flüchtende ein zufällig vorbeifahrendes Taxi anhielt und mit diesem wegfuhr. Diese Wahrnehmung wurde an alle an der Fahndung beteiligten Beamten weitergegeben. Kurz darauf fiel der Besatzung eines Funkwagens in Wien 10, Laxenburger Straße, ein Taxi auf, welches stadteinwärts fuhr. Auf dem Beifahrersitz saß ein Mann, auf den die Personsbeschreibung des Täters passen konnte. Die Beamten Sponseiler und Günter Schwarz nahmen die Verfolgung des Taxis auf und konnten es kurz darauf stoppen. Bei dem Taxikunden handelte es sich um Peter E., 30 Jahre alt, der als Wohnort die Hardtmuthgasse 42 angab. Die nicht dem Bezirk zugeteilten Beamten konnten nicht wissen, daß dies die Adresse einer Strafvollzugsanstalt war. An Ort und Stelle nahmen sie eine Visitierung des Verdächtigen vor. Die Polizisten fanden ein Fixiermesser und einen Geldbetrag von rund 7000 Schilling. Der Großteil dieser Summe setzte sich aus Noten zu 100 Schilling zusammen. Die Indizien waren ausreichend: die Festnahme wurde ausgesprochen und der Mann dem Kommissariat Favoriten überstellt.

Peter E. bestritt die strafbare Handlung. Bei der Gegenüberstellung mit dem Raubopfer wurde er mit Bestimmtheit als der gesuchte Räuber wiedererkannt. Sowohl die vorgefundene Raubbeute als auch das Messer, das als Tatwaffe verwendet worden war, also eindeutige Beweismittel, änderten an der leugnenden Verantwortung nichts. Bei einer Überprüfung der Personalien des Festgenommenen stellte sich heraus, daß dieser nach seiner letzten Verurteilung der Strafvollzugsanstalt in der Hartmudtgasse überstellt worden war. Diese Anstalt ist speziell für alkohol- und suchtgiftabhängige Straftäter eingerichtet. Peter E. sollte nur noch wenige Wochen seiner insgesamt vierjährigen Haftstrafe verbüßen. Er hatte, wie im Strafvollzugsgesetz vorgesehen, einen Freigang erhalten. Diese Freigänge haben den Zweck, Häftlinge auf ihr Leben in Freiheit vorzubereiten und sind als Mittel zur Resozialisierung gedacht.

Peter E., der seit seinem zwanzigsten Lebensjahr suchtgiftabhängig war, hatte diese Chance nicht genutzt; er wurde während seines Freiganges neuerlich strafbar. Das Gerichtsurteil fiel drastisch aus: er wurde als Rückfallstäter zu einer achtjährigen Freiheitsstrafe verurteilt.

53

MORD IN DER STRICHERSZENE

Am 3. September 1992 machte der Obmann des Kleingartenvereins Wien-Süd gegen 8.30 Uhr eine schreckliche Entdeckung. Am Ende der Gleisgruppe 722, die sich in unmittelbarer Nähe des Matzleinsdorfer Platzes befindet, lag vor der Laderampe ein jüngerer Mann auf dem Boden.

Das Gesicht und der Oberkörper des Mannes waren blutüberströmt. Ein zufällig vorbeikommender Verschubarbeiter der Bahn verständigte über sein Funkgerät Rettung und Polizei.

Die Rettungsärztin stellte eine Vielzahl von Stichverletzungen im Gesicht und im Brustbereich fest; zu helfen war nicht mehr – der Tod war bereits vor einigen Stunden eingetreten. Wie bei solchen Anlässen vorgesehen, begab sich eine polizeiliche Kommission, bestehend aus einem Polizeijuristen, einem Amtsarzt und einem Kriminalbeamten, zum Tatort. Der Autor begab sich in seiner Eigenschaft als Stadthauptmann gleichfalls zum Auffindungsort. Es lag der dringende Verdacht eines Gewaltverbrechens vor.

Wie von Polizeiamtsarzt Dr. Urban festgestellt wurde, wies der Tote nicht nur eine Vielzahl von Stichverletzungen im Gesicht und im Brustbereich, sondern auch Einstiche an den Unterarmen und im Rücken auf. Der Täter mußte wie von Sinnen auf sein Opfer eingestochen haben. Dem Sachverhalt zufolge war Mordverdacht gegeben; das Sicherheitsbüro wurde verständigt und übernahm die Amtshandlung.

Wehrdienstmarke des Opfers

Die Identität des Toten ließ sich anhand eines aufgefundenen Wehrdienstbuches rasch klären: Es war der 19jährige Helmut B. aus Feldkirch in Vorarlberg.

Die gerichtsmedizinische Untersuchung der Leiche brachte schreckliche Details zutage: über achtzig Stichverletzungen wurden festgestellt, davon etwa dreißig im Brustbereich. Der Todeszeitpunkt war zwischen 6 und 7 Uhr einzuengen. Aufgrund des Mageninhaltes war anzunehmen, daß der Tote noch etwa eineinhalb Stunden vor seiner Ermordung Essen zu sich genommen hatte.

Fotos/Repro: Andi Schiel

Hermann Koppensteiner (38)

Die Beamten der Mordgruppe Tauscher fanden bei den Aufzeichnungen des Toten diverse Telefonnummern. Sie eruierten die Teilnehmer und begannen mit deren Befragung. So kamen sie auf einen Mann, der erst zwei Tage zuvor den Erstochenen kennengelernt hatte. Der Ort des Zusammentreffens war eine WC-Anlage am Praterstern gewesen, eine häufig von Homosexuellen frequentierte Örtlichkeit. Helmut B.

Ermordet: Helmut Bunt (18)

Fand den Toten: J. Wagner

Wien-Favoriten: 18jähriges Opfer wurde im Morgengrauen neben den Bahngleisen überfallen und mit Schraubenzieher erstochen

Schrebergärtner fand ermordeten Vorarlberger!

„Ich geh' die Stufen zu meinem Schrebergarten 'rauf. Und da liegt plötzlich ums Eck' einer auf dem Weg - alles voll mit Blut. I hab' gleich g'sehen, daß der Kerl tot ist", schildert der Obmann eines Kleingartenvereins der „Krone". Ein 18jähriger Vorarlberger wurde in Wien-Favoriten mit einem Schraubenzieher überfallen und ermordet.

„Grad' gestern hab' ich meinen sechzigsten Geburtstag g'habt. Und heut' wollt' ich in der Früh in meinen Garten, um ein paar Resterln

VON CHRISTOPH MATZL UND TOBIAS MICKE

zu kompostieren. Und dann liegt da mitten im Weg eine Leich'. Ein Wahnsinn!" sagt Josef Wagner. „Ich hab' sofort die Polizei angerufen. Da war es etwa halb neun Uhr."

Zehn Minuten später trafen die Kriminalisten am Tatort bei der Gudrunstraße in Favoriten ein. In einer Hosentasche des Opfers fanden die Beamten ein Wehrdienstbuch mit Personaldaten.

Helmut Bunt (18) aus Feldkirch (Vorarlberg) hatte erst am vergangenen Freitag beim 3. Jägerbataillon in Kufstein (Tirol) abgerüstet.

Von dort war er über Salzburg und Linz nach Wien gefahren. Im Südbahnhof hatte er seinen Seesack in ein Schließfach eingesperrt. Was er um sechs Uhr früh neben den Bahngleisen der Südbahn wollte, ist noch unklar.

Dort war Helmut Bunt vom Mörder überfallen worden. Der Mann stach mit einem großen Schraubenzieher unzählige Male auf sein Opfer ein und flüchtete nach der Tat, ohne eine Spur zu hinterlassen.

Die Polizisten fanden neben der Wehrdienstmarke eine Geldbörse mit 150 Schilling und ein paar auf dem Boden verstreuten Münzen einen Schließfachschlüssel und zwei Zettel. Auf dem einen war die Telefonnummer des Hotels Augarten in der Leopoldstadt gekritzelt, auf dem anderen stand: „Schönen Aufenthalt in Wien!"

Hermann Koppensteiner (38), Bediensteter der ÖBB: „Neben den Gleisen spielt sich's schon seit langem ab. Erst vor etwa einem Monat sind Kollegen von mir ein paarmal mit einem Messer bedroht worden. In den Waggons übernachten überall die Obdachlosen."

Kronen Zeitung vom 4. September 1992

hatte seinem neuen Bekannten erzählt, daß er erst drei Tage zuvor vom Bundesheer abgerüstet hatte und nach Wien gekommen war, um sich in der Strichszene Geld zu verdienen.

Mühevolle und langwierige Erhebungen in diesem Milieu begannen, denn es war äußerst wichtig, festzustellen, mit wem Helmut B. vor seiner Ermordung zusammen war oder in wessen Begleitung er gesehen wurde.

Nach und nach stießen die Kriminalbeamten auf ein einschlägiges Lokal am Wiener Naschmarkt, wo sich Helmut B. in der Nacht vor seinem gewaltsamen Ende aufgehalten hatte. Jetzt sollte es Schlag auf Schlag gehen. Helmut B. war mit einem etwa 20jährigen Mann gesehen worden, der „Michi" gerufen wurde. Helmut B. hatte in diesem Lokal, ehe er es in Begleitung desselben verließ, gegessen. Die von der Gerichtsmedizin getroffene Feststellung nach Untersuchung des Mageninhaltes hatte damit ihre Bestätigung gefunden.

In der Stricherszene am Karlsplatz wurden die Kriminalbeamten fündig. Der gesuchte „Michi" wurde in der Person des Michael S., 22 Jahre alt, ohne Beschäftigung und ohne festen Wohnsitz, ausgeforscht. Dieser Mann war den Erhebungen nach der letzte feststellbare Begleiter des Helmut B. vor dessen Ermordung gewesen. Am 4. September 1992 begann die Fahndung anzulaufen; ein Haftbefehl wurde erteilt. Als möglicher Aufenthaltsort wurde den Beamten eine Adresse in der Bundesrepublik Deutschland, in Aachen, bekannt. Deutsche Kollegen wurden um Mithilfe ersucht. Die Anschrift erwies sich als Volltreffer. Der Gesuchte wurde angetroffen und festgenommen. In der Wohnung fanden sich blutverschmierte Kleidungsstücke, die zu Beweiszwecken sichergestellt wurden.

Die Auslieferung des Verhafteten wurde veranlaßt, und am 6. Oktober 1992 wurde Michael S. am Grenzübergang Freilassing Kriminalbeamten des Sicherheitsbüros übergeben.

Der Verdächtige hatte seine Arbeit verloren und war nach und nach in das Homosexuellen- und Suchtgiftmilieu abgeglitten, wo er Helmut B. am Karlsplatz kennengelernt hatte. Der Ortsfremde vertraute sich dem Verdächtigen an, der sich bereiterklärte, ihn ins Milieu einzuführen. Insbesondere würde er homosexuelle Kontakte vermitteln und, sollten diese zum Erfolg führen, dafür eine Provision erhalten. Helmut B. war damit einverstanden.

Die vereinbarten Kontakte kamen in der Nacht vom 2. auf den 3. September 1992 in einem Lokal am Wiener Naschmarkt zustande. Helmut B. kassierte für seine homosexuellen Dienste zweitausend Schilling.

In den frühen Morgenstunden des 3. September 1992 machten sich Helmut B. und Michael S. gemeinsam zu Fuß auf den Weg Richtung Matzleinsdorfer Platz, um in dort abgestellten Eisenbahnwaggons Unterkunft zu nehmen.

Am Ziel angelangt, kam es wegen der vereinbarten Provision zum Streit. Den Angaben von Michael S. nach hätte sich Helmut B. geweigert, die vereinbarte Provision zu bezahlen. Aus Zorn zog Michael S. daraufhin ein Messer, stach damit auf seinen Gegner unzählige Male ein und ließ von ihm, selbst als dieser zu Boden gestürzt war, nicht ab. Als sich sein Opfer nicht mehr rührte, verließ er fluchtartig den Tatort. Erst jetzt bemerkte er, daß er sich selbst mit dem Messer an der Hand verletzt hatte und auch seine Jeanshose und sein Jeanshemd blutverschmiert waren. Er suchte unmittelbar nach der Tat den Karlsplatz auf, wo er einen Homosexuellen aus der Bundesrepublik Deutschland traf, den er kannte. Diesem vertraute er sich an, und gemeinsam fuhren sie mit der Bahn in die Bundesrepublik. Wie bereits ausgeführt, kam es dort zur Verhaftung.

Am 5. Mai 1993 kam es im Landesgericht für Strafsachen Wien zum Prozeß gegen Michael S. Das Urteil war rasch gefällt – noch am selben Tag wurde der Täter wegen Mordes zu einer fünfzehnjährigen Freiheitsstrafe verurteilt.

Eine freudlose Jugend und das Abgleiten in eine Szene, aus der es kaum ein Entrinnen gibt, hatte zwei junge Männer für wenige Tage zusammengeführt. Das Finale dieser Bekanntschaft war tragisch: Ein 19jähriger war ermordet worden, und sein 22jähriger Mörder verlor für viele Jahre seine Freiheit.

54

VORSICHT BEI PRIVATISIERUNG IM SICHERHEITSBEREICH

Am 14. September 1992 kamen zwei tunesische Staatsbürger auf das Wachzimmer Van-der-Null-Gasse und erstatteten Anzeige gegen Polizeibeamte, die ihnen Geld abgenommen und und sie überdies verprügelt hätten.

Ihre Angaben wurden zu Protokoll gebracht und der Journaldienst der Kriminalbeamten verständigt. Vorwürfe strafrechtlichen Inhalts gegen Polizeibeamte sind heikle Angelegenheiten und werden entgegen anderslautenden Auffassungen und Meinungen polizeiintern genauestens überprüft und untersucht.

Die mit den Anschuldigungen gegen ihre uniformierten Kollegen befaßten Kriminalbeamten vernahmen die Geschädigten ausführlich. Bei den Tätern handelte es sich um zwei Uniformierte und einen Zivilisten. Alle drei waren bewaffnet und hatten ihre Faustfeuerwaffen zur Einschüchterung beziehungsweise Bedrohung benützt. Der Tatort lag im Bahngelände, welches sich hinter der Landgutgasse befand und zum Bereich des Frachtenbahnhofs gehörte. Zahlreiche Speditionen haben dort ihre Lager- und Büroräumlichkeiten.

Die Kriminalbeamten überprüften die Diensteinteilung der uniformierten Kollegen in der Nacht vom 13. auf den 14. September 1992. Dabei stellte sich heraus, daß auf dem Bahngelände keine Streifentätigkeit stattgefunden hatte. Erste Zweifel an der Richtigkeit der Vorwürfe gegen Polizeibeamte tauchten auf. Die Opfer wurden über die Uniformierung der Angezeigten genau befragt. Um sicherzugehen, wurden ihnen uniformierte Beamte gegenübergestellt. Es stellte sich heraus, daß die Bekleidung der Verdächtigen nicht mit jener der Polizisten ident war.

Wie auch immer, der Vorwurf gegen Polizeiangehörige blieb bestehen. Für den Fall, daß Exekutivbeamte der Polizeidirektion Wien verdächtig sind, strafbare Handlungen verübt zu haben, ist für die weiteren Erhebungen das Sicherheitsbüro zuständig.

Die Beamten des Sicherheitsbüros wurden rasch fündig: In der fraglichen Zeit waren Angestellte einer privaten Bewachungsfirma im Gelände des Frachtenbahnhofs unterwegs gewesen. Das Personalbüro nannte die Daten jener Personen, die zur Tatzeit zur Streifentätigkeit eingeteilt waren.

Die beiden uniformierten Angestellten wurden vorgeladen. Es waren dies der 27jährige Erich M. und der 26jährige Robert R. Sie waren seit vier beziehungsweise zwei Jahren bei dem Bewachungsunternehmen beschäftigt. Sie betonten ihre Korrektheit im Zusammenhang mit ihrer Dienstversehung und stellten in Abrede, jemanden bedroht und geschlagen, geschweige denn irgend jemandem Geld weggenommen zu haben.

Die erhebenden Beamten ließen sich nicht so einfach „abspeisen“, zu konkret waren die erhobenen Anschuldigungen, überdies gehört das Leugnen Verdächtiger zum „täglichen Brot“ von Vernehmungsbeamten. Die Kriminalbeamten setzten die Befragung fort. Mag sein, daß sie für den Fall einer weiterhin leugnenden Verantwortung einen Haftbefehl in Aussicht stellten, jedenfalls begann Erich M. zu „plaudern“. Nicht er, sondern der „Zivilist“ Wilhelm P., 26 Jahre alt und seit drei Jahren in derselben Firma beschäftigt, wäre auf die Idee gekommen, von jenen Personen, die sich unbefugt in abgestellten Eisenbahnwaggons aufhielten, „Reinigungsgeld“ zu kassieren.

Tatsächlich hatten die Unterstandslosen, sofern sie überhaupt über Geld verfügten, bezahlt. Uniform und Bewaffnung ließen den Beanstandeten keine andere Wahl, zumal die vorgeblichen Polizisten in Gestik und Sprache für den Fall einer Weigerung nichts Gutes erwarten ließen. Eine Spur von Unrechtsgefühl, verursacht durch den verbotenen Aufenthalt im Eisenbahnwaggon, trug das seine bei.

Die privaten Bewachungsorgane waren erfreut, sich auf die geschilderte Art und Weise sozusagen ein Taschengeld dazuverdienen zu können. Dies war etwa zwei Wochen lang so gegangen, und von der Summe her waren eher lächerliche Beträge zwischen fünfhundert und tausend Schilling kassiert worden. Was dagegen gar nicht lächerlich war, war die strafrechtliche Qualifikation der Vorgangsweise, die sich nach dem Strafgesetz eindeutig als Raub darstellte. Dieses Delikt wird mit hohen Strafen geahndet, unter besonderen Tatumständen bis zu lebenslang.

Gegen die drei Tatverdächtigen wurden Haftbefehle erteilt; sie wurden dem Landesgericht Wien überstellt und in Untersuchungshaft genommen. Ihre privaten Faustfeuerwaffen wurden sichergestellt und ihre Waffenpässe entzogen.

Im Mai 1993 wurden sie wegen Verbrechens des Raubes zu zwei beziehungsweise einjährigen Freiheitsstrafen verurteilt. Bei der Strafbemessung wurde als erschwerend gewertet, daß sie gegenüber wehrlosen und eher hilfsbedürftigen Menschen mit großer Brutalität aufgetreten waren. Den Opfern waren Pistolen beziehungsweise Revolver in den Nacken gehalten worden, überdies waren sie beschimpft und mißhandelt worden. Als mildernd wurde ihr bis dahin straffreies Vorleben gewertet, weshalb die Strafen bedingt unter Setzung einer Probezeit ausgesprochen wurden.

Dieser Fall wurde in die Kriminalchronik des Bezirkes aufgenommen, weil er sich einerseits im Bereich des Wiener Südbahnhofes, einer für die Polizei kritischen Örtlichkeit, zugetragen hatte, und andererseits, weil er die Problematik von privaten Sicherheitsunternehmen aufzeigt.

Jeder Bahnhof ist Treffpunkt einer bestimmten Klientel von Menschen. Hierzu gehören Fremde, die ihre Sehnsucht nach der Heimat auf diese Art stillen, Obdachlose, die Möglichkeiten einer Übernachtung suchen und diese in abgestellten Eisenbahnwaggons finden, aber auch Kriminelle, die sich die große Anzahl von Menschen vor allem während der Reisezeit für Diebstähle und Betrügereien zunutze machen. Jedenfalls gibt es im Bahnhofsbereich und in seiner Umgebung genug Arbeit für die Polizei.

Immer wieder wurde zu Beginn der neunziger Jahre die Forderung nach Privatisierung auch im Sicherheitsbereich erhoben. Die Österreichischen Bundesbahnen ließen sich die Sicherheitsverhältnisse in ihrem Bereich insofern etwas kosten, als sie zusätzlich private Sicherheitsunternehmungen vor allem zur Überwachung des ausgedehnten Bahngeländes engagierten. Diese Maßnahmen der ÖBB geschahen nicht von ungefähr. Die Überwachungen der Botschaften, die Begleitung von Werttransporten der Post sowie die Bewachung von Geldinstituten hatten die Wiener Polizei an die Grenzen ihrer personellen Leistungsfähigkeit herangeführt. Dies hatte konkret in Favoriten dazu geführt, daß die Streifentätigkeit etwa im Bahnhofsbereich eingeschränkt werden mußte. Private Unternehmungen sahen eine Marktlücke und nutzten diese.

Die Aufnahme in den Polizeidienst erfordert die Überwindung einiger Hindernisse. Nicht nur die körperlichen und geistigen Fähigkeiten werden einer Prüfung unterzogen, auch ein psychologischer Test ist zu absolvieren. Vor allem aber ist die einjährige Polizeischule geeignet, nicht entsprechende Bewerber rechtzeitig auszuscheiden. Ein im Dienst befindlicher Polizist hat eine nicht zu unterschätzende Machtbefugnis, und nichts ist schlimmer als ein Mißbrauch dieser ihm übertragenen Befugnisse. Negative Beispiele, es soll dies nicht beschönigt werden, bestätigen dies.

Im Gegensatz zu den geschilderten Aufnahmebedingungen für den Eintritt in den Exekutivdienst wird von privaten Sicherheitsunternehmungen außer einem Vorstellungsgespräch lediglich ein Leumundszeugnis verlangt. Das Risiko, „Rambos" zu beschäftigen, ist daher ein ungleich größeres.

Auch in Zukunft ist die Gesellschaft gut beraten, dort, wo es unter Umständen zu Eingriffen in die Grundrechtssphäre eines Menschen geht, nach Möglichkeit bestens ausgebildete und von der Psyche her geeignete Beamte zu beschäftigen.

Daß dies im großen und ganzen gelingt, beweist die tägliche Arbeit einer Sicherheitsverwaltung mit etwa 32.000 Mitarbeitern.

55

MORD IM CHINESEN-MILIEU

Am 14. September 1992 wurde gegen 14.30 Uhr eine Funkwagenbesatzung einsatzmäßig zu einer Wohnung nach Wien 10, Quellenstraße, entsandt. Den Polizeibeamten Kohl und Haidegger kam ein Mann entgegen, der den Verdacht äußerte, daß sein Schwager getötet worden sei. Die Beamten betraten die unversperrte Wohnung und fanden auf dem Bett im Wohnzimmer die Leiche des 37jährigen chinesischen Staatsbürgers Chen-Hua Chow. Die Bettdecke und der Polster waren blutdurchtränkt; das Gesicht des Toten wies zahlreiche Schnittverletzungen auf, und auf dem Kopf klaffte eine tiefe Wunde. Möbelstücke waren umgeworfen, auf dem Boden lagen eine zersplitterte Bierflasche und eine zirka fünfzig Zentimeter lange Eisenstange. Beide Gegenstände wiesen Blutspuren auf. Es war zu vermuten, daß sie als Tatwerkzeug benützt worden waren. Die Tatumstände ließen auf einen heftigen Kampf schließen.

Die Kriminalbeamten des Bezirkes wurden verständigt, und nach Besichtigung des Tatortes informierten sie eine Mordgruppe des Sicherheitsbüros. Für durch unbekannte Täter verübte Morde ist diese Dienststelle zuständig. Bei der Spurensicherung fand sich eine beschädigte Herrenarmbanduhr, ein russisches Fabrikat der Marke Raketa, die der Mörder während seines Kampfes mit dem Opfer verloren hatte. Aufgefunden wurde auch ein blutverschmiertes Messer mit einer Klingenlänge von 9,5 cm.

Vor dem Raubmord an China-Koch das Opfer noch zur Bank begleitet!

Der Koch ▶ Chen-Hua Chow wurde auch mit dem ◀ Messer der Marke ‚Rigid' attackiert. Weiters blieb die russische Armbanduhr des Mörders am Tatort zurück ▼

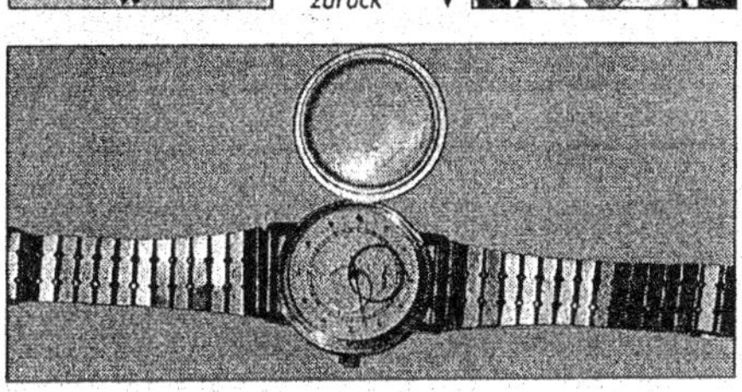

Fotos: Polizei, Andi Schiel

Ein Messer und eine Armbanduhr des Täters, dazu eine nun recht gute Personsbeschreibung: Die Chancen sind gestiegen, den Raubmord in Wien-Favoriten an Chen-Hua Chow, 47, zu klären. Jenem chinesischen Koch, der nebstbei Geld verlieh. Ob mit Wucherzinsen oder aus Freundlichkeit – das bleibt vorläufig offen.

VON BERT STEINGÖTTER

Geklärt hingegen ist nun, weshalb der Koch Montag gegen 14.30 Uhr keine Zeit für seinen Schwager Teh-Yi Hsu hatte. Und wonach er in seinem mit Dokumenten gefüllten Aktenkoffer kramte.

Nach einem Sparbuch. Denn offenbar wollte sich der Dritte im Zimmer, auch Chinese, dem Schwager jedoch unbekannt, Geld leihen. Mehr als der Koch bar daheim hatte. Die Banken aber schließen um 15 Uhr.

Zehn Minuten vor Kassenschluß tauchte Chow mit seinem Begleiter tatsächlich in einer nahen Bank auf, behob 110.000 Schilling. Jene Geldsumme, wegen der er dann gleich nach der gemeinsamen Rückkehr in die Wohnung getötet wurde.

Mit einer Eisenstange, einer Krawatte und – einem Messer. Einem japanischen Fixiermesser der Marke „Rigid", das dem Mörder gehört und ebenso am Tatort zurückblieb wie seine russische „Raketa"-Uhr.

Der Gesuchte: Etwa 25 Jahre alt, 1,70 groß, rundes Gesicht, Stehfrisur, sportlich. Und vielleicht seit dem Kampf selbst verletzt. Hinweise ☎ 31346/3695.

Kronen Zeitung vom 17. September 1992

Noch am selben Tag stellte sich heraus, daß der Ermordete in den Vormittagsstunden 110.000 Schilling Bargeld von einer Bankfiliale im Bezirk behoben hatte. Sein Schwager hatte Chen-Hua Chow um die Mittagszeit in dessen Wohung aufgesucht und dabei einen Chinesen angetroffen, der sich mit Chen-Hua Chow unterhalten hatte. Er beschrieb den Unbekannten als zirka dreißig Jahre alt, 175 cm groß und schlank. Vermutlich war es der spätere Mörder, den er in der Wohnung gesehen hatte. Der behobene Bargeldbetrag konnte trotz intensiver Suche nicht aufgefunden werden.

Bei der gerichtsmedizinischen Obduktion wurde festgestellt, daß der Ermordete nicht nur Stich- und Schnittverletzungen erlitten hatte; die schwere Kopfverletzung war ihm mit der aufgefundenen Eisenstange zugefügt worden, und überdies war der Mann mit seiner Krawatte erdrosselt worden.

Das Mordopfer war seit einigen Jahren als Koch in einem Chinarestaurant beschäftigt gewesen, und wie sich bei den Erhebungen herausstellte, war er auch als Geldverleiher tätig geworden. Es lag die Vermutung nahe, daß in diesen Geschäften das Motiv für die Tat zu suchen war. Ungeachtet einer die Recherchen begleitenden Kriminalberichterstattung der Tageszeitungen gelang es nicht, den Täter auszuforschen.

Wie im Sicherheitsbericht des Bundesministeriums für Inneres über das Jahr 1998 nachzulesen ist, ist es eine Tatsache, daß sich die in Österreich aufhältigen Menschen asiatischer Abstammung weitgehend von der übrigen Bevökerung abschotten. Bei strafbaren Handlungen in ihrem Milieu ist die Polizei in hohem Maße von ihren Informationen abhängig. Doch zeigen diese und ähnlich gelagerte Straftaten, daß Hinweise nur sehr schwer zu erhalten sind. Es ist zu vermuten, daß die Furcht vor einer internationalen kriminellen Organisation für die mangelnde Kooperationsbereitschaft verantwortlich ist.

Unbeschadet der geschilderten sozialen Hintergründe hat die chinesische Küche eine fixen Platz in der kulinarischen Begehrlichkeit der Wiener eingenommen. In Favoriten erfreuen sich zehn Chinarestaurants eines regen Besuches.

56

LAG DER MÖRDER NEBEN SEINEM OPFER?

Am 19. Oktober 1992 fand die Bedienerin Zlatica J. in einem Arbeiterquartier in Wien 10, Knöllgasse, in einem unversperrten Zimmer auf dem Fußboden die Leiche des 50jährigen Türken Nazim K. Die Bedienerin sah im Bett einen zweiten Mann liegen, der ein Messer in der Hand hielt. In panischer Angst lief die Frau nach Hause und verständigte telefonisch ihren Arbeitgeber. Sie erzählte, was sie gesehen hatte, und daraufhin alarmierte ihr Chef die Polizei.

Der polizeilichen Kommission bot sich ein Bild, das keine Zweifel am Vorliegen eines Gewaltverbrechens aufkommen ließ. Nazim K. war mit einem Elektrokabel erdrosselt worden, und mit einem Kartoffelschälmesser waren ihm vierzehn Stichwunden im Bereich des Halses und der Brust zugefügt worden.

Zudem war er an den Füßen gefesselt.

Bedienerin fand Leiche mit Messer im Hals

Mit einem Messer im Hals fand die Bedienerin Zlatikca J. (37) eine Leiche, als sie die Räume im Arbeiterwohnheim in der Knöllgasse in Wien-Favoriten putzen wollte. Hinter einer Tür lag der 50jährige türkische Bauarbeiter Nazim Köksal. Erstochen, mit einem Elektrokabel erdrosselt, an den Beinen gefesselt.

Im Schock fuhr die Frau nach Hause, alarmierte erst von dort die Polizei. Der Mordkommission gab sie

VON ALEXANDRA WEHNER

dann zu Protokoll: „Ich habe noch einen zweiten Verletzten gesehen." Von diesem Mann fehlt aber jede Spur.

Fest steht bisher nur soviel: Der Arbeiter, der wegen einem Bandscheibenleiden seit ein paar Tagen im Krankenstand war, erzählte in Kollegenkreisen manchmal, daß er „schon ein paar hunderttausend Schilling auf seinem Konto gespart hätte". Viel Geld für einen Arbeiter, der nur alle zwei Jahre nach Hause in die Türkei flog. Waren diese Ersparnisse auch das mögliche Motiv für seinen Mörder?

Foto: Repro And. Schei

Der 50jährige Nazim Köksal

Kronen Zeitung vom 20. Oktober 1992

Nazim K. war seit zwanzig Jahren in Österreich als Bauarbeiter beschäftigt. Er war in Kollegenkreisen als fleißiger und äußerst sparsamer Mann bekannt. Niemals hatte er mit der Polizei zu tun gehabt – er war geradezu der Prototyp des Gastarbeiters der ersten Generation.

Bei den Erhebungen durch Beamte der Mordkommission stellte sich heraus, daß der fleißige Mann in den Vormittagsstunden des 19. Oktober 1992 bei einer Bankfiliale im Bezirk 118.000 Schilling behoben hatte. Er war dabei in Begleitung eines Mannes gewesen, der ihm beim Schreiben des Losungswortes behilflich war. Es war dies ein etwa 35jähriger Türke. Es ist zu vermuten, daß der Unbekannte der spätere Mörder des unbeholfenen Nazim K. war.

Der Ermordete wollte seine Familie aus der Türkei nach Österreich holen und war deshalb auf Wohnungssuche. Den angeführten Geldbetrag hatte er vermutlich behoben, um damit eine Wohnung für seine Familie zu bezahlen. Ohne es zu ahnen, hatte er damit aber den Anstoß für seine Ermordung gegeben.

Was hatte es mit dem zweiten Mann auf sich, von dem die Bedienerin angegeben hatte, daß er im Bett gelegen wäre?

Vermutlich hatte die Frau den Mörder überrascht. Dieser dürfte sich totgestellt und nach der Flucht der unerwartet dazwischengekommenen Zeugin die Wohnung verlassen haben. Jedenfalls war bei Eintreffen der Polizei nichts mehr von einem zweiten Mann zu bemerken.

Es ist denkbar, daß Nazim K. seinen späteren Mörder rein zufällig kennengelernt oder aber einen türkischen Landsmann angesprochen hatte, um sich gegebenenfalls bei der Geldabhebung helfen zu lassen. Wie auch immer, der Mord an Nazim K. konnte nicht geklärt werden.

57

GEMEINER GEHT'S NICHT MEHR

Am 14. November 1992 kam der 63jährige Hermann W. aus Wien 10, Sahulkastraße, zur Polizei und gab eine Anzeige wegen Einbruchs zu Protokoll. Nicht die Schadenshöhe, vielmehr die Umstände, wie es zu diesem Einbruchsdiebstahl gekommen ist, sind erwähnenswert.

Die Ehefrau des Angezeigten befand sich seit mehreren Wochen in der Lungenabteilung des Spitals auf der Baumgartner Höhe. Am 12. November 1992 erhielt Hermann W. gegen 13 Uhr ein Telegramm vom Spital, in dem ihm mitgeteilt wurde, daß seine Frau in die Intensivstation verlegt worden war. Sofort fuhr er dort hin und traf zufällig mit einer Frau zusammen, die ihm aus der gemeindeeigenen Wohnhausanlage vom Sehen her flüchtig bekannt war. Er erzählte ihr, weshalb er hier war, und unaufgefordert begleitete sie ihn zum Krankenbett seiner Frau.

Aus Gründen der Hygiene muß jeder Besucher einer Intensivstation über seine Straßenkleidung eine spezielle Besucherkleidung anziehen. Hermann W. legte deshalb seinen Mantel und sein Sakko ab und verwahrte diese Kleidungsstücke in der dafür vorgesehenen Garderobe vor dem Krankenzimmer. Die ungebetene Begleiterin sprach einige Worte mit der Patientin und verließ kurz darauf das Krankenzimmer. Der besorgte Mann blieb einige Stunden bei seiner Frau. Ehe er nach Hause ging, suchte er in der Nähe seines Wohnhauses ein Espresso auf. Er war in diesem Lokal ein gern gesehener Gast.

Die Kellnerin des Lokales übergab ihm ein Kuvert, in dem sich seine Wohnungsschlüssel und ein Zettel, auf welchem ihm mitgeteilt wurde, daß er die Schlüssel im Spital vergessen hätte, befanden. Dieses Kuvert samt Inhalt war von einem nicht näher bekannten Taxilenker im Espresso abgegeben worden. In der Wohnung angekommen, vermißte Hermann W. zwei Banknoten à 1000 Schilling. Infolge der Aufregung über den Gesundheitszustand seiner Frau war er sich jedoch nicht sicher, ob er das Geld nicht verlegt hätte.

Am 13. November 1992 läutete es gegen 8 Uhr an der Wohnungstüre. Als er öffnete, stand ein Mann ausländischer Herkunft vor ihm und übergab ihm eine Postkarte mit folgendem Text: „Herr W., kommen Sie bitte ins Spital, der Arzt möchte Sie sprechen." Hermann W. zog sich so rasch wie möglich an und fuhr ins Spital. Seine Aufregung ließ ihn, zumal sich der Gesundheitszustand seiner Frau dramatisch verschlechtert hatte, vergessen zu fragen, welcher Arzt ihn bestellt hatte.

Er blieb den ganzen Tag über bei seiner Frau. Als er gegen 18 Uhr nach Hause kam, mußte er feststellen, daß einer der Kästen in der Wohnung aufgebrochen worden war und aus diesem Schmuck und Bargeld fehlten. Auch das zweite Paar Wohnungsschlüssel vermißte er.

Am 14. November 1992 erhielt er neuerlich ein Telegramm, in welchem ihm mitgeteilt wurde, daß seine Gattin in der vergangenen Nacht verstorben war. Hermann W. traf die für ein Begräbnis nötigen Vorkehrungen und entschloß sich danach, Anzeige zu erstatten. Den Kriminalbeamten bot sich für den Fall, daß es gelang, die ungebetene Besucherin auszuforschen, eine Chance auf Klärung. Es war anzunehmen, daß diese Unbekannte mit den Diebstählen in Verbindung stand. Nach einigen Tagen gelang den Kriminalbeamten Tiefenbacher und Binz die Ausforschung der Verdächtigen. Die Strafregisterauskunft ließ sie dringend verdächtig erscheinen, war sie doch nicht weniger als fünfmal wegen Betruges und Diebstahls vorbestraft. Eine Straftat wir die angezeigte war ihr zuzutrauen.

Martha Sch., 41 Jahre alt, aus Wien 10, Sahulkastraße, wurde zur Sache vernommen und war geständig.

Rein zufällig hätte sie den Anzeiger im Spital getroffen und die Gelegenheit genützt, aus dem unbeaufsichtigten Mantel die Schlüssel zu entnehmen, in die Wohnung zu fahren und dort nach Verwertbarem zu suchen. Auf einen Blick entdeckte sie die 2000 Schilling, die in der Küche lagen. Ehe sie den Tatort verließ, nahm sie das zweite Paar Wohnungsschlüssel mit.

Die im Spital gestohlenen Schlüssel übergab sie einem Taxilenker, schrieb auf einen Zettel den angeführten Text und gab den Auftrag, das Kuvert samt Inhalt in das Espresso der Wohnhausanlage nach Wien 10, Sahulkastraße, zu bringen.

Am nächsten Tag ließ sie wieder durch einen Taxilenker Hermann W. benachrichtigen, dringend ins Spital kommen. Während sich dieser dort befand, suchte sie unter Benützung des zweiten Paares Schlüssel abermals die Wohnung auf, durchsuchte diese und brach dabei einen Kasten auf, aus dem sie alles Verwertbare, Bargeld und Schmuck, stahl. Als Motiv für ihre Tat gab sie offene Zechschulden an und Angst vor den drängenden Gläubigern aus den diversen Lokalen.

Selbst der Umstand, daß die Frau ihres Opfers im Sterben lag, ließen in ihr keine Hemmungen aufkommen. Mitleidlos führte sie ihr Vorhaben aus.

Die Aktivitäten der Kriminalpolizei rund um diesen Einbruchsdiebstahl sprachen sich in der Wohnhausanlage herum und führten zur Klärung eines weiteren Diebstahls.

Im August 1992 waren aus einer Wohnung derselben Wohnhausanlage Schmuck und Geld gestohlen worden. Die Geschädigte hatte die Bekannten ihres Sohnes verdächtigt, die ausgeforscht und vernommen wurden. Sie bestritten jegliche strafbare Handlung. Dem Sohn der Bestohlenen fiel, als er die Gerüchte um die Person der Martha S. hörte, ein, daß er dieser zum damaligen Zeitpunkt infolge kurzfristiger Abwesenheit die Schlüssel zur Wohnung gegeben hatte, damit sie sich um die Pflanzen kümmere. Um es kurz zu machen: Martha S. nützte auch diese Gelegenheit – sie war es, die Bargeld und Schecks gestohlen hatte.

Ein Betrugsdelikt kam gleichfalls ans Tageslicht. Bei einem ihrer regelmäßigen Lokalbesuche hatte sie eine jungen Mann kennengelernt und diesen unter dem Vorwand, sie könne ihm aufgrund ihrer Beziehungen eine Gemeindewohnung besorgen, 70.000 Schilling herausgelockt.

Die Mehrzahl der strafbaren Handlungen überzeugte auch den Staatsanwalt: Gegen Martha S. wurde ein Haftbefehl erlassen. Sie wurde festgenommen und in das landesgerichtliche Gefangenenhaus eingeliefert.

Martha S. wurde im Mai 1993 vom Landesgericht für Strafsachen Wien zu einer zweieinhalbjährigen Haftstrafe wegen Diebstahls und Betruges verurteilt.

58

SHOWDOWN IN DER FRIEDHOFSTRASSE

Am 23. Juni 1993 wurde gegen 16.45 Uhr vom Kaiser-Franz-Joseph-Spital die Polizei verständigt; demnach war ein Mann mit lebensgefährlichen Schußverletzungen eingeliefert worden.

Von der Funkwagenbesatzung konnte in Erfahrung gebracht werden, daß der französische Staatsbürger Daniel B., 25 Jahre alt, soeben operiert wurde. Er war zweimal angeschossen und dabei am Hals und am linken Oberarm getroffen worden. Nach Auskunft der Ärzte bestand Lebensgefahr. Sein Begleiter, der 27jährige David D., ein israelischer Staatsbürger, sprach nicht deutsch. Er wurde zur Einvernahme auf das Kommissariat gebracht.

Seinen Angaben zufolge waren er und der Angeschossene von Prag kommend Richtung Wien gefahren. Kurz vor der Stadtgrenze hatten sie auf einem Parkplatz halt gemacht, um ein WC aufzusuchen. Plötzlich waren sie von zwei Unbekannten unter Vorhalten einer Waffe zur Herausgabe von Geld aufgefordert worden. Unmittelbar darauf waren zwei Schüsse gefallen, und Daniel B. war getroffen zu Boden gestürzt. Die Täter waren über ein Feld davongelaufen. Er hätte den Verletzten in den Pkw gezerrt und war Richtung Wien weitergefahren. Von einem Taxilenker ließ er sich zum nächstgelegenen Spital lotsen, um seinen schwerverletzten Begleiter ärztlich versorgen zu lassen.

Diese Angaben waren äußerst unglaubwürdig. Es war spät abends geworden. Der Journalstaatsanwalt wurde mit den Erhebungsergebnissen konfrontiert und auf die Unglaubwürdigkeit der Angaben des Daniel D. ausdrücklich hingewiesen. Ungeachtet dessen ließ sich der Staatsanwalt zu keinem Haftbefehl animieren. Der Tatbestand der Begünstigung wäre wohl zu vertreten gewesen. Er ließ sich lediglich davon überzeugen, daß der Pkw, mit welchem der Verletzte transportiert worden war, zur Spurensicherung sichergestellt werden müßte.

An dieser Stelle sei kurz innegehalten. Es soll an diesem Beispiel gezeigt werden, wie schwierig es im Einzelfall der Polizei gemacht wird, eine strafbare Handlung zu klären. Vom rechtlichen Standpunkt aus konnten die Kriminalbeamten nichts unternehmen. Der offensichtlich die Unwahrheit aussagende David D. konnte theoretisch jederzeit aufstehen und das Dienstzimmer verlassen. Er hatte ebenso wie der Angeschossene keinen Wohnsitz in Österreich, und wäre der Verletzte seinen Schußwunden erlegen, wäre es wohl nur unter größten Schwierigkeiten, wenn überhaupt, möglich gewesen, die Tat zu klären.

Die Kriminalbeamten suchten nach einem Ausweg und fanden diesen in einer örtlichen Unzuständigkeit. Nach den vorliegenden, wenn auch unglaubwürdigen Aussagen lag der Tatort auf einem Parkplatz in Niederösterreich. Die Kollegen der Mordgruppe der niederösterreichischen Erhebungsabteilung der Gendarmerie wurden verständigt und sagten die Übernahme der Amtshandlung zu. Sie ersuchten, auf David D. einzuwirken, damit er auf sie wartete. Dieser war folgsam und blieb tatsächlich bis zum Eintreffen der verständigten Beamten im Kommsissariat Favoriten. Die Kriminalbeamten der Gendarmerie machten wie gewohnt ihre kriminalpolizeilichen Hausaufgaben, die da waren: Schußhanduntersuchung und erkennungsdienstliche Behandlung des Pkw, der zum Transport des Verletzten benützt worden war. In den frühen Morgenstunden war es soweit: David D. kam mit der richtigen Version des Tatherganges heraus.

Die Schießerei hatte sich in einer Autowerkstätte im zehnten Bezirk ereignet. Der Staatsanwalt, der Stunden zuvor mit der Amtshandlung konfrontiert worden war, wurde vom Fortgang der Erhebungen informiert und war nunmehr mit der weiteren Anhaltung des David D. bis zur restlosen Klärung der Tat einverstanden. Dessen bis zu dieser Entscheidung rechtlich nicht gedeckter Aufenthalt bei

Geiselnehmer als Kunde, Schießerei vor der Firma in Wien

Geschäfte mit den Mercedes unter schlechtem Stern: 2 Cabrios weg

Die Leasing-Geschäfte mit Mercedes-Cabrios, die der 51jährige Wiener Karl [redacted] einem Favoritner Autohändler einfädelte, stehen unter keinem glücklichen „Stern“: Ein Kunde endete als Polizistenmörder und Geiselnehmer. Der Leibwächter eines zweiten ringt derzeit im Spital mit dem Tod: Lungenschuß.

[redacted]

Vielleicht hätte sich der Autohändler Rudolf [redacted] (51) nicht ausgerechnet in der Friedhofstraße niederlassen sollen. Ganz sicher aber war's ein Fehler, Karl [redacted] als „Keiler“ zu engagieren. Denn der brachte

VON BERT STEINGÖTTER

hauptsächlich Kunden aus der Unterwelt.

Wie den Robert Sedlacek, der zuerst die Leasing-Raten schuldig blieb, dann für den blutigen Horror in Wien-Döbling sorgte – und das Geheimnis, wo das Mercedes-Cabrio steckt, mit ins Grab nahm.

Ein merkwürdiger Kunde dürfte aber auch der Israeli Dani H. sein, ein millionenschwerer Textilhändler in Prag, der über [redacted] einen 500er Mercedes leaste. Unzufrieden mit dem Wagen war, ihn gegen drei andere tauschen wollte. Und zwei Landsleute nach Wien als Unterhändler schickte: Daniel Botbol (30) und David Dahan (29).

Wie berichtet, kam es Mittwoch nachmittag in der Friedhofgasse zum Treffen. Mit dabei auch Karl [redacted]. Und der geriet plötzlich – angeblich weiß niemand, warum – mit Botbol in Streit. Ein Handgemenge. Zwei Schüsse. Botbol brach, in Lunge und Oberarm getroffen, zusammen. Schwebt in Lebensgefahr.

[redacted] flüchtete darauf in seinem eigenen „500 SL-Cabrio“, rot lackiert, Kennzeichen „[redacted]“. Die Fahndung läuft, brachte aber bisher keinen Erfolg.

Hinweise an die Gruppe Kucera vom Sicherheitsbüro, ☎ 31346, Durchwahl 3646.

Kronen Zeitung vom 27. Juni 1993

der Gendarmerie wurde damit sozusagen rechtlich saniert. Wäre die Arbeit der Gendarmerie anders verlaufen und wäre David D. bei seinen Aussagen geblieben, so hätte ein cleverer Rechtsanwalt eine ungerechtfertigte Festnahme, als solche wäre der mehrstündige nicht ganz freiwillige Aufenthalt des David D. bei der Polizei und Gendamerie zu werten gewesen, mit allen ihren strafrechtlichen und disziplinarrechtlichen Konsequenzen zur Anzeige bringen können.

Zur eigentlichen Amtshandlung zurück: Der Tatort lag nunmehr wieder in Wien; jetzt waren es also die Kollegen der Gendarmerie, die örtlich unzuständig waren. Sie teilten dies ihren Wiener Kollegen mit, und die Amtshandlung wanderte in die Zuständigkeit der Bundespolizeidirektion Wien zurück. Da der Tatbestand des Mordversuches vorlag, war dafür das Sicherheitsbüro zuständig und übernahm die Amtshandlung.

Der mit dem Polizeialltag nicht vertraute Leser soll bewußt mit diesen in keinem Krimi auch nur angedeuteten Problemen der Exekutive, das heißt mit deren Verständigungsschwierigkeiten und Auffassungsunterschieden zur Justiz, konfrontiert werden. Der Staatsanwalt, der durch seine Weigerung, einen Haftbefehl zu erlassen, eine erfolgreiche Amtshandlung nahezu vereitelt hätte, weiß bis heute nichts um die Problematik seiner Handlungsweise. Nach wie vor versieht er seinen Dienst, und sollte ihm nicht ein gravierender Fehler unterlaufen sein, wird er gut dotiert mit sich und seinen Leistungen zufrieden in Pension gehen. Die Exekutive vermeidet Konfrontationen mit der Strafjustiz; sie ist an deren Weisungen gebunden und, wenn es darauf ankommt, deren Befehlsempfänger. Anders ausgedrückt sitzt sie am schwächeren Ast. Die Nichtaufklärung eines Kapitalverbrechens allerdings verantwortet die Exekutive ungeachtet ihrer untergeordneten Rolle souverän allein. Wenn diese Erkenntnisse bitter klingen, wurden sie richtig verstanden.

Was waren die Hintergründe, die zur Tat geführt hatten? Ein Bekannter des David D., der in Prag einen Uhrengroßhandel betrieb, hatte bei einem Autohändler in Wien 10, Friedhofstraße, einen Pkw der Luxusklasse, einen Mercedes 500 SL Coupé, gekauft. Dieser Kauf führte zu Problemen – der Käufer wurde mit der Ausfolgung der Kraftfahrzeugpapiere immer wieder vertröstet bzw. hingehalten. Schließlich wurde es dem Prager Geschäftsmann zu dumm, und er gab den Mercedes zurück. Er erhielt dafür kein Geld, wohl aber das Versprechen, ein gleichwertiges Kraftfahrzeug zu erhalten. Aber auch diese Zusage fand keine Einlösung. Immerhin hatten mehrere hunderttausend Schilling bislang ohne Gegenwert den Besitzer gewechselt. Ein Gespräch unter Männern sollte das Problem lösen. Diesen Auftrag sollte David D. ausführen.

Es scheint, als ob David D. sich nicht zugetraut hätte, die in ihn gesetzten Erwartungen allein zu erfüllen. Als unterstützenden Partner lud er den körperlich topfiten Daniel B. ein. Zu zweit mußte es doch gelingen, einen schwierigen Wiener Autohändler zu „überzeugen". Man wollte ihm ein Angebot unterbreiten, welches er nicht ablehnen konnte. Telefonisch kündigte man dem Autohändler den Gesprächstermin an.

Im Büro des Händlers in Wien 10, Friedhofstraße, kam es zum vereinbarten Treffen. Während des Gesprächs kam, wie zufällig, ein groß gewachsener Mann ins Büro, der sich vorerst nur die Hände wusch, in weiterer Folge jedoch an den Verhandlungen teilnahm. Eine Ausbuchtung unter dem Sakko des Besuchers ließ erkennen, daß er bewaffnet war. Wie auch immer, die Überzeugungsarbeit der beiden aus Prag angereisten Männer hatte nicht den erhofften Erfolg. Die Verhandlung sollte blutig enden. Der groß gewachsene Fremde schoß mit einem Revolver zweimal auf Daniel B. Ehe er auf ihn zielte, hatte er ihn zu Boden geschlagen. Ein Projektil drang in den linken Oberarm ein und blieb im Muskelgewebe stecken, das andere drang in die linke Halsseite ein und blieb zwischen Rippenfell und Lunge stecken. Neben dem Angeschossenen fiel eine Gaspistole zu Boden. Der Schütze verließ ohne jede Hast den Tatort. David D. trug seinen schwerverletzen Partner zum Pkw.

Der Autohändler betätigte sich als Samariter und brachte ein Handtuch zur Wundversorgung. David D. ließ sich von einem Taxilenker zum nächstgelegenen Spital, dem Kaiser-Franz-Joseph-Spital, lotsen. Wie es vorerst weitergegangen war, haben Sie bereits gelesen.

Kriminalbeamte des Sicherheitsbüros fuhren zum Tatort. Jetzt ließ sich der Autohändler überzeugen, vorerst allerdings nur dazu, sein Büro als Tatort anzuerkennen. Den Schützen wollte er nicht kennen. Als seine Verhaftung für ihn fast körperlich spürbar wurde, änderte der Händler sein Verhalten. Plötzlich fiel ihm der Name des Schützen ein – es war der 52jährige Karl P. Ein Mann, der seit Jahren in Polizei- und Halbweltkreisen einen Namen als cleverer Geschäftsmann, aber auch als kaltblütiger Schütze hatte. Ein Haftbefehl wegen Mordversuchs wurde erlassen. Die Hoffnung, den Gesuchten zu verhaften, war gering. Ein Täter mit seiner Erfahrung weiß unterzutauchen. Nicht nur finanziell hatte er dazu die Mittel, auch personeller Unterstützung konnte er sich aufgrund seiner zahlreichen Verbindungen sicher sein. Tatsächlich vergingen Monate ohne Fahndungserfolg.

Das jugendliche Alter, seine Fitneß, vor allem aber die chirurgischen Fähigkeiten der Ärzte hatten Daniel B. am Leben erhalten. Er hatte ebenso wie David D. Österreich längst verlassen.

Die Straftat und der dieser Verdächtigte erschienen gewichtig genug, um die Sendung „Aktenzeichen XY unglöst" in Anspruch zu nehmen. Doch auch diese Fahndungseinschaltung, welche Millionen von Menschen sehen, brachte nicht den erhofften Erfolg.

Endlich war es soweit: in München wurde der Gesuchte verhaftet. Er hatte im dortigen Rotlichtmilieu Aufnahme gefunden, doch sein rotes Mercedes-Coupé mit Wiener Kennzeichen hatte seinem Übermut ein Ende gesetzt. Karl P. wurde nach Österreich ausgeliefert und in Untersuchungshaft genommen.

Bei der Operation des Opfers waren die beiden Projektile entfernt und sichergestellt worden. Die Tatwaffe, aufgrund der Projektile jedenfalls ein Revolver im Kaliber 38, möglicherweise im Kaliber 357 Magnum, blieb unauffindbar. Der Verdächtige machte über den Verbleib der Waffe keine Angaben. Der Vollständigkeit halber sei angemerkt, daß Karl P. keinerlei waffenrechtliche Urkunden besaß, er daher den Revolver unrechtmäßig besessen hatte. Kein noch so rigoroses Waffengesetz wird es je schaffen, Täter vom Schlage des Karl P. zu entwaffnen. Sie werden immer

Gelegenheit finden, sich, wenn sie es für nötig halten, zu bewaffnen. Ihr persönliches Schutzbedürfnis ist ihnen jederzeit eine Gesetzesübertretung wert.

Karl P. ließ sich seine Verteidigung etwas kosten, immerhin lag ein Haftbefehl wegen Mordversuchs vor. Ein möglicherweise jahrelanger Aufenthalt in einer Haftanstalt mußte, koste es, was es wolle, verhindert werden. So ließ sich der Beschuldigte gleich von zwei prominenten Strafverteidigern vertreten. Sicher ist sicher. Wie sich zeigen sollte, geschah dies durchaus mit Erfolg. Vom Mordversuch blieb nichts übrig; das Urteil lautete auf 18 Monate Freiheitsstrafe wegen absichtlicher schwerer Körperverletzung und Vergehen nach dem Waffengesetz. Aber selbst diese 18 Monate brauchte Karl P. nicht zu verbüßen: lediglich sechs Monate verbrachte er in Haft, die restlichen zwölf wurden unter Setzung einer Probezeit bedingt ausgesprochen.

59

NICHT ZU STOPPEN

Am 9. August 1993 hörte die Besatzung einer Autobahnstreife gegen 15.45 Uhr über Funk mit, daß der Lenker eines Lkw nach Verschulden mehrerer Verkehrsunfälle ohne anzuhalten weiterfuhr. Die Fluchtrichtung des Lkw-Lenkers wurde angegeben: Der Gesuchte fuhr auf der Südosttangente Richtung Süden.

An der Verfolgung beteiligten sich mehrere Funkwagen. Die Besatzung des Streifenwagens BP 281 nahm an der Abzweigung Richtung Altmannsdorf mit eingeschaltetem Blaulicht Aufstellung und versuchte kurz darauf, den gesuchten Lkw-Lenker anzuhalten. Dieser bemerkte die Polizeibeamten, schüttelte lediglich den Kopf, erhöhte seine Geschwindigkeit und fuhr an den Beamten vorbei. Bei der Verfolgung beschleunigte der Lkw-Lenker auf über 110 km/h; bewußt fuhr er in Schlangenlinien, um so ein Überholen durch das Polizeifahrzeug unmöglich zu machen.

Bei der Ausfahrt nach Brunn am Gebirge gelang es den Beamten zu überholen. Der Streifenwagen wurde quer zur Straße gestellt, und vorerst sah es so aus, als ob der Flüchtige aufgeben wollte. Im letzten Moment überlegte er es sich anders: Mit Vollgas fuhr er auf das Polizeifahrzeug zu, stieß dieses zur Seite und setzte seine Fahrt fort. Zurück blieben ein schwer beschädigtes Fahrzeug und zwei geschockte Polizeibeamte, die neben ihrem Wagen Aufstellung genommen und sich durch einen Sprung zur Seite vor dem Überfahrenwerden gerettet hatten. Abgegebene Warnschüsse brachten keinen Erfolg, auch gezielte Schüsse auf die Reifen konnten die Weiterfahrt des Lkw nicht verhindern. Nunmehr beteiligten sich auch Gendameriefahrzeuge an der Verfolgung, dennoch gelang es nicht, den Lenker zu stoppen.

Im Ortsgebiet von Brunn am Gebirge in Niederösterreich fuhr der Flüchtige in das Areal einer dort etablierten Firma und brachte den Lkw zum Stillstand. Der Lenker weigerte sich, aus dem Fahrzeug auszusteigen; erst unter Anwendung von Brachialgewalt war es den Beamten mit vereinten Kräften möglich, ihn aus dem Führerhaus herauszuholen. Die Festnahme wurde ausgesprochen.

Der Amokfahrer meinte lakonisch „Ich bin ein Depp". Weitere Angaben machte er nicht. Da der Verdacht einer Alkoholisierung bestand, wurde er dem Gemeindearzt zur amtsärztlichen Untersuchung vorgeführt.

Bei seiner Vernehmung gab der nicht vorbestrafte 31jährige Berufskraftfahrer Florian G. aus Wien 20, Brigittaplatz, die von ihm verursachten Unfälle nächst dem Laaerbergtunnel zu. Im Anschluß daran hätte er ein „Blackout" gehabt. Was auch immer darunter zu verstehen war, er blieb bei dieser Verantwortung. Florian G. wurde auf freiem Fuß zur Anzeige gebracht.

Der Autor nahm an der folgenden Gerichtsverhandlung, die im Jänner 1995 im Landesgericht Wien stattfand, als Zuhörer teil.

Dort erschien ein „Häuflein Elend". Nur mühsam war der Beschuldigte in der Lage, die an ihn gestellten Fragen zu beantworten. Wie schon bei der polizeilichen Vernehmung war es auch dem Richter nicht möglich, in die Psyche des Beschuldigten einzudringen. Welche Umstände diese Amokfahrt ausgelöst hatten, wird wohl nie zu klären sein. Die Blutabnahme ergab einen Alkoholwert von etwa 1,85 Promille. Dem Gerichtsverfahren war ein Gerichtsmediziner als Sachverständiger beigezogen worden, der zu dem Schluß kam, daß eine volle Berauschung des Beschuldigten zur Tatzeit nicht auszuschließen wäre. Der Richter schloß sich dieser Argumentation an und sprach eine einjährige Freiheitsstrafe bedingt auf drei Jahre aus.

Eine auf der Südosttangente bis dahin noch nicht stattgefundene Amokfahrt hatte damit ein strafrechtliches Ende gefunden. Der Beschuldigte erhielt durch die bedingt ausgesprochene Strafe eine Chance. Die zivilrechtlichen Ansprüche – man denke an die Beschädigungen der Fahrzeuge – werden dem Verurteilten wohl für einige Jahre sein „Blackout“ nicht vergessen lassen.

Es grenzt an ein Wunder, daß es bei der geschilderten Amokfahrt zu keinen Personenschäden gekommen ist, zumal sich der Vorfall zur Hauptverkehrszeit zugetragen hat.

Die Südosttangente ist das am stärksten befahrene Straßenstück Österreichs. 180.000 bis 190.000 Kraftfahrzeuge werden dort tagtäglich gezählt.

Neuer Blech-Rekord auf der A 23

Auf der Tangente ist die Hölle los: 184.000 quälen sich täglich über die Stadtautobahn – mehr, als Experten für möglich hielten

Kurier vom 3. Juni 1996

Das Foto zeigt ein bei der Amokfahrt beschädigtes Fahrzeug

60

FREIGÄNGER

Am 18. August 1993 wurden Polizei und Rettung nach Wien 10, Hartmuthgasse, entsandt. Am Einsatzort fanden die Beamten einen schwerverletzten Mann im Stiegenhaus vor, der am Kopf und im Gesicht zahlreiche offene und stark blutende Verletzungen aufwies. Das Opfer war nicht ansprechbar und wurde mit der Rettung in das AUK Meidling verschafft. Wie war es zu diesen Verletzungen gekommen?

Der Schwerverletzte, der 55jährige Alois L., war von seiner Nachbarin ersucht worden, sich sein Fernsehkabel abzuholen, welches diese für ihn besorgt hatte. Alois L. nahm in der Küche Platz, während die Frau das Kabel aus einem Zimmer der Wohnung holte. Unvermutet klopfte es an der Wohnungstüre. Als sie öffnete, kam ein Mann herein, den Alois L. noch nie zuvor gesehen hatte. Wortlos stürzte sich der Unbekannte auf ihn und schlug wie von Sinnen auf ihn ein. Dem Mißhandelten gelang es, die Wohnung zu verlassen, doch im Stiegenhaus wurde er vom Gewalttäter eingeholt und brutal zusammengeschlagen. Als er bereits auf dem Boden lag, trat der Täter -zigmal mit den Füßen gegen seinen Kopf. Hausparteien waren durch den Lärm auf die Tätlichkeiten aufmerksam geworden und hatten Polizei und Rettung verständigt.

Den Polizeibeamten wurde mitgeteilt, daß der Gewalttäter in die Wohnung zurückgelaufen war. Dort konnte der 32jährige Günther H. angetroffen werden. Er machte einen stark alkoholisierten und aggressiven Eindruck. Die Beamtin Franz-Riegler und ihr Kollege Faulend sprachen die Festnahme aus und überstellten ihn dem Kommissariat. Rasch stellte sich heraus, daß der Festgenommene ein aus der Strafvollzugsanstalt Stockerau geflüchteter Strafgefangener war. Er war bereits zur Verhaftung ausgeschrieben worden. Der Täter verbüßte wegen eines Sittlichkeitsdeliktes eine mehrjährige Freiheitsstrafe. Er sollte auf die kurz bevorstehende Entlassung vorbereitet werden. Bei einem sogenannten Sozialausgang in Begleitung eines Justizwachebeamten flüchtete er. Nachdem er eine Anzahl von Lokalen aufgesucht hatte, beschloß er stark alkoholisiert, seine Ex-Gattin in Wien 10, Hartmuthgasse, aufzusuchen. Als er in der Wohnung seiner Ex-Gattin einen ihm unbekannten Mann entdeckte, kam es zu den geschilderten Vorfällen.

Ein nichtsahnender Nachbar hatte einen „harmlosen" Besuch mit einem Kiefer-, Stirn- und Nasenbeinbruch gebüßt.

Freigang: Gerade bei „Problemfällen", die in der Sonderanstalt am Wiener Mittersteig (oder eben in deren Außenstelle in Stockerau) untergebracht sind, wird der Vorzug des humanen Strafvollzugs oft zum Reizwort.

Reizwort „Freigang": Serie brisanter Pannen evident

Kurier vom 19. Juli 1995

61

ROHYPNOL

Am 13. September 1993 forderte ein Rettungsarzt die Polizei an. Der 86jährige Emil K. aus Wien 10, Eckertgasse, war bewußtlos auf dem Gehsteig in Wien 10, Herzgasse, gelegen und von dort mit der Rettung in das Kaiser-Franz-Joseph-Spital gebracht worden.

Als der alte Mann zu sich kam, erzählte er dem Rettungsarzt, daß er bestohlen worden war, sodann verlor er abermals das Bewußtsein. Für den behandelnden Arzt lagen die Symptome einer Vergiftung vor, weshalb er die Polizei angefordert hatte.

Die Sicherheitswachebeamten verfaßten eine Meldung und überbrachten diese dem Journaldienst.

Am selben Tag kam ein Schüler in das Kommissariat und überbrachte eine Brieftasche mit diversen Dokumenten, die auf Emil K. lauteten. Die Brieftasche war in einer Telefonzelle nächst dem Waldmüllerpark gefunden worden.

Die Kriminalbeamten begannen mit ihren Erhebungen, doch vorerst war nicht weiterzukommen, der Patient war zu allem Übel im Spital gestürzt und nicht ansprechbar. Einige Tage später hatte sich sein Zustand so weit gebessert, daß eine Befragung möglich war.

Am 13. September 1993 hatte Emil K. im Magistrat zu tun gehabt und sich gegen 11 Uhr auf den Heimweg gemacht. Dabei war er in der Gudrunstraße an einem Lokal mit Schanigarten vorbeigekommen. Von einem dort sitzenden Gast war er angesprochen und auf ein Glas Wein eingeladen worden. Er hatte die Einladung angenommen. Soweit er sich erinnern konnte, hatte er ein Glas Rotwein und Kaffee getrunken. Zu dem Unbekannten, der ihn eingeladen hatte, hatte sich wenig später ein wesentlich jüngerer Mann dazugesetzt. Er hatte mit beiden Männern, die gebrochen Deutsch gesprochen hatten, geplaudert. Schließlich war er aufgestanden, um nach Hause zu gehen.

Im Spital war er wieder zu Bewußtsein gekommen; weshalb und wie er dorthin gekommen war, wußte er nicht. Fest stand jedoch, daß ihm aus der später aufgefundenen Brieftasche etwa 2000 Schilling fehlten. Vom Tathergang war der Verdacht des schweren Raubes gegeben.

Die Kriminalbeamten suchten das Lokal auf. Die Kellnerin konnte sich an das Opfer und an seine beiden Gesprächspartner erinnern, doch nähere Angaben konnte sie nicht machen.

Am 17. September 1993, also vier Tage nach dem geschilderten Vorfall, fuhr eine Funkwagenbesatzung einsatzmäßig zu diesem Lokal – die beiden verdächtigen Ausländer hielten sich angeblich dort auf. Vom Lokal aus war die Polizei verständigt worden. Angetroffen wurden der 44jährige Trajan J. und der 23jährige Kirco G., beide mazedonische Staatsbürger. Rasch stellte sich heraus, daß sich beide ungerechtfertigterweise in Österreich aufhielten. Sie hatten die sichtvermerksfreie

Aufenthaltsdauer im Bundesgebiet längst überschritten. Sie hatten weder einen festen Wohnsitz, noch gingen sie einer Beschäftigung nach. Da sie überdies eines Raubdeliktes verdächtigt waren, sprachen die Beamten Kutej und Schererbauer die Festnahme aus.

Bei ihrer Visitierung im Kommissariat, die bei jedem Festgenommenen vor seiner Abgabe in den Arrest vorgenommen wird, fanden sich einige Tabletten Rohypnol sowie ein kleines Fläschchen mit einer süßlich riechenden Flüssigkeit. Gefunden wurden auch drei Armbanduhren und zwei Zeitkarten der Wiener Verkehrsbetriebe.

Auf die Kriminalbeamten der Gruppe Vogler sollte in den nächsten Tagen eine Menge Arbeit zukommen.

Die Einvernahmen begannen und blieben vorerst ohne Erfolg. Beide Verdächtigen leugneten jegliche strafbare Handlung.

Eine der sichergestellten Zeitkarten war für den 42jährigen Johann M. aus Niederösterreich ausgestellt. Der Verlustträger der Zeitkarte wurde befragt, und auch er war betäubt und beraubt worden. Er war am 2. September 1993 vor dem Schnellbahnhof Praterstern von zwei Ausländern angesprochen und in ein in der Nähe befindliches Lokal eingeladen worden. Man hatte dort einige Dosen Bier getrunken, die von einem der beiden an den Tisch gebracht worden waren. Johann M. wußte noch, daß er im Lokal eingeschlafen war. Als er zu sich gekommen war, waren seine Zechkumpane nicht mehr anwesend, auch seine Brieftasche, seine Armbanduhr und seine Zeitkarte waren nicht mehr vorhanden. Johann M. hatte sich übel gefühlt und unter Kopfschmerzen gelitten.

Auch die Herkunft der zweiten Zeitkarte ließ sich klären: sie war auf Istvan K. ausgestellt. Der ungarische Staatsbürger war am 23. Juli 1993 in Wien-Südbahnhof angekommen und wollte nach Innsbruck weiterreisen. Um sich bis zu seiner Weiterreise die Zeit zu vertreiben, war er vor dem Südbahnhof spazieren gegangen und hatte auf einer Bank im Schweizergarten Platz genommen. Er war von zwei Ausländern angesprochen worden, die ihm eine Dose Coca-Cola zur Erfrischung angeboten hatten. Nach Konsumation des Getränks war er eingeschlafen. Als er zu sich gekommen war, hatte er sich ohne seine Gepäckstücke wiedergefunden. Für Istvan K. stand fest, daß er betäubt worden war. Deshalb hatte er noch am selben Tag bei der Polizei im 3. Bezirk Anzeige erstattet.

Die Vernehmungssituation hatte sich nunmehr zum Vorteil der Kriminalbeamten verändert. Sie hatten eindeutige Beweise zusammengetragen. Der 23jährige Kirco G. gab sein Leugnen auf und nannte weitere Tatorte im Bereich des Stephans- und Schwedenplatzes sowie die Gegend rund um die Friedensbrücke und erwähnte einen weiteren Komplizen, den 42jährigen jugoslawischen Staatsbürger Cvetko S. Gegen diesen dritten Täter wurde ein Haftbefehl ausgestellt.

Am 13. Oktober 1993 wurde Cvetko S. bei einer Streife am Praterstern festgenommen.

Insgesamt wurden vier passende Anzeigen vorgefunden. Das bei der Visitierung der Festgenommenen vorgefundene Fläschchen wurde dem gerichtsmedizinischen Institut eingesandt. Der Untersuchungsbefund war nicht überraschend: Im Fläschchen fanden sich aufgelöste Rohypnoltabletten. Um eine raschere Wirkung zu erreichen, wurde diese Mixtur den Opfern in ihre Getränke geschüttet. Die Betäubung der Opfer sollte ja so rasch wie möglich erfolgen.

Es stellte sich heraus, daß die Verdächtigen ihren Opfern vor allem auf Bahnhöfen aufgelauert hatten; der alte Mann war ihnen mehr oder weniger über den Weg gelaufen, doch gerade dieses Raubopfer sollte zu ihrer Ausforschung führen.

Im Juni 1994 kam es im Landesgericht Wien zu einem Geschworenenprozeß.

Als Haupttäter wurde Trajan J. zu einer siebenjährigen, Cvetko S. zu einer sechsjährigen und der geständige Komplize Kirco G. wegen mehrfachen schweren Raubes zu einer fünfjährigen Freiheitsstrafe verurteilt.

So gering auch die Beute aus den Raubdelikten war, war die heimtückische Vorgangsweise der Täter für die Höhe der verhängten Strafen ausschlaggebend. Der 86jährige Emil K. hatte es der modernen Medizin und der Kunst der Ärzte zu danken, daß er am Leben blieb.

Bei der Strafbemessung wurde seitens der Justiz bewußt auf die abschreckende Wirkung gegenüber allfälligen Nachahmungstätern Bedacht genommen.

Die Betäubung der Opfer mit Rohypnol, einem stark wirkenden Schlafmittel, hat etwa um die Wende der achtziger zu den neunziger Jahren begonnen und ist seit dieser Zeit eine leider immer wiederkehrende Begehungsform von Raubdelikten.

62

DIE LETZTE BRIEFBOMBE

Am 3. Dezember 1993 begann eine Serie von Briefbomben- und Sprengstoffanschlägen, die bis 1. Februar 1997 vier Tote und zahlreiche Schwerverletzte forderte. Die österreichische Exekutive sollte vier Jahre lang nicht zur Ruhe kommen.

Auch das Bezirkspolizeikommissariat Favoriten wurde während dieser Zeit wiederholt mit Fahndungsmaßnahmen nach Briefbomben befaßt. Die Aufrufe und Warnungen des Bundesministeriums für Inneres, bei verdächtigen Briefsendungen unverzüglich die Polizei zu verständigen, hatten insofern Erfolg, als -zig Male angerufen wurde.

Die Zahl der Beamten des Entschärfungsdienstes mußte aufgestockt werden, um den zahlreichen Anforderungen zu möglichen Entschärfungen entsprechen zu können. Besonders schlimm war die Zeit um Weihnachten. So manches harmlose Werbegeschenk sorgte für Aufregung.

Am 9. Dezember 1996 ersuchte die Inhaberin eines Institutes für Astrologie im zehnten Bezirk um polizeiliche Hilfe. Ihr war ein Brief zugesandt worden, der als Absender Frau Lotte Ingrisch, die Stiefmutter des Innenministers Dr. Casper Einem, aufwies.

Es war zu ersehen, daß der Brief erst auf Umwegen an die Anschrift nach Wien 10, Ellen-Kai-Straße, gelangt war. Die Anruferin begründete ihr Mißtrauen damit, daß ihr Frau Lotte Ingrisch, von deren esoterischen Neigungen sie wußte, persönlich nicht bekannt war.

Die vorerst eintreffende Funkwagenbesatzung „Tasso 3“ – die Sicherheitswachebeamten Hermann und Reis – handelte umsichtig. Die Beamten legten den verdächtigen Brief auf eine Kommode im Vorzimmer und deckten diesen mit einer Decke ab. Die Polizisten öffneten das Fenster des Raumes und forderten die Anruferin auf, den Raum zu verlassen. Sodann verständigten sie die Kollegen vom Entschärfungsdienst.

Ein SKO, sprich sachkundiges Organ, das Beamtendeutsch hatte eine Stilblüte mehr geboren, fuhr zum möglichen Tatort. Bei der Öffnung des Briefes kam es zur Explosion, doch die Schutzausrüstung des SKO verhinderte dessen Verletzung. Geschockt hatte der Beamte die Detonation überstanden. Nunmehr begann der Exekutivapparat auf Hochtouren zu laufen. Sämtliche Verantwortliche des Innenressorts wurden verständigt, darunter auch der Autor des Buches. Noch am selben Abend bestand Gewißheit, daß es sich abermals um eine Briefbombe gehandelt hatte. Der technische Aufbau war mit jenen der in der Vergangenheit aufgefundenen ident.

Diese Briefbombe sollte die letzte dieser schrecklichen Serie sein. Am 1. Februar 1997 wurde der 46jährige Vermessungstechniker Franz Fuchs bei einer Fahrzeugkontrolle in Gralla in der Steiermark durch Gendarmeriebeamte festgenommen.

Terror in Österreich: Die Chronologie der Bomben-Serie

3. 12. 1993: Pfarrer August Janisch wird in Hartberg, Steiermark, und ORF-Moderatorin Sylvana Meixner in Wien durch eine Briefbombe verletzt.
4. 12. 1993: Eine Briefbombe an Caritas-Präsident Schüller wird abgefangen.
5. 12. 1993: Eine Briefbombe explodiert in den Händen von Helmut Zilk, damals Bürgermeister von Wien. Bomben an die Grüne Petrovic und den Obmann des Slowenischen Kulturvereins in Bad Radkersburg können noch abgefangen und entschärft werden.
6. 12. 1993: Die Sekretärin eines Wiener Anwalts wird durch eine Briefbombe verletzt. Sendungen an die Grüne Stoisits, SP-Ministerin Dohnal und die ARGE-Ausländerbeschäftigung werden noch rechtzeitig entdeckt.
24. 8. 1994: In einer zweisprachigen Volksschule in Klagenfurt wird eine fünf Kilo schwere Bombe gefunden. Bei der Untersuchung verliert Polizist Theodor Kelz seine Unterarme, zwei seiner Kollegen werden verletzt.
4. 10. 1994: Entschärfung zweier Bomben im Klagenfurter Wieser-Verlag und in der Ausländerberatungsstelle Dornbirn.
5. 10. 1994: Eine Briefbombe wird an die Hallein-Papier, am
6. 10. 1994 eine an das Stift Wilten in Innsbruck gesandt.
4. 2. 1995: Vier Roma werden in Oberwart durch eine Rohrbombe getötet. Die tückische Konstruktion war mit einem Rüttelzünder und dem Schild „Roma zurück nach Indien!" versehen. Der Terror erreicht seinen „Höhepunkt".
6. 2. 1995: Eine als Spraydose getarnte Bombe explodiert auf einem Müllplatz in Stinatz. Ein Mitarbeiter des burgenländischen Umweltdienstes wird verletzt.
9. 6. 1995: In einer Linzer Partnervermittlung wird eine Angestellte bei einem Briefbomben-Anschlag verletzt, eine Briefbombe an die TV-Moderatorin Arabella Kiesbauer detoniert in den Händen ihrer Kollegin.
13. 6. 1995: SPD-Geschäftsführer Rother in Lübeck wird durch eine Briefbombe verletzt.
16. 10. 1995: In Stronsdorf, NÖ, wird ein syrischer Arzt, in Poysdorf die Flüchtlingshelferin Loley verletzt. Eine Bombe an einen südkoreanischen Arzt in Mistelbach wird abgefangen und entschärft.
11. 12. 1995: Zwei von vier Bomben explodieren in einem Postkästchen in Graz zu früh – schuld daran war die Kälte.
9. 12. 1996: Eine Briefbombe an Lotte Ingrisch, Stiefmutter des damaligen Innenministers Einem, wird abgefangen. Der Brief war falsch adressiert.
1. 10. 1997: Fuchs wird verhaftet, sprengt sich zuvor seine Hände weg.
Am **11. März 1999** wird Fuchs verurteilt – Lebenslang.

Bild: APA/Ulrich Schnarr

Die von Franz Fuchs deponierte Sprengfalle tötete am 4. Februar 1995 in Oberwart vier Roma

Kurier vom 27. Februar 1995

Vor der Festnahme spielten sich dramatische Szenen ab. Der Verdächtige zündete eine am Körper getragene Bombe, welche ihm beide Hände abriß und die Gendarmeriebeamten schwer verletzte. Es begann die kriminalistische Aufarbeitung des Umfeldes von Franz Fuchs, und von Monat zu Monat verdichteten sich die Beweise und Indizien für die Täterschaft des fieberhaft gesuchten Briefbombentäters.

Am 10. März 1999 wurde Franz Fuchs im Landesgericht Graz zu lebenslanger Haft verurteilt. Er war wegen vierfachen Mordes, sechs Mordversuchen, schwerer Köperverletzung, vorsätzlicher Gefährdung durch Sprengmittel, schwerer Nötigung, Landzwang und Nötigung der Bundesregierung angeklagt worden. Franz Fuchs wurde in allen Anklagepunkten von den Geschworenen einstimmig schuldig gesprochen.

Er hat gegen dieses Urteil nicht berufen. Der spektakulärste Kriminalfall der Zweiten Republik war damit zu Ende gegangen.

Der Generaldirektor für öffentliche Sicherheit, Mag. Michael Sika, hatte im letzten Jahr seiner mehr als 40jährigen Dienstzeit mit der Aufklärung dieses Kriminalfalles verdienterweise seinen größten Erfolg gefeiert.

63

INTERNATIONALE TASCHENDIEBE

Am 13. Mai 1994 wurde eine Streifenwagenbesatzung gegen 10.15 Uhr nach Wien 10, Laaerbergstraße in Höhe der Waldgasse, beordert. In einem Bus der Linie 68 A wurden Täter nach einem Taschendiebstahl festgehalten. Den Polizeibeamten wurden zwei chilenische Staatsbürger im Alter von 57 und 52 Jahren „übergeben". Die Männer waren beobachtet worden, wie sie einen weiblichen Fahrgast bestohlen hatten. Einer der Täter hatte der Frau aus der Manteltasche die Geldbörse herausgezogen und an seinen Komplizen weitergereicht. Der Diebstahl war von einem aufmerksamen Fahrgast bemerkt worden, der daraufhin den Buslenker informierte. Dieser reagierte prompt: Er verschloß die Türen des Busses und verständigte über Funk die Polizei.

Die beiden Verdächtigen wurden von den Polizeibeamten Roscher und Holzgruber wegen dringenden Tatverdachts festgenommen, und noch an Ort und Stelle wurde eine Personsdurchsuchung durchgeführt. Dabei fanden sich die gestohlene Geldbörse und Bargeld in verschiedenen Währungen. Es stellte sich heraus, daß die Festgenommenen einige Tage zuvor nach Österreich gekommen und in einer Pension im fünften Bezirk abgestiegen waren. Zuvor waren sie in Holland und Deutschland gewesen. Der Wahrheitsgehalt ihrer bei der Vernehmung gemachten Angaben wurde von einem Kriminalbeamten als haarsträubend bezeichnet.

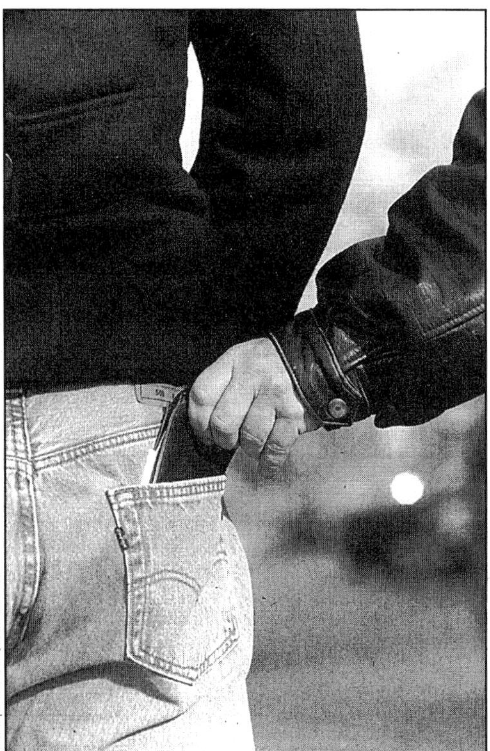

Fotos/Repro: Andi Schiel/Martin A. Jöchl

Jährlich erstatten rund 23.000 Opfer von Taschendieben Anzeige

Ihren Aufenthalt in Europa begründeten sie mit der Suche nach einem Verwandten, von dem sie nicht wußten, wo er sich befände. Mit Ausnahme des Taschendiebstahls, bei welchem sie beobachtet worden waren, hätten sie selbstverständlich keine weiteren Diebstähle verübt.

Nach Abschluß der Erhebungen wurden die Verdächtigen dem Landesgericht Wien überstellt und im Juli 1994 zu zehn- bzw. siebenmonatigen Freiheitsstrafen, die bedingt ausgesprochen wurden, verurteilt. Sogleich nach der Urteilsverkündung – sie hatten die Strafe angenommen – wurden sie der Fremdenpolizei zur weiteren Verfügung übergeben und schließlich auf dem Luftweg in ihren Heimatstaat abgeschoben. Wenn man Bilanz zieht, fällt es schwer, eine Sinnhaftigkeit an den getroffenen Maßnahmen zu erkennen. Uniformierte Polizeibeamte, Kriminalbeamte sowie Staatsanwalt, Richter und Dolmetsch waren nötig, um einen Strafprozeß durchzuführen. Steuergelder waren überdies für die Unterbringung der Häftlinge und für ihre zwangsweise Rückreise nach Chile nötig, doch eine Strafe im Sinne einer spürbaren Buße haben die Taschendiebe nicht erhalten. Beide waren in Frankreich, Belgien und Deutschland bereits wegen Taschendiebstahls verurteilt worden und dabei mit ähnlich formalen Strafen davongekommen.

Vom Alter her sind Antonio Luis R. und José Segundo A. als „Opas“ einzustufen, doch ihre jahrelange Routine ermöglicht ihnen ein immer effizienteres Arbeiten. Solange ihre Finger nicht müde werden, steht weiteren erfolgreichen Jahren der Berufsausübung als Taschendiebe nichts im Wege.

Möglicherweise sind Diebstähle dieser Art als Tribut des reichen Europa an die Staaten der Dritten Welt zu verstehen. Diese zugegeben eigenartige Betrachtung drängt sich mangels einer befriedigenden strafrechtlichen Antwort auf. Noch eines: Der geschilderte Fall ist kein Einzelfall; er ist symptomatisch für die Vorgangsweise der österreichischen Strafjustiz im Umgang mit internationalen Taschendieben.

Der Autor weiß, wovon er spricht, da vor allem der Bereich des Wiener Südbahnhofs von Taschendieben ausländischer Herkunft frequentiert wird und es immer wieder zu Festnahmen kommt.

64

AUTODIEBSTAHL KENNT KEINE GRENZEN

Am 1. Juni 1994 kam ein serbischer Staatsbürger zur Polizei in Favoriten und erzählte seine Geschichte. Diese fand ein juristisches Ende in der Form, daß sein Verwandter, nämlich Duric B., 34 Jahre alt, ein aus Jugoslawien stammender Mann, der nunmehr kanadischer Staatsbürger war, wegen Veruntreuung eines Pkws angezeigt wurde.

Duric B. hatte seinen Verwandten ersucht, ihm für die Dauer seines einwöchigen Aufenthaltes in Österreich einen Pkw anzumieten. So war es auch geschehen, doch der VW Golf im Wert von 180.000 Schilling war nach Ablauf der vereinbarten Zeit nicht zurückgebracht worden. Der „nette" Verwandte war nach Italien weitergereist und hatte dort bei der Polizei angezeigt, daß ihm der Pkw gestohlen worden war.

Die Mietwagenfirma hatte sich an den Anmieter gewandt, und der gutherzige Verwandte, der in Favoriten wohnhaft war, hatte Schwierigkeiten auf sich zukommen sehen. Um allfälligen Problemen zu entgehen, hatte er die Polizei aufgesucht.

Der vorgeblich gestohlene Golf wurde zur Fahndung ausgeschrieben. Der Akt wurde der Staatsanwaltschaft Wien weitergeleitet; diese veranlaßte vorerst eine Aufenthaltsermittlung gegen Duric B. Nach einiger Zeit stellte sich heraus, daß dieser wegen eines ähnlichen Falles in Klagenfurt zur Anzeige gebracht worden war. Diese zweite Anzeige war Anlaß für die Erteilung eines Haftbefehls gegen Duric B. Es bestand der dringende Verdacht, daß dieser ein international auftretender Serientäter war, welcher Fahrzeuge anmietete und sie in weiterer Folge fälschlicherweise als gestohlen anzeigte.

Die Polizei machte von ihren internationalen Fahndungs- und Auskunftsmöglichkeiten Gebrauch. Die Interpol wurde eingeschaltet, und es stellte sich heraus, daß der Verdächtige unter den verschiedensten Namen in ganz Europa unterwegs war.

Seine Reisebewegungen wurden rekonstruiert und seine Spur aufgenommen. Erstmals hatte er am 17. Juli 1994 am Flughafen in Düsseldorf einen Pkw der Marke Opel Astra angemietet und diesen einige Tage später als gestohlen gemeldet. Weitere Stationen seiner kriminellen Route ließen sich in Stuttgart, München, Frankfurt, Triest, Amsterdam, aber auch in verschiedenen Städten Belgiens und der Schweiz nachweisen.

In jedem Fall wurden von Duric B. relativ neuwertige Pkw, vor allem deutscher Herkunft, angemietet und als gestohlen gemeldet. Keines dieser Fahrzeuge wurde trotz der Fahndungsmaßnahmen aufgefunden.

Am 24. April 1996 wurde die kriminelle Reisetätigkeit des Duric B. am Grenzübergang Bad Reichenhall durch aufmerksame Zöllner gestoppt. Eine internationale Fahndung hatte nach beinahe zwei Jahren doch Erfolg gehabt.

Insgesamt konnten Duric B. 24 Anmietbetrügereien in Verbindung mit fingierten Diebstahlsanzeigen nachgewiesen werden. Die polizeilichen Ermittlungen in Europa und in Kanada, dem nunmehrigen Heimatland des Verdächtigen, brachten eine Vielzahl von Komplizen und Tatzusammenhängen ans Tageslicht. Es konnte der Beweis erbracht werden, daß Duric B. Mitglied einer international bestens organisierten kriminellen Bande war.

1994 wurden 3641 Pkw in Österreich gestohlen und nicht mehr aufgefunden. 1995 waren es 3386.

Die Autodiebstähle und die in diesem Zusammenhang stehenden Anmietbetrügereien sind nur ein Ast am mächtigen Baum der organisierten Kriminalität.

Das künftige Europa ohne Grenzen wird einen effektiven Polizei- und Justizapparat dringend benötigen. Einer internationalen Kriminalität kann ansonsten kein Einhalt geboten werden. Die geographische Lage Österreichs als Drehscheibe zwischen Ost und West wird an unsere Behörden besondere Ansprüche stellen.

Wie dieser Fall beweist, ist ein Bezirkspolizeikommissariat von der Größe Favoritens auch mit Straftaten beschäftigt, die weit über den Bezirk, ja sogar über den europäischen Kontinent hinaus reichen.

UNO-Konferenz zur Bekämpfung – Österreich als Transitland

Autodiebstahl kennt keine Grenzen

Der in Frankreich entwendete Ferrari findet in Australien einen neuen Besitzer, die Harley Davidson – von einem US-Bürger gekauft – erfreut einen thailändischen Biker. Der Fahrzeugdiebstahl kennt keine Grenzen mehr. Mit wachsender Sorge beobachten Kriminalisten den Boom dieses Zweiges der Organisierten Kriminalität. Am Montag und Dienstag wollen Experten bei einer UNO-Konferenz in Warschau über Gegenstrategien beraten.

Ende der achtziger Jahre waren Autodiebstähle in Österreich noch ein vernachlässigbares Delikt der Kleinkriminalität, betont Oberinspektor Herbert Bauer vom Referat für Fahrzeugdiebstähle bei der Interpol Wien. Die Zahlen bewegten sich noch „bei ein paar hundert". 1990 waren es bereits 3.500 gestohlene Fahrzeuge, im Jahr darauf 6.000. 1992 wurden 9.000 Delikte angezeigt.

Laut Bauer wurden im Jahr 1994 insgesamt 14.799 heimische Kfz entwendet. „Das sind alle Anzeigen in Österreich – Delikte wie unbefugte Inbetriebnahmen inbegriffen", sagte der Oberinspektor. 1995 fiel diese Zahl leicht auf 14.082. Vor zwei Jahren waren 4.706 verschwundene Kfz registriert, 3.641 davon Pkw. 1995 waren es 4.306, darunter 3.386 Autos. Für 1996 erwartet der Interpol-Beamte Zahlen in ähnlicher Größenordnung. Mehr als die Hälfte dieser Diebstähle geschahen im Ausland.

International gesehen liegt die Alpenrepublik noch relativ günstig: So werden in Belgien, das in puncto Bevölkerungs- und Pkw-Zahl ähnliche Größenordnungen hat, rund 36.000 Autos jährlich gestohlen.

Österreich kommt vor allem als Transitland Bedeutung zu. „Es gibt für internationale Autodiebe vor allem drei Wege, um Kfz zu verschieben: Die Seeroute, an der Spanien, Portugal und Italien, aber auch die Benelux-Staaten – teilweise auch Deutschland – beteiligt sind. Die Autos gehen nach Nahost und in die baltischen Staaten. Zweitens ist die Landroute zu nennen – und da spielt Österreich eine wichtige Rolle", so Bauer. Die dritte Route sei der Luftweg.

Ein wachsendes Sorgengebiet sind Anmietbetrügereien: „Ein Auto wird gemietet, der Kunde fährt damit über die Grenze. Im Ausland wird der Pkw gestohlen", so der Oberinspektor. Auch dem Car-Jacking – der bei einer Kreuzung anhaltende Autolenker wird zum Aussteigen gezwungen – wird in Zukunft stärkere Beachtung zukommen müssen, weil die neuen Wegfahrsperren den Diebstahl abgestellter Fahrzeuge fast unmöglich machen.

In Österreich selbst gibt derzeit eine Jeep-Cherokee-Bande Rätsel auf: „Innerhalb kürzester Zeit wurden 69 Fahrzeuge dieses Typs gestohlen, drei haben wir bis jetzt wiedergefunden."

Für die Konferenz in Warschau erwartet sich Bauer vor allem informelle Fortschritte mit der Herstellung von Vertrauensverhältnissen zwischen den Ermittlern. Außerdem werde es endlich eine detaillierte Lagedarstellung der gesetzlichen und technischen Möglichkeiten der Exekutive in den einzelnen Ländern geben.

Wiener Zeitung vom 1. Dezember 1996

65

„WILDE UND NORMALE WATSCHEN“

Am 29. Juli 1994 kam die 21jährige Sabine H. aus Wien 11, Friedjunggasse, zum Journaldienst. Was sie zu erzählen hatte, war der Beginn einer kriminalpolizeilichen Amtshandlung und eines nahezu zwei Jahre andauernden Gerichtsverfahrens. Ihre 49jährige Mutter, Martha H., hatte seit langem Alkoholprobleme. Sie hatte ihre Beschäftigung verloren, und auch der Kontakt zur Tochter war eingeschränkt. Seit etwa zwei Jahren lebte sie fallweise mit einem zirka 30jährigen Mann zusammen.

Am 24. Juli 1994 wurde Sabine H. von diesem angerufen. Er teilte ihr mit, daß ihre Mutter im Krankenhaus war. Nach einer Operation ginge es ihr jedoch wieder ganz gut.

Sabine H. fuhr in das Meidlinger Unfallkrankenhaus, wo sie in Erfahrung bringen konnte, daß sich ihre Mutter in einem kritischen Zustand befand und nicht mehr ansprechbar war.

Sie traf nach dem Spitalsbesuch den Bekannten ihrer Mutter, der ihr von einem Streit erzählte, weshalb er einige Tage weggeblieben war. Bei seiner Rückkehr am 23. Juli 1994 fand er Martha H. im Bett liegend verletzt vor. Sie erzählte ihm, daß sie im Wohnhaus die Stiegen hinuntergefallen wäre und sich dabei verletzt hätte. Da er ihr nicht helfen konnte, hätte er den Notarzt verständigt, der eine Spitalseinweisung verfügte.

Die Tochter wurde hinsichtlich der Verletzungen ihrer Mutter nachdenklich und mißtrauisch; sie suchte abermals das Spital auf und versuchte im Gespräch mit dem behandelnden Arzt etwas Konkreteres zu erfahren.

Den letzten Anstoß, zur Polizei zu gehen, hatte die Aussage des Spitalsarztes gegeben, der ihr schonend mitteilte, daß seiner Auffassung nach die Verletzungen nicht von einem Sturz herrühren konnten, vielmehr ließen sie die Vermutung auf wiederholte schwere Mißhandlungen zu.

Für die Kriminalpolizei lag nach dieser Schilderung der dringende Verdacht einer absichtlich zugefügten schweren Körperverletzung vor. Wer war der Verdächtige?

Die Tochter wußte nur den Vornamen des Mannes und daß er aus einer mittelgroßen Ortschaft aus Kärnten nach Wien gekommen war. Die Kriminalbeamten nahmen mit dem dortigen Gendarmerieposten Kontakt auf, und einmal mehr bewies sich die Orts- und Personenkenntnis der Gendarmerie. Die Beamten filterten nach und nach aus dem Kreis der Verdächtigen eine Person heraus, die möglicherweise die gesuchte war. Diese war im dortigen Bereich seit 1990 in fünf Fällen wegen Gewalttätigkeiten in Erscheinung getreten. Ein Foto wurde gefaxt, das Sabine H. gezeigt wurde. Danach stand fest, daß der Abgebildete der gesuchte Freund ihrer Mutter war.

Vom Landesgericht für Strafsachen Wien wurde ein Haftbefehl erlassen. Am 29. Juli 1994 wurde der 31jährige Peter W. festgenommen und vernommen. Er gab an, mit der Verletzten seit etwa zweieinhalb Jahren bekannt zu sein und auch die meiste Zeit über bei ihr gewohnt zu haben.

Den Anzeigen wegen Gewalttätigkeiten lagen überwiegend Auseinandersetzungen mit seiner früheren Freundin zugrunde.

Am 19. Juli 1994 wäre er gemeinsam mit Martha H. in einem Gasthaus gewesen. Nach Hause gekommen, wäre es wie so oft zwischen ihnen zu Streitigkeiten gekommen. Peter W. war geständig, im Zuge der Auseinandersetzung seiner Freundin mehrere „Watschen“ versetzt zu haben. Keinesfalls aber könnten diese Ursache der bei Martha H. festgestellten Verletzungen sein, zumal es sich nur um „normale“ und nicht um „wilde“ Watschen gehandelt hätte. Auf diese Unterscheidung angesprochen, gab er an, daß „wilde“ Watschen beispielsweise dann vorlägen, wenn ihre Heftigkeit dazu führte, daß der Geohrfeigte dadurch zu Sturz käme. Für diesen Fall wäre es nicht ausgeschlossen, daß es etwa durch Aufschlagen des Kopfes an einem harten Gegenstand zu schweren Verletzungen käme. In seinem Fall aber wäre dies undenkbar, weil es sich, wie von ihm immer wieder betont wurde, nur um „normale“ Watschen gehandelt hätte.

Nach dem Streit hätte er jedenfalls die Wohnung verlassen und bei seiner Rückkehr Martha H. verletzt im Bett liegend vorgefunden. Er hätte daraufhin, da er selbst nicht helfen konnte, den Notarzt gerufen.

Die Kriminalbeamten Schlöglhofer und Brunner versuchten jeden Tag aufs neue, das Opfer zu befragen, wären doch die Aussagen von wesentlicher Bedeutung gewesen. Martha H. war nicht ansprechbar und sollte es auch nie wieder werden. Sie erlag einige Tage nach ihrer Einlieferung ins Spital ihren Verletzungen.

Peter W. wurde wegen Körperverletzung mit Todesfolge zur Anzeige gebracht und dem Gericht überstellt.

Vom kriminalpolizeilichen Standpunkt war das Ergebnis der gerichtsmedizinischen Obduktion für das weitere Strafverfahren von grundsätzlicher Bedeutung.

Um den Verdächtigen nicht einer möglicherweise ungerechtfertigten Untersuchungshaft auszusetzen, wurde er bereits einige Tage nach seiner Einlieferung enthaftet. Naturgemäß dauert es doch einige Tage, unter Umständen Wochen, bis das Resultat einer gerichtsmedizinischen Obduktion vorliegt.

Mit dem Strafrechtsänderungsgesetz von 1993 wurden die Voraussetzungen für die Dauer der Untersuchungshaft entscheidend verschärft. Peter W., obgleich dringend am Tod seiner Freundin verdächtig, war ein Nutznießer dieser Gesetzesänderung.

Im März 1995 kam es im Landesgericht für Strafsachen Wien zum Prozeß. Der Verdächtige kam freien Fußes zur Verhandlung und leugnete auch während der Hauptverhandlung, am Tode seiner Freundin schuld zu sein. Das nunmehr vorliegende gerichtsmedizinische Gutachten machte jegliches weitere Leugnen sinnlos. Mit Eindeutigkeit war in dem Gutachten festgestellt worden, daß die Verstorbene wiederholt und schwer mißhandelt worden war, vor allem aber, daß die ihr zugefügten Verletzungen für den Todeseintritt ursächlich waren.

Der Beschuldigte nahm das Urteil in erster Instanz nicht an – er war zu einer Freiheitsstrafe von sechs Jahren verurteilt worden. Er verließ nach dem Prozeß die

Verhandlung auf freiem Fuß. Das Urteil wurde in zweiter Instanz bestätigt, Peter W. wurde nunmehr endgültig schuldig gesprochen. Es erging der Auftrag an die Polizei Favoriten, Peter W. zum Zwecke der Strafverbüßung festzunehmen. Im Jänner 1996 geschah dies auch.

Einmal mehr waren Gewalt und Alkohol eine tödliche Partnerschaft eingegangen und hatten ihre Spur in der Kriminalchronik hinterlassen.

Die vom Täter getroffene Unterscheidung von „normalen" und „wilden" Watschen zeigt dessen tiefe Verstrickung in die Gewaltbereitschaft mit seltener Deutlichkeit auf.

Das Hinschlagen war ihm in bestimmten Situationen etwas Selbstverständliches und damit zum festen Bestandteil seiner Art von Konfliktregelung geworden.

EINE NAHEZU TÖDLICHE AUSEINANDERSETZUNG

Am 30. Juli 1994 kam es gegen 23 Uhr auf dem Parkplatz vor einer McDonald's-Filiale in Wien 10, Triester Straße, zu einem Raufhandel zwischen mehreren Personen. Der 18jährige Schüler Herbert H. suchte mit einigen Freunden dieses Fastfood-Restaurant auf. Vor dem Lokal wurde er von einem ihm unbekannten jüngeren Mann angerempelt und nach kurzem Wortwechsel mit einem Faustschlag zu Boden gestreckt. Sein Freund, der gleichaltrige Lehrling Martin K., wollte ihm zu Hilfe kommen, worauf er von einem Begleiter des Täters attackiert wurde. Er stürzte zu Boden, schlug mit dem Kopf auf und blieb regungslos liegen. Zeugen des Vorfalls gaben an, daß beim Auprall des Kopfes auf dem Asphalt ein Geräusch zu hören war, als ob eine Kokosnuß zu Boden geworfen worden wäre. Martin K. konnte aus eigener Kraft nicht mehr aufstehen. Dies bekamen auch die Täter mit und verließen fluchtartig den Tatort. Polizei und Rettung wurden verständigt. Der Verletzte wurde in das SMZ Ost verschafft.

Die am Unfallort eingetroffenen Polizeibeamten konnten keinerlei Angaben über die beiden Täter in Erfahrung bringen. Die Streifenbeamten erstatteten eine Anzeige wegen Körperverletzung durch unbekannte Täter und überbrachten diese Meldung den Journaldienstbeamten. Eine Anfrage im Spital ergab, daß der Verletzte nach wie vor nicht ansprechbar war. Er hatte einen Schädelbruch erlitten. Der Lehrling Martin K. wurde auf die Intensivstation verlegt; es bestand akute Lebensgefahr.

Es war keine Zeit zu verlieren. Die Kriminalbeamten der Gruppe Vogler begannen sofort mit den Erhebungen, insbesondere mit der Befragung der Zeugen. Sie erfuhren, daß die Täter mit einem VW-Cabrio geflüchtet waren. Bei den Nachforschungen stellte sich heraus, daß die angeführte McDonald's-Filiale fallweise als Treffpunkt von VW-Cabrio-Liebhabern diente. Diese Spur führte die Kriminalbeamten in ein Lokal im 1. Bezirk. Dort sollte der Täter bekannt sein, doch ihre Bemühungen blieben erfolglos.

50.000 S für drei Wochen im Koma sind Opfer zuwenig

Nach dem Zusammentreffen mit einem Brüderpaar waren zwei Burschen bewußtlos: Prozeß

Ein junges Brüderpaar und zwei junge Männer betreten gleichzeitig eine McDonalds-Filiale. Das Ergebnis: Einer liegt ohnmächtig auf dem Boden, der andere drei Wochen im Koma, der Geschäftsführer sagt (zu den Bewußtlosen?): „Schleichts euch, i will kane Zores haben." Und die Brüder landen wegen schwerer Körperverletzung vor Gericht.

Ein Zivilprozeß um 150.000 S Schmerzensgeld kommt noch auf sie zu.

Ausgelöst wurde die Katastrophe von Herbert. Der 20jährige teilte seinem Freund auf dem Weg zu den Hamburgern mit: „Heut hau ich no an in die Gosch'n."

Es sollte umgekehrt kommen.

Herbert rempelte den 23jährigen Werner an. „Was soll denn das?" will dieser besonnen gefragt haben. Was Richter Peter Liebetreu bezweifelt: „Keiner hier im Saal würde es sich einfach gefallen lassen, angerempelt zu werden."

„Na, Sie wahrscheinlich schon", meint Werner.

„Sicher nicht! Ich würde ihm gehörig die Meinung sagen. Aber was dabei rauskommt, wenn man gleich hinhaut, sieht man ja."

Werner schlug Herbert mit der Faust k. o. Woraufhin sich Herberts Freund Martin auf Werner stürzte. Nun trat Werners Bruder Harald, 21, auf den Plan: Er nahm Martin in den Schwitzkasten und schleuderte ihn zu Boden.

Martin erlitt einen Schädelbasisbruch, lag drei Wochen im künstlichen Tiefschlaf.

Der Verteidiger bietet dem Opfer 50.000 S; und damit soll alles erledigt sein? Dem Gerichtsmediziner ist zu entlocken, daß mindestens das Doppelte angemessen wäre. Also verlangt Martin 150.000 S und wird auf den Zivilrechtsweg verwiesen.

Die Urteile: drei Monate bedingt für Werner, vier Monate Haft (plus acht bedingt) für Harald. Bedenkzeit.

Ricardo Peyerl

Kurier vom 17. Februar 1996

Neuerlich versuchten die Beamten mit Erhebungen am Tatort und in dessen Nähe weiterzukommen. Sie hatten mehrmals einen Zeugen befragt, von dem man annehmen konnte, daß er den unbekannten Gewalttäter kannte. Der Zeuge blieb dabei, diesen nicht zu kennen.

Am 1. August 1994 trafen die Kriminalbeamten am angeführten Parkplatz diesen Zeugen wieder an und begannen ihn neuerlich zu befragen. Während dieser Befragung fuhr ein Pkw auf den Parkplatz. Plötzlich sagte der Zeuge zu den Beamten, daß der Lenker des Autos einer der Gesuchten sein könnte. Der Fahrer, ein junger Mann, kam auf den Zeugen, den er vom Sehen her kannte, und die Kriminalbeamten, die er als solche nicht erkannte, zu und fragte, was hier los sei. Sein Bekannter sagte zu ihm: „Weißt eh, dich sucht die He“, worauf dieser zur Antwort gab: „Das ist mir egal.“ Seine Gleichgültigkeit sollte ihm rasch vergehen – die Kriminalbeamten sprachen die Festnahme aus. Der 22jährige Tischlergeselle Werner Z., in Wien 10 wohnhaft, wurde zum Kommissariat gebracht, und seine Einvernahme begann. Er bestritt vorerst jegliche Straftat. Nach Gegenüberstellung mit den Zeugen, die ihn als jenen Täter identifizierten, der mit dem Raufhandel begonnen und Herbert H. einen Faustschlag versetzt hatte, wodurch dieser zu Boden gestürzt war, gab er schließlich diese Tat zu. Von einem zweiten Täter wollte er aber nichts wissen. Er blieb in Polizeigewahrsam. Am nächsten Tag wurde er mit der Tatsache konfrontiert, daß gegen ihn ein Haftbefehl erteilt worden war und er nicht damit rechnen könne, entlassen zu werden. Die vernehmenden Beamten bemerkten, daß Werner Z. mit sich kämpfte. Sie nützten die Situation, und schließlich nannte er den zweiten Täter. Es war sein Bruder, der 20jährige Harald Z., der an derselben Anschrift wohnhaft war. Die Festnahme dieses eigentlichen Haupttäters sollte nicht gelingen; er hielt sich seit der Tat verborgen. Ein Rechtsanwalt, dem er sich anvertraut hatte, nahm mit der Polizei Favoriten Kontakt auf. Als er erfuhr, daß gegen seinen Mandanten ein Haftbefehl bestand, gab er zu verstehen, daß er diesen überreden werde, sich selbst zu stellen. So geschah es auch einige Tage später.

Der schwerverletzte Johann K. verblieb mehrere Wochen in Spitalsbehandlung. Zum Vorfall selbst konnte er keine Angaben machen; es fehlte ihm jegliche Erinnerung.

Am 16. Februar 1996 kam es im Landesgericht für Strafsachen Wien zur Gerichtsverhandlung. Der Haupttäter, Harald Z., erhielt wegen schwerer Körperverletzung eine unbedingte Haftstrafe von vier Monaten, acht Monate wurden bedingt ausgesprochen. Sein Bruder, Werner Z., wurde zu drei Monaten bedingter Haft verurteilt.

Ein aus nichtigem Anlaß begonnener Streit hätte beinahe mit dem Tod eines jungen Mannes geendet, aber auch so waren die Konsequenzen für alle Beteiligten schlimm genug. Man denke an die Sorgen und die durch die Tat entstandenen finanziellen Aufwendungen der Eltern von Opfer und Tätern.

Dem Strafprozeß folgte ein Zivilprozeß, bei dem es um die Höhe des Schmerzensgeldes ging. Von einem gerichtsmedizinischen Sachverständigen wurde die Summe von 150.000 Schilling als angemessen empfunden.

67

ABENDESSEN IN FAVORITEN

Am 20. August 1994 suchte eine Gruppe von acht Personen gegen Mitternacht eine Pizzeria in Wien 10, Neilreichgasse, auf. Das Personal machte später nachstehende Angaben:

Der 52jährige Geschäftsführer Günther G. wurde gegen 0.20 Uhr von der Kellnerin des Lokales zu Hilfe gerufen. Als er wissen wollte, was los sei, wurde er ersucht, die Polizei zu verständigen. Günther G. entnahm der Stimmlage, daß keine Zeit zu verlieren war, und ging zum Telefon, um die Polizei zu rufen. Während er telefonierte, kamen zwei Gäste aus dem Kellerstüberl heraufgelaufen und verließen auffällig eilig das Lokal. Der Geschäftsführer wollte die Flucht weiterer Personen verhindern und versperrte die Eingangstüre. Unmittelbar danach kam einer der Gäste auf ihn zu und machte den Telefonapparat unbrauchbar, indem er den Hörer mit Gewalt abriß. Sodann versuchte er, das Lokal zu verlassen. Als er bemerkte, daß die Türe versperrt war, trat er mit dem Fuß mehrmals gegen das Glas der Türe. Als sich dieses Unterfangen als nutzlos erwies, zog er eine Waffe und schoß vorerst einmal gegen die Türe. Danach wandte er sich dem Geschäftsführer zu und sagte: „Aufsperren, sonst erschieß ich dich". Er hielt dabei die Waffe in Hüfthöhe und in Richtung des Günther G. Dieser unterschätzte die Aggression des Mannes und sagte ungerührt: „Dann schieß eben." Darauf fielen weitere Schüsse. Sie gingen in einer Entfernung von wenigen Zentimetern an Günther G. vorbei und trafen die Türe. Die Scheiben zerbarsten, die Reste des Glases trat der Schütze aus dem Türrahmen und flüchtete ebenso wie seine Begleiter.

Wenige Augenblicke später waren die ersten Polizeibeamten zur Stelle. Es gelang den Sicherheitswachebeamten Schäfer und Amon in unmittelbarer Nähe des Tatortes drei Verdächtige festzunehmen. Rasch stellte sich heraus, daß darunter auch der Schütze war. Bei einer sofortigen Suche nach der Tatwaffe konnte diese unter einem Fahrzeug aufgefunden werden; es war ein Revolver im Kaliber 38. In der Waffe befanden sich sechs leere Patronenhülsen, so daß der Schluß zulässig war, daß sechsmal geschossen worden war. Im Kommissariat begannen die Kriminalbeamten mit der Einvernahme der Festgenommenen. Es waren dies der Schütze, dessen Bruder und seine Schwägerin. Viel kam bei der Einvernahme nicht heraus. Der Bruder gab an, vom Vorfall nichts gesehen zu haben, und die Schwägerin verweigerte die Aussage.

Der Haupttäter, der 37jährige Johann H. aus Wien 10 war teilweise geständig. Aus nicht näher bekannten Gründen wäre es mit der Kellnerin zum Streit gekommen. Als er das Lokal nicht verlassen konnte, weil die Türe verschlossen war, schoß er gegen diese. Wie oft, wußte er nicht mehr.

Ausgangspunkt der Ereignisse war eine ausgedehnte Zechtour gewesen, die schließlich in der Pizzeria enden sollte. Es war die Großmutter des Schützen an diesem Tag beerdigt worden, und alle seine Begleiter waren Verwandte oder Bekannte der Verstorbenen. Ehe man die Pizzeria aufsuchte, hatte die „Trauergemeinde" bereits eine Mehrzahl von Lokalen aufgesucht und ausgiebig Alkohol konsumiert. Unmittelbar vor dem Besuch der Pizzeria war man noch in einer Peep-Show, welche von einem der Begleiter betrieben wurde. Auch dort wurde dem Alkohol ausgiebig zugesprochen. In dem Büroraum des Lokals wurde ein Revolver aufbewahrt, der dem Betreiber der Peep-Show gehörte. Johann H. wußte von der Existenz der Waffe und deren Aufbewahrungsort. Ehe sie das Lokal verließen, nahm er in einem unbeobachteten Augenblick die Waffe an sich.

Im Prozeß machte sich die Richterin einige Mühe, die Motive für die Vorgangsweise des Täters zu eruieren. Die Gründe stellten sich als banal heraus. Johann H. war äußerst aufgebracht, weil es nur noch eine kleine Speisekarte gab. Als sich einer seiner Begleiter noch als Klavierspieler berufen fühlte, wurde dieser vom Personal höflich, aber bestimmt darauf hingewiesen, daß das Klavier nicht für Gäste bestimmt wäre. Soviel an Kritik war nicht ohne weiteres zu ertragen. Es kam vorerst zu einem Wortwechsel mit dem Personal und kurz darauf zu Tätlichkeiten. In ihrer Not rief die Kellnerin den Geschäftsführer zu Hilfe. Wie es weiterging, haben Sie gelesen.

Der Schütze war durch einen Rechtsanwalt vertreten, der bekannt dafür war, Leute vom Schlage eines Johann H. zu verteidigen. Er machte seinem Ruf keine Schande. Johann H. wurde volle Berauschung zugebilligt und kam mit einer Verurteilung von fünf Monaten Freiheitsstrafe, die überdies nur bedingt ausgesprochen wurde, relativ günstig davon.

Die Milde der Justiz wurde, wie dies des öfteren vorkommt, nicht verstanden. Am 10. August 1995 kam es in einem Espresso in Wien 10, Columbusgasse, zu einem Vorfall, der für die Täterpersönlichkeit des Johann H. typisch ist.

In Begleitung eines Bekannten kam Johann H. in das Lokal, und nach Konsumation diverser alkoholischer Getränke forderte er zwei Gäste, die in Begleitung ihrer Frauen im Lokal saßen, auf, mit ihm Darts zu spielen. Die Angesprochenen lehnten das Angebot ab. Nun wurde Johann H. deutlich: Er wollte nicht bloß zum Zeitvertreib, sondern vielmehr um die Gunst der beiden Begleiterinnen der Angepöbelten spielen. Höflich, aber bestimmt wurde diese Einladung abgelehnt. Die Serviererin ahnte Böses und forderte Johann H. und seinen Begleiter auf, das Lokal zu verlassen. All dies nützte nichts: Johann H. versetzte einem der Gäste einen Kopfstoß, wodurch dieser erheblich verletzt wurde. Er drohte mit weiteren Gewalttaten, falls der Verletzte es wagen sollte, ihn bei der Polizei anzuzeigen. Johann H. verließ noch vor Eintreffen der Polizei das Lokal.

Er tauchte nach diesem Vorfall unter und wurde deshalb zur Verhaftung ausgeschrieben. In der Zwischenzeit konnte er festgenommen werden, doch die Gerichtsverhandlung ist noch ausständig.

Zum Begriff des Kopfstoßes ist eine Erklärung nötig: Der Kopf eines Menschen ist besonders schützenswert; man denke nur an die Sturzhelmpflicht. Normalerweise rechnet man daher nicht, mit dem Kopf angegriffen zu werden. Die Aufmerksamkeit richtet sich folglich auf die Extremitäten des Gegners. Um so überraschender erfolgt dann der Angriff mit dem Kopf. Das bei einer Auseinandersetzung für den Ausgang so bestimmende Überraschungsmoment schlägt sich beim Angreifer zu Buche.

Brutale und erfahrene Gewalttäter wissen, daß durch Zustoßen mit der Stirne einerseits äußerst wirkungsvolle Nasenbeinbrüche zu produzieren sind und andererseits nicht mit einer prompten Gegenwehr zu rechnen ist, weil dem Getroffenen durch die Wucht des Stoßes im wahrsten Sinn des Wortes schwarz vor Augen wird.

Der Kriminalist irrt kaum in der Einschätzung der Persönlichkeit des Täters, wenn in dessen Repertoire ein Kopfstoß vorkommt. Mit allergrößter Wahrscheinlichkeit handelt es sich um einen mehrfach wegen Gewalttaten Vorbestraften. Diese Typisierung trifft auf Johann H. zu.

AUSGERASTET

Am 25. August 1994 bemerkte die Eigentümerin eines Pkws, wie der Lenker eines Audi beim Einparken an ihr Fahrzeug anstieß und dieses beschädigte. Ohne sich weiter zu kümmern, stieg der Beschädiger aus und ging weg. Auf den verursachten Schaden angesprochen, beschimpfte der Mann die Geschädigte auf das Ordinärste. Was blieb ihr anderes übrig, als die Polizei zu verständigen. Über das Kennzeichen des Fahrerflüchtigen war es einfach, festzustellen, wer der Zulassungsbesitzer war.

Polizeibeamte fuhren zur Wohnung des Fahrzeugeigentümers, um den Sachverhalt zu klären. Nach mehreren Aufforderungen wurde ihnen geöffnet. Der 61jährige Pensionist Johann K. war äußerst erregt und aggressiv; sein Verhalten ließ auf Alkoholbeeinträchtigung schließen. Die Vornahme eines Alkotestes wurde von ihm abgelehnt. Die Beamten setzten Johann K. von der Anzeige und den damit verbundenen Konsequenzen in Kenntnis. Als sie etwa 20 Minuten danach in das Wachzimmer Sibeliusstraße kamen, läutete das Telefon und eine weibliche Stimme rief wiederholt: „Hilfe, kommen Sie ins Kolpingheim, es ist jemand niedergestochen worden!"

Die Beamten liefen zu ihrem Fahrzeug und fuhren einsatzmäßig zum angegebenen Tatort. Was hatte sich ereignet?

Die Chronik der Verbrechen in Favoriten schockiert den Polizeichef

Gewaltwelle im Wiener Bezirk mit den meisten Einwohnern am Höhepunkt

„Was in der letzten Zeit allein in Favoriten am Gewaltsektor los war, läßt sich kaum in Worte fassen", ist der Polizeichef in Wiens einwohnerstärkstem Bezirk bestürzt. Hofrat Dr. Ludwig Berhammer ist ein „g'standener" Kriminalist – „aber die Welle unfaßbarer Aggressionen stimmt mich wirklich bedenklich".

Berghammer gewährt Einblick in die jüngste Bezirks-Chronik:

Grauenhafter Mord an einem 17jährigen Mädchen am Wienerberg.

Ein Arbeitsloser gesteht, seiner Freundin „drei normale, keine wilden Watschen wie sonst" gegeben zu haben, die Frau stirbt nach einem Monat in der Intensivstation, der Täter ist inzwischen wieder ein freier Mann.

Ein Betrunkener läuft mit drei Küchenmessern nach der Führerscheinabnahme Amok, verletzt zwei Menschen.

Am selben Abend gehen zwei Lehrlinge auf einen Bekannten mit dem Messer los.

„Ich habe schon viel an Brutalität erlebt, aber so schlimm wie derzeit war es bei uns noch nie."
Ludwig Berghammer

Ein bekannter Unterweltler zerstört in Begleitung ein Lokal, sechs Schüsse fallen, weil eine bestellte Speise nicht mehr zu haben ist.

Ein Taxi-Fahrgast tritt einen jungen Autofahrer, der sich von dem Mann behindert gefühlt und gehupt hat, derart brutal in den Unterleib, daß das Opfer operiert werden muß.

Die Aufzählung, meint Berghammer, stelle keinen Anspruch auf Vollständigkeit: „Man glaubt einfach nicht, wozu Menschen aus banalen Gründen fähig sind. Ich hab' schon viel an Brutalität erlebt, aber so schlimm wie derzeit war's noch nie", ist der „alte Fuchs" überzeugt.

Im gleichen Atemzug lobt er die Beamten in „seinem" Kommissariat, das nicht umsonst „Bergwerk" (aber nicht nach ihm) genannt wird: „Das alles muß man erst einmal aushalten. Die Damen und Herren leisten unter den gegebenen Verhältnissen beste Arbeit."

Peter Grolig

Kurier vom 5. September 1994

Im Kolpingheim in Wien 10, Sonnwendgasse 22, fand ein Seminar für Finanzbeamte statt. An diesem nahm auch die Besitzerin des von Johann K. beschädigten Fahrzeugs teil. Die Beschädigung hatte sich in unmittelbarer Nähe zum Eingang des Kolpingheimes ereignet. Der Alkoholisierte hatte mitbekommen, daß die Frau in dieses Heim ging.

Nachdem die Polizeibeamten seine Wohnung verlassen hatten, rüstete sich Johann K. mit drei Messern aus und ging Richtung Kolpingheim. Michaela G. bemerkte ihren so ausgerüsteten Unfallgegner und flüchtete zum Portier des Heimes, um in dessen Loge Schutz zu suchen. In der Halle hielt sich zufällig ein anderer Kursteilnehmer, der 34jährige Finanzbeamte Dr. Kurt S. aus Graz, auf. Als dieser den Bewaffneten, der wüste Drohungen ausstieß, sah, versuchte er aus dem Aktionsradius des Wütenden zu flüchten. Es sollte ihm nicht gelingen: der Alkoholisierte rannte Dr. S. nach und stach ihn mit einem Messer derart heftig in den Rücken, daß es steckenblieb. Ungeachtet der Verletzung gelang es Dr. S. wegzulaufen. Der Täter rannte daraufhin in Richtung der Portierloge, wo er versuchte, Michaela G. mit dem Messer zu attackieren. Obgleich sich der Portier mit einem Sessel bewaffnete und mit diesem als Schutzschild vor die Bedrohte trat, erlitt sie mehrere Schnittverletzungen am Unterarm. Zwischen dem Portier und dem Gewalttäter kam es zu einem Kampf, bei dem der Sessel in Brüche ging. Es gelang dem Täter noch, das Telefon zu zerstören, ehe er die Flucht ergriff. Er hatte das Folgetonhorn des herannahenden Polizeifahrzeuges wahrgenommen. Wenige Minuten später war seine Flucht zu Ende. Der Sicherheitswachebeamte Koch überwältigte gemeinsam mit seiner Kollegin Franz-Riegler den Täter und sprach die Festnahme aus. Zurück blieben ein schwer verletzter Mann und eine leicht verletzte Frau. Innerhalb von nur wenigen Sekunden hatten sich diese Horrorszenen abgespielt. Dem mutigen Einschreiten des Portiers, eines 28jährigen ägyptischen Studenten, war es zu danken, daß es nicht noch ärger gekommen war.

Bei seiner Vernehmung war der bis dahin unbescholtene Täter im großen und ganzen geständig; an Einzelheiten seines Verhaltens wollte oder konnte er sich infolge seiner Alkoholisierung zur Tatzeit nicht erinnern.

Johann K. wurde dem Landesgericht Wien überstellt, wo die Untersuchungshaft über ihn verhängt wurde.

Im November 1994 wurde er wegen schwerer und leichter Körperverletzung, wegen gefährlicher Drohung und Sachbeschädigung zu einer 18monatigen Freiheitsstrafe verurteilt. Davon verbüßte er vier Monate; die restlichen 14 Monate wurden bedingt ausgesprochen.

Als Autofahrer sollte er in Zukunft keine Gelegenheit zur Begehung von Aggressionsdelikten haben: es wurde ihm vom Verkehrsamt Wien wegen mangelnder Verkehrszuverlässigkeit der Führerschein entzogen.

Der schwerverletzte Dr. S. verbrachte mehrere Wochen in stationärer Spitalsbehandlung. Die Ereignisse als Kursteilnehmer im Kolpingheim in Wien-Favoriten werden ihm wohl lebenslang in Erinnerung bleiben. Er war ohne jeglichen Anlaß zum Opfer einer Gewalttat geworden.

69

UNBELEHRBAR

Am 3. Oktober 1994 bemerkte die Eigentümerin eines VW Golf vom Fenster ihrer Wohnung aus, wie sich ein Unbekannter bei ihrem Auto zu schaffen machte. Wie sie weiters beobachtete, fuhr der Mann kurz darauf mit einem Wagen älteren Baujahres, dessen Kennzeichen sie nicht vollständig ablesen konnte, weg. Mißtrauisch geworden, hielt die Fahrzeugeigentümerin bei ihrem Golf Nachschau und mußte feststellen, daß die linke hintere Scheibe eingeschlagen und die im Pkw verwahrte Handtasche mit diversen Dokumenten sowie rund 3000 Schilling Bargeld gestohlen worden waren. Die Geschädigte verständigte die Polizei, und der Autoeinbruch wurde zu Protokoll genommen. Am nächsten Tag bemerkte die Bestohlene den verdächtigen Pkw, der bei einer Tankstelle in Wien 10, Alaudagasse, abgestellt war. Sie notierte sich das Kennzeichen und rief die Kriminalpolizei an. Die Beamten begannen unverzüglich mit ihren Erhebungen, und innerhalb kurzer Zeit stand fest, daß der Pkw bei einer Autoverleihfirma angemietet worden war.

Der Mieter war Peter P., 30 Jahre alt und seit Juni 1994 wegen Vergehens nach dem Suchtgiftgesetz zur Verhaftung ausgeschrieben. Die polizeilichen Unterlagen und die Strafregisterauskunft ließen erkennen, daß der Gesuchte neunmal vorbestraft war, darunter wegen Einbruchs, aber auch wegen Gewalttätigkeiten und unbefugten Waffenbesitzes. Die Einführung der elektronischen Datenverarbeitung im kriminalpolizeilichen Tätigkeitsbereich hatte sich einmal mehr bewährt. Wer die Möglichkeiten zu nützen versteht, erhält innerhalb weniger Minuten ein aussagekräftiges Bild eines Verdächtigen. Bei den Erhebungen stellte sich heraus, daß

✶ *zeigt den Einschuß im Mietwagen*

die Mutter des Gesuchten in der Nähe des Abstellortes des Pkws wohnte. Drei Kriminalbeamte machten sich auf den Weg. Der Mietwagen stand nach wie vor bei der bezeichneten Tankstelle. Die Beamten blieben vorerst in ihrem Dienstfahrzeug sitzen und observierten das Objekt. Nach etwa zwanzig Minuten kam der Gesuchte, stieg in den Pkw ein, startete und wollte wegfahren.

Nun reagierten die Kriminalbeamten prompt: Sie stellten ihr Fahrzeug so auf, daß ein Wegfahren nicht ohne weiteres möglich gewesen wäre. Zwei Beamten sprangen aus dem Auto und wiesen sich mittels Kokarde aus. Sie forderten Peter P. mit gezogenen Dienstwaffen auf, auszusteigen. Der Verdächtige verriegelte daraufhin die Türe und beugte sich nach unten, so daß der unmittelbar neben dem Pkw stehende Kriminalbeamte befürchten mußte, Peter P. würde zu einer Waffe greifen. Um nicht in Lebensgefahr zu geraten, schoß er. Er durchschoß die Seitenscheibe und bemerkte sogleich, daß er getroffen hatte. Der Verdächtige brach zusammen und wies an der Wange eine Schußverletzung auf. Die Beamten forderten die Rettung an, und ein Rettungshubschrauber brachte den Verletzten in das SMZ Ost, wo er unverzüglich operiert und danach in Tiefschlaf versetzt wurde. Im Pkw wurde keine Schußwaffe gefunden, wohl aber ein Messer.

Die Amtshandlung wurde, wie dies in Fällen des lebensgefährlichen Waffengebrauchs vorgesehen ist, vom Sicherheitsbüro übernommen und die Staatsanwaltschaft informiert. Der Beamte, der geschossen hatte, war ein erfahrener 48jähriger Kriminalbeamter, der erstmalig in seiner Dienstzeit von der Dienstpistole Gebrauch gemacht hatte. Seine eigentlichen Fähigkeiten lagen in seinem kriminalistischen Instinkt und Vernehmungsgeschick.

Er freute sich, wenn auch aus anderen Motiven als der Angeschossene, als es mit dessen Genesung aufwärts ging. Der Waffengebrauch wurde von der Staatsanwaltschaft geprüft und in Ordnung befunden. Es gab keinen Anlaß zur Einleitung eines Gerichtsverfahrens.

Als eine Intensivbehandlung nicht mehr nötig war, wurde der Verletzte dem Inquisitenspital überstellt. Peter P. wurde zu einer achtzehnmonatigen Freiheitsstrafe verurteilt, in der auch der Autoeinbruch enthalten war.

Im Jänner 1997 tauchte der Name des Peter P. wieder in den Unterlagen der Polizei Favoriten auf. Vom Erkennungsamt wurde mitgeteilt, daß jene Fingerabdrücke, die am 13. Oktober 1996 nach einem Einbruchsdiebstahl gesichert worden waren, eindeutig vom rechten Mittelfinger des Peter P. stammten. Lange mußte man diesmal den Dieb nicht suchen, denn er befand sich wegen Einbruchsdiebstahls wieder einmal in Untersuchungshaft. Die Kriminalbeamten holten sich die Zustimmung des Richters ein und führten den Verdächtigen zur Einvernahme auf das Kommissariat. Nach Ende der Vernehmung waren vier Einbruchsdiebstähle geklärt, zwei davon im Ekazent in Wien 10, Favoritenstraße 239, und zwei in Marktstände am Viktor-Adler-Markt.

Selbst eine lebensgefährliche Schußverletzung, die den Täter den Verlust der Sehkraft auf einem Auge gekostet hatte, konnte diesen von neuerlichen Einbrüchen nicht abhalten. Seine zehnte Vorstrafe ist ihm so gut wie sicher. Die Prognose über seinen künftigen Werdegang macht wenig Grund zur Hoffnung.

70

UNFREUNDLICHE EINLADUNG

Am 14. November 1994 besuchte der 20jährige Lagerarbeiter Hannes R. aus Wien 2, Handelskai, seine im 10. Bezirk wohnhafte Freundin. Kurz vor Mitternacht ging Hannes R. zu einer Straßenbahnhaltestelle in Wien 10, Neilreichgasse nächst Quellenstraße. Während er dort auf die Straßenbahn wartete, wurde er von einem ihm bis dahin unbekannten Mann angesprochen und zum Besuch in eine in der Nähe befindliche Pizzeria eingeladen. Hannes R. hatte keine Lust, der Einladung eines Fremden Folge zu leisten. Er wollte jedoch nicht unhöflich sein und begründete seine Ablehnung damit, daß er am nächsten Tag sehr zeitig zur Arbeit gehen müßte. Der Fremde entfernte sich vorerst.

Nach einigen Minuten kam er aber zurück und lud Hannes R. abermals auf einen „Drink“ ein. Wieder erhielt er eine Abfuhr. Diese zweite Ablehnung hatte zur Folge, daß der Unbekannte ein Messer zog, dieses Hannes R. an den Hals hielt und ihn mit den Worten bedrohte: „Entweder du gehst jetzt mit etwas trinken oder ich stech' dich ab!“ Hannes R. suchte sein Heil in der Flucht.

Dies geschah so überstürzt, daß er auf der Motorhaube eines Taxis landete. Er kam mit dem Schock davon: der Taxilenker hatte durch eine Notbremsung seinen Pkw zum Stillstand gebracht.

Der Fahrer des Taxis war verständlicherweise nicht erfreut, und Sie können sich denken, in welcher Art und Weise er seinem Ärger Luft machte. Der Bedrohte erkannte seine Chance. Er teilte dem Taxilenker in kurzen Worten mit, weshalb es beinahe zum Unfall gekommen war, und dieser reagierte rasch. Über Taxifunk alarmierte er die Polizei und wartete das Eintreffen des Polizeifahrzeuges ab.

Der Bedrohte gab den Polizeibeamten die Fluchtrichtung an, die der Täter eingeschlagen hatte. Nach wenigen Minuten gelang es den Sicherheitswachebeamten Kunzl und Pabi den Verdächtigen anzuhalten. Er wurde eindeutig sowohl vom Taxilenker als auch vom Bedrohten wiedererkannt. Der Mann wurde festgenommen.

Bei einer an Ort und Stelle erfolgten Durchsuchung des 30jährigen Michael V. aus Wien 10, Hofherrgasse, fand sich auch die Tatwaffe, ein Fixiermesser der Marke Samurai, welches eine beeindruckende Klingenlänge aufwies.

Bei seiner Einvernahme wollte sich der Festgenommene nicht erinnern; er machte übermäßigen Alkoholkonsum für seine Gedächtnislücken verantwortlich. Der von der Festnahme informierte Staatsanwalt hatte kein Verständnis für eine Einladung unter gleichzeitigem Vorhalt eines Messers und stellte einen Haftantrag. Michael V. wurde dem gerichtlichen Gefangenenhaus überstellt.

Der Täter wurde im Februar 1995 wegen gefährlicher Drohung zu einer viermonatigen unbedingten Freiheitsstrafe verurteilt.

Er hatte damit einige Monate Zeit, darüber nachzudenken, in welcher Form auch in Favoriten, einem zugegeben „harten“ Pflaster, eine Einladung nicht auszusprechen ist.

MORD AM HEILIGEN ABEND 1994

Am 24. Dezember 1994 machten sich die Angehörigen von Annemarie W. Sorgen, da diese am späteren Nachmittag noch nicht nach Hause gekommen war. Die Versuche, Annemarie W. an ihrem Arbeitsplatz, einem Lederwarengeschäft in Wien 10, Favoritenstraße, mitten in der Fußgängerzone, telefonisch zu erreichen, blieben erfolglos.

Der Schwager von Annemarie W. fuhr schließlich zum angeführten Geschäft und stellte gegen 19.40 Uhr fest, daß die Eingangstüre wohl geschlossen, aber nicht versperrt war. Im Geschäft brannte auch kein Licht. Durch diese Umstände beun-

Mord in der letzten Stunde

Bluttat vom Heiligen Abend in Favoritner Schirmgeschäft noch ungeklärt / Polizei sucht 25 Kunden als Auskunftspersonen

Am Heiligen Abend wartete die 18jährige Brigitte Wessely daheim in Wien-Fünfhaus vergeblich auf die Mutter. Annemarie Wessely, 40, wollte vor 14 Uhr zu Hause sein, um dann mit der Tochter und deren Freund Weihnachten zu feiern. Die Frau, sonst immer pünktlich, kam nicht. Um 19.40 Uhr wurde sie gefunden. Die Verkäuferin lag ermordet im Leder- und Schirmgeschäft Kriechbaum in der Favoritenstraße 91, Wien-Favoriten.

Es war ein Raubmord. Der Täter hat die Verkäuferin durch Stiche in die linke Brustseite und in den Kopf

„Da kommt wieder ein Kunde. Aber der Mann schaut mir nicht aus, als ob er etwas kaufen würde."

Annemarie Wessely

niedergemetzelt. Aus der Kassa hat er die Tageslosung, 15.000 S, genommen. Die Polizei hält es für möglich, daß der Mörder drogenkrank ist.

Die Beamten der Gruppe Fleischhacker vom Wiener Sicherheitsbüro haben über die Weihnachtstage alle möglichen Spuren verfolgt. Leider ohne Erfolg. Die Firma Kriechbaum hat 20.000 S Belohnung für Hinweise auf den Täter ausgesetzt (Telefon 313 46, Dw. 3640 bis 3643).

Annemarie Wessely war vom Schicksal nicht verwöhnt. Vor wenigen Jahren verlor sie ihren Mann durch Krankheit. In der Folge mußte sie sich und ihre Tochter, die eine Lehre besucht, mit dem kargen Lohn einer Verkäuferin durchbringen. Die Tochter bekam noch eine kleine Waisenrente.

Seit rund 15 Jahren hielt Frau Wessely der Firma Kriechbaum die Treue. So stellte sie sich auch für den Dienst am Heiligen Abend zur Verfügung. Die Filiale Favoritenstraße sollte mit Jahresende aufgelassen werden, das Haus wird abgerissen.

Am Heiligen Abend sollte das Geschäft bis 12.30 Uhr geöffnet sein. Immerhin 25mal klingelte die Registrierkassa an diesem Tag. Nur der letzte Kunde kaufte nichts.

Er könnte schon bald nach 11.30 Uhr im Geschäft aufgetaucht sein, um die Lage auszuspähen.

Denn um diese Zeit telefonierte Annemarie Wessely gerade mit einer ehemaligen Kollegin aus der Buchhaltung, Brigitte K. Frau K. hatte die Verkäuferin aus NÖ angerufen, um ihr ein „schönes Fest" zu wünschen.

Der Apparat steht im „Kammerl", einem Sozialraum hinter dem Verkaufsladen. Von dort hatte die Verkäuferin, wenn sie telefonierte, den Lokaleingang im Auge. Man sprach über private Dinge, und Annemarie Wessely freute sich schon auf die Feier mit Tochter und deren Freund.

„Die letzte Stunde bieg' ich auch noch herunter", sagte sie zur Kollegin. Und ahnte nicht, daß es tatsächlich ihre letzte Stunde sein würde.

Während des Telefonats mit Brigitte K. unterbrach sie kurz, weil eine Frau das Geschäft betrat. Diese erkundigte sich, ob sie ein Packerl vergessen habe. „Nein, hier ist es nicht", sagte Frau Wessely.

Sie hatte die Kundin kaum verabschiedet, da tauchte ein Fremder auf.

„Da kommt wieder ein Kunde", erzählte sie Brigitte K. am Telefon, „ich muß jetzt aufhören." Dann fügte sie aber noch leise hinzu: „Aber der Mann schaut mir nicht aus, als ob er was kaufen würde."

Als die Mutter nicht kam, rief die Tochter immer wieder im Geschäft an, aber die Nummer war besetzt. Später wußte man warum: Der Hörer baumelte an der Schnur.

Schließlich alarmierte die Achtzehnjährige ihren Onkel Robert Wessely. Der schaute zweimal beim Geschäft vorbei. Weil alles dunkel war, fuhr er wieder weg. Erst gegen 19.40 Uhr betrat er den Laden (die Tür war unversperrt) und fand die Tote.

Noch um 12.15 Uhr hatten Zeugen Licht im Geschäft gesehen. Der Täter hat dann am Sicherungskasten hantiert und den Strom abgeschaltet.

Die Polizei sucht alle Kunden, die am 24. Dezember den Schirm-Laden aufgesucht haben, auch die Frau, die ihr Packerl vermißte.

M. La Garde, E. Bieber

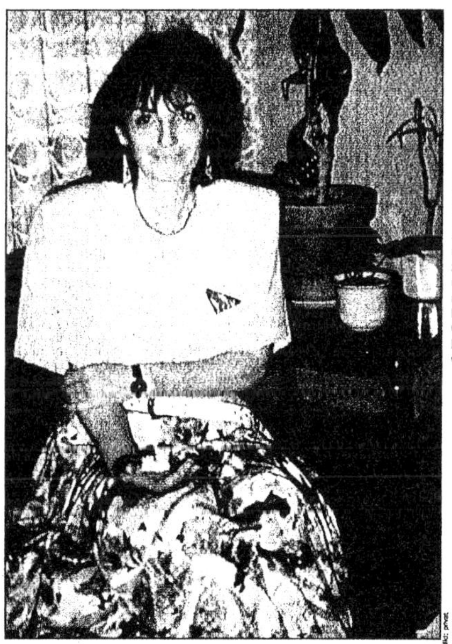

„Die letzte Stunde bieg' ich auch noch herunter", sagte Annemarie Wessely zur Kollegin und ahnte nicht, daß sie Minuten später Opfer eines Raubmörders werden würde

Kurier vom 27. Dezember 1994

ruhigt, suchte der Mann das in nächster Nähe gelegene Wachzimmer in der Keplergasse auf. Kurz darauf betraten Sicherheitswachebeamte das Lokal und fanden Annemarie W. im Aufenthaltsraum unter einem Tisch liegend vor. Die Frau war tot; sie wies mehrere Verletzungen am Kopf auf. Von Kriminalbeamten wurden die weiteren Erhebungen geführt. Nachdem von einem Gerichtsmediziner festgestellt worden war, daß die Verkäuferin erstochen worden ist, wurde die Amtshandlung von einer Mordgruppe des Sicherheitsbüros übernommen.

Das Motiv der Tat war rasch geklärt. Die Kassenlade im Verkaufsraum war aufgebrochen und sämtliches Geld mitgenommen worden. Wegen eines Betrages von etwa 15.000 Schilling war eine 40jährige Frau und Mutter einer 18jährigen Tochter ermordet worden.

Am 24. Dezember 1994 sollte das Geschäft bis 12.30 Uhr geöffnet bleiben. Bei der Überprüfung der Registrierkasse zeigte sich, daß im Laufe des Vormittags 25 Kunden eingekauft hatten. Gegen 11.30 Uhr hatte Annemarie W. mit einer Bekannten telefoniert und das Gespräch mit dem Hinweis beendet, daß soeben ein Mann das Geschäft betreten hatte, von dem sie noch mit verhaltener Stimme angab, daß er nicht so aussehe, als ob er etwas kaufen würde. Mit großer Wahrscheinlichkeit war dieser Mann ihr Mörder. Die Firma Kriechbaum, Eigentümerin des Lederwaren- und Schirmgeschäftes, setzte 20.000 Schilling Belohnung für zielführende Hinweise aus. Die Ermordete hatte seit fünfzehn Jahren in der Firma gearbeitet und sich auch am Heiligen Abend 1994 selbstverständlich, als dies nötig war, zur Verfügung gestellt.

Weder die in Aussicht gestellte Belohnung noch die intensiven Erhebungen der Gruppe Fleischhacker führten zum Erfolg. Der Mord blieb ungeklärt.

72

MÜHSAME STRAFVERFOLGUNG

Am 13. Februar 1995 rief die 46jährige kroatische Staatsbürgerin Jelena G. aus Wien 10, Knöllgasse, die Polizei zu Hilfe. Das Resultat der polizeilichen Intervention fand in einer Anzeige gegen ihren ehemaligen Lebensgefährten, den 44jährigen bosnischen Staatsbürger Sreten K., ihren Niederschlag. Der Angezeigte war in der Wohnung von Jelena G. gewesen und hatte sie in Anwesenheit ihrer Verwandten mit dem Umbringen bedroht. Als er die Wohnung verlassen hatte, schlug er theatralisch ein Kreuzzeichen. Mit dieser Geste wollte er die Ernsthaftigkeit seiner Drohung unterstreichen. Wie bei derartigen Vorkommnissen üblich, wurde der Staatsanwalt informiert und verfügte eine Anzeigenerstattung auf freiem Fuß. Diese Entscheidung war verständlich, wird doch in Wien tagtäglich eine Vielzahl von Anzeigen wegen gefährlicher Drohung erstattet. In der Mehrzahl der Fälle wird kein Haftantrag gestellt, insbesondere dann nicht, wenn es bei einer verbalen Drohung geblieben ist.

Am 11. April 1995 kam Jelena G. neuerlich zur Polizei; abermals war sie von ihrem Lebensgefährten – dieser hatte ihr auf der Straße aufgelauert – bedroht und mißhandelt worden. Bei ihrer Einvernahme gab sie zu Protokoll, daß sie etwa fünfzehn Jahre lang mit ihm zusammengelebt hatte. Sie war über viele Jahre hinweg geschlagen und mißhandelt worden. Sreten K. hatte nur fallweise gearbeitet und sich von ihr aushalten lassen. Dieser neuerliche Vorfall wurde wieder dem Staatsanwalt zur Kenntnis gebracht, doch auch diesmal schienen die Tatumstände zur Erlassung eines Haftbefehles nicht gravierend genug zu sein.

Am 18. April 1995 war es wieder soweit. Jelena G. getraute sich nicht mehr allein auf die Straße. Ihr Bruder begleitete sie täglich bis zum Auto ihrer Arbeitskollegin, mit der sie an ihren Arbeitsplatz fuhr. Doch als man im Hof der Firma ankam, war Sreten K. wieder zur Stelle. Er war mit seinem Pkw nachgefahren und versuchte, seine ehemalige Lebensgefährtin aus dem Auto zu zerren. Ihre Gegenwehr und das Dazwischentreten von Arbeitskollegen verhinderten weitere Gewalttätigkeiten. Zum dritten Mal innerhalb weniger Wochen wurde der Staatsanwalt mit den Problemen der Jelena G. befaßt. Doch auch diesmal ließ er sich nicht zur Erteilung eines Haftantrages bewegen. Obgleich die jeweils befaßten Staatsanwälte von der Person her verschieden waren, muß die letzte Entscheidung kritisiert werden. Immerhin war Sreten K. nunmehr dreimal zur Anzeige gebracht worden, und sein Verhalten ließ erkennen, daß es ihm damit ernst war, die Frau fortwährend unter Druck zu setzen. Was aber sollte eine einfache, mit den Beschwerdemöglichkeiten und der Bürokratie nicht vertraute Ausländerin anderes tun, als immer wieder aufs neue die Polizei aufzusuchen?

Am 24. April 1995 lauerte Sreten K. bei einer Bushaltestelle in Wien 23, in der Nähe des Arbeitsplatzes, Jelena G. auf. Er mißhandelte sein Opfer mit Faustschlägen und Fußtritten und drohte wiederholt, sie und ihre Familie umzubringen. Noch am selben Tag versuchte er in den Abendstunden in ihre Wohnung einzudringen. Nachdem ihm nicht geöffnet worden war, schlug er die Scheibe der Eingangstüre ein. Als er hörte, daß sein Opfer telefonisch die Polizei verständigte, flüchtete er. Dieser Vorfall hatte eine neuerliche Anzeige zur Folge.

Für den Autor war nun ein Stadium erreicht, in dem es, abgesehen von der Glaubwürdigkeit der Polizei und der Justiz, um die Psyche eines Menschen ging, die zu zerbrechen drohte. In sachlicher, aber dennoch unmißverständlicher Form teilte er dies der Strafjustiz mit. Mit Erfolg: am 8. Mai 1995 wurde spät, aber doch, ein Haftbefehl erlassen.

Monatelang verliefen die Versuche, Sreten K. zu verhaften, ohne Erfolg. Der Gesuchte war in Wien nicht gemeldet und ging auch keiner registrierten Beschäftigung nach. In diesem Zusammenhang ist festzuhalten, daß es in einer Stadt von der Größe Wiens mit zirka 1,7 Millionen Einwohnern Tätern immer wieder gelingt, im Einzelfall sogar über viele Jahre hinweg, unterzutauchen. Häufig ist es eine neuerliche strafbare Handlung, die Anhaltung anläßlich einer Fahrzeugkontrolle oder aber eine Razzia, die eine solche langwährende Fahndung beendet. Doch all dies traf bei Sreten K. nicht zu. Einer der tüchtigsten Kriminalbeamten des Bezirkes, Chefinspektor Fingerlos, ein langjähriger Mitarbeiter des Autors noch aus dessen Zeit als Sicherheitsreferent, wurde aufgefordert, seine Fähigkeiten einmal mehr unter Beweis zu stellen. Der Kriminalbeamte nahm die Herausforderung an. Er machte von all seinen Kontaktmöglichkeiten Gebrauch, und am 25. April 1996 war es soweit. In Wien 17, Kastnergasse, konnte Sreten K. in der Wohnung eines Landsmannes angetroffen werden. Der Gesuchte stellte sich den Kriminalbeamten mit falschem Namen vor, doch hatte er damit kein Glück. Sein Reisepaß fand sich unter dem Gerümpel einer nur mit Mühe als Wohnung zu bezeichnenden Unterkunft. Eine Amtshandlung, welche die Polizei über viele Monate beschäftigt hatte, war vorläufig zu Ende gegangen.

Am 24. Mai 1996 kam es im Landesgericht Wien zum Prozeß. Sreten K. wurde wegen Körperverletzung, gefährlicher Drohung und Sachbeschädigung zu einer fünfmonatigen Freiheitsstrafe verurteilt, doch diese Strafe wurde bedingt ausgesprochen. Nach Schluß der Gerichtsverhandlung öffneten sich die Türen des Gefangenenhauses, und Sreten K. war wieder in Freiheit.

Am 7. August 1996 erschien Jelena G. wieder bei der Polizei. In ihre Wohnung war eingebrochen worden. Der Täter hatte Schmuckstücke gestohlen und, was an sich bei einem Einbruchsdiebstahl nicht üblich ist, auch zahlreiche Kleidungsstücke der Wohnungsinhaberin zerschnitten. Die Geschädigte war derart eingeschüchtert, daß sie ihren ehemaligen Lebensgefährten nicht als Verdächtigen nennen wollte. Ungeachtet dessen wurde Sreten K. als dringend tatverdächtig der Staatsanwaltschaft zur Anzeige gebracht.

Am 12. Dezember 1997 lauerte Sreten K. in den Morgenstunden der leidgeprüften Frau in deren Wohnhaus auf. Diesmal schlug er nicht nur auf Jelena G. ein, sondern entriß ihr auch die Handtasche, in welcher sich unter anderem etwa 800 Schilling befanden. Vom Tatbestand her hatte er damit das bisher schwerste Delikt, nämlich einen Raub, verübt.

Nach drei Jahren Psychoterror gegen Ex-Freundin verhaftet

Drei Jahre quälte ein 46jähriger Mann seine Ex-Freundin mit Psychoterror – nun wurde er von der Polizei verhaftet. Er bedrohte und mißhandelte die Frau, zerschnitt ihr die Kleider und brach sogar in ihre Wohnung ein. In den vergangenen Monaten belästigte er sein Opfer täglich mit Telefonanrufen.

Nach wochenlangen Telefonüberwachungen schnappte in der Nacht zum Donnerstag die Falle zu. Beamte der Kripo Favoriten unter Hauptmann Mair erwischten Sreten K. in einer

VON ERICH SCHÖNAUER

Telefonzelle in der Wilhelminenstraße in Wien-Ottakring, wie er gerade seine Ex-Freundin telefonisch bedrohte. Im Herbst war er, wie berichtet, in ihre Wohnung in Wien-Favoriten eingebrochen und hatte alle Kleider zerschnitten. Als die Geschädigte die Polizei einschaltete, versteckte sich Sreten K. bei Freunden und begann mit dem Telefonterror. Favoritens Polizeichef, Dr. Berghammer: „Der Verdächtige sitzt vorläufig. Ihm droht eine Anzeige wegen gefährlicher Drohung.“

Kronen Zeitung vom 23. Jänner 1998

Bereits nach dem Wohnungseinbruch im August 1996 war ein Haftbefehl erlassen worden, doch wie bereits im Jahre 1995 war der Gesuchte untergetaucht, und seine Verhaftung gelang nicht. Eine Presseaussendung mit einer Veröffentlichung des Fotos des Gesuchten wurde veranlaßt, aber auch diese häufig zum Erfolg führende Fahndungsmaßnahme blieb in diesem Fall ergebnislos.

Die seit Jahren in Angst lebende Jelena G. kam nicht zur Ruhe; tagtäglich wurde sie von Sreten K. angerufen, beschimpft und bedroht. Ein Gerichtsbeschluß zur Telefonüberwachung wurde eingeholt. Es stellte sich dabei heraus, daß die Anrufe ausnahmslos von öffentlichen Telefonzellen erfolgten, in der Mehrzahl der Fälle von solchen, die sich im 16. Bezirk befanden. Die am häufigsten benützte Telefonzelle wurde überwacht, eine Vielzahl an Überstunden war dazu nötig. Am 21. Februar 1998 konnte Sreten K. in einer Telefonzelle in Wien 16, Wilhelminenstraße 40, angetroffen und verhaftet werden. Sieben Monate Fahndung waren vorbei.

Am 15. April 1998 kam es im Landesgericht Wien zum Prozeß. Sreten K. wurde eine Fülle von strafbaren Handlungen – insgesamt waren es acht Delikte – zur Last gelegt. Der Verteidiger, ein die Muttersprache des Angeklagten beherrschender Anwalt, erklärte bei Prozeßbeginn theatralisch, daß sich sein Mandant im großen und ganzen schuldig bekenne. Im Prozeßverlauf blieb von dieser Erklärung nicht viel übrig. Auf die einzelnen Delikte angesprochen, bestritt sie der Angeklagte; überdies erhob er seinerseits strafrechtliche Vorwürfe gegen seine ehemalige Lebensgefährtin und deren Familienangehörige. Jelena G. wurde als Zeugin einvernommen. Die Frau machte einen psychisch und physisch bedauernswerten Eindruck, ungeachtet dessen waren ihre Angaben glaubwürdig und nachvollziehbar. Der Angeklagte ließ die Maske fallen. Hämisch verzog er sein Gesicht, wenn die Zeugin von all dem erzählte, was er ihr angetan hatte. Die Verhandlung dauerte über zweieinhalb Stunden. Der Staatsanwalt verwies in seinem Plädoyer auf die jahrelangen Demütigungen und Quälereien. Der Verteidiger, ein Mann, der sich wahrlich „balkanesisch“ aufführte, meinte, daß der gesamte Prozeß eigentlich ein Scheidungsprozeß sei, der strafrechtlich abgehandelt werde. Bei seinem wort- und gestenreichen Plädoyer entstand der Eindruck, daß es der Verteidiger vor allem auf „Showeffekte“ gegenüber seinem Mandanten angelegt hatte. Rein rechtlich waren seine Ausführungen so gut wie unbrauchbar. Dies kam auch im Urteil zum Ausdruck.

Sreten K. wurde wegen Raubes, gefährlicher Drohung, Nötigung, Sachbeschädigung und Körperverletzung zu einer zweieinhalbjährigen unbedingten Freiheitsstrafe verurteilt; überdies wurde die bedingte Strafe aus dem Jahre 1996 widerrufen.

Von der ersten Anzeige bis zur zweiten Verurteilung waren über drei Jahre vergangen. Die Mühlen der Justiz wurden durch die immer wieder neuen Anzeigen der Polizei in Schwung gehalten, und wenn sie auch bedächtig mahlten, taten sie doch ihre Arbeit.

Es bleibt zu hoffen, daß die zweite Verurteilung zugleich die letzte sein wird. Von der Fremdenpolizei wurde gegen Sreten K. ein Aufenthaltsverbot erlassen, und nach seiner Strafverbüßung muß er demnach in sein Heimatland abgeschoben werden.

73

REPARATUR BEZAHLT

Am 20. Februar 1995 wollte der 91jährige Franz F. aus Wien 10, Herogasse, von seinem Sparbuch Geld abheben. Doch so sehr er auch suchte, er fand es nicht. So beschloß er, zu seiner Bankfiliale zu gehen, um das Abhandenkommen seines Sparbuches zu melden. Die Angestellte nahm sich des greisen Mannes an, und sie fand heraus, daß von seinem Sparbuch am 10. Februar 1995 145.000 Schilling abgehoben worden waren. Die EDV-mäßige Erfassung der Kundenkonten ließ leicht eruieren, in welcher Filiale die Abhebung erfolgt war, und auch die auf die Minute exakte Uhrzeit war feststellbar.

Der Anzeiger wollte nicht ausschließen, daß er das Sparbuch verloren hatte. Doch dieses war mit einem Losungswort versehen, und eine Behebung konnte nur mit Kenntnis desselben erfolgt sein. Nur drei Personen wußten davon. Die Anzeige wanderte zum Schreibtisch des Kriminalbeamten Sokele weiter. Der Beamte nahm mit der Sicherheitszentrale der Bank Austria Kontakt auf in der Hoffnung, daß die Abhebung gefilmt worden war. Tatsächlich war in der Filiale ein Videoband den ganzen Tag über mitgelaufen.

Der Beamte versuchte, die Personen, die vom Losungswort Kenntnis hatten, auszuforschen und zu befragen. Zwei ließen sich leicht feststellen, die dritte Person jedoch nicht. Der alte Mann, der des öfteren Mittagessen gegangen war, hatte diese dritte nicht näher bekannte Person in einem Lokal kennengelernt. Der Name, den er nannte, war nicht existent. Entweder hatte er diesen nicht richtig verstanden oder es war ihm absichtlich ein falscher gesagt worden. Das Interesse am Videoband war daher besonders groß. Am 10. Februar 1995 war ein Mann bei der Behebung gefilmt worden. Nach Vorlage des Fotos gab der Bestohlene an, daß dies jener wäre, den er kennengelernt hatte, und zwar im Herbst 1994. Er konnte sich erinnern, daß er von diesem mehrmals begleitet worden war, wenn er Geld abhob. Der Unbekannte konnte dabei theoretisch sein Losungswort mitbekommen haben. Wie sich herausstellte, stimmten die Angaben des alten Mannes; der Gesuchte fand sich auch auf einer Videoaufzeichnung vom 8. Februar 1995.

Man war ein gutes Stück weitergekommen, am Ziel war man aber noch nicht. Die Identität des Begleiters war nach wie vor ungeklärt. Die Kriminalbeamten suchten mit dem Foto des Verdächtigen eine Vielzahl von Lokalen auf, von welchen sie herausgefunden hatten, daß er dort fallweise verkehrte. Sie stießen dabei auf eine Person, in deren Firma der Gesuchte kurzfristig beschäftigt war. Bei einer Nachschau in der Personalkartei fand sich sein Name, es war 30jährige Günther L. Alle Informationsmöglichkeiten, die der Polizei zur Verfügung standen, wurden bemüht. Die Strafregisterauskunft zeigte, daß der Verdächtige wiederholt mit Polizei und Justiz wegen Vermögensdelikten zu tun hatte: er war mehrfach vorbestraft. Es wurde auch herausgefunden, daß der Gesuchte Eigentümer eines Pkw der Marke Mercedes 190 E war und daß er diesen Pkw nach einem Unfall im dritten Bezirk in eine Werkstätte verschafft hatte. Bei dieser Firma wußte man sogleich, wer gemeint war. Der Pkw stand nämlich seit zweieinhalb Jahren dort. Obgleich er repariert worden war, war er bisher nicht abgeholt worden, und, siehe da, am 10. Februar 1995 – es war dies jener Tag, an dem widerrechtlich die 145.000 Schilling behoben worden waren – geschah dies. Über 60.000 Schilling an Reparaturkosten wurden bezahlt. Nicht nur die Autospenglerei sollte sich freuen, sondern auch die Kriminalbeamten.

Nach der Tat war Günther L. geradewegs mit einem Taxi zu seinem Pkw gefahren und hatte, da er nun im Besitz der nötigen Barmittel war, die überfällige Reparaturrechnung beglichen.

Der Kreis hatte sich geschlossen, ein Haftbefehl wurde erlassen. Günther L. war seit 7. März 1995 auf allen Fahndungslisten zu finden. Am 15. März 1995 stellte er sich selbst; er hatte eingesehen, daß seine Flucht über kurz oder lang zu Ende gehen mußte. Er war geständig, das Sparbuch gestohlen und 145.000 Schilling behoben zu haben. Günther L. wurde am 28. Juni 1995 vom Landesgericht für Strafsachen Wien wegen Betruges zu einer sechsmonatigen unbedingten Freiheitsstrafe verurteilt.

Dieser Kriminalfall ist nur einer aus einer nicht enden wollenden Serie von an alten Menschen verübten Betrugsdelikten. Die zunehmend steigende Lebenserwartung läßt leider befürchten, daß diese Art von strafbaren Handlungen noch zunimmt.

74

EIN ERFOLG INTERNATIONALER POLIZEIARBEIT

Im Zusammenwirken verschiedener Polizeibehörden Europas gelang es, einer aus Ex-Jugoslawien stammenden Bande von drei Männern zwei Raubmorde, einen in Wien und einen in Ungarn, sowie drei brutale Raubüberfälle in Wien und München nachzuweisen.

Die EDOK, die „Einsatzgruppe zur Bekämpfung der organisierten Kriminalität", die am 1. Jänner 1993 gegründet wurde, war an der Klärung der Straftaten maßgeblich beteiligt. Sie ist eine Einheit des Innenministeriums, die im weitgehend grenzenlos gewordenen Europa nicht mehr wegzudenken ist.

Am 10. April 1995 wurde in Wien-Favoriten, in der Rotenhofgasse, ein Raub auf das Juweliereehepaar Fink verübt. Zwei bewaffnete Männer, einer davon trug eine Maschinenpistole, betraten am hellichten Tag das Geschäft. Einer der beiden stieß den Juwelier zu Boden, hielt ihm eine Pistole an den Kopf und legte dem so Eingeschüchterten Handschellen an. Sein Komplize forderte unter Vorhalt der Maschinenpistole die Juweliersgattin auf, das Geschäft abzuschließen und den Tresor zu öffnen. Nachdem sie der Aufforderung nachgekommen war, wurde auch sie gefesselt.

Den Inhalt des Tresors verstauten die Gangster in einer mitgebrachten Sporttasche. Ehe sie den Tatort verließen, rissen sie das Telefonkabel aus der Wand und sperrten das Ehepaar in der Werkstätte, die sich neben dem Büro befand, ein. Auf diese Art verschafften sie sich den nötigen zeitlichen Vorsprung, um der zu erwartenden Großfahndung zu entkommen.

Mit viel Mühe gelang es der Frau, sich von ihren Fesseln zu befreien und die Polizei zu verständigen. Der Juwelier war bei Eintreffen der Polizei noch immer mit Handschellen gefesselt. Die Feuerwehr mußte gerufen werden, um ihn unter Zuhilfenahme eines Bolzenschneiders zu befreien.

Schmuck, Uhren und Münzen in Millionenhöhe waren geraubt worden. Die Täter wurden als etwa 25 bis 30 Jahre alt und ungefähr 180 cm groß beschrieben. Einer von ihnen hatte während der Tat gebrochenes Deutsch gesprochen. Die ausgelöste Fahndung verlief ergeb-

Mord auf dem Gemüsemarkt „war notwendig": Lebenslang

Kroate erschoß Arbeiter, der sich ihm mit einer Melone in den Weg stellte / Berufung

Ricardo Peyerl

Die Frau des Juweliers hat sich während des Überfalls „gut benommen". Es sei nicht notwendig gewesen, sagt der Angeklagte, sie die ganze Zeit über zu bedrohen.

Das nächste Opfer aber war überhaupt nicht kooperativ: Der Lagerarbeiter auf dem Großgrünmarkt stellte sich dem Räuber in den Weg. „Ich konnte es nicht fassen", sagt der Angeklagte, „daß er soviel Courage hat".

Der Wiener Richter Werner Röggla erlaubt sich die Feststellung, daß von dem Arbeiter keine Gefahr gedroht habe: „Er war 56 Jahre alt, schmächtig und trug eine Melone unter dem Arm."

Ihn zu erschießen, sagt der Angeklagte, sei trotzdem „eine Notwendigkeit" gewesen.

Was nun als Raub und Raubmord angeklagt ist, geschah bereits im April 1995: Der Kroate Ilija Ivesic alias Anton Kozul alias Marian Krnjic alias Ivica Pranjic und sein flüchtiger Komplize überfielen mit einer Pistole (mit Schalldämpfer) und einer MP (mit Schalldämpfer) ein Wiener Juweliereehepaar. Die „brave" Frau bekam Daumenschellen, der weinende Mann Handschellen, die Täter flüchteten mit Schmuck im Wert von einer Million S, doch blieben ihnen nach dem Verkauf im ehemaligen Jugoslawien nur 200.000 S.

Der Dritte im Bunde, ein Landsmann mit Wohnsitz Wien, sprach danach von einem „Fehler": Man habe viel zu wenig genommen. Aber er „habe" bereits das nächste Opfer: Einen Gemüsegroßhändler in Inzersdorf.

Dessen Angestellter ließ sich nicht so leicht einschüchtern: „Du A...", schrie er Ivesic an, „Du willst auf diese Art und Weise Geld verdienen?!"

Ivesic schoß „in einer Panikreaktion" (meint die Verteidigerin), dann stieg er „sichtlich ungerührt über den Sterbenden" (weiß der Staatsanwalt), griff nach dem Koffer des Gemüsehändlers mit 240.000 Schilling und verschwand.

Nachdem Ivesic in München mehrere Supermärkte überfallen hatte, wurde er verhaftet und zu 10 Jahren Haft verurteilt. Die österreichische Justiz „borgte" sich den Räuber aus und muß ihn nach dem Prozeß zunächst nach Deutschland zurückschicken.

Das Wiener Urteil: lebenslange Haft. Berufung.

Ivesic bekannte sich „sehr schuldig", er habe „unglücklich" getroffen

Kurier vom 10. Dezember 1997

nislos, zu dürftig waren die Hinweise auf die Täter. Es war dies ein Überfall, wie er sich, was die Bewaffnung der Täter und ihre kompromißlose und brutale Vorgangsweise betraf, nach Erinnerung des Autors in Favoriten noch nie zuvor zugetragen hatte.

Am 28. April 1995 verübten unbekannte Täter einen Raubüberfall auf ein Geschäft am Gemüsegroßmarkt in Wien-Inzersdorf. Ein türkischer Lagerarbeiter stellte sich den Tätern mutig in den Weg und bezahlte dies mit seinem Leben. Einer der Täter schoß mit einer Pistole, die mit einem Schalldämpfer versehen war, auf den 56jährigen Ali Riza Demirer. Ohne Skrupel stieg der Schütze über den auf dem Boden Liegenden, um zur Tasche mit dem Geld zu gelangen. In dieser befand sich zirka 240.000 Schilling Bargeld. Ehe die Räuber den Tatort verließen, machten sie das Telefon unbrauchbar und sperrten den tödlich Verwundeten sowie den Chef der Firma und zwei Angestellte im Büro ein. Als schließlich Rettung und Polizei eintrafen, war Demirer tot. Er war verblutet.

Die Vorgangsweise der Räuber ließ rasch die Vermutung aufkommen, daß es sich um dieselben Kriminellen handelte, die etwa zwei Wochen zuvor das Juweliersehepaar beraubt hatten.

Etwa eineinhalb Jahre nach dieser Tat, nämlich am 10. Dezember 1997, kam es in Wien zu einem aufsehenerregenden Prozeß. Einer der Räuber, der 31jährige Ilija I., war aus einer Strafanstalt in der Bundesrepublik Deutschland nach Wien überstellt worden. Er war geständig, mit einem Komplizen die beiden Raubüberfälle in Wien 10 und in Wien 23 verübt zu haben.

Ilija I. gab im Strafverfahren zynisch an, daß sich die Frau des Juweliers in Favoriten „gut benommen" hätte, nicht dagegen der Lagerarbeiter am Gemüsegroßmarkt im 23. Bezirk. Diesen Mann zu erschießen, wäre notwendig gewesen. Den Einwand des Richters, daß der Ermordete von schmächtiger Statur war und zum Zeitpunkt seines Dazwischentretens eine Melone unter dem Arm trug, ließ der Angeklagte nicht gelten. Um den Raub erfolgreich durchführen zu können, waren allfällige Hindernisse zu beseitigen, auch wenn dies ein Menschenleben kosten sollte. Der Urteilsspruch der Geschworenen lautete „lebenslang". Doch vorerst wurde der Verurteilte wieder nach Straubing in eine Strafvollzugsanstalt nach Bayern zurückgebracht. Er verbüßt dort eine zehneinhalbjährige Strafe wegen eines in München verübten Raubdeliktes.

Dem Trio aus Ex-Jugoslawien wird auch der Überfall auf einen ungarischen Devisenhändler in Siofok zur Last gelegt. Der überfallene Händler wollte nicht klein beigeben, im Gegenteil, er versuchte, sich mit einer Pumpgun zur Wehr zu setzen. Er wurde von den Tätern erschossen. Seine Lebensgefährtin, die flüchten wollte, wurde durch die Salve aus einer Maschinenpistole schwer verletzt. Die Frau überlebte, doch sie ist seither ein Pflegefall.

Zwei der Täter, der Todesschütze vom Gemüsegroßmarkt Ilija I. und sein 28jähriger Komplize Dzemsit D., befinden sich in Haft. Flüchtig ist nach wie vor das „Hirn" der Bande, der 30jährige Anes M. Selbst eine Fahndung in der Fernsehsendung „Aktenzeichen XY ungelöst", die europaweit ausgestrahlt wurde und ein Millionenpublikum erreichte, brachte keinen Erfolg.

75

„OMA, KENNST MI NIMMA?“

Am 16. Juli 1995 läutete es am späteren Vormittag an der Wohnungstüre der 93jährigen Berta K. in Wien 10, Columbusgasse. Frau K. wohnte seit 1929 an dieser Anschrift. Als sie öffnete, stand ein junger, höflicher Mann vor der Türe und teilte ihr mit, daß sie von der Pensionsversicherung eine Nachzahlung bekäme. Die betagte Frau ließ den Mann in die Wohnung eintreten. Er verlangte nun nach einem Sparbuch und dem Losungswort, nur so könnte er ohne Schwierigkeiten die Nachzahlung sogleich auf das Sparbuch überweisen. Der freundliche Mann versprach nach der Erledigung prompt wiederzukommen.

Als etwa zwei Stunden verstrichen waren, wurde Berta K. mißtrauisch und entschloß sich, ihre Bankfiliale der Volksbank in der Quellenstraße aufzusuchen. Die Bankangestellte reagierte unverzüglich: sie verfügte eine Sperre des Sparbuches. Wie sich herausstellte gerade noch zur rechten Zeit. Um 13.47 Uhr erhielt eine Funkwagenbesatzung einen Einsatzbefehl nach Wien 5, Wiedner Hauptstraße, zu einer dort etablierten Volksbank-Filiale. Jemand wollte von einem als gestohlen gemeldeten Sparbuch abheben. Nur wenige Minuten nach dem Einsatzbefehl trafen die Poizeibeamten in der angeführten Bankfiliale ein. Erwin A., 34 Jahre alt, zeigte sich den Bankangestellten und den Polizeibeamten gegenüber sehr empört. Er hätte das Sparbuch von seiner Großmutter erhalten, wie sollte er sonst Kenntnis vom Losungwort haben. Wie und weshalb es zur Sperre des Sparbuches gekommen war, wäre ihm unverständlich.

Die Polizisten ließen sich nicht ohne weiteres von der Richtigkeit der vorgebrachten Behauptungen überzeugen. Durch ein Telefonat mit der Filiale der Volksbank in Wien 10, Quellenstraße, stellte sich heraus, daß die Anzeigerin, also die 93jährige Berta K., noch in der Filiale anwesend war. Kurz entschlossen fuhren die Sicherheitswachebeamten Hahn und Offenthaler in Begleitung des Erwin A. dort hin, um an Ort und Stelle den Sachverhalt zu klären.

Erwin A. ging auf die dort wartende Anzeigerin mit den Worten: „Oma, kennst mi nimma? Ich bin dein Enkelkind; du hast mir doch vor zirka einer Stunde das Sparbuch samt Losungswort mit dem Auftrag, 5000 Schilling zu beheben, gegeben.“ zu. Die alte Frau war völlig verdutzt; sie hatte kein Enkelkind, und sie teilte den Polizisten mit, auf welche Art und Weise der vorgebliche Enkel zu ihrem Sparbuch gekommen war. Die Identität des Erwin A. wurde festgestellt, und routinemäßig wurde eine Fahndungsanfrage gestellt. Dabei stellte sich heraus, daß den rührigen Streifenbeamten ein guter Fang gelungen war.

Erwin A. war im März 1994 vom Kommissariat Leopoldstadt wegen Verbrechens des Betruges angezeigt worden und wurde seither mittels Haftbefehls gesucht. Im März 1994 war die 82jährige Margaretha D. aus Wien 2, Hollandstraße, von Erwin A. um 70.000 Schilling betrogen worden.

Erwin A. wurde festgenommen und dem Kommissariat Favoriten überstellt. Bei seiner Vernehmung kam heraus, daß er einschlägig vorbestraft war: Er hatte bereits

1983 als Mitglied einer Bande, die sich auf Betrügereien an alten Menschen spezialisiert hatte, mitgetan und bereits neun Jahre in Haftanstalten verbracht.

Etwa fünf Jahre lang hatte er als Zeitschriftenvertreter gearbeitet und sich während dieser Zeit ein gewandtes und überzeugendes Auftreten angeeignet. Es war dies sozusagen die Lehrzeit für die folgende kriminelle Karriere.

Bei den Erhebungen stellten die Kriminalbeamten Fitzthum, Reischenböck und Schwarzmayr fest, daß bei den Betrügereien im zweiten und dritten Bezirk im Jahre 1994 noch ein zweiter Täter aufgetreten war. Es konnte dieser Komplize in der Person des 35jährige Georg M. ausgeforscht werden. Auch gegen ihn wurde ein Hafbefehl erlassen. Am 10. August 1995 konnte diese Fahndung abgeschlossen werden – Georg M. war von Gendarmeriebeamten des Postens Bleiburg in Kärnten festgenommen worden.

Erwin A. war geständig, sich auf der Straße nach alten Menschen umgesehen zu haben. Hatte er ein potentielles Opfer entdeckt, verfolgte er dieses bis zu dessen Wohnhaus und notierte sich den Namen vom Türschild der Wohnung. Er sah in weiterer Folge im Telefonbuch nach, und fand sich ein Teilnehmer dieses Namens an dieser Anschrift, rief er an und stellte sich als Angestellter einer Pensionsversicherung vor. Er erzählte sodann die immer gleiche Geschichte von einer Pensionsnachzahlung. Im Telefonat verstand er es geschickt, herauszufinden, ob der Teilnehmer alleinstehend war und ob sein Vorwand von der Pensionsnachzahlung auch geglaubt wurde. Waren diese Voraussetzungen gegeben, suchte er seine Opfer auf, und in nahezu jedem Fall war es ihm geglückt, das Sparbuch zu erhalten und das Losungswort zu erfahren. Auf diese „Tour“ war es ihm im Mai 1994 gelungen, einer 90jährigen Frau in Wien 3, Stammgasse, einen Betrag von 600.000 Schilling herauszulocken.

Nach den Betrügereien im Jahre 1994 war Erwin A. der Boden in Österreich zu heiß geworden; er verbrachte nahezu ein Jahr als „Aussteiger“ in Manila und Thailand. Mit dem betrügerisch erworbenen Geld ließ es sich wahrlich luxuriös leben. Als seine Mittel zu Ende gingen, kehrte er nach Österreich zurück. Bereits nach wenigen Tagen beschloß er, gemeinsam mit seinem früheren Komplizen Georg M. sein „Metier“ wieder aufzunehmen; beinahe wäre es auch gelungen. Ein mißtrauisch gewordenes Opfer, eine clevere Bankangestellte und engagierte Polizeibeamte haben seiner Karriere ein Ende gesetzt.

Im November 1995 wurde Erwin A. vom Landesgericht für Strafsachen Wien zu einer sechsjährigen, sein Komplize Georg M. zu einer dreijährigen Freiheitsstrafe wegen schweren Betruges verurteilt.

In den letzten Jahrzehnten ist die Lebenserwartung der Menschen in Österreich von Jahr zu Jahr gestiegen, und diese Tendenz ist anhaltend. Dem Schutz dieses immer größer werdenden Personenkreises vor Straftätern wird daher in Zukunft eine besondere Bedeutung zukommen müssen.

Leider ist die aufgezeigte Amtshandlung nur ein, wenn auch von der Klärung her positives, Beispiel für eine Flut von strafbaren Handlungen, die nahezu täglich an betagten Menschen verübt werden. Nicht nur die Wirtschaft hat einen lukrativen Markt entdeckt, auch Kriminelle wissen sich an Senioren zu bedienen.

Sollte es der Strafjustiz durch Beispielswirkung in Form von abschreckenden Strafen nicht gelingen, ein Signal zu setzen, wird dieser Art der Kriminalität nicht beizukommen sein.

76

MÖRDERISCHES SCHUHWERK

Am 24. August 1995 erschien ein geschockter Vater bei der Polizei und zeigte schwerste Körperverletzungen, begangen an seinem Sohn, an.

Das Opfer, Robert H., 23 Jahre alt, aus Wien 10, Alxingergasse, wurde am 2. August 1995 in den Morgenstunden schwerverletzt im Innenhof seines Wohnhauses aufgefunden. Neben dem Verletzten lag eine umgestürzte Alu-Leiter. Die Rettung brachte den Verletzten in das Allgemeine Krankenhaus. Vorerst hatte es den Anschein, als wäre der junge Mann, aus welchem Grund auch immer, von der Leiter gestürzt und verletzt liegen geblieben. Im Spital wurde eine Nasenbein- und Stirnhöhlenfraktur sowie Verletzungen der Augen, ein Bruch des rechten Fußes und eine Vielzahl von Prellungen und Abschürfungen festgestellt. Der behandelnde Arzt wies den Vater des Opfers darauf hin, daß diese Art von Verletzungen, vor allem aber deren Vielzahl, nicht von einem Sturz herrühren konnten. Es bestand der massive Verdacht auf Vorliegen von Fremdverschulden.

Seit der Auffindung des Opfers waren zwölf Tage vergangen – der Kriminalist weiß um die Bedeutung der „heißen Spur". Je rascher Erhebungen in Zusammenhang mit einer Straftat beginnen, um so größer ist die Chance der Klärung. Es war nicht mehr zu ändern: zwölf Tage waren verstrichen, ehe die Polizei von dieser möglichen Straftat Kenntnis erlangte. Eine sofortige Anfrage im Spital ergab, daß der Verletzte wohl einvernahmsfähig war, er jedoch keinerlei Erinnerungen an das Zustandekommen der Verletzungen hatte. Bei schweren Schädelverletzungen ist der Verlust des Erinnerungsvermögens ein häufig zu beobachtendes Phänomen. Die Voraussetzungen zur Klärung der Tat waren daher nicht gerade günstig.

Die Kriminalbeamten begannen mit ihren Erhebungen. Es stellte sich heraus, daß in der Nacht vom 11. auf den 12. August 1995 die Polizei in der Wohnung des Verletzten gewesen war. Es war dort eine Party gefeiert worden, und der Lärm war derart laut, daß die Hausbewohner die Polizei gerufen hatten. Aufgrund des Polizeiprotokolls waren die Daten einiger Personen, die an die-

Mörderisches Schuhwerk als Waffe des Räubers

Überfall in Wien: Opfer nach Streit um CDs beinahe zu Tode getrampelt / Erst tippte man auf Sturz von der Leiter

Ein Paar Schuhe, die bei jungen Menschen als letzter modischer Schrei gelten, sind für die Polizei in Wien-Favoriten wichtige Beweisstücke in einem brutalen Kriminalfall. Mit ihnen wäre ein 23jähriger Mann beinahe zu Tode getrampelt worden.

Zunächst hatte man angenommen, daß Robert H. von einer Leiter gestürzt war, als er frühmorgens im Hof seines Wohnhauses in der Alxingergasse gefunden wurde. Er war nicht ansprechbar. Im Spital wurden ein zweifacher Schädelbruch, Nasenbein-, Kiefer- und Beinfrakturen sowie zahlreiche Hämatome und Abschürfungen konstatiert. Nach sechs Tagen mußte Robert H. in eine AKH-Spezialabteilung verlegt werden. Dort wurde ein Arzt stutzig: „Ich glaube nicht, daß das ein Sturz war", sagte er zum Vater des Verletzten.

Der wandte sich hilfesuchend an die Polizei. Die Kriminalisten Sokele und Puffler (Gruppe 3) fanden heraus, daß am Abend – bevor H. fast tot gefunden worden war – in seiner Wohnung eine Party stattgefunden hatte. Dort war es so laut hergangen, daß Nachbarn die Funkstreife gerufen hatten.

Später waren die Partybesucher in ein nahes Lokal gezogen – bis auf den Gastgeber und Alfred B., 20, aus Favoriten. Der wurde vorgeladen.

Im Verhör gab der junge Mann zu, mit H. ebenfalls auf dem Weg in das Beisl gewesen zu sein, als er mit ihm wegen verborgter CDs zu streiten begann. Er habe H. im Erlachpark niedergeschlagen – und dann mit seinen mit Stahlplatten verstärkten Schuhen immer und immer wieder auf ihn eingetreten. Schließlich „zog" (raubte) er seinem Opfer 3000 S aus der Tasche. Und ging weiter feiern. H., der sich an nichts mehr erinnern kann, schleppte sich die 300 Meter zu seinem Wohnhaus und brach (neben einer im Hof liegenden Leiter) endgültig zusammen.

„Manche Diskotheken setzen Gäste mit solch mörderischen Schuhen aus gutem Grund vor die Tür", weiß Favoritens Polizei-Chef Ludwig Berghammer um den fragwürdigen Modetrend. **Peter Grolig**

Bild: Fritz Fiedler

Die mit Stahleinlagen präparierten Schuhe des Täters: Ein gefährlicher Modetrend, der laut Polizei auch Disco-Besitzern bereits Sorgen bereitet

Kurier vom 30. August 1995

ser Feier teilgenommen hatten, bekannt. Diese Gäste wurden nach und nach befragt, und die Amtshandlung kam in Gang. Etwa ein Dutzend junger Leute war in der Wohnung gewesen und hatten diese, nachdem die Polizei dort eingetroffen war, verlassen und sich in ein Lokal in Wien 10, Quellenstraße, begeben. In der Wohnung zurückgeblieben waren der Wohnungsinhaber, der später schwer verletzt aufgefundene Robert H., und ein etwa gleichaltriger Mann, von dem vorerst nichts Näheres in Erfahrung gebracht werden konnte. Dieser Unbekannte war etwa 20 Minuten später in das Lokal in der Quellenstraße nachgekommen. Bei der Befragung kam heraus, daß der Gesuchte fallweise in einem Lokal im 10. Bezirk als Disc-Jockey arbeitete. Wenn überhaupt, dann mußte es mit diesem Hinweis gelingen, den Täter auszuforschen.

Am 25. August 1995 hielten die Kriminalbeamten Sokele und Puffler im Lokal Vorpaß, und tatsächlich kam der Gesuchte, um seine Tätigkeit als Disc-Jockey aufzunehmen. Der 20jährige Alfred B. aus Wien 10, Siccardsburggasse, wurde aufgefordert, zur Einvernahme mitzukommen, und einige Stunde später war eine brutale Straftat geklärt.

Alfred B. hatte Robert H. Disketten besorgt, und dieser war ihm das Geld dafür schuldig geblieben. Bereits während der Party war es wegen der ausgebliebenen Rückzahlung zum Streit gekommen. Auf dem Weg von der Wohnung zum Lokal, in welches die Partygäste bereits vorgegangen waren, war es neuerlich zu Streitigkeiten gekommen, und diese eskalierten. Afred B. schlug Robert H. im Erlachpark nieder. Als Robert H. auf dem Boden lag, trat sein Gegner -zig Male mit den Füßen auf den Liegenden ein. Als sich das Opfer nicht mehr rührte, ging Alfred B. davon und stieß in weiterer Folge zu den vorausgegangenen Partygästen.

Den Erhebungen zufolge hatte sich der Schwerverletzte zu seinem Wohnhaus geschleppt und war im Innenhof des Hauses zusammengebrochen. Dabei dürfte eine dort stehende Leiter, an der er sich abstützen wollte, umgefallen sein. So entstand vorerst der Eindruck, als wäre durch einen Sturz von der Leiter ein Unfall geschehen.

Gegen Alfred B., der bis zu diesem Zeitpunkt nicht vorbestraft war, wurde ein Haftbefehl eingeholt und die Überstellung in das landesgerichtliche Gefangenenhaus Wien veranlaßt. Am 11. März 1996 wurde Alfred B. im Landesgericht Wien wegen absichtlicher schwerer Körperverletzung zu einer sechsjährigen Freiheitsstrafe verurteilt. Er berief gegen dieses Urteil.

Ein unbescholtener junger Mann hat sich unter Alkoholeinwirkung zu einer unfaßbar brutalen Tat hinreißen lassen. Sein „mörderisches" Schuhwerk war für die schweren Körperverletzungen ausschlaggebend. Die Schuhe, die der Täter getragen hatte, waren, wie dies eine Zeitlang modern war bzw. ist, mit Stahlkappen verstärkt. Diese Stahlkappen hatten die Brüche im Kopf- und Fußbereich verursacht. Schuhe als gefährliche, ja beinahe mörderische Waffe waren damit zum Beweisgegenstand eines Kriminalfalles geworden.

Wie zu erwarten, haben Schuhe dieser Machart auch nach diesem Kriminalfall weiterhin eine blutige Spur durch die Kriminalchronik gezogen.

PRÄVENTION

Einen wesentlichen Teil der polizeilichen Tätigkeit umfaßt die Aufklärung von strafbaren Handlungen. Diese Arbeit macht den medienwirksamen Teil der Polizeiarbeit aus. Ein ungeklärtes Kapitalverbrechen sorgt stets für Schlagzeilen; die Arbeit der Polizei zur Aufklärung eines solchen Verbrechens und seine allfällige Klärung werden von den Medien mit größtem Interesse verfolgt.

Ein zumindest ebenso wesentlicher Teil der polizeilichen Tätigkeit befaßt sich mit der Verhinderung oder Vorbeugung von strafbaren Handlungen. Man nennt dies auch Prävention. Diese Arbeit der Exekutive wird von den Medien so gut wie nicht wiedergegeben. Eine Planquadrat-Aktion oder eine Kriminalbeamtenstreife, die eine Nacht gedauert hat und in der Früh zu Ende geht, ohne daß es zu einer Festnahme oder sonst Spektakulärem gekommen ist, ist eben nichts Mitteilenswertes. Wenn jedoch bei der täglichen Rapportbesprechung festgestellt wird, daß in der vergangenen Nacht keinerlei oder doch sehr wenige Einbruchsdiebstähle oder Gewaltdelikte stattgefunden haben, dann hat die Prävention die gewünschte Wirkung gebracht.

Der Autor meint, daß die Verhinderung von strafbaren Handlungen höher einzustufen ist als die Klärung bereits stattgefundener.

An einem Fallbeispiel soll demonstriert werden, was Vorbeugung in der Praxis bedeutet.

Am 27. September 1995 wurde im Bezirk eine Planquadrat-Aktion der Sicherheitswache unter der Leitung von Major Wlaschitz durchgeführt. Im Zuge dieser wurden, wie dies häufig geschieht, die U-Bahn-Stationen entlang der Linie U1 bestreift. Als die Beamten gegen 22.30 Uhr die U-Bahn-Station am Reumannplatz aufsuchten, fielen ihnen drei Personen auf, die beim Ansichtigwerden der Uniformierten Anstalten machten, sich einer polizeilichen Kontrolle zu entziehen. Ihr Vorhaben gelang nicht, und einer der Perlustrierten entpuppte sich als ein dringend gefahndeter Verdächtiger.

Der 20jährige Rainer N. war seit einigen Tagen zur Verhaftung ausgeschrieben. Er war verdächtig, vom Bundesheer desertiert zu sein und dabei ein Sturmgewehr gestohlen zu haben.

Noch in der selben Nacht gelang es den Beamten, das gestohlene Gewehr samt Magazin und 99 Patronen sicherzustel-

NR. 11 KONTROLLIERTE AUFLAGE:
1995 68.800 EXEMPLARE
ÖAK
Bezirks journal Favoriten
Bei Routine-Perlustrierung ging gesuchter Deserteur ins Netz
Blutbad durch Polizeistreife verhindert!
Bericht Seite 2

Streifendienst-Programm des Favoritner Polizei-Chefs machte sich bezahlt:

Deserteur plante ein Blutbad!

Seit drei Jahren zieht der Favoritner Polizei-Chef Hofrat Dr. Berghammer rigoros sein Streifendienst-Programm durch. Eigentlich war die verstärkte Polizei-Präsenz als Abschreckung potentieller Verbrecher und zur Steigerung des subjektiven Sicherheitsgefühls der Bevölkerung gedacht. Doch am 27. September ging den Beamten ein gemeingefährlicher Verbrecher ins Netz.

Ein gutes Team im Kampf gegen die Kriminalität: Nationalratsabgeordneter Anton Gaal und Hofrat Dr. Berghammer.

Bezirksjournal, Ausgabe Favoriten, Nr. 11/95

len. Es stellte sich heraus, daß der Verdächtige die Munition legal in einem Waffengeschäft in Wien erworben hatte. Die von ihm gekauften Patronen werden üblicherweise zu Jagdzwecken verwendet, doch sie lassen sich ebenso mit einem Sturmgewehr, wie es beim Österreichischen Bundesheer in Verwendung ist, verschießen. Die Wirkung der Patronen jagdlicher Art ist zum Unterschied von Militärpatronen um ein Vielfaches fürchterlicher, da die Geschoße so gefertigt sind, daß sie sich beim Auftreffen zerlegen und besonders viel Energie abgeben. Das Wild soll ja möglichst sicher und wirkungsvoll erlegt werden. Die Auftreffwirkung beim Menschen ist jedoch die gleiche.

Bei der Durchsuchung des Pkws des Verdächtigen nach dem Gewehr fand sich ein Abschiedsbrief des Festgenommenen. Er teilte darin seiner Frau mit, daß er mit 99prozentiger Sicherheit gewaltsam enden und sie dies aus den Medien erfahren würde. Im Gespräch mit Bekannten hatte er dies gleichfalls erzählt und angegeben, daß er sich auf keinen Fall lebend fangen lassen würde.

Wenn Sie sich an die schrecklichen Ereignisse anläßlich eines Amoklaufs in Dunblane, Schottland, im Jahre 1996 erinnern, wo 16 Kinder und ihre Lehrerin im Kugelhagel eines psychopathischen Täters ihr Leben lassen mußten, werden Sie den Wert einer derartigen Festnahme zu würdigen wissen.

Eine aufmerksame Planquadrat-Aktion hat ein mögliches Massaker verhindert. Es ist nicht auszudenken, was der Täter mit dem Sturmgewehr und 99 Schuß anrichten hätte können.

Im Oktober 1995 wurde Rainer N. vom Landesgericht für Strafsachen Wien wegen Diebstahls und unerlaubter Entfernung von der Truppe zu einer neunmonatigen unbedingten Freiheitsstrafe verurteilt.

Tagtäglich sind Polizeibeamte in Wien unterwegs, wobei schwer meßbar ist, wie hoch der Anteil ihrer Tätigkeit an der Verhinderung von strafbaren Handlungen ist. Fest steht, daß die Prävention ein unverzichtbarer, leider allzu häufig unterschätzter Teil der Polizeiarbeit ist.

78

ZU GROSS WAR DIE VERSUCHUNG

Am 27. September 1995 kam der 69jährige Walter P. zum Journaldienst. Es war ihm anzumerken, daß er sich überwinden mußte, ehe er sich zu diesem Schritt entschlossen hatte. Was war geschehen?

Der Anzeiger, der aus einer kleinen Ortschaft in Tirol stammte, hatte aus privaten Gründen in Wien zu tun und im Hotel Holiday Inn in Wien 10, Triester Straße, Unterkunft genommen. Der agile und unternehmenslustige Mann beschloß, sich die Abende in Wien mit einer Hosteß zu vertreiben. Er nahm das Telefon zur Hand und bestellte bei einer Begleitagentur ein Mädchen. Selbstverständlich gehen die Dienstleistungen der dort beschäftigten Damen über die Begleitung hinaus und erreichen sexuelle Sphären.

Der Kunde fand Gefallen an der Begleitdame und bestellte sie zu zwei weiteren Besuchen. Jeder dieser Besuche wurde mit 5000 Schilling für die „Begleitung" entlohnt. Beim dritten Besuch war das Vertrauen so weit gediehen, daß der beglückte Mann dem Mädchen sein Sparbuch übergab, ihr das Losungswort nannte und sie zur Bank schickte. Sie sollte dort 10.000 Schilling beheben, sich von diesem Betrag ihre Spesen abziehen und die noch offene Hotelrechnung begleichen. Es geht halt nichts über Bequemlichkeit. Das charmante Mädchen erledigte auch diese Besorgungen zur vollsten Zufriedenheit ihres Auftraggebers.

Nach geleisteten Diensten verabschiedete sie sich. Am folgenden Tag wurde der Kunde von der Begleitagentur angerufen und nach dem Verbleib der Hosteß befragt. Erstaunt antwortete er, daß das Mädchen ihn ja bereits am Abend zuvor verlassen hatte. Auf die Frage, ob ihm nicht etwas gestohlen worden wäre, gab er zur Antwort, daß ihm bisher nichts aufgefallen wäre. Die Frage kam nicht von ungefähr – in der Agentur hatte man in Erfahrung gebracht, daß sich die Begleiterin, eine gebürtige Jugoslawin, in ihre Heimat abgesetzt hatte. Dabei hatte sie es unterlassen, die vereinbarte Provision von ihren Besuchen abzuliefern. Derartige Agenturen kennen beim Geschäft keinen Spaß.

Durch diesen Anruf wurde der Kunde nachdenklich und begann nachzusehen, ob auch tatsächlich noch alles vohanden war. Siehe da, das Sparbuch befand sich nicht mehr an seinem ursprünglichen Platz. Verständlicherweise nervös geworden, rief Walter P. bei der zuständigen Bankfiliale an, um sich zu erkundigen beziehungsweise die Sperre des Sparbuches, wenn nötig, zu veranlassen. Der Anruf brachte vorerst keinen Erfolg, denn die Bank hatte bereits geschlossen. Am folgenden Tag versuchte er es abermals, doch was er zu hören bekam, war nicht erfreulich. Tags zuvor war das Sparbuch, auf welchem sich zirka 570.000 Schilling befunden hatten, liquidiert worden. Was nützte es, daß die Beheberin des Geldes hierbei von der bankeigenen Videoanlage gefilmt worden war und damit eindeutig feststand, daß die Einlöserin mit der so charmanten Hosteß ident war?

Ein Haftbefehl gegen die 21jährige Nevena N., die in Wien 2, Kleine Pfarrgasse,

Kronen Zeitung vom 1. Oktober 1995

Warnung vor verbrecherischen Callgirls

Nüchternes Erwachen aus „Liebesrausch“

Von dem 29jährigen Sex-Mädchen Nevena N., die einen Tiroler Pensionisten um 570.000 Schilling erleichtert hat, fehlt jede Spur. Die Fahndung nach der feinen Dame mit Künstlernamen „Natalie“ läuft, sie könnte sich aber bereits ins Ausland abgesetzt haben.

Wie berichtet, dürfte die gebürtige Ex-Jugoslawin in ihrem blauen Mitsubishi-Colt mit dem Kennzeichen „W[redacted] unterwegs sein. Hinweise an jede Polizeidienststelle.

Indes warnen Kriminalisten vor den Tricks betrügerischer Callgirls. Die Zahl der Männer, die nach teuren Liebesnächten ernüchtert feststellen, daß sie bestohlen wurden, wird immer größer. Die beliebteste Waffe der verbrecherischen Venusfallen: Schlafmittel in Drinks.

Foto: Andi Schiel

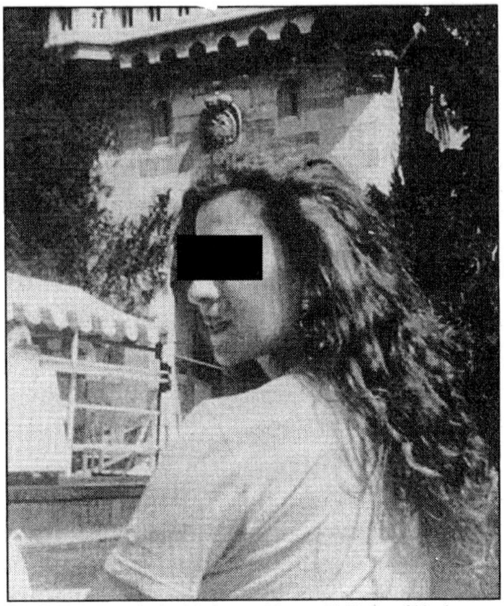

Die Fahndung nach der 29jährigen Nevena N. läuft auf Hochtouren

wohnhaft war, wurde eingeholt und die Fahndung veranlaßt. Die Gesuchte, die unter dem Künstlernamen „Nathalie“ aufgetreten war, war, das ergaben die polizeilichen Nachforschungen, mit größter Wahrscheinlichkeit in ihr Heimatland zurückgekehrt.

Ein junges Mädchen konnte der Versuchung, mehr als eine halbe Million Schilling relativ einfach zu erlangen, nicht widerstehen. Die Leichtgläubigkeit ihres Kunden muß geradezu als Animation für diese Tat verstanden werden.

Die Fahndung nach „Nathalie“ ist nach wie vor offen. Ob sie jemals abgeschlossen wird, wird sich zeigen.

Der gestohlene Geldbetrag, das steht nach aller polizeilichen Erfahrungen jetzt schon so gut wie fest, wird aber auch bei positivem Fahndungsresultat nicht mehr vorhanden sein.

79

EIN ABGEBISSENES OHR

Am 1. Oktober 1995 wurde der 27jährige Helmut K. aus Wien 16, Hasnerstraße, von einer Privatperson in das Unfallkrankenhaus Meidling gebracht. Helmut K. war im Gesicht blutverschmiert, und als er die Hand von seinem linken Ohr wegnahm, war festzustellen, daß dieses zum Großteil fehlte. Doch Glück im Unglück: sein Begleiter hatte das fehlende Stück, in einer Serviette eingewickelt, vorsorglich mitgebracht.

Der Verletzte wurde sogleich auf die Operation vorbereitet, und eine fortgeschrittene Operationstechnik machte es möglich, daß der mitgebrachte Teil des Ohres wieder angenäht werden konnte. Nach einem zehntägigen Spitalsaufenthalt verließ Helmut K., nunmehr wieder mit zwei Ohren, das Spital. Die Erinnerung an die Verletzung wird wohl lebenslang nicht wegzubringen sein, denn als besonders attraktiv kann das gerettete Ohr nicht bezeichnet werden. Soviel zur Vorgeschichte.

Vom Spital wurde, da Fremdverschulden behauptet wurde, eine Verletzungsanzeige der Polizei übermittelt. Die Erhebungen der Kriminalpolizei begannen. Der Verletzte wurde vernommen und nannte ein Lokal in der Triester Straße, in dem es zur Verletzung gekommen war. Helmut K. hatte das Lokal aufgesucht, um dort seinen Geburtstag zu feiern. Wie so oft wurde dieser besondere Tag mit reichlich Alkohol begossen. Die Flüssigkeit mußte wieder hinaus, und so suchte das Geburtstagskind das WC auf. An diesem Ort kam es zwischen ihm und einem Unbekannten aus nicht näher nachvollziehbaren Gründen vorerst zu einem Wortwechsel. Der verbale Streit eskalierte; der Unbekannte stieß Helmut K. zu Boden, umklammerte ihn und biß ihn in das linke Ohr. Anschließend flüchtete der Täter. Der Verletzte taumelte ins Lokal zurück. Jetzt erst zeigte sich, was ihm widerfahren war: Ein Großteil seines linken Ohres war nicht mehr vorhanden. Einer der Gäste reagierte prompt und lief zum WC. Auf den Stufen davor fand er den abgebissenen Teil des Ohres. Er besorgte eine Serviette, verstaute seinen Fund darin und fuhr mit dem Verletzten und dessen Ohr in das Unfallkrankenhaus Meidling.

Die Erhebungen verliefen vorerst ergebnislos. Im Lokal wollte man den Täter, der nach dem Raufhandel geflüchtet war, nicht näher kennen. Auch das Opfer konnte keine Angaben machen, die zur Ausforschung beitrugen.

Monate später gab ein anonymer Anrufer den Beamten der Erhebungsabteilung der Gendamerie Niederösterreich den entscheidenden Hinweis. Kriminalbeamte der Gruppe Windisch und die Favoritner Kriminalbeamten Hofmeister und Petz forschten den Täter in der Person des Hermann Sch., 30 Jahre alt und in Wien-Meidling wohnhaft, aus. Der Täter, obgleich nur 1,67 cm groß, vielleicht aber gerade deshalb, wurde als äußerst unberechenbar und aggressiv beschrieben. Er war wegen Körperverletzungen mehrfach vorbestraft. Im November 1996 kam es zum Prozeß. Hermann Sch. wurde wegen schwerer Körperverletzung zu einer siebenmonatigen Haftstrafe verurteilt, allerdings wurde davon nur ein Monat unbedingt ausgesprochen. Ob dieses Urteil den Täter vor neuerlichen Gewalttaten abhalten wird, ist zu bezweifeln.

Es gehört schon einiges dazu, aus nichtigem Anlaß bei einem Raufhandel von seinen Zähnen derart Gebrauch zu machen, daß der größere Teil eines Ohres im Mund zurück bleibt. Wie jeder Mediziner bestätigen wird, ist das Ohr ein eher flachsiger Teil des menschlichen Körpers, der nicht ohne weiteres abzutrennen ist. Nicht nur kräftige Zähne, sondern auch ein gebündeltes Maß an Aggression sind nötig, um einen Bißerfolg wie den geschilderten herbeizuführen.

80

EINE GOLF-KOMÖDIE

Am 10. November 1995 erschien der 66jährige Professor Franz G. im Wachzimmer Hohlbeingassse und meldete den Diebstahl seines VW Golf, Baujahr 1985. Der Bestohlene gab an, daß ihm sein Auto am 8. November 1995 gestohlen worden war, er selbst hätte es zwei Tage später etwa 200 Meter vom ursprünglichen Abstellort entfernt wieder aufgefunden. Der Pkw war versperrt, es fehlte nichts aus dem Inneren, jedoch war das Auto verschmutzt und es fand sich ein nicht zum Fahrzeug gehöriger Kfz-Schlüssel. Der Herr Professor – ein Leben lang an Ordnung gewöhnt – wollte diesen Vorfall jedenfalls der Polizei mitteilen. Ein Protokoll wurde aufgenommen.

Am 13. November 1995 stellte der Professor abermals fest, daß sein Golf nicht mehr auf dem Parkplatz war – seine private Suche erbrachte keinen Erfolg. Eine Diebstahlsanzeige wurde aufgenommen und das Fahrzeug zur Fahndung ausgeschrieben. Am 17. November 1995 fand der Bestohlene sein Auto in unmittelbarer Nähe des ursprünglichen Abstellortes wieder. Das Fahrzeug war ordnungsgemäß versperrt, nichts war gestohlen oder beschädigt worden. Er meldete die Auffindung der Polizei, und die Fahndung wurde widerrufen.

Doch nur wenige Tage sollten vergehen, ehe der Professor seinen Golf wieder nicht fand. Am 20. November 1995 blieb ihm nichts übrig, als neuerlich das Wachzimmer aufzusuchen und Anzeige zu erstatten. Nochmals wurde eine Fahndung in die Wege geleitet. Die Akte wurden dem Kriminalbeamten Schreiber zur Bearbeitung zugeteilt. Der Beamte vernahm den Geschädigten ausführlich zur Sache, wobei sich der Professor nahezu verpflichtet fühlte, auf den Vollbesitz seiner geistigen Kräfte hinzuweisen, da doch die bisherigen Vorfälle so unglaublich erschienen.

Nach der dritten Diebstahlsanzeige sollten einige Wochen vergehen, ehe der Golf am 19. Dezember 1995 in Wien 10, Hautzenbergergasse, wieder nicht allzu weit vom Wohnort des Geschädigten, von der Polizei in versperrtem Zustand aufgefunden wurde.

Der Kriminalbeamte begann seine Erhebungen und konzentrierte sich vorerst auf den im Golf aufgefundenen Schlüssel, dessen Herkunft unbekannt war. Der Schlüssel wies eine Nummer auf und war mit einem Anhänger mit der Aufschrift „Wink-Haus" versehen.

Nach mehrwöchigen Erhebungen war das Rätsel um die wiederholten Diebstähle des Golf endgültig gelöst. Der Schlüssel war für die Haustüre eines Neubaues in Niederösterreich geliefert worden. Es stellte sich heraus, daß die Arbeiter einer Firma in Wien 10, Troststraße, am angeführten Neubau gearbeitet hatten. Die Firma benützte einen VW Golf zum Transport der Arbeiter zu ihren Baustellen; der Schlüssel für dieses Firmenfahrzeug wurde im Baubüro aufbewahrt. Was war geschehen?

Der Golf des geplagten Professors und jener der Baufirma waren vom selben Baujahr, von derselben Farbe und, wie es im Zeitalter der Massenproduktion vorkommt, sperrte der Schlüssel des Firmenfahrzeuges auch den Golf des Professors. Das Wohnhaus des Professors und das Baubüro befanden sich in unmittelbarer Nähe, was zur Folge hatte, daß auch die Fahrzeuge üblicherweise nur in einer Entfernung von einigen hundert Metern voneinander abgestellt waren. Wenn das Firmenauto benützt wurde, kam es vor, daß nicht der firmeneigene Golf, sondern der Golf des Professors verwendet wurde. Daß verschiedenartige Kennzeichen vorhanden waren, bemerkten die Arbeiter der Baufirma im hektischen Arbeitsalltag nicht. Lediglich der Umstand, daß der Golf des Professors weitaus besser gepflegt war, fiel auf, doch man war der Meinung, daß sich in der Firma endlich jemand gefunden hatte, der eine Reinigung veranlaßt hatte. Eine wahrhaftige „Golf-Komödie" war damit geklärt. Der Polizeialltag hatte einmal mehr bewiesen, was im menschlichen Zusammenleben alles möglich ist und welche Zufälle vorkommen.

Ein ausnahmsweise für alle Beteiligten erfreulicher Ausgang einer kriminalpolizeilichen Erhebung war damit zu Ende gegangen.

Ein strafbares Verhalten lag nicht vor, lediglich eine Verwechslung von Autos, ermöglicht durch den tagtäglich vorkommenden schlampigen Umgang mit firmeneigenen Fahrzeugen.

81

UMSONST GEPLAGT

Am 17. November 1995 teilte ein Zahnarzt in den Morgenstunden dem Journaldienst mit, daß in seine Ordination in Wien 10, Davidgasse 9, eingebrochen worden war. Bei diesem Einbruch war ein Tresor im Ausmaß von 40 x 40 x 60 cm und einem Gewicht von zirka 100 kg gestohlen worden. Im Tresor befanden sich Zahngoldlegierungen im Wert von rund 480.000 Schilling.

Die Kriminalbeamten stellten am Tatort fest, daß mittels eines „kräftigen" Schraubenziehers, der zwischen Türstock und Türe angesetzt worden war, der Einbruch in die Ordination verübt wurde.

Es fanden sich nicht nur Einbruchsspuren, sondern überdies deutliche Zeichen vom Abtransport des Tresors. Den Spuren nach war es ein Täter, der durch Aufkanten und Kippen den Tresor mühsam aus der Ordination und von dort über die Stufen zum Haustor verschafft und auf die gleiche Art und Weise auf dem Gehsteig weitertransportiert hatte. Diese Spuren führten die Kriminalbeamten zu einem Haus in Wien 10, Leibnitzgasse. Da mit dem Transport zweifelsohne eine Lärmerregung verbunden war, erhoben die Kriminalbeamten im Haus und in dessen Umgebung. Es mußte doch irgend jemand etwas gehört oder gesehen haben. Tatsächlich fand sich ein Ehepaar, das gegen 3.25 Uhr durch Lärm von der Straße her munter geworden war. Das Ehepaar sah zum Fenster hinaus und bemerkte einen Mann, der einen größeren Gegenstand mit viel Mühe vor sich herschob. Das Ehepaar maß dieser Beobachtung keine weitere Bedeutung zu und legte sich wieder zu Bett. Die beiden konnten jedoch eine Personsbeschreibung des Unbekannten geben. Im Haus Leibnitzgasse, wo die Spur endete, brachten die Kriminalbeamten in Erfahrung, daß mehrere Wohnungen von einer Organisation zur Integration von entlassenen Strafgefangenen angemietet worden waren.

Der Personsbeschreibung nach war es möglich, daß der Gesuchte auf Tür 6 wohnte. Es wurde ein Hausdurchsuchungsbefehl eingeholt und ein Aufsperrdienst zur Wohnungsöffnung beigezogen.

Am 17. April 1995 erschien gegen 15.45 Uhr Reinhold L., 25 Jahre alt, in

Tresor mit Zahngold aus der Ordination gestohlen

Einen 100 Kilo schweren Tresor, in dem Zahngold im Wert von einer halben Million Schilling lag, erbeutete der 25jährige Robert L. aus Wien-Favoriten bei einem Einbruch in eine Ordination. Als er den Schrank nicht knacken konnte, ging er zur Polizei und erzählte dort: „Stellen Sie sich vor, als ich um neun Uhr weggehen wollte, stand ein Tresor vor meiner Tür!" Bei der Einvernahme verwickelte sich der „ehrliche Finder" aber in Widersprüche. Stadthauptmann Dr. Berghammer: „Obwohl der Mann um drei Uhr früh mit dem Tresor in der Davidgasse gesehen wurde, alarmierte niemand die Funkstreife!"

Kronen Zeitung vom 25. November 1995

Die „Werkzeugspuren" am Schloß des Tresors.

Wien 10, Leibnitzgasse auf Tür 6 wohnhaft, im Wachzimmer Keplergasse. Er gab an, gegen 9 Uhr vormittags, als er die Wohnung verlassen wollte, vor der Wohnungstüre einen Tresor vorgefunden zu haben. Da er annahm, daß dieser „Fund" mit einer strafbaren Handlung in Zusammenhang stand, hätte er, um weiteren Schaden zu verhindern, den Tresor in seine Wohnung verschafft. Um dies anzugeben, wäre er nun zur Polizei gekommen.

Die Beamten kamen rasch dahinter, daß in den Nachtstunden des Vortages ein Einbruchsdiebstahl in eine Zahnarztpraxis stattgefunden hatte und dabei ein Tresor gestohlen worden war.

Reinhold L. hatte mitbekommen, daß er dringend des Einbruchsdiebstahls verdächtigt wurde, waren doch Kriminalbeamte in seinem Wohnhaus gewesen und hatten dort Erhebungen durchgeführt. Er versuchte mit seiner Anzeige die „Flucht nach vorn" anzutreten. Die Frechheit des Reinhold L. hatte jedoch nicht den gewünschten Erfolg: Revierinspektor Sestits erklärte den „Anzeiger" für festgenommen. Aber auch nach seiner Festnahme bestritt er bei seiner Vernehmung gegenüber den Kriminalbeamten jegliche strafbare Handlung.

Bei der Beweissicherung stellte sich heraus, daß am Schloß des Tresors, wenn auch mit untauglichen Mitteln, versucht worden war, diesen aufzubrechen. Bei der Durchsuchung der Wohnung des Tatverdächtigen fand sich ein Schraubenzieher, der als mögliches Tatwerkzeug in Frage kam. Der Erkennungsdienst wurde bemüht, und nach dortiger Untersuchung stand zweifelsfrei fest, daß mit diesem Schraubenzieher am Tresor manipuliert worden war. Aber auch diese Erkenntnis änderte an der weiterhin leugnenden Verantwortung des Verdächtigen nichts. Unter Bedachtnahme auf seine Vorstrafe war der Haftgrund der Wiederholungsgefahr gegeben, und seine Überstellung in das Landesgericht Wien wurde veranlaßt. Der Autor wußte, daß in derselben Nacht ein weiterer Einbruch geschehen war, nicht allzu weit vom ersten Tatort entfernt. Dieser Einbruch hatte insofern für Aufsehen gesorgt, als in die Firma der Gattin von Bundeskanzler Dr. Vranitzky eingebrochen worden war. Diese Amtshandlung wurde vorerst, da ein politisches Motiv nicht auszuschließen war, von der Staatspolizei übernommen.

Da auch bei diesem Einbruch Spuren eines Schraubenziehers vorhanden waren, wurde der Erkennungsdienst abermals in Anspruch genommen, und siehe da, auch diese rührten mit hundertprozentiger Sicherheit vom selben Schraubenzieher her, mit welchem der Tresor zu öffnen versucht worden war.

Nach den vorliegenden Erkenntnissen war ein politisches Motiv gänzlich auszuschließen, und so kehrte die Amtshandlung von der Staatspolizei zum Bezirkspolizeikommissariat Favoriten zurück.

Es war eine gewisse Genugtuung, einmal mehr bewiesen zu haben, daß grundsolides kriminalistisches Handwerk zum Erfolg geführt hat.

Der gelungene Sachbeweis überführte den leugnenden Täter in zwei Fällen des versuchten Einbruchsdiebstahls.

Im Februar 1996 wurde Reinhold L. wegen dieser Delikte zu einer zweijährigen Freiheitsstrafe verurteilt. Er berief gegen dieses Urteil.

82

NOTWEHR ODER SELBSTJUSTIZ?

Am 18. November 1995 wurde ein Funkwagen der Kriminalbeamtenstreife „Kripo Nord“ in das Kaiser-Franz-Joseph-Spital beordert. Die Kriminalbeamten wurden vom diensthabenden Arzt informiert, daß vor wenigen Minuten der 17jährige türkische Staatsbürger Orhan K. aus Wien 10, Quellenstraße, der von einem Taxilenker „abgeliefert“ worden war, eine Schußverletzung im Brustbereich erlitten hatte.

Bei dem Verletzten bestand Lebensgefahr; er wurde auf die Operation vorbereitet und war nicht mehr ansprechbar. Im Spital waren die Begleiter des Angeschossenen noch aufhältig: zwei gleichaltrige Jugendliche türkischer Herkunft. Sie wurden von den Beamten zu der Schußverletzung befragt und machten nachstehende Angaben:

Gemeinsam mit ihrem Freund wollten sie eine Discothek in Wien 23 aufsuchen. Wegen nicht entsprechender Bekleidung wurden sie nicht eingelassen. Während sie in der Nähe des Lokales auf ein Taxi warteten, kam es zum Streit mit drei jugendlichen Österreichern, welcher mit Tätlichkeiten endete. Als das bestellte Taxi kam, stiegen sie ein, doch ehe sie am Ziel anlangten, wurden sie von einem anderen Taxi überholt, dessen Lenker seinem Kollegen durch Handzeichen zu verstehen gab, daß er anhalten sollte. Aus dem sie verfolgenden Taxi sprangen jene Jugendlichen heraus, mit welchen sie kurz zuvor gerauft hatten. Der Lenker des Taxis ging auf Orhan K. zu und schrie sinngemäß: „Meinen Buben wirst du nicht verprügeln!“ Unmittelbar darauf fiel ein Schuß. Der Schütze, der Taxilenker, forderte sie unter vorgehaltener Waffe auf zu verschwinden. Die gegnerischen Jugendlichen stiegen ihrerseits ein, und beide Taxis fuhren weiter.

Vorerst war man der Meinung, es wäre mit einer Schreckschußwaffe geschossen worden, zumal Orhan K. nach dem Schuß keinerlei Reaktion zeigte. Während der Fahrt war seinen Begleitern aufgefallen, daß ihr Freund im Brustbereich stark blutverschmiert war, und plötzlich vernahmen sie ein Zischen, das sich so anhörte, als ob aus einem Reifen die Luft ausginge. Der Taxilenker hatte den Zustand seines Fahrgastes ebenfalls wahrgenommen und fuhr unaufgefordert zum Kaiser-Franz-Joseph-Spital.

Einer der Jugendlichen hatte sich das Kennzeichen jenes Taxis gemerkt, dessen Lenker geschossen hatte. Die Kriminalbeamten forschten diesen aus und informierten den Nachtdienst versehenden Polizeijuristen, der sich seinerseits mit Journalstaatsanwalt und Richter in Verbindung setzte. Das Resultat der Kontaktaufnahme war ein Haftbefehl gegen den Tatverdächtigen, den 56jährigen Taxiunternehmer Walter H. aus Wien 22. Der Haftbefehl lautete auf Mordversuch. Einige Stunden später war der Gesuchte in Haft; die Tatwaffe, ein Revolver der Marke Taurus vom Kaliber 38, wurde sichergestellt. Die Waffe besaß der Verhaftete zurecht: er war im Besitz eines Waffenpasses.

Walter H. hatte mit seinem Sohn vereinbart, diesen nach einem Disco-Besuch abzuholen. Als Walter H. eintraf, bemerkte er bei seinem Sohn eine blutende Verletzung im Gesicht. Daraufhin erzählten dieser und seine Begleiter von dem Raufhandel. Sie nannten die Richtung, in welche ihre Gegner mit einem Taxi weggefahren waren. Walter H. war äußerst aufgebracht. Er ließ seinen Sohn und dessen Freunde einsteigen und nahm die Verfolgung auf. Auf der Höhe der Sibeliusstraße sah er das gesuchte Taxi und gab dem Lenker zu verstehen, daß er anhalten möge. Walter H. sprang aus dem Fahrzeug, um den vermutlichen Täter zur Rede zu stellen. Als der Jugendliche ein Messer zog und gegen ihn eine drohende Haltung einnahm, hätte er seinen Revolver aus dem Schulterholster gezogen und zur Einschüchterung einen Schuß in die Luft abgegeben, worauf die Jugendlichen zum Taxi zurückgelaufen und mit diesem davongefahren wären.

Der Schütze, er war nicht vorbestraft, wurde nach seiner Einvernahme mangels Vorliegen von Haftgründen enthaftet und zur Anzeige gebracht.

Im Juni 1996 fand im Landesgericht Wien die Verhandlung statt. Walter H. wurde wegen absichtlicher schwerer Körperverletzung angeklagt. Orhan K. hatte einen Lungendurchschuß erlitten; das von seinen Begleitern wahrgenommene Zischen war auf das Entweichen der Atemluft aus dem verletzten Lungenflügel zurückzuführen.

Der Richter vernahm die Zeugen; es waren dies sechs Jugendliche, drei Österreicher und drei Türken, darunter auch der Verletzte. Die Zeugeneinvernahmen brachten keinen Aufschluß darüber, was sich tatsächlich zugetragen hatte. Vor allem war nicht zu klären, ob der angeschossene Jugendliche zu einem Messer gegriffen hatte. Die Freunde des Opfers verneinten, jene des Sohnes des Angeklagten bejahten dies. Der Taxilenker blieb bei seiner Verantwortung, er hätte sich bedroht gefühlt. Entgegen seinen ursprünglichen Angaben, daß er einen Schreckschuß abgegeben hätte, gab er nunmehr an, daß es zu einer ungewollten Schußabgabe gekommen war.

Der Richter wies in der Verhandlung mehrfach darauf hin, daß es vernünftiger gewesen wäre, die Polizei zu verständigen, als selbst einzuschreiten. Der Verteidiger nannte einen Zeugen, der nicht geladen worden war. Möglicherweis konnte aber gerade dieser Wesentliches zur Klärung des Sachverhaltes beitragen, deshalb vertagte der Richter die Verhandlung.

Ein Jahr später, im Juni 1997, fand die zweite Verhandlung statt. Der bislang nicht erschienene Zeuge, der 19jährige Osman P., kam und bestätigte die Aussagen seiner Freunde, daß der Angeschossene kein Messer bei sich gehabt hatte. Dieser Zeuge war schon zweimal geladen worden, doch er hatte denselben Vornamen wie sein Vater. Wem er zustellen sollte, war für den Postbeamten deshalb nicht klar. Er vermerkte dies anläßlich seiner ersten Zustellung, doch auch die zweite Ladung wurde ohne Angabe des Geburtsdatums abgesandt. Dies hatte zur Folge, daß eine anberaumte Hauptverhandlung storniert werden mußte. Erst die dritte Ladung erreichte den Empfänger.

Der Verhandlung waren zwei Sachverständige, ein Gerichtsmediziner und ein Waffensachverständiger, beigezogen worden. Der Mediziner bestätigte die Schwere der Verletzung und erklärte, daß diese keine Dauerfolgen nach sich gezogen hätten. Der Schießsachverständige erklärte den Revolver vom technischen Standpunkt aus. Der Zustand der Waffe war einwandfrei; ein technisches Gebrechen als Ursache für die Schußabgabe war auszuschließen. Mit anderen Worten mußte der Angeklagte gewollt den Abzug betätigt haben. Der Schütze, ein in seinen Gedankenabläufen eher bescheiden wirkender Mann, beklagte, daß Taxilenkern im Umgang mit Faustfeuerwaffen keine Schulung zuteil wird. Er wollte damit zum Ausdruck bringen, daß es deshalb zur Schußabgabe gekommen wäre, weil er mit dem Umgang der Waffe nicht genügend vertraut gewesen wäre.

Nachdem die Verteidigerin den Richter darauf hingewiesen hatte, daß es für ihren Mandanten wesentlich sei, ob der Angeschossene, der von der Polizei wegen seiner drohenden Haltung mit dem Messer dem Jugendgerichtshof Wien angezeigt worden war, verurteilt werden würde, vertagte der Richter neuerlich. Im März 1998, sohin 28 Monate nach der Tat, fand die vorläufig letzte Gerichtsverhandlung statt. Der Taxilenker Walter H. wurde wegen fahrlässiger, schwerer Körperverletzung, Nötigung und Verleumdung zu einer sechsmonatigen bedingten Freiheitsstrafe verurteilt. Demnach war der Richter der Auffassung, daß der Angeklagte versehentlich, das heißt ungewollt, geschossen hätte.

Vater „rächte" Sohn: Schuß auf 17jährigen

Das Schußattentat auf einen 17jährigen in Wien-Favoriten – wir berichteten – ist geklärt. Ein 52jähriger Taxler hatte seinen Sohn „gerächt", der mit zwei Jugendlichen in Streit geraten war. Er verfolgte die Burschen mit seinem Auto und wollte sie zur Rede stellen. Als er sich von ihnen bedroht fühlte, zog er eine Pistole.

Im Verhör bestritt der Verdächtige aus dem 22. Bezirk jedoch, das Opfer absichtlich verletzt zu haben. Der Mann schildert die Auseinandersetzung als Unfall. „Als die beiden ein Messer zogen und auf mich losgingen, geriet ich in Panik und zog die Pistole. Ich wollte nur einen Warnschuß abgeben", so der mutmaßliche Täter zu Kriminalisten. Der lebensgefährlich verletzte 17jährige – er erlitt einen Brustdurchschuß – ist mittlerweile schon außer Lebensgefahr.

Kronen Zeitung vom 20. November 1995

Worin lag der Tatbestand der Nötigung? Sie sah der Richter in der Aufforderung an die türkischen Jugendlichen, zu verschwinden, was mit dem Revolver „unterstrichen" worden war. Was hatte es mit der Verurteilung wegen Verleumdung auf sich? Der Richter vertrat die Meinung, daß der Angeschossene nicht mit einem Messer bewaffnet war, der Taxilenker dies somit bewußt wahrheitswidrig angegeben hatte, um sich so eine Notwehrsituation zu verschaffen.

Ein Prozeß, der von Pannen begleitet war, war in erster Instanz zu Ende gegangen. Der Zeitablauf ist bei einem Strafverfahren ein nicht zu unterschätzender Faktor. Je länger die Ereignisse zurückliegen, um so verschwommener werden die diesbezüglichen Wahrnehmungen und um so problematischer sind die für die Wahrheitsfindung so wesentlichen Zeugenaussagen.

Das Notwehrrecht ist im österreichischen Strafgesetz definiert, doch ist es in jedem einzelnen Fall Aufgabe des Richters, herauszufinden, ob tatsächlich Notwehr vorlag oder nicht. Eine eindeutige Antwort auf die immer wieder gestellte Frage, ob in einer bestimmten Situation Notwehr vorliegt, kann deshalb nicht gegeben werden.

83

EIN POSTBEAMTER GAB FORTUNA KEINE CHANCE

Im November 1995 fiel einem aufmerksamen Angestellten der Wechselstube am Wiener Südbahnhof auf, daß wiederholt Jugendliche im Alter von etwa 14 bis 16 Jahren in die Wechselstube kamen, um verschiedene Fremdwährungen im Wert von 10.000 bis 15.000 Schilling wechseln zu lassen.

Der Angestellte kam zu der Auffassung, daß etwas „faul" an der Sache war. Als die Jugendlichen erneut kamen, nahm er die Umwechslungen vor, jedoch nicht ohne zuvor einen Ausweis zu verlangen. Der Jugendliche wies einen Schülerausweis vor, dessen Daten sich der Angestellte notierte. Noch am selben Tag begab er sich auf das Wachzimmer Südbahnhof. Der Sachverhalt wurde zu Papier gebracht, und eine Meldung landete auf dem Schreibtisch des Autors.

Welche Bewandtnis hatte es mit diesem Sachverhalt? Gab es einen Anknüpfungspunkt zu strafbaren Handlungen?

Die Person des Jugendlichen wurde „durchleuchtet". Es stellte sich heraus, daß er beim Referat für Jugendbanden bereits aktenkundig war. Der Akt wurde diesem Referat übermittelt, war es doch denkbar, daß die Meldung im Zusammenhang mit dem dortigen Informationsstand verwertbar war.

Die angeführte Dienststelle war jedoch mit anderen Amtshandlungen ausgelastet und übermittelte den Akt dem Bezirkspolizeikommissariat Favoriten zur weiteren und endgültigen Erledigung.

Die Kriminalbeamten der Gruppe Hadek setzten sich mit dem aufmerksamen Angestellten der Wechselstube in Verbindung, doch zur Klärung einer konkreten strafbaren Handlung trug auch dies nicht bei. Woher die Jugendlichen die Fremdwährungen, vor allem Yen, D-Mark, Francs und Dollar hatten, blieb offen.

Der verdächtige Jugendliche wurde vorgeladen, und was sich innerhalb weniger Stunden bei seiner Vernehmung an Informationen ergab, sollte die Kriminalbeamten mehrere Wochen beschäftigen.

Stefan M., ein 16jähriger Kochlehrling aus Wien 20, Treustraße, gab zu, seinen Stiefvater wiederholt bestohlen zu haben. Dieser hätte in einer Handkasse immer wieder größere Mengen an Fremdwährungen aufbewahrt; woher dieses Geld stammte, wüßte er nicht. Sein Stiefvater war am Wiener Westbahnhof als Postbeamter beschäftigt. Zur Zeit wäre er gemeinsam mit seiner Frau, der Mutter des Jugendlichen, auf den Fidschi-Inseln auf Urlaub.

Ein Hausdurchsuchungsbefehl war das vorläufige Resultat der Vernehmung. In der Wohnung des Postbeamten wurden, man höre und staune, Fremdwährungen im Werte von rund einer Million Schilling vorgefunden und sichergestellt. Mit großer Wahrscheinlichkeit war anzunehmen, daß die Fremdwährungen mit einer strafbaren Handlung, wenn auch noch unbekannt mit welcher, in Verbindung standen.

Beamter bereiste mit seiner Frau die luxuriösesten Urlaubsziele auf der ganzen Welt

Verhafteter Postler hatte Fernweh

„Unstillbares Fernweh“ war das Motiv jenes 43jährigen Wiener Postlers, der, wie berichtet, im Verdacht steht, mindestens fünf Millionen Schilling aus Briefen gestohlen zu haben. So reiste er seit mehr als vier Jahren gemeinsam mit seiner Frau, einer 41jährigen Telefonistin, zu den luxuriösesten Urlaubsadressen der Welt . . .

Foto: Andi Schiel

Diesen Geldberg hatte der Postler zu Hause versteckt

Kronen Zeitung vom 31. Jänner 1996

Bei den weiteren Erhebungen stellte sich heraus, daß der auf Urlaub weilende Postbeamte am Wiener Westbahnhof im Verteilerdienst für Einschreibsendungen beschäftigt war. Der Erhebungsdienst der Post, zu dessen Aufgaben es gehört, Unregelmäßigkeiten oder strafbare Handlungen innerhalb der Post aufzudecken, war sogleich hellhörig geworden, als der Name des Verdächtigen fiel. Dieser Beamte stand seit Monaten im Visier der dortigen Fahnder. Er war dringend verdächtig, aus Einschreibsendungen Geld gestohlen zu haben. Doch trotz aller Bemühungen konnte man ihm nichts nachweisen.

Gegen den 43jährigen Erich H. wurde ein Haftbefehl eingeholt. Die Kollegen am Flughafen Wien-Schwechat wurden informiert, und am 27. Jänner 1996 wurde der mit dem AUA-Linienflug OS 128 von den Fidschi-Inseln heimkehrende Postbeamte verhaftet. Der Schock saß tief. Ohne Umschweife gab der Verdächtige die ihm zu Last gelegten Diebstähle zu. Es zeigten sich bei dieser Amtshandlung interessante Details. Die Glückspielmöglichkeiten, die in Österreich geboten werden, finden zahlreiche Interessenten in ganz Europa, aber auch außerhalb dieser Grenzen, vor allem in Japan. Viele Japaner suchten ihr Glück bei der „Hohen Brücke“. Sie übermittelten ihre Spieleinsätze mit Einschreibsendungen. Dies war der Grund, weshalb bei dem Postbeamten so viele Yen sichergestellt worden waren und weshalb auch sein Stiefsohn diese zur Einwechslung gebracht hatte. Die Beamten des postinternen Erhebungsdienstes übermittelten über Wochen hinweg immer neue Schadensaufstellungen. Der erhobene Schaden überschritt die Grenze von drei Millionen Schilling; der zu erwartende Gesamtschaden wurde mit etwa fünf Millionen beziffert.

Der Täter war keinesfalls in Geldschwierigkeiten; er verdiente im großen und ganzen gut, ebenso seine Frau. Doch die Verlockung, relativ leicht zu Geld zu gelangen, ließ ihn nicht widerstehen. Er gab zu, seit 1992 Banknoten aus Briefsendungen gestohlen zu haben. Damit finanzierte der Postbeamte ausschließlich luxuriöse Reisen. Er hatte gemeinsam mit seiner Gattin die interessantesten Destinationen der gesamten Welt besucht.

Am 15. Mai 1996 kam es im Landesgericht Wien zur Hauptverhandlung. Der Beschuldigte war bei der Hauptverhandlung im großen und ganzen geständig, allerdings für den Schaden in Höhe von fünf Millionen Schilling wollte er nicht geradestehen. Drei Millionen Schilling hätte er gerade noch akzeptiert. Kurz und gut, der Richter vertagte die Verhandlung zur Feststellung der tatsächlichen Schadenssumme, die dem Verdächtigen anzulasten war.

Am 17. Juli 1996 war es abermals soweit, doch auch bei dieser nunmehr zweiten Gerichtsverhandlung gelang der Beweis nicht, daß Erich H. fünf Millionen Schilling gestohlen hatte. Man konnte nicht ausschließen, daß sich weitere Postbeamte gleichfalls auf ähnliche Art und Weise bereichert hatten.

Der Richter fällte ein Urteil, und der Beschuldigte konnte mit diesem zufrieden sein. Er erhielt insgesamt eine Haftstrafe von 30 Monaten, davon wurden jedoch nur zehn Monate unbedingt ausgesprochen. Sieben Monate war er bereits in U-Haft gesessen, es verblieb sohin ein Rest von drei Monaten.

Weihnachten 1996 konnte der Weltenbummler wohl nicht auf Reisen, jedoch wieder im trauten Heim feiern.

84

EIN PROJEKTIL VERSCHLUCKT

Am 28. November 1995 kam es um die Mittagszeit in Wien 10, Dampfgasse, zu einem aufsehenerregenden Polizeieinsatz. Funkwagenbesatzungen des Bezirks und Beamte der WEGA fuhren zum Tatort.

In der Rettungszentrale war angerufen und wegen eines Angeschossenen um Hilfe ersucht worden. Da nichts Näheres mitgeteilt wurde, wurde seitens der Rettungszentrale die Funkstelle der Polizei alarmiert, die ihrerseits reagierte.

Die Wohnung, aus der angerufen worden war, wurde ausfindig gemacht und umstellt. Das Eintreffen von Beamten mit beschußsicherer Kleidung wurde abgewartet. Diese polizeilichen Vorkehrungen wurden von den Personen, die sich in der verdächtigen Wohnung aufhielten, wahrgenommen, und plötzlich wurde die Türe geöffnet. Ein stark blutverschmierter, verletzter Mann trat gestützt von einem zweiten auf den Gang.

Der 34jährige Manfred H. aus Wien 10, Hasengasse, gab an, beim Überqueren des Haushofes angeschossen worden zu sein. Nähere Angaben, die zur Ausforschung des Schützen hätten führen können, konnte oder wollte er nicht machen. Die Rettungsärztin nahm an Ort und Stelle eine Notversorgung vor und teilte danach den Beamten mit, daß sie an der Kleidung des Verletzten Schmauchspuren festgestellt hatte. Der Kriminalist weiß, daß derartige Spuren nur dann zu finden sind, wenn aus nächster Nähe geschossen wurde. Aus dieser Tatsache ergab sich, daß der Verletzte über den Hergang des Vorfalls nicht die Wahrheit gesagt hatte. Da der Tatort in der Dampfgasse nicht allzu weit vom Kommissariat entfernt ist, hatten die Kriminalbeamten nur wenige Minuten gebraucht, um dort hinzukommen.

In der Wohnung, aus welcher der Verletzte gekommen war, befand sich die Mieterin, die 44jährige Ingrid M., und deren Freund, der 33jährige Günther H. Die beiden wurden voneinander getrennt zum Vorfall befragt, und rasch war geklärt, was sich tatsächlich zugetragen hatte.

Wien: Nach Schuß stürmte die Polizei eine Wohnung

Aufregung herrschte Dienstag nachmittag in einem Gemeindebau in der Dampfgasse in Wien-Favoriten: Hausbewohner hatten einen Schuß gehört und die Polizei alarmiert. Spezialisten der Alarmabteilung umstellten das Gebäude und stürmten dann eine Wohnung.

Die Einsatzkräfte fanden zwei Männer. Einer von ihnen war von einem Projektil in der Lendengegend getroffen worden. Der Verletzte wurde ins Krankenhaus gebracht. Bei den Ermittlungen stellte sich heraus, daß sich das Opfer die Schußverletzung selbst zugefügt hatte, als es mit der Pistole hantierte. Da der Verletzte keinen Waffenschein besitzt, versuchte er, mit dem Freund einen Überfall vorzutäuschen, und schluckte zur „Tarnung“ sogar ein Projektil. Der Komplice des fingierten Überfalls wurde festgenommen.

Kronen Zeitung vom 29. November 1995

Manfred H. hatte mit seinem Freund Günther H. eine Zechtour hinter sich, als sie die Wohnung der Ingrid M. aufsuchten. Der Frau fiel auf, daß Manfred H. im Hosenbund eine Waffe stecken hatte. Sie fürchtete wohl nicht zu unrecht, daß damit etwas geschehen könnte, und forderte den Alkoholisierten auf, die Waffe wegzulegen.

Manfred H. kam dieser Aufforderung nach, und schon war es geschehen. Er hatte beim Herausziehen der Waffe so ungeschickt an dieser hantiert, daß sich ein Schuß löste, wobei er in die rechte Gesäßhälfte getroffen wurde. Die Schußverletzung hatte starken Blutverlust zur Folge, und das Bemühen der Anwesenden, die Blutung zu stoppen, blieb erfolglos. Es bot sich kein anderer Ausweg, als die Rettung zu rufen.

Nach dem Anruf forderte der Angeschossene die beiden Anwesenden auf, die Waffe zu verstecken und seiner beabsichtigten Schilderung, beim Überqueren des Hofes durch einen Unbekannten angeschossen worden zu sein, beizupflichten.

Vorerst versuchte man diese Version aufzutischen. Die festgestellten Schmauchspuren trugen, wie angeführt, dazu bei, die Wahrheit ans Licht zu bringen. Der Kriminalbeamte Fingerlos konnte bei Durchsuchung der Wohnung die Tatwaffe, eine Pistole jugoslawischer Herkunft im Kaliber 9 mm kurz, sicherstellen. Die Waffe war beim Abfluß der Badewanne versteckt worden.

Die Vernehmung der Beteiligten begann. Es hatte sich herausgestellt, daß die Schußverletzung, ungeachtet der starken Blutung, die sie verursacht hatte, relativ harmlos war. Das Projektil hatte die rechte Gesäßbacke des Manfred H. durchschlagen und war aus dem Körper ausgetreten. Wo aber war das Projektil? Es mußte vom Tatablauf her in der Wohnung zu finden sein. Als die Vernehmung auf diesen Punkt kam, legte Günther H. ein außergewöhnliches Geständnis ab. Er gab zu, das Projektil verschluckt zu haben.

Als die Beteiligten den Aufmarsch der massiven Polizeikräfte mitbekommen hatten, wußten sie, daß ihnen nicht mehr viel Zeit blieb, die Spuren in der Wohnung zu beseitigen. Es gelang noch, die Tatwaffe zu verstecken, doch nach Androhung einer gewaltsamen Türöffnung entschloß man sich zu öffnen. In der Aufregung wußte Günther H. nicht mehr, was er mit dem von ihm aufgefundenen Projektil tun sollte, und in seiner Panik steckte er es in den Mund und verschluckte es. Es erging der richterliche Auftrag, den natürlichen Abgang des Projektils wahrzunehmen und es zu Beweiszwecken dem Gericht zu übermitteln.

Auch nach Klärung des Sachverhalts war Manfred H. nicht geständig; die Beteiligten wurden auf freiem Fuß zur Anzeige gebracht.

Die Beseitigung eines Beweismittels, konkret eines verfeuerten Projektils durch Verschlucken, hat die an Absurditäten reiche Kriminalgeschichte um eine weitere Facette bereichert.

Nur wenige Monate sollten vergehen, bis Manfred H. und Günther H. abermals die Polizei in Favoriten beschäftigten.

Am 28. April 1996 bemerkte ein aufmerksamer Favoritner vom Fenster seiner in Wien 10, Bernhardstalgasse, gelegenen Wohnung zwei Männer, die sich gegen 23.50 Uhr an der Eingangstür eines Lokales zu schaffen machten. Der Zeuge tat

Schiel

Der Komplize des fingierten Überfalls wurde festgenommen

das einzig Richtige: er verständigte die Polizei, und wenige Minuten später trafen mehrere Funkwagen am möglichen Tatort ein. Die beiden Verdächtigen waren nicht mehr anwesend, doch es gelang, sie im Zuge einer Streifung anzuhalten.

Sie wurden vom Zeugen eindeutig wiedererkannt, und da in der Zwischenzeit aufgrund der Spuren feststand, daß versucht worden war, in das Lokal mit Gewalt einzudringen, wurde die Festnahme ausgesprochen.

Bei einer Personsdurchsuchung fand sich bei Günther H. ein Zulassungsschein. Unweit vom Anhalteort wurde das Fahrzeug aufgefunden, und im Kofferraum lag eine große Anzahl von Werkzeugen, darunter vor allem solches, wie es vorwiegend für Einbrüche verwendet wird. Für die Sicherheitswachebeamten Eidler, Körbler, Jahn, Gamsjäger, Lunzer und Potenes war ein Einsatz mit der Festnahme zweier Einbrecher erfolgreich zu Ende gegangen.

Kriminalbeamte führten die weiteren Erhebungen. Nach Abschluß der Amtshandlungen waren elf Einbruchsdiebstähle, vorwiegend in Lokale im 10. Bezirk, geklärt worden. Der Großteil der Einbruchswerkzeuge stammte von Baustelleneinbrüchen – die Fabrikationsnummern der Werkzeuge waren in der Sachfahndung gespeichert. So ließ sich deren Herkunft rasch und exakt über eine EDV-Anfrage klären.

Wie schon bei dem Vorfall mit der Schußverletzung, war es der „Schlucker" Günther H., der sich geständig zeigte; sein Komplize Manfred H. zog es abermals vor zu schweigen.

Die Justiz wird dieses Verhalten bei der Strafbemessung zu werten wissen: die beiden Täter wurden dem Landesgericht Wien überstellt.

85

BIS ZUM ENDE

Am 2. Dezember 1995 wurden die verfügbaren Funkwagen zu einer Anschrift nach Wien 10, Jura-Soyfer-Gasse, entsandt. Dem Einsatz war ein Anruf beim Polizeinotruf vorausgegangen, bei welchem der Anrufer mitteilte, daß in der Nachbarwohnung geschossen worden war.

Die Polizeibeamten näherten sich mit der nötigen Vorsicht der angegebenen Wohnung, doch ehe sie in diese eindringen konnten, hörten sie, daß darin ein Schuß fiel. Es trafen soeben Kollegen der WEGA (Wiener Einsatzgruppe – Alarmabteilung) ein. Diese hatten schußsichere Bekleidung angelegt und drangen gewaltsam in die Wohnung ein. Es sollte für die Beamten nichts mehr zu tun sein: es fanden sich nämlich zwei Leichen männlichen Geschlechts. Auf dem Boden des Wohnzimmers lag ein Mann, der nur teilweise bekleidet war und im Oberkörper zwei Einschüsse aufwies. Im selben Raum wurde eine auf einem Sessel sitzende zweite Leiche vorgefunden, die einen Kopfschuß aufwies. Die Schußverletzung war so gewaltig, daß vom Gesicht des Toten nahezu nichts mehr zu erkennen war. Die Tatwaffe, ein ehemaliger deutscher Wehrmachtskarabiner, lag neben der Leiche.

Kriminalbeamte wurden zur Spurensicherung und Vornahme der nötigen Erhebungen angefordert.

Vom Wohnungsnachbarn wurde in Erfahrung gebracht, daß Martin Sch., 69 Jahre alt, bei ihm angeläutet und um Verständigung der Rettung ersucht hatte. Er sagte, daß er den „Hansl" angeschossen hätte. Am Tonfall seiner Stimme war zu erkennen, daß er alkoholisiert gewesen war. Die weiteren Erkundigungen brachten nur spärlich Informationen. Die Anonymität großer Wohnhausanlagen fördert nicht die Kommunikation unter den Bewohnern. Man lebt neben-, aber nicht miteinander. So viel war zu erfahren: Martin Sch. wohnte seit 1972 in dieser Wohnung und wurde als freundlich, aber kontaktarm beschrieben. Er fiel fallweise durch seine Alkoholisierung auf, sonst wußte man von ihm nicht viel zu erzählen. Seit etwa zwei Jahren wurde er, wenn auch unregelmäßig, von einem zirka 40jährigen Mann besucht, der der zweite Tote war. Er wurde als Johann W. identifiziert.

Er war jener Angezeigte aus dem Jahre 1984, der seinen Bruder bei einer Auseinandersetzung mit einem Messer schwer verletzt hatte. Das Opfer hatte ihn decken wollen und angegeben, bei einem Würstelstand von einem Unbekannten gestochen worden zu sein. Diese fingierte Anzeige hatte den Erhebungen nicht standgehalten, und der wahre Sachverhalt kam zu Tage.

Die Brüder Ernst und Johann W. hatten auch zuvor schon insofern für Schlagzeilen gesorgt, als sie in alkoholisiertem Zustand Gendarmeriebeamte in Baden so vehementen Widerstand gegen ihre Festnahme entgegensetzten, daß die Beamten letztlich zur Abgabe von 22 Schüssen genötigt waren.

Der Bruder des nun Erschossenen wußte von dessen Trinkerbekanntschaft zu Martin Sch. Er hatte am eigenen Leib erfahren, daß sein Bruder Johann W. in alko-

Fotos: Andi Schiel

▲ *Das Mieterehepaar S. hörte Schüsse in der Nachbarwohnung*

◀ *In diesem Haus tötete Martin Schmidt (kl. Bild) den Freund*

Hausbewohner Josef M.

69jähriger Wiener schoß auf Trinkkumpanen und jagte sich dann selbst Kugel in den Kopf!

Mord im Gemeindebau: Mieter tötet Freund mit Militärgewehr

„Ich hab den Hansl erschossen", klopfte ein 69jähriger Pensionist in der Nacht zum Samstag an die Tür seiner Nachbarin in Wien-Favoriten. Während die Frau die Polizei alarmierte, jagte sich der Mann eine Kugel in den Kopf. Mögliches Motiv der Bluttat im Gemeindebau: Ein Streit, ausgelöst durch Alkohol.

Zwei dumpfe Schüsse rissen Freitag gegen 23 Uhr die Mieter auf Stiege 10 in der Gemeindesiedlung in der Jura-Soyver-Gasse aus dem Schlaf. Kurz darauf läutete der Pensionist Martin Schmidt an der Tür seiner Nachbarin. Er stammelte, daß er auf seinen Freund geschossen habe, und ging zurück in sein Wohnzimmer.

Minuten später krachte erneut ein Schuß. Als die Kriminalisten der Tatortgruppe 2 in die Wohnung eindrangen, entdeckten sie zwei

VON CHRISTOPH MATZL

Leichen: Auf dem Boden lag der 47jährige Johann W., von seinem „Freund" Martin Schmidt mit zwei Projektilen in die Brust getötet. Und über den Sessel hing der Leichnam des Pensionisten, der sich mit einem Militärkarabiner eine Kugel in den Kopf gejagt hatte.

„Im Haus war zwar bekannt, daß der Herr Schmidt gerne trinkt, aber gewalttätig war er nie", erzählt Mieter Walter S., der die Todesschüsse gehört hatte. Manchmal sei es halt ein bisserl laut gewesen, wenn der Schmidt mit seiner Ziehharmonika Heurigenlieder g'spielt habe.

„Von ernsthaften Problemen mit dem korpulenten Mitbewohner", weiß auch Nachbar Josef M. (79) nichts: „Außer, daß wir dem Schmidt wegen seiner Alkoholfahne immer aus dem Weg gegangen sind."

Kronen Zeitung vom 3. Dezember 1995

holisiertem Zustand sehr aggressiv sein konnte. Es ist anzunehmen, daß ein Streit zwischen Martin Sch. und Johann W. Motiv des Mordes gewesen ist. Mangels Zeugen wird sich nie mehr feststellen lassen, welche näheren Umstände zu dem Mord mit anschließendem Selbstmord geführt haben.

Fest steht, daß die Aggressivität jedenfalls bis zum Ende, und dies im wahrsten Sinn des Wortes, eine dominierende Eigenschaft des Johann W. gewesen ist.

Martin Sch. dagegen ist als Gewalttäter nie in Erscheinung getreten. Wann und weshalb er ein Gewehr erworben hat, blieb ebenfalls ungeklärt.

86

SELBSTMORDE IM JAHRE 1995

Zu den unerfreulichsten, weil deprimierendsten Aufgaben der Polizei gehört die Bearbeitung von Akten, denen Selbstmorde zugrunde liegen.

Der Tod eines Menschen ist mit Ausnahme seiner Geburt das elementarste Ereignis. Der Selbstmord ist als eine außergewöhnliche Todesart anzusehen.

Wer sonst als die Polizei sollte berufen sein, festzustellen, ob nicht allenfalls Fremdverschulden am Tod eines Menschen vorliegt?

Die Kriminalpolizei verfügt über das nötige Instrumentarium und Können zur Klärung von strafbaren Handlungen, sie setzt daher ihre Fähigkeiten auch bei der Bearbeitung von Selbstmorden ein.

Leider ist in Österreich die Selbstmordrate relativ hoch. Ein Bezirk mit der Einwohnerzahl Favoritens ist folglich ein Spiegelbild dieser tristen Bilanz.

Bei jedem Todesfall, bei dem zu vermuten ist, daß Selbstmord vorliegt, begibt sich eine polizeiliche Kommission zum Auffindungsort des Toten. Die Kommission setzt sich aus einem Polizeijuristen, einem Polizeiamtsarzt und einem Kriminalbeamten zusammen. Dieses Team verfügt gemeinsam über jene Fähigkeiten, die geeignet sind, die nötigen Schlußfolgerungen zu treffen. Der Kriminalbeamte wird sein polizeiliches Wissen einbringen, der Arzt sein spezifisch medizinisches, und der Jurist hat vor allem zu entscheiden, ob die Staatsanwaltschaft mit dem Todesfall befaßt werden muß und damit die Vornahme einer gerichtsmedizinischen Obduktion als nötig erachtet wird. In einer Vielzahl von Fällen ist eine derartige Obduktion geeignet, Zweifel am Vorliegen von Fremdverschulden zu zerstreuen oder aber Hinweise für weitere Erhebungen zu geben.

Jedenfalls ist nach Auffassung des Autors, eine dreißigjährige Erfahrung gibt ihm hiezu die Legitimation, diese Vorgangsweise im Bereich der Bundespolizeidirektion Wien Garantie für die ordnungsgemäße Untersuchung jedes Selbstmordes.

Nachstehend werden die im Jahre 1995 bearbeiteten Selbstmorde chronologisch angeführt.

Am 19. 1. 1995 wurde der 68jährige Rudolf W. in Wien 10, Laxenburger Straße, von einem Bekannten in der Wohnung tot aufgefunden. Er hatte sich mit einem Elektrokabel, welches er am Fenstergriff montiert hatte, erhängt. Ein Abschiedsbrief konnte nicht vorgefunden werden; das Motiv war wohl in seinen tristen Lebensumständen zu suchen.

Am 28. 2. 1995 wurde die Polizei nach Wien 10, Herzgasse, gerufen. Hausparteien hatten einen penetranten Geruch festgestellt, der vermutlich aus einer Wohnung kam. Die Wohnungstür wurde gewaltsam geöffnet, und im Zimmer wurde an der Türklinke der 48jährige Konrad F. erhängt aufgefunden. Der Tote war im Haus als Alkoholiker bekannt. Er war alleinstehend und seit Jahren arbeitslos. Wie im ersten Fall ist zu vermuten, daß auch bei Konrad F. das gleiche Motiv wie bei Rudolf W. zutraf.

Am 9. 3. 1995 ging ein technischer Angestellter in den Morgenstunden durch das Wienerberg-Gelände in Richtung seines Arbeitsplatzes. Er benützte dabei den Rad- und Fußweg nächst der Lindkogelgasse. Er bemerkte einen auf einer Bank sitzenden Mann. Plötzlich vernahm er eine Detonation und sah, wie die Person auf der Bank zusammensackte. Als er näher kam, bemerkte er, daß sich der Mann erschossen hatte. Das Gewehr stand noch zwischen seinen Beinen. Der Tote war der 59jährige Gerhard B. aus Wien 10, Raxstraße. Er war alleinstehend und stand in neurologischer Behandlung. Wie sich heraustellte, hatte er seinen Selbstmord geplant: in der Wohnung fanden sich exakte Anweisungen, was nach seinem Tod zu veranlassen sei. Getötet hatte sich Gerhard B. mit einer Schrotflinte durch einen Schuß in den Kopf. Das Motiv blieb ungeklärt.

Am 10. 3. 1995 ging Margarete O. aus Wien 10, Friesenplatz, gegen 16 Uhr einkaufen. Als sie etwa zwei Stunden später nach Hause kam, fand sie ihren 69jährigen Ehemann Karl O. im Schlafzimmer erschossen vor. Wie festgestellt wurde, hatte sich der Mann mit einem Revolver im Kaliber 38 durch einen Schuß in den Kopf getötet. Er war krebskrank und sollte sich in den nächsten Tagen neuerlich in Spitalsbehandlung begeben.

Am 12. 3. 1995 wurde der 28jährige Arbeiter Christian St. aus Wien 10, Angeligasse, von seinen Eltern in der Wohnung tot aufgefunden. Er hatte sich mittels zweier Insulinspritzen getötet. In einem Abschiedsbrief bat er seine Eltern um Verständnis für seine Tat. Christian St. war schwerer Diabetiker – die Erkrankung war das Motiv für seinen Selbstmord.

Am 28. 3. 1995 wurde der 44jährige beschäftigungslose und alkoholabhängige Sigmund B. von seinem Therapeuten in seiner Wohnung in Wien 10, Sapphogasse, im Kleiderkasten erhängt aufgefunden. Hohe Schulden und zunehmende Alkoholprobleme waren die Ursachen für den Selbstmord.

Am 11. 4. 1995 verstarb der 43jährige ÖBB-Pensionist Manfred R. im Kaiser-Franz-Joseph-Spital nach dem Sturz aus einem Fenster des zweiten Stockwerkes, den er in selbstmörderischer Absicht unternommen hatte. Doppelt tragisch war dieser Selbstmord deshalb, weil Manfred R. wegen eines Selbstmordversuches durch Einnahme von Medikamenten in seiner Wohnung in das angeführte Spital eingeliefert worden war. Es muß nachdenklich stimmen, wenn ein Patient, der wegen Suizidgefahr in eine psychiatrische Abteilung aufgenommen wurde, eben dort sein Vorhaben, nämlich Selbstmord zu verüben, ausführen kann.

Am 15. 4. 1995 wurde die 67jährige Herta W. aus Wien 10, Davidgasse, von ihrem Bruder im Badezimmer erhängt aufgefunden. Die Tote war schwerkrank gewesen: ein Wirbelsäulenleiden hatte ihr seit Jahren zu schaffen gemacht. Nach einem Selbstmordversuch war sie in psychiatrischer Behandlung gewesen. Das Motiv der Tat war in der unheilbaren Krankheit zu suchen.

Am 18. 4. 1995 wurde die Rettung in eine Wohnung nach Wien 10, Angeligasse, gerufen. Dort wurde der 35jährige Postbeamte Helmut K. mit mehreren stark blutenden Stichverletzungen im Brustbereich angetroffen. Gegen die ärztliche Behandlung setzte er sich mit aller Kraft zu Wehr. Der Postbeamte litt seit Jahren an Depressionen. Er verstarb während der Operation im Allgemeinen Krankenhaus.

Am 24. 4. 1995 bemerkte der Fahrer eines U-Bahn-Zuges der Linie U1 gegen 9.50 Uhr, als er in die Station Keplerplatz einfuhr, eine etwa 50jährige Frau, die am Perron stand. Als sich der Triebwagen etwa zehn Meter vor der Frau befand, sprang diese offenbar in selbstmörderischer Absicht vor den Zug. Eine sofortige Notbremsung konnte die Kollision nicht verhindern. Die Frau konnte nur noch tot geborgen werden. Sie hatte keinerlei Ausweise bei sich, doch über die Schlüsselnummer gelang es den Kriminalbeamten, sie zu identifizieren. In der Wohnung der 51jährigen Ingrid O. aus Wien 10, Buchengasse, wurde ein handgeschriebenes Testament vorgefunden. Diesem war zu entnehmen, daß sie die Trennung von ihrem Lebensgefährten nicht überwinden konnte. Ingrid O. hatte gegenüber Bekannten wiederholt Selbstmordabsichten geäußert.

Am 15. 5. 1995 sprang die 77jährige Wilhelmine A. aus dem Fenster ihres im siebenten Stock gelegenen Zimmers im Pensionistenheim in Wien 10, Holbeingasse. Die Frau stürzte auf das Dach des im ersten Stock liegenden Vorbaues. Bei ihrer Bergung war sie bereits tot. Wilhelmine A. war seit 1993 im Pensionistenheim aufhältig und dort zusehens depressiver geworden. Ein trostloser, weil besuchsloser Muttertag dürfte Auslöser des Selbstmordes gewesen sein.

Am 26. 5. 1995 wurde die 32jährige Monika J. in Wien 10, Zur Spinnerin, von ihrem Vater tot im Bett liegend aufgefunden. Die junge Frau hatte sich durch Einnahme von Medikamenten das Leben genommen. Ihr Lebensgefährte war vor zwei Jahren verstorben; sie hatte dies nie überwunden und litt seither an Depressionen. Die fachärztliche Behandlung hatte leider nicht den erwünschten Erfolg gebracht.

Am 5. 7. 1995 fand die Mutter des 38jährigen Andreas B. ihren Sohn in seiner Wohnung in Wien 10, Leebgasse, erhängt auf. Das Motiv des Selbstmordes war eine lebensbedrohende Unterleibsoperation seiner Lebensgefährtin. Er selbst war schwer herzleidend.

Am 1. 8. 1995 stürzte sich die 51jährige Maria L. aus Wien 10, Inzersdorfer Straße, aus dem Fenster ihrer im dritten Stock gelegenen Wohnung. Ein Abschiedsbrief wurde vorgefunden, aus dem hervorging, daß sie dem Glücksspiel verfallen war und sich dadurch immer höhere Schulden angehäuft hatten. Das Glück im Spiel stellte sich jedoch nicht ein. Der Selbstmord schien ihr der einzige Ausweg aus einer für sie ausweglos erscheinenden Situation zu sein.

Am 2. 8. 1995 wurde der 23jährige Ante M. in Wien 10, Dampfgasse, von seiner Frau in der Wohnung erhängt aufgefunden. Am Tag zuvor hatte es zwischen dem Ehepaar Streit gegeben. Anlaß dafür war die Spielleidenschaft des Mannes. Seit etwa drei Jahren spielte er täglich an Spielautomaten. Er wußte auch finanziell nicht mehr ein und aus. Der Streit dürfte Auslöser der Tat gewesen sein.

Am 11. 8. 1995 setzte der 36jährige Dr. Josef O., von Beruf Gemeindeangestellter, seinem Leben durch Sturz aus dem Fenster seiner im fünften Stock in Wien 10, Inzersdorfer Straße, gelegenen Wohnung ein Ende. Bei den Erhebungen stellte sich heraus, daß Dr. Josef O. seit seinem 25. Lebensjahr psychisch krank war. Er litt unter Depressionen und war seit Jahren in fachärztlicher Behandlung. Auch ihm konnte die medizinische Wissenschaft nicht helfen.

Am 8. 9. 1995 wurde die 22jährige Studentin Eva F. aus Wien 10, Geißfußgasse, von ihrer Mutter erhängt aufgefunden. Auch diese junge Frau litt an Depressionen und stand in ärztlicher Behandlung. Sie hinterließ einen Abschiedsbrief.

Am 26. 9. 1995 wurde die Leiche der 71jährigen Ela S. aus Wien 10, Gußriegelstraße, aufgefunden. Die Frau hatte sich durch Sturz aus dem Fenster ihrer im dritten Stock gelegenen Wohnung das Leben genommen. Dort fanden sich zahlreiche Blutspuren. Die Frau hatte sich, ehe sie aus dem Fenster sprang, mit einer Rasierklinge die Pulsadern beider Arme aufgeschnitten. Ein Abschiedsbrief, aus dem hervorging, daß sie den Tod ihres 1993 verstorbenen Mannes nicht überwinden konnte, wurde vorgefunden.

Am 15. 10. 1995 wurde die 52jährige Elisabeth S. aus Wien 10, Favoritenstraße, von ihrer Schwester in der Wohung tot aufgefunden. Elisabeth S. hatte sich durch Einnahme einer Überdosis von Medikamenten das Leben genommen. Sie hatte bereits einige Monate zuvor versucht, Selbstmord zu begehen, und stand seither in ärztlicher Behandlung. Als Motiv waren Depressionen anzunehmen.

Am 25. 11. 1995 stürzte sich die 40jährige Hermine A. aus dem Fenster ihrer im zweiten Stock gelegenen Wohnung in Wien 10, Gellertgasse. Die Frau litt seit Jahren an Depressionen und war wiederholt in stationärer psychiatrischer Behandlung gewesen.

Am 4. 12. 1995 bemerkte ein Angestellter einer Bewachungsfirma in Wien 10, Laxenburger Straße, in den Morgenstunden einen Pkw, der mit laufendem Motor abgestellt war. Bei näherem Hinsehen sah er einen am Auspuff befestigten Schlauch, der über die Heckklappe des Autos in das Innere reichte. Im Pkw saß ein regloser Mann. Der Rettungsarzt konnte nur noch dessen Tod feststellen. Der 23jährige Alexander H. aus Wien 10, Quellenstraße, hatte durch Einatmen von Auspuffgasen Selbstmord verübt. Ein Motiv konnte nicht in Erfahrung gebracht werden.

Am 4. 12. 1995 wurde der 70jährige Eduard P. aus Wien 10, Maiklgasse, von seinem Sohn tot aufgefunden. Der Mann hatte sich durch eine Überdosis an Medikamenten das Leben genommen. Ein Abschiedsbrief wurde vorgefunden: Motiv war eine schwere Erkrankung.

Weit mehr Geld für Verkehrssicherheit als für Suizidprävention

Beschämend hohe Selbstmordrate

Fünf Menschen nehmen sich im Durchschnitt in Österreich pro Tag das Leben, 1995 waren es 1.788, die den Freitod wählten. Dies ergaben Auswertungen des Statistischen Zentralamtes in Wien. Damit gab es 1995 österreichweit 22,2 Selbstmorde pro 100.000 Einwohner. Mitte der achtziger Jahre schieden jährlich noch mehr als 2.000 Menschen freiwillig aus dem Leben.

Fast drei Viertel der Selbstmorde, nämlich 1.333, wurden von Männern verübt, während 455 Frauen diesen letzten Schitt setzten. Wie schon in den vergangenen Jahren starben 1995 österreichweit mehr Menschen durch Freitod als bei Verkehrsunfällen: Im vergangenen Jahr kamen auf österreichs Straßen 1.207 Menschen ums Leben.

In der Bundesländerstatistik der Selbstmordrate pro 100.000 Einwohner liegt die Steiermark mit 26,2 an der Spitze. Dicht gefolgt von Salzburg mit 26. Danach kommen Kärnten mit 23,2, Wien mit 22,7, Oberösterreich mit 22,3, das Burgenland mit 21,1 und Tirol mit 20,5. Die wenigsten Suizide gab es in Niederösterreich mit 18,8 und in Vorarlberg mit 17,8.

Am meisten gefährdet ist laut Statistik die Altersgruppe der 30 bis 34jährigen. Aus dieser Gruppe schieden im Vorjahr 169 Menschen freiwillig aus dem Leben. Besonders nachdenklich stimmen die Angaben über die jüngsten Selbstmordopfer: Acht Kinder im Alter zwischen zehn und 14 Jahre sowie 47 Jugendliche zwischen 15 und 19 Jahre wollten 1995 nicht mehr weiterleben.

Primarius Werner Schöny, Leiter der oberösterreichischen Landes-Nervenklinik Wagner Jauregg, verweist darauf, daß schwere Depressionen in rund 70 Prozent Suizidauslöser sind: „Diese Menschen müßten nicht tot sein. Depression ist eine häufige und normale Krankheit, bei der sehr gute Heilungschancen bestehen. Diese Erkenntnis muß sich aber noch durchsetzen“, betonte Schöny.

Um Selbstmorden vorzubeugen müßte, so Schöny, mehr Geld für Beratungsstellen, Krisenzentren und vor allem Personal bereitgestellt werden: „Es ist beschämend, daß für die Verhinderungen von Todesopfern im Straßenverkehr wesentlich mehr Geld ausgegeben wird, als für die Suizidprävention. Selbstmorde werden von der Gesellschaft nach wie vor hingenommen.“ Und Schöny weiter: „Die in Österreich verbreitete Meinung, wer nicht leben will, soll sterben, ist eine absolute Fehlmeinung. Jene Menschen, die einen Selbstmordversuch überlebt haben und dann in Behandlung waren, sind alle heilfroh, daß sie noch leben.“ Defizite ortet der Arzt in diesem Zusammenhang auch im Informationsangebot über mögliche Alternativen und Beratungszentren.

Für die 55 jugendlichen Selbstmordopfer will Schöny Schulprobleme nicht als Grund gelten lassen. Diese seien nur der Anlaßfall. Die meisten der suzidgefährdeten Jugendlichen litten jahrelang an schweren Depressionen, ohne daß dies von ihrer Umwelt erkannt würde, bedauert der Psychiater.

Wiener Zeitung vom 11. Juli 1996

Am 11. 12. 1995 wurde der 74jährige Julius H. aus Wien 11, Sedlitzkygasse, im Kaiser-Franz-Joseph-Spital aufgenommen. Der Grund der Spitalsaufnahme waren akute Herzbeschwerden des Patienten. Dem Kranken wurde ein Bett am Gang zugewiesen – vorerst war in den Krankenzimmern kein Platz frei. Gegen 23.10 Uhr vernahm das Personal eine Schußdetonation. Der erst vor wenigen Stunden eingelieferte Julius H. hatte sich mit einem Revolver in den Kopf geschossen und war sofort tot. Die provisorische Aufnahme hatte es dem Patienten ermöglicht, vom Krankenpersonal unbemerkt eine Waffe mit ins Bett zu nehmen.

Am 20. 12. 1995 wurde Franz V., vierzig Jahre alt, in seiner Wohnung in Wien 10, Raxstraße, tot aufgefunden. Er hatte durch Einnahme einer Überdosis an Medikamenten Selbstmord verübt. Motiv war eine lebensbedrohende Erkrankung.

Am 22. 12. 1995 wurde Zivica N., 36 Jahre alt, in Wien 10, Pernersdorfergasse, erhängt aufgefunden. Der Mann war als Gastarbeiter nach Wien gekommen und hier als Maurer beschäftigt. Er hatte seinen Arbeitsplatz verloren, und überdies war seine Aufenthaltsbewilligung mit 31. 12. 1995 befristet. Zivica N. war verzweifelt, hatte zu trinken begonnen und schließlich, als er keinen Ausweg mehr sah, Selbstmord verübt.

Im Jahre 1995 sind somit 25 Menschen in Favoriten freiwillig aus dem Leben geschieden, davon waren 16 männlichen und 9 weiblichen Geschlechts. Der jüngste war 22 und der älteste 77 Jahre alt. Acht haben sich erhängt, sechs haben ihrem Leben durch Sturz aus dem Fenster ein Ende gesetzt, fünf sind an einer Überdosis an Medikamenten verstorben, drei haben sich erschossen, einer hat sich durch Einatmen von Auspuffgasen vergiftet, einer erstochen, und einer hat sich vor die U-Bahn geworfen.

Die Motive, die zu den Verzweiflungstaten geführt haben, waren unterschiedlich. Krankheit, Einsamkeit, Arbeitsplatzverlust, Geldprobleme in Zusammenhang mit Spielleidenschaft und Verlust des Partners waren die häufigsten Ursachen.

Nach Auffassung des Autors ist das Wort „Selbstmord" deshalb furchtbar, weil es den Begriff des Mordes mit einschließt. Mord aber ist das schlimmste Verbrechen, welches die Rechtsordnung kennt. Ein Mensch, der freiwillig aus dem Leben scheidet, ist mit Bestimmtheit kein Straftäter, vielmehr ein zutiefst bemitleidenswertes Wesen, welches nicht mehr weiter wußte. Der Gesellschaft, aber auch allen Religionsgemeinschaften bietet sich auf diesem Gebiet der Verzweiflung ein weites, bislang wohl nur zum Teil beackertes Betätigungsfeld.

An dieser Stelle sei auf das Engagement des österreichischen Psychiaters und Therapeuten Prof. Dr. Erwin Ringel hingewiesen, der sich um die Selbstmordforschung und -verhinderung besonders verdient gemacht hat.

Nüchtern, nämlich in Zahlen ausgedrückt, schieden im Jahre 1995 in Österreich 1788 Menschen freiwillig aus dem Leben. Im selben Zeitraum kamen 1207 Personen bei Verkehrsunfällen ums Leben.

Wenn man an die Aufwendungen zur Verhinderung von Verkehrsunfällen denkt, fällt auf, wie dürftig hingegen jene Maßnahmen sind, die der Verhinderung von Selbstmorden dienen.

87

EIN BEINAHE ANGEKÜNDIGTER RAUBÜBERFALL

Am 5. Jänner 1996 verständigte die 28jährige Aushilfskellnerin eines Lokales in Wien 10, Davidgasse, gegen 12.45 Uhr die Polizei. Gegen 8.30 Uhr war ein zirka 25jähriger mittelgroßer Mann mit rötlichem Vollbart in das Lokal gekommen und hatte nach und nach fünf Flaschen Bier konsumiert. Das Espresso war während der Vormittagsstunden nur mäßig besucht. Fallweise kam es vor, daß der Mann, welcher der Kellnerin als Harry von früheren Besuchen bekannt war, der einzige Gast war.

Um die Mittagszeit fragte Harry die Serviererin, was sie bei einem Überfall machen würde. Die junge Frau führte die seltsame Frage auf seine Alkoholisierung zurück und wollte sich nicht auf eine Diskussion einlassen. Sie erklärte ohne Umschweife, daß sie derart blöde Fragen nicht beantworten wollte. Harry ließ sich mit dieser Antwort nicht abfertigen – abermals stellte er dieselbe Frage. Der Kellnerin war das Verhalten des Gastes lästig, aber auch unheimlich geworden. Um aus der Reichweite des aufdringlichen Gastes zu gelangen, begab sie sich zur Theke, wo sie mit dem Abwaschen begann. Aus den Augenwinkeln bemerkte sie, wie Harry aufstand und sich ihr näherte. Als er neben ihr stand, öffnete er die Türen eines dortigen Schrankes und entdeckte darin zwei Brieftaschen. Eine war Eigentum der Kellnerin, die zweite gehörte dem Lokalinhaber. Plötzlich griff Harry in die Tasche seiner Jeansjacke und zog eine Pistole hervor. Gleichzeitig nahm er die beiden Brieftaschen an sich. Um seine Gewaltbereitschaft zu unterstreichen, betätigte er den Verschluß der Waffe und sagte: „Ich mache keinen Spaß!“ Nachdem er die Brieftaschen eingesteckt hatte, ging er mit der Pistole im Anschlag zum Ausgang. Als er die Straße erreicht hatte, begann er zu laufen. Die Kellnerin ging zum Telefon und verständigte die Polizei. In den geraubten Brieftaschen befanden sich etwa 5500 Schilling.

Bei den Erhebungen kam man dahinter, daß Harry im Lokal, wenn auch nur flüchtig, anderen Gästen bekannt war. Schritt für Schritt kamen die Kriminalbeamten Schwarzmayr und Fitzthum der Identität des Gesuchten näher. Vier Tage nach dem Raub war es soweit: Harry, er hieß richtigerweise Harald K., war 25 Jahre alt und in Wien 10, Ernst-Ludwig-Gasse, wohnhaft, wurde festgenommen. In der Wohnung wurde die Waffe, eine Pistole im Kaliber 9 mm, aufgefunden. Die Waffe hatte er seinem Schwiegervater, der diese berechtigterweise besaß, entwendet.

Der Verdächtige gestand den Raub. Als Motive seiner Tat gab er den Verlust seines Arbeitsplatzes sowie Kreditschulden und seinen zunehmenden Hang zum Alkohol an. Es sind dies Ursachen, wie sie stereotyp immer wieder als Motive für strafbare Handlungen angeführt werden. Harald K. war finanziell so ins Trudeln gekommen, daß er selbst mit der Miete in Verzug geraten war. So hatte er den Großteil der Beute zur Bezahlung der Mietschulden verwendet und den Rest in Alkohol umgesetzt.

Ein im großen und ganzen bis zu diesem Zeitpunkt unauffälliger junger Mann hatte sich wegen eines Raubes zu verantworten. Er wurde im März 1996 zu einer zweijährigen Haftstrafe verurteilt.

Was diesen Raub erwähnenswert macht ist der Umstand, daß sich der Täter vor der Tat sozusagen vergewissern wollte, mit welcher Reaktion seines Opfers er zu rechnen hätte. War schon die wiederholte Fragestellung vor Verübung der Tat ungewöhnlich, so war es auch die Reaktion des Raubopfers.

Nachdem der Täter die beiden Brieftaschen an sich genommen hatte, rief ihm die Kellnerin zu, er sollte nicht so blöd sein. Diese Äußerung könnte als ein gut gemeinter Rat verstanden werden, hätte sie nicht ungeachtet der prekären Situation durch die Bedrohung mit einer Waffe noch zwischen ihrem und fremdem Eigentum zu unterscheiden gewußt. So forderte sie den Räuber dezidiert auf, ihr ihre Brieftasche zurückzugeben. Den Raub der ihrem Chef gehörigen Brieftasche hätte sie nötigenfalls in Kauf genommen.

88

EINE ORGIE VON GEWALT

Am 5. Jänner 1996 wurde die Polzei verständigt: Eine Frau hatte den Notruf gewählt und um Hilfe ersucht. Aus der Stimmlage war die Verzweiflung der Anruferin zu erkennen. Wenige Minuten später traf eine Funkwagenbesatzung in Wien 10, Buchengasse, bei der 49jährigen Monika J. ein. Die Frau war am Ende ihrer Kräfte und gab an, daß sie in einer Wohnung in Wien 10, Quellenstraße, von zwei ihr unbekannten Männern gegen ihren Willen festgehalten und mehrmals vergewaltigt worden war.

Die Anzeigerin wies zahlreiche Verletzungen im Gesicht und am Körper auf sowie Brandwunden, die ihr durch wiederholtes Abdämpfen von Zigaretten zugefügt worden waren. Die Beamten erkannten den Ernst der Situation; die Schilderungen der Frau über das, was sie erlitten hatte, hatten Hand und Fuß. Mit der Rettung wurde Monika J. in das SMZ Ost gebracht. Ihr Zustand machte eine stationäre Aufnahme nötig. Die Sicherheitswachebeamten verfaßten eine Meldung und überbrachten diese dem Journaldienst.

Die Kriminalbeamten reagierten prompt. Sie forderten eine Kollegin an und fuhren mit dieser unverzüglich in das SMZ Ost. Es gehört zu den Aufgaben der weiblichen Kriminalbeamten, bei Sexualdelikten das Opfer zu vernehmen.

Das Resultat dieser Vernehmung war schockierend. Monika J. war am 4. Jänner 1996 gegen 17.30 Uhr in einer Ankerbrot-Filiale einkaufen. Als sie zu ihrer Wohnung zurückging, pöbelten sie zwei alkoholisierte Männer an. Sie hörte, wie einer zum anderen sagte: „Die nehmen wir zum Spielen mit“. Unmittelbar danach wurde sie an den Oberarmen erfaßt und für den Fall der Gegenwehr damit bedroht, daß man ihr mit der Zigarette in die Augen fahren würde. Eingeschüchtert ging die Frau mit. Es blieb ihr nichts anderes übrig: sie wog etwa vierzig Kilogramm, hatte also rein körperlich keine Chance der Gegenwehr. Als ihnen ein älteres Ehepaar entgegen kam, bat Monika J. dieses um Hilfe. Die Angesprochenen bemerkten die Alkoholbeeinträchtigung der Männer, und da sie für den Fall einer Einmischung Gewalttätigkeiten befürchteten, setzten sie schleunigst ihren Weg fort. Damit aber war die einzige Chance auf Hilfe für Monika J. vertan. Schließlich gelangte man in eine Wohnung in Wien 10, Quellenstraße. Kaum dort angekommen, rissen ihr die Täter die Kleider vom Leibe, bis sie völlig nackt war, und warfen sie auf das Bett.

Was die Frau in den folgenden Stunden an Gewalt und Perversionen erlebte, soll nur andeutungsweise, selbst dies ist schrecklich genug, wiedergegeben werden. So dürftig die Wohnung in der Größe von etwa zwanzig Quadratmeter ausgestattet war, fand sich dennoch ein Fernsehgerät. In dieses legten die Täter Pornokassetten ein. Sado-masochistische Szenen wurden abgespielt und jetzt, allerdings in der Realität, nachgespielt. Das Opfer wurde vaginal und anal mit einem Vibrator und einem Gummipenis stundenlang malträtiert. Als dies seinen Reiz verlor, wurden ihr von dem älteren der beiden Täter mit Zigaretten Brandwunden an den Beinen und am Geschlechtsteil zugefügt. Die schwer mißhandelte Monika J. schrie vor Schmerzen, was zur Folge hatte, daß ihr der Mund zugehalten und sie mit einem Gürtel geschlagen wurde. Die Tortur dauerte von etwa 18 Uhr bis 14 Uhr des folgenden Tages. Die Frau war durch die fortgesetzten Mißhandlungen derart geschockt, daß sie zu keinerlei Gegenwehr imstande war. Ihr erbarmungswürdiger Zustand rettete ihr möglicherweise das Leben. Aus dem Gespräch ihrer Peiniger entnahm sie, daß diese fürchteten, sie könnte in der Wohnung „krepieren". Die Täter zogen ihr Opfer an und stießen es aus der Wohnung. Als sich Monika J. so weit erholt hatte, daß ihr ein Telefonat möglich war, rief sie in einem Frauenhaus an und bat um Hilfe. Danach verständigte sie die Polizei.

Die Kriminalbeamten wußten mit den Angaben der Verletzten insofern etwas anzufangen, als es ihnen relativ rasch gelang, den Tatort, also die Wohnung in einem großen Gemeindebau aus den dreißiger Jahren, zu finden.

Dringend der Tat verdächtig war der 60jährige Rudolf H., der eine Vielzahl von Vorstrafen, vorwiegend solche wegen Gewalttätigkeiten, aufwies. Um kein Risiko einzugehen, wurden von den Kriminalbeamten Kerschbaum und Kutscher, unter der Leitung von Oberleutnant Frühwirth, Kollegen der WEGA angefordert. Ein Haftbefehl wurde erlassen. Obwohl anzunehmen war, daß sich jemand in der Wohnung aufhielt, rührte sich nichts. Nach wiederholter Ankündigung eines gewaltsamen Eindringens wurde schließlich geöffnet. Der gesuchte Rudolf H. befand sich in der Wohnung und wurde festgenommen. Die Kriminalbeamten durchsuchten die Behausung: Sie fanden einen Vibrator, einen Gummipenis und zwanzig Pornokassetten. Eine Kassette befand sich noch im Fernsehgerät.

Rudolf H. wurde vernommen. Seiner Version nach hätte er wohl mit Monika J. sexuellen Kontakt gehabt, doch wäre sie freiwillig zu ihm gekommen, und auch die „Spielchen", wie er sich auszudrückte, hätten mit ihrem Einverständnis stattgefunden. Der Verdächtige gab zu, daß er, als ihm fad geworden wäre, die Idee hatte, die Frau mit dem Gürtel zu schlagen. Als auch diese Prozedur für ihn an Spannung verlor, wollte er durch Ausdämpfen von Zigaretten am Körper der Frau wieder sexuelle Erregung finden. Von einem zweiten Täter wollte er nichts wissen. Nach den Vorfällen hätte er sich bei dem Opfer entschuldigt, und dieses hätte die Wohnung verlassen.

Die Kriminalbeamten setzten ihre Erhebungen fort, doch es gelang ihnen nicht, den Komplizen von Rudolf H. auszuforschen.

Der Verdächtige wurde angezeigt und dem Landesgericht Wien überstellt. Die Untersuchungshaft wurde verhängt, und im August 1996 fand die Hauptverhandlung statt. Das im Strafgesetz vorgesehene Strafausmaß machte einen Geschworenenprozeß nötig. Ein Vorsitzender, zwei beisitzende Richter, acht Geschworene, ein Staatsanwalt, drei Sachverständige und ein Pflichtverteidiger wurden aufgeboten.

Der Autor nahm als Zuhörer am Prozeß teil. Der Vorsitzende befragte den Angeklagten zu den ihm vorgeworfenen strafbaren Handlungen. An der Verantwortung des Rudolf H. sollte sich im wesentlichen nichts gegenüber seinen Angaben bei der polizeilichen Vernehmung ändern. Das heißt, er blieb dabei, daß sein Opfer freiwillig den Perversitäten zugestimmt hätte. Die Perversionen sollten nach Angaben des Verdächtigen seine nicht mehr vorhandene Potenz ersetzen und zu einem sexuellen Lustgewinn führen, ohne Rücksicht darauf, daß dies nur durch Erniedrigung und Quälen der Frau möglich war.

Von dem gerichtsmedizinischen und psychiatrischen Sachverständigen wurde auf die jahrelange Alkoholabhängigkeit des Beschuldigten hingewiesen, doch hätte diese überraschenderweise keine Spuren in der Psyche und auch nicht im intellektuellen Verhalten zurückgelassen. Rudolf H. wurde als überdurchschnittlich intellektuell begabt beurteilt. Sein Intelligenzquotient wurde mit 116 festgestellt. Attestiert wurde ihm ein erhöhtes Aggressionspotential, das auch in 19 seiner insgesamt 24 Vorstrafen zum Ausdruck kam. Bei dem Angeklagten handelte es sich um eine psychopathische Persönlichkeit, jedoch ohne eine Spur von Geisteskrankheit oder Abnormität. Mit anderen Worten war Rudolf H. aus der Sicht der Sachverständigen für seine Handlungen voll verantwortlich. Der Beschuldigte nahm am Prozeßverlauf ohne äußerlich erkennbare Erregung teil, ganz anders die Geschworenen. Diesen war phasenweise anzumerken, daß sie Vorfälle, wie sie ihnen in diesem Gerichtsverfahren bekannt wurden, gar nicht für möglich gehalten hatten. Einen bemitleidenswerten Eindruck machte das Opfer, welches in Begleitung einer Sozialarbeiterin erschien. Immer wieder wurden die Antworten der Frau durch Weinkrämpfe unterbrochen, aber dessen ungeachtet machte sie schlüssige und glaubhafte Angaben. Den Geschworenen war anzumerken, daß sie Mitleid mit einer Frau empfanden, die, alles andere als attraktiv, ungeachtet dessen als Sexualopfer mißbraucht worden war. Im Verhalten der Richter wurde ein Generationsunterschied bei der Behandlung des Opfers deutlich. Einer der beisitzenden Richter, etwa 35 Jahre jung, ersuchte den vorsitzenden, gut 20 Jahre älteren Kollegen, der Zeugin doch die Gelegenheit zu geben, sich setzen zu können und den Beschuldigten während ihrer Aussage aus dem Verhandlungssaal zu entfernen. Beiden Begehren wurde entsprochen.

Tatsächlich kann es beklemmend und häufig sozusagen körperlich spürbar sein, wie bedrückend die Anwesenheit eines Täters auf einen Zeugen wirkt, noch dazu, wenn, wie dies oft der Fall ist, die Verhandlungssäle räumlich äußerst eng bemessen sind.

Die Verteidigerin unterhielt sich geradezu charmant mit dem Angeklagten vor dem eigentlichen Prozeßbeginn. Im Prozeß selbst machte sie keinen versierten Eindruck. Ungeachtet ihrer „Fähigkeiten" ging sie an die Grenzen ihrer Verteidigerrechte, dennoch konnte sie die Geschworenen für ihre Argumente nicht gewinnen. Der Wahrspruch der Geschworenen trug dem Rechnung. Die Beratung des Gerichtes zur Urteilsfindung dauerte an die drei Stunden. Die Laienrichter machten sich ihre Aufgabe nicht leicht; einstimmig sprachen sie den Angeklagten schuldig.

Das erstinstanzliche Urteil lautete auf eine achtjährige Freiheitsstrafe wegen Verbrechens der Vergewaltigung. Empört nahm der Beschuldigte das Urteil zur Kenntnis und gab sogleich seiner Pflichtverteidigerin zu verstehen, daß er nicht gewillt sei, dieses Urteil anzunehmen. Ein abscheuliches Sexualdelikt hatte ein vorläufiges, weil nicht rechtskräftiges gerichtliches Ende gefunden.

89

EIN URTEIL ZUM NACHDENKEN

Am 12. Jänner 1996 wurde gegen 18.20 Uhr die Kassierin der Billa-Filiale in Wien 10, Troststraße 63–67, die 35jährige Gerlinde L., Opfer eines versuchten Raubdelikts.

Zur angeführten Zeit herrschte in der Filiale reger Kundenverkehr, als ein etwa 185 cm großer, zirka 30jähriger Mann mit einem Einkaufswagen zur Kassa kam. Er legte die von ihm ausgesuchten Waren auf das Förderband, und die Kassierin begann diese zu verrechnen. Plötzlich hatte der vorgebliche Kunde eine Pistole in der Hand und deutete mit dieser in Richtung der Geldlade, wobei er mit hektischer Stimme mehrmals die Worte: „Money, Money“ wiederholte. Die Angestellte war verständlicherweise geschockt und unterließ es daher, die noch nicht verrechneten Waren einzutippen. Man muß wissen, daß die Kassen so konstruiert sind, daß sie sich nur öffnen lassen, wenn der zu bezahlende Betrag zur Gänze eingetippt ist. Deshalb ließ sich die Kasse nicht öffnen. Der Täter wollte dies nicht wahrhaben und schlug zweimal mit der Faust gegen die Lade der Kasse, doch auch diese Aktion hatte nicht den gewünschten Erfolg: die Kasse blieb verschlossen. Der Täter erkannte die Aussichtslosigkeit seines Vorhabens und flüchtete. Ein Kunde nahm die Verfolgung auf, während das Personal die Polizei verständigte. Eine Fahndung, an der sich 14 Funkwagen beteiligten, verlief ergebnislos.

Die Journaldienst versehenden Kriminalbeamten wurden verständigt, fuhren zum Tatort und hielten die wesentlichen Umstände des Tatherganges fest. Es

Foto: Molli Bader

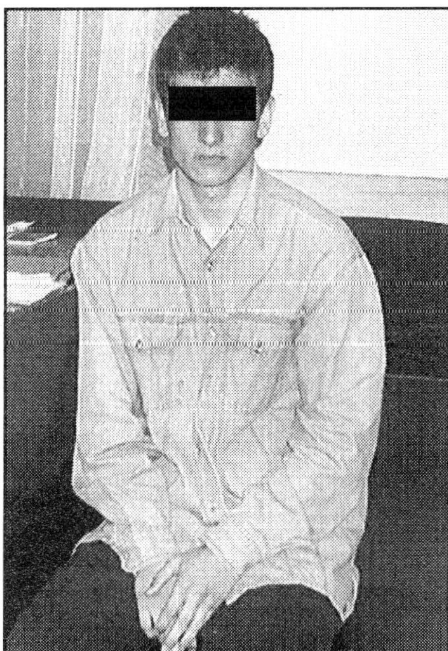

***5 Jahre Haft** lautete das Urteil der Geschwornen im Wiener Landesgericht für Radovan P[redacted] (Foto). Der 22jährige Montenegriner hatte am 12. Jänner 1996 in Wien versucht, eine Kassierin eines Supermarktes zu überfallen. Monate später wurde der Flüchtige durch Fingerabdrücke am Einkaufswagen identifiziert . . .*

Kronen Zeitung vom 3. Juli 1996

stellte sich heraus, daß der unbekannte Täter im Einkaufswagen verschiedenste Waren im Werte von über 700 Schilling zurechtgelegt hatte. Es bestand die Möglichkeit, daß sich auf diesen Waren Fingerabdrücke fanden. Deshalb forderte der Kriminalbeamte Deschmann einen Kollegen vom Erkennungsamt an. Die Waren im Einkaufskorb wurden daktyloskopisch untersucht und die vorgefundenen Fingerabdrücke gesichert.

Die Erhebungen nach dem unbekannten Räuber verliefen ergebnislos. Monate nach dem versuchten Raub, am 1. Juli 1996, teilte ein Beamter des Erkennungsamtes telefonisch mit, daß die sichergestellten Abdrücke zugeordnet werden konnten. Sie waren mit jenen des 22jährigen Radovan P., einem aus Ex-Jugoslawien stammenden Mann, ident. Der Verdächtige befand sich seit 27. Februar 1996 im Polizeigefangenenhaus. Nachdem sich herausgestellt hatte, daß er sich illegal in Österreich aufhielt, war er bei einer fremdenpolizeilichen Streife am 22. Februar 1996 anläßlich einer Lokalkontrolle im 8. Bezirk festgenommen worden. Die Schubhaft war bereits über ihn verhängt worden, und er sollte am 6. März 1996 in seine Heimat abgeschoben werden. Die Spurensicherung verhinderte dies.

Gegen den Tatverdächtigen wurde ein Haftbefehl eingeholt, und er wurde vom Polizeigefangenenhaus dem Landesgericht Wien überstellt.

Der Verdächtige wurde zuvor vernommen, doch bestritt er jegliche strafbare Handlung. Auch der Vorhalt der aufgefundenen Fingerabdrücke änderte nichts an seiner Verantwortung.

Am 2. Juli 1996 fand die Gerichtsverhandlung im Landesgericht für Strafsachen Wien statt. Der Angeklagte leugnete auch vor Gericht. Es wurde ihm vorgehalten, daß auf den zurückgebliebenen Waren, beispielsweise auf einer Dose Frühstücksfleisch, der Abdruck seines rechten Mittelfingers, und auf einer Schuhpastentube der seines linken Daumens vorgefunden worden waren. Der Angeklagte blieb bei seiner Verantwortung, und auch der Vorhalt, daß ein Geständnis ein Milderungsgrund wäre, änderte nichts daran. Wegen versuchten Raubes wurde Radovan P. zu einer fünfjährigen Haftstrafe verurteilt.

Das automationsunterstützte Fingerabdrucksystem, das um viele Millionen an Steuergeldern angeschafft worden war und zu den modernsten derartigen Systemen der Welt zählt, hatte einmal mehr seine Sinnhaftigkeit bewiesen.

Der Verdächtige war, wie jeder Fremde, in Zusammenhang mit einem fremdenpolizeilichen Verfahren erkennungsdienstlich behandelt worden. Dieser Vorgang sollte ihm zum Verhängnis werden. Der Computer suchte die passenden Fingerabdrücke. Ein Geständnis wurde durch diesen unwiderlegbaren Sachbeweis überflüssig.

Die Höhe der verhängten Freiheitsstrafe macht nachdenklich. Es soll in diesem Zusammenhang auf ein nur wenige Tage nach diesem Urteil stattgefundenes Gerichtsverfahren verwiesen werden, in dem es auch um ein Raubdelikt in einem Selbstbedienungsladen ging. Bei diesem Delikt war der Raub gelungen: der Täter hatte rund 25.000 Schilling erbeutet und wurde zu einer einjährigen Freiheitsstrafe verurteilt.

90

DER HAMMERTÄTER

Am 25. Februar 1996 wurde gegen 14.50 Uhr von der Rettung die Funkstelle der Polizei verständigt. Die Rettung war zu einer Wohnung nach Wien 10, Endlichergasse, gerufen worden, wo zwei Schwerverletzte aufgefunden wurden. Die Verletzungen waren vermutlich durch wuchtige Schläge mit einem Hammer zugefügt worden. Der Rettungsarzt nahm die Erstversorgung vor und brachte die Verletzten in das SMZ Ost.

Nachdem vom ersten Augenblick an festgestanden war, daß Fremdverschulden vorlag, fuhren Kriminalbeamte unverzüglich in das SMZ Ost, wo die Schwerverletzten auf die Operation vorbereitet wurden. Eine kurze Befragung der 19jährigen Lucia M. war möglich, doch ihr Freund, der 30jährige Oskar N., war nicht ansprechbar.

Das Paar, welches dem Suchtgiftmilieu zuzuordnen war, hatte etwa zwei Wochen zuvor einen zirka 50jährigen Mann kennengelernt. Dieser stellte sich als Franz K. vor und gab an, bestohlen worden und überdies unterstandslos zu sein. Oskar N. hatte Mitleid und bot seine Wohnung in Wien 10, Endlichergasse, als vorübergehende Unterkunft an.

Am 25. Februar 1996 kam es in der Wohnung zum Streit. Franz K. schlug mit einem Hammer wie von Sinnen auf Lucia M. und Oskar N. ein. Die Schläge trafen die beiden vorwiegend auf den Kopf. Obgleich die Tat gegen 8 Uhr stattgefunden hatte, hatte sie der Täter bis kurz vor Eintreffen der Rettung mit Gewalt bzw. durch Drohungen gezwungen, in der Wohnung zu verbleiben.

Rasch gelang es, die Person des Verdächtigen zu identifizieren. Gesucht wurde ein Täter, der seit mehr als drei Jahrzehnten Polizei und Justiz beschäftigte. Er wies eine Vielzahl von

Hammer-Täter holte sich Geld ab: In Bank verhaftet

Vor einer Woche hatte ein 55jähriger ein Wiener Pärchen in dessen Wohnung mit einem Hammer schwer verletzt. Jetzt wurde der Täter, Franz K., beim Geldabheben in einer Bank verhaftet.

Schon seit einiger Zeit hatten sich die Kriminalisten aus dem 10. Bezirk bei dem Geldinstitut in Wr. Neustadt (NÖ) – dort war der schon mehrfach vorbestrafte Gewalttäter zuletzt auch gemeldet – auf die Lauer gelegt. Denn der Arbeitslose ließ sich in der Bank seine Sozialhilfe auszahlen.

Als der Verbrecher Montag morgen wieder sein Geld abholen wollte, klickten die Handschellen. Im Verhör gestand er das Hammer-Attentat. Franz K. hatte seine Opfer noch stundenlang festgehalten, mit dem Umbringen bedroht und sich im Fernsehen ein Skirennen angesehen.

Kronen Zeitung vom 5. März 1996

Vorstrafen, überwiegend wegen Körperverletzungen, auf. Nach Auskunft der Spitalsärzte waren beide Opfer schwer verletzt worden. Die Schläge auf den Kopf hatten Schädeldachzertrümmerungen zur Folge. Ihr Zustand wurde als lebensbedrohend eingestuft.

Gegen Franz K. wurde ein Haftbefehl wegen Mordversuchs erlassen. Nachdem sich herausgestellt hatte, daß es keinerlei Bezugsadressen gab, wurden die Tageszeitungen um Veröffentlichung eines Fahndungsfotos ersucht.

Es konnte in Erfahrung gebracht werden, daß sich der Tatverdächtige vorwiegend auf Bahnhöfen umhertrieb, weshalb Fotos von ihm an alle Wachzimmer in den Bahnhofsbereichen Wiens verteilt wurden.

Ungeachtet all dieser Versuche gelang es dem Verdächtigen unterzutauchen. Ein Täter mit der kriminellen Erfahrung des Gesuchten weiß sich einer Fahndung zu entziehen.

Tage nach der Operation war die Lebensgefahr gebannt und eine detaillierte Befragung der Verletzten möglich geworden. Die Einvernahme brachte eine wahre Orgie von Gewalt ans Tageslicht. Franz K. hatte nach einer vorerst wörtlichen Auseinandersetzung mit seinem Unterkunftgeber Oskar N. aus einer in der Wohnung befindlichen Werkzeugkiste einen Hammer genommen und mit diesem wiederholt auf den Kopf von Franz K. eingeschlagen. In weiterer Folge ging er auf die noch schlafende Lucia M. zu und schlug auch auf sie ein. Das Mädchen wurde noch im Schlaf von den ersten Hammerschlägen getroffen und hielt sich instinktiv die Hände über den Kopf. Der Täter schlug unbeirrt weiter auf sie ein; die Verletzungen an den Händen bewiesen die Richtigkeit ihrer Angaben. Beide Opfer bluteten, wie bei solchen Verletzungen nicht anders zu erwarten, stark. Doch Franz K. ließ sich dadurch nicht beeindrucken. Nahezu acht Stunden ließ er verstreichen, ehe er die Wohnung verließ und von einer Telefonzelle aus die Rettung verständigte. Dieses Gespräch wurde auf Tonband aufgezeichnet. Es war darauf zu hören, daß er wegen eines „Vorfalls" die Rettung an die Anschrift Wien 10, Endlichergasse, bestellt hatte.

Der Täter hatte es nicht zugelassen, daß die Schwerverletzten die Wohnung verließen. Er hatte sich mit Hammer und Messer bewaffnet vor das Fernsehgerät gesetzt und ungerührt einer Skiübertragung zugesehen. Als er schließlich wegging, geschah dies nicht, ohne zuvor seine Opfer mit weiteren Tätlichkeiten zu bedrohen, sollten sie bei der Polizei gegen ihn aussagen.

Es darf daher nicht verwundern, daß sich Lucia M. und Oskar N. auch während ihres Spitalsaufenthalts vor weiteren Gewalttaten fürchteten. Zu tief hatten sich die schrecklichen Szenen in ihr Bewußtsein eingegraben. Sie hielten es für möglich, daß Franz K. sie im Spital aufsuchen würde, um seine Drohungen wahrzumachen. Sie wandten sich deshalb an das Spitalspersonal. Die Polizei wurde informiert. Es war nötig geworden, die Bedrohten in nicht ohne weiteres zugängliche Zimmer zu verlegen, die versperrt und überdies eine zeitlang von der Polizei überwacht wurden. Obgleich man jedem Hinweis nachging, blieb die Fahndung erfolglos.

Die Kriminalbeamten Hofmeister und Petz hatten in Erfahrung gebracht, daß der Gesuchte, der in Wiener Neustadt gemeldet war, Sozialhilfeempfänger war. Er

Schwerverletzte Opfer stundenlang in Wohnung festgehalten:

Als „Gast“ wieder gehen sollte, schlug er mit dem Hammer zu!

Mit einem Hammer ging ein Gewalttäter auf ein Wiener Pärchen in dessen Wohnung los. Die 19jährige Frau und ihr 26jähriger Freund erlitten Schädelbrüche. Der Täter hielt seine hilflosen, schwer verletzten Opfer noch stundenlang fest, ehe er flüchtete. Von ihm fehlt bisher jede Spur.

Schon als junger Bub mit 16 Jahren war Franz K[redacted] bei der Polizei aktenkundig. Wegen Diebstahls und schwerer Körperverletzung verbrachte der jetzt 55jährige bereits ein Drittel seines Lebens hinter Gittern.

Der Arbeitslose hatte Oskar N. und dessen Lebensgefährtin Lucia M. am Westbahnhof kennengelernt. „Ich bin bestohlen worden und habe keine Unterkunft“ – so erschlich sich der zuletzt in

VON CHRISTOPH BUDIN

Wiener Neustadt (NÖ) gemeldete Franz K[redacted] das Vertrauen des Pärchens. Er durfte sogar für einige Tage in die Wohnung der Wiener im 10. Bezirk übernachten. **Als Oskar N. seinen „Gast“ bat, wieder zu gehen, drehte der 55jährige durch, nahm einen 30 Deka schweren Eisenhammer und prügelte auf den Mann und seine junge Freundin ein.**

Polizeichef Hofrat Dr. Berghammer: „Franz K[redacted] ist ein gefährlicher Rückfalltäter.“ Hinweise: ☎ 601-74/Kl. 5612 oder 5613.

Kronen Zeitung vom 27. Februar 1996

ließ sich den Betrag von monatlich 8100 Schilling auf ein Konto einer Filiale der Raiffeisenkasse überweisen. Die Sozialhilfe für den Monat März war bereits überwiesen worden. Die Kriminalbeamten vermuteten, daß Franz K. versuchen würde, zu seinem Geld zu kommen, und informierten die Bank, die einen Sperrvermerk aufnahm. Am 4. März 1996 war es soweit: Franz K. erschien in der Bank, um seine Sozialhilfe zu beheben. Seitens des Geldinstituts wurde, wie vereinbart, die Polizei verständigt, und wenige Minuten später war die Fahndung zu Ende. Der gefährliche Gewalttäter wurde festgenommen und dem Landesgericht Wien überstellt.

Am 6. August 1996 fand die Hauptverhandlung statt. Franz K. gab unumwunden zu, auf Lucia M. und Oskar N. mit einem Hammer eingeschlagen zu haben. Die Verletzungsabsicht leugnete er nicht, eine Tötungsabsicht bestritt er jedoch. Als Motiv gab er an, von den beiden bestohlen worden zu sein. Leute vom Schlage des Franz K. haben ihr eigenes Rechtsempfinden. Bewußt und gewollt hatte er als Strafe Lucia M. mit dem Hammer auf die Hände geschlagen, weil sie sich an seinem Eigentum vergriffen hatte.

Im Prozeß wurde darauf verwiesen, daß der Angezeigte seit 1956 immer wieder straffällig geworden war. Er hatte es auf 26 Vorstrafen gebracht, wovon 15 als einschlägig anzusehen waren.

Dem Prozeß waren ein Gerichtsmediziner und ein Psychiater als Sachverständige beigezogen worden. Der Psychiater konnte beim Beschuldigten keinerlei für das Strafverfahren bedeutsame Abartigkeiten feststellen. Der Gerichtsmediziner wies bei seinen Ausführungen darauf hin, daß die Schwerverletzten aus medizinischer

Sicht unglaubliches Glück gehabt hatten. Die offenen Schädelverletzungen waren etwa acht Stunden nicht versorgt worden, wodurch es zu schwerwiegenden Infektionen hätte kommen können, die wie durch ein Wunder nicht eingetreten sind.

Der Staatsanwalt wies in seinem Plädoyer auf die unfaßbare Brutalität hin und forderte eine strenge Bestrafung. Der Richter zog sich mit den Schöffen zur Beratung zurück und verkündete danach das Urteil. Franz K. wurde wegen absichtlicher schwerer Körperverletzung zu einer viereinhalbjährigen Haftstrafe verurteilt. Im Anschluß an die Urteilsverkündung nickte seine Pflichtverteidigerin, eine ältere, nette Dame, zustimmend. Sie war offenbar dankbar für dieses Strafausmaß. Bei der Täterpersönlichkeit, den Vorstrafen und den fürchterlichen Begleitumständen der Tat hatte sie insgeheim mit einer erheblich höheren Strafe gerechnet. Der Richter wertete das Geständnis als mildernd und nahm als möglich an, daß der Beschuldigte bestohlen worden war. Lucia M. und Oskar N. hatten der Zeugenladung keine Folge geleistet. Es ist zu verstehen, daß sie ihrem Peiniger nicht mehr, auch nicht unter der Schirmherrschaft des Gerichts, gegenübertreten wollten. Der Prozeß war ohne ihre Einvernahme geführt worden.

Als der Richter die obligatorische Frage an den Beschuldigten richtete, ob er das Urteil annehme, erwiderte dieser ungerührt und ohne nur einen Moment zu zögern, Nichtigkeitsbeschwerde und Berufung anmelden zu wollen. Die zaghaft vorgebrachte Einwendung der Verteidigerin, doch darüber nachzudenken, wischte Franz K. mit einer einzigen Handbewegung von sich. Er streckte demonstrativ beide Arme aus, womit er andeuten wollte, darauf zu warten, die Handschellen angelegt zu bekommen und abgeführt zu werden. Während der Urteilsverkündung waren ihm diese abgenommen worden.

Auffällig brüsk, ja geradezu angewidert wandte er sich vom Richter und den Schöffen ab; auch seine gutmeinende Verteidigerin würdigte er keines Blickes, als er den Verhandlungssaal verließ.

Er hatte, obgleich der eigentlich Betroffene in diesem Prozeß, diesen ohne jede erkennbare Emotion über sich ergehen lassen. Was sollte ihm schon geschehen? Er hatte außer der Freiheit, die er schon unzählige Male zuvor aufgeben hatte müssen, nichts zu verlieren.

Nachdenklich verließ der Autor den Verhandlungsraum. Es fiel ihm eine Äußerung des Exbürgermeisters der Stadt Wien, Dr. Zilk, ein, der sich bekanntlich nicht scheute, seine Meinung auch entgegen dem Zeitgeist kundzutun. Dieser sprach in ähnlichem Zusammenhang von einer biologischen Unmöglichkeit. Er meinte damit, daß es für ihn unbegreiflich wäre, wie es juristisch möglich sei, daß jemand 25 oder gar 30 Vorstrafen und mehr auf sich vereinigen könne. Der Gesetzgeber müßte doch Vorsorge treffen, daß eine derartige Deliktshäufung gar nicht zustande komme. Wie man sieht, und dieser Fall ist ein Beweis dafür, ist dem in der Praxis nicht so.

Die Kosten des Prozesses, jene der Sachverständigen, die Spitalskosten zur Wiederherstellung der Gesundheit der Opfer, mit Sicherheit Summen über 100.000 Schilling, werden Sie, verehrter Leser, sofern Sie Steuerzahler sind, mitfinanzieren.

91

DOPPELMORD

Am 27. Februar 1996 machte sich der 68jährige Pensionist Erich B. Sorgen um den Verbleib seiner 34jährigen Tochter Brigitta. Diese hatte fünf Tage zuvor Geburtstag gehabt und ihren Eltern telefonisch versprochen, zu Besuch zu kommen. Das Versprechen war nicht eingehalten worden. Wo sich Brigitta B. seit dem Telefonat aufhielt, war für ihre Eltern nicht in Erfahrung zu bringen; möglicherweise wußte ihre in Wien 10, Untere Meidlinger Straße, wohnhafte Freundin, die 38jährige Silvia K., Näheres über ihren Aufenthalt. Doch ein Besuch des besorgten Vaters bei Silvia K. blieb insofern ohne Erfolg, als ihm nicht geöffnet wurde.

Der Vater war mit seinem „Latein" am Ende. Er suchte die Polizei in Favoriten auf, um sich zu erkundigen, was er unternehmen könnte, um den Aufenthaltsort seiner Tochter in Erfahrung zu bringen.

Die Sicherheitswachebeamten fuhren zur Anschrift in Wien 10, Untere Meidlinger Straße, doch ihre Erkundigungen brachten keinen Erfolg. Sie hinterließen an der Türe von Silvia K. einen Verständigungszettel. Demnach sollte sie sich mit der Polizei ins Einvernehmen setzen. Dieser Verständigungszettel blieb jedoch unbeachtet. Die Amtshandlung wurde nunmehr von der Kriminalpolizei übernommen, doch auch deren Erhebungen verliefen vorerst erfolglos.

Die ermittelnden Kriminalbeamten Hadek und Stiedry hielten eine Wohnungsöffnung für nötig: möglicherweise hatte sich ein Unfall ereignet oder, auch das war nicht auszuschließen, eine strafbare Handlung. Die Beamten suchten rechtliche Unterstützung bei einem Polizeijuristen. Dieser ließ sich das Erhebungsergebnis vortragen und kam zu dem Schluß, daß eine Wohnungsöffnung nicht zu verantworten wäre. Die Kriminalbeamten gaben sich mit dieser Rechtsauskunft nicht zufrieden, und am 2. März 1996 suchten sie neuerlich die Anschrift in Wien 10, Untere Meidlinger Straße, auf und stellten fest, daß der Verständigungszettel, der von den uniformierten Kollegen angebracht worden war, nicht mehr vorhanden war. Es konnte in Erfahrung gebracht werden, daß Silivia K., also die Freundin der Gesuchten, mit einem Mann befreundet war, der sich im Landesgericht Wien in Haft befand. Der Häftling wurde befragt, doch er konnte keine zielführenden Angaben machen. Er gab jedoch gegenüber den Kriminalbeamten an, daß sich bei seinen Depositen Schlüssel zur Wohnung von Silvia K. befanden. Der Journalrichter war mit der Aushändigung dieser Schlüssel an die Beamen einverstanden, und diese fuhren zur Wohnung der Silvia K. Als sie die Wohnung betraten, sahen sie im Vorzimmer eine reglose Frau auf dem Boden liegen; eine zweite Frau lag in der Küche. Den beiden war nicht mehr zu helfen: der beginnende Verwesungszustand ließ den Schluß zu, daß sie bereits vor einigen Tagen gestorben waren. Beide Leichen waren im Gesicht blutverschmiert, und die Wohnung machte einen durchwühlten Eindruck. Die Kriminalisten nahmen ein Gewaltverbrechen an und schlossen einen Raubmord nicht aus. Sie verständigten die Kollegen der Mordkommission und der

Spurensicherung. Die Beatmen des Sicherheitsbüros übernahmen die Amtshandlung. Bei den beiden Toten handelte es sich um die abgängige Brigitta B. und deren Freundin Silvia K. Nach der Untersuchung der Leichen durch den beigezogenen Gerichtsmediziner stand fest, daß beide erstochen worden waren.

Am 2. März 1996, also am selben Tag, an dem der Doppelmord entdeckt worden war, wurde die Polizei nochmals zu dieser Anschrift gerufen. Hausparteien war aufgefallen, daß in den gemeinsamen Waschraum eingebrochen worden war. Die Polizisten fanden eine eingeschlagene Scheibe an der Türe vor, und aus dem Inneren waren Geräusche zu vernehmen, die den Schluß zuließen, daß sich möglicherweise jemand in dem Raum versteckt hielt. Die Beamten wollten kein Risiko eingehen und forderten einen Hundeführer an. Der Diensthund stöberte kurz darauf einen auf dem Boden kauernden Mann auf, der zugab, eingebrochen zu haben. In der Waschküche befanden sich Waschautomaten, die unter Verwendung von Geldmünzen von den Hausparteien benützt werden konnten. Auf die Kassen dieser Waschautomaten hatte es der Einbrecher abgesehen.

Der Festgenommene war der 32jährige Harald D., der im selben Haus wohnte und der Polizei als suchtgiftabhängiger Kleinkrimineller bekannt war. Bei einer Nachschau am Tatort fanden sich ein Schraubenzieher, eine Taschenlampe, aber auch zwei relativ große Küchenmesser. Für die uniformierten Beamten unter der Leitung von Gruppeninspektor Hausleber schien es nicht ausgeschlossen, daß Harald B. mit den erst wenige Stunden zuvor entdeckten Morden zu tun hatte. Sie verständigten den Journaldienst des Kommissariates und jenen des Sicherheitsbüros und teilten ihren Verdacht mit. Harald D. wurde zur Vernehmung ins Sicherheitsbüro überstellt.

Innerhalb weniger Stunden gelang es dort, den Doppelmord zu klären. Der wegen Einbruchs Festgenommenen gestand die Morde. Die Tat hatte sich am 22. Februar 1996 zugetragen. Das Motiv der Tat waren polizeiliche bzw. gerichtliche Erhebungen im Zusammenhang mit dem Handel von Suchtgift.

Der Freund von Silvia K., der den Kriminalbeamten die Schlüssel zur Wohnung ausgehändigt hatte, hatte den Festgenommenen bei seiner Einvernahme belastet.

Einbrecher gestand den Doppelmord an zwei Frauen

Süchtiger tötete, weil er Angst vor Polizei-Einvernahme hatte / Verdächtiger als Dieb verhaftet

Repros: KURIER

Tot: Silvia Keles ... ... und Brigitta Breyska Gestand: Harald D[redacted]

Kurier vom 8. März 1996

Anläßlich eines Besuches wollte Harald D. Silvia K. dafür gewinnen, ihren in Haft befindlichen Freund zur Zurücknahme seiner belastenden Angaben zu bewegen. Daraus wurde nichts, vielmehr kam es wegen dieses Verlangens zum Streit. Harald D. ergriff ein Küchenmesser und stach mehrmals auf Silvia K. ein. Durch die Streitigkeiten war die im Schlafzimmer aufhältige Brigitta B. geweckt worden. Als sie in die Küche kam, wurde sie Zeugin des Mordes. Ihr für den Täter unerwartetes Dazwischentreten bedeutete ihr Todesurteil. Brigitta B. war Zeugin eines Verbrechens geworden und wurde von Harald D. mit fünf Stichen getötet.

Die Tatwaffe und ein zweites in der Küche befindliches Messer nahm der Täter mit. Drei Tage nach der Tat suchte der heroin- und kokainabhängige Mörder den Tatort nochmals auf. Er durchsuchte die Wohnung nach Geld oder sonst verwertbaren Gegenständen und fand einige hundert Schilling und Schmuck. Daß die beiden von ihm Ermordeten in der Wohnung lagen, störte Harald D. nicht weiter, im Gegenteil, er zog Silvia K. zwei Ringe von den Fingern. Nach kurzer Zeit waren seine Mittel abermals zu Ende: die Schmuckstücke hatte er verkauft beziehungsweise versetzt und den Erlös für den Ankauf von Suchtgift verwendet. Seine Mittellosigkeit war das Motiv für den Einbruch in die Kassen der Waschautomaten.

Im September 1996 fand im Landesgericht Wien die Gerichtsverhandlung statt. Harald D. wurde wegen Doppelmordes zu lebenslanger Haft verurteilt. In der Kriminalchronik des Bezirks war dies seit 1945 der zweite Doppelmord, der sich ereignet hatte. Der sogenannte „Löwa-Mord“ vom 9. Dezember 1969, bei welchem zwei Angestellte der Firma Löwa in Wien 10, Quellenstraße 101, erschossen worden waren, wurde nie geklärt.

Das selbständige Handeln der Kriminalbeamten, die sich ohne weiters mit der Weisung des Polizeijuristen zufrieden geben hätten können, war Anlaß einer Ehrung durch die Vereinigung der österreichischen Kriminalbeamten. Die Ehrung nahm der damalige Innenminister Dr. Caspar Einem vor.

Die initiative Vorgangsweise der Beamten hatte maßgeblich zur raschen Klärung eines Kapitalverbrechens beigetragen. Der Kriminalist weiß nur allzu gut, daß der Begriff der „heißen Spur“ seine Berechtigung hat. Je mehr Zeit von der Tat bis zu ihrer Entdeckung vergeht, um so geringer werden die Chancen der Aufklärung. Dies ist durchaus verständlich, denn der Täter hat so allenfalls genügend Zeit, Spuren und damit belastendes Beweismaterial zu vernichten und sich ein Alibi zu besorgen. Es verdient festgehalten zu werden, daß auch die uniformierten Polizeibeamten hervorragend gearbeiten haben. Nach der Festnahme des Harald D. wegen Einbruchdiebstahls nahmen sie einen möglichen Zusammenhang mit dem Doppelmord an und teilten dies den Kriminalbeamten mit.

Ein Betrieb wie jener der Bundespolizeidirektion Wien mit zirka zehntausend Beschäftigten funktioniert nicht immer reibungslos, auch dies soll hier angemerkt werden. Um so mehr wird in heiklen Situationen deutlich, wie sehr die Initiative des einzelnen Polizeiangehörigen wesentlich für den Erfolg oder Mißerfolg einer Amtshandlung und damit für die Klärung einer strafbaren Handlung sein kann.

92

EIN ALLTÄGLICHER BANKRAUB

Am 4. April 1996 betrat um 13.56 Uhr ein etwa 35jähriger Mann, er trug eine Schirmkappe, dunkle Sonnenbrillen und hatte vermutlich einen falschen Bart aufgeklebt, die Filiale der Bank Austria in Wien 10, Gudrunstraße 177. Nach Angaben der Kassierin waren außer ihr zum Zeitpunkt des Überfalls noch drei weibliche Angestellte und drei Kunden in der Filiale.

Der Mann war der Kassierin wegen seines Aussehens sogleich verdächtig erschienen, und sie sollte sich nicht täuschen. Der Verdächtige stellte sich vorerst in der Reihe der wartenden Kunden an und legte, als er zum Schalter kam, eine Zahlscheinbestätigung vor, auf welcher das Wort „Überfall" stand. Gleichzeitig zog er aus der rechten Jackentasche eine Faustfeuerwaffe und hielt sie in Richtung der Kassierin. Diese übergab ihm daraufhin das griffbereite Geld. Der Täter raffte dieses zusammen und flüchtete. Die Bankangestellte löste noch während des Überfalls den Alarm aus.

Einer der Kunden nahm die Verfolgung des Räubers auf und bemerkte, wie dieser zu einem Pkw der Marke Mazda 626 mit Kennzeichen NK ... lief und wegfuhr. Der couragierte Verfolger konnte den Polizeibeamten entscheidende Hinweise zur Fahndung geben. Das Kennzeichen des Fluchtfahrzeuges wurde an sämtliche Streifenwagen weitergegeben, und bereits neun Minuten nach dem Überfall wurde der Bankräuber gestellt. Die Sicherheitswachebeamten Decker und Weinhofer entdeckten das gesuchte Fahrzeug an der Kreuzung Grenzackerstraße – Altes Landgut. Der Lenker mußte dort wegen Rotlichts anhalten. Die Beamten zogen ihre Dienstwaffe, und die Festnahme des mutmaßlichen Bankräubers erfolgte. Bei einer sofortigen Nachschau im Pkw fand sich die gesamte Raubbeute in der Höhe von 116.000 Schilling, aber auch die bei der Tat benützte Sonnenbrille und Schirmkappe sowie die Waffe, ein Spielzeugrevolver, wurden entdeckt.

An der linken Wangenseite des Verdächtigen fanden sich Reste des aufgeklebten falschen Bartes, den der Täter während der Flucht aus dem fahrenden Auto geworfen hatte.

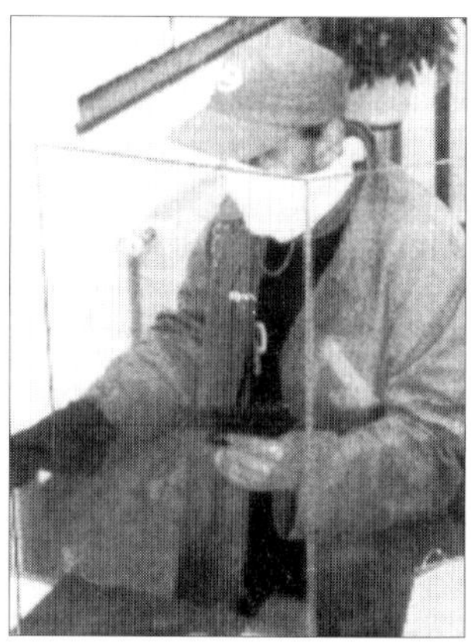

Öffentliche Sicherheit (2)

Banküberfälle: Zwischen 1977 und 1995 wurden 18 Menschen bei Überfällen auf Geldinstitute getötet und 122 verletzt.

Der Festgenommene, der 37jährige Alfred U., der aus einer kleinen Ortschaft in Niederösterreich stammte, legte sogleich ein Geständnis ab. Schulden in der Höhe von 400.000 Schilling waren das Motiv des Bankraubes gewesen. Der Täter machte einen alkoholisierten Eindruck und gab zu, etwa dreiviertel Liter Bacardi in der Hoffnung, seine Nervosität auf diese Art unter Kontrolle zu bringen, getrunken zu haben.

Die Amtshandlung wurde vom Sicherheitsbüro in der Erwartung, allenfalls weitere Banküberfälle zu klären, übernommen. Dies traf jedoch nicht zu. Der Täter hatte auf einen einzigen Bankraub zur Sanierung seiner Situation gesetzt.

Bei der Gerichtsverhandlung, die am 19. Juni 1996 stattfand, trat der Angeklagte reumütig und kleinlaut auf. Als Motiv gab er seine Verschuldung an. Zu dieser wäre es gekommen, weil er seinen Arbeitsplatz verloren hatte. Am Ende seiner Ausführungen entschuldigte er sich bei der bedrohten Bankangestellten, die als Zeugin zum Prozeß geladen war. Der Strafprozeß dauerte einschließlich der Beratung der Geschworenen etwa 40 Minuten. Das einzig Auffällige war eine Frage der Staatsanwältin, gerichtet an die Kassierin, ob sie sich gefürchtet hätte. Die Zeugin hatte mit einer derartigen Fragestellung nicht gerechnet und war fürs erste perplex. Als sie sich wieder faßte, brachte sie mit Nachdruck zum Ausdruck, daß sie sich sehr gefürchtet hätte, zumal sie bereits zum zweiten Mal Opfer eines Bankraubes geworden war. Nicht unschlüssig meinte sie, daß sie das Geld wohl nicht herausgegeben hätte, wenn sie die Drohung nicht ernst genommen hätte.

Die Strafe fiel moderat aus. Alfred U. erhielt eine 24monatige Haftstrafe, davon jedoch nur acht Monate unbedingt. Die restlichen 16 Monate wurden bedingt ausgesprochen.

Die Bankfiliale in Wien 10, Gudrunstraße 177, hatte sich der Bankräuber deshalb ausgewählt, weil er bei seinen Erkundigungen nach einem geeigneten Objekt festgestellt hatte, daß in dieser Filiale ausschließlich weibliche Angestellte beschäftigt waren. Er nahm an, daß diese leichter als Männer einzuschüchtern wären. Aber nicht nur die Filiale hatte er einigermaßen sorgfältig ausgewählt, auch für seine Tarnung hatte er vorgesorgt und sich überdies eine Waffe, wenn auch nur einen Spielzeugrevolver, besorgt. In den vergangenen Jahren wurden Spielzeugwaffen echten Waffen täuschend ähnlich nachgemacht. Selbst ein im Umgang mit Faustfeuerwaffen Vertrauter kann aus einiger Entfernung nicht eindeutig erkennen, ob die Waffe echt oder nachgemacht ist.

Ein Bankraub, wie er sich nahezu alltäglich ereignet, hatte damit ein strafrechtliches Ende gefunden.

Nur allzu leicht sehen Verzweifelte in der Verübung eines Bankraubes ihre Chance, sich aus ihrer finanziellen Notlage zu befreien. Eine solche Straftat, bei der keine Personen zu Schaden kommen, wird von der Gesellschaft nicht als besonders verabscheuungswürdig beurteilt.

Ein in den achtziger Jahren auf den Markt gebrachter Song der bekannten Austro-Popgruppe „Erste Allgemeine Verunsicherung“ mit dem Titel „Ba-Ba-Banküberfall“ verleiht dieser gesellschaftlichen Wertung deutlich Ausdruck.

93

FOLGEN EINES ILLEGALEN AUFENTHALTES

Am 24. April 1996 wurde gegen 19.35 Uhr über den Polizeinotruf ein Raubdelikt in Wien 10, Troststraße nächst Laxenburger Straße, bekannt. Einige Minuten nach dem Anruf traf eine Funkwagenbesatzung am Tatort ein, und die 82jährige Juliane P. aus Wien 10, Van-der-Nüll-Gasse, erzählte geschockt, was vorgefallen war.

Sie befand sich auf dem Heimweg, als sie von hinten auf den Kopf geschlagen wurde und zu Sturz kam. Nachdem sie sich einigermaßen gefangen hatte, stellte sie fest, daß ihr die Handtasche geraubt worden war. Noch während sie auf dem Boden lag, sah sie einen jüngeren Mann Richtung Arthaberpark weglaufen. Passanten nahmen sich ihrer an und verständigten Rettung und Polizei. Eine zweite, zur Unterstützung angeforderte Streifenwagenbesatzung begann sogleich mit der Suche nach dem flüchtigen Täter. Im Arthaberpark entdeckten die Sicherheitswachebeamten Langer und Schütz einen im Gebüsch versteckten Mann, der eine Damenhandtasche bei sich hatte. Als der Verdächtige auf die Uniformierten aufmerksam wurde, versuchte er zu flüchten, doch nach wenigen Metern war seine Flucht zu Ende, und nach einem heftigen Handgemenge wurde er festgenommen. Die bei ihm vorgefundene Handtasche war jene, die kurz zuvor geraubt worden war.

Der Räuber war der 24jährige Marius S., ein rumänischer Staatsbürger, der einige Tage zuvor über Slowenien illegal nach Österreich gekommen war.

Marius S. gab die Tat zu, wenngleich er seine Handlungsweise abschwächte. Er hatte keinen Groschen Geld mehr und beschloß, sich die nötigen Mittel, wenn nicht anders, auch durch Verübung einer strafbaren Handlung zu besorgen. Die betagte Frau, die zufällig seinen Weg kreuzte, schien ihm ein geeignetes Opfer zu sein, zumal nicht mit Gegenwehr zu rechnen war.

Im Februar 1997 wurde der Täter vom Landesgericht Wien wegen Raubes zu einer achtzehnmonatigen unbedingten Freiheitsstrafe verurteilt und im Anschluß daran von der Fremdenpolizei in sein Heimatland abgeschoben.

Wäre der Täter nicht unmittelbar nach der Tat festgenommen worden, so wäre der Raub wohl für immer ungeklärt geblieben. Wie hätte es auch je zu einer Klärung kommen sollen? Der Täter hätte sich lediglich das Bargeld behalten. Geld hat aber bekanntlich kein „Mascherl" – selbst wenn es bei ihm vorgefunden worden wäre, hätte dies nicht zur Klärung der Tat geführt. Dies ist auch der Grund, weshalb professionelle Täter ausschließlich Geld stehlen oder rauben; eine Zuordnung zu einer bestimmten Straftat ist dadurch nicht möglich. Weiters war sein Aufenthalt in Favoriten rein zufällig, das heißt, es gab keinerlei Anhaltspunkte wie etwa Beschäftigung, Verwandte usw., die zu seiner Ausforschung führen hätten können, und es gab so gut wie keine Personsbeschreibung. Dies ist nicht verwunderlich, zumal sein Opfer verletzt und geschockt durch den Überfall eine solche nicht geben konnte.

Einzig und allein der prompte Polizeieinsatz hat den Erfolg gebracht. Eine moderne, EDV-unterstützte Funkleitzentrale, die nötige Anzahl zur Verfügung stehender Funkwagen sowie das Engagement der Polizisten waren dafür ausschlaggebend. Eine erfolgreiche Amtshandlung, wie sie im Jahr dutzende Male durchgeführt wird, ohne daß dies spektakulär von den Medien wiedergegeben wird, hat eines sicher bewirkt: Sie hat einer Favoritnerin das Vertrauen in die Polizei bewahrt.

Das im Jahre 1997 im Rahmen eines Ideenwettbewerbs neu formulierte Motto der Polizei „Hilfe und Sicherheit" war mit dieser Amtshandlung vorweggenommen und in der Praxis bewiesen worden.

Die Problematik eines illegal aufhältigen Fremden, der üblicherweise nicht über das nötige Geld verfügt, um seinen Lebensunterhalt zu bestreiten, kommt anhand dieses Falles deutlich zum Ausdruck. Die Gefahr, sich die Mittel zum Überleben wenn nötig durch strafbare Handlungen zu verschaffen, ist evident. Die verschärften Grenzkontrollen zur Verhinderung illegaler Einwanderung kosten Steuermilliarden, doch diese sind abgesehen von politischen Überlegungen deshalb wesentlich, weil sie zur Verhinderung von strafbaren Handlungen beitragen.

Schlögls Bilanz: Weniger Kriminalität, mehr „Illegale"

Heuer schon 21.369 Personen an Grenze aufgegriffen / „Von Knebelungen nichts gewußt"

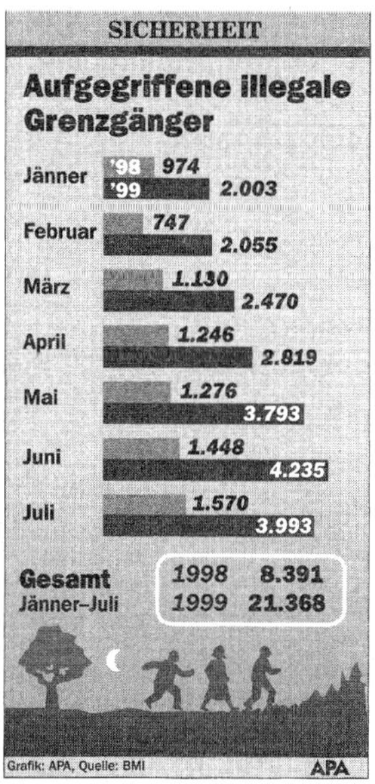

Nach zweieinhalb Jahren Amtszeit zog Innenminister Karl Schlögl eine aus seiner Sicht „sehr positive Bilanz" in allen Bereichen. Trotz „so mancher Rückschläge", wie er selbst hinzufügte.

Demnach sieht der Innenminister Österreich in einer „ausgezeichneten Sicherheitssituation". Will heißen: Die Zahl der Straftaten ist weiterhin rückläufig. Dazu sei die Aufklärungsquote gestiegen. Mit 34.111 Planstellen hat das Innenministerium, so Schlögl, einen absoluten Höchststand erreicht. Ebenso wie das Ressortbudget mit 23,2 Milliarden Schilling (1999). Bei der technischen Ausstattung sieht Schlögl gar einen wahren Quantensprung.

Erfolgreich sei auch die Arbeit der Grenzgendarmerie. Gerade die Zahl der aufgegriffenen Schlepper (1630), der Geschleppten (7836) und der illegalen Grenzgänger (11.903) in den ersten sieben Monaten dieses Jahres (insgesamt 21.369 Personen) sei im Vergleichszeitraum des Vorjahres (insgesamt „nur" 8391 Personen) enorm gestiegen. Erst im Juli ist die Zahl der „Illegalen" wieder leicht rückläufig gewesen – wohl auch durch das Ende des Krieges am Balkan.

Innenminister Schlögl: „Entlang der 1460 Kilometer langen Ostgrenze sind 6000 Mann im Einsatz, davon 2000 Soldaten." Nach Ansicht der nö. ÖVP ist die Grenzbilanz allerdings Schönfärberei: „Personell wie materiell ist die Grenzsicherung unterbesetzt, 300 Beamte fehlen für einen effizienten Einsatz."

Positiv wertet Schlögl auch das neue Fremden- und Asylrecht, das den Grundsatz „Integration vor Neuzuwanderung" umsetze.

Nach dem Fall Omofuma habe er unverzüglich Maßnahmen zur Verbesserung der Abschiebepraxis eingeleitet. Die neuerlichen Vorwürfe, daß leitende Beamte der Wiener Polizei von der Praxis des Mundverklebens schon länger gewußt hätten und demnach auch der Minister Kenntnis gehabt haben müsse, wies Schlögl zurück.

Die VP sieht Schlögls Bilanz weniger positiv. Wo Schlögl Erfolge feiere, sei die ÖVP dafür verantwortlich, sagte Klubchef Andreas Khol – etwa bei der DNA-Analyse. Grüne und Liberale werfen Schlögl im Fall Omofuma vor, nicht die Wahrheit gesagt zu haben.

Kurier vom 17. August 1999

94

WERKZEUGSPUREN

Am 14. Mai 1996 ging der 26jährige Geschäftsmann Ing. Harald M. gegen 3 Uhr in sein Büro in Wien 10, Senefeldergasse. Ihm war eingefallen, daß er Geschäftsunterlagen, die er für den kommenden Tag benötigen würde, im Büro vergessen hatte. Als er die Eingangstüre aufsperren wollte, stellte er mit Erstaunen fest, daß sich in der Türe kein Schloß befand. Nachdem er sein Büro betreten hatte, sah er Teile des Schlosses auf dem Boden liegen. Unmittelbar danach nahm er einen Mann wahr, der, als er seiner ansichtig wurde, über den Hintereingang flüchtete.

Ing. Harald M. hatte einen Einbrecher auf frischer Tat überrascht. Noch vom Geschäft aus rief er beim Polizeinotruf an, was hatte zur Folge, daß mehrere Funkwagenbesatzungen zum Tatort entsandt wurden. Vom Firmeninhaber wurde eine Personsbeschreibung des Flüchtigen gegeben. Demnach war der Täter zirka 35 bis 40 Jahre alt und mit einer braunen Lederjacke und Jeans bekleidet. Sein auffälligstes Merkmal war ein buschiger, leicht aufgezwirbelter Oberlippenbart. Die Polizeibeamten dehnten ihre Streife auf die Straßenzüge rund um den eigentlichen Tatort aus, wobei eine der Besatzungen auf einen Mann aufmerksam wurde, der in der Laxenburger Straße Richtung Quellenstraße ging. Die Personsbeschreibung konnte auf ihn zutreffen. Die Sicherheitswachebeamten Kallaus und Freinhofer hielten den Mann an und stellten ihn dem Geschäftsinhaber gegenüber. Dieser erkannte in dem Angehaltenen eindeutig den geflüchteten Einbrecher wieder. Daraufhin wurde die Festnahme ausgesprochen und an Ort und Stelle eine Personsdurchsuchung durchgeführt. Es fanden sich die Kraftfahrzeugpapiere und Fahrzeugschlüssel für einen Pkw der Marke Peugeot. Eine Kriminalbeamtenstreife wurde zur Unterstützung angefordert. Der Peugeot wurde in der Nähe des Tatortes aufgefunden. Bei seiner Durchsuchung fanden sich einige Sparbücher und Ausweise, aber auch Werkzeug, wie es üblicherweise bei Einbrüchen Verwendung findet. Der festgenommene Kurt R., 43 Jahre alt, aus Wien 10, Alaudagasse, wurde dem Kommissariat überstellt. Die entsprechenden Dateien wurden mit seinen Personaldaten „gefüttert", und rasch stellte sich heraus, daß der Verdächtige seit Jahren als Eigentumstäter registriert war. Kurt R. war durch keines seiner bisherigen zwölf Gerichtsurteile davon abzuhalten, seinen Lebensunterhalt durch Einbrüche zu finanzieren. Er war erst im März 1996 entlassen worden; nur drei Monate später befand er sich wieder in Haft, dringend verdächtig, rückfällig geworden zu sein. Ungeachtet einer bei Eigentumsdelikten mild gewordenen Rechtsprechung hatte Kurt R. ab seinem zwanzigsten Lebensjahr zehn Jahre in Haftanstalten verbracht. Rein rechnerisch war er in den letzten zwanzig Jahren nur jeden zweiten Tag auf freiem Fuß gewesen.

Die Vernehmung des Kurt R. verlief so, wie es zu vermuten war. Der Verdächtige bestritt den Einbruch, der Geschäftsmann mußte sich bei der Gegenüberstellung mit ihm eben geirrt haben. Die Beweislage verschlechterte sich für ihn insofern, als es gelang, die Sparbücher, die in dem von ihm benützten Peugeot sichergestellt worden waren, zuzuordnen. Sie waren nur einen Tag zuvor bei einem Firmeneinbruch im 15. Bezirk gestohlen worden. Auch bei diesem Einbruch war das Zylinderschloß der Eingangstüre beschädigt worden. Die Straftat war von der Polizei protokolliert worden, und bei Durchsicht des Aktes kam hervor, daß zwei Männer beobachtet worden waren, die nach der Tat mit einem Pkw der Marke Peugeot geflüchtet waren. Den Zeugen war es jedoch nicht gelungen, das Kennzeichen abzulesen, und so verliefen die Erhebungen vorerst ergebnislos.

Selbst mit dieser Straftat konfrontiert, die ein Leugnen sinnlos erscheinen ließ, blieb Kurt R. dennoch dabei, damit nichts zu tun zu haben. Der erfahrene Kriminelle war mit der Strafprozeßordnung jedenfalls so vertraut, um zu wissen, daß er als Verdächtiger das Recht zu leugnen hatte und von diesem ausgiebig Gebrauch machte.

Gegen Kurt R. wurde ein Haftbefehl eingeholt. Er wurde dem Landesgericht Wien überstellt, wo die Untersuchungshaft verhängt wurde. Wenn er weitere Einbrüche verübt hatte, davon waren die Kriminalbeamten überzeugt, dann konnte ihn nur ein Sachbeweis überführen.

Sämtliches sichergestelltes Werkzeug wurde dem Erkennungsamt übermittelt. Eine mühsame, doch letztlich unwiderlegbare kriminaltechnische Untersuchung nahm ihren Anfang. Von jedem Einbruch werden, soweit vorhanden, Spuren gesichert. Wird die Tat durch Beschädigung eines Türschlosses verübt, so werden die noch vorhandenen Teile gesammelt und mit einer Aktenkopie dem Erkennungsamt vermittelt. In diesem Amt werden all diese Spuren registriert und in der Hoffnung aufbewahrt, eines Tages jenes Werkzeug zu finden, welches beim Einbruch benützt worden war und unverwechselbare Spuren hinterlassen hat.

Bei der geschilderten Amtshandlung wurden zwei Rollgabelschlüssel sichergestellt. Die mikroskopische Untersuchung der im Erkennungsamt gelagerten Türschloßzylinder erbrachte den Beweis, daß mit einem der Rollgabelschlüssel im April und Mai 1996 im 7. und 10. Bezirk Einbrüche verübt worden waren. Es gelang, vier Einbruchsdiebstähle, alle waren in Firmen erfolgt, zuzuordnen. Die Beamten der Spurensicherung ließen nicht locker und überprüften auch jene Spuren, die vom Tatwerkzeug am Zylinderschloß, welches bei dem Einbruch in Favoriten, der mit der Festnahme des Kurt R. geendet hatte, zurückgeblieben waren. Diese Werkzeugspuren stammten nicht von den sichergestellten Rollgabelschlüsseln, doch es fanden sich in der Sammlung insgesamt fünfzehn Schloßzylinder, die mit dem selben Werkzeug aufgebrochen worden waren.

Die Einbrüche reichten bis Februar 1996 zurück und ließen sich bis Mai 1996 rekonstruieren. Was war damit bewiesen? Kurt R. mußte einen Komplizen haben; er selbst war erst im März 1996 entlassen worden, hatte daher für die Zeit seiner Haft ebenso wie für jene Einbrüche, die nach seiner neuerlichen Verhaftung stattgefunden hatten, ein unanfechtbares Alibi. Seinem unbekannten Komplizen war es demnach gelungen, auch bei dem Einbruch in Favoriten am 14. Mai 1996 unter Mitnahme des Tatwerkzeuges zu flüchten.

Kurt R. wurde vom Untersuchungsrichter mit den Ergebnissen der Kriminaltechnik konfrontiert, doch seine leugnende Verantwortung war nicht zu erschüttern, und von einem Komplizen wollte er nichts wissen. Im September 1997 kam es zur Gerichtsverhandlung. Der Richter lud die Beamten des Erkennungsamtes als Zeugen und ließ sie in der Hauptverhandlung darüber aussagen, weshalb anhand des Spurenmateriales feststand, daß zwanzig Einbrüche von Kurt R. und seinem unbekannten Komplizen verübt worden waren.

Obgleich die Ausführungen dieser Spezialisten so beweiskräftig und schlüssig waren, daß selbst der Verteidiger Kurt R. riet, ein Geständnis abzulegen, blieb dieser bei seiner leugnenden Verantwortung. Kurt R. wurde zu einer zweieinhalbjährigen Freiheitsstrafe verurteilt. Der Angeklagte nahm die Strafe nicht an, aber auch der Staatsanwalt war mit dem Urteil nicht einverstanden: ihm war die Strafe zu gering bemessen. Egal, wie letztlich das Urteil lauten wird, Kurt R., 44 Jahre alt, wird nach Strafverbüßung mit großer Wahrscheinlichkeit in keinen Arbeitsprozeß einzugliedern sein. Die Gesellschaft muß auf weitere Eigentumsdelikte des Kurt R. gefaßt sein.

DER LOTTOMILLIONÄR

Am 30. Mai 1996 gab es um 15.40 Uhr für die Polizei in Favoriten Mordalarm. In der Funkstelle des Polizeipräsidiums war ein Anruf eingelangt, demzufolge eine Frau aus dem Fenster gestoßen und schwer verletzt aufgefunden worden war.

Eine Funkwagenbesatzung fuhr einsatzmäßig zum Tatort und traf in der gemeindeeigenen Wohnhausanlage in Wien 10, Florian-Geyer-Gasse, eine auf dem Rücken liegende Frau an, die mit schmerzverzerrter Stimme angab, daß sie im Zuge eines Streites von ihrem Freund aus dem Fenster gestoßen worden war. Die Beamten verständigten die Rettung. Auf dem Weg zur Wohnung des Verdächtigen kam ihnen ein Mann entgegen, welchen die Verletzte, als sie seiner ansichtig wurde, als den Täter bezeichnete.

Der 49jährige Gerhard Sch. gab zu, mit der gleichaltrigen Carola W. gestritten zu haben, leugnete jedoch, sie aus dem Fenster gestoßen zu haben, vielmehr wäre sie selbst gesprungen beziehungsweise gefallen.

Die Polizisten Dobrovits und Eichbauer sprachen die Festnahme aus und überstellten den deutlich alkoholisierten Verdächtigen dem Kommissariat. Die Verletzte wurde in das Hanusch-Krankenhaus transferiert, wo Brüche des ersten und zweiten Lendenwirbels sowie diverse Prellungen festgestellt wurden. Ein stationärer Spitalsaufenthalt war unumgänglich.

Als der Gesundheitszustand es zuließ, wurde Carola W. im Spital vernommen. Sie hatte den Verdächtigen 1991 über eine Zeitungsannonce kennengelernt, und es entwickelte sich eine lockere Beziehung. Am 26. Mai 1996 war sie bei Gerhard Sch. zu Besuch, der im Laufe des Abends wie jede Woche die Auslosung von „6 aus 45" im Fernsehen verfolgte, und diesmal sollte es passen. Gerhard Sch. hatte, wenn alles stimmen sollte, einen Sechser gemacht.

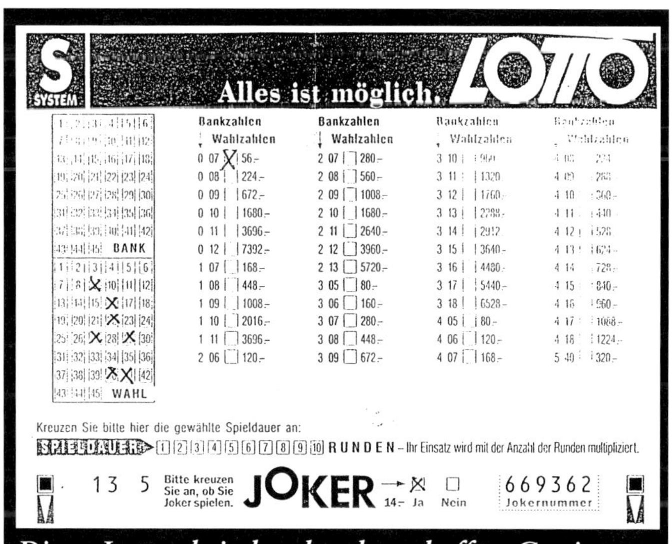

Dieser Lottoschein brachte den erhofften Gewinn

Wie sich in den nächsten Tagen herausstellte, war Gerhard Sch. über Nacht zum Lottomillionär geworden und hatte auf einen Schlag 2,8 Millionen Schilling gewonnen.

Am 30. Mai 1996 besuchte Carola W. ihren Freund neuerlich. Dieser

GERICHT — Samstag, 31. August 1996

Gewinner kam nach Streit mit Freundin ins Gefängnis:

Drei Millionen aus dem Lotto brachten Wiener kein Glück!

Drei gewonnene Lottomillionen haben einem Wiener kein Glück gebracht. Im Überschwang der Gefühle begann er wieder zu trinken. Und eine Bekannte, die er am Reichtum nicht mitnaschen lassen wollte, stürzte sich in ihrer Verzweiflung aus dem Fenster. Und er kam ins Gefängnis . . .

Kronen Zeitung vom 31. August 1996

war bereits bei ihrem Eintreffen alkoholisiert, und nach wenigen Minute begannen die Streitigkeiten. Gerhard Sch. schlug auf sie ein, worauf sie zum geöffneten Fenster lief und in den Haushof hinaus um Hilfe rief. Plötzlich verspürte sie einen Stoß, wodurch sie aus dem Fenster stürzte und im Rasen unterhalb des Fensters liegenblieb. Die Tatorterhebung ergab, daß die Wohnung im ersten Stock lag und die Entfernung vom Fensterbrett bis zum Erdboden etwa fünf Meter betrug.

Nach seiner Ausnüchterung wurde der Verdächtige vernommen. Er bestätigte, daß er 2,8 Millionen Schilling gewonnen hatte, und gab an, seit Jahren wöchentlich um 400 Schilling zu spielen. Endlich wäre der so lang erhoffte Gewinn eingetreten. Seine Freude war verständlicherweise groß, und der Griff zu Wodka und Fernet war unausbleiblich. Von der ersten Information über seinen Gewinn bis zu seiner Festnahme sollte der Glückspilz nicht mehr nüchtern werden. Ungeachtet dessen konnte er sich erinnern, daß Carola W. bei ihm zu Besuch und es zu Streitigkeiten gekommen war. Seine Bekannte hätte ihm immer wieder vorgehalten, daß er sich jetzt, wo er reich geworden war, sicherlich eine jüngere und attraktivere Frau suchen würde. Der Streit eskalierte, Schimpfworte fielen von beiden Seiten, doch er blieb dabei, Carola W. nicht geschlagen zu haben. Die Frau wäre, aus welchem Grund auch immer, zum Fenster gelaufen und in weiterer Folge hinabgestürzt.

Aussage stand gegen Aussage, Zeugen des Vorfalles gab es keine, und ein Sachbeweis war nicht vorhanden. Gegen die Person des Verdächtigen sprachen seine zahlreichen Vorstrafen, darunter auch solche wegen Gewalttätigkeiten. Gegen Gerhard Sch. wurde ein Haftbefehl erteilt. Er wurde in Untersuchungshaft genommen und verblieb dort bis zur Hauptverhandlung.

Am 30. August 1996 fand die Verhandlung im Landesgericht Wien statt. Der Richter war geduldig und gab sich redlich Mühe, die Wahrheit herauszufinden. Doch sowohl das Opfer als auch der Beschuldigte wichen von ihrer Verantwortung nicht ab und wiederholten ihre bei der Polizei gemachten Angaben. Dem Prozeß war ein gerichtsmedizinischer Sachverständiger beigezogen worden. Dieser wurde nicht nur über den Verletzungsgrad, sondern auch zum Fenstersturz befragt. Der Gerichtsmediziner zog aus der Lage des Opfers bei dessen Auffindung den Schluß, daß die Frau heruntergefallen sei und zwar ohne Vorliegen von Fremdeinwirkung. Wäre sie gestoßen worden, hätte man sie in einer anderen Position aufgefunden. Der Beschuldigte nahm diese Ausführungen erfreut auf und deutete durch heftiges Kopfnicken sein Einverständnis mit dieser Version an.

Die vom Sachverständigen getroffene Schlußfolgerung sollte letzlich ausschlaggebend für die richterliche Entscheidung sein. Das Verfahren wegen absichtlicher schwerer Körperverletzung endete mit einem Freispruch.

Bei den Erhebungen nach dem Fenstersturz waren Kriminalbeamte in der Wohnung auf eine große Anzahl von Waffen und Munition gestoßen. Der Verdächtigte bezeichnete sich selbst als Waffenliebhaber, doch es war aufgrund seiner Vorstrafen schon Jahre zuvor ein Waffenverbot gegen ihn erlassen worden. Er hatte sich durch den unerlaubten Waffenbesitz neuerlich strafbar gemacht, an diesem Faktum war nicht zu rütteln, weshalb er zu einer dreimonatigen Haftstrafe verurteilt wurde.

Seit dem Fenstersturz und der Gerichtsverhandlung waren auf den Tag genau drei Monate vergangen. Die Untersuchungshaft wurde eingerechnet, und der Lottomillionär konnte noch am Tage der Urteilsverkündung das Landesgericht als freier Mann verlassen.

Wie an diesem Fall bewiesen ist, bringt selbst ein Lottogewinn nicht immer nur Glück.

96

DIE GESCHICHTE DER HEIDEMARIE A.

Am 22. Juni 1996 wurden gegen 20.45 Uhr die Rettung und die Polizei gerufen. Noch vor der Polizei war die Rettung eingetroffen, doch der Rettungsarzt konnte dem 42jährigen Wolfgang B. nicht mehr helfen. Der Mann lag im Stiegenhaus und wies im Brustbereich zwei Einstiche auf. Ein Stich hatte das Herz getroffen und den Tod herbeigeführt. Seine Lebensgefährtin, die 37jährige Heidemarie A., gab an, daß Wolfgang B. etwa eine Stunde zuvor alkoholisiert nach Hause gekommen war. Plötzlich hätte es an der Eingangstüre geläutet, und Wolfgang B. hätte geöffnet. Vor der Türe standen zwei Männer, die sogleich auf ihren Lebensgefährten eingeschlagen und eingestochen hätten. Eine nähere Beschreibung der Täter konnte die Frau nicht geben, sie äußerte jedoch die Vermutung, daß es sich um Ausländer, möglicherweise Türken, gehandelt hatte.

Vom Tatbestand her lag der Verdacht auf Mord vor. Wie bei außergewöhnlichen Ereignissen vorgesehen, wurde der Autor auch außerhalb der Dienstzeit verständigt. Als der Name der Lebensgefährtin des Ermordeten fiel, wurde der Autor hellhörig. Heidemarie A. hatte bereits in den siebziger Jahren, also noch im jugendlichen Alter, für einiges Aufsehen gesorgt. Im Jahre 1975 konnten ihr und einem gleichaltrigen Mädchen eine Vielzahl von Diebstählen in insgesamt sieben Bezirken Wiens nachgewiesen werden. Die Diebstähle waren insofern perfide, als die von den beiden 16jährigen Täterinnen Bestohlenen durchwegs ältere Frauen waren. Ihren späteren Opfern boten die beiden vorerst an, die Einkaufstasche zur Wohnung zu tragen. In der Mehrzahl der Fälle wurde dieses Angebot bereitwillig angenommen. Die Ernüchterung der Opfer kam spätestens zu dem Zeitpunkt, als sie das Fehlen ihrer in den Einkaufstaschen aufbewahrten Geldbörsen feststellten.

Die „Karriere“ von Heidemarie A. brachte sie schlußendlich in das Gefangenenhaus des Jugendgerichtshofs Wien. Während ihrer Haft sorgte Heidemarie A. abermals für Schlagzeilen. Sie brachte einige Justizwachebeamte in dienstliche und strafrechtliche Schwierigkeiten. Die jugendliche Strafgefangene, ein attraktives Mädchen, hatte einige ihrer Bewacher verführt. Die Affäre hatte zur Folge, daß männliche Justizwachebeamte zur Bewachung von jugendlichen Straftätern weiblichen Geschlechts abgezogen wurden. Ein bis dahin bestehendes Bewachungssystem wurde so beendet.

Heidemarie A. tauchte in den darauffolgenden Jahren im Rotlichtmilieu auf und unter.

Dieses außergewöhnliche Vorleben wurde vom Autor den Kriminalbeamten mitgeteilt, die ihrerseits die Kollegen des Sicherheitsbüros informierten. Ein Mordfall, verübt durch einen unbekannten Täter, wird grundsätzlich von einer Mordgruppe des Sicherheitsbüros übernommen, und auch in diesem Fall war es so.

Bei der Spurensicherung fiel den Beamten der Tatortgruppe auf, daß der Erstochene nur einen Schuh trug. Trotz intensiver Suche fand sich der zweite Schuh im

Die delikaten Schreiben einer Mordangeklagten:

„Aus den Briefen kann ein Pornoschriftsteller lernen“

„Sie sucht ständig neue Männerbekanntschaften“, sagt der Staatsanwalt. Ihren Freund hätte sie getötet, um frei zu sein für einen anderen. Kaum in U-Haft, knüpfte die Angeklagte zarte Bande zu einem Häftling. „Mit Briefen“, so der Ankläger, „von denen ein Pornoschriftsteller was lernen kann ...“

Wer ist diese Frau, die da wegen Mordes angeklagt vor Gericht steht. Staatsanwalt Dr. Novak behauptet, Heidemarie A[redacted] (37) wäre mehrfach ins Zwielicht geraten, aber stets durch die Maschen der Justiz geschlüpft. Auch in jenem Briefwechsel mit einem Häftling, bei dem alle Kontrollen überwunden wurden, schrieb die Frau: „Ich stehe auf Kampf und Kräftemessen.“

Heidemarie A[redacted] selbst sieht sich freilich ganz anders. Als eine Frau, die fleißig als Kellnerin arbeitete. Und die zunehmend unter ihrem Lebensgefährten Wolfgang Baumer (42) litt: „Er hat

VON PETER GROTTER

keinen Beruf gehabt. Und in den letzten sechs Wochen eskalierte die Gewalt.“

Auch als sie ihm am 22. Juni 1996 in der Wohnung in Wien-Favoriten mitteilte, daß sie sich wegen eines anderen von ihm trennen will, hätte der Mann mit Drohungen und Schlägen reagiert. Mit dem Fleischermesser hätte sie nur zugestochen, um sich zu wehren, versichert Heidemarie A[redacted].

Das Urteil steht aus.

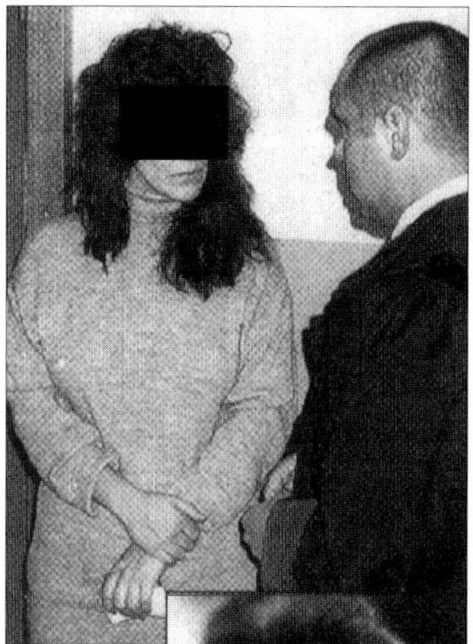

Fotos: Schiel, Grotter

▲ *Heidemarie A[redacted] (37), hier mit ihrem Verteidiger Dr. Tomanek, will nur in Notwehr zugestochen haben. Im Bild rechts das Opfer, der 42jährige Wolfgang Baumer.* ▶

Kronen Zeitung vom 16. Jänner 1997

Stiegenhaus nicht. Auch von der Tatwaffe, vermutlich ein Messer, fand sich keine Spur. Alles zusammen lagen genügend Gründe vor, um Heidemarie A. zu einer näheren Befragung einzuladen. Relativ rasch gelang es, den tatsächlichen Tathergang zu klären. Nicht Unbekannte hatten Wolfgang B. erstochen, die Stiche hatte Heidemarie A. selbst ihrem Lebensgefährten zugefügt. Zuvor hatte es zwischen den beiden einen heftigen Streit gegeben. Die Auseinandersetzung hatte sich vorerst in der Wohnung, wo sich auch der zweite Schuh fand, zugetragen und war im Stiegenhaus fortgesetzt worden. Im Zuge des wüsten Streites hatte Wolfgang B. den Schuh in der Wohnung verloren. Heidemarie A. hatte ihren Lebensgefährten vor der Türe gestoßen, wodurch dieser das Gleichgewicht verloren hatte und einige Stufen hinabgestürzt war. Sie war in die Wohnung zurückgelaufen, und als Wolfgang B. drohte, die Türe einzutreten, hatte sie sich mit einem Küchenmesser bewaffnet und geöffnet. Aus Angst vor weiteren Mißhandlungen hatte sie schließlich zweimal zugestochen. Die Tatwaffe hatte sie in einen Müllcontainer geworfen, wo sie auch gefunden werden konnte.

Heidemarie A. wurde wegen Mordes angezeigt und dem Landesgericht Wien überstellt. Die Täterin hielt auch während der Gerichtsverhandlung an ihrer Notwehrversion fest, doch sie fand bei den Geschworenen kein Gehör. Deren Spruch lautete einstimmig auf Mord. Heidemarie A. wurde zu einer 15jährigen Freiheitsstrafe verurteilt.

97

EIN SNIFFER

Im September 1996 sollte in Favoriten nahezu kein Tag vergehen, an dem nicht irgendein Wohnungseinbruchsdiebstahl verübt wurde. Wie bei solchen Einbrüchen vorgesehen, begab sich zu jedem Tatort ein Kriminalbeamter, der vor Ort feststellte, auf welche Art und Weise der Einbruch verübt worden war. Diese Vorgangsweise des Täters wird in der Kriminalistik – wie in jeder wissenschaftlichen Lehre ist auch in dieser Latein zur Begriffsbestimmung noch in Verwendung – „Modus operandi“ genannt. Überdies nahm der Kriminalbeamte in jedem Fall eine Schadensaufstellung vor und versuchte nach Möglichkeit, Hinweise auf den Täter zu erhalten.

Nach und nach zeigten sich Gemeinsamkeiten. Die Einbrüche wurden ausschließlich in Wohnungen, die im Parterre, allenfalls im Hochparterre lagen, verübt. Immer hatte der Wohnungsinhaber beim Verlassen der Wohnung ein Fenster in gekipptem Zustand zurückgelassen. Dies wurde von dem Unbekannten genützt, um das Fenster gänzlich zu öffnen und in die Wohnung einzusteigen. Gestohlen wurden vorwiegend Bargeld und Schmuck. Verständlich, zumal sich bei den Tatorterhebungen herausgestellt hatte, daß der Täter über geradezu artistische Fähigkeiten verfügen mußte. Anders war es nicht erklärbar, daß er Abstände von bis zu zwei Meter und darüber auch bei glatten Hausfassaden, die so gut wie keine Möglichkeit boten, sich festzuhalten, überwinden konnte, um über das Fenster in

Schon zwölfjährige Kinder schnüffeln heimlich Klebstoff

Alarm nach Tod eines steirischen Jugendlichen / Studie liefert Daten über den Mißbrauch

Ulli Jantschner

Bernds Eltern waren ahnungslos. Der 16jährige Obersteirer schnüffelte im Freundeskreis regelmäßig Lösungsmittel und Feuerzeuggas. Vor vierzehn Tagen hatte Bernd es zu lange gemacht und zuviel erwischt: Eine Gehinschwellung verursachte den Tod des Jugendlichen.

Sogar Kinder inhalieren schon diese teuflischen Dämpfe aus dem Plastiksakkerl. Sich auf diese Art in einen Rauschzustand zu versetzen, ist in Österreich offenbar wesentlich weiter verbreitet als befürchtet. Der Blick allein nach Bukarest, zu den rumänischen Straßenkindern, wäre kurzsichtig. Denn eine steirische Studie liefert erstmals alarmierende Daten. 5128 Jugendliche wurden zu ihren Erfahrungen mit den „highmachenden“ Klebstoffen befragt. 12 Prozent der 12- bis 13jährigen gaben zu, schon mehrmals geschnüffelt zu haben. 14 Prozent der 14- bis 15jährigen vertrieben sich im Freundeskreis ebenfalls die Zeit damit.

„Schnüffeln ist extrem altersabhängig“, bestätigt Dr. Peter Gasser-Steiner vom Grazer Uni-Institut für Soziologie. „Meist flacht das Interesse mit zunehmendem Alter wieder ab. Mit 16, 17 Jahren taten es nur noch zehn Prozent. Bei den 18jährigen waren es dann nur fünf Prozent.“

Ob Nagellackentferner, Feuerzeugbenzin und -gas, Wundsprays, Enteiser, oder Benzin: Vom Taschengeld sind diese Lösungsmittel unauffällig zu finanzieren. „Die Einstiegsdroge ist die Gemeinschaft“, warnt der steirische Suchtbeauftragte Joachim Berthold. Kinder, die noch zu „feig“ wären, zu rauchen oder Alkohol zu trinken, würden sich in der Gruppe eben leicht zum Schnüffeln überreden lassen.

Was zähle, sei die Wirkung, beschreibt Berthold die jugendliche Gedankenlosigkeit. „Die Dämpfe enthemmen, regen an, machen lustiger, beduseln, berauschen und können, je nach Intensität, sogar Halluzinationen hervorrufen.“ Kaum ein Jugendlicher aber mache sich Gedanken über Gesundheitsschädigung. Aufklärung, vor allem über die Schulen, wäre dringend notwendig, empfiehlt der Suchtbeauftragte.

Kurier vom 4. Februar 1997

die Wohnung einzusteigen. Die Mitnahme von sperrigem Diebsgut war ihm daher nicht möglich.

Noch etwas ergab die Zusammenfassung der einzelnen Tatortberichte, nämlich eine übereinstimmende Personsbeschreibung des Unbekannten. Der Gesuchte war demnach etwa 20 Jahre alt, von schlanker Statur, etwa 170 bis 175 cm groß, hatte kurzes, brünettes Haar und war jedesmal mit einer weinroten, mittellangen Jacke bekleidet gewesen.

Zur Fahndung nach dem Serientäter waren somit die nötigen Voraussetzungen geschaffen worden. Tagtäglich waren Kriminalbeamte im Bezirk auf Streife. Gesucht wurde ein junger, mit einer weinroten Jacke bekleideter Mann. Wer die Größe des Bezirkes kennt, weiß, daß eine derartige Fahndung der Suche nach der sprichwörtlichen Stecknadel im Heuhaufen gleicht. Von großer Begeisterung war daher die Einstellung der zur Streifentätigkeit eingeteilten Kriminalbeamten nicht getragen. Doch die nicht zu stoppende Vorgangsweise des Täters ließ keine andere Wahl zu.

Am 27. September 1996 ging eine Frau mit ihrem Hund spazieren, als sie gegen 11.45 Uhr in der Gußriegelstraße 44 im Hof der dortigen Wohnhausanlage bemerkte, wie ein junger Mann aus einer im Hochparterre gelegenen Wohnung heraussprang. Diese Wohnung gehörte einer Bekannten der Hundebesitzerin, die jedoch auf Urlaub gefahren war. Mit rechten Dingen konnte es demnach nicht zugehen. Die Zeugin verhielt sich geschickt: sie verfolgte den Verdächtigen unauffällig. Der junge Mann suchte eine Trafik auf, ebenso die Zeugin. Noch in seiner Anwesenheit ersuchte sie die Trafikantin, die Polizei zu verständigen.

Als der junge Mann dies hörte, stieß er sie zur Seite und flüchtete. Kriminalbeamte fuhren zur Trafik, aber auch zur Wohnung, aus welcher der Täter herausgesprungen war. Von der Tatausübung her war es der gesuchte Serieneinbrecher; auch die Bekleidung stimmte. Wieder war der Täter mit einer weinroten Jacke bekleidet gewesen.

Von der Trafikantin konnte in Erfahrung gebracht werden, daß der Geflüchtete vermutlich einen Sprachfehler hatte. Mit diesen Auffälligkeiten mußte doch weiterzukommen sein.

So war es auch, und die Kriminalbeamten ließen nicht mehr locker. Langsam, aber sicher führte die Spur zur Wohnadresse des Verdächtigen. Auf einen Bewohner konnte die Beschreibung passen, auf den 19jährigen Manfred K. Ein Computerausdruck des Verdächtigen, der in den polizeilichen Evidenzen bereits als Eigentumstäter einlag, wurde den Zeugen vorgezeigt und konnte von diesen wiedererkannt werden.

Nach Einholung eines Haft- und Hausdurchsuchungsbefehls begaben sich die Kriminalbeamten Gießer, Binz und Puffler zur Unterkunft des Mannes. Bei der Durchsuchung seines Zimmers fand sich die so oft beschriebene rote Jacke. Noch am selben Tag, nämlich am 27. September 1996, konnte Manfred K. verhaftet werden.

Der Tatverdächtige hatte eine HTL besucht, den Schulbesuch jedoch abgebrochen, ebenso eine begonnene Lehre, und war seit längerer Zeit beschäftigungslos. Manfred K. gab bei seiner Vernehmung an, süchtig zu sein, und zwar auf Butangas.

Bei der Hausdurchsuchung waren zahlreiche Dosen mit Gas, wie sie zum Füllen von Feuerzeugen benützt werden, sichergestellt worden. Nach dem Geständnis des Verdächtigen war klar, welche Bewandtnis es damit hatte.

Das Einatmen von Butangas führt ab einer bestimmten Konzentration zu einer Bewußtseinstrübung in Verbindung mit einem seelischen Hochgefühl.

Das Motiv des Täters für seine Einbruchsdiebstähle lag in seinem chronischen Geldmangel. Der Täter war eine stark introvertierte Persönlichkeit, die auch mit sexuellen Problemen zu kämpfen hatte. Sein Suchtverhalten war als Fluchtreaktion auf die Realität, mit der er nicht zurecht kam, zu verstehen.

Letztlich konnten Manfred K. 25 Einbruchsdiebstähle in Wohnungen, vorwiegend in Favoriten, nachgewiesen werden. Seine Spur ließ sich in der Fernkorngasse, Neilreichgasse, Raxstraße, Herzgasse, Gudrunstraße, Gellertgasse, Absberggasse, Leebgasse, Quellenstraße, in der Erlachgasse sowie in der Otto-Probst-Siedlung nachweisen.

Er war, dies war nunmehr bewiesen, ausschließlich dort eingedrungen, wo ein Fenster gekippt war. Wie man sich bei der Ausführung zu den einzelnen Tatorten überzeugen konnte, hatte er zum Teil akrobatisches Geschick bewiesen. So hatte er es geschafft, mit einem eigens dafür zurechtgebogenen Drahthaken die gekippten Fenster zur Gänze zu öffnen, während er sich, wenn nötig, mit nur einem Arm am Fensterrahmen festhielt. Es war dies eine durchaus beachtliche körperliche Leistung. Seine Armmuskulatur war besonders kräftig ausgeprägt, wodurch es ihm möglich gewesen war, sein Körpergewicht so lange an einem Arm hängend zu stabilisieren, bis er das Fenster zur Gänze geöffnet hatte.

Im Dezember 1996 wurde Manfred K. vom Landesgericht für Strafsachen Wien wegen der geschilderten Einbruchsdiebstähle zu einer einjährigen unbedingten Freiheitsstrafe verurteilt.

Bei seiner Täterpersönlichkeit ist zu befürchten, daß eine Haftstrafe allein nicht ausreichen wird, um ein neuerliches Straffälligwerden zu verhindern.

Erstmalig hatte ein „Sniffer", so werden Personen genannt, die ihr Suchtverhalten durch Einatmen von Gasen befriedigen, seine Spur in der Favoritner Kriminalchronik hinterlassen.

DAS SOLLTEN SIE WISSEN

Schnüffeln kann tödlich sein

Die anregende Wirkung von **Lösungsmitteln** ist für viele oft schon im Alltag zu erschnuppern: Benzin an der Tankstelle, Klebstoff beim Basteln, Lacke bei Anstreicherarbeiten.

Bei **Mißbrauch** über einen längeren Zeitraum hindurch wirken die Dämpfe – wie andere Suchtmittel auch – als schweres **Nerven- und Zellengift**, vor allem bei Jugendlichen in der Entwicklungsphase. Kurzfristig wird der Atem- und Respirationstrakt angegriffen. Schlimmstenfalls kann es sogar zu einem **Lungenödem** kommen. Die fettlöslichen chemischen Substanzen durchbrechen im Gehirn die Blut-Hirn-Schranke und lösen Zellwände auf. Die Zellen, vor allem im „Denkhirn", werden vorübergehend funktionsunfähig. Wegen des Sauerstoffmangels kann eine **Gehirnschwellung**, die zuweilen auch tödlich endet, eintreten. Beobachtet wurden vom Grazer Gerichtsmediziner Prof. Peter Leinzinger auch **Kreislaufstillstand** und **Erstickung**.

„In den Plastiksackerln kann es zu einer derartigen und vor allem schwer abschätzbaren Anreicherung von Dämpfen kommen, daß dies so wirkt, als ob ein Jugendlicher extrem viel hochprozentigen Alkohol in sich hineinschütten würde", beschreibt der Grazer Primar Joachim Berthold.

98

FALSCHE KRIMINALBEAMTE

Am 3. Oktober 1996 wurde gegen 0.30 Uhr der Polizeinotruf über eine Vergewaltigung, die sich im Bahnbereich des Frachtenbahnhofs Wien-Süd zugetragen hatte, informiert. Die Besatzung des Funkwagens „Julius 3“ fuhr zum möglichen Tatort.

Bei der Zufahrt zum Frachtenbahnhof stand ein Taxi mit aufgeblendeten Scheinwerfern, und der Lenker machte durch Handzeichen auf sich aufmerksam. Noch während sich die Polizisten mit dem Taxilenker, der über Taxifunk die Polizei verständigt hatte, unterhielten, kamen zwei Männer herbeigelaufen. Nach deren Information war in einem abgestellten Eisenbahnwaggon eine Frau vergewaltigt worden, und zwar von zwei Männern, die sich als Kriminalbeamte ausgewiesen hatten. Bei der Nachschau durch die Polizeibeamten fand sich in einem Waggon eine nackte Frau, die angab, vergewaltigt worden zu sein.

Die vorerst eingetroffenen Sicherheitswachebeamten ersuchten um Unterstützung, und bei einer umfangreichen Streife wurden noch im Gelände des Frachtenbahnhofes zwei Verdächtige angehalten. Bei einer an Ort und Stelle durchgeführten Personsdurchsuchung fand sich bei einem der Verdächtigen ein kreisförmig zugeschnittenes Lederstück, auf dem ein Bundeswappen montiert war. Bei schlechten Sichverhältnissen konnte man diesen Gegenstand tatsächlich mit der Dienstkokarde eines Kriminalbeamten verwechseln. Die Polizisten Müllner, Maderbacher und Fuchs sprachen wegen dringenden Tatverdachtes die Festnahme aus. Das Opfer der Vergewaltigung und deren Begleiter – es waren dies jene beiden Männer, die herbeigelaufen waren und den Beamten den Weg zu jenem Eisenbahnwaggon gewiesen hatten, in welchem sich die Tat zugetragen hatte – erkannten die Festgenommenen eindeutig als die vorgeblichen Kriminalbeamten wieder.

Das Opfer, eine 31jährige obdachlose Frau, hatte mit ihren beiden Freunden, einem 26jährigen und einem 28jährigen Mann, die gleichfalls ohne festen Wohnsitz waren, in abgestellten Waggons Unterkunft genommen.

Im Bahnbereich abgestellte Eisenbahnwaggons sind seit Jahren ein vor allem während der kalten Jahreszeit beliebter, der Polizei bekannter Aufenthaltsort von Unterstandslosen. In den letzten Jahren haben die ÖBB die Überwachung der Eisenbahnanlagen privaten Sicherheitsunternehmungen übertragen – wie man sieht, nicht immer mit der gewünschten Effizienz.

Die Ausgangssituation für die vernehmenden Kriminalbeamten Reischenböck und Scheiber war günstig. Es gab Zeugen der strafbaren Handlung, und eine selbstverfertigte Dienstkokarde konnte als Beweismittel sichergestellt werden.

Der als Haupttäter anzusehende 28jährige Alexander W. aus Wien 4, Theresianumgasse, Maschinenarbeiter von Beruf, war im großen und ganzen geständig. Er hatte am vorausgegangenen Nachmittag seinen Freund Markus M., 27 Jahre alt, aus Wien 10, Laaerbergstraße, getroffen. Vorerst hatte man mehrere Lokale

Zwei Wiener nach Überfall auf Frau in Haft:

Falsche Polizisten als Sexverbrecher

BERICHT SEITEN 8/9

Lit 3200,- / Dr 500,- / TL 165.000.- / Ft 250,- / KN 10,- / SIT 230,- Esc 300,- / Pts 260,- / Kan. Ins. Pts 300,- / DM 3,- / sfr 2,80 / KC-SK 40.-

Dienstag, 8. Okt. 1996 / Nr. 13.077, S 8,-

Neue Kronen Zeitung

UNABHÄNGIG

Wien 19, Muthgasse 2, Telefon 36 011-0

Fotos: Andi Schiel

Eine echte Dienstmarke – und die falsche der Sex-Täter

aufgesucht, und die durch Alkoholkonsum angeheizte Stimmung der beiden verlangte nach einem „würdigen" Abschluß. In dieser Atmosphäre einigte man sich darauf, als Kriminalbeamte aufzutreten; die selbstverfertigte Kokarde des Alexander W. sollte dabei benützt werden. Alexander W. wußte von seinen Spaziergängen in und rund um den Bahnhofsbereich, daß sich in den abgestellten Eisenbahnwaggons Unterstandslose aufhielten.

Es mag auch kurios erscheinen: Der Verdächtige gab bei seiner Vernehmung an, daß er am Geruch, der im Bahngelände vorherrschte, Gefallen fand und sich deshalb dort besonders wohl fühlte, ja noch mehr, er hätte sich fallweise in abgestellte Waggons gesetzt und dabei eine Art Urlaubsgefühl verspürt.

Die beiden setzten ihr Vorhaben in die Tat um und stiegen in die abgestellten Waggons ein. Bereits nach kurzer Zeit stießen sie auf eine Frau und zwei Männer. Unter Vorhalt der selbstgefertigten Kokarde wiesen sie sich als Kriminalbeamte aus und forderten die Angetroffenen barsch auf, den Waggon zu verlassen und vor diesem Aufstellung zu nehmen. Wie sie es vor allem in amerikanischen Krimis gesehen hatten, „klopften" sie die Angehaltenen ab und forderten von jedem dreihundert Schilling als Strafe für den ungerechtfertigten Aufenthalt im Eisenbahnwaggon. Wie nicht anders zu erwarten, hatten die Unterstandslosen nicht einmal gemeinsam einen derartigen Geldbetrag zur Verfügung. Wütend darüber, daß ihnen die gewünschten Beträge nicht ausgehändigt wurden, vertrieben sie die beiden Männer mit Ohrfeigen und Fußtritten.

Alexander W. forderte die 31jährige Gerlinde R. auf, in den Waggon einzusteigen, und erklärte ihr, daß sie nun für die Nichtbezahlung der Strafe geradestehen müsse. Die Frau wurde aufgefordert sich auszuziehen; sie tat dies, zumal sie durch die brutale Vorgangsweise, welche die angeblichen Kriminalbeamten an den Tag gelegt hatten, eingeschüchtert war und sie sich im Falle einer Weigerung vor Mißhandlungen fürchtete. Alexander W. nützte die Wehrlosigkeit und vergewaltigte die Frau. Während der Tat stand sein Freund Markus M. vor dem Waggon und paßte auf.

Die beiden Tatverdächtigen wurden angezeigt und in Untersuchungshaft genommen. Am 23. Dezember 1996 kam es zur Gerichtsverhandlung. Die Täter fanden in erster Instanz einen milden Richter. Sie wurden zu je 24 Monaten Haft verurteilt, davon erhielten sie je drei Monate unbedingt. Im konkreten Fall bedeutete dies, daß sie nach der Gerichtsverhandlung auf freien Fuß gesetzt wurden, da sie bereits drei Monate in Haft verbracht hatten, die ihnen angerechnet wurden. Ihre Freude über das Urteil einen Tag vor Weihnachten wurde nur durch die Berufung, welche der Staatsanwalt wegen zu geringer Bestrafung einlegte, getrübt.

99

EIN EXHIBITIONIST UND TRANSVESTIT

Am 10. Oktober 1996 befand sich der Sicherheitswachbeamte Karl Amon auf Fußstreife im Waldmüllerpark. Gegen 21.30 Uhr wurde der Polizist von mehreren Parkbesuchern zum Einschreiten aufgefordert. In kurzen Worten teilten sie ihm mit, daß ihnen ein Exhibitionist begegnet wäre. Der Beamte lief in die angegebene Richtung, doch er traf den Verdächtigen nicht mehr an. Der erfahrene Exekutivbeamte gab so leicht nicht auf und dehnte seine Streife über den Park hinaus aus. Als er sich einem parkenden Pkw näherte, versuchte dessen Lenker sich insofern zu verstecken, als er sich, soweit ihm dies möglich war, hinter dem Lenkrad zusammenkauerte. Der Polizist ging nun zielstrebig auf den eben durch dieses Verhalten verdächtig Gewordenen zu und vermeinte bereits im Irrtum zu sein. Hinter dem Lenkrad befand sich eine Frau.

Eine Frau als Exhibitionist war etwas naturgemäß nicht Denkbares. Doch es blieb keine Zeit zum Überlegen: die belästigten Parkbesucher hatten in der Zwischenzeit den Polizisten eingeholt und waren sich rasch einig, daß die Frau der gesuchte Exhibitionist war. Es stellte sich heraus, daß die Person, die auf dem Lenkersitz saß, ein Mann war, der Perücke und Frauenkleider trug.

Sogleich ersuchte der 47jährige Mann, von Beruf war er technischer Beamter der Gemeinde Wien, von einer Anzeige Abstand zu nehmen. Er sei verheiratet, jedoch wüßte seine Frau nichts von seiner Veranlagung. Wohl zurecht sah er nach seiner Entdeckung Schwierigkeiten veschiedenster Art auf sich zukommen.

Zum Zeitpunkt der Anhaltung war er mit einer roten Bluse, schwarzem Rock, schwarzen Strümpfen und dazu passenden Lacklederschuhen bekleidet. Unter der Bluse trug er einen schwarzen Spitzen-BH, der mit Pölsterchen ausgestopft war, um die sonst fehlenden Formen wiederzugeben. Bei seiner Vernehmung gab der Techniker an, in sich den unwiderstehlichen Drang zu verspüren, in Frauenkleidern aufzutreten. Den Höhepunkt seiner sexuellen Erregung erreichte er, wenn er in dieser Aufmachung vor anderen Personen onaniere. Er fühlte sich bemüßigt zu bemerken, daß er an sich in sexueller Hinsicht eine normale Ehe führe, doch käme in gewissen Abständen das nicht zu unterdrückende Verlangen, sich auf die geschilderte Art und Weise sexuell zu befriedigen.

Den Waldmüllerpark hatte er sich deshalb ausgesucht, da dieser in der Mitte zwischen seinem Arbeitsplatz und seinem Wohnort lag und er auch jedes Mal ohne Schwierigkeiten einen Parkplatz gefunden hatte. Wie man sieht, ist auch ein Exhibitionist bzw. Transvestit, der durch die Umkleideprozedur auf einen Pkw angewiesen war, von Parkplatzsorgen nicht frei. Favoriten ist eben ein für viele Bedürfnisse geeigneter Bezirk. Spaß beiseite: eine nicht alltägliche sexuelle Abnormität wurde durch diese Amtshandlung offenkundig. Ein an sich unauffälliger Bürger wußte sein sexuelles Verlangen nicht anders als auf die geschilderte Art zu befriedigen.

Die Parkbesucher können jedenfalls in Zukunft darauf vertrauen, diesem Täter nicht mehr zu begegnen. Vor allem wird sich der doppelte Schreck, nämlich eine Frau onanieren zu sehen, nicht so rasch wiederholen. Auch diese Amtshandlung macht deutlich, daß ein Polizist auf jede, üblicherweise auch gar nicht vorstellbare Situation gefaßt sein muß.

100

AUSGEWIESEN

Wie einer Programmvorschau der „Wiener Zeitung“ für den 26. November 1996 zu entnehmen war, sollte an diesem Tag in ORF 2 um 22.30 Uhr in der Fernsehsendung „Am Schauplatz“ unter dem Titel „Ausgewiesen“ über die Schicksale von Ausländern berichtet werden, die aus Österreich abgeschoben worden waren.

Eine der betroffenen Personen war namentlich zitiert, und zwar der türkische Staatsbürger Sami Ö. Ein Mann dieses Namens war dem Autor bekannt. Es war dies ein Serienbetrüger, der eine Vielzahl von Landsleuten unter der Vorspiegelung, günstige Wohnungen beschaffen zu können, betrogen hatte.

Wegen fortgesetzter Betrugsdelikte war vom Landesgericht für Strafsachen Wien ein Haftbefehl erlassen worden. Mehrere Monate intensiver Erhebungen und Nachforschungen waren nötig, ehe der Gesuchte von den Kriminalbeamten Binz und Puffler verhaftet werden konnte. Im Dezember 1994 wurde Sami Ö., 36 Jahre alt, wegen schweren, gewerbsmäßigen Betruges zu einer zweieinhalbjährigen Freiheitsstrafe verurteilt. Er war bereits einschlägig vorbestraft, doch hatte er anläßlich dieser ersten Verurteilung eine bedingte Strafe erhalten. Wie jeder Straftäter sollte er der österreichischen Rechtsordnung entsprechend eine Chance auf Resozialisierung erhalten. Er hat dies nicht genützt, vielmehr das ihm entgegengebrachte Vertrauen mißbraucht und neuerliche Betrugsdelikte verübt.

Bei diesem strafrechtlichen Hintergrund war es kaum vorstellbar, daß dieser Mann als bemitleidenswertes Opfer der österreichischen Gesetzgebung dargestellt wurde. Dennoch war es so. Ein Kamerateam des ORF hatte den Ausgewiesenen in seiner türkischen Heimat besucht. Sami Ö. war nach Verbüßung seiner vom Gericht verhängten Haftstrafe von der Fremdenpolizei in sein Heimatland abgeschoben worden. Dem österreichischen Fremdenrecht entsprechend war gegen ihn ein unbefristetes Aufenthaltsverbot für die Republik Österreich erlassen worden.

Türkischer Wohnungsschwindler auf der Flucht

Er betrog auch das Gericht

Der 33jährige Sami Ö[redacted] hat am 1. April dieses Jahres einem türkischen Studenten und einem anderen Türken 20.000 S und 110.000 S als Anzahlungen für freie Wohnungen abgenommen. Erst zu spät erfuhren die Betroffenen, daß dies ein übler Aprilscherz war. Ihr Landsmann Ö[redacted] war weder, wie er geprahlt hatte, bei einem Realitätenbüro beschäftigt noch hatte er die Möglichkeit, über freie Wohnungen zu verfügen.

Ö[redacted] wurde damals festgenommen. Als er versprach, den Schaden gutzumachen, ließ das Gericht ihn laufen.

Der Schwindler hat nicht nur sein Versprechen nicht gehalten, er dürfte mit der gleichen Tour weiterhin andere Landsleute um deren Ersparnisse betrogen haben. Ende Juni hat er von einem 44jährigen Familienvater wiederum 100.000 S für eine nicht existierende Wohnung kassiert. „In fünf Tagen kannst du einziehen“, versprach er dem Mann. Nach sechs Tagen wollte der Betrogene die Wohnung sehen, aber da war Ö[redacted] schon auf und davon.

Der Gesuchte ist mit einem Pkw, Marke Suzuki, Kennzeichen [redacted], unterwegs.

Kurier vom 5. Juli 1991

In der Fernsehsendung wurde geradezu rührselig auf den langjährigen Aufenthalt des Abgeschobenen in Österreich hingewiesen. In dem von Sami Ö. bewohnten Zimmer hingen wohl nicht zufällig Fotos des österreichischen Bundespräsidenten und des Bundeskanzlers. Auch eine österreichische Fahne fand sich im Zimmer; dieses Symbol sollte gleichfalls seine Beziehung zu unserem Land bezeugen.

Sami Ö. kam ausgiebig zu Wort. Treuherzig erklärte er, daß er sich in seiner Heimat nicht wohl fühle und er ständig Sehnsucht nach Österreich verspüre. Das Fernsehteam besuchte auch seine ehemalige Quartiergeberin in Favoriten, bei welcher er längere Zeit während seines Aufenthalts in Österreich gewohnt hatte. Diese, eine betagte Frau, wußte nur das Beste über ihren ehemaligen Mieter zu berichten. Stolz zeigte sie den Gartenzaun, den er gestrichen hatte. Bei der Beurteilung dieser gütigen alten Frau scheint es selbst bei größter Zurückhaltung angebracht, an deren Realitätssinn zu zweifeln.

Zurück in die Türkei: Gegenüber dem Interviewer bedauerte Sami Ö., daß er nun von seinem derzeitigen Wohnort nicht weniger als fünf Kilometer gehen müsse, um ein Bier zu trinken. Nun fürwahr, welch strapaziöses Leben wurde damit dokumentiert. Um dem Biertrinker ja nicht Probleme zu machen, wurde berichtet, daß er zum Christentum übergetreten war, der Alkoholkonsum daher mit seiner nunmehrigen religiösen Überzeugung in Einklang stand.

Nur am Rande erwähnte der Kommentator, daß Sami Ö. wegen wiederholter Betrügereien mit Wohnungen aus Österreich ausgewiesen worden war. Jeder Betrug ist schäbig, doch fällt doppelt ins Gewicht, daß der Täter aus eigener Erfahrung wissen mußte, wie schwierig es im allgemeinen und insbesondere für Ausländer ist, in Österreich eine Wohnung zu bekommen. Die Einkommen der von ihm betrogenen türkischen Staatsbürger lagen vielfach am Rande des Existenzminimums, und teilweise hatten sich die Wohnungssuchenden Kredite einzig und allein deshalb aufgenommen, um so die geforderte Summe bezahlen zu können.

Wenn der verurteilte Betrüger den weiten Weg beklagt, um an ein kühles Bier zu kommen, haben seine Opfer existentiellere Sorgen: sie zahlen noch auf Jahre hinaus Kreditraten zurück, ohne dafür irgendeinen Gegenwert erhalten zu haben.

Kein Wort wurde in der Sendung darüber verloren, wie hoch etwa der angerichtete Schaden war, ob dieser gutgemacht wurde oder ob sich der Verurteilte wenigstens um eine Schadensgutmachung bemüht hatte.

Das Österreichische Fernsehen als eine Institution des öffentlichen Rechtes wäre gut beraten, objektiver und intensiver zu recherchieren, ehe Kritik an gesetzeskonformen Maßnahmen österreichischer Behörden geübt wird.

22.30 Uhr, ORF 2

Auf Wiedersehen, Österreich!

„Am Schauplatz" zeigt heute um 22.30 Uhr in ORF 2 am Beispiel von drei Fällen, wie für manche Menschen, die Österreich oft nach jahrzehntelangem Aufenthalt verlassen müssen, das Leben nach erfolgter Abschiebung aussieht. Einer davon ist der Türke Sami Ö[redacted], der in sein Heimatdorf abgeschoben wurde, weil er eine Haftstrafe abgesessen hatte; ein anderer sein Landsmann Durzun, der wegen dreier Verkehrsdelikte ausgewiesen wurde und nun in Istanbul lebt.

Wiener Zeitung vom 26. November 1991

Dem so heiklen Thema der Ausländerpolitik in Österreich wurde mit diesem Beitrag kein guter Dienst geleistet.

101

BEINAHE RISIKOLOSE RAUBDELIKTE!

Am 27. Dezember 1996 suchte der 72jährige pensionierte Polizeibeamte Erich P. aus Wien 10, Gellertgasse, die Bawag-Filiale am Reumannplatz auf und behob dort einen Betrag von 20.000 Schilling. Als er zu seinem Wohnhaus kam, betätigte er die Gegensprechanlage, und seine Frau öffnete ihm. Zwei junge Männer folgten dem Pensionisten, ohne daß dies von ihm bemerkt wurde. Plötzlich wurde er von einem am Hals erfaßt und gewürgt. So gut er konnte setzte er sich zur Wehr. Daraufhin wurde er vom zweiten Täter attackiert und seiner Brieftasche beraubt. Nach der Flucht der Räuber verständigte Erich P. unverzüglich die Polizei.

Vom Tathergang lag der Verdacht nahe, daß Erich P. bei der Geldbehebung beobachtet worden war und die Täter ihm gefolgt waren. Die Kriminalbeamten der Gruppe Böröcz suchten noch am selben Tag die Bankfiliale auf, und sie hatten insofern Glück, als sämtliche Kundenbewegungen auf einem Videoband aufgezeichnet waren. Die Videoaufzeichnung wurde sichergestellt und abgespielt. Deutlich war darauf das spätere Raubopfer bei der Geldbehebung zu erkennen und ebenso ein junger Mann, der auffällig neugierig diesen Vorgang beobachtete. Dieser Verdächtige gab einem weiteren etwa gleichaltrigen Mann, vermutlich seinem Komplizen, mittels Gesten etwas zu verstehen. Die Videoaufzeichnung wurde dem Opfer vorgespielt, und dieses erkannte einen der Verdächtigen mit großer Wahrscheinlichkeit wieder.

In den vorangangenen Wochen waren in Wien mehrmals Bankkunden, ausschließlich ältere Personen, nach der Geldbehebung nach Betreten ihres Wohnhauses, noch ehe sie ihre Wohnung erreicht hatten, überfallen und beraubt worden. Sollte es gelingen, die Unbekannten auszuforschen, war damit zu rechnen, daß diese perfide Raubserie geklärt werden würde. Eine Presseaussendung wurde veranlaßt und die für die Kriminalberichterstattung der Tageszeitung zuständigen Journalisten ausführlich informiert. Die Fotos der Tatverdächtigen waren nicht besonders scharf, doch die Bekleidung eines der Gesuchten, der eine auffällig gemusterte Wollweste trug, ließ seine Identifizierung zu. Ein anonymer Hinweis langte ein. Der Verdächtige sollte sich täglich in einem Lokal im 16. Bezirk aufhalten. Er war in diesem Lokal als besessener Automatenspieler bekannt.

Am 3. Jänner 1997 wurde in diesem Lokal der siebzehnjährige Baris S. und sein gleichaltriger Freund Lütfin S., beide türkische Staatsbürger, wegen dringenden Tatverdachts festgenommen.

Die Festnahme war um 12.45 Uhr erfolgt. Wie sich rasch herausstellen sollte, hatten die beiden nur eineinhalb Stunden zuvor ein weiteres Raubdelikt verübt, und wieder lag der Tatort in Favoriten. Das Opfer war ein 86jähriger aus Wien 10, Quellenstraße. Der betagte Mann hatte um 10.15 Uhr in einer Bankfiliale in Wien 10, Quellenstraße, 30.000 Schilling behoben. Auch er war dabei beobachtet und in weiterer Folge im Hausflur seines Wohnhauses überfallen, zu Boden gerissen und beraubt worden. Das Opfer konnte es gar nicht fassen, daß die Täter nur wenige Stunden nach dieser Tat bereits in Haft waren. Ungeachtet dessen war von der Raubbeute nur noch ein geringer Teil vorhanden; den Großteil des Geldes hatten die Täter in der Zwischenzeit an Automaten verspielt. Noch am selben Tag gelang es, einen dritten derartigen Raub zu klären: Am 2. Jänner 1997 war eine 78jährige Frau im 16. Bezirk bei der Geldbehebung beobachtet und wie die beiden anderen Opfer im Wohnhaus überfallen und beraubt worden.

Die Amtshandlung sollte mehrere Wochen intensiver kriminalpolizeilicher Arbeit in Anspruch nehmen. Es wurden noch weitere drei Mittäter ausgeforscht und festgenommen. Mehr als sechzig Raub- und Diebstahlsdelikte konnten den Jugendlichen nachgewiesen werden. Sie hatten sich nicht nur betagte Personen als Opfer ausgesucht sondern auch solche, die offensichtlich stark alkoholbeeinträchtigt waren. Allen Opfern war eines gemeinsam: Sie waren so gut wie wehrlos. Diesen Umstand nützten die Täter und vermieden damit eine ernstzunehmende Gegenwehr.

Der soziale Hintergrund der Jugendlichen wies auffällige Parallelen auf. Der Großteil von ihnen war bereits in Österreich geboren und aufgewachsen. Alle hatten ihre Schul- bzw. Berufsausbildung abgebrochen und waren obendrein ohne Beschäftigung. Die Verlockungen der Konsumgesellschaft waren groß. Legal, das heißt aus eigenem Einkommen, konnten sie ihre Wünsche nicht befriedigen. Der Ausweg wurde in strafbaren Handlungen gesucht und gefunden.

Das Foto aus der Videokamera der Bankfiliale zeigt einen der Täter bei der Suche nach einem geeigneten Opfer

Die Mehrzahl von ihnen war bereits vorbestraft. Die bedingt ausgesprochenen Strafen hatten ihren Hauptzweck, nämlich die Resozialisierung, nicht erreicht. Der Haupttäter erhielt eine dreijährige unbedingte Strafe; seine Komplizen kamen mit geringeren, zum Teil auch bedingten Strafen davon.

Die Zukunft dieser Straftäter sieht nach Auffassung des Autors nicht gut aus. Ein verstärkter wirtschaftlicher Wettbewerb wird ungenügend ausgebildeten und vom „leichten" Geld im Zusammenhang mit strafbaren Handlungen verdorbenen Jugendlichen die Eingliederung in ein normales Berufsleben nicht einfach machen. Die Familien der Täter, selbst am unteren Rande der sozialen Skala angesiedelt, können wohl nur geringe Hilfestellung bieten.

Die leichtfertige Aufnahme von Fremden ohne deren soziale Absicherung in den siebziger und achtziger Jahren hat und wird ihren Tribut noch über viele Jahre einfordern. Wer büßt dafür? Wie immer der bis zum Überdruß zitierte „kleine Mann". Wenn diese Aussage mit Bestimmtheit nichts bewirkt, so soll sie dennoch getroffen werden.

Populistische Politiker haben sich dies längst zu Nutze gemacht und daraus politisches Kapital geschlagen. Wie damit bewiesen ist, läßt eine gutgemeinte, jedoch nicht genügend durchdachte Integrationspolitik „starke Männer" in der Innenpolitik in bedenkliche Höhen der Wählergunst aufsteigen.

Drei betagte österreichische Staatsbürger haben die Wirrnisse des Krieges und der Nachkriegszeit überstanden, paradoxerweise wurden sie in einer Zeit sozialen Friedens und Wohlstandes zu Verbrechensopfern.

102

MELVIN

Am 12. Jänner 1997 wurde vom Preyerschen Kinderspital um polizeiliche Unterstützung ersucht. Um 19.40 Uhr traf eine Streifenwagenbesatzung im Spital ein, und der behandelnde Arzt teilte den Polizeibeamten mit, daß vor etwa drei Stunden ein zweieinhalbjähriger Bub vom Krankenhaus Lainz überstellt worden war, der schwere Verbrennungen an den Beinen aufwies. Das schwerverletzte Kind war unverzüglich einer medizinischen Intensivbehandlung unterzogen worden, doch alles Bemühen blieb erfolglos: der kleine Melvin L. aus Wien 8 verstarb noch während der Behandlung.

Der Arzt war wegen der Art und Schwere der Verletzungen mißtrauisch geworden, hatte sich mit den Kollegen des Lainzer Krankenhauses ins Einvernehmen gesetzt und dabei in Erfahrung gebracht, daß das Kleinkind eine Woche zuvor im Wilhelminenspital wegen Verdachtes auf Schädelbasisbruch behandelt worden war. Als sich am Hals des Kindes auch noch Würgemale fanden, stand für den Arzt fest, daß etwas nicht stimmen konnte. Der Verdacht auf Kindesmißhandlung mit Todesfolge war für ihn Anlaß, die Polizei zu verständigen.

Die uniformierten Beamten erkannten den Ernst der Situation und verständigten sogleich die Kollegen der Kriminalpolizei. Die Kriminalisten fuhren ins Spital, und nach Abschluß ihrer Erhebungen stand für sie fest, daß Fremdverschulden am Tod des Melvin L. mit großer Wahrscheinlichkeit anzunehmen war. Das Kind hatte Verbrennungen zweiten und dritten Grades an den Beinen bis zum Gesäß reichend erlitten. Die Mutter und ihr Lebensgefährte hatten im Spital angegeben, daß ein Topf mit heißem Wasser, der umgefallen war, Ursache der Verletzungen war. Der Schädelbruch wäre die Folge eines Sturzes aus dem Stockbett gewesen.

Strafregisterauskünfte der Mutter und des Lebensgefährten wurden eingeholt. Die Mutter wies keine Vorstrafen auf, wohl aber der Mann. Dieser war wegen Körperverletzungen mehrfach vorbestraft – eine Neigung zur Aggression war erkennbar. Der Journalstaatsanwalt und der Richter wurden mit den bisherigen Erhebungsergebnissen konfrontiert, was zur Folge hatte, daß gegen den 23jährigen Stiefvater Thomas H. ein Haftbefehl wegen Verdachtes des Mordes erlassen wurde. Einen Tag nach dem Tod des Kindes wurde der Verdächtige von den Kriminalbeamten Vosalho und Scheiber in der Wohnung in Wien 8 festgenommen. Bei seiner Einvernahme gab Thomas H. an, die Mutter Melvins, die 25jährige Andrea L., seit Juni 1996 zu kennen. Seit Oktober 1997 befand er sich mit ihr in Lebensgemeinschaft. Thomas H. hatte bis Dezember 1996 als Gerüster gearbeitet und war saisonbedingt arbeitslos geworden. Seine Lebensgefährtin trug zum Familieneinkommen insofern bei, als sie stundenweise ältere Menschen in der Umgebung ihres Wohnortes betreute.

Am 9. Jänner 1997 suchte Andrea L. einen ihrer Pfleglinge auf. Er wäre in der Wohnung zurückgeblieben, um auf Melvin aufzupassen. Etwa eine halbe Stunde habe er den Buben allein gelassen; während dieser Zeit habe er im Keller Holz für den Ofen zurechtgemacht. Als er zurückkam, weinte der Bub. Es stellte sich heraus, daß er in die Hose gemacht hatte. Er zog das Kind aus und stellte dabei fest, daß der Kleine sich in der Zeit, in der er allein gewesen war, verbrannt hatte. In der Wohnküche war ein Topf mit Wasser auf dem Herd gestanden, Melvin mußte sich demnach mit dem heißen Wasser verbrüht haben. Als die Mutter des Kindes nach Hause kam, habe er ihr von dem Vorfall erzählt. Andrea L. suchte daraufhin eine Apotheke auf, besorgte eine Brandsalbe und verarztete damit Melvin. Am nächsten Tag stellte sich heraus, daß die Versorgung der Brandwunden keinen Erfolg gebracht hatte: die Wunden hatten sich stark entzunden. Daraufhin fuhren sie gemeinsam in das Sankt-Josef-Spital nach Wien 14, Auhofstraße. Der diensthabende Arzt verwies sie an das Krankenhaus Lainz. Nach einer dortigen Erstversorgung wurde Melvin mit der Rettung in das Preyersche Kinderspital gebracht.

Nach Prüfung aller Umstände war davon auszugehen, daß die Angaben des Thomas H. nicht den Tatsachen entsprachen. Seine Schilderungen vom angeblichen Unfallhergang waren mit den Verletzungen nicht in Einklang zu bringen. Der Verdächtige wurde abermals vernommen und auf die Unglaubwürdigkeit seiner bisherigen Angaben hingewiesen. Wie sollte ein Kleinkind sich selbst mit heißem Wasser verbrüht haben, der Topf, in dem sich das Wasser befand, aber dennoch auf dem Herd stehengeblieben sein? Wären die Verletzungen tatsächlich so entstanden, dann müßte der Topf vom Herd gefallen sein. Diese Vorhalte zeigten Wirkung. Thomas H. erklärte sich bereit, den „wahren" Hergang zu schildern.

Nach seiner Rückkehr aus dem Keller hätte er bemerkt, daß Melvin sich angemacht hatte, worauf er ihn ausgezogen und nackt in eine Plastikkinderwanne gesetzt hatte. Als er das im Topf befindliche Wasser in die Wanne goß, war der Kleine aufgesprungen und hätte zu weinen begonnen. Wie er daraufhin feststellte, war das Wasser, welches er in die Wanne gegossen hatte, offenbar zu heiß gewesen, denn unmittelbar danach hätte er an den Beinen und am Gesäß des Kindes starke Rötungen bemerkt. Innerhalb der nächsten Stunden hatte sich die Haut abzulösen begonnen.

Die nunmehrige Aussage des Thomas H. konnte richtig sein oder auch nicht. Kriminalbeamte haben, wie es zu ihrem Beruf gehört, mißtrauisch zu sein. Was sprach objektiv dafür, die Angaben des Verdächtigen anzuzweifeln? Einerseits, daß er diese nunmehrige Aussage erst auf eindringliche Vorhalte, daß seine ursprüngliche Verantwortung nicht stimmen konnte, zu Protokoll gegeben hatte, und andererseits, daß sein Vorleben eine Gewaltbereitschaft erkennen ließ.

Die Kriminalisten Francva und Pfeffer suchten der Wahrheit durch Erhebungen im Verwandten- und Bekanntenkreis des Verdächtigen näher zu kommen. Wie sich zeigen sollte, war diese Vorgangsweise richtig.

Den Großeltern Melvins war bereits Mitte Dezember bei einem Besuch aufgefallen, daß ihr Enkel im Gesicht und am Körper blaue Flecken hatte und ihm auch Haare ausgerissen worden waren. Die Großeltern suchten ihre Hausärztin auf und schilderten ihr, was sie wahrgenommen hatten. Die Ärztin bestätigte daraufhin die Vermutung, daß Mißhandlungen vorlagen. Als sie ihre Tochter darauf ansprachen,

Fünf und drei Jahre Haft für Melvins Tod müssen reichen

Mißhandelter Bub starb nach 51 Grad heißer Dusche: Strafen für Stiefvater, Mutter bestätigt

Ricardo Peyerl

Mutters Verteidiger hat noch viel Schrecklicheres zu bieten. Rudolf Mayer weiß von Fällen, in denen Kinder angekettet und mit brennenden Zigaretten malträtiert (oder in eine Kiste gesperrt) wurden.

Damit könne man *diese* Kindesmißhandlung, eine Unterlassungssünde quasi (dem Anwaltskollegen Kresbach kam gar das Wort „Schlamperei" über die Lippen), nicht vergleichen. Man habe dem zweieinhalbjährigen Buben nicht „aktiv" Qualen zugefügt.

Aber Melvin ist tot. Er war vom Stiefvater mit 51 Grad heißem Wasser geduscht und (von ihm und Melvins Mutter) erst nach drei Tagen ins Spital gebracht worden.

Fünf bzw. drei Jahre müssen dennoch dafür reichen.

„Unter den unerfreulichen Fällen ist dies nicht der beste, griffigste Fall für ein abschreckendes Urteil."

Verteidiger Kresbach

Der Berufungssenat wollte mit einem härteren Urteil wohl nicht das Kind mit dem Bade ausschütten. Das Erstgericht habe innerhalb des Rahmens von einem bis zu zehn Jahren Haft das geeignete (Mittel-)Maß gefunden und „nicht unbedeutende Strafen verhängt."

Schließlich habe es sich um „keine Vorsatztat" gehandelt. Auch wenn man keineswegs verkenne, „daß dieser Fall Betroffenheit auslöst."

Es bleibt also alles, wie es war: Thomas H. muß insgesamt knapp sechs Jahre ins Gefängnis (eine alte bedingte Strafe von zehn Monaten wurde widerrufen und dazugerechnet), Ex-Lebensgefährtin Andrea L. drei Jahre.

Der 23jährige hat sich angeblich ohnehin längst mit dieser Strafe abgefunden. Und mußte am Donnerstag im Wiener Justizpalast nur noch die Rede seines Verteidigers aushalten: Die Versuche, Melvin nach der heißen Dusche, nach diesem „Unfall" selbst zu behandeln, seien „trottelhaft gewesen."

Die 24jährige – sie ist noch auf freiem Fuß und hat derzeit einen Job – hätte sich die Haft gern erspart.

Daß Melvin von ihr so „liebevoll behandelt" worden sei, was sie als Milderungsgrund vorbrachte, wollte Senatsvorsitzende Brigitte Kunst aber nicht glauben: Die früheren Mißhandlungen des Kindes durch Thomas H. könnten auch ihr nicht verborgen geblieben sein.

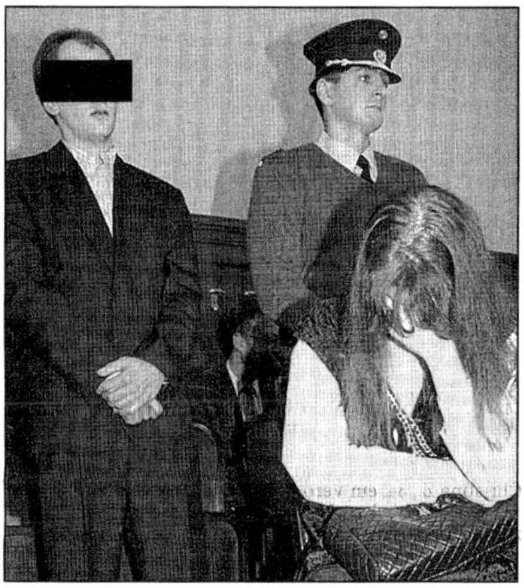

Bild: Gerhard Deutsch

Thomas H. und Andrea L. verzichteten auf ihre Schlußworte

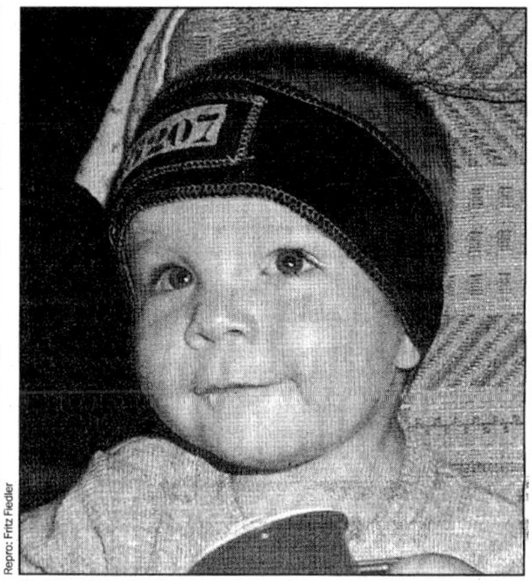

Repro: Fritz Fiedler

Melvins glühende Brandwunden wurden nur mit Salbe behandelt

Kurier vom 27. Februar 1998

bestritt diese vehement diesen Vorwurf. Um allenfalls einen Beweis für ihre Wahrnehmungen erbringen zu können, hatten die zu Recht mißtrauisch gewordenen Großeltern die Verletzungen fotografisch festgehalten.

Thomas H. wurde vor seiner Einlieferung in das Landesgericht Wien nochmals vernommen. Nun war er geständig, Melvin einmal geohrfeigt zu haben, doch hätte dies zu keinen Verletzungen geführt. Der leibliche Vater des Kindes hatte bei einem seiner Besuche gleichfalls Spuren von Gewalt bei seinem Sohn festgestellt, doch auch ihm gegenüber bestritt die Kindesmutter jegliche Mißhandlung. Der Kindesvater suchte das Jugendamt jenes Bezirkes auf, wo er nunmehr wohnhaft war, und teilte seinen Verdacht mit, doch die dortigen Beamten erklärten sich für unzuständig. So nahmen die Dinge ihren letzten Endes tödlichen Verlauf.

Die erschütterndsten Angaben machte eine Kindergärtnerin jenes Kindergartens, den Melvin besucht hatte. Ihr waren von Ende November 1996 bis kurz vor Weihnachten wiederholt Verletzungen an dem Kind aufgefallen. Sie hatte die Mutter befragt, doch diese bestritt jegliche Mißhandlung. Im Gegenteil, sie ließ anklingen, daß sich ihr Sohn auch im Kindergarten verletzt haben könnte. Da Melvin im Dezember krank gemeldet worden war, nahm die Kindergärtnerin mit der Mutter Kontakt auf und ersuchte sie, Melvin für ein Gruppenfoto, welches anläßlich einer Weihnachtsfeier gemacht werden sollte, vorbeizubringen. Dies geschah auch. Anläßlich des Besuches fiel der Kindergärtnerin auf, daß die gesamte linke Gesichtshälfte Melvins blau verfärbt war. Die Kindergärtnerin suchte ihrerseits Rat und Hilfe bei einer Psychologin. Diese kam daraufhin in den Kindergarten und unterhielt sich mit Melvin. Abschließend kam die Psychologin zu dem Ergebnis, daß sie bei dem Kind keine Auffälligkeiten feststellen konnte. Sie gab der Kindergärtnerin den Rat, Melvin weiter zu beobachten und sie, wenn nötig, neuerlich zu verständigen. Als der Bub kurz vor Weihnachten wieder den Kindergarten besuchte, sprach die Kindergärtnerin mit ihm, und was eine wissenschaftlich ausgebildete Psychologin nicht zu Wege gebracht hatte, gelang ihr. Melvin vertraute sich der Kindergartentante an und gab ihr zu verstehen, daß er sowohl von seiner Mutter als auch von deren Lebensgefährten geschlagen werde. Als Melvin unmittelbar vor den Weihnachtsfeiertagen den Kindergarten unentschuldigt wieder nicht besuchte, wandte sich die Kindergärtnerin abermals an die Psychologin, worauf diese einen Gesprächstermin mit der Mutter nach den Weihnachtsfeiertagen in Aussicht stellte.

In den folgenden Tagen sollten sich die Ereignisse überstürzen. Als die Kindesmutter dem Kindergarten mitteilte, daß ihr Sohn wegen eines Schädelbruches in Spitalsbehandlung war, wurde die Psychologin neuerlich kontaktiert, die nun ihrerseits am 10. Jänner 1997 das Jugendamt verständigte. Doch diese Information konnte den Tod eines wochenlang mißhandelten und gequälten Kleinkindes nicht mehr verhindern. Melvin verstarb am 13. Jänner 1997 infolge der ihm zugefügten Mißhandlungen.

Der tragische Fall des kleinen Melvin beschäftigte wochenlang die Medien und die verantwortlichen Politiker der Gemeinde Wien. Untersuchungen und Disziplinarverfahren gegen die Verantwortlichen der Jugendämter wurden eingeleitet. Mehrere Ärzte, die Beamten zweier Jugendämter und eine Psychologin waren informiert worden und hatten entweder nichts oder zu wenig oder auch zu spät getan, um den Tod Melvins verhindern zu können. Ein Kind, welches naturgemäß auf die Hilfe Erwachsener angewiesen ist, wurde von allen Verantwortlichen letzten Endes in Stich gelassen, obgleich keiner der Beteiligten bewußt böse gehandelt hatte.

Die Medienberichterstattung hatte zu einer Sensibilisierung der Bevölkerung im Zusammenhang mit Kindesmißhandlungen geführt. Die diesbezüglichen Anzeigen sollten in den darauffolgenden Wochen und Monaten auf das Dreifache ansteigen.

Im September 1997 wurden Thomas H. und Andrea L. in einem von den Medien mit großem Interesse beobachteten Prozeß zu fünf- bzw. dreijährigen Freiheitsstrafen verurteilt.

103

EIN KRIMINELLER VERKEHRSUNFALL

Am 2. Februar 1997 ereignete sich in Wien 10, Gudrunstraße, in der Ostbahnunterführung ein schrecklicher Verkehrsunfall. Der Lenker eines Pkw der Marke Mitsubishi Pajero fuhr die Gudrunstraße Richtung Matzleinsdorfer Platz und stieß, nachdem er über die Fahrbahnmitte gekommen war, mit einem aus der Gegenrichtung kommenden Pkw der Marke Citroën Xantia frontal zusammen. Der Unfall ereignete sich gegen 19 Uhr. Innerhalb weniger Minuten war eine große Anzahl von Personen, zum Teil Lenker und Mitfahrer von Fahrzeugen, die hinter den am Unfall Beteiligten nachgefahren waren, sowie zahlreiche Schaulustige anwesend.

Im Citroën befanden sich fünf Personen. Die Lenkerin war eine 45jährige Frau, neben ihr saß ihre 72jährige Mutter, auf den Rücksitzen ihre 39jährige Cousine und ihre Kinder, Zwillinge im Alter von neun Jahren.

Die Zeugen des Unfalls setzten erste Hilfsmaßnahmen, indem sie die im Citroën befindlichen Insassen bargen. Alle Geborgenen waren verletzt, drei davon lebensgefährlich. Mehrere Rettungsfahrzeuge waren nötig, um den Transport der Unfallopfer durchzuführen. Die Lenkerin hatte eine Gehirnerschütterung und Schnittverletzungen im Gesicht erlitten, ihre Mutter Serienrippenbrüche und einen Unterarmbruch und die Cousine eine Speichenfraktur. Die Zwillinge, ein Mädchen und ein Bub, hatten Schädelfrakturen mit Gehirnschäden erlitten; bei ihnen bestand akute Lebensgefahr.

Die einige Minuten nach dem Unfall eingetroffene Funkwagenbesatzung verständigte das Verkehrsunfallskommando und koordinierte die Sofortmaßnahmen.

Bei dem Pajero stand neben der fahrerseitigen Türe ein zirka 45jähriger Mann, der, als er von einem Polizeibeamten angesprochen wurde, angab, Eigentümer des Pkw zu sein und diesen auch gelenkt zu haben. Dem Polizisten fiel auf, daß Herbert F., 42 Jahre alt, ein Geschäftsmann aus Favoriten, aus dem Mund stark nach Alkohol roch.

Der Beamte ließ sich den Führerschein aushändigen und teilte seine Wahrnehmungen den Kollegen des Verkehrsunfallkommandos, welches etwa 15 Minuten nach dem Unfall eingetroffen war, mit. Als Herbert F. zum Unfall vernommen werden sollte und zuvor zu einem Alkotest aufgefordert wurde, gab er plötzlich an, daß nicht er den Pkw gelenkt hätte, sondern seine Gattin. Monika F. bestätigte diese Angaben. Um für das Gerichtsverfahren die nötigen Beweise vorlegen zu können, wurde bei beiden eine Alkotestprobe durchgeführt. Diese war bei Monika F. negativ, bei Herbert F. dagegen positiv; er wies demnach einen Blutalkoholwert von etwa 1,5 Promille auf.

Die Beamten des Unfallkommandos vermaßen und fotografierten die Unfallörtlichkeit, legten eine Skizze an und vernahmen die noch anwesenden Zeugen.

Die Polizisten nahmen den Lenkersitz des Pajero in Augenschein. Sie forderten sowohl Herbert F. als auch dessen Frau auf, auf dem Lenkersitz Platz zu nehmen.

Bei ihm stimmte der Abstand vom Lenkrad zu den Brems-, Gas- beziehungsweise Kupplungspedalen, was bei seiner Frau nicht der Fall war. Diese hätte bei der gegebenen Sitzposition nur mühsam die Pedale erreichen können.

Um dies jederzeit nachvollziehen zu können, hielten sie die Situationen fotografisch fest.

Faktum war, daß ein Verkehrsunfall mit lebensgefährlich Verletzten stattgefunden hatte, und obgleich wenige Minuten später die Polizei am Unfallort war, nicht eindeutig feststellbar war, wer den Pajero gelenkt hatte. Man würde meinen, daß es etwas Derartiges gar nicht geben dürfte. Der aufgezeigte Fall beweist das Gegenteil.

Kriminalbeamte befragten an den folgenden Tagen die Unfallopfer, und überdies wurden sämtliche Zeugen, die an Ort und Stelle nicht befragt worden waren, ins Kommissariat vorgeladen und vernommen.

Alle Zeugen waren sich darüber einig, daß zum Unfallszeitpunkt im Pajero zwei Männer saßen. Eine Frau wurde von keinem einzigen Zeugen wahrgenommen.

Es gelang, den zweiten Mann auszuforschen. Bei ihm fiel auf, daß er an der Stirne eine Beule aufwies. Darauf angesprochen gab er an, bei einem Raufhandel in einer Parkanlage verletzt worden zu sein. Wie nicht anders zu erwarten, wäre dies durch einen Unbekannten geschehen. Daß er im Pajero zum Unfallszeitpunkt mitgefahren sei, bestritt er.

Die Kriminalbeamten fanden heraus, daß der verdächtige Herbert F. von einem Gasthaus in Wien-Simmering weggefahren war. Er hatte in diesem Lokal mehrere Stunden lang Karten gespielt und während dieser Zeit eine Menge Alkohol konsumiert. Einer seiner Spielpartner war der 51jährige Karl O., an dessen Stirn die angeführte Verletzung festgestellt werden konnte.

Herbert F. und Karl O. hatten gemeinsam das Lokal verlassen, doch wer mit dem Pajero weggefahren war, ließ sich nicht feststellen. Die Ehefrau des Herbert F. blieb dabei, daß sie ihren Mann abgeholt hätte und mit dem Auto gefahren wäre.

Die Zeugen wurden mit den Verdächtigen konfrontiert, wobei sich ein Teil sicher war, daß Herbert F. zum Unfallszeitpunkt den Pajero gelenkt hatte, der andere Teil war sich ebenso sicher, daß Karl O. der Lenker gewesen war.

An diesem Fall wird deutlich, wie schwierig es sein kann, anhand von Zeugenaussagen die Wahrheit zu finden. Jeder Zeuge sagte subjektiv die Wahrheit, objektiv waren diese Aussagen jedoch nicht auf einen Nenner zu bringen. Allerdings, und dies sei quasi zur Entschuldigung der Zeugen gesagt, dachte zum Zeitpunkt der Wahrnehmung wohl niemand auch nur im entferntesten daran, daß es strittig werden könnte, wer den Pajero gelenkt hatte. Die Aufmerksamkeit der Zeugen war in erster Linie und verständlicherweise auf Hilfeleistung und Schadensbegrenzung ausgerichtet, und noch dazu waren ja mehrere Polizeibeamte mit der Unfallaufnahme beschäftigt.

Nach tagelangen Erhebungen und Vernehmungen konnte man davon ausgehen, daß der Beifahrer des Herbert F., nämlich Karl O., das Chaos nach dem Unfall, unbemerkt von den Zeugen, genützt hatte, die Unfallörtlichkeit zu verlassen und die Ehefrau des Herbert F. zu verständigen. Der Wohnort der Familie F. lag nicht allzu weit vom Unfallort enfernt, anders ausgedrückt wäre es Monika F. zeitlich möglich gewesen, noch vor Eintreffen des Verkehrsunfallkommandos den Unfallort zu erreichen.

Selbstverständlich hätte sich auch Monika F. wegen des Unfalls bei Gericht verantworten müssen. Fest stand, daß der Lenker des Pajero, wer auch immer es gewesen war, am Verkehrsunfall schuldtragend war. Von entscheidender Bedeutung ist jedoch, ob ein schuldtragender Lenker nüchtern oder alkoholbeeinträchtigt war. Nicht nur, daß die Strafe im Gerichtsverfahren eine ungleich höhere wäre, sind es vor allem die privatrechtlichen Ansprüche, die in die Hunderttausende gehen können.

Die Versicherung deckt wohl den Schaden der schuldlosen Opfer ab, holt sich ihre Leistungen aber vom alkoholisierten Lenker zurück. So gesehen ist es nachvollziehbar, daß Monika F. die Schuld am Verkehrsunfall auf sich nehmen wollte.

Nach dem Erhebungsstand waren theoretisch drei Personen als Lenker denkbar: Herbert F., der sich unmittelbar nach dem Unfall als Fahrer ausgegeben hatte und auch von einem Teil der Zeugen als solcher identifiziert wurde, Karl O., der als zweiter Mann im Pajero ausgeforscht und ebenfalls von Zeugen als Lenker bezeichnet wurde. Obendrein bezichtigte sich Monika F. selbst, zum Unfallzeitpunkt gefahren zu sein.

Der Autor verwies der Sachlage entsprechend auf den Haftgrund der Verabredungs-, und Verdunkelungsgefahr und fand beim Journalstaatsanwalt Gehör. Dies hatte zur Folge, daß gegen Herbert F. ein Haftbefehl erteilt wurde.

Dieser wurde im Anschluß an seine Vernehmung im Kommissariat für verhaftet erklärt.

Ein bis dahin unbescholtener Gewerbetreibender wurde von einer Sekunde auf die andere seiner Freiheit verlustig. Doch selbst dieser Schock – die Verhaftung eines noch nie in Haft gewesenen Menschen ist ohne Zweifel ein solcher – änderte nichts an der leugnenden Verantwortung.

Es ist eher der Kriminelle, der, wenn er sich der Ausweglosigkeit seiner Situation bewußt ist, ein Geständnis ablegt. Ist dieses doch ein in der Strafprozeßordnung festgehaltener Milderungsgrund, den es, wenn nichts anderes mehr übrig bleibt, zu nützen gilt. Herbert F. dagegen hatte sich in seine mit seiner Frau abgesprochenen Taktik so verrannt, daß ihn davon nichts mehr abbringen konnte.

Die erhebenden Beamten versuchten über einen Sachbeweis die Wahrheit herauszufinden. Der bei dem Unfall stark beschädigte Pajero befand sich bereits zur Reparatur in einer Werkstätte, als er zur Spurensicherung sichergestellt wurde, doch das Resultat der kriminaltechnischen Untersuchung war ernüchternd. Eindeutige Aussagen, wer der Lenker war, ergaben sich dadurch nicht.

Am 29. Mai 1997 fand im Landesgericht Wien die Verhandlung statt. Vom Richter wurden die Angeklagten, das Ehepaar F. und Karl O., auf den zwingenden Milderungsgrund eines Geständnisses hingewiesen. Doch an ihrer Verantwortung änderte dies nichts. Sie blieben bei ihren bei der Polizei und vor dem Untersuchungsrichter gemachten Angaben.

Der Richter, ein Strafjurist mit mehr als zwanzigjähriger Erfahrung, machte sich seine Aufgabe nicht leicht.

Zwei der geladenen Zeugen erschienen nicht, und im Prozeß stellte sich heraus, daß die Airbags des Pajero nicht kriminaltechnisch begutachtet worden waren. Der Richter verfügte deren nachträgliche Untersuchung und vertagte die Verhandlung.

Am 26. Februar 1998 fand eine neuerliche Verhandlung statt. An der Verantwortung der drei Angeklagten hatte sich nichts geändert. Der Prozeßvorsitzende Dr. Kahler führte ein penibles Beweisverfahren durch. Eine Vielzahl von Zeugen sagte zum Teil zum wiederholten Male aus. Alle Aussagen gipfelten darin, daß zum Unfallzeitpunkt zwei Männer im Pajero gesessen waren.

Zwei Frauen, darunter die Ehefrau des mutmaßlichen Lenkers, waren erst später zum Unfallort gekommen. Wer von den beiden Männern der Lenker gewesen war, ließ sich nicht eindeutig feststellen, zu widersprüchlich waren die Zeugenaussagen.

Bei der kriminaltechnischen Untersuchung wurden an der Schuhsohle des Verdächtigen Spuren des Bremspedales des Pkw festgestellt.

Es war dies ein Indiz, jedoch kein Beweis. Auf dem fahrerseitigen Airbag fanden sich Lippenstiftspuren. Die Sicherstellung der Airbags war erst einige Tage nach dem Unfall vorgenommen worden. Auffällig war, daß der Lippenstiftabdruck ohne jegliche Verwischung gesichert wurde. War er erst im nachhinein auf den Airbag gekommen, um so zu beweisen, daß eine Frau zum Unfallzeitpunkt hinter dem Lenkrad gesessen ist? Eine Frage, die im Prozeß nicht eindeutig beantwortet werden konnte.

Der Richter listete die Zeugenaussagen und die Indizien gewissenhaft auf, und nochmals gab er den Angeklagten die Chance, den tatsächlichen Unfallhergang anzugeben, doch dies war vergebens.

Das Beweisverfahren wurde geschlossen, der Staatsanwalt und der Verteidiger hielten ihre Plädoyers, und im Anschluß daran kam es zur Urteilsverkündung.

Der Prozeßvorsitzende nahm als erwiesen an, daß Herbert F. den Pajero zum Unfallzeitpunkt gelenkt hatte, und verurteilte ihn wegen eines fahrlässigen, unter Alkoholbeeintächtigung verschuldeten Unfalls, der schwere Verletzungen zur Folge hatte, zu einer unbedingten zwanzigmonatigen Freiheitsstrafe. Als erschwerend wurde nicht nur die Alkoholisierung, sondern auch der Umstand, daß er seine Ehefrau und seinen Kartenpartner zu strafbaren Handlungen angestiftet hatte, gewertet.

Die Frau, die bis zuletzt dabei geblieben war, gefahren zu sein, erhielt wegen falscher Beweisaussage eine fünfmonatige und Karl O. wegen versuchter Begünstigung eine viermonatige Freiheitsstrafe, bedingt auf drei Jahre.

An diesem Kriminalfall wird deutlich, welche Verantwortung ein Strafrichter trägt.

Nicht immer gelingt es der Polizei, eine Straftat zweifelsfrei zu klären, aber gerade diese Fälle stellen besondere Anforderungen an den Richter. Dr. Kahler hat nach

Auffassung des Autors, der dem Prozeß als Zuhörer beiwohnte, diese Aufgabenstellung bravourös gelöst.

Aus medienrechtlichen Gründen wurden die Namen der Verurteilten geändert.

104

GEFILMTE STRAFTATEN

In den Monaten Jänner und Februar 1997 ereigneten sich in einer Wohnhausanlage in Wien 10, Hebbelplatz, auffällig viele Sachbeschädigungen. Autos von dort wohnhaften Favoritnern wurden beschädigt. Dies geschah durch Zerkratzen der Lackierung, aber auch durch Aufstechen der Autoreifen. Zu den Beschädigungen kam es teils auf den oberirdischen Parkplätzen, teils auch auf den Abstellplätzen in der dazugehörigen Tiefgarage.

Die Kriminalbeamten der Gruppe Böröcz, sie waren für diese Örtlichkeit zuständig, machten sich zwangsläufig Gedanken darüber, wie sie neuerliche Anschläge verhindern konnten, und vor allem darüber, ob es nicht eine Chance gäbe, den Täter zu überführen.

Eine Überwachung der Tatorte war personell nicht machbar. Zu unterschiedlich waren die Tatzeiten. Letztlich gelangten die Kriminalisten zu der Überzeugung, daß möglicherweise eine Videoüberwachung in der Tiefgarage zum Erfolg führen konnte. Die Garage war über sechs Ein- bzw. Ausfahrten zugänglich und verfügte über 80 Abstellplätze. Bei Durchsicht der Anzeigen war aufgefallen, daß das Auto eines ganz bestimmten Bewohners auffällig oft beschädigt worden war. Die Kriminalbeamten besprachen den Sachverhalt mit dem verständlicherweise bereits verärgerten Geschädigten und ersuchten diesen, sein Fahrzeug in den nächsten Wochen ausschließlich auf den dafür vorgesehenen Parkplatz in der Tiefgarage abzustellen. Um neuerlichen Beschädigungen möglichst zu entgehen, hatte der Betroffene in der Vergangenheit sein Fahrzeug bewußt an verschiedenen Orten abgestellt.

Die Kollegen einer Observationseinheit montierten eine für Uneingeweihte nicht sichtbare Videokamera, deren Film jeweils über mehrere Tage lief. Die Kriminalbeamten sahen sich das Resultat auf einem Videorecorder im Kommissariat an. Nach dem zweiten derartigen Versuch war es soweit: In einwandfreier Bildqualität wurden sie Zeugen einer abermaligen Beschädigung.

Der bislang Unbekannte parkte seinen Pkw in der Nähe des observierten Fahrzeuges, versperrte ihn und sah sich sodann forschend nach allen Seiten um. Nachdem der Mann offenkundig zu der Auffassung gelangt war, daß er nicht beobachtet wurde, zog er einen Schraubenzieher aus dem Sakko und stach damit viermal zu. Die Stiche, dies war deutlich zu erkennen, wurden mit großer Wucht und Sachkenntnis geführt. Nach erledigter Arbeit, ein zufriedenes Grinsen quittierte diese Leistung, verließ der Täter die Garage. Vier Autoreifen waren unbrauchbar geworden.

Der Geschädigte wurde auf das Kommissariat gebeten, und nach wenigen Minuten Filmvorführung war die Identität des Vandalen geklärt. Der Täter war ein Angestellter mittleren Alters, der mit dem Geschädigten wiederholt gestritten hatte. Im Mittelpunkt dieser Streitigkeiten war jeweils die „heilige Kuh“ des Österreichers, nämlich das Auto, und die damit verbundenen Parkplatzprobleme gestanden.

Der Verdächtige wurde vorgeladen und damit konfrontiert, daß er einer Sachbeschädigung an einem Auto bezichtigt wurde. Ohne auch nur im geringsten betroffen zu sein, leugnete er lautstark jeden Zusammenhang. Die Kriminalbeamten legten mit einer gewissen Genugtuung den Film in das Videogerät, und der Verdächtige wurde so Zeuge seiner Straftat. Ein Geständnis war eigentlich nur noch Formsache. Doch weit gefehlt, der Angestellte entblödete sich nicht, einen Doppelgänger ins Spiel zu bringen. Auf die Frage der Kriminalisten, was er dazu sage, meinte er schlicht und einfach, er müsse eben einen Doppelgänger haben. Selbst die an die leugnende Verantwortung von Verdächtigen täglich gewohnten Beamten konnten ihr Erstaunen ob dieser Verantwortung nicht verbergen. Schließlich war es doch soweit: der Verdächtige gab die Tat zu, aber auch nur diese, nämlich die auf dem Videofilm festgehaltene. Alle übrigen in der Vergangenheit stattgefundenen Beschädigungen bestritt er. Der Täter wurde vom Bezirksgericht Favoriten zu einer durchaus moderaten Strafe in der Höhe von 5500 Schilling verurteilt.

Sie werden, geschätzter Leser, anhand dieses Falles verstehen, wie schwierig es in der Vergangenheit war, Straftaten ohne diese technischen Hilfsmittel zu klären.

Angemerkt sei, daß sich nach Klärung des Falles Beschädigungen dieser Art an der angeführten Örtlichkeit bis zum heutige Tage nicht wiederholten.

105

EIN RASCH GEFÄLLTES URTEIL

Am 14. April 1997 kam die 26jährige bosnische Staatsbürgerin Edina T. aus Wien 15, Gebrüder-Lang-Gasse, auf das Wachzimmer Wien 15, Wurmsergasse, und zeigte ein an ihr begangenes Raubdelikt an. Der Raub hatte sich in der Nacht zuvor in einer Parkanlage im 10. Bezirk ereignet.

Die Anzeige wurde dem Kommissariat Favoriten weitergeleitet, und die Kriminalbeamten Fitzthum und Fürst begannen mit den Erhebungen. Das Opfer wurde eingehend befragt, war damit doch die Chance verbunden, Hinweise zur Ausforschung des unbekannten Täters zu erlangen.

Edina T. erzählte den Kriminalbeamten von einem Lokalbesuch in Wien 10, Eckertgasse. Sie hatte dort einen etwa 20jährigen Bosnier getroffen, von dem sie wußte, daß er mit Vornamen „Nezir" hieß. Der junge Mann hatte sie auf verschiedene Getränke eingeladen und ihr von einem Bekannten im 22. Bezirk erzählt, der eine Kellnerin für sein Lokal suchte. Gemeinsam hatten sie dieses Lokal aufgesucht, den Inhaber jedoch nicht angetroffen. Mit einem Taxi waren sie in den 10. Bezirk zurückgefahren. Die Nacht war lau, und der Sexualtrieb forderte seinen Tribut. Im Erlachpark liebten die beiden einander. Ein zufällig vorbeikommender Passant störte sie dabei. Sie suchten eine nahegelegene Baustelle auf, wo es ihnen gelang, ihr Vorhaben ungestört auszuführen.

Plötzlich jedoch war der junge Mann wie ausgewechselt und forderte von seiner Partnerin den gesamten Schmuck, den sie an sich trug. Für den Fall, daß sie diesen nicht freiwillig herausgab, drohte er ihr den Schädel mit einem der herumliegenden Ziegelsteine einzuschlagen. Der feurige Liebhaber hatte sich von einem Moment auf den anderen in einen aggressiven Räuber verwandelt. Die junge Frau streifte ihre Schmuckstücke, insgesamt vier Ringe und ein Armband, ab. Das Herunternehmen der Halskette dauerte dem Täter zu lange und so riß er ihr diese mit Gewalt vom Hals. Ehe er endgültig von ihr abließ, forderte er sie auf, sie möge sich im 10. Bezirk nie mehr blicken lassen.

Ein Tatablauf war zu Protokoll genommen worden, der in seltener Deutlichkeit die Urtriebe des Menschen, nämlich Aggression und Sexualität, erkennen ließ. Jeder Tiefenpsychologe würde sich in seinem Verständnis der menschlichen Seele bestätigt fühlen.

Die Kriminalbeamten handelten richtig, als sie das Opfer nochmals vorluden und ausführlich befragten. Die junge Frau wußte, daß sie etwa zwei Wochen vor der Tat in einem Lokal ebenso wie alle dort anwesenden Gäste von einer Polizeistreife perlustriert worden war. Ihrer Erinnerung nach hatte sich auch „Nezir" damals im Lokal aufgehalten. Im Streifenbericht fanden sich sämtliche Personen mit ihren Personaldaten wieder und, siehe da, ein Nezir S., 23 Jahre alt, bosnischer Staatsbürger, war gleichfalls unter den Perlustrierten gewesen. Die Kriminalbeamten suchten die von ihm angegebene Anschrift in Wien 10, Hasengasse, auf und trafen in den frühen Morgenstunden des 18. April 1997 den Verdächtigen an. Bei einer Gegenüberstellung wurde er einwandfrei als Täter identifiziert. Nezir S. war vor Monaten über die grüne Grenze bei Radkersburg nach Österreich gekommen und hielt sich seit dieser Zeit illegal in Wien auf. Im nachhinein hatte er sich bei seiner Vertretungsbehörde einen Reisepaß besorgt und diesen bei seiner Perlustrierung vorgewiesen.

Den ihm vorgeworfenen Raub gab er, es kommt dies nicht allzu oft vor, ohne Abstriche beziehungsweise Beschönigungen zu und führte die Kriminalbeamten überdies zur Käuferin des von ihm geraubten Schmuckes.

Damit war der bei jeder strafbaren Handlung so wichtige Sachbeweis erbracht. Ein noch so vollständiges Geständnis nützt letztlich ohne objektiv überprüfbare Umstände nichts. Die Kriminal- und Rechtsgeschichte beweist dies immer wieder. Spektakuläre Prozesse verliefen ohne Sachbeweis letztlich im Sande. Der Widerruf eines Geständnisses ist eben jederzeit möglich.

Ein Motiv für seine Tat konnte oder wollte der Täter nicht nennen. Nezir S. wurde dem Landesgericht Wien überstellt und in Untersuchungshaft genommen.

Von der Anzeige bis zur Festnahme des Täters waren lediglich vier Tage vergangen. Es ist dies eine respektable kriminalistische Leistung, um so mehr, als es überdies gelungen war, die gesamte Raubbeute sicherzustellen.

Am 23. Mai 1997 kam es im Landesgericht Wien zur Gerichtsverhandlung gegen Nezir S. Die Anklage lautete auf Raub. Der Autor nahm als einziger Zuhörer, sozusagen als Repräsentant der Öffentlichkeit, teil.

Mit etwas Verspätung begann der Prozeß. Der Vorsitzende machte von Anfang an einen nervösen und gestreßten Eindruck. Der Angeklagte war auch vor Gericht voll geständig. Vermutlich in Absprache mit seinem Pflichtverteidiger trat er devot auf und ließ sich die Formulierung „Hohes Gericht" nicht nehmen.

Welch ein Unterschied, wenn man an sein Verhalten während des Raubes denkt, bei welchem er sein Opfer mit dem Einschlagen des Schädels bedroht hatte. So wandlungsfähig sind Täter, wenn es darum geht, im Prozeß Gutpunkte zu sammeln.

Die junge Frau wurde als Zeugin einvernommen: Ein fülliges, hübsches Mädchen, welches sich für seinen Auftritt, so gut es die Figur zuließ, zurechtgemacht hatte, blieb gleichfalls bei ihren gemachten Angaben. Sie gab an, seit der Tat an Depressionen zu leiden. Ihr Outfit ließ Zweifel an diesen Angaben aufkommen, doch der Richter ging darauf ohnedies nicht ein. Ostentativ blickte er während der Zeugenvernehmung mehrmals auf seine Armbanduhr und erklärte schließlich die Einvernahme abrupt für beendet. Der Staatsanwalt stellte keine einzige Frage. Der Verteidiger verwies auf die Unbescholtenheit und das reumütige Geständnis seines Mandanten und bat um ein mildes Urteil.

Das Motiv des Raubes blieb auch in der Gerichtsverhandlung ungeklärt. Der Angeklagte erwähnte die kriegerischen Auseinandersetzungen in Ex-Jugoslawien, an denen er als Soldat teilgenommen hatte. Was er damit zum Ausdruck bringen wollte, blieb unklar. Das Gericht, bestehend aus Richter, Beisitzer und Schöffen, verlangte keine nähere Erklärung.

Das Gericht zog sich zur Beratung zurück; man vernahm mehrere Lacher aus dem Beratungszimmer, mag sein, daß irgend jemand die Umstände der Tat mit einer schlüpfrig-komischen Bemerkung garniert hatte. Jedenfalls ging nach einer sechsminütigen Beratung die Türe auf und das Urteil wurde verkündet. Der Angeklagte wurde wegen Raubes zu einer zwölfmonatigen Freiheitsstrafe verurteilt, davon wurden drei Monate unbedingt, die restlichen neun Monate bedingt, unter Setzung einer Probezeit von drei Jahren, ausgesprochen. Die Strafe wurde vom Angeklagten sogleich angenommen, und der Staatsanwalt gab durch Kopfnicken zu verstehen, daß er gleichfalls mit der Strafe einverstanden war.

Sichtlich zufrieden mit der Entscheidung, noch dazu in so kurzer Zeit, verließen alle Beteiligten, das Opfer war nicht mehr anwesend, den Gerichtssaal. Einem Mittagessen sollte nichts mehr im Wege stehen.

Die Öffentlichkeit einer Gerichtsverhandlung, eine seit der Aufklärung immer wieder gestellte Forderung, die nach der Französischen Revolution Eingang in die europäischen Strafprozeßordnungen gefunden hatte, hat durchaus eine nicht zu unterschätzende Bedeutung. Es darf bezweifelt werden, daß dieser Prozeß bei vollen Zuschauerreihen und der möglichen Anwesenheit von Prozeßberichterstattern der Tageszeitungen mit ähnlicher Lässigkeit und Oberflächlichkeit geführt worden wäre.

Daß die Ausforschung des unbekannten Täters durch die Kriminalpolizei mit ungleich mehr Zeitaufwand als die gesamte Gerichtsverhandlung, die in etwa 25 Minuten erledigt war, verbunden war, soll am Rande erwähnt werden. Allzu oft ist sich die Strafjustiz nicht darüber im klaren, wie aufwendig und mühselig es für die Polizei ist, eine Tat zu klären.

Es wurde im Namen der Republik Österreich Recht gesprochen, doch scheint im gegenständlichen Prozeß die Gerechtigkeit zu kurz gekommen zu sein. Zur Entschuldigung der handelnden Personen sei gesagt, daß sich möglicherweise der Staat die Rechtsprechung vom erforderlichen materiellen und personellen Aufwand nicht das kosten läßt, was ein faires, dem Rechtsbewußtsein unserer Zeit entsprechendes Gerichtsverfahren kosten würde. Es stimmt nachdenklich, wenn man dieses Prozeßgeschehen mit den Verhandlungen vor den Unabhängigen Verwaltungsstrafsenaten vergleicht. Ein Raubdelikt wurde in weniger als einer halben Stunde verhandelt. Für Verwaltungsübertretungen, und nur für solche, etwa für Übertretungen der Straßenverkehrsordnung oder des Gewerberechtes, sind die Unabhängigen Verwaltungsstrafsenate zuständig. Vor diesen Senaten werden Stunden, fallweise Tage benötigt, um zu einer Entscheidung zu gelangen.

Wie so vieles in der Rechtsprechung ist dies selbst bei großem Bemühen nicht verständlich. Justitia weiß wohl, weshalb sie eine Augenbinde trägt.

106

VERMISST

Am 15. April 1997 kam der Vater der achtjährigen Sandra Kovarik, der 38jährige Ingenieur Walter Kovarik aus Wien 10, Untere Kaistraße, zur Polizei und zeigte seine Tochter als abgängig an. Diese Anzeige sollte die größte polizeiliche und private Suchaktion auslösen, die je in Favoriten stattgefunden hat.

Sandra hatte um 15.15 Uhr die elterliche Wohnung verlassen, um eine Freundin in der Klederinger Straße zu besuchen. Für den Weg dorthin hätte sie mit dem Fahrrad rund zehn Minuten benötigt. Ihr Besuch war telefonisch bei der Familie ihrer Freundin angekündigt worden. Nach etwa fünfzehn Minuten rief die Mutter der Freundin an und erkundigte sich nach dem Verbleib von Sandra. Beunruhigt durch diesen Anruf begannen Sandras Angehörige nach ihr zu suchen, doch es fand sich keine Spur von dem kleinen Mädchen.

Der Vater begab sich gegen 16 Uhr auf das Wachzimmer in Wien 10, Oberlaaer Straße, und meldete den Vorfall. Die Polizisten stellten vorerst, wie in solchen Fällen üblich, die routinemäßigen telefonischen Anfragen an Rettung und Spitäler und leiteten, als diese Auskünfte negativ waren, eine Suchaktion ein.

Gegen 17 Uhr wurde der Autor daheim von der Anzeige verständigt. Die Abgängigkeit eines Mädchens dieses Alters löste bei ihm, wie bereits bei vorausgegangenen Fällen, höchste Alarmstufe aus. Seit den Mordfällen in den Jahren 1988, 1989 und 1990 lebt die Polizei Favoriten sozusagen in ständiger Alarmbereitschaft, wenn ein Kind oder eine junge Frau als vermißt angezeigt wird. Der Autor war bemüht, alles zu unternehmen, um ein neuerliches Sittlichkeitsverbrechen zu verhindern, zumindest aber alle nur erdenklichen Maßnahmen zu setzen, um sich und die Polizei nicht dem geringsten Vorwurf der Nachlässigkeit aussetzen zu müssen. Alle verfügbaren Polizisten des Bezirkes, überdies sechs Hundestreifen sowie die Angehörigen zweier Reservekompanien wurden in die Suche nach dem vermißten Kind eingebunden. Von Anfang an wurde darauf Bedacht genommen, daß das Mädchen möglicherweise in die Liesing gestürzt war. Der Liesingbach wurde weit über die Bezirksgrenzen hinaus Richtung Schwechat abgesucht. An der Suche nahm auch die Jägerschaft von Ober- und Unterlaa teil, denn die Ortskenntnis der Jäger sollte genützt werden. Doch alle Bemühungen verliefen ohne Erfolg. Um 23 Uhr wurde die Aktion abgebrochen – die Dunkelheit verhinderte ein sinnvolles Weitersuchen. Am nächsten Tag wurde bei Tagesanbruch die Suche fortgesetzt. Die Witterungsverhältnisse ließen den Einsatz eines Hubschraubers zu, dessen Besatzung mehrere Stunden lang das in Frage kommende Gebiet überflog. In einem Lokal wurde sozusagen ein provisorisches Hauptquartier eingerichtet und von dort aus die Fahndung koordiniert. Zahlreiche Reporter von Tageszeitungen, aber auch Journalisten des Fernsehens und des Rundfunks waren gekommen.

Bereits gegen 7.20 Uhr entdeckte man in der Liesing das Fahrrad des Kindes. Zum Vorschein kam auch eine Decke, die möglicherweise Blutspuren aufwies, und ein Kinderhandschuh. Beamte der Spurensicherung übernahmen die Gegenstände zur kriminaltechnischen Untersuchung.

Immer drängender wurden die Fragen der Journalisten in Richtung Gewaltverbrechen. Die drei ungeklärten Morde in Favoriten gehören ebenso wie die damalige Fahndung nach dem Briefbombentäter zu den heikelsten Amtshandlungen der Exekutive. In allen Nachrichtensendungen wurde von dem Verschwinden des Kindes berichtet. Der Generaldirektor für die öffentliche Sicherheit, Mag. Michael Sika, hatte bereits gegen 7 Uhr den Autor angerufen und diesen ersucht, alle nur denkbaren Verfügungen zu treffen, um Gewißheit über die Abgängigkeit zu erlangen.

Die Feuerwehren von Schwechat und Mannswörth sowie die Gendamerieposten der angrenzenden Gemeinden, aber auch die Strompolizei waren in die Fahndung eingebunden worden. Gegen 11 Uhr wurden die Beamten der Strompolizei fündig: sie entdeckten in der Schwechat, etwa 250 Meter ehe diese in die Donau einmündet, den Rucksack des Kindes. Taucher der Polizei suchten daraufhin sämtliche Staustufen der Liesing ab, doch ohne Erfolg. Der 16. April 1997 verging, ohne daß das abgängige Mädchen gefunden werden konnte.

Der Autor beriet sich mit den beteiligten Beamten, und nach Berücksichtigung aller Umstände wurde es immer wahrscheinlicher, daß Sandra Kovarik in die Liesing gestürzt und ertrunken war. Bei einer Anfrage in der Zentralanstalt für Meteorologie und Geodynamik über die Wind- und Wetterverhältnisse am 15. April 1997 gegen 15.15 Uhr stellte sich heraus, daß Windböen bis zu 66 km/h gemessen worden waren und es örtlich stark geregnet hatte. Den Messungen kam deshalb besondere Bedeutung zu, weil zufällig eine Meßstation der angeführten Anstalt nicht allzu weit vom Ort der Abgängigkeit installiert war.

Über das Fahrkönnen von Sandra war man sich in der Familie nicht einig. Der Großvater bezeichnete seine Enkelin als eher ungeübte Radfahrerin. Der Rucksack war von Sandra nicht auf dem Rücken getragen worden, sie hatte ihn vielmehr lose am Fahrrad mitgeführt. Es war daher denkbar, daß der Rucksack sich selbständig gemacht hatte und für sich allein von der Strömung mitgetrieben worden war. Die Decke mit den Blutspuren war im gerichtsmedizinischen Institut untersucht worden. Bei dem Blut handelte es sich um menschliches, doch die Blutgruppe war nicht ident mit jener von Sandra. Wieder einige Stunden später klärte sich auch die Herkunft der Decke: Diese war bei einem Autoeinbruch gestohlen worden. Der Täter hatte sich dabei verletzt und die Decke zur Wundversorgung benützt. Der aufgefundene Kinderhandschuh war schon Tage vor dem Verschwinden gesehen worden. Der Autor konnte sich überdies an einen Unfall durch Ertrinken im Liesingbach erinnern, der Jahre zurücklag. Er hob sich diesen Akt aus und konnte nachlesen, daß vor zehn Jahren, nämlich am 23. März 1987, ein 46jähriger Mann von einem Heurigenbesuch nicht nach Hause gekommen war. Eine Abgängigkeitsanzeige war erstattet und eine Suchaktion, wenn auch nicht im Ausmaß jener nach Sandra Kovarik, gestartet worden. Auch in Zusammenhang mit dieser Abgängigkeit waren Stimmen laut geworden, die ein Verbrechen als wahrscheinlich annahmen. Doch am 13. April 1987 löste sich der Fall. Im Ortsgebiet von Schwechat war von spielenden Kindern eine Leiche in der Schwechat entdeckt worden. Es

Lit 3200,- / Dr 500,- / TL 165.000.- / HUF 270,- / KN 10,- / SIT 230,- / BEF 75,-
Esc 300,- / Pts 260,- / Kan. Ins. Pts 300,- / DM 3,- / sfr 2,80 / KC-SK 40.-

Donnerstag, 1. Mai 1997 / Nr. 13.278, S 8,-

Neue Kronen Zeitung
UNABHÄNGIG

Wien 19, Muthgasse 2, Telefon 36 011-0

Sandra: Polizei gibt Suche nicht auf

Foto: Andi Schiel

DIE POLIZEI gibt die Suche nach der seit zwei Wochen in Oberlaa in Wien-Favoriten vermißten siebenjährigen Sandra nicht auf. In jedem Wachzimmer und auch bei den Grenzstellen werden in der nächsten Woche Suchplakate aufgehängt. Foto: Andi Schiel war die des Abgängigen. Eine Obduktion erbrachte keine Hinweise auf Fremdverschulden. Der etwa 95 bis 100 kg schwere Mann war mit großer Wahrscheinlichkeit unter Alkoholeinwirkung in die Liesing gestürzt und ertrunken. Man muß wissen, daß der Liesingbach in den fünfziger Jahren reguliert worden war. Die Ufer des Baches sind seither mit Steinen ausgelegt, und der Algenbewuchs macht die Böschung glitschig und rutschig. Es ist deshalb unmöglich, sich festzuhalten. Wenn noch dazu die Strömung stark genug ist, gibt es keine Möglichkeit, sich selbst zu retten.

Wenn aber ein schwergewichtiger Mann so ums Leben gekommen war, war dies um so mehr bei einem Kind mit einem Gewicht von nur 20 kg vorstellbar. Der Wasserstand der Liesing betrug zum Zeitpunkt der Abgängigkeit etwa 60 cm und die Strömungsgeschwindigkeit zirka zwei bis drei Meter pro Sekunde.

All diese Argumente wurden vom Autor wiederholt den Journalisten mitgeteilt, dennoch gelang es nur zum Teil, dafür Gehör zu finden. In den Köpfen der Reporter hatten sich die ungeklärten Morde festgesetzt. Ein vierter Sexualmord wurde für wahrscheinlicher erachtet als ein Unfall durch Ertrinken.

Die Eltern und deren Bekannte starteten eine der größten je in Österreich stattgefundenen privaten Suchaktionen. Tausende Plakate des vermißten Kindes wurden gedruckt und in Wien und später im gesamten Bundesgebiet verteilt. Ungeachtet dessen vergingen Tage und schließlich Wochen, doch Sandra Kovarik blieb unauffindbar.

Die laufende Berichterstattung in den Medien hatte ein Fülle von Hinweisen zur Folge. So mancher Zeitgenosse teilte seine hellseherischen oder übersinnlichen Eingebungen mit. Es macht nachdenklich, zu wissen, welch große Anzahl von Menschen in unserer so aufgeklärten Zeit an Irrationales glauben. Die Polizei ging selbst diesen Hinweisen nach, soweit sie nur einigermaßen nachvollziehbar waren. Doch wie aufsehenerregende Kriminalfälle der Vergangenheit war auch dieser Fall durch derartige Mitteilungen nicht zu lösen. Einige besonders Rachsüchtige versuchten durch anonyme, aber gezielte Hinweise ganz bestimmte Personen in Schwierigkeiten zu bringen. Die kriminalpolizeiliche Tätigkeit bei Aufarbeitung der Hinweise läßt eine weites Spektrum zwischen Verschrobenheit und Bösartigkeit erkennen.

Am 17. Mai 1997 wurde es zur Gewißheit: Sandra war tot. Gegen 14 Uhr entdeckte ein Spaziergänger in den Donauauen bei Fischamend bei Stromkilometer 1909 an der rechten Uferböschung eine menschliche Hand und verständigte die Beamten des Gendarmeriepostens Fischamend. Die Leiche wurde geborgen, und wenig später stand fest, daß es sich bei der Toten um die seit 15. April 1997 abgängige Sandra Kovarik handelte. Der Körper des Kindes war von der Strömung vom Liesingbach in die Schwechat und weiter in die Donau mitgeführt worden.

Für die Eltern war die Zeit der quälenden Ungewissheit zu Ende und für die Polizei der Alptraum eines neuerlichen Verbrechens an einem Kind gebannt.

Eine gerichtsmedizinische Obduktion erbrachte keine Hinweise auf Fremdverschulden. Der trügerisch idyllisch wirkende Liesingbach hatte einmal mehr seine Unberechenbarkeit bewiesen.

107

HOTELKONTROLLE

Am 15. April 1997 suchten die Kriminalbeamten Jandl und Sabransky von der Fremdenpolizei im Zuge einer Kontrolle ein Hotel in Wien 10, Laxenburger Straße, auf. Sie überprüften die dortigen Meldeunterlagen und fanden einen rumänischen Staatsbürger heraus. Sie beschlossen, diesen auf seinen rechtmäßigen Aufenthalt hin zu überprüfen. Mihai V., ein vierzig Jahre alter Rumäne, öffnete den Beamten die Tür seines Hotelzimmers und mußte zugeben, daß er illegal über die grüne Grenze nach Österreich gekommen war. Ein Tatbestand nach dem Fremdenrecht lag demnach vor. Es ist eher ungewöhnlich, daß ein Angehöriger dieses Staates im Hotel, noch dazu in einem der mittleren Preiskategorie, absteigt. Als die Kriminalbeamten noch eine Brieftasche fanden, die prall mit Währungen verschiedenster Art gefüllt war, wurden sie endgültig mißtrauisch. Bei einer Nachschau unter dem Kopfpolster entdeckten sie einen Socken, der voll mit Schmuckstücken war. Die Beamten sprachen die Festnahme aus und überstellen Mihai V. dem Kommissariat Favoriten. Jetzt waren die Kriminalisten des Bezirkes, Puffler und Horwath, am Ball.

Die Sicherstellung der Schmuckstücke nahm einige Zeit in Anspruch. Nicht weniger als 64 goldene Ringe, eine Vielzahl von Halsketten, Ohrringen, Armreifen und Goldmünzen wurden aufgelistet. In der Brieftasche fanden sich verschiedene Währungen in der Höhe von umgerechnet 105.000 Schilling.

Bei seiner Vernehmung tischte Mihai V. eine schier unglaubliche Geschichte auf. Er wäre nach Wien gekommen, um sich hier ein Auto zu kaufen, weshalb er seine Ersparnisse mitgenommen hätte. Wo aber hat er den Schmuck her, wurde er gefragt. Auch darauf wußte er eine Antwort: In der Nähe des Südbahnhofes hätte er in den Abendstunden einen Mann beobachtet, der in einer dortigen Grünfläche etwas vergrub. Als dieser weggegangen war, habe er nachgesehen und wäre auf den Schmuck gestoßen. Glück muß man haben! Mihai V. behielt diese Verantwortung, deren Unglaubwürdigkeit fast nur mit Schmerzen zu Papier zu bringen war, bei. Auch dem Untersuchungsrichter des Landesgerichtes Wien bot er diese Version an. Über Mihai V. wurde die Untersuchungshaft verhängt.

Relativ einfach ließ sich feststellen, daß sämtliche Wertgegenstände österreichischen Ursprungs waren – sie wiesen ausnahmslos österreichische Punzen auf. Wie aber sollten die wahren Eigentümer ausgeforscht werden? Eine Presseaussendung wurde als zielführend angesehen. Ein Teil der Ringe war mit Gravuren versehen, die vermutlich anläßlich bestimmter Ereignisse wie Geburt oder Hochzeit angebracht worden waren. Wenn es gelingen sollte, dies den Zeitungen zu „verkaufen", war anzunehmen, daß sich der eine oder andere Eigentümer melden würde. So war es auch. Nach und nach fand sich die Mehrzahl der Bestohlenen, und ein Großteil der insgesamt 176 Schmuckstücke wanderte zu den Besitzern zurück. Die Nachforschungen brachten überraschende Ergebnisse. Eine Serie von Einbruchsdiebstählen in Niederösterreich entlang der Schnellbahn wurde geklärt. Die Tatorte lagen in der Gegend von Stockerau, Korneuburg, Mistelbach und Umgebung. Von Ende März bis zur Festnahme des „Finders“ waren die Kollegen der Gendarmerie von einem Tatort zum anderen gerufen worden. In jedem Fall stellte sich heraus, daß der unbekannte Täter zwischen Mitternacht und 5 Uhr morgens in Einfamilienhäuser eingedrungen war, die Räumlichkeiten durchsucht und Schmuck und Geld gestohlen hatte. Da die Tatorte von den einzelnen Schnellbahnstationen zu Fuß leicht erreichbar waren, war der Schluß zulässig, daß Mihai V. mit der Schnellbahn zu den Tatorten gefahren und nach den Einbrüchen ebenso nach Wien zurückkehrt war.

Die Einbrüche waren untypisch: üblicherweise wird in Wohnungen und Häusern tagsüber eingebrochen, zu einer Zeit also, in der anzunehmen ist, daß sich in den Objekten niemand aufhält.

Ein Teil der sichergestellten „ausgegrabenen“ Schmuckstücke

„Schatzgräber“ in Haft

Wien: Kriminalrätsel um 1,5 Kilo Goldschmuck

Einen „Schatzgräber“ hat die Kripo Wien-Favoriten hinter Gitter gebracht. Man hält den Rumänen für einen Lügner. Doch so ihm das nicht bewiesen werden kann, darf der Mann – samt den mutmaßlichen Beutestücken – heimfahren.

Aufgefallen war Mihay V., 40, bei einer Hotelkontrolle: „Als die Beamten bei ihm eine Brietasche gefunden haben, die so voll war wie die eines Prater-Kellners, sind sie stutzig geworden“, sagt Hofrat Ludwig Berghammer. Immerhin hatte V. 105.000 S in verschiedenen Währungen bei sich; für einen Autokauf?

Unter seinem Kopfpolster wurden zwei Socken mit 1,5 Kilo Schmuck gefunden. „Die hat ein Mann beim Südbahnhof vergraben. Ich hab' das beobachtet und mir die Sachen geholt“, so der Verdächtige.

Die Kripo (☎ 01/601-74, 5771 bis 5774 Dw.) tippt auf „heiße Ware“. Wer den Schmuck (z. B. Ringe mit den Gravuren „Margarete, 28. 11. '81“, „L. H., 26. 2. '55“, „Christa, 18. 5. '74“, sowie „25 Jahre Lissi“) oder Siegelringe (mit S. F., J. S., F. R., und F. U.) kennt, möge sich melden. **P. G.**

Kurier vom 22. April 1997

Im Gegensatz dazu hatte es dieser Täter von der Tatzeit her bewußt in Kauf genommen, in bewohnte Räumlichkeiten einzubrechen. Zwei Schwachstellen hatte sich der „Profi“ zunutze gemacht. Entweder war es ihm gelungen, über die Kellerfenster oder aber über die Garagen einzudringen. Nur allzu häufig sind die Kellerfenster nicht oder nur ungenügend gesichert, und ebenso oft sind die Verbindungstüren von Garagen zum eigentlichen Wohnobjekt nicht versperrt. Der Täter durchsuchte die ebenerdig gelegenen Räume, wohl wissend, daß sich die Schlafräume üblicherweise im oberen Stockwerk befinden. So kam die Mehrzahl der Opfer erst am Morgen dahinter, daß während ihrer Anwesenheit jemand im Haus war und sie bestohlen hatte.

In einem Fall hatte ein wachsamer Hund seinen Besitzer durch wiederholtes Bellen auf den Eindringling aufmerksam gemacht, doch undankbarerweise war das Tier vom Besitzer lautstark aufgefordert worden, ruhig zu sein. Der in seinem Schlaf Gestörte wollte nicht zur Kenntnis nehmen, daß ein Einbrecher im Haus war. In einem anderen Fall war ein Alarmlicht bei Durchschreiten des Lichtschrankens durch den Täter aktiviert worden. Der Hausbewohner hatte jedoch angenommen, daß eine Türe im Hof durch den heftigen Wind geöffnet worden war und sich deshalb der Kontakt ausgelöst hatte. Die Gegend, in der sich die Einbruchserie ereignet hatte, war bis dahin von Eigentumsdelikten dieser Art verschont gewesen. Die dortigen Bewohner konnten sich gar nicht vorstellen, daß während ihrer Anwesenheit jemand einbrechen könnte. Sie wurden, wie ausgeführt, eines Besseren belehrt.

Die Amtshandlung wurde vom Landesgericht Wien zum Kreisgericht Korneuburg abgetreten, da kein einziger Tatort im Raum Wien lag. Der Untersuchungshäftling Mihai V. wurde deshalb dem Gefangenenhaus dieses Gerichtes überstellt. Am 15. April 1997 wurde der Serieneinbrecher zu einer zweieinhalbjährigen Freiheitsstrafe verurteilt.

108

EIN VERBRECHEN AUS DEN LETZTEN KRIEGSTAGEN

Im April 1997 sollte ein Haus in Wien 10, Himberger Straße, gegen Feuchtigkeit isoliert werden. Um die gewünschte Isolierung zu erreichen, war es nötig, rund um das Haus in einer Tiefe von etwa 50 cm aufzugraben. Bei diesen Arbeiten kamen Knochen eines menschlichen Skelettes zum Vorschein. Der Hauseigentümer verständigte daraufhin die Polizei.

Im Zusammenhang mit den Erhebungen der Kriminalbeamten erzählte eine 84jährige Frau von einem Ereignis, welches ein jahrzehntelang zurückliegendes Verbrechen ans Tageslicht bringen sollte. Die greise Frau wohnte bereits im Jahre 1945 in diesem Haus und war damals Ohrenzeugin eines Mordes geworden. Ihrer Erinnerung nach waren in den letzten Kriegstagen des Jahres 1945 vermutlich KZ-Häftlinge unter Bewachung von SS-Angehörigen zum Ausheben von Schützengräben in die Gegend von Ober- und Unterlaa gebracht worden. Zwei Gefangene hatten die Hausbewohner um Wasser und Lebensmittel angebettelt. Kurz darauf war ein Wachposten gekommen und hatte die beiden Bittsteller unter Vorhalt eines Gewehres gezwungen, unmittelbar neben dem Haus eine Grube auszuheben. Die Hausbewohner waren aufgefordert worden, sich ins Innere des Gebäudes zu begeben. Wenig später hatte man zwei Schüsse gehört, und als die Häftlingskolonne mit ihren Bewachern das Grundstück verlassen hatten, war die Grube mit frischem Erdreich bedeckt gewesen. Nähere Angaben waren von der Zeugin altersbedingt nicht in Erfahrung zu bringen. Von den jüngeren Hausbewohnern wurden ihre Schilderungen insofern bestätigt, als die Zeugin im Laufe der Jahre wiederholt von diesem Ereignis erzählt hatte. Viele Jahre waren vergangen, ehe zufällig bei Restaurierungsarbeiten dieses Verbrechen aktualisiert wurde.

Nach dem österreichischen Strafgesetz verjährt das Verbrechen des Mordes nie. Daher wurde, obgleich 52 Jahre verstrichen waren, die Staatsanwaltschaft von den Ermittlungen in Kenntnis gesetzt und ein Beschluß zur sachgemäßen Bergung der Leichenteile und Überführung dieser in das gerichtsmedizinische Institut eingeholt. Vertreter der israelitischen Kultusgemeinde wurden den Grabungen beigezogen, doch auch sie konnten keine näheren Aufschlüsse geben.

Bei den sorgfältig vorgenommenen Grabungsarbeiten wurde ein komplettes menschliches Skelett geborgen; überdies fanden sich ein Rasiermesser, ein Bleistift, eine beschädigte Zigarettendose und eine verfeuerte Patronenhülse. Das Skelett und die aufgefundenen Gegenstände wurden der Gerichtsmedizin übergeben. Nach Abschluß der dortigen Untersuchungen stand fest, daß ein mittelgroßer Mann im Alter von 40 bis 50 Jahren durch einen Kopfschuß getötet worden war. Deutlich war am Schädel eine Einschuß- und eine weit größere Ausschußöffnung zu erkennen; auch die Zigarettendose war durchschossen worden. Vermutlich hatte der Gefangene zu flüchten versucht, und der erste auf ihn abgegebene Schuß hatte dabei die Zigarettendose durchschlagen, der zweite Schuß in den Kopf hatte den Tod zur Folge. Somit stand fest, daß tatsächlich zweimal geschossen worden war. Die Angaben der Zeugin hatten sich bestätigt.

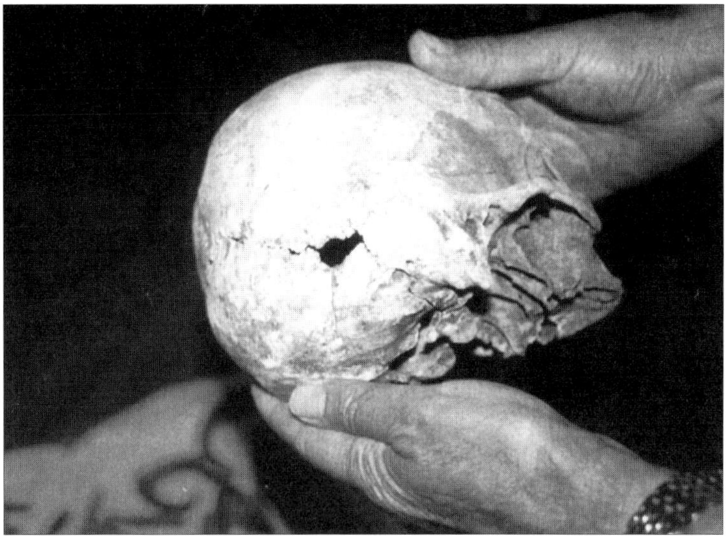

Die Identität des Toten sowie die näheren Umstände der Tat werden wohl nie mehr zu klären sein. Der unbekannte Täter wurde der Staatsanwaltschaft Wien wegen Mordes zur Anzeige gebracht. Ein ungeklärtes Verbrechen mehr aus einer gewalttätigen Zeit hat zumindest in Ansätzen sein Geheimnis preisgegeben.

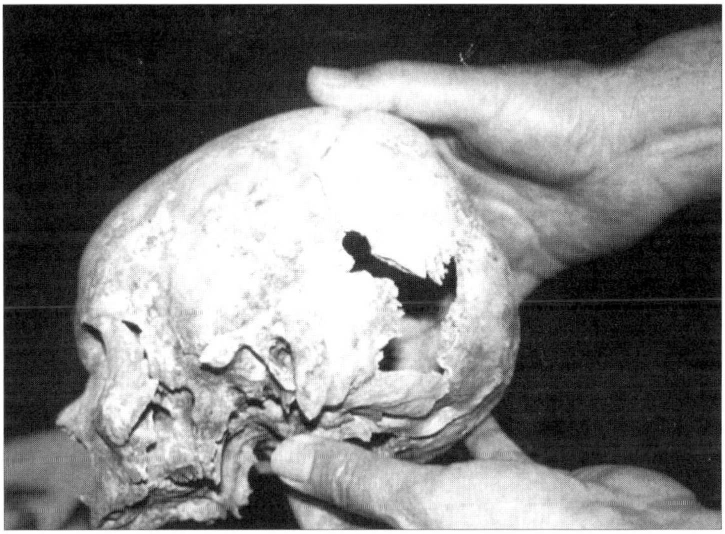

Der Bezirk Favoriten war 1945 in die Kampfhandlungen im Raum Wien überproportional eingebunden. Immer wieder finden sich Relikte aus dieser Zeit, und es kann angenommen werden, daß noch manches Zeugnis aus dieser Epoche auftauchen wird.

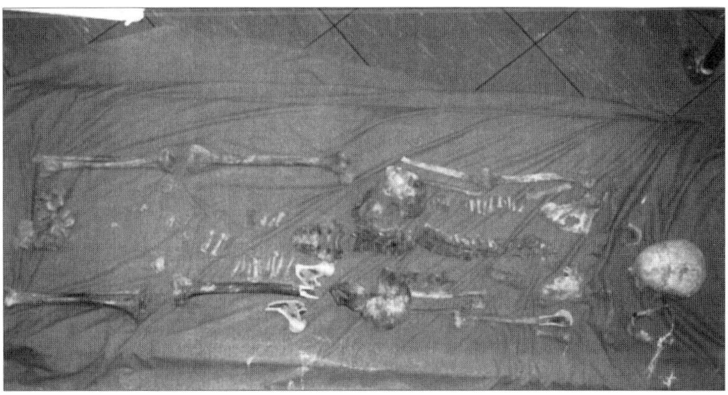

Deutlich ist der Ein- bzw Ausschuß zu erkennen

109

GEWALT IN DER FAMILIE

Allein in Wien ist der Polizeialltag von monatlich 500 bis 700 Einsätzen, denen Gewalttätigkeiten innerhalb der Familie zugrunde liegen, geprägt. In der Mehrzahl sind es Männer, die gegenüber Frauen und Kindern gewalttätig vorgehen. Warum es vor allem in der Familie zu Gewalttaten kommt, die nicht selten bis zum schwersten Verbrechen reichen, welches das Strafgesetz kennt, nämlich dem Mord, ist nicht geklärt.

Mit dem Gewaltschutzgesetz versuchte die Gesellschaft dieser nicht endenden Aggression ein wirksames Instrumentarium entgegenzustellen. Der nachstehende Passus „Der Schutz des Einzelnen vor Gewalt gehört zu den fundamentalen Aufgaben des Staates. Diese Aufgabe endet auch nicht an den Mauern, hinter denen Menschen zusammenleben. Wenn auch die Intimität der häuslichen Sphäre grundsätzlich Anspruch auf staatliche Respektierung hat, findet dieser Anspruch doch dort eine Grenze, wo es der staatlichen Intervention zum Schutze der körperlichen Sicherheit vor allem sozial oder physisch schwächerer Familienmitglieder bedarf“ ist das Kernstück des Gewaltschutzgesetzes, welches am 1. Mai 1997 in Kraft getreten ist.

Mit bis dahin nicht vorstellbaren unmittelbaren Eingriffsmöglichkeiten in die Privatsphäre und Grundrechte soll diesem Phänomen sofort und effektiv begegnet werden. Das Wegweiserecht und das Rückkehrverbot, zwei rechtliche Möglichkeiten, die es bis dahin in der österreichischen Rechtsordnung nicht gab, wurden deshalb geschaffen.

In der Praxis bedeutet dies, daß der zu Hilfe gerufene Polizist oder Gendarm, wenn er zur Überzeugung gelangt, daß von einem Menschen Gefahr für Leben, Gesundheit oder Freiheit gegenüber anderen ausgeht, die in einer gemeinsamer Wohnung leben, das Recht erhält, diesen aus der Wohnung wegzuweisen und ihm gleichzeitig zu verbieten, dorthin zurückzukehren.

Mit diesen Möglichkeiten wurde der Exekutive eine unmittelbar wirksame Handhabe gegeben. Dies unabhängig vom Willen der Gefährdeten und davon, ob die Person, gegen welche vorzugehen ist, Eigentümer oder Hauptmieter der Wohnung ist und ob die Möglichkeit besteht, anderswo Unterkunft zu nehmen. Mit aller Schärfe und Strenge ist vorzugehen, wenn Gefahr für Leben, Gesundheit oder Freiheit zu befürchten ist.

Die Behörde, in Wien vertritt diese ein Polizeijurist, hat innerhalb von 48 Stunden die vor Ort ausgesprochenen Verbote zu bestätigen oder aufzuheben. Bleiben die Verfügungen aufrecht, so gelten sie für einen Zeitraum von sieben Tagen beziehungsweise bis zur Entscheidung des Gerichtes, längstens aber vierzehn Tage. Wendet sich die oder der Bedrohte, zu deren Schutz die Verbote ausgesprochen wurden, innerhalb von sieben Tagen nicht an das Gericht, so erlöschen die Verbote.

Nach einjähriger Geltungsdauer des vorgestellten Gesetzes wurde Bilanz gezogen. In der Zeit von Mai 1997 bis April 1998 wurde österreichweit in 2100 Fällen vom Wegweiserecht Gebrauch gemacht, in etwa 460 Fällen wurden gewalttätige Familienmitglieder mehr als eine Woche von ihrer Familie getrennt. Das Gericht kann die ursprünglich polizeilich verhängten Verbote auf einen Zeitraum von bis zu drei Monaten ausdehnen. Während dieser Zeitspanne sollte eine friedliche Lösung des ehemals akuten Konflikts möglich sein.

An einem konkreten Beispiel soll die Anwendung des Gewaltschutzgesetzes dargestellt werden:

Am 19. November 1998 kam eine 39jährige Frau aus Wien 10, Hebbelplatz, in Begleitung einer Sozialarbeiterin zum Wachzimmer Patrubangasse. Am Tag zuvor war die Frau mit ihrem Mann bei ihren Eltern zu Besuch gewesen, und es war zum Streit gekommen. Dabei wurde sie von ihrem Ehemann geschlagen und verletzt. Die Rettung hatte sie in das SMZ Ost gebracht. Nachdem sich die Mißhandelte nach Versorgung ihrer Verletzungen nicht nach Hause getraut hatte, wurde ihr seitens des Spitalpersonals geraten, ein Frauenhaus aufzusuchen. Dort wandte sie sich an eine Sozialarbeiterin und erzählte dieser ihr Leid. In der ehelichen Wohnung warteten fünf Kinder im Alter von vier bis siebzehn Jahren auf ihre Rückkehr; ihnen galt die eigentliche Sorge der Frau. Es war in der Vergangenheit bereits wiederholt zu Gewalttätigkeiten gekommen, die mit Verletzungen geendet hatten, fallweise waren auch die Kinder Opfer der Aggression geworden. Dennoch

Polizei schreitet täglich in 60 Fällen ein:

„Gewalt in Familie keine Privatsache"

„Gewalt in der Familie ist keine Privatsache", erklärte Innenminister Karl Schlögl am Freitag bei einer Enquete des Kuratoriums Sicheres Österreich. Er fordert, daß es eine zentrale Aufgabe der Exekutive sein muß, die Verhinderung von Gewalt zu erreichen. Im vergangenen Jahr schritt die Polizei täglich in 60 Fällen ein.

2100 Gewalttäter wurden im ersten Jahr seit Inkrafttreten des Gewaltschutz-Gesetzes aus der gemeinsamen Wohnung gewiesen. In 20.000 Fällen gelang es Exekutivbeamten, den Familienstreit zu schlichten. In

VON ERICH SCHÖNAUER

460 Fällen wurde von Frauen das Gericht eingeschaltet.

In 1000 Fällen gab es Anzeigen wegen sexuellem Mißbrauch von Kindern und Jugendlichen. Univ.-Prof. Dr. Max Friedrich: „In 80 Prozent der Fälle stammen die Täter aus dem Umkreis der Opfer." Für ihn sind Sexualtäter Vorsatztäter, die in ihrer sexuellen Entwicklung steckengeblieben sind. Der Psychiater forderte die Verantwortlichen auf, alles zu unternehmen, um vor allem die Kinderpornographie zu bekämpfen. Die Umsätze der Kinderporno-Industrie sind in Europa schon so hoch wie die der illegalen Kokainhändler.

Foto: Hopi Media

Innenminister Karl Schlögl

Foto: Martin A. Jöchl

Univ.-Prof. Dr. Max Friedrich

Kronen Zeitung vom 10. Oktober 1998

hatte sie nie die Polizei aufgesucht, zumal sie finanziell von ihrem Mann abhängig war und überdies nicht wußte, wo sie und ihre Kinder sonst Unterkunft nehmen sollten. Polizeibeamte fuhren zur Wohnung und trafen dort den 36jährigen Ehemann sowie drei der fünf Kinder an. Sie befragten den Verdächtigen, und dieser gab zu, daß es fallweise zu Streitigkeiten gekommen war. Abgesehen vom Vorfall des Vortages stellte er in Abrede, seine Frau oder die Kinder mißhandelt zu haben. Räumlich getrennt wurden die Kinder befragt. Weinend gaben sie an, daß ihr Vater sie und ihre Mutter wiederholt geschlagen hätte, überdies machten sie einen unverkennbar eingeschüchterten Eindruck. Für die Beamten waren die Voraussetzungen für Wegweisung und Rückkehrverbot gegeben, und sie sprachen diese aus. Sie klärten den Betroffenen darüber auf, was dies bedeutete und welche rechtlichen Konsequenzen damit verbunden waren. Die mißhandelte Mutter konnte in die Wohnung zurückkehren, der gewalttätige Vater hatte diese zu verlassen. Genau diesen Zustand wollte man mit dem Gewaltschutzgesetz erreichen. Vor diesem Gesetz war es ja so, daß die Mißhandelte überdies noch die Wohnung verlassen mußte, wollte sie nicht Gefahr laufen, abermals Opfer von Gewalt zu werden. Der Polizeijurist prüfte die Voraussetzungen für das Rückkehrverbot und bestätigte es. Die Frau wandte sich am 20. November 1998 an das Bezirksgericht Favoriten. Der Richter erließ eine einstweilige Verfügung, mit welcher dem Mann für einen Zeitraum von drei Monaten verboten wurde, die ehemals gemeinsame Wohnung aufzusuchen.

Im Zuständigkeitsbereich des Bezirkspolizeikommissariats Favoriten wurden im Jahre 1998 24 Rückkehrverbote ausgesprochen, davon kam es in zwölf Fällen zur Erlassung von einstweiligen Verfügungen.

Nur beispielsweise sollen einige Gewalttaten, die sich in Favoriten innerhalb der Familie ereignet haben, aufgezählt werden:

Am 27. August 1996 wurde ein 30jähriger Mann festgenommen, der seine 24jährige Lebensgefährtin aus Eifersucht mit einer Wasserwaage beinahe erschlagen hatte. Er wurde zu einer siebenjährigen Haftstrafe verurteilt.

Am 7. Juni 1997 wurde ein 37jähriger Mann festgenommen, nachdem er seiner unmittelbar zuvor geschiedenen 29jährigen Frau aufgelauert und diese durch zahlreiche Messerstiche schwer verletzt hatte. Der Täter wurde wegen versuchten Mordes zu einer dreizehnjährigen Haftstrafe verurteilt.

Am 25. Februar 1998 erschoß ein 58jähriger Mann seine 55jährige Frau, nachdem er zuvor deren 88 Jahre alte Mutter in Meidling erschlagen hatte. Der Täter verübte Selbstmord.

Daß das Gewaltschutzgesetz der Exekutive zum Vollzug übertragen wurde, zeigt vom Vertrauen des Gesetzgebers in diese Institution. Daß dies gerechtfertigt war, läßt sich an der verantwortungsvollen Anwendung des Gesetzes nachvollziehen. Meinungsumfragen zufolge genießt die Exekutive ein beachtlich hohes Vertrauen in der Bevölkerung.

Wie ernst es den politisch Verantwortlichen ist, zeigt die Aussage des Bundesministers für Inneres, Mag. Karl Schlögl, der für das Jahr 1999 den Kampf gegen die Gewalt im Privatbreich zu seinem obersten Ziel erklärt hat.

110

MORDE UND MORDVERSUCHE VERÜBT MIT SCHUSSWAFFEN IN DER ZEIT VON 1987 BIS 1996

Nach einem Amoklauf am 21. November 1997, bei welchem ein 38jähriger Mann in Mauterndorf, im Bundesland Salzburg, sechs Menschen erschossen und anschließend Selbstmord verübt hatte, kam es zu einer öffentlichen Diskussion über den privaten Waffenbesitz in Österreich. Diese Auseinandersetzung nahm sehr rasch politische Dimensionen an.

In Zusammenhang mit dem Thema „privater Waffenbesitz" erging seitens des Bundesministeriums für Inneres der Auftrag an alle Polizei- und Gendameriedienststellen, über sämtliche Morde und Mordversuche, die mit Schußwaffen innerhalb der letzten zehn Jahre verübt worden waren, zu berichten.

In der Folge sei die Chronologie dieser Straftaten, soweit sie sich in Favoriten ereigneten, dargestellt:

Am 27. Februar 1987 kam es in einem Ausflugsgasthaus im Kurpark Oberlaa zu einer blutigen Auseinandersetzung. Der 62jährige Michael G. aus Wien 10 schoß auf seine 53jährige Ehefrau Irene. Das Ehepaar saß bei einem Tisch, als es zu einem heftigen Streit kam. Die Frau stand auf und wollte das Lokal verlassen. Plötzlich zog ihr Ehemann einen Revolver und gab vier Schüsse auf sie ab. Die Frau wurde zweimal getroffen, stürzte zu Boden und blieb schwerverletzt liegen. Noch im Lokal wurde der Schütze festgenommen. Irene G. überlebte die Tat. Der Täter wurde im Februar 1988 wegen Mordversuches zu einer zehnjährigen Freiheitsstrafe verurteilt. Die Tatwaffe war ein Revolver der Marke Smith & Wesson im Kaliber 38. Die Waffe wurde legal besessen. Michael G. war zur Tatzeit alkoholisiert. Das Motiv der Tat waren jahrelange Ehestreitigkeiten.

Am 23. Mai 1989 fielen in einem Haus in Wien 10, Quellenstraße, mehrere Schüsse. Der 27jährige Roman G. wurde im Stiegenhaus schwerverletzt aufgefunden. Er war in den Kopf und in die Schulter getroffen worden. Der Schütze hatte auf der Flucht seine Lederjacke, in welcher sich sein Führerschein befand, verloren. Einige Tage nach der Tat wurde der 22jährige Josef K. aus Wien 5 bei einer Lokalkontrolle in Währing festgenommen. Der Täter wurde wegen Mordversuchs zu einer zehnjährigen Freiheitsstrafe verurteilt. Das Motiv der Tat war Eifersucht. Die Tatwaffe war ein illegal besessener Vorderladerrevolver im Kaliber 31. Das kleine Kaliber und eine schwache Pulverladung hatten dem Angeschossenen das Leben gerettet.

Am 16. Mai 1990 hatte ein Wohnungsbrand im Olof-Palme-Hof einen Großeinsatz der Polizei zur Folge. Bei der Brandbekämpfung machten die Feuerwehrmänner eine grauenvolle Entdeckung: Sie stießen auf drei stark verkohlte Leichen. Wie in solchen Fällen vorgesehen, wurden die Leichen polizeilich kommissioniert. Dabei wurde festgestellt, daß die Toten Schußverletzungen aufwiesen. Offenbar war die Wohnung nach ihrer Ermordung bewußt in Brand gesteckt worden. Bei den Toten handelte es sich um die 46jährige Christine S. sowie um deren Kinder, den 19jährigen Sohn Markus und die elfjährige Tochter Irene. Der Tatverdacht richtete sich gegen den 46jährigen Gemeindeangestellten Eduard S., den Ehemann und Vater der Erschossenen. Dieser Mann war in der Vergangenheit wiederholt wegen Aggressionshandlungen an Autofahrern aktenkundig geworden. Aus nichtigen Anlässen hatte er mehrmals Verkehrsteilnehmer mißhandelt. Sein Strafregister wies dementsprechende Vorstrafen auf. Gegen Eduard S. wurde ein Haftbefehl erlassen und eine Großfahndung eingeleitet, doch bereits am folgenden Tage wurde der Gesuchte in Niederösterreich tot aufgefunden. Er hatte in St. Andrä-Wördern seine Mutter erschossen und anschließend Selbstmord verübt.

Ein Mann, der aus nicht nachvollziehbaren Gründen mit sich und seiner Umwelt nicht zurechtgekommen war, erschoß vier seiner nächsten Angehörigen, ehe er sich selbst richtete. Eine der Tatwaffen, eine Pistole der Marke Glock im Kaliber 9 mm, hatte er legal besessen. Die zweite Tatwaffe, eine Pumpgun, hatte er nur einen Tag vor dem Amoklauf gekauft. Wegen seiner fortgesetzten Aggressionsdelikte war ein Verfahren zum Entzug seiner Waffenbesitzkarte und seines Führerscheins eingeleitet worden. Überdies mußte er mit einem neuerlichen Gerichtsverfahren wegen Verleumdung rechnen. Diese behördlichen Maßnahmen sollten dazu dienen, weitere Straftaten zu verhindern. Tragischerweise haben sie dazu beigetragen, einen Amoklauf auszulösen.

Am 18. Juni 1990 kam es in einem Heurigenlokal in Wien 10 zu einer blutigen Auseinandersetzung zwischen der 59jährigen Erna W. und ihrem 60jährigen Ehemann Josef. Im Verlaufe des Streites schoß die Frau mit einem Revolver fünfmal auf ihren Ehemann und traf ihn zweimal, nämlich in den Bauch und in den Oberschenkel. Josef W. überlebte. Im April 1991 wurde Erna W. wegen Mordversuchs zu einer sechsjährigen Freiheitsstrafe verurteilt. Die Tatwaffe, ein Revolver der Marke Smith & Wesson im Kaliber 38, wurde legal besessen. Das Motiv der Tat waren jahrelange Streitigkeiten.

Am 29. November 1992 wurde die Polizei wegen eines Schwerverletzten nach Wien 10, Ettenreichgasse, gerufen. Am Einsatzort saß auf den Stufen zur dortigen Pizzeria der 44jährige Geschäftsführer Leopold E. Im Lokal hatte ein Gast randaliert und war deshalb von Leopold E. aus der Pizzeria gewiesen worden. Wenig später kam der Randalierer, der sich in der Zwischenzeit aus seiner Wohnung eine Pistole geholt hatte, zurück und wurde neuerlich des Lokals verwiesen. Unmittelbar vor der Eingangstür zog der 32jährige jugoslawische Staatsbürger Naski S. seine Pistole und schoß mehrmals auf den Geschäftsführer. Er traf ihn in die Brust, durchschoß dessen linken Oberarm und fügte ihm einen Streifschuß am linken Unterarm zu. Im Zuge einer Streifung wurde der Schütze festgenommen. Leopold E. verstarb infolge seiner Verletzungen. Naski S. wurde wegen schwerer, absichtlicher Körperverletzung zu einer siebenjährigen Freiheitsstrafe verurteilt. Die Waffe, eine Pistole tschechischer Herkunft im Kaliber 9 mm kurz, wurde illegal besessen.

Am 20. Juni 1994 waren in Wien 10, Siccardsburggasse, mehrere Schüsse gefallen. Der eingetroffenen Streifenwagenbesatzung rief ein Mann aus einem Fenster im dritten Stock zu, daß auf ihn geschossen worden war und der Täter Richtung Gudrunstraße geflüchtet war. Den Polizisten gelang es innerhalb weniger Minuten, den Schützen festzunehmen. Er hatte einen Revolver und eine Pistole bei sich. Der 37jährige Werner L. hatte mit seinem Nachbarn, dem 51jährigen Florian N., seit längerer Zeit Streit. Am 20. Juni 1994 klopfte jener an dessen Türe, um ihn wieder einmal zur Rede zu stellen. Als Florian N. bemerkte, daß Werner L., der eine Pistole provokant im Hosenbund trug, bewaffnet war, warf er aus Angst vor drohenden Gewalttätigkeiten die Türe zu. Unmittelbar danach fiel ein Schuß. Ein Projektil durchschlug die Eingangstür und die Tür des Kabinetts. Florian N. flüchtete sich in einen toten Winkel der Wohnung und rief telefonisch die Polizei zu Hilfe. Werner L. wurde wegen versuchter absichtlicher schwerer Körperverletzung zu einer vierzehnmonatigen, davon vier Monate unbedingten Freiheitsstrafe verurteilt. Die Tatwaffe, eine einschüssige Kleinkaliberpistole, besaß er illegal, und zur Tatzeit war er mittelstark alkoholisiert.

Am 10. Mai 1994 beschloß der 29jährige Karl Peter G., seinem Leben auf außergewöhnliche Art ein Ende zu setzen. Er betrank sich und forderte seine Lebensgefährtin auf, die Wohnung zu verlassen. Karl Peter G. besaß mehrere Waffen, die er noch in Anwesenheit seiner Lebensgefährtin geladen hatte. Die Frau verständigte die Polizei in der Annahme, daß Karl Peter G. Selbstmord verüben werde.

In zehn Jahren 166 Menschen durch legale Waffen getötet

Neue Debatte über strengeres Waffengesetz / In 15 Jahren Verdoppelung der Privatwaffen

Michael Berger

Der neuerliche Vorstoß von SP-Sicherheitssprecher Anton Leikam, das Waffengesetz weiter zu verschärfen, ruft beim Koalitionspartner unterschiedliche Reaktionen hervor:

VP-Sicherheitssprecher Paul Kiss hält eine Verschärfung für nicht notwendig: „Man müsse die Menschen generell davon abhalten, zur Waffe zu greifen." Sein Parteikollege Franz Morak wünscht sich dagegen eine „Entwaffnung Österreichs". Die Klubobfrau der Grünen, Madeleine Petrovic, sprach sich Freitag vormittag für ein generelles Waffenverbot aus. F und Liberale forderten eine Verschärfung der Verläßlichkeitsprüfungen.

Auslöser für die neuerliche Diskussion waren die Amokläufe der letzten Wochen in Aspang und Vomp. Zusätzlich beleuchtet eine Statistik des Innenministeriums die Verwendung von Schußwaffen bei Morden und Mordversuchen – der KURIER berichtete.

Von 1987 bis 1997 wurden bei 367 Bluttaten (52 % der Fälle) legale Waffen verwendet. 166 Menschen wurden dabei erschossen. 70 % der Opfer waren mit dem Täter verwandt oder bekannt, 37 % davon lebten im selben Haushalt.

Derzeit besitzen in Österreich 350.000 Personen ein gültiges Waffendokument. Damit habe in den vergangenen 15 Jahren beinahe eine Verdoppelung stattgefunden.

„Es gibt in Österreich fünfmal mehr Waffen in privaten Haushalten als das Bundesheer und die Exekutive gemeinsam besitzen", so Leikam. Nachsatz: „Die SP fordert, den Strafrahmen bei illegalem Waffenbesitz auf zwei Jahre zu verdoppeln." Nach den Vorstellungen des Politikers soll es in Zukunft nur mehr ein waffenrechtliches Dokument, den Waffenpaß, geben. Dieser soll nur mehr jenen Personen ausgestellt werden, die Faustfeuerwaffen aus beruflichen Gründen (Wachpersonal, Detektive ...) benötigen.

Kurier vom 29. August 1998

Streifenbeamte versuchten den depressiven Mann an seinem Vorhaben zu hindern. Als sie sich der im zweiten Stock gelegenen Wohnung näherten, fielen zwei Schüsse. Die Projektile schlugen in unmittelbarer Nähe eines Beamten ein. Die Polizisten gingen in Deckung und forderten Verstärkung an. Kollegen mit beschußsicherer Kleidung machten sich zum Sturm der Wohnung bereit. Ehe es dazu kam, versuchte der Einsatzleiter den Lebensmüden zur gütlichen Aufgabe zu überreden, und das Vorhaben gelang. Der Schütze warf zwei großkalibrige Gewehre, eine Pumpgun und ein Kleinkalibergewehr vom Balkon in die Grünfläche vor dem Wohnhaus. Karl Peter G. wollte theatralisch aus dem Leben scheiden. Er hatte bewußt auf die Polizisten geschossen, in der Hoffnung, von diesen selbst erschossen zu werden. Im Dezember 1994 wurde der verhinderte Selbstmörder wegen versuchter schwerer Körperverletzung und Widerstand gegen die Staatsgewalt zu einer zweijährigen Freiheitsstrafe verurteilt. Die Tatwaffe, nämlich die Pumpgun, hatte er legal besessen.

Am 20. März 1994 fielen in einer Grünanlage in Wien 10, Quellenstraße 27, nächst einem Kinderspielplatz mehrere Schüsse. Ein dreizehnjähriger Bub, der mit seinem Fahrrad unterwegs war, war Zeuge eines Mordes geworden. Die Tote, die 37jährige Brigitte W., wies im Kopf zwei und im Rücken einen Einschuß auf. Bei einer Großfahndung wurde der 44jährige Karl S. festgenommen. Der Täter war schwer vorbestraft, unter anderem auch wegen unbefugten Waffenbesitzes. Das Motiv der Tat war eine befürchtete Konkurrenz durch seine ehemalige Lebensgefährtin beim Verkauf von Medikamenten an Süchtige. Die Waffe, ein Revolver der Marke Smith & Wesson im Kaliber 38, wurde illegal besessen. Karl S. wurde im April 1994 wegen Mordes zu einer lebenslangen Freiheitsstrafe verurteilt.

Am 2. Dezember 1995 fielen in einer Wohnung in Wien 10, Jura-Soyfer-Gasse, mehrere Schüsse. Hausparteien verständigten die Polizei. Als die Wohnung nicht geöffnet wurde, erfolgte durch Beamte der WEGA (Wiener Einsatzgruppe – Alarmabteilung) eine gewaltsame Öffnung. In der Wohnung lagen zwei erschossene Männer. Der Mieter der Wohnung, der 69jährige Martin Sch., hatte mit einem ehemaligen Militärkarabiner den 47jährigen Johann W. erschossen und anschließend Selbstmord verübt. Die beiden Männer waren als Alkoholiker bekannt, und es ist zu vermuten, daß Streitigkeiten zu der Tat geführt hatten. Johann W. war wiederholt wegen Gewalttätigkeiten mit der Exekutive in Konflikt geraten und neigte vor allem unter Alkoholeinfluß zu Aggressionen. So hatte es im Jahre 1983 der Abgabe von 22 Schüssen bedurft, ehe er und sein Bruder in Baden in NÖ nach einem Alkoholexzeß von Gendameriebeamten überwältigt werden konnten. Die Tatwaffe wurde legal besessen.

Am 18. November 1995 hatte der 56jährige Taxilenker Walter H. seinen siebzehnjährigen Sohn Alexander von einer Discothek in Wien 23 abgeholt. Der Sohn war kurz zuvor von Jugendlichen angestänkert und geschlagen worden. Die Täter wurden von Walter H. mit gezogenem Revolver gestellt und nachdem ein Jugendlicher angeblich ein Messer gezogen hatte, schoß der Taxilenker. Der siebzehnjährige Efrim A., ein türkischer Staatsbürger, erlitt einen Lungendurchschuß und wurde lebensgefährlich verletzt. Die Tatwaffe, ein Revolver der Marke Taurus im Kaliber 38, wurde legal besessen. Das Strafverfahren zog sich bis März 1998. Der Haftbefehl lautete ursprünglich auf Mordversuch, die Anklage sodann auf absichtliche schwere Körperverletzung und die Verurteilung letzlich auf fahrlässige schwere Körperverletzung. Mit diesem Fall ist bewiesen, wie sich unter Umständen die richterliche Beurteilung von der polizeilichen unterscheiden kann.

Eine von der Polizei als Mord oder Mordversuch angezeigte Tat muß demnach nicht zwangsläufig mit einer dafür vorgesehenen Verurteilung enden. Deshalb ist auch bei den statistischen Erfassungen dieser Delikte Skepsis angebracht.

Zusammenfassend ist festzustellen, daß in vier von zehn Fällen die benützten Waffen illegal besessen wurden. In der Mehrzahl waren die Täter bei der Tatausübung alkoholisiert. Zwei der Täter entzogen sich der irdischen Gerechtigkeit durch Selbstmord, vier wurden wegen Mordes beziehungsweise Mordversuchs und die übrigen wegen vollendeter oder versuchter schwerer Körperverletzung verurteilt.

Zum Zeitpunkt dieser statistischen Erfassung gab es in Favoriten etwa 6800 zum Besitz von Faustfeuerwaffen berechtigte Personen. In sechs Fällen wurden legal besessene Waffen über einen Zeitraum von zehn Jahren zur Verübung von gravierenden strafbaren Handlungen benützt. Der Mißbrauch dieser legal besessenen Waffen findet sich rein rechnerisch im Promillebereich. Ob eine Verschärfung des geltenden Waffenrechtes nötig ist, vor allem aber ob dadurch künftige Straftaten vermeidbar sind, möge jeder für sich beurteilen.

111

TAXIMORD

Am 11. Mai 1997 wurde der 44jährige Wolfgang C. gegen 3.15 Uhr auf ein Taxi aufmerksam, welches im Kreuzungsbereich Gudrunstraße – Karmaschgasse abgestellt war. Als er mit seinem Pkw in Schrittgeschwindigkeit an dem Taxi vorbeifuhr, fiel ihm auf, daß dessen vordere fahrerseitige Türe geöffnet war und auf der Fahrbahn eine Vielzahl von Glassplittern lag. Wolfgang C. dachte vorerst an einen Verkehrsunfall und hielt an, um gegebenenfalls helfen zu können. Doch ein Blick ins Fahrzeuginnere genügte, um zu erkennen, daß der Taxilenker vermutlich Opfer eines Gewaltverbrechens geworden war. Der Lenker hielt ein Handy in der Hand, und Blut floß aus einer Wunde im Kopfbereich. Wolfgang C. verständigte die Polizei, die wenige Minuten später eintraf. Während die Beamten auf den Notarzt warteten, fiel ihnen inmitten der Glassplitter eine Patronenhülse auf. Kollegen der Kriminalpolizei hatten über Funk mitgehört und übernahmen die weitere Amtshandlung.

Der Notarzt konnte nicht mehr helfen – der 49jährige Osmen El Said war bereits tot. Es fanden sich beim rechten Unterkiefer ein Einschuß und hinter dem linken Ohr ein Ausschuß. Das Projektil hatte die Scheibe der Fahrzeugtür durchschlagen, wodurch diese zersplittert war. Die geöffnete Tür und das Handy in der Hand des Toten ließen den Schluß zu, daß der Ermordete erkannt hatte, in welch tödlicher Gefahr er sich befand. Doch seine Versuche, dem Schicksal zu entkommen, waren erfolglos geblieben.

Noch während die Spurensicherung im Gange war, wurde in der Notrufzentrale der Polizei ein Anruf entgegengenommen, demzufolge auf der Laxenburger Straße geschossen worden war. Die 28jährige Claudia G. und der 19jährige Sascha B. wollten ein Café in der Laxenburger Straße aufsuchen. Die junge Frau war im Begriff, vor dem Lokal einzuparken, als sie eines Mannes ansichtig wurde, der mit einer Pistole in der Hand auf ihr Auto zukam. Instinktiv verriegelte sie die Türen – tatsächlich versuchte der Unbekannte, diese wenige Sekunden später zu öffnen. Claudia G. versuchte, so rasch wie möglich aus dem Gefahrenbereich wegzukommen. In ihrer Aufregung hatte sie vorerst vergessen, einen Gang einzulegen, doch schließlich gelang es ihr wegzufahren. Mit hoher Geschwindigkeit fuhr sie die Laxenburger Straße Richtung Südtiroler Platz und war sich ziemlich sicher, die Detonation eines Schusses vernommen zu haben. Von einer Telefonzelle im vierten Bezirk verständigte sie die Polzei. Eine Kriminalbeamtenstreife wurde zum Tatort gesandt, denn möglicherweise gab es einen Zusammenhang mit der Ermordung des Taxilenkers. Der Unbekannte konnte nicht mehr angetroffen werden, und an dem Fahrzeug der Anruferin konnte keine Beschädigung festgestellt werden. Bei der Rekonstruktion der vermeintlichen Schußabgabe fand sich am Auslagenverbau der Firma Vuzem in der Laxenburger Straße eine Delle, die von einem Projektil stammen konnte. Minuten später wurde in der Höhe des Cafés, welches das Pärchen aufsuchen

Taxlermord: Verdächtiger lief mit Spezialpistole stundenlang betrunken durch Wien

Amoklauf mit hundert Schuß!

Mit knapp hundert Schuß Munition und einer 18.000 Schilling teuren Spezialpistole lief ein 38jähriger Werkzeugmacher stundenlang betrunken durch Wien und soll damit wild herumgeschossen haben. Wie berichtet, wurde der Taxler El Said Osmen (49) in Wien-Favoriten mit einem Projektil aus dieser Wettkampfwaffe getötet. Ein Würstelstandbesucher entging nur knapp dem Tod. Die Pistole hatte Ladehemmung...

Fotos: Andi Schiel

Die 35jährige verzweifelte Witwe mit ihrer jüngsten Tochter

„Ich bin von einem ausländischen Geheimdienst beauftragt, zu töten. Einen habe ich schon. Zwei brauche ich noch heute", soll der 38jährige Wiener bei einem Würstelstand in der Innenstadt zu einem Gast gesagt haben. Sekunden später soll er die Pistole aus seiner Gesäßtasche gezogen und auf den neben ihm stehenden Besucher gezielt haben. „Jetzt erschieße ich dich!", sagte er noch und drückte ab. Doch die Waffe, in deren Magazin 18 Patronen Platz haben, hatte Ladehemmung.

Obwohl die Spezialisten des Erkennungsdienstes (Tatortgruppen 1 und 4) zahlreiche Sachbeweise gesammelt haben, leugnet der

VON ERICH SCHÖNAUER UND ANDI SCHIEL

Tatverdächtige weiterhin. Oberst Franz Kössler: „Die Projektile, die bei den Tatorten gefunden wurden, stammen eindeutig aus der sichergestellten Waffe." Bei der Einvernahme durch Beamte des Sicherheitsbüros (Gruppe Kucera) erklärte der Verdächtige, daß er selbst entsetzt sei, was er angestellt haben soll. Er war von Samstag nachmittag bis Sonntag früh in verschiedenen Wiener Lokalen unterwegs und kann sich an nichts mehr erinnen. Als er bei einer Tankstelle in Wien-Landstraße einem fremdländisch aussehenden Taxler nachschoß und sich dabei selbst verletzte, wurde er verhaftet.

Der Amokläufer stammt aus Vorarlberg und wurde wegen Einbruchdiebstahls und Raubes zu insgesamt acht Jahren Gefängnis verurteilt. Der Werkzeugmacher galt in der Waffenfabrik, bei der er zuletzt beschäftigt war – und wo er auch die Pistole samt Munition gestohlen hatte –, als sehr tüchtig. Da er jedoch kein Leumundszeugnis vorlegen konnte, hatte sich die Firma von dem Mann getrennt.

Er versuchte zuletzt seine Alkoholprobleme in den Griff zu bekommen und ließ sich von einem Arzt Tabletten verschreiben, um den Entzug zu erleichtern.

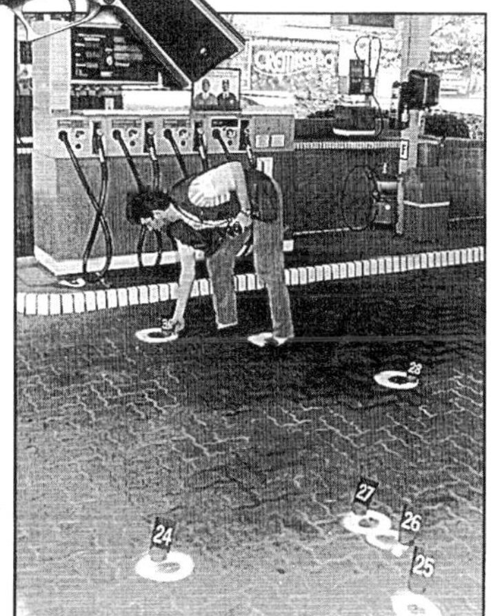

◄ Der 49jährige Taxler El Said Osmen lebte seit 18 Jahren in Wien und ist seit elf Jahren verheiratet. Mehr als 30 Projektile von der Tatwaffe wurden von den Tatortgruppen 1 und 4 des Erkennungsdienstes als Sachbeweise bei der Tankstelle im 3. Bezirk sichergestellt ►

Witwe weiß nicht, wie es weitergehen soll

Die 35jährige Witwe des ermordeten Taxlers kann noch immer nicht den Tod ihres Mannes, den sie vor elf Jahren geheiratet hatte, begreifen. Verzweifelt sitzt sie mit ihren fünf Kindern zu Hause und weiß nicht, wie ihr Leben weitergehen soll.

Kronen Zeitung vom 13. Mai 1997

wollte, auf der Fahrbahn eine Patronenhülse gefunden. Die Hülse war vom selben Kaliber und Hersteller wie jene, die beim Taxi sichergestellt worden war. Nur eine halbe Stunde benötigten die Spezialisten des Erkennungsamtes für eine vergleichende Untersuchung. Danach stand fest, daß beide Patronenhülsen aus derselben Waffe verschossen worden waren.

Dieses Ergebnis löste eine Großfahndung nach einem unbekannten, extrem gefährlichen Amokschützen aus. Die Funkwagenbesatzungen wurden zur höchsten Vorsicht ermahnt und angewiesen, auf die Eigensicherung besonders zu achten. Um 8.20 Uhr war ein neuerlicher Notruf eingegangen, demzufolge es bei einer Tankstelle im dritten Bezirk zu einem Schußwechsel gekommen war. Noch während die Polizeiaktion anlief, wurde bekannt, daß auf einen zur Tankstelle bestellten Taxilenker geschossen worden war. Dem Lenker war es gelungen, unverletzt zu flüchten. Den bisherigen Informationen nach hätten zwei Männer geschossen. 15 Einsatzfahrzeuge, darunter auch solche der WEGA, wurden zum Tatort beordert. Die Polizisten legten beschußsichere Kleidung an und umstellten das Objekt. Es gelang, zwei Tatverdächtige festzunehmen, und bei deren Durchsuchung fanden sich Magazine und Munition. Im Verkaufsraum der Tankstelle wurde die dazugehörige Waffe, eine Pistole der Marke Ultramatic im Kaliber 19 x 21 mm, aufgefunden.

Die Festgenommenen waren alkoholisiert. Der 38jährige Siegfried G. wies eine Schußverletzung im Gesäß auf und machte keinerlei Angaben. Der 37jährige Karl G. zeigte sich, soweit seine Alkoholisierung dies zuließ, kooperativ. Seinen Angaben zufolge hatte sich Siegfried G. beim Versuch, die Pistole einzustecken, selbst angeschossen. Karl G. war ein seit Jahren beschäftigungsloser Alkoholiker, der sich vorwiegend im 1. Bezirk herumtrieb und sich durch Betteln und Schnorren über Wasser hielt. Er hatte am 11. Mai 1999 gegen 6 Uhr den ihm bis dahin unbekannten Siegfried G. bei einem Würstelstand mit Erfolg angeschnorrt. Nach einigen Flaschen Bier hatte sein Gönner plötzlich eine Pistole in der Hand und fuchtelte mit dieser herum. Dem 50jährigen Robert B., gleichfalls ein Mann aus dem Sandlermilieu, war dies suspekt. Zwischen ihm und dem betrunkenen „Pistolenhelden" kam es zum Streit. Robert B. zog es letztlich vor, weiterzugehen. Nachdem er sich von seinem Gegner abgewandt hatte, zielte jener mit der Pistole auf seinen Hinterkopf und drückte ab. Es klickte, doch es löste sich kein Schuß. Siegfried G. führte eine Repetierbewegung durch, wobei eine Patrone zu Boden fiel. Danach steckte er die Pistole ein. Mit diesen Schilderungen war ein Mordversuch zu Protokoll gegeben worden.

Siegfried G. und sein Zechkumpan fuhren mit einem Taxi zu einer Tankstelle im 3. Bezirk und nahmen dort weitere alkoholische Getränke zu sich. Neuerlich zog Siegfried G. die Pistole und schoß damit abwechselnd mit Rudolf G. auf Plakatwände und Reklametafeln. Siegfried G. forderte seinen Begleiter auf, ein Taxi zu bestellen. Kurz darauf kam der 27jährige türkische Staatsbürger Koc T. Nachdem Siegfried G. dessen fremdländisches Aussehen bemerkt hatte, begann er, den Taxilenker wüst zu beschimpfen und bedrohte ihn mit der Waffe in der Hand mit dem Umbringen. Der Bedrohte lief so rasch er konnte zu seinem Fahrzeug und fuhr weg. Siegfried G. schoß ihm zweimal nach.

Die sichergestellte Pistole und sämtliche aufgefundene Hülsen wurden erkennungsdienstlich untersucht, und es gelang dem Kriminalbeamten Manfred Sabitzer der eindeutige Nachweis, daß sämtliche Patronen aus der Waffe des Siegfried G. verschossen worden waren. Der Taxilenker Koc T. hatte unwahrscheinliches Glück gehabt: im Türsteher seines Wagens fand sich etwa in Kopfhöhe ein Einschuß. Nach und nach rekonstruierten Kriminalbeamte der Gruppe Kucera vom Sicherheitsbüro die Ereignisse, die am 11. Mai 1997 mit der Auffindung des erschossenen Taxilenkers begonnen hatten und mit der Festnahme zweier Verdächtiger in den Morgenstunden des 12. Mai zu Ende gegangen waren. Siegfried G. war demnach des Taxlermordes, der Schußabgabe in Richtung des Fahrzeuges auf der Laxenburger Straße, des versuchten Mordes an einem harmlosen Sandler und eines weiteren versuchten Mordes an einem Taxilenker türkischer Herkunft verdächtig. Ein Haftbefehl wurde erlassen, und der Verdächtige vom AKH ins Inquisitenspital überstellt. Siegfried G. wurde befragt, doch alles, was die Kriminalisten von ihm zu hören bekamen, war das Eingeständnis seiner Alkoholisierung. Der Grad der Alkoholisierung wäre so stark gewesen, daß er sich an die strafbaren Handlungen, die ihm angelastet wurden, nicht erinnern konnte.

Siegfried G. war mehrfach vorbestraft. Er hatte sich während seiner Haft in der Strafvollzugsanstalt Stein zum Werkzeugmacher ausbilden lassen. Nach seiner Entlassung fand er bei einer Firma in Niederösterreich, die sich mit der Produktion einer neu entwickelten Pistole befaßte, Einstellung. Sein Arbeitsverhältnis hielt nur einige Monate an: er brachte das geforderte Leumundszeugnis nicht bei, und überdies war er alkoholisiert mit Arbeitskollegen in Streit geraten. Während seiner dortigen Beschäftigung hatte er eine Pistole, die spätere Tatwaffe, und eine Vielzahl von Patronen gestohlen. Es war dies niemandem aufgefallen.

Im Prozeß blieb der Angeklagte dabei, sich nicht erinnern zu können, doch ein Umstand wurde ihm zum Verhängnis: Es konnte nachgewiesen werden, daß er am 11. Mai 1997 gegen 5 Uhr Geld behoben hatte. Demnach mußte er ungeachtet einer starken Alkoholisierung in der Lage gewesen sein, seine Gedankenabläufe zu kontrollieren.

Siegfried G. wurde am 15. Dezember 1997 im Landesgericht Wien wegen Mordes und zweifachen Mordversuchs zu einer lebenslangen Freiheitsstrafe verurteilt.

Eine fahrlässige Firmenleitung hatte es möglich gemacht, daß sich ein unter Alkoholeinfluß zu unbändiger Aggression neigender Täter in den Besitz einer Waffe samt Munition bringen konnte. Ein Taxiunternehmer büßte dafür mit seinem Leben. Zurück blieb eine Frau mit fünf unversorgten Kindern. Die Motive der Tat konnten nicht geklärt werden.

112

PENSION VON TOTEN KASSIERT

Im Juni 1997 fanden sich auf dem Schreibtisch des Autors zwei richterliche Haftbefehle, die eines gemeinsam hatten: In beiden Fällen wurden Personen gesucht, die nach dem Tod ihrer Angehörigen deren Pension weiterbezogen hatten.

DER FALL DES KARL V.

Im Februar 1996 langte bei der Polizei Favoriten ein anonymer Hinweis ein. Demnach wurde der 41jährige Karl V. verdächtigt, seit dem Tod seiner Mutter deren Pension zu kassieren. Diese Information hatte kriminalpolizeiliche Erhebungen zur Folge, die die anonyme Mitteilung bestätigten.

Von der Pensionsversicherungsanstalt wurde in Erfahrung gebracht, daß Erna K. 67jährig im August 1994 verstorben war. Ihre Pension war in Unkenntnis des Todesfalles weiterhin auf ein Konto der Postsparkasse überwiesen und, wie sich herausstellte, auch behoben worden. Nähere Einzelheiten wurden unter Verweis auf den Datenschutz verweigert. Eine Befragung bzw. Vernehmung des Verdächtigen, Karl V,. war nicht möglich, weil sein Aufenthaltsort unbekannt war.

Die polizeilichen Karteien und seine Strafregisterauskunft ließen eine jahrelange Suchtgiftabhängigkeit des Verdächtigen erkennen. Der Akt wurde dem Gericht übermittelt und ein Haftbefehl wegen Verdachtes des gewerbsmäßigen Betruges gegen Karl V. erlassen. Er hatte nach dem Tod seiner Mutter immerhin 169.000 Schilling an Pensionsleistungen bezogen.

DER FALL DER INGEBORG S.

Mehr oder weniger zufällig war der Pensionsversicherungsanstalt mitgeteilt worden, daß der 1907 geborene Karl Z. im Oktober 1994 verstorben war. Dennoch waren seine Pension und das Pflegegeld bis März 1997 ausbezahlt worden. Zeichnungsberechtigt für dieses Konto war die Tochter des Verstorbenen, die 56jährige Ingeborg S. Auf das Konto war im Laufe der Jahre die schöne Summe von 622.000 Schilling überwiesen und behoben worden. Dieser Sachverhalt hatte eine Betrugsanzeige zur Folge. Da auch Ingeborg S. offenbar „untergetaucht" war, wurde gegen sie ein Haftbefehl erlassen.

Das Sicherheitspolizeigesetz aus dem Jahre 1991 regelt die Rechte und Pflichten der Polizei. Auf Grundlage dieses Gesetzes wurde eine Fahndung nach den beiden Verdächtigen unter Einschaltung der Massenmedien veranlaßt. Die Tageszeitungen berichteten in großer Aufmachung über diese nicht alltäglichen Betrugsfälle. Es ist möglich, daß diese strafbaren Handlungen auch deshalb ein solches Echo auslösten, weil seit Monaten in der Politik über eine Reform der Renten und Pensionen diskutiert wurde. Jedenfalls hatte die Berichterstattung zur Folge, daß Karl V. bereits einen Tag nach der Veröffentlichung des Zeitungsartikels über einen anonymen Hinweis in einer kleinen Ortschaft am Fuße der Rax, wo er unangemeldet aufhältig war, verhaftet werden konnte. Ingeborg S. wurde etwa eine Woche

Zwei Betrüger in Wien aufgeflogen:

800.000 S Pension für Tote kassiert!

Lit3200,-/Dr500,-/TL250.000.-/HUF270,-/KN10,-/SIT230,-/BEF75,-
Esc300,-/Pts260,-/Kan.Ins.Pts300,-/DM3,-/sfr2,80/KC-SK40.-

Samstag, 21. Juni 1997 / Nr. 13.328, S 8,-

Neue Kronen Zeitung
UNABHÄNGIG

Wien 19, Muthgasse 2, Telefon 36011-0

Kronen Zeitung vom 21. Juni 1997

später im Burgenland bei einer Verkehrskontrolle angehalten. Sie hatte doppeltes Pech: Sie war alkoholisiert mit dem Pkw unterwegs gewesen, und eine routinemäßige Anfrage in der Fahndungskartei besiegelte ihr Schicksal. Sie verlor nicht nur ihren Führerschein, sondern auch ihre Freiheit. Ebenso wie Karl V. wurde sie in das Gefangenenhaus des Landesgerichtes Wien eingeliefert.

Im August 1997 wurde Karl V. wegen des von ihm verübten Betrugsdeliktes zu einer einjährigen unbedingten Freiheitsstrafe verurteilt. Wie zu vermuten war, hatte er den Großteil des Geldes zur Befriedigung seines Suchtgiftkonsums verbraucht.

Im November 1997 fand die Gerichtsverhandlung gegen Ingeborg S. statt. Die Frau war nach einer dreimonatigen Untersuchungshaft enthaftet worden. Die Verhandlung verlief unspektakulär, zumal die Beschuldigte bereits vor dem Untersuchungsrichter ein Geständnis abgelegt hatte und dieses in der Hauptverhandlung wiederholte.

Angeklagt war eine Frau, die in ihrem bisherigen Dasein nie straffällig geworden war und der man ansah, daß es das Leben mit ihr nicht immer gut gemeint hatte. Ihr Vater war während eines Kuraufenthaltes in Ungarn gestorben und dort auch beerdigt worden. Über das Pensionskonto ihres Vaters war sie verfügungsberechtigt und machte auch nach dem Ableben davon Gebrauch.

Ingeborg S. ist zugute zu halten, daß sie keinerlei aktive Täuschungshandlungen gesetzt hatte, allerdings hatte sie gegen die Fortzahlung der Pension auch nichts unternommen. Ihre finanziellen Verhältnisse waren nicht die besten, die monatliche Zubesserung kam ihr daher nicht ungelegen. Vor Gericht bereute sie ihre Vorgangsweise und versprach mit Tränen in den Augen, den Schaden gut zu machen. Bei einer Pension von 8500 Schilling wird es wohl beim Versprechen bleiben.

Zwei Wiener tauchten vor ihrer Verhaftung wegen Verdacht des Betruges unter:

800.000 S für zwei Tote kassiert

Zwei Betrüger kassierten in Wien rund 800.000 Schilling für Tote. Als der Schwindel aufflog, tauchten die Verdächtigen unter. Ein 56jährige Frau soll zweieinhalb Jahre die Pension ihres verstorbenen Vaters weiter bezogen haben, ein 40jähriger Mann hob mit gefälschten Daueraufträgen nach dem Tod seiner Mutter die Pension ab.

Foto: Vodicka

Die als Zeugen geladenen Vertreter der Pensionsversicherungsanstalt und der Bundessozialamtes konnten ebensowenig wie der Staatsanwalt darüber Aufklärung geben, wie es möglich war, daß es nach dem Ableben des Pensionsberechtigten zur Weiterzahlung gekommen war. Üblicherweise wird die Pensionskasse von den Angehörigen vom Tod des Bezugsberechtigten verständigt. Wenn dies nicht geschieht, bleibt es letztlich dem Zufall überlassen, wie lange die Pension über den Tod hinaus weiterbezahlt wird. In Österreich wird die Bürokratie zu Recht häufig zum Gegenstand von Kabaretteinlagen gemacht, ungeachtet dessen gibt es Lücken im System. Die beiden Betrugsfälle können dafür als Beispiel angeführt werden. Ingeborg S. wurde zu einer fünfzehnmonatigen Freiheitsstrafe verurteilt. Drei Monate erhielt sie unbedingt, doch waren diese durch Anrechnung der Untersuchungshaft bereits verbüßt worden. Der Rest der Strafe wurde bedingt unter Setzung einer Probezeit ausgesprochen. Mildernd wurde vom Gericht ihr straffreies Vorleben gewertet, erschwerend der Bezug einer monatlichen Pension nach einem Verstorbenen in Höhe von rund 17.000 Schilling – und dies über einen Zeitraum von mehr als drei Jahren.

113

TÖDLICHER IRRTUM

Am 5. Juli 1997 teilte gegen 9.30 Uhr der Leiter des Pflegepersonals des Kaiser-Franz-Joseph-Spitals dem Journaldienst des Kommissariats Favoriten mit, daß die 70jährige Patientin Stefanie A. verstorben war. Der Tod war durch den Behandlungsfehler einer Krankenschwester eingetreten.

Für die Kriminalpolizei war dieser Anruf der Beginn von Erhebungen, zumal juristisch gesehen der Tatbestand der fahrlässigen Tötung vorlag. Wie in solchen Fällen vorgesehen, wurde eine polizeiliche Kommission, bestehend aus einem Polizeijuristen, einem Polizeiamtsarzt und einem Kriminalbeamten, gebildet. Die Kommission fuhr in das KFJ-Spital und begann mit ihrer Arbeit. Rasch stellte sich heraus, was vorgefallen war. Die 25jährige Krankenschwester Cherry May E., eine philippinische Staatsangehörige, hatte die Patientin zu betreuen. Die Frau mußte nach einer Darmkrebsoperation durch Verabreichung flüssiger Nahrung über eine Magensonde ernährt werden. Der Schwester war ein Irrtum unterlaufen: sie führte der Patientin die Nahrung intravenös zu und nicht, wie vorgesehen, über die Magensonde. Wenige Minuten danach wurde über einen Monitor am Schwesternstützpunkt Alarm gegeben. Doch zu helfen war nicht mehr – der Irrtum, welcher der Krankenschwester unterlaufen war, hatte den Tod der Patientin zur Folge.

Der Kriminalbeamte stellte sämtliche Medikamente und Ampullen sowie die Vorrichtungen, die zur Verabreichung der flüssigen Nahrung nötig waren, als Beweismittel sicher. Bei den Erhebungen stellte sich heraus, daß das medizinische Instrumentarium für die intravenöse Zuführung die gleichen Anschlüsse aufwies wie jenes, das zur Verabreichung über die Magensonde vorgesehen war. Von den technischen Vorrichtungen her war somit gegen eine Verwechslung nicht vorgesorgt worden.

Die Krankenschwester wurde im Beisein einer österreichischen Kollegin vernommen. Cherry May E. war seit Mai 1996 im KFJ-Spital beschäftigt; sie hatte in ihrer Heimat eine vierjährige Schwesternschule besucht und sodann ein Jahr lang als Krankenschwester gearbeitet. Im Juli 1995 war sie nach Österreich gekommen. Zuvor hatte sie bereits zu Hause Deutschunterricht genommen, und nach Ablegung der vorgesehenen Prüfungen war sie berechtigt, als Diplomkrankenschwester zu arbeiten und wurde dem KFJ-Spital zugeteilt. Cherry May E. schilderte, was sich in den Morgenstunden des 5. Juni 1997 zugetragen hatte. Ein Blackout war die Ursache ihrer Fehlleistung, doch sie wies darauf hin, daß die Gerätschaften für Infusionen, sei es, daß diese intravenös oder über eine Magensonde verabreicht wurden, mit den gleichen Anschlüssen versehen waren.

Wenige Stunden nach ihrer Einvernahme war ihre Kollegin besorgt, daß sie sich etwas angetan hätte, zumal sie über mehrere Stunden ergebnislos versucht hatte, sie in ihrer Schwesternunterkunft im 11. Bezirk telefonisch zu erreichen. Die zusehends verunsicherte Frau rief die Polizei zu Hilfe. Eine Funkwagenbesatzung fuhr zur Wohnanschrift in die Simmeringer Hauptstraße. Nachdem den Beamten nicht geöffnet worden war, drangen sie gewaltsam in die Wohnung ein. Im Bad fanden sie Cherry May E. tot auf. Sie hatte sich erhängt. Eine Krankenschwester hatte ihren Irrtum mit dem Wertvollsten bezahlt, was sie hatte, mit ihrem Leben. Mit Bestimmtheit hätte ein nur einigermaßen geschickter Rechtsanwalt auf die Systemfehler hingewiesen, die zur Verwechslung geführt hatten. Aller Wahrscheinlichkeit nach wäre eine bedingte Strafe ausgesprochen worden.

Ein zweiter tragischer Aspekt zeigte sich bei den polizeilichen Erhebungen. Die verstorbene Stefanie A. war einige Wochen zuvor im Hartmannspital operiert worden. Starke Schmerzen machten eine zweite Operation nötig, bei der sich die Ursache für die Qualen der Patientin herausstellte: In ihrem Bauch war bei der ersten Operation ein Tuch vergessen worden. Der Schwiegersohn der Patientin ließ sie daraufhin in das KFJ-Spital verlegen, doch das Schicksal sollte neuerlich zuschlagen.

Zeitungsmeldungen war zu entnehmen, daß in Zukunft Verwechslungen, wie sie im gegenständlichen Fall zum Tod geführt hatten, nicht mehr möglich wären. Der Gesundheitsstadtrat der Stadt Wien, Dr. Sepp Rieder, hatte den Fall der Stefanie A. zum Anlaß einer spitalsinternen Reform genommen. Infolge verschiedenartig gestalteter Anschlüsse ist eine Verwechslung dieser Art technisch nicht mehr möglich.

114

DER „ASTRONOM“

Am 21. Juni 1997 wurde gegen 22.20 Uhr eine Streifenwagenbesatzung nach Wien 10, Kennergasse, zum Sportplatz des FAV-AC entsandt. Zwei verdächtige Personen waren im Stadion beobachtet worden. Die Kantine des Fußballplatzes war in den vergangenen Wochen wiederholt Ziel von Einbrechern gewesen. Noch während der Fahrt zum Einsatzort forderten die Beamten einen Diensthund an, denn das weitläufige Gelände ließ den Einsatz eines geschulten Tieres als sinnvoll erscheinen.

Tatsächlich wurden die Polizisten im Inneren des Fußballstadions auf einen Mann aufmerksam, der, befragt, was er um diese Zeit an diesem Platz zu suchen hätte, eine nicht alltägliche Antwort gab: Er wäre hier, um den Mond zu beobachten, dieser scheine nirgendwo schöner als in Favoriten, und obendrein wäre der Fußballplatz der geeignetste Ort für eine Mondbeobachtung. Zur Unterstreichung seiner Behauptung entnahm er seinem Rucksack ein Fernrohr und einen Mondphasenkalender. Der vorgebliche Hobbyastronom wies sich als Mag. Wolfgang S., 56 Jahre alt, wohnhaft im dritten Bezirk, aus. Die Beamten waren bereits dabei, ihren Einsatz mangels einer konkreten strafbaren Handlung zu beenden, als der Diensthund, der vorsorglich zu einem Stöbereinsatz aufgefordert worden war, deutlich anschlug. Der Hund stellte wenige Minuten danach einen jungen Mann. Auch dieser gab an, zur Mondbeobachtung hier zu sein. Mag. Wolfgang S. wollte den Dreizehnjährigen nicht kennen, doch seine Angaben klangen nicht glaubwürdig. Auffällig war, daß der junge Mann den Hosenschlitz geöffnet hatte.

Für die Polizisten war die Situation nicht einfach: Hatten sie es mit harmlosen Hobbyastronomen zu tun, oder waren sie einem Sittlichkeitsdelikt auf die Spur gekommen, oder, auch dies war nicht gänzlich auszuschließen, hatten sie es mit zwei Tätern zu tun, die einbrechen wollten? An Ort und Stelle ließ sich dies nicht klären. Die Sicherheitswachebeamtin Pfisterer und ihr Kollege Wimmer sprachen die Festnahme aus und überstellten die Verdächtigen dem Kommissariat.

Die Kriminalbeamten begannen mit ihren Erhebungen und kamen rasch den wahren Motiven auf die Spur. Nachdem sie eine Strafregisterauskunft eingeholt hatten, stellte sich heraus, daß Mag. Wolfgang S. wegen sittlicher Gefährdung Jugendlicher vorbestraft war. Dies und der geöffnete Hosenschlitz des Minderjährigen bei seiner Entdeckung ließen eine Hausdurchsuchung bei Mag. Wolfgang S. gerechtfertigt erscheinen. Die Durchsuchung war insofern erfolgreich, als eine Vielzahl von pornographischen Zeitschriften, aber auch Dutzende Fotos des Dreizehnjährigen, die ihn in eindeutigen Situationen zeigten, gefunden wurden. Mit diesem Beweismaterial mußte es relativ einfach sein, ein Geständis zu erlangen, und so war es auch. Opfer und Täter begannen zu „reden“.

Mag. Wolfgang S. war ein etwas sonderbarer Zeitgenosse, dessen Hobby die Astronomie war. Er hatte in einer Volkshochschule in Kursen seine Astronomiekenntnisse vorgetragen. Bei dieser Gelegenheit hatte er den jungen Mann kennengelernt. Geschickt verstand er es, den Buben für sich zu gewinnen und in seine Wohnung einzuladen. Bald nützte er die Besuche dazu aus, nicht nur seine Astronomiekenntnisse, sondern auch seine sexuellen Erfahrungen an den Mann, im konkreten Fall an den minderjährigen Buben, zu bringen. Dies ging wochenlang so, bis schließlich sein „Schüler“ von dieser Art der Unterrichtsgestaltung genug hatte. Dank seiner normalen Veranlagung wollte er mit dem schrulligen Lehrer, insbesondere mit dessen sexuellen Lernmethoden, nichts mehr zu tun haben. Mag. Wolfgang S. versuchte mit einer eigens dafür inszenierten Mondbeobachtung am 21. Juni 1997 seinen Schüler neuerlich für sich zu gewinnen. Der geöffnete Hosenschlitz des Buben war der Beweis dazu, daß er auf dem „besten“ Weg gewesen wäre, nicht nur den Mond zu beobachten. Wie die Geschichte ausgegangen ist, haben Sie bereits gelesen.

Für Mag. Wolfgang S. hatte dies alles ein unangenehmes, weil gerichtliches Nachspiel. Er wurde in Untersuchungshaft genommen und im September 1997 wegen sittlicher Gefährdung Jugendlicher abermals verurteilt und zwar zu einer zweijährigen Haftstrafe. Davon mußte er acht Monate tatsächlich verbüßen, der Rest wurde bedingt ausgesprochen. Ob seine sexuellen Neigungen damit erfolgreich bekämpft wurden, ist ungewiß. Gewiß hingegen ist, daß er als Hobbyastronom am FAV-AC-Platz in Favoriten nicht mehr auftreten wird.

Eine skurrile Amtshandlung mehr hat so die Kriminalchronik des zehnten Bezirks bereichert.

Der Name des Hobbyastronomen wurde aus medienrechtlichen Gründen geändert.

Als Polizei kam, sagte er, daß er den Mond beobachten wolle

Hobby-Astronom in Haft: Er soll 13jährigen mißbraucht haben

Ein 56jähriger pensionierter Lehrer und Hobby-Astronom, der auch Vorträge an den Volkshochschulen hält, wurde von der Kriminalpolizei Wien-Favoriten als mutmaßlicher Kinderschänder entlarvt. [redacted] wird verdächtigt, einen 13jährigen Buben mißbraucht zu haben.

Kronen Zeitung vom 28. Juni 1997 und der FAV-AC-Platz

115

EIN UNHEIMLICHES RAUBDELIKT

Am 30. August 1997 klopfte der 72jährige Franz S. aus Wien 10, Muhrengasse, an die Tür der Nachbarwohnung und ersuchte, die Polizei zu verständigen. Franz S. war im Gesicht blutverschmiert, unvollständig bekleidet und machte einen verwirrten Eindruck. Ohne näher zu erklären, was geschehen war, machte er kehrt und ging in seine Wohnung zurück.

Der zu Hilfe gerufene Nachbar tat dennoch das einzig Richtige: er wählte den Polizeinotruf. Dem wenig später eintreffenden Polizisten öffnete Franz S., er hatte sich in der Zwischenzeit etwas erholt, und erzählte, was ihm zugestoßen war.

Gegen 17.30 Uhr hatte es an seiner Wohnungstüre geläutet, doch er konnte, als er durch den Türspion blickte, niemanden wahrnehmen. Um sicher zu sein, öffnete er die Wohnungstüre, um nachzusehen. Völlig überraschend erhielt er einen wuchtigen Stoß, wodurch er in die Wohnung zurücktaumelte. Noch im Vorraum forderte ein Unbekannter von ihm Geld und schlug sogleich auf ihn ein. Unter der Wucht der Schläge stürzte er. Dabei verletzte er sich und konnte sich aus eigener Kraft nicht mehr erheben. Von der Hilflosigkeit des Opfers unbeeindruckt, suchte der Täter die Küche auf, nahm sich aus dem Kühlschrank eine Dose Bier und trank diese auf einen Zug aus. Neuerlich verlangte er Geld, und wieder schlug und trat der Täter auf den auf dem Boden Liegenden ein. Der Unbekannte durchsuchte sämtliche Laden und Kästen im Wohn- und Schlafzimmer. Dabei kam er über einen Glastisch zu Sturz, wobei dieser zerbrach. Doch auch dadurch ließ sich der Räuber nicht aus der Fassung bringen – nach und nach fand er an die 2000 Schilling. Mit dieser Beute verließ er den Tatort.

Der physische und psychische Zustand des Überfallenen machte dessen ärztliche Versorgung nötig. Der Rettungsarzt stellte einen Oberarmbruch fest und veranlaßte die Einlieferung des Franz S. ins AKH Wien.

Die Amtshandlung wurde von den Kriminalbeamten Kutscher und Hofmeister übernommen. Während sie sich um die Tatorterhebung kümmerten, fuhren ihre Kollegen ins Spital, um das Opfer detailliert zu befragen. Franz S. konnte eine überraschend gute Personsbeschreibung des Unbekannten geben, und seiner Beobachtung nach war der Täter alkoholisiert, was auch die Ursache für seinen Sturz über den Glastisch gewesen sein dürfte. Franz S. hatte den Mann jedoch noch nie zuvor gesehen. Er war im übrigen alleinstehend und lebte sehr zurückgezogen. Es fand sich absolut kein Anhaltspunkt, der zur Ausforschung des Unbekannten führen konnte. Es blieb lediglich die Hoffnung, über allenfalls vorhandene Fingerabdruckspuren in der Wohnung eine Klärung dieses wahrlich unheimlichen Raubüberfalles herbeizuführen. Dazu waren Spezialisten erforderlich, und deshalb wurden ein Daktyloskop und ein Fotograf des Erkennungsamtes angefordert. Nur einen Tag später, also am 31. August 1997, teilte der Kriminalbeamte Pachta vom Erkennungsamt mit, daß eine Fingerabdruckspur, die an der Innenseite der Wohnungstüre abgenommen worden war, zugeordnet werden konnte. Das Auswertungssystem hatte rasch und prompt gearbeitet.

In den Karteien des genannten Amtes finden sich die Fingerabdrücke von etwa 700.000 Personen, eine international gesehen sehr hohe Zahl, gemessen an der Einwohnerzahl Österreichs. Etwa 8000 Spuren, die bei verschiedensten Straftaten, sei es bei Einbrüchen, Gewalt- oder Sittlichkeitsdelikten am jeweiligen Tatort gesichert wurden, werden permanent mit den jeweils neu hinzukommenden Fingerabdrücken verglichen. In etwa 800 bis 1000 Fällen pro Jahr gibt es einen „Treffer", anders formuliert, gelingt es, die Tatortspur einem konkreten Tatverdächtigen zuzuordnen. Das im Jahre 1990 um zirka 70 Millionen Schilling installierte automationsunterstützte Fingerabdrucksystem AFIS hat seither zur Klärung einer Vielzahl von Straftaten beigetragen.

Dringend tatverdächtig war der 24jährige Robert W. aus Wien 10, Rotenhofgasse. Der Verdächtige war im Jahre 1994 wegen gefährlicher Drohung von Beamten des Gendarmeriepostens Jennersdorf erkennungsdienstlich behandelt worden. Es lagen daher seine Fingerabdrücke in der Zentralkartei auf. Als nächsten Schritt besorgten sich die Kriminalisten ein Foto des Robert W. Das Opfer erkannte darauf seinen Peiniger mit großer Wahrscheinlichkeit wieder. Und noch eines hatten die Beamten in Erfahrung gebracht: Zum Wohnhaus des Überfallenen gab es insofern einen Bezugspunkt, als die Cousine des Verdächtigen dort wohnte. Nunmehr lagen genügend Beweise vor, um einen Haftbefehl zu besorgen. Zwei Tage nach

Das Foto zeigt ein Möbelstück, welches vom Täter auf der Suche nach Verwertbarem durchsucht wurde

der Tat, also am 2. September 1997, war Robert W. in Haft. Doch wer glaubt, daß sich der Verdächtige geschlagen gab, irrt. Robert W. ließ sich, gesicherte Fingerabdrücke hin oder her, davon nicht beeindrucken. Er bestritt, auch nur im entferntesten mit dem Raubüberfall zu tun zu haben. Wie seine Fingerabdrücke an die Innenseite der Türe gekommen waren, konnte oder wollte er nicht erklären.

Robert W. wurde dem Landesgericht Wien überstellt, wo er bis zum Prozeß in Untersuchungshaft verbleiben sollte.

Auch während dieser Zeit änderte er seine leugnende Verantwortung nicht. Er ergänzte seine Aussage insofern, als er vor dem Untersuchungsrichter angab, daß er am Tag des Überfalles zwei Lokale in Favoriten aufgesucht hätte. Er hätte jedoch so viel getrunken, daß er sich an den weiteren Tagesverlauf nicht erinnern könnte. Der Richter ließ die Kriminalbeamten des Bezirks diese Angaben überprüfen. Tatsächlich gelang es, in Erfahrung zu bringen, daß der Beschuldigte am Tag des Überfalles etwa acht Krügel Bier, sechs bis sieben Viertel Spritzer Wein und fünf bis sechs Gläser Wodka konsumiert hatte. Aber damit nicht genug: die Wirkung dieser für einen Normalverbraucher nur schwer vorstellbaren Alkoholmenge wurde noch durch die Einnahme eines starken Beruhigungsmittels verstärkt.

Der vom Gericht bestellte medizinische Sachverständige kam in seinem Gutachten zu dem Schluß, daß der Beschuldigte sich zum Zeitpunkt der Tat im Vollrausch befunden hatte und es daher glaubwürdig sei, daß er sich an seine Handlungen nicht erinnern konnte. Im Prozeß, der am 5. Dezember 1997 stattfand, wurde dies berücksichtigt. Robert W. wurde wegen Begehung einer mit Strafe bedrohten Handlung im Zustande voller Berauschung zu einer Freiheitsstrafe von zwölf Monaten verurteilt. Dem Staatsanwalt war das Strafausmaß zu gering, er berief dagegen, und er sollte recht behalten. Das Oberlandesgericht Wien erhöhte die Strafe auf das Doppelte, und nicht nur das, die bei der vorausgegangen Verurteilungen bedingt ausgesprochenen Strafen wurden zu unbedingten umgewandelt.

Im Urteil wurde die Hoffnung ausgesprochen, daß die Haft dazu beitragen möge, den Verurteilten von seiner Alkoholabhängigkeit zu befreien.

Ohne moderne Kriminaltechnik wäre ein Raubdelikt wie das dargestellte mangels jeglicher Täter-Opfer-Beziehung nie geklärt worden.

116

STREIT UM ORGANENTNAHME

Am 5. September 1997 waren zwei Polizeibeamte mit dem Streifenwagen „Julius 1“ unterwegs, als sie bemerkten, wie zwei blutverschmierte Männer aus einem Gasthaus in der Triester Straße herausstürzten und aufeinander einschlugen. Nachdem die Streitenden das Polizeifahrzeug gesehen hatten, liefen sie in das Lokal zurück. Die Sicherheitswachebeamten hielten an und ersuchten über Funk, noch ehe sie das Lokal betraten, um Unterstützung. Unmittelbar darauf wurden sie Zeugen eines tumultartigen Raufhandels, an dem zumindest fünf Personen beteiligt waren. Zwei der Männer ließen sich weder durch die Anwesenheit der Polizisten noch durch deren Aufforderung, die Gewalttätigkeiten zu beenden, beeindrucken, im Gegenteil: Der jüngere der beiden ergriff einen Glasscherben, der von der schon zuvor zerborstenen Eingangstüre stammte, und wollte damit auf seinen Gegner losgehen.

Um eine drohende schwere Verletzung zu verhindern, machten die Polizeibeamten Gelbmann, Doppelreiter und Dim von ihrer mindergefährlichen Waffe, dem Pfefferspray, Gebrauch. Aus verschiedenen Positionen sprühten sie jeweils vier bis fünf „Ladungen“ in Richtung der Gesichter der Raufenden. Der Adrenalinausstoß und der Alkoholkonsum hatten deren Schmerzgrenze verschoben. Letztlich aber wirkte der Spray: Der 23jährige Helmut H. ließ vorerst den Glasscherben fallen, taumelte und blieb auf einer Bank sitzen. Auch der zweite Gewalttäter, der 30jährige Andreas H., spürte die Wirkung. Plötzlich jedoch sprang Helmut H. auf und versuchte abermals, seinen Gegner zu attackieren. Die Beamten stürzten sich auf ihn und konnten weitere Gewalttätigkeiten verhindern. Im selben Moment ergriff Andreas H. einen schweren gläsernen Aschenbecher und schlug damit Helmut H. mit so großer Wucht auf den Kopf, daß das Glas zersplitterte. Der Getroffene begann sogleich stark vom Hals zu bluten – möglicherweise war er durch einen Splitter verletzt worden. Ungeachtet der Verletzung versuchte er aus dem Lokal zu flüchten, doch brach er nach wenigen Metern zusammen. Die Polizisten leisteten Erste Hilfe und forderten die Rettung an.

Nachdem sie den Verdacht geäußert hatten, daß eine lebensgefährliche Verletzung vorläge, startete ein Rettungshubschrauber. Unmittelbar nach der Tat wurde Andreas H. festgenommen und dem Kommissariat Favoriten überstellt. Der massive Polizei- und Rettungseinsatz hatte auf einer der stärkstfrequentierten Straßen des Bezirks, der Triester Straße, ein Verkehrschaos zur Folge.

Der schwerverletzte Helmut H. wurde in das AKH geflogen; ein Glassplitter hatte, wie befürchtet, seine Halsschlagader getroffen. Der Rettungsarzt gab ihm nur geringe Überlebenschancen.

Die Kriminalbeamten, welche die Amtshandlung übernahmen, informierten sich über den Zustand des Verletzten und erhielten voneinander abweichende Auskünfte. Einer der Ärzte teilte ihnen mit, daß bereits der Gehirntod eingetreten sei, ungeachtet dessen würde der Patient an die Lebenserhaltungsgeräte angeschlossen bleiben. Auf die Frage, was dies bedeuten sollte, wurde mitgeteilt, daß diese Maßnahme nötig wäre, um eine geplante Organentnahme zu ermöglichen.

Erstmals in der Kriminalgeschichte des Bezirks war das Opfer einer Gewalttat zum Gegenstand einer Organentnahme geworden. Für die kriminalpolizeiliche Vorgangsweise stellte sich damit ein bis dahin unbekanntes Problem. Grundsätzlich wird jedes Opfer einer Gewalttat gerichtsmedizinisch obduziert. Es geschieht dies über Gerichtsbeschluß. Eine Obduktion war für das kommende Strafverfahren unter Umständen von entscheidender Bedeutung, ist doch die Wertung der Tat und die Bestrafung des Täters häufig von ihrem Ergebnis abhängig. So ist es denkbar, daß ein organischer Defekt zum Tod geführt hat, eine gleichartige Handlungsweise bei einem Menschen ohne dieses Leiden jedoch nicht tödlich gewesen wäre. Als typisches Beispiel wird der „Papierschädel" angeführt. Der Sturz eines Menschen, etwa durch Versetzen eines Faustschlages, kann unter Umständen tödlich sein, wenn das Opfer eine außergewöhnlich dünn ausgebildete Schädeldecke aufweist, eben einen „Papierschädel". Diese Anomalie der Schädeldecke kann dem Täter verständlicherweise strafrechtlich nicht angelastet werden. Wie sollte er in Unkenntnis dieses Umstandes darauf gefaßt sein, daß eine Ohrfeige oder ein Faustschlag im speziellen Fall zum Tod führen kann.

Für den Fall einer Organentnahme mußte damit gerechnet werden, daß eine gerichtsmedizinische Obduktion nicht oder jedenfalls nicht mit der erforderlichen Exaktheit, wie sie für den kommenden Strafprozeß erforderlich war, durchgeführt werden konnte. Der Journalrichter wurde auf diese Problematik hingewiesen und untersagte mittels Beschluß die geplante Organentnahme.

Da in Zukunft mit einer Zunahme von Möglichkeiten der Organentnahme zu rechnen ist, wird sich der Interessenskonflikt zwischen Medizin und Strafjustiz noch häufig wiederholen. Eine gesetzliche Regelung zur Klarstellung der Interessen ist daher dringend nötig.

Der dargestellte Kriminalfall war auch der erste bedeutende, bei dem eine neue Waffe der Exekutive, nämlich der seit April 1997 ausgegebene Pfefferspray, eingesetzt worden war. Der Vorteil dieser Waffe besteht darin, daß es sich um eine sogenannte Distanzwaffe handelt. Die ideale Einsatzdistanz beträgt ein bis vier Meter. Eine unmittelbare kör-

PFEFFERSPRAY

Einsätze

Vom Waffenreferat der Gruppe Bundespolizei im Innenministerium wurden 77 Amtshandlungen bei den Bundespolizeidirektionen mit 86 Pfeffersprayeinsätzen ausgewertet:

- In 36 Fällen erfolgte der Einsatz in Notwehr bzw. Nothilfe;
- mit 54 Einsätzen wurde „ein auf die Vereitelung einer Amtshandlung gerichteter Widerstand" verhindert;
- In 52 Fällen konnte die Festnahme erzwungen werden;
- 2 Einsätze dienten der Verhinderung der Flucht eines Festgenommenen;
- 10 Einsätze richteten sich gegen Hunde.

In 35 Fällen wurden Angreifer unmittelbar gestoppt; bei 12 Einsätzen wurde eine kurzfristige Wirkung erzielt, die ausreichte, um dem gewalttätigen Menschen die Handfessel anzulegen. Neunmal wurde die Wirkung verzögert; der Sprayeinsatz mußte wiederholt werden. In 13 Fällen wurde keine oder nur eine unzureichende Wirkung erzielt.

Alle Angriffe von Hunden auf Beamte konnten durch den Einsatz des Pfeffersprays erfolgreich abgewehrt werden.

Bei den 77 untersuchten Amtshandlungen wurden 25 Beamte verletzt – die meisten vor dem Spraywaffeneinsatz. 23 Angreifer waren nachweislich alkoholisiert und je 5 durch Medikamente bzw. illegale Drogen beeinträchtigt.

29 Besprühte waren äußerst aggressiv, 10 psychisch krank und 3 HIV-positiv.

Von den Beamten der Bundesgendarmerie wurde der Pfefferspray von 1995 bis 1997 in 170 Fällen eingesetzt; 102mal allein im vergangenen Jahr.

ÖFFENTLICHE SICHERHEIT 5/98

perliche Gewalteinwirkung ist somit nicht erforderlich. Der Spray hat im Idealfall eine sofortige Kampfunfähigkeit zur Folge, ohne daß es dadurch zu bleibenden gesundheitlichen Schäden kommt. Er verursacht starkes Brennen der Augen, Beeinträchtigung der Atmung, Verlust der Muskelkoordination und Orientierungslosigkeit. Doch diese negativen Auswirkungen bauen sich nach einem Zeitraum von etwa drei bis fünf Stunden zur Gänze ab.

Der Täter, ein 30jähriger Mann, dessen Vorleben durch seine Neigung zur Aggression gekennzeichnet war, hatte wegen Auffassungsunterschieden über die Rangordnung der österreichischen Fußballvereine einmal mehr die Beherrschung verloren, was einen 23jährigen das Leben gekostet hat.

Andreas H. fand einen milden Richter. Er wurde am 4. Februar 1998 im Landesgericht Wien zu einer fünfmonatigen Haftstrafe verurteilt.

Gewalt-Opfer starb: Polizei war gegen Organentnahme

Kriminalisten wollten Obduktion abwarten, AKH-Ärzte rasch andere Menschen retten

Peter Grolig

Der gewaltsame Tod eines jungen Wieners nach einem wilden Kaffeehaus-Streit in Favoriten (der KURIER hat berichtet) ist von einem makaberen Rechtsstreit überschattet. Während Helmut H., 22, mit dem unausweichlichen Tod kämpfte, wurde der Mann von den Ärzten als Organspender vorbereitet. Wogegen die Polizei intervenierte, war doch die Obduktion beantragt worden.

„Die ist notwendig, um die Kausalität des Todes mit der Tat festzustellen“, meint der erfahrene Polizeichef von Favoriten, Ludwig Berghammer. Dazu werde man „die ganze Leiche“ benötigen.

Im konkreten Fall wurde dem Opfer nach einer handfesten Auseinandersetzung ein Aschenbecher am Kopf zertrümmert. Ein Splitter hatte die Halsschlagader regelrecht zerfetzt. H. sei eigentlich schon tot gewesen, als er per Hubschrauber weggebracht wurde, heißt es.

Als die ermittelnden Kriminalisten dann im AKH erfuhren, daß H. einerseits nicht überleben wird, andererseits aber Organe von ihm für Transplantationen – und damit zur Rettung anderer Menschen – benötigt würden, schlugen sie Alarm. So wurde der Obduktions-Beschluß zunächst mündlich gefaßt, nachdem das Herz des Mannes zu schlagen aufgehört hatte, der Gehirntod aber noch nicht eingetreten war. Die schriftliche Ausfertigung folgte, nachdem auch das EEG zwölf Stunden keine Lebenszeichen mehr ergab. Dem Vernehmen nach war H. aber am Montag noch immer an „lebenserhaltende“ Geräte angeschlossen.

Ein Strafrichter meinte zum KURIER, er gehe davon aus, daß „die Leiche beschlagnahmt ist“ und somit bis zur Freigabe der Justiz „gehört“. Freilich wollte der Jurist nicht ausschließen, daß Sachverständige (also Spitals-Arzt und Gerichtsmediziner) sich arrangieren.

So war es auch: Dozent Johann Missliwetz hatte keine Bedenken gegen eine Organentnahme. Vorausgesetzt, jene Körperstellen, die durch die Tat unmittelbar in Mitleidenschaft gezogen wurden, bleiben unversehrt. Somit war beispielsweise eine Nierenentnahme denkbar.

DAS SOLLTEN SIE WISSEN

Prinzipiell ist jeder ein potentieller Organspender

Österreich nimmt bei (lebensrettenden) **Organtransplantationen** weltweit den **ersten Platz** ein. Das erklärt sich auch durch die rechtlichen Bestimmungen (**§ 62 Krankenanstaltengesetz**), wonach **Gehirntoten** prinzipiell Organe entnommen werden dürfen.

Ausnahmen von der Regel gibt es nur dann, wenn eine **Erklärung** des Opfers vorliegt, in der der Betroffene sein Einverständnis ausdrücklich **nicht** gibt.

Zu diesem Zweck wurde eine eigene **Datenbank** eingerichtet, in der momentan etwa **1600 Verweigerer** registriert sind. Die Spitäler sind **verpflichtet**, vor einer Entnahme den Computer zu befragen. Das Veto von **Verwandten** (wie im konkreten Fall) **gilt nicht**, so sie sich nicht auf ein **Testament** beziehen können.

Bei **Gewalt-Opfern** seien Organentnahmen **selten**, heißt es in der **Gerichtsmedizin**. Allerdings spricht nichts dagegen, so sich der **Transplantations-Arzt** mit dem zuständigen „**Detektiv mit dem Skalpell**“ ins Einvernehmen setzt: „Die Entnahme durch die Tat beschädigter Körperteile steht nicht zur Diskussion, sonst muß man von Fall zu Fall entscheiden.“

Kurier vom 9. September 1997

117

DER „ANKER“-RÄUBER

Am 11. Oktober 1997 gab es gegen 11.50 Uhr in der Notrufzentrale der Polizeidirektion am Wiener Schottenring einige Aufregung. Zum wiederholten Male war eine Ankerbrot-Filiale überfallen und beraubt worden. Innerhalb weniger Wochen hatte der Täter damit den neunten derartigen Raubüberfall verübt. Alle bisherigen Versuche, den Räuber auszuforschen, waren negativ verlaufen. Die Tageszeitung „Kurier“ nannte den Unbekannten bereits „Semmel-Phantom“.

Der Überfall vom 11. Oktober 1997 unterschied sich von den bisherigen insofern, als er eine Filiale in unmittelbarer Nähe der Ankerbrot-Fabrik in Wien 10, Absberggasse, zum Ziel hatte.

Der Täter bedrohte die Verkäuferin mit einer Pistole und forderte sie auf, die Kassenlade zu öffnen. Nachdem dies geschehen war, raffte er das darin befindliche Papiergeld an sich, stopfte die Beute in ein mitgebrachtes Plastiksackerl und flüchtete. Unmittelbar nach dem Überfall betrat ein Kunde das Geschäft, und die geschockte Verkäuferin erzählte, was ihr widerfahren war. Der Mann lief auf die Straße und bemerkte den Flüchtenden. Durch Hilferufe machte er Passanten auf den Verdächtigen aufmerksam. Einer der Fußgänger reagierte rasch und wirkungsvoll: Er stellte dem Täter ein Bein. Der Räuber kam zu Sturz, und das Plastiksackerl fiel zu Boden. Dennoch gelang es ihm, einen Teil des verstreuten Geldes an sich zu bringen und die Flucht fortzusetzen. Der geistesgegenwärtige Passant sammelte die noch vorhandenen Geldscheine ein und brachte sie in die Filiale zurück. Zuvor beobachtete er, wie der Täter zu einem weißen Pkw lief und mit quietschenden Reifen in die Schrankenberggasse einbog.

Sehr rasch trafen die ersten Funkwagenbesatzungen am Tatort ein und gaben ihre Informationen über das Fluchtfahrzeug und die vermutete Fluchtrichtung an die Funkleitzentrale weiter. Insgesamt 23 Polizeifahrzeuge beteiligten sich an der Verfolgung des Gesuchten. Erstmals seit Beginn der Raubserie bestand eine realistische Chance, den Täter zu stellen. Einer der Streifenbesatzungen fiel der Lenker eines weißen Toyota auf, der unter Mißachtung sämtlicher Verkehrsvorschriften Richtung Simmering fuhr. In der Pensionsgasse, im 11. Bezirk, ließ er plötzlich den Pkw mitten auf der Straße stehen und flüchtete zu Fuß weiter. Zwei Beamte nahmen die Verfolgung gleichfalls zu Fuß auf. Mehrere hundert Meter legten der Flüchtende und seine Verfolger zurück. Wiederholt wurden dabei Haushöfe durchlaufen und Hausmauern überwunden, schließlich war das Gelände der Ostbahn erreicht. Der Bahngrund ist durch einen etwa zweieinhalb Meter hohen Drahtzaun abgegrenzt. Aber auch dieses Hindernis wurde genommen. Beinahe wäre der Verdächtige von einem Zug erfaßt worden. Im letzten Moment hatte er vor diesem angehalten. Seine Flucht war vorerst zu Ende. In der ausweglos gewordenen Situation hielt sich der Verdächtige eine Pistole gegen die Schläfe und drohte, sich zu erschießen, falls sich die Polizisten ihm näherten. Die Uniformierten versuchten, den Täter zur

Aufgabe zu überreden, und vorerst schien dies zu gelingen. Plötzlich jedoch wurde die Flucht fortgesetzt – der Verfolgte hatte dies alles nur inszeniert, um wieder zu Kräften zu kommen. Abgegebene Signalschüsse konnten ihn nicht stoppen, alarmierten jedoch weitere Polizeibeamte, und wenige Minuten später war es endgültig soweit: Bei dem Versuch, die Böschung zur A 23 zu erklimmen, gelang die Festnahme.

Der 23jährige Michael K. aus Wien-Simmering wurde der Raubgruppe des Sicherheitsbüros übergeben. Nach einigen Stunden stand fest, daß der Festgenommene der seit Wochen fieberhaft gesuchte Serienräuber war.

Begonnen hatte die Serie der Überfälle am 11. September 1997 im 11. Bezirk. Weitere Überfälle im 3.,15., 21. und 10. Bezirk waren gefolgt.

Am 5. Juni 1998 fand im Landesgericht Wien der Prozeß gegen Michael K. statt. Der Angeklagte machte einen ruhigen und gefaßten Eindruck. Auf dem Richtertisch fand sich ein umfangreiches Aktenpaket, in welchem seine Straftaten protokolliert waren. Wie bereits bei der Polizei und vor dem Untersuchungsrichter legte der Angeklagte auch in der Hauptverhandlung ein umfassendes Geständnis ab. Als Motiv nannte er seine Heroinabhängigkeit. Nachdem er aus eigenem Verschulden arbeitslos geworden war, wurde er zusehends suchtgiftabhängiger. Tagtäglich spritz-

Mitten auf der „Süd-Osttangente" klickten die Handschellen

„Anker-Räuber" zerbrach an Heroin-Sucht!

Arbeitslosigkeit und Heroinsucht: Das sind die Gründe, weshalb ein 23jähriger Wiener neun „Ankerbrot"-Filialen überfallen hat. So unspektakulär die Überfälle waren, so dramatisch die Verhaftung des Serienräubers: Ein Kampf auf der „A 23".

Nachdem der vorerst unbekannte Täter – wie berichtet – in Wien-Favoriten die neunte „Anker"-Filiale überfallen hatte, hefteten sich die Beamten auf die Fersen des Verbrechers.

Zuerst fuhren die Polizisten dem Flüchtigen mit dem Streifenwagen nach. Als der mit einer Pistole Bewaffnete das Blaulicht sah, stieg er bei der Ostbahnanlage auf die Bremse, hechtete aus dem Wagen und rannte Richtung Südosttangente. Dabei verlor er ein Messer und einen Teil der Beute. Da ihm die Uniformierten nicht aus den Augen verloren hatten, hielt sich der 23jährige die Waffe an die Schläfe und

VON CHRISTOPH MATZL

schrie: „Stehenbleiben oder ich erschieß' mich hier!" Dann rannte er Richtung „A 23" weiter.

Ohne auf den Verkehr zu achten, sprintete er über alle drei Spuren der Südosttangente. Als er die Mittelleitschiene überqueren wollte, konnten ihn die Polizisten überwältigen und Handschellen anlegen. Erst jetzt sahen die Beamten, daß der mutmaßliche Täter nur eine täuschend echt wirkende „Soft-Gun" und keine richtige Waffe verwendet hatte.

Im Verhör gestand der 23jährige, daß er seit 1993 drogensüchtig sei. Zwar hätte er kurzfristig eine Entziehungskur gemacht, sei aber immer wieder rückfällig geworden. Als er im September dann auch noch seinen Job verloren hätte, habe er beschlossen, sich bei Überfällen das nötige Drogengeld zu beschaffen.

Kronen Zeitung vom 13. Oktober 1997

te er sich 1,2 bis 2 Gramm Heroin und benötigte dafür bis zu 2000 Schilling pro Tag.

Ankerbrot-Filialen hatte er sich deshalb ausgesucht, weil er dahintergekommen war, daß dort üblicherweise nur eine Verkäuferin arbeitete. Geschickt verstand der Angeklagte sich zu verteidigen; so hätte er bewußt eine Spielzeugpistole benutzt, damit im Falle einer Gegenwehr nichts hätte geschehen können. Jeder gelungene Überfall hätte ihn sozusagen zum nächsten animiert, und es wäre ihm die Verübung der Raubdelikte sehr leicht gemacht worden. In keinem Fall war er auf Gegenwehr gestoßen. Seinem Verteidiger blieb nur noch übrig, die Ausführungen des Angeklagten zu bestätigen und um ein mildes Urteil zu bitten.

Der Staatsanwalt wies auf die professionelle Vorgangsweise hin und führte dafür die Maskierung mit einem Motorradhelm, der mit einem Visier versehen war und eine Identifizierung verhindern sollte, an. Interessanterweise wurde bei der Festnahme des Michael K. ein Tränengasspray vorgefunden, und er mußte zugeben, daß er diesen, wenn es nötig gewesen wäre, auch verwendet hätte. Überdies sah die Spielzeugpistole einer echten täuschend ähnlich.

Der Angeklagte war wegen Diebstahls und Suchtgiftmißbrauchs vorbestraft, und seine neuerliche Straffälligkeit fiel noch in die Probezeit in Zusammenhang mit seiner letzten Verurteilung.

Das Urteil lautete letztlich auf eine vierjährige Freiheitsstrafe; bei einer möglichen Höchststrafe von 15 Jahren war dies akzeptabel. Michael K. erkannte dies und nahm die Strafe sofort an. Der Staatsanwalt erhob dagegen gleichfalls keinen Einwand.

Insbesondere bei Seriendelikten werden Glaubwürdigkeit und Leistungsfähigkeit der Exekutive von den Medien und der Öffentlichkeit besonders kritisch beurteilt. Nur allzu leicht fließt in die Berichterstattung eine Art Robin-Hood-Romantik ein, vor allem bei einem Einzeltäter, dem es wiederholt gelang, eine hochgerüstete und technisierte Institution des Staates, wie dies bei der Polizei der Fall ist, bloßzustellen.

Daß es innerhalb weniger Minuten möglich war, 23 Funkwagen für die Fahndung aufzubieten, spricht ebenso wie die körperliche Leistungsfähigkeit der Beamten für die Qualität eines mit Steuermilliarden finanzierten Polizeiapparates.

Diese Amtshandlung wurde von Polizeipräsident Dr. Stiedl zum Anlaß genommen, die Beamten und den geistesgegenwärtigen „Haxlsteller“ zu ehren.

118

SCHENGEN-FAHNDUNG

Im Dezember 1997 war es soweit: Die Republik Österreich wurde in das Schengener Informationssystem (SIS) eingebunden. Es ist dies ein EDV-unterstütztes Erfassungs- und Abfragesystem zur Fahndung nach Personen und Sachen innerhalb der Schengener Staaten. Zu diesen gehören neben Österreich derzeit Deutschland, Frankreich, die Niederlande, Belgien, Luxemburg, Spanien, Portugal und Italien.

Das Herzstück des SIS besteht aus einem Zentralrechner in Straßburg und einem von jedem Schengener Staat gesondert eingerichteten Großrechner. Zwischen dem Zentralrechner und den nationalen Großrechnern findet ein permanenter Informationsaustausch statt. Dies bedeutet, daß die Fahndung, die von einem Mitgliedstaat veranlaßt wird, sich Minuten später in den Computern aller anderen wiederfindet.

Mit Einführung dieses grenzüberschreitenden Fahndungssystems wurden die wesentlichen Voraussetzungen zur Bekämpfung der internationalen und organisierten Kriminalität geschaffen.

Anhand zweier Beispiele soll die Wirksamkeit dieser Fahndungsmöglichkeit gezeigt werden:

Am 25. Jänner 1998 wurde die Besatzung einer motorisierten Verkehrsstreife, die routinemäßig die Südosttangente auf der Jagd nach Verkehrssündern befuhr, auf einen Pkw der Marke Lancia Delta mit tschechischem Kennzeichen aufmerksam, welcher auf einer Sperrfläche abgestellt war. Neben dem vorschriftswidrig geparkten Fahrzeug standen zwei Männer. Die Beamten hielten an: sie waren der Meinung, daß sie ihre Hilfe anbieten könnten. Doch es stellte sich heraus, daß keine Panne vorlag, der Lenker und sein Beifahrer hatten vielmehr eine Rast eingelegt und nicht darauf geachtet, daß sie ihr Fahrzeug verbotenerweise abgestellt hatten. Mißtrauisch geworden, führten die Polizisten über die Funkleitzentrale eine Personenanfrage und hinsichtlich des Pkws eine Sachenanfrage durch. Innerhalb weniger Minuten zeigte sich, daß der Reisepaß, lautend auf den Namen Antonio S., von der italienischen Polizei als gestohlen ausgeschrieben war. Der Paßinhaber selbst schien mit diversen Aliasnamen als gefahndet auf. Der italienische Staatsbürger Antonio S. alias Michele S., 1959 bzw. 1964 in Addis Abeba geboren,

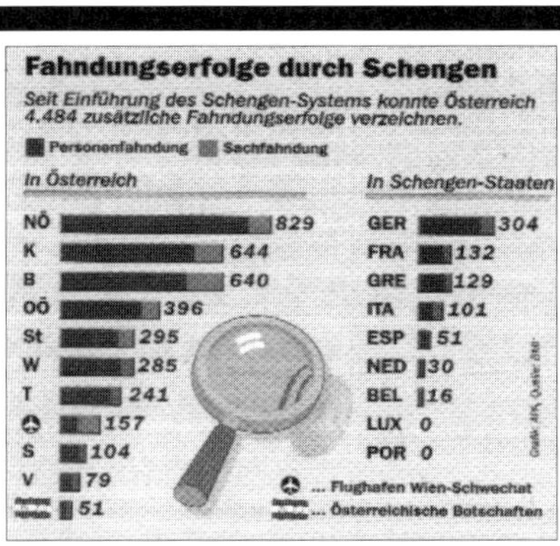

Zehn europäische Staaten (Belgien, Deutschland, Frankreich, Griechenland, Italien, Luxemburg, Niederlande, Österreich, Portugal und Spanien) haben ihre Fahndungscomputer im SIS vernetzt. Im ersten Schengen-Jahr blieben nur Portugal und Luxemburg ohne Fahndungserfolge zu österreichischen Ausschreibungen

Kurier vom 30. Dezember 1998

wurde seit Dezember 1990 wegen eines Raubüberfalls in Frankreich von der französischen Justiz gesucht. Die Beamten Mayer und Hofbauer sprachen die Festnahme aus und überstellten den Gesuchten dem Kommissariat Favoriten. Bei seiner Einvernahme war der Verhaftete insofern geständig, als er zugab, den Reisepaß in Italien gekauft zu haben. In diesen Paß ließ er sich einen frei erfundenen Namen eintragen, zumal er wußte, daß er gesucht wurde. Antonio S. wurde ins Landesgericht Wien eingeliefert und im Rechtshilfeweg dem zuständigen französischen Gericht überstellt. Der verfälschte Reisepaß war nur einer von insgesamt 6000 Blankoreisepässen, die im Mai 1996 in Neapel gestohlen und über kriminelle Organisationen in Verkehr gebracht worden waren.

4484 Fahndungserfolge im neuen Schengen-Netz

Auch ein „roter Pate", eine Kurden-Aktivistin und ein Sexualverbrecher wurden gefaßt

Eine beeindruckende Schengen-Bilanz zog Innenminister Karl Schlögl am Dienstag. Seit Installierung des Schengener Informationssystems (SIS) im Dezember 1997, konnten 4484 zusätzliche Fahndungserfolge erzielt werden – mehr als 12 pro Tag. 3721 waren „Inlandtreffer" zu ausländischen Ausschreibungen, 763 waren „Auslandtreffer" zu heimischen Fahndungen.

Der erste Fang im neuen Schengen-Netz war zugleich der spektakulärste: Ende Dezember 1997 wurde im Flughafen Schwechat der 41jährige Serguei M. verhaftet. Frankreich suchte ihn wegen Mordverdachtes. Der mit einem israelischen Paß eingereiste Russe soll 1994 in Paris einen anderen Russen mit einer Spezial-MP-Munition durch eine Panzertür erschossen haben. Serguei M. gilt als einer der „roten Paten". Sein Name tauchte auch im Dunstkreis des Mordes an David Sanikidze in Wien auf. Der Russe wurde übrigens bereits an Frankreich ausgeliefert.

175 Kfz sichergestellt

Seither wurden in Österreich noch 3002 andere im Ausland gesuchte Personen dank des SIS-Computers gefaßt, unter anderem die kurdische Aktivistin K. Darüberhinaus gab es 718 erfolgreiche „Sachfahndungen".

Schlögl verweist darauf, daß mit dem neuen System allein an Österreichs Grenzen bisher 175 Kfz-Verschiebungen gestoppt werden konnten. Auch die Fahndung nach gestohlenen oder gefälschten Pässen, Banknoten und Waffen war erfolgreich.

Im Ausland wurden zu österreichischen Ausschreibungen 629 Personen gefaßt und 134 Sachfahndungen positiv erledigt. In diese Kategorie fällt z. B. die Sicherstellung des Fluchtautos von Wolfgang Rieger in Genua. Ein Beispiel aus der Personenfahndung: Erst vor Tagen wurde in Berlin der Welser Hannes M., 27, verhaftet. Er hatte den Verlust seines Passes gemeldet. Im Polizeicomputer fand man den Namen als gefahndet: M. hatte vorher in Wels eine Achtzehnjährige vergewaltigt.

Acht Millionen Daten

Insgesamt enthält das SIS in den zehn Schengen-Staaten acht Millionen Daten zur Sach- und Personenfahndung, 83.000 davon aus Österreich. Praktisch von jedem Wachzimmer aus können Exekutivbeamte das SIS abrufen.

Die häufigsten Treffer (siehe Grafik) erzielte die Polizei an den Grenzen Niederösterreichs, Kärntens und des Burgenlands. Am erfolgreichsten bei österreichischen Fahndungen waren Deutsche, Franzosen und Griechen. **E. B.**

Kurier vom 30. Dezember 1998

Aus einer beabsichtigten Hilfeleistung bei einer vermuteten Autopanne war es in Favoriten zum ersten Fahndungserfolg nach dem erst wenige Wochen zuvor eingeführten SIS gekommen.

Innerhalb weniger Minuten waren Polizeibeamte in einen internationalen Kriminalfall mit Verbindungen zur organisierten Kriminalität geraten. Diese Amtshandlung zeigt die Schwierigkeiten des Polizeialltages: Von einem Augenblick zum anderen kam es zu einem dramatischen Szenenwechsel. Von Exekutivbeamten wird dennoch erwartet, daß sie mit jeder Situation fertig werden.

Ein weiteres Beispiel für die Wirksamkeit der Fahndung sei anhand einer Kfz-Fahndung geschildert:

In der Nacht auf den 6. August 1998 wurde in Wien 10, An der Ostbahn, ein Pkw der Marke Fiat Uno gestohlen. Der Diebstahl wurde um 6.30 Uhr zur Anzeige gebracht, und unmittelbar danach fanden sich die Fahrzeugdaten im Großrechner des Innenministeriums und wurden von dort dem Zentralrechner in Straßburg weitergeleitet. Vier Tage später, also am 10. August, wurde bei einer Verkehrskontrolle mitten in Paris der Lenker des gestohlenen Fiat, ein rumänischer Staatsbürger, angehalten und festgenommen. Das Fahrzeug wurde sichergestellt. Der Bestohlene mußte wohl eine Reise nach Paris antreten, doch sein Eigentum hatte er dank eines effektiven Fahndungssystems innerhalb weniger Tage zurückbekommen.

119

EIN IRRER TÄTER

Am 14. Jänner 1998 wurde gegen 16.20 Uhr die 68jährige Susanne P. aus Fünfhaus in Wien 10, Siccardsburggasse, vor dem Haus 49 von einem Unbekannten von hinten erfaßt und brutal niedergestochen. Zeugin der Tat war die sechsjährige Monika. Das Kind besuchte eine im angeführten Haus etablierte Tanzschule und wurde von einer Bekannten der Familie, nämlich von Susanne P., abgeholt.

Nach dem Attentat war das Opfer schwer verletzt zu Boden gestürzt, und das kleine Mädchen tat instinktiv das Richtige: Es lief in die Tanzschule zurück und erzählte, was vorgefallen war. Rettung und Polizei wurden verständigt. Das Opfer wies zahlreiche Stichwunden im Brustbereich und im Rücken auf. Der Rettungsarzt attestierte akute Lebensgefahr und veranlaßte den Transport der Schwerverletzten in die Intensivstation des AUK Meidling. Die Suche nach dem Täter verlief ungeachtet einer Großfahndung ergebnislos – zu dürftig war die Personsbeschreibung.

Etwa zwei Stunden nach der Tat langte beim Journaldienst des Kommissariates Favoriten ein anonymer Hinweis ein. Ein unbekannter Anrufer erkundigte sich vorerst, ob jemand niedergestochen worden war. Als dies bejaht wurde, bezichtigte er den 32jährigen Reinhard R. aus Wien 10, Davidgasse, der Tat. Mangels sonstiger konkreter Hinweise gingen die Kriminalbeamten dieser Mitteilung sogleich nach und fuhren zur angeführten Adresse. Der Gesuchte war nicht zu Hause, doch so ohne weiteres gaben die Beamten nicht auf. Sie hielten vor dem Wohnhaus des Verdächtigen „Vorpaß". Der anonyme Hinweis hatte sich insofern objetivieren lassen, als sich in den Unterlagen des Kommissariates ein passender Vorfall fand:

Reinhard R. hatte im Mai 1997 in einem Lokal in Wien 10, Inzersdorfer Straße, völlig grundlos einen Gast niedergeschlagen. Da sich der Täter nicht beruhigte und sich nach Auffassung des Lokalbesitzers wie „irr" gebärdete, verständigte dieser die Polizei. Wenig später wurde Reinhard R. festgenommen. Sein Verhalten ließ Zweifel an seinem Geisteszustand aufkommen. Deshalb wurde er dem Polizeiamtsarzt zur Begutachtung vorgeführt. Der seit vielen Jahren im Polizeidienst tätige Amtsarzt, der die Untersuchung gewissenhaft vornahm, wies Reinhard R. wegen des Zustandsbildes der Sinnestäuschung in die psychiatrische Abteilung des Kaiser-Franz-Joseph-Spitals ein.

Einem Verdächtigen mit diesem aktenkundigen Vorleben war ein derartiges Messerattentat zuzutrauen.

Gegen 19 Uhr kam der Gesuchte zu seinem Wohnhaus. Die Kriminalbeamten der Gruppe Böröcz gingen kein Risiko ein, überwältigten Reinhard R. und machten ihm eine Gegenwehr durch Anlegen von Handschellen weitgehend unmöglich. Bei seiner Durchsuchung fanden sich ein Spring- und ein Fixiermesser. Noch während der Verdächtige zum Kommissariat gefahren wurde, gab er zu, eine Frau „abgestochen" zu haben.

Bei seiner Vernehmung machte Reinhard R. durchaus klare und nachvollziehbare Angaben. Die Tat selbst schilderte er im Detail, ein Motiv konnte er jedoch nicht nennen – im übrigen war ihm das Opfer völlig unbekannt. Er hatte plötzlich den unwiderstehlichen Drang verspürt, auf eine Frau einzustechen. Bei der Besichtigung der Kleidungsstücke des Opfers fanden sich zwölf Einstiche. Der Verdächtige wurde wegen Mordversuches angezeigt und gleichzeitig dem Landesgericht Wien überstellt. Der Zustand des Opfers wurde über drei Wochen hindurch als kritisch bezeichnet, dann war die Lebensgefahr gebannt.

Kronen Zeitung vom 2. Oktober 1998

Wien: Pensionistin war mit Enkerl unterwegs ● Irrer mit Springmesser fiel über sie her

Vor Tanzschule: 8 Stiche für Oma

Der Mann ist geisteskrank. Er und die Ärzte wissen das seit 14 Jahren! Trotzdem konnte er sich frei bewegen. Konnte seine Aggressionen ausleben, wahllos Leute zusammenschlagen, Frauen tyrannisieren. Erst jetzt kommt er fix in eine Anstalt: Weil er eine Oma, die in Wien mit ihrem Enkerl unterwegs war, beinahe getötet hat.

Foto: Andi Schiel

Messerstecher Reinhard R. (32) wird in die Psychiatrie eingewiesen

Bei Aufarbeitung des Vorlebens des Verdächtigen stellte sich heraus, daß dieser seit seinem neunzehnten Lebensjahr in psychiatrischer Behandlung stand und unzählige Male stationär betreut worden war. Bei einem seiner Aufenthalte in der niederösterreichischen Landesnervenklinik in Gugging lernte er eine dort gleichfalls zwangsweise eingewiesene Patientin kennen, die er schließlich heiratete. Die damals 22jährige Frau hatte 1992 ihrem Freund den Teufel aus der Brust schneiden wollen und ihn dabei lebensgefährlich verletzt. Die Täterin wurde als „nicht schuldfähig" eingestuft. „Keine akute Gefahr; ein nächster Krankheitsschub wäre erst nach Jahrzehnten möglich", so lautete die Diagnose. Nicht einmal ein Jahr später erstach die „ungefährliche" Frau die Großmutter ihres Lebensgefährten. Neuerlich wurde sie als „nicht schuldfähig" befunden, nunmehr aber zwangsweise eingeliefert und stationär aufgenommen. Zum Zeitpunkt des Messerattentates ihres Ehemannes war sie wieder auf freiem Fuß. Sie war unter der Auflage, selbständig die verordneten Medikamente einzunehmen und in regelmäßigen Abständen zu einer fachärztlichen Kontrolle zu erscheinen, entlassen worden.

Anhand dieses schrecklichen Falles kam es zu einer öffentlichen Auseinandersetzung über die Sinnhaftigkeit der dafür vorgesehenen Gesetze. Es standen einander die Gegner und Befürworter der offenen und der geschlossenen Psychiatrie gegenüber. Der Autor weiß aus eigener dienstlicher Erfahrung, daß in der Vergangenheit allzu oft Personen wegen ihres Geisteszustandes zwangsweise eingewiesen worden waren. Doch seit dem Unterbringungsgesetz aus dem Jahre 1991 ist die Tendenz kraß gegenläufig. Es gibt durchaus achtenswerte und anerkannte medizinische Sachverständige, die der Auffassung sind, daß nunmehr in die andere Richtung übers Ziel geschossen wurde und wird.

Im Fall des Reinhard R. wurde unverantwortlich gehandelt: Ungeachtet der Kenntnis seiner Krankengeschichte war er ohne jede begleitende Maßnahme entlassen worden, und was vorhersehbar war geschah. Sein schizophrener Geisteszustand kam in Form eines Gewaltdeliktes zum Ausbruch und hätte eine Frau beinahe das Leben gekostet. Für das Opfer und dessen Angehörige wird nichts mehr so sein wie es war.

Jetzt, da etwas Dramatisches vorgefallen war, wurde gehandelt. Eine zwangsweise Anhaltung war nicht mehr zu umgehen. Eine medizinische Wissenschaft, die ernstgenommen werden will, darf sich politischen Zeitströmungen nicht hingeben. Dem medizinischen Wissensstand entsprechend muß, egal ob dies opportun ist oder nicht, Rechnung getragen werden. Wenn aus diesem schlimmen Fall Weichenstellungen für die Zukunft vorgenommen werden, so waren die Leiden des Opfers nicht zur Gänze vergeblich.

Der Täter hatte nach der Tat eine Tankstelle aufgesucht, seine blutverschmierten Hände gewaschen und die Tatwaffe, ein Springmesser, so gut es ging gereinigt. Da er sich danach noch einige Zeit dort aufhielt, war seine blutverschmierte Kleidung aufgefallen. Von diesem Ort aus erfolgte der anonyme Anruf, der zur Festnahme führte.

Ohne diesen Hinweis wäre die Ausforschung des Täters wohl nicht möglich gewesen. Zwischen Opfer und Täter gab es keinerlei Beziehung und mit Ausnahme eines sechsjährigen Mädchens keine Zeugen. Da das Opfer von hinten niedergestochen worden war, hatte es den Täter nie von Angesicht zu Angesicht gesehen.

Die prompte Ausforschung des Täters hat der Bevölkerung des Bezirkes und den Beamten des Kommissariates dramatische mediale Präsenz erspart. An einem irren Messerattentäter führt für die Kriminalberichterstattung der Medien kein Weg vorbei. Rasch wäre zu weiteren ungeklärten Verbrechen eine mögliche Verbindung hergestellt worden – für längerwährende Schlagzeilen wäre gesorgt gewesen.

Der Autor weiß, wovon er spricht: Drei ungeklärte Kinder- beziehungsweise Mädchenmorde in den Jahren 1989 bis 1991 und die damit verbundene Medienkampagne haben sich unauslöschlich in sein Gedächtnis eingeprägt.

„Ich wollte jemanden umbringen"

Geisteskranker überfiel Leih-Oma: Sechsjährige als Zeugin des mörderischen Messerüberfalls vor Ballettschule in Wien / Kritik an Gesetz

Wer sah den 31jährigen (o.)? Er soll die 67jährige Susanne P. (l.) mit einem Messer, vermutlich mit diesem „Springer" (u.), attackiert haben

Bilder, Repros: Peter Schaffer

Hier, vor der Ballettschule, sahen sich Monika und Susanne P. Bilder an, als der Attentäter zustach

Kurier vom 2. Oktober 1998

120

EIN FUSSABDRUCK

Am 23. Jänner 1998 wurde in den Abendstunden der Journaldienst des Kommissariates Hernals von der diensthabenden Schwester des Krankenhauses „Göttlicher Heiland“ um Hilfe ersucht.

Eine Frau, die dort ein Kind geboren hatte, war, ohne eine Nachricht zu hinterlassen, geflüchtet. Den Säugling hatte sie zurückgelassen. Für die Kriminalbeamten sollten mit diesem Telefonat wochenlange langwierige Erhebungen beginnen.

Am 22. Jänner 1998 war gegen 22 Uhr eine junge Frau, bei welcher bereits die Wehen eingesetzt hatten, ins Spital gekommen. Nach wenigen Stunden, nämlich um 2.17 Uhr, war es soweit: Ein Mädchen erblickte das Licht der Welt. Die Mutter des Kindes hatte, als sie um Aufnahme ersuchte, kein Ausweisdokument bei sich. Sie gab vor, Nada Peric zu heißen; als Geburtsdatum gab sie den 15. Juni 1977 an, und als Wohnanschrift nannte sie eine Adresse in Wien 18, Währinger Straße 180. Rasch stellte sich heraus, daß der Name frei erfunden war: eine Frau mit diesem Geburtsdatum war in Wien nie gemeldet gewesen. Bereits nach wenigen Stunden war für die Kriminalisten absehbar, daß ohne zielführende Hinweise aus der Bevölkerung nicht weiterzukommen war. Die Medien wurden informiert, und wie immer, wenn es um emotionale Vorfälle geht, griffen diese die Amtshandlung bereitwillig auf.

Im Fernsehen und in den Tageszeitungen erschienen Fotos des Neugeborenen. Das Schicksal des verlassenen Babys wurde ausführlich geschildert. Obgleich nun Millionen Zuseher und Leser Kenntnis hatten, langten keine brauchbaren Hinweise zur Ausforschung der Mutter ein. Das Neugeborene, ein zartes, aber gesundes Kind, wurde vom Krankenpersonal „Barbara“ genannt. Etwa zwei

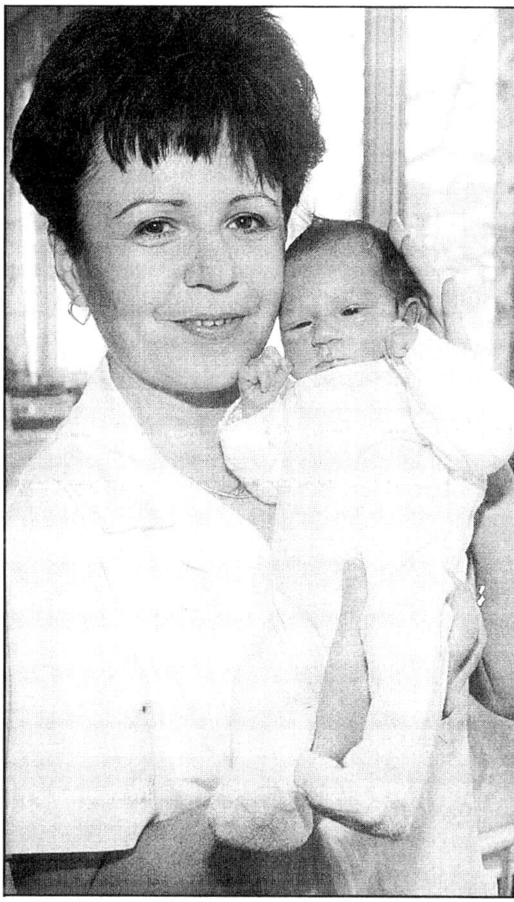

Das Pflegepersonal kümmerte sich um das verlassene Mädchen

Kronen Zeitung vom 24. März 1998

Mutter ausgeforscht, die vor zwei Monaten nach Geburt aus Krankenhaus verschwand

Baby im Stich gelassen: Verhaftet

Nach zwei Monaten wurde jene 21jährige Mutter von der Polizei ausgeforscht, die – wie berichtet – ihr Baby nach der Geburt im Krankenhaus Göttlicher Heiland in Wien-Hernals zurückgelassen hatte. In der Handtasche der Frau fand die Polizei eine Karte mit dem Fußabdruck des Säuglings, die sie als Andenken mitgenommen hatte.

Diesen Fußabdruck ihres Babys nahm die Mutter als Andenken mit

Kronen Zeitung vom 24. März 1998

Wochen nach der Geburt wurde das Kind in ein Kinderheim der Stadt Wien gebracht. In weiterer Folge wurde das Findelkind einer Pflegemutter bis zu einer endgültigen Entscheidung, etwa über eine Adoption, in Obhut gegeben.

Von den Kriminalisten des Kommissariates Hernals wurde in Erfahrung gebracht, daß die abgängige und gleichzeitig unbekannte Mutter im Krankenhaus von einem dortigen Telefonautomaten ein Gespräch geführt hatte. Ein Gerichtsbeschluß, auf Rufdatenrückerfassung lautend, wurde eingeholt. Doch auch diese aufwendigen Erhebungen, die zur Befragung all jener Personen führten, die von dem im Spital befindlichen Telefonautomaten innerhalb einer bestimmten Zeit angerufen worden waren, führten zu keinem Erfolg. Die Hoffnungen, mit kriminalpolizeilichen Methoden zum Ziel zu gelangen, waren gleich Null. Es waren überdies Wochen vergangen, und tagtäglich neue Kriminalfälle ließen in der Medienberichterstattung keinen Platz mehr für die traurige Geschichte des Findelkindes. Am 22. März 1998 teilte gegen 18.30 Uhr ein anonymer Anrufer, von dessen Sprache her zu vermuten war, daß er aus Ex-Jugoslawien stammte, den Kriminalbeamten des Kommissariates Favoriten mit, daß die gesuchte Mutter in einem Lokal im zehnten Bezirk, in welchem überwiegend Ausländer verkehrten, unangemeldet als Kellnerin arbeitete.

Die Kriminalisten Brunner, Kutscher und Vejnik begannen unverzüglich diesem Hinweis nachzugehen, und gegen 21.30 Uhr, also nur etwa drei Stunden nach dem Anruf, befand sich die Verdächtige in den Amtsräumen des Kommissariates. Innerhalb kurzer Zeit sollte eine wochenlange Fahndung zu Ende gehen. Die 21jährige Brigitte P., zuletzt in Ottakring wohnhaft, gab zu, die gesuchte Mutter zu sein. In ihrer Handtasche fand sich ein Fußabdruck des Neugeborenen, der unmittelbar nach der Geburt des Kindes, um Verwechslungen auszuschließen, angefertigt worden war. Die Polizei ist es gewohnt, mit Fingerabdrücken strafbare Handlungen zu klären. Diesmal war es jedoch ein Fußabdruck, der den eindeutigen Beweis, wie er wahrlich nicht jeden Tag vorkommt, lieferte. Die Umstände, die Brigitte P. zu ihrer Handlung geführt hatten, waren bedrückend. Die kroatische Staatsbürgerin hielt sich in Österreich illegal auf, hatte bereits eine dreieinhalbjährige Tochter und mußte überdies noch ihre in Wien lebende Mutter erhalten. Der Vater ihres ersten Kindes, ein Mazedonier, war aus Österreich abgeschoben worden. Der Vater des Neugeborenen, ein Türke, ließ sie im Stich, als er von der Schwangerschaft erfahren hatte. Brigitte P. entschloß sich das Kind zur Welt zu bringen. Selbst vor ihrer Mutter war es ihr gelungen, die Schwangerschaft zu verbergen. Die letzten Wochen vor der Geburt hatte sie bei einer Bekannten Unterkunft erhalten.

In strafrechtlicher Hinsicht hatte Brigitte P. das Vergehen nach § 197 des Strafgesetzbuches begangen. Die Höchststrafe für das „Verlassen eines Unmündigen", so lautet diese Strafbestimmung, beträgt drei Jahre Freiheitsstrafe. Aufgrund der tristen Lebensumstände wurde die junge Mutter zu einer milden, sechswöchigen bedingten Freiheitsstrafe verurteilt.

Es war dies der zweite Fall einer Kindesweglegung in der Kriminalchronik des Bezirkes, der geklärt werden konnte. Im November 1984 war ein Neugeborenes in einer Tragtasche bei einer Trafik in Wien 10, Erlachgasse, abgelegt worden. Ein von der Mutter beigelegter Zettel mit dem Text: „Bitte sorgt für den Kleinen, ich kann es nicht. Er wurde am 27. November geboren. Hoffentlich bekommt er liebe Eltern, ich wünsche ihm alles Gute", hatte damals zu ihrer Ausforschung geführt.

121

FAMILIENRAT ENDETE MIT ZWEI TOTEN

Am 23. März 1998 teilte eine aufgeregte Frauenstimme gegen 20.50 Uhr beim Polizeinotruf mit, daß in einer Wohnung in Wien 10 mehrere Schüsse gefallen wären. Die Anruferin erzählte dem Beamten, daß sie, nachdem sie die Schüsse gehört hatte, den Mieter der Wohnung Nr. 11 blutverschmiert beim geöffneten Fenster seiner Wohnung bemerkte. Besonders ausgebildete und ausgerüstete Polizisten wurden angefordert, und nachdem nicht geöffnet worden war, stürmten sie die Wohnung. Den Beamten bot sich ein schreckliches Bild. Auf dem Boden des Wohnzimmers lagen eine Frau und ein Mann; beide wiesen am Kopf und am Körper Einschüsse auf – für sie kam jede Hilfe zu spät. Vom Täter fehlte jede Spur. Kriminalbeamte und Spezialisten des Erkennungsamtes wurden verständigt. Noch während die weitere Vorgangsweise koordiniert wurde, betraten zwei Männer das Wachzimmer im Kommissariatsgebäude. Einer von ihnen übergab dem Diensthabenden eine Pistole mit dem Bemerken, daß mit dieser Waffe in einer Wohnung im Bezirk geschossen worden war. Die Kriminalbeamten wurden verständigt und zogen die richtige Schlußfolgerung. Der 45jährige Rasim S. war dringend verdächtig, der gesuchte Todesschütze zu sein. Der Begleiter des Festgenommenen war dessen Bruder, der unter vier Augen mit einem Kriminalisten sprechen wollte.

Hasim S. erzählte dem Beamten, daß sein Bruder ihn aufgesucht hatte und ihm mitteilte, daß er seine Frau und deren Freund erschossen hätte. Er hätte ihn daraufhin überredet, sich der Polizei zu stellen, und als er einwilligte, wären sie gemeinsam auf das Wachzimmer gegangen.

Im Zuge der Erhebungen wurden die Umstände bekannt, die zu der furchtbaren Tat geführt hatten. Rasim S. war gegen 16 Uhr von der Arbeit nach Hause gekommen. Mehr oder weniger zufällig nahm er seine Pistole, die er seit 1989 legal besaß, aus dem Safe und begann die Waffe zu reinigen. Als er hörte, daß seine Frau nach Hause kam, ließ er die Waffe, die geladen war, insofern verschwinden, als er sie den Hosenbund steckte. Er tat dies deshalb, weil ihn seine Frau in der Vergangenheit bereits wiederholt zur Rede gestellt hatte, wenn er in ihrer Gegenwart an der Pistole hantierte.

Die Eheleute unterhielten sich vorerst, als plötzlich die 40jährige Veronika S. ihrem Mann eröffnete, daß sie sich verliebt hätte. Rasim S. konnte und wollte dies nicht glauben. Das Ehepaar war seit 24 Jahren verheiratet, und es gab zumindest aus der Sicht von Rasim S. keine ernstzunehmenden Differenzen. Doch nach und nach wurde ihm klar, daß es seine Frau ernst meinte, zumal Veronika S. sich nicht davon abbringen ließ, zu ihrem Freund zu ziehen. Um dieses Vorhaben möglichst rasch verwirklichen zu können, erklärte sie sich bereit, auf jegliche vermögensrechtlichen Vorteile zu verzichten. Während des Gesprächs kam die 17jährige Tochter nach Hause. Kurz danach verließ Veronika S. mit ihrer Tochter die Wohnung, um einkaufen zu gehen. Währenddessen telefonierte Rasim S. mit seiner 23jährigen Tochter und ersuchte diese zu kommen, er hätte ihr etwas Wichtiges mitzuteilen. Etwa eine halbe Stunde später war die Tochter da, und auch ihre Mutter und ihre Schwester waren vom Einkauf zurückgekehrt. Rasim S. eröffnete nun seinen Töchtern das Vorhaben ihrer Mutter in der Hoffnung, seine Frau von ihrem Vorhaben abbringen zu können. Als er einsehen mußte, daß dies nicht gelang, forderte er sie auf, ihren Freund, der ihr Arbeitskollege war und den er flüchtig kannte, anzurufen und in die Wohnung zu bestellen. Wenig später kam der 27jährige Markus D. aus Wien-Floridsdorf. Neuerlich wurde über die Trennungsabsichten gesprochen, abermals mußte Rasim S. feststellen, daß er den Lauf der Dinge nicht ändern konnte. Er forderte seine Töchter auf, die Wohnung zu verlassen – er wollte vermeiden, daß sie Zeugen allfälliger Steitigkeiten werden würden. So jedenfalls begründete er dies bei seiner Vernehmung.

Den Töchtern kam das Verhalten ihres Vaters bedenklich vor; sie wußten überdies, daß sich in der Wohnung zwei Faustfeuerwaffen befanden, und sie berieten sich im Stiegenhaus, ob sie nicht allenfalls die Polizei verständigen sollten. Noch während sie überlegten, fielen in der elterlichen Wohnung mehrere Schüsse. Eine junge Frau, welche zwei Stockwerke unter der Wohnung der Familie S. lebte, hörte von der Straße her Schreie. Sie öffnete das Fenster, und als sie sich hinausbeugte, spürte sie, daß ihr etwas auf den Kopf tröpfelte. Wie sie entsetzt feststellen mußte, war es Blut. Dieses stammte von Rasim S., der beim Wohnungsfenster stand, von der Hand blutete und seinen auf der Straße stehenden Töchtern etwas zurief.

20 Jahre Haft für Doppelmord an Frau und Nebenbuhler ● Urteil nicht rechtskräftig

Neue Liebe war ihr Todesurteil!

„Du bist ein Versager, ich bin ein richtiger Liebhaber." Dieser Satz, hingeschleudert vom verhaßten Nebenbuhler, löste beim betrogenen Ehemann eine „Explosion" aus, so seine eigenen Worte. Er nahm seine Pistole und schoß. Schoß auf seine Frau, schoß auf den Liebhaber. Tötete beide. „Ich tat es im Affekt", beteuert der Angeklagte. Was ihm keiner glaubt: 20 Jahre Haft wegen Doppelmordes.

Rasim S[redacted] ► [redacted] (45) wird wegen Doppelmordes an seiner Frau und deren Geliebten zu 20 Jahren Haft verurteilt.

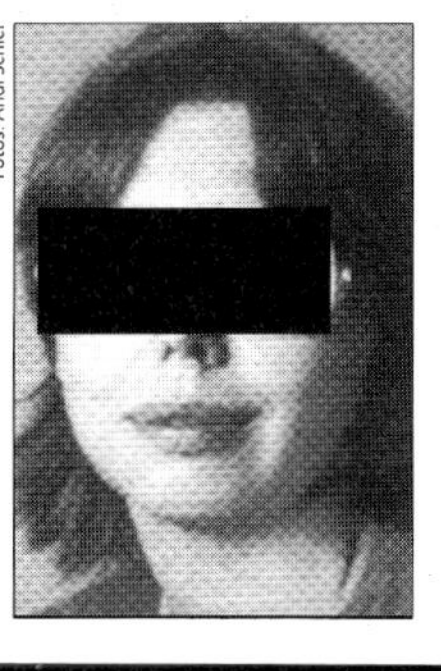

Fotos: Andi Schiel

◄ Veronika S[redacted]i (40) mußte ihre neue Liebe mit dem Leben bezahlen. Sie wurde von ihrem Ehemann erschossen.

Kronen Zeitung vom 29. September 1998

Die Einvernahmen der Töchter und der Verwandten der Familie S. brachten keine Auffälligkeiten zu Tage. Die Ehe des Verdächtigen und der Erschossenen unterschied sich nicht wesentlich von anderen tausenden Lebensgemeinschaften in Österreich. Fallweise war es zu Streitigkeiten gekommen, dramatische Vorfälle waren aber nicht bekannt. Niemand in der Familie wußte vom Verhältnis der Veronika S. zu ihrem Arbeitskollegen. Die konsequente Haltung der Frau, ihr zukünftiges Leben an der Seite eines anderen Mannes zu verbringen, und ein eskalierender Streit lösten die Gewalttat aus. Rasim S. zog seine noch immer im Hosenbund verdeckt getragene Pistole und schoß aus nächster Nähe auf seine Frau und deren Freund. Er schoß so lange, bis er alle Patronen verfeuert hatte. Bei der Spurensicherung wurden insgesamt neun Patronenhülsen am Tatort gefunden. An den Leichen wurden Einschüsse im Kopf- und Brustbereich festgestellt. Die Tatwaffe war eine Pistole der Marke „Star" im Kaliber 9 mm.

Innerhalb weniger Sekunden waren zwei Familien zerstört worden. Die Eltern des 27jährigen Markus D. hatten ihren einzigen Sohn und zwei Kinder ihre Mutter verloren. Ein bis dahin unbescholtener Mann, er war 1972 nach Österreich gekommen und 1980 österreichischer Staatsbürger geworden, wurde wegen Verdachtes des zweifachen Mordes angezeigt und dem Landesgericht Wien eingeliefert.

Seine Tat heizte abermals die politische Diskussion um eine Verschärfung des geltenden Waffenrechtes an.

Am 28. September 1998 fand der Prozeß gegen Rasim S. statt. Das Bemühen seines Verteidigers, die Tat als Totschlag zu qualifizieren, um so eine mildere Bestrafung zu erreichen, war erfolglos.

Das Urteil der Geschworenen lautete einstimmig auf eine 20jährige Freiheitsstrafe wegen zweifachen Mordes. Rasim S. erbat sich Bedenkzeit.

122

EIN SERIENRÄUBER

Am 5. Juni 1998 wurde gegen 8.15 Uhr eine 83jährige Frau, welche die Rolltreppe am Matzleinsdorfer Platz benützte – sie war auf dem Weg zum Evangelischen Friedhof –, von einem Unbekannten niedergestoßen und ihrer Handtasche beraubt. Nur einen Tag später wurde eine 66jährige Frau, sie kam vom genannten Friedhof, auch sie fuhr auf der Rolltreppe in der Unterführung des Matzleinsdorfer Platzes, überfallen. Der Täter hielt der Passantin ein Messer an den Hals und forderte Geld. Geschockt und eingeschüchtert überließ die Überfallene dem Räuber ihre Handtasche, der daraus 700 Schilling entnahm, die Tasche zu Boden warf und flüchtete.

In Favoriten sind Raubdelikte, Gott sei Dank, nichts Alltägliches. Der Autor registriert seit Jahren jedes einzelne derartige Delikt, um allenfalls unverzüglich kriminalpolizeiliche Aktivitäten setzen zu können. Auf die beiden Raubüberfälle gab es nur eine einzige kriminaltaktische Antwort: Streifen durch Kriminalbeamte. Bereits am 7. Juni 1998 wurde der Bereich des Matzleinsdorfer Platzes und dessen nähere Umgebung durch zwei Kriminalbeamte überwacht. Gegen 17 Uhr wurden die Kriminalisten Schwarzmayr und Reischenböck auf einen Mann aufmerksam, auf den die Personsbeschreibung zutreffen konnte. Als der Verdächtige bemerkte, daß er beobachtet wurde, versuchte er, die kritische Örtlichkeit möglichst unauffällig zu verlassen. Doch aus diesem Vorhaben wurde nichts mehr: Die Beamten forderten den Mann zur Ausweisleistung auf und, durch die Nervosität des Perlustrierten noch mißtrauischer geworden, nahmen sie an Ort und Stelle eine Personsdurchsuchung vor. Dabei fand sich ein Fixiermesser, das vom Aussehen und von seiner Größe her jenem, mit dem der zweite Überfall verübt worden war, entsprach. Der 34jährige Andreas B. aus Wien 10 wurde aufgefordert, zur Gegenüberstellung mitzukommen. Nun sollte es Schlag auf Schlag gehen. Der Verdächtige wurde von den beiden Überfallenen einwandfrei wiedererkannt. Ein Haftbefehl gegen Andreas B. wurde daraufhin eingeholt. Bei Durchsicht der Fahndungsunterlagen stellte sich heraus, daß in den vergangenen Wochen im Bereich des Matzleinsdorfer Platzes, jedoch im Zuständigkeitsbereich des Bezirkspolizeikommissariates Margareten, in sieben Fällen Frauen überfallen und beraubt worden waren.

Alles deutete darauf hin, daß der nunmehr Verhaftete der gesuchte Serientäter war. Die 48stündige Verwahrungshaft – länger darf ein Verdächtiger nicht in Polizeigewahrsam verbleiben – reichte nicht aus, die nötigen Gegenüberstellungen durchzuführen. Überdies war ein Teil der Opfer so gravierend verletzt worden, daß sie sich noch in Spitalsbehandlung befanden oder aber seelisch und körperlich nicht ohne weiteres in der Lage waren, zur Gegenüberstellung zu kommen. Ungeachtet dessen gab der Verdächtige einen Raubüberfall nach dem anderen zu.

Nach Abschluß der Erhebungen konnten Überfälle in den Bezirken fünf, sechs, sieben, acht, neun, zehn und zwölf geklärt werden. Sie hatten sich in einem relativ kurzen Zeitraum, nämlich vom 27. Mai bis 6. Juni 1998, zugetragen. Die Opfer waren überwiegend Frauen im Alter von 60 bis 87 Jahren. Von den insgeamt 23 Beraubten wurden sieben leicht und drei schwer verletzt. Sie hatten Arm- und Beinbrüche erlitten. In fünf Fällen hatte Andreas B. ein Fixiermesser zur Unterstreichung seiner Drohung und zur Einschüchterung benützt.

Der Täter lauerte seinen Opfern vorwiegend bei U-Bahn- und Straßenbahnhaltestellen auf. In zehn Fällen war es ihm zu riskant gewesen, die Tat auf offener Straße auszuführen. Er ging seinen von ihm als Opfer auserkorenen Passanten bis in deren Wohnhaus nach. In der Hauseinfahrt oder im Stiegenhaus setzte er sodann sein Vorhaben in die Tat um.

Als Motiv nannte Andreas B. seine Heroin- und Kokainabhängigkeit. Seine Beute betrug im Einzelfall zwischen 180 und 2500 Schilling. Geringe Beträge, wenn man einerseits die Ängste und die gesundheitlichen Schäden der Beraubten und andererseits die Strafdrohung, die bis zu einer fünfzehnjährigen Freiheitsstrafe reicht, in Relation setzt. Aber wie so häufig bei schweren Straftaten gibt es für deren Verübung keine rationale Erklärung.

Der kriminalistische Erfolg wurde für Polizeipräsident Dr. Stiedl zum Anlaß einer Ehrung der beteiligten Beamten, war es doch mit dieser Amtshandlung gelungen, gerade in dem sicherheitspolitisch so sensiblen Bereich der U-Bahn polizeilich erfolgreich tätig gewesen zu sein.

Am 21. Dezember 1998 kam es im Landesgericht Wien zum Prozeß gegen Andreas B. Der Angeklagte wies eine bei Straftätern sich häufig wiederholende Vergangenheit auf. Er war in Heimen aufgewachsen, intellektuell unterdurchschnittlich begabt, hatte seine Lehre abgebrochen und war mit 17 Jahren erstmals straffällig geworden. Insgesamt hatte er es auf 19 Vorstrafen gebracht. Diebstähle, Gewalttaten und der Handel mit Suchtgift hatten ihn immer wieder mit der Polizei und der Justiz in Konflikt kommen lassen. Als er Ende 1997 bedingt entlassen worden war, hatte er bereits zehn Jahre seines Lebens in Strafanstalten verbracht. Obgleich er nach eigenen Angaben bei seiner Entlassung „clean“ war, wurde er nach wenigen Tagen neuerlich rückfällig. Für seinen täglichen Suchtgiftkonsum benötigte er zirka 2000 Schilling. Anfangs finanzierte er seine Sucht durch „Pfuscharbeiten“, doch als die Mittel nicht mehr ausreichten, beschloß er, sich auf kriminelle Art und Weise Geld zu verschaffen. Bewußt hatte er sich ältere Personen als Opfer ausgesucht, zumal bei diesen nicht mit einer ernsthaften Gegenwehr zu rechnen war.

Angeklagt war er wegen dreizehn Raubüberfällen; zwölfmal waren Frauen die Opfer, und einmal war es ein 85jähriger Mann. Nach Abschluß der polizeilichen Erhebungen waren ihm 23 Raubdelikte zur Last gelegt worden, nunmehr waren um zehn weniger in der Anklage zu finden. Hatte der Verdächtige unter dem Schock seiner Verhaftung und nach prompter Gegenüberstellung seiner letzten Opfer gestanden und die Kriminalisten überdies zu Tatorten geführt, die diesen zum damaligen Zeitpunkt noch gar nicht bekannt waren, so hat sich sein Verhalten bis zu

Drogensüchtiger gestand 23 Überfälle auf betagte Frauen

Brutaler Räuber lauerte in U-Bahn-Stationen: Opfer bedroht, verfolgt, über Stiegen geworfen

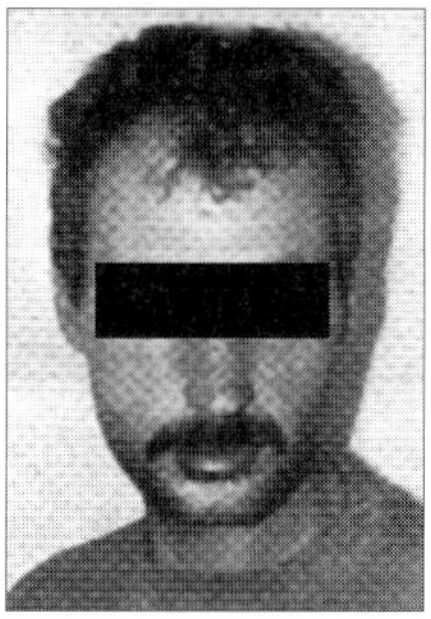

Repro: Peter Grolig

Der Verdächtige hat gestanden

Bild: Peter Grolig

Favoritens Polizei-Chef Berghammer mit dem sichergestellten Messer

Kurier vom 13. Juni 1998

seiner Vernehmung durch den Untersuchungsrichter entscheidend geändert. Verantwortlich dafür war wohl der Einfluß seiner Mithäftlinge, aber auch die juristische Beratung seines Pflichtverteidigers. Altersbedingt war ein Teil der Opfer nicht in der Lage, den Verdächtigen einwandfrei zu identifizieren. Dies hatte dazu geführt, daß seitens der Staatsanwaltschaft nur noch jene Delikte angeklagt wurden, bei welchen einerseits ein Geständnis vorlag und andererseits die Beweislage als ausreichend angesehen wurde.

Ein engagierter junger Pflichtverteidiger, der im übrigen zum ersten Mal in einem Geschworenenprozeß agierte, versuchte das beste für seinen Mandanten herauszuholen. Er verzichtete namens des Angeklagten auf eine Vernehmung der betagten Zeugen, um diesen eine nochmalige Aufregung durch die Rekapitulation des Tatgeschehens zu ersparen. Allerdings verlangte er die Aufrufung der Zeugen. Als diese vollzählig im Gerichtssaal anwesend waren, ersuchte er das Gericht um eine Wortmeldung des Angeklagten. Andreas B. trat vor und bat seine Opfer um Entschuldigung für das, was er ihnen angetan hatte. Doch seine neunzehn Vorstrafen, das Alter der Opfer und deren zum Teil schwere Verletzungen machten der Verteidigungstaktik einen Strich durch die Rechnung. Nach einer etwa halbstündigen Beratung waren sich die Geschworenen und der Richtersenat einig: Der Angeklagte wurde wegen mehrfachen schweren Raubes zu einer zehnjährigen Freiheitsstrafe verurteilt.

Mit dieser Strafe sollte, der Vorsitzende betonte dies in seiner Urteilsbegründung, auch eine abschreckende Wirkung gegenüber potentiellen Tätern erreicht werden, zumal Raubüberfälle im Jahre 1998 eine unübersehbar steigende Tendenz aufwiesen und sich ein Großteil der Opfer altersbedingt dagegen nicht wehren konnte.

123

ZIVILCOURAGE

Am 20. Juli 1998 fuhr die 59jährige Aurelia P. aus Bruck an der Leitha kommend mit ihrem Kleintransporter in den Verteilerkreis am Laaer Berg ein. An der Kreuzung Favoritenstraße – Altes Landgut mußte sie scharf abbremsen, um einen Zusammenstoß mit einem Fußgänger zu vermeiden, der ohne Rücksicht darauf, daß die Ampel für ihn Rotlicht zeigte, die Fahrbahn überquerte. Infolge des hohen Verkehrsaufkommens waren nachfolgende Fahrzeuglenker ebenfalls genötigt, vehement abzubremsen, um einen Auffahrunfall zu vermeiden.

Einer der Lenker betätigte die Hupe, um so auf das vorschriftswidrige Verhalten aufmerksam zu machen, vermutlich auch um seinen Ärger auszudrücken. Diese Vorgangsweise ließ den Passanten völlig ausrasten. Er ging auf die zum Stillstand gekommenen Pkw zu, bespuckte diese und trat wuchtig gegen die Türe eines der Fahrzeuge. Damit nicht genug, er zertrümmerte mit dem Fuß auch einen Scheinwerfer. Die betroffene Lenkerin Aurelia P. getraute sich nicht auszusteigen, im Gegenteil, sie sperrte sich in ihrem Auto ein, um so vor möglichen tätlichen Angriffen geschützt zu sein.

Einer der Autofahrer stieg aus, um den „Verrückten" zur Rede zu stellen. Dies hätte er besser nicht getan, denn wie von Sinnen fiel der Renitente über ihn her. Dem 51jährigen Angestellten Otto L. aus Wien-Favoriten wurde durch Faustschläge die Brillenfassung mit solcher Wucht ins Gesicht geschlagen, daß die Brille zerbrach und er mehrere blutende Schnittverletzungen erlitt. Die Vehemenz der Schläge hatte auch einen Nasenbeinbruch zur Folge. Otto L. stürzte zu Boden; dessen ungeachtet setzte der Gewalttäter seinen Weg fort, als ob nichts geschehen wäre. Aurelia P., die eingeschüchtert in ihrem Auto saß und Augenzeugin des Gewaltexzesses geworden war, tat das einzig Richtige: Über ihr Handy verständigte sie die Polizei.

Tatort: Verteilerkreis Favoriten

Wenig später war eine Funkwagenbesatzung zur Stelle, und dem Sicherheitswachebeamten Lubena und seiner Kollegin Riegler gelang es, den Mann einzuholen. Sogleich bedrohte dieser die Polizisten für den

Fall, daß sie ihm näher kommen sollten, mit dem Umbringen. Unmittelbar darauf stürzte er sich auf die Beamten. Diesen gelang es nur mit Mühe und unter Anwendung körperlicher Gewalt, den Tobenden festzunehmen.

Im Kommissariat wurde der 25jährige Michael S. aus Wien 10, Leibnitzgasse, vorerst in den Arrest eingeliefert. Noch immer war sein Aggressionspotential nicht versiegt: er zerriß die auf der Pritsche liegende Wolldecke, verknotete diese und schleuderte sie gegen die Lichtkuppel der Zelle. Michael S. wurde von einem Amtsarzt auf Haft- und Deliktsfähigkeit untersucht, doch es wurde bei ihm weder eine Alkohol- noch eine Suchtgiftbeeinträchtigung festgestellt. Bei seiner Einvernahme bestritt der Festgenommene jegliche Straftat, im Gegenteil, er beschuldigte den Autofahrer, ihn geschlagen zu haben. Michael S. wurde auf freiem Fuße zur Anzeige gebracht und im November 1998 im Landesgericht Wien wegen versuchten Widerstandes gegen die Staatsgewalt, Sachbeschädigung und Körperverletzung zu einer siebenmonatigen Freiheitsstrafe verurteilt. Die Strafe wurde jedoch bedingt ausgesprochen, dies ungeachtet dessen, daß der Verurteilte bereits einschlägige Vorstrafen wegen Sachbeschädigung und Körperverletzung aufwies. Schmerzensgeldansprüche und Schadenersatzforderungen wurden von den Geschädigten nicht angestrebt – sie wären ohnedies nicht zu erfüllen gewesen. Der Angeklagte ging keiner Beschäftigung nach, er bezog vielmehr Notstandshilfe.

Welche Chancen hat ein Bürger, der, wie Otto L., einen Täter davon abhalten will, weiteres Unheil anzurichten? Die Antwort ist ernüchternd: So gut wie keine. Verfügt jemand nicht über außergewöhnliche Körperkräfte und allenfalls über profunde Kenntnisse der Selbstverteidigung, so ist er chancenlos, eine Konfrontation ohne Verletzungen zu überstehen. Die Verwendung einer Waffe würde bei Gericht mit großer Wahrscheinlichkeit als nicht adäquates Mittel beurteilt werden. Das gerechtfertigte Maß an Verteidigung ist allzu leicht überschritten. Handlungen, die in Sekundenbruchteilen aus einer akuten Situation heraus gesetzt werden, halten stundenlangen Erörterungen von Juristen und Sachverständigen nur selten stand.

Es darf daher nicht verwundern, daß die immer wieder geforderte Zivilcourage nur ausnahmsweise vorhanden ist. Es ist fraglich, ob Otto L. diese ohne weiteres abermals beweisen würde.

Die Schläge und Schmerzen, die zerbrochene Brille, die verschmutzte und beschädigte Bekleidung und, davon wird so gut wie nie berichtet, die psychischen Probleme zur Überwindung eines derartigen Erlebnisses sind ein hoher Preis für das Eintreten zum Wohle der Gemeinschaft.

Ob dies dem erkennenden Strafrichter in jedem Fall bewußt ist, darf bezweifelt werden. Der nahezu tägliche Umgang mit Gewaltdelikten stumpft ab und läßt es möglicherweise an der nötigen Sensibilität für die Opferseite fehlen.

Es macht einen gewaltigen Unterschied, einen Täter bei oder unmittelbar nach Verübung einer Straftat zu sehen oder aber Monate später dieselbe Person vor Gericht zu beobachten. Die „Verwandlung" im Auftreten ist zum Teil Ursache für die unrealistische Einschätzung der Täterpersönlichkeit und der darauf basierenden Strafbemessung.

124

MIT SAMURAI-SCHWERT GETÖTET

Am 29. September 1998 langte kurz nach Mitternacht beim Polizeinotruf ein Hilferuf ein: Ein schwerverletzter Mann läge am Gehsteig vor dem Café Sinatra in Wien 10, Quellenstraße. Die wenige Minuten später eintreffende Funkwagenbesatzung fand den 27jährigen kroatischen Staatsbürger Predrag R. mit einer stark blutenden Bauchwunde vor. Ein Rettungsarzt war bereits anwesend und kümmerte sich um den Verletzten, der nicht ansprechbar war.

Wie sich herausstellte, war es zwischen Predrag R. und einem Unbekannten zum Streit gekommen, in dessen Verlauf beide Männer in Richtung Ausgang des Cafés gegangen waren. Wie es zur Verletzung gekommen war, konnte vorerst nicht in Erfahrung gebracht werden, zumal der Täter verschwunden war. Der Schwerverletzte wurde in das AUK Meidling gebracht; es bestand Lebensgefahr. Diese Diagnose des Rettungsarztes wurde von den Spitalsärzten bestätigt.

Die Nachtdienst versehenden Kriminalbeamten Schlöglhofer und Wiedner übernahmen den Fall. Die noch anwesenden Gäste und das Personal des Lokales wurden ins Kommissariat gebracht. Nach und nach wurden Details über die Person des Flüchtigen bekannt, die seine Ausforschung ermöglichten. Gegen fünf Uhr morgens war es soweit: Der Tatverdächtige, der 37jährige Bankangestellte Bruno B. aus Wien 10 wurde in seiner Wohnung angetroffen und festgenommen. Zu diesem Zeitpunkt stand fest, daß die Verletzung vermutlich mit einem Samurai-Schwert zugefügt worden war. Die Tatwaffe wurde in der Wohnung aufgefunden und sichergestellt.

Am 28. September 1998 hatte der Angestellte gegen 17 Uhr das Café aufgesucht. Er war alleinstehend und verbrachte des öfteren seine Freizeit in Lokalen. An diesem Abend versuchte er seine Langeweile mit Alkohol zu verkürzen und konsumierte mehrere Gläser Cola, gemischt mit Rotwein. Im Laufe des Abends war er von einem Gast, der gleichfalls über den Durst getrunken hatte, angestänkert worden. Bruno B. verließ daraufhin das Lokal und ging nach Hause. In der Wohnung angelangt, kam er auf eine verhängnisvolle Idee: Er nahm sein Samurai-Schwert, verbarg es unter seinem Sakko und nun, da er sich stark genug fühlte, beschloß er, in das Café zurückzukehren. Für eine mögliche neuerliche Auseinandersetzung war er jetzt gerüstet.

Doch sein Kontrahent, dessentwegen er zuvor gegangen war, war nicht mehr anwesend. Bruno B. nahm an der Theke Platz; das Schwert legte er auf die der Kellnerin zugewandte Seite, so daß es von den übrigen Gästen nicht bemerkt werden konnte, und begann abermals Alkohol zu konsumieren. Schließlich kam er mit einer jungen Frau ins Gespräch, doch deren Begleiter war dies nicht recht. Es kam zu einer wörtlichen Auseinandersetzung. Die Frau stand daraufhin auf und nahm bei ihrem Freund Platz. Bruno B. fühlte sich in seiner Ehre gekränkt. Er griff nach dem Samurai-Schwert, ging auf das Pärchen zu und zerschlug damit, um seine

Bei Streit um eine Frau kam es vor Gasthaus zu einer blutigen Auseinandersetzung:

Mit Samurai-Schwert erstochen

Mit einem Samurai-Schwert wurde vor einem Gasthaus in Wien-Favoriten ein 28jähriger Mann nach einem Streit um eine Frau erstochen. Er blieb nach der blutigen Auseinandersetzung mit einem Bauchstich auf der Straße liegen und starb nach der Einlieferung im Krankenhaus. Den mutmaßlichen Täter, einen Bankangestellten (37) konnte die Polizei in dessen Wohnung festnehmen.

◄ Der Polizeichef von Favoriten, Hofrat Dr. Berghammer, mit dem sichergestellten Samurai-Schwert des Bankangestellten.

Foto: Andi Schiel

Kronen Zeitung vom 30. September 1998

Unerschrockenheit und Überlegenheit zu demonstrieren, die auf dem Tisch stehenden Gläser.

Wie in einem billigen Krimi sprang daraufhin Predrag R. auf, zog sich sein Sakko aus, umwickelte damit seinen rechten Arm und ging so gewappnet bereit für einen Kampf auf Bruno B. zu. Der Bankangestellte ging nun rücklings zur Tür des Lokales, gefolgt von seinem Gegner. Einer der Gäste war den beiden gefolgt und bemerkte unmittelbar danach, daß Predrag R. auf den Stufen zur Eingangstüre lag und Bruno B. neben oder über ihm. Als sich dieser erhob, hatte er das Samurai-Schwert in der Hand, und es war deutlich zu sehen, daß die Klinge stark blutverschmiert war. Er sagte sinngemäß: „Ich wollte ihn nicht stechen; er ist mir in das Schwert gefallen!" Danach lief er weg.

Bei seiner Vernehmung blieb der Verdächtige dabei, daß er nicht absichtlich zugestoßen hätte. Nachdem Predrag R. sich auf ihn gestürzt hatte, wäre er zu Boden gegangen; sein Gegner wäre auf ihn gefallen und dabei in das Schwert gestürzt. Es war dies eine Verantwortung, die mangels Tatzeugen nicht zu widerlegen war. Der Verletzte konnte hiezu nicht mehr befragt werden: er verstarb am 29. September 1998, um 5 Uhr.

Der Tatort wurde durch Spezialisten des Erkennungsamtes fotografiert, und eine gerichtsmedizinische Obduktion wurde beantragt. Es war damit die Erwartung verbunden, über die Stichführung allenfalls Hinweise zu erhalten, die es ermöglichen sollten, die Angaben des Verdächtigen zu widerlegen oder zu bestätigen. Der Festgenommene, ein Mann, der in seinem bisherigen Leben noch nie mit der Polizei oder der Justiz zu tun gehabt hatte, wurde dem Landesgericht Wien überstellt. Über ihn wurde die Untersuchungshaft verhängt. Er sollte bis 16. Februar 1999, also bis zum Prozeßtermin, in Haft verbleiben. Bruno B. wurde des Mordes angeklagt.

Der Prozeßvorsitzende Dr. Kahler führte eine penible Befragung nicht nur des Angeklagten, sondern auch der Zeugen durch, um so den tatsächlichen Tathergang zu ergründen. Die Verantwortung des Angeklagten änderte sich auch in der Hauptverhandlung nicht. Keiner der Zeugen konnte eindeutige Angaben über den eigentlichen Tathergang machen. Der gerichtsmedizinische Sachverständige demonstrierte mit der Tatwaffe in der Hand das Zufügen der tödlichen Verletzung, doch er konnte nicht ausschließen, daß es zum Tode des Predrag R. auf eine Art und Weise gekommen war, wie sie vom Angeklagten behauptet wurde.

Die Geschworenen zogen sich nach der Rechtsbelehrung zur Beratung zurück und sprachen den Angeklagten einstimmig vom Vorwurf des Mordes frei. Der Bankangestellte wurde wegen fahrlässiger Tötung zu einer achtzehnmonatigen Freiheitsstrafe verurteilt; sechs Monate davon wurden unbedingt, die restlichen zwölf bedingt auf drei Jahre ausgesprochen. Der Angeklagte nahm das Urteil sofort an. Die Eltern des Bruno B., die der Verhandlung beigewohnt hatten, verließen mit Tränen in den Augen den Gerichtssaal. Der Staatsanwalt, der vorerst keine Erklärung abgab, verzichtete letztlich auf ein Rechtsmittel. Damit war das Urteil rechtskräftig geworden.

125

DNA-PREMIERE IN FAVORITEN

Nach mehrjährigen Vorbereitungen wurde am 1. Oktober 1997 eine DNA-Datenbank beim gerichtsmedizinischen Institut Innsbruck installiert. Eine moderne naturwissenschaftliche Methode, ein Produkt der Genforschung, hatte damit Eingang in die österreichische Kriminalistik gefunden. Österreich war damit nach England der zweite Staat in Europa, der dieses Verfahren eingeführt hatte. Die Desoxyribonukleinsäure, kurz DNA genannt, ist die chemische Bezeichnung der Erbsubstanz. Die biologischen Bausteine in den Zellen des Menschen ermöglichen seine eindeutige und zweifelsfreie Identifizierung.

Aus Blut, Haaren, Speichel, Schweiß, Sperma, Hautpartikel usw. läßt sich mit wissenschaftlicher Exaktheit der dazugehörige Mensch feststellen. Im kriminalpolizeilichen Alltag finden sich in einer Vielzahl von Fällen am Tatort biologische Spuren, die vom (unbekannten) Täter zurückgelassen wurden. Sei es, daß sich ein Einbrecher beim Einschlagen einer Auslagenscheibe verletzt, ein Bankräuber auf der Flucht seine Strumpfmaske verloren hat, ein Betrüger bei einem „Verkaufsgespräch" einen Zigarettenstummel zurückgelassen hat oder sich nach einem Sittlichkeitsdelikt Samenspuren finden. In jedem Fall ist die biologische Spur geeignet, den Täter zu identifizieren.

Um die Tatortspuren zuordnen zu können, sind Vergleichsspuren vom Tatverdächtigen nötig. Seit Einführung der DNA-Datenbank wird bei allen Personen, die gravierender strafbarer Handlungen verdächtig sind, ein Mundhöhlenabstrich vorgenommen. Die so gewonnene Wangenschleimhaut liefert das Basismaterial zur Genanalyse. Laufend werden im gerichtsmedizinischen Institut Innsbruck die übermittelten Tatortspuren mit den genetischen Daten der Verdächtigen überprüft. Nur wenige Monate sollten vergehen, ehe sich die Erfolge einstellten. Einer der ersten und wohl spektakulärsten Fälle war die Überführung eines brutalen Vergewaltigers. Ein Unbekannter hatte in den Jahren 1993 bis 1996 Frauen im Alter von 60 bis 85 Jahren beraubt, gequält und brutal vergewaltigt. Im Frühjahr 1998 wurde der 34jährige Mikica O. einer Vielzahl von Kellereinbruchsdiebstählen überführt, und anläßlich seiner erkennungsdienstlichen Behandlung wurde bei ihm ein Mundhöhlenabstrich gemacht. Was niemand geahnt hatte, trat ein: Die anläßlich der Tatorterhebung gesicherten Samenspuren des Unbekannten waren genetisch ident mit jenen, die sich in der DNA-Bank vom Kellereinbrecher fanden. Alles weitere war polizeiliche Routinearbeit. Mikica O. wurde verhaftet, und nach Vorhalt des Beweismaterials mußte er einsehen, daß sein Leugnen sinnlos war. Im November 1998 wurde Mikica O. zu einer elfjährigen Freiheitsstrafe verurteilt. Ohne DNA-Analyse wären seine Verbrechen wohl nie geklärt worden und, noch schlimmer, der pervertierte Triebtäter hätte allenfalls noch weitere Sexualdelikte verübt.

Im September 1998 fand im Bezirkspolizeikommissariat Favoriten die DNA-Premiere statt. Die Mühen der genetischen Spurensicherung am Tatort trugen erstmalig ihre Früchte. Am 2. Mai 1998 wurde in Wien 10, Quellenstraße 108, in eine dortige „Libro"-Filiale eingebrochen. Bei der Tatorterhebung entdeckte der Kriminalbeamte im Geschäft ein blutverschmiertes Handtuch. Vermutlich hatte sich der Einbrecher beim Einschlagen einer Glasscheibe verletzt und sich mit einem Handtuch, welches er im WC des Geschäftes vorgefunden hatte, erstversorgt.

Am 10. Juni 1998 wurde in eine Trafik am Matzleinsdorfer Platz eingebrochen; auch dabei hatte sich der Täter verletzt: auf einem Brieflos fanden sich Blutspuren.

Am 22. Juni 1998 wurde in einen Kiosk am Viktor-Adler-Markt eingebrochen, und wieder fanden sich Blutspuren, von welchen anzunehmen war, daß sie vom Täter stammten.

In allen drei Fällen wurden die Spuren gesichert und zur Auswertung bzw. Speicherung weitergeleitet. Sämtliche Blutspuren konnten Verdächtigen zugeordnet werden, die nach den von ihnen verübten Einbruchdiebstählen in Favoriten wegen neuerlich von ihnen begangener strafbarer Handlungen festgenommen worden waren. Anläßlich ihrer Anzeige und Einlieferung ins Gericht wurde bei ihnen ein Mundhöhlenabstrich gemacht. Die Zusammenführung der Tatortspuren mit den individuellen genetischen Merkmalen der Verdächtigen entlarvte sie als Spurenverursacher und damit als die gesuchten Täter.

Wer, wie der Autor, die „Steinzeit" der Kriminalistik in den sechziger und siebziger Jahren miterlebt hat, eine Ära, in welcher das Geständnis häufig das einzige Mittel zur Klärung von strafbaren Handlungen war, weiß diese moderne Methode zu schätzen. Doch nicht nur die Überführung eines Schuldigen wird so ermöglicht. Was noch wichtiger ist: auch die Unschuld eines Verdächtigen ist so beweis-

Lobgesänge auf „Kommissar DNA"

Nach sensationellem Erfolg: Fahndung mit „genetischem Fingerabdruck" wird jetzt forciert. Polizei-Experten hoffen auch auf Abschreckung

Peter Grolig

Eigentlich müßten nun auch die allerletzten Kritiker verstummen, wenn sie schon nicht in des Innenministers Lobeshymnen einstimmen: „Die DNA-Datenbank ist ein Quantensprung in der kriminalpolizeilichen Ermittlungsarbeit". Dementsprechend groß ist auch die Freude über die Ausforschung des Serien-Vergewaltigers, die sich – wie vom KURIER am Mittwoch exklusiv berichtet – bereits angekündigt hat. Am Wochenende ist die Sensation dann perfekt geworden.

Nunmehr steht der Ausweitung des am 1. Oktober 1997 gestarteten Pilot-Projektes nichts mehr im Wege. Auf einer Fachtagung Ende dieser Woche soll beispielsweise beschlossen werden, auch kleinere Kripo-Dienststellen (etwa bestimmte Wiener Kommissariate) mit DNA-Abnahmesets auszurüsten. Die beinhalten ein Paar sterile OP-Handschuhe, zwei „Filzkämme" und Phiolen, kosten jeweils knapp 1000 S.

Ministerialrat Dr. Herbert Beuchert, „Mr. DNA" im Innenministerium, will den genetischen Fingerabdruck nicht als Wundermittel verstanden wissen. Aber: „Er ermöglicht uns Ermittlungsansätze". Beucherts feste Überzeugung: „Wer gegen dieses Projekt ist, der ist gegen die effiziente Bekämpfung der sexuellen Gewalt gegen Frauen und Kinder".

So betont er, daß etwa der Mord an Christina Nytsch in Deutschland verhindert worden wäre, hätte sich die DNA des einschlägig Vorbestraften schon nach einer zuvor verübten Vergewaltigung in einer Datei befunden. Favoritens Polizei-Chef Ludwig Berghammer denkt auch an die präventive Wirkung der DNA-Datenbank: „Ein Verbrecher muß einfach damit rechnen, erwischt zu werden". In „seinem" Bezirk sind bekanntlich drei Mädchenmorde ungeklärt.

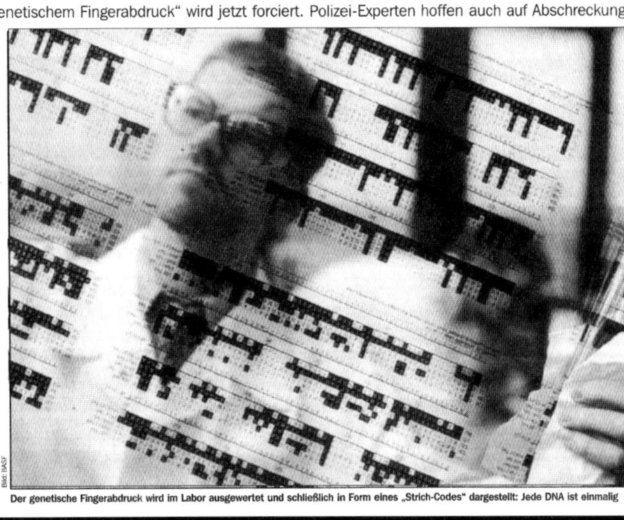

Bild: BASF

Der genetische Fingerabdruck wird im Labor ausgewertet und schließlich in Form eines „Strich-Codes" dargestellt: Jede DNA ist einmalig

Kurier vom 16. Juni 1998

bar. Noch ein Vorteil ist dem genetischen Fingerabdruck eigen: Durch keine Maskierung, nicht durch das Anziehen von Handschuhen, ja selbst durch einen chirurgischen Eingriff ist er nicht zu verändern.

Obgleich bis November 1998 nur etwa 7500 Tatverdächtige in die DNA-Datei aufgenommen wurden, gab es rund 100 „Treffer" nach dem Vergleich mit etwa 1100 biologischen Tatortspuren. Wenn man weiß, daß etwa 700.000 Personen mit ihren Fingerabdrücken einliegen, so lassen sich die künftigen Möglichkeiten der DNA-Methode erahnen. Bisher konnten zwei Mordfälle, acht Vergewaltigungen und über 90 weitere strafbare Handlungen, darunter auch die Einbruchdiebstähle in Favoriten, geklärt werden. Innenminister Mag. Karl Schlögl sprach anläßlich der bisherigen Erfolge der DNA-Analyse zu Recht von einem Quantensprung in der Kriminalistik.

126

VERRÄTERISCHER RAUCH

Am 16. März 1999 bemerkte der Lenker des Funkwagens „Julius 600“ in Wien 10, Gudrunstraße 137–139, dichte Rauchschwaden, die aus einer im ersten Stock gelegenen Wohnung drangen. Der Beamte verständigte unverzüglich die Feuerwehr und lief sodann zur Wohnung, um allenfalls Hilfe leisten zu können.

In der Wohnung, die mit Rauch gefüllt war, traf er auf einen Mann, der damit beschäftigt war, den Brandherd zu löschen. Der 35jährige Andreas M. wollte in einer Bratpfanne Pommes frites zubereiten. Ein dringendes Bedürfnis ließ ihn das WC aufsuchen. Er sollte an dieser Örtlichkeit länger verweilen als geplant. Während dieser „Sitzungszeit“ begannen die Pommes frites zu verbrennen, und es entstanden starke Rauchschwaden, die sich über das Fenster ihren Weg ins Freie suchten. Als Andreas M. in die Küche zurückkehrte, hatte er größte Mühe, den Brand zu löschen, zumal die Hängekästen über dem Herd zu glosen begannen.

Dem Polizeibeamten stellte sich Andreas M. als Untermieter der Wohnung vor. Als er aufgefordert wurde, sich auszuweisen, konnte er dem nicht entsprechen, da er kein Ausweisdokument bei sich hatte. Der Beamte übermittelte die vorgeblichen Personaldaten über sein Handy der Funkstelle und erhielt Minuten später die gewünschte Auskunft. Der Untermieter war seit 17. März 1994, also beinahe auf den Tag genau seit nunmehr vier Jahren, zur Verhaftung ausgeschrieben. Der Sicherheitswachebeamte Brückler sprach die Festnahme aus und überstellte Andreas M. dem Kommissariat. Von dort erfolgte seine Einlieferung in das Landesgericht Wien.

Andreas M. war am 18. Jänner 1994 in einer Meinl-Filiale am Graben beim Diebstahl einer Flasche Champagner erwischt worden. Es gelang ihm vorerst, aus dem Geschäft zu flüchten, doch wurde er von einem Angestellten eingeholt und bis zum Eintreffen der Polizei festgehalten. Es stellte sich heraus, daß der Festgenommene wegen drei ähnlicher Diebstähle in der Vergangenheit bereits zur Anzeige gebracht worden war. Da er sich so vehement zur Wehr gesetzt hatte, daß der Meinl-Verkäufer verletzt worden war, hatte er den Tatbestand des räuberischen Diebstahls verwirklicht und wurde deshalb dem Landesgericht Wien überstellt.

Vor dem Untersuchungsrichter zeigte er sich einsichtig und reumütig, und so wurde er unter der Auflage, sich alle vier Wochen bei Gericht zu melden, gegen Gelöbnis entlassen. Doch Gelöbnis hin oder her, sein Freiheitsdrang gewann die Oberhand: Andreas M. tauchte abermals unter. Dies hatte zur Folge, daß gegen den Flüchtigen ein neuerlicher Haftbefehl erlassen wurde.

Ein ausgedehnter WC-Aufenthalt, währenddessen Speisen verbrannten, und ein mißtrauischer Polizeibeamter beendeten eine vierjährige Fahndung. Wie mit dieser Amtshandlung bewiesen, ist es selbst in der hochbürokratischen Republik Österreich möglich, sich über Jahre hinweg einer behördlichen Verfolgung zu entziehen. Wenn man keinen Spitalsaufenthalt nötig hat, in keinen Unfall verwickelt ist und nicht das Pech hat, in eine Polizeistreife zu geraten, ist dies gar nicht so schwierig. Unabdingbar nötig ist es jedoch, sich am Wohnort nicht anzumelden und keiner geregelten Beschäftigung nachzugehen. Diese beiden Voraussetzungen werden jedoch von einigen tausend Mitbürgern erfüllt.

127

TATORT: STRASSENBAHNLINIE 67

Am 14. Juni 1999 stieg der 52jährige Walter R., Kontrollor der Wiener Verkehrsbetriebe, gegen 13 Uhr in einen Straßenbahnzug der Linie 67 ein. Im Verlauf seiner Kontrolle forderte er einen etwa 20jährigen Mann zum Vorweis der Fahrkarte auf. Der Angesprochene wies einen Fahrtausweis vor. Da dessen Gültigkeitsdauer nicht einwandfrei erkennbar war, wurde er zur Ausweisleistung aufgefordert. Dies war für den Fahrgast offenbar zuviel, er rastete völlig aus, drückte den Fahrtausweis dem Kontrollor ins Gesicht, kletterte auf einen der Sitze und schlug wüst auf den Beamten ein.

Einer der Fahrgäste betätigte das Notsignal, der Straßenbahnzug wurde zum Stillstand gebracht, und der Fahrer rief über Notruf die Polizei. Der Gewalttäter riß die Türen des Waggons auf und flüchtete. Ein die Laxenburger Straße stadteinwärtsfahrender Autolenker bemerkte dies und sah, wie ein älterer, im Gesicht blutverschmierter Mann dem Flüchtenden nachlief. Der 47jährige Johann F. reagierte prompt und nahm mit seinem Pkw die Verfolgung auf. Es gelang ihm, den Flüchtenden einzuholen und festzuhalten. Plötzlich verspürte Johann F. einen stechenden Schmerz in der Seite, unwillkürlich lockerte er seinen Griff, der Täter nützte dies, um neuerlich zu flüchten. Als die ersten Funkwagenbesatzungen eintrafen, war der Täter verschwunden.

Der Kontrollor und ein couragierter Autofahrer bluteten aus verschiedenen Wunden. Beide Opfer hatten Messerstiche davongetragen, wobei Johann F. einen Stich in die Niere abbekommen hatte.

Die Kriminalbeamten führten noch im Spital eine Befragung der Verletzten durch und kamen so zu einer einigermaßen brauchbaren Personsbeschreibung, die in etwa lautete: männlich, vermutlich Südländer, zirka 20 Jahre alt, etwa 175 cm groß, schlank, gekraustes, schwarzes schulterlanges Haar. In die entsprechende Datei des Computers wurden die genannten Merkmale eingegeben. 101 Personen wurden daraufhin als mögliche Tatverdächtige aufgelistet. Wie sich herausstellen sollte, war der Gesuchte nicht darunter.

Die Straftaten hatten großes Aufsehen erregt und ein entsprechendes Echo in den Medien ausgelöst. Einmal mehr war die Kriminalpolizei eines Bezirkes mit über 160.000 Einwohnern gefordert, ihre Fähigkeiten unter Beweis zu stellen. Der Kriminalbeamte Schwarzmayr, ein Beamter jener Gruppe, die für den Tatort zuständig ist, tat aus kriminalistischem Instinkt – diese Eigenschaft zeichnet den „gebo-

„Die Leute werden aggressiver"

Messerattacke gegen Kontrollor in der Straßenbahn / Auch Autofahrer, der half, wurde niedergestochen / Achtzehnjähriger war „genervt"

Kurier vom 16. Juni 1999

renen" Kriminalisten aus – das Richtige. Er bestreifte, auf sich allein gestellt, der Arbeitsanfall in Favoriten macht es fallweise nötig, am Tag nach der Tat den Tatort und seine Umgebung. Einen Verdächtigen lediglich über eine Personsbeschreibung auf der Straße zu erkennen, gleicht der oft zitierten Suche der Stecknadel im Heuhaufen. Nach etwa dreistündiger Observation fiel dem Beamten ein Passant auf, auf welchen die Personsbeschreibung zutreffen konnte. Nach Ausweisleistung und einer an Ort und Stelle vorgenommenen Personsdurchsuchung, sprach der Kriminalbeamte, obgleich der Perlustrierte jegliche Straftat in Abrede stellte, die Festnahme aus. Die Begründung dafür waren einerseits die Beschreibung und andererseits das Messer, welches der Verdächtige in einer Bauchtasche bei sich trug, das als Tatwaffe in Frage kam.

Die Kriminalbeamten fertigten Fotos des Verdächtigen an und legten diese, gemischt mit Fotos ähnlich aussehender Täter, den Verletzten vor. Mit Erfolg, der Abgebildete wurde wiedererkannt. Mit diesem Ergebnis konfrontiert, gab Frank K. zu, auf die Opfer eingeschlagen zu haben, von Stichverletzungen wollte er jedoch nichts wissen. Der Staatsanwalt verfügte die Einlieferung des Verdächtigen in die Haftanstalt des Jugendgerichtshofes Wien. Der jugendliche Straftäter verblieb bis zu seinem Prozeß am 7. Dezember 1999 in Untersuchungshaft.

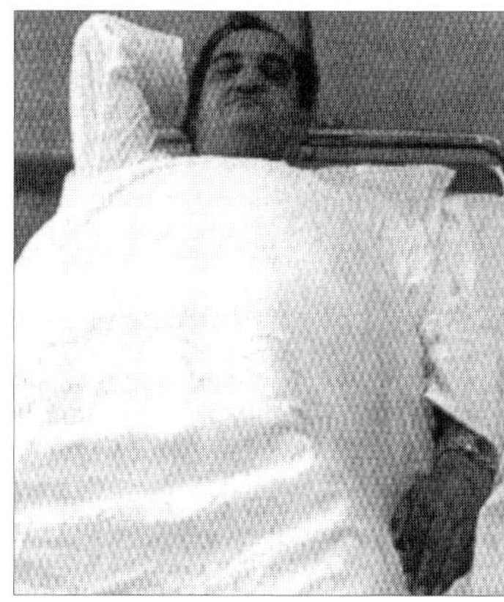
Jürg Christandl

Tatort Straßenbahnlinie 67: Johann F. half und wurde schwer verletzt

Dem Prozeßverlauf war zu entnehmen, daß der Angeklagte 1981 in Havanna, Kuba, geboren worden und 1983 gemeinsam mit seiner Mutter nach Österreich gekommen war. Sowohl er als auch seine Mutter sind in der Folge österreichische Staatsbürger geworden. Franz K. absolvierte die Volks- und Hauptschule und begann eine Lehre als Spengler. Seine zunehmende Alkoholabhängigkeit und damit verbundene Streitigkeiten am Arbeitsplatz führten im zweiten Lehrjahr zum Arbeitsplatzverlust. Im März 1998 weigerte sich Frank K., einem Kontrollor der S-Bahn seinen Fahrschein vorzuweisen, und da er die S-Bahn nicht verließ, wurde die Polizei verständigt. Aber auch die Polizisten wurden nicht ohne weiteres mit Frank K. fertig. Sie mußten Gewalt anwenden, um ihn aus der S-Bahn zu entfernen. Frank K. wurde festgenommen und wegen versuchten Widerstandes gegen die Staatsgewalt zur Anzeige gebracht. Die Anzeige endete bei Gericht mit der Einstellung des Verfahrens. Die Begründung dafür wurde in der Schuldeinsicht des Angezeigten und im geringen Schuldgehalt der Tat gesehen. Im November 1998 hatte Frank K. Streit mit dem Lebensgefährten seiner Mutter, wieder wurde die Polizei gerufen, und abermals ging Frank K. tätlich gegen die Beamten vor. Sein Widerstand war so gewaltig, daß er schließlich sechs Beamter bedurfte, um Frank K. zu überwältigen. Auch dieser Vorfall hatte eine Festnahme und eine Anzeige bei Gericht zufolge. Doch auch dieses Verfahren wurde eingestellt, diesmal lag die Begründung in einer beim Angezeigten festgestellten Persönlichkeitsstörung, die eine Schuldeinsicht ausschloß.

Jürg Christandl

Verletzt: Kontrollor Walter R.

Weshalb seine Persönlichkeitsstörung nicht bereits anläßlich der ersten Anzeige festgestellt wurde, blieb offen. Aber auch nach der zweiten Anzeige und der in diesem Zusammenhang festgestellten Gefährlichkeit des Angezeigten geschah nichts weiter. Einige Monate später kam es zu den anfangs geschilderten Straftaten. Eine verantwortliche Justiz wäre verpflichtet gewesen, alle rechtlichen Möglichkeiten, beispielsweise eine psychiatrische Betreuung, zu veranlassen, um eine neuerliche Straftat zu verhindern.

Der Prozeß konnte nicht zu Ende geführte werden, da die beiden Opfer nicht erschienen. Wie sich herausstellte, waren ihre Ladungen zur Verhandlung zu spät zur Post gegeben worden, was zur Folge hatte, daß der Prozeß vertagt wurde. Der dem Schöffensenat vorsitzende Richter wünschte dem Angeklagten, Weihnachten stand schließlich vor der Tür, schöne Feiertage und schloß die Verhandlung.

Am 20. Jänner 2000 erschienen die Zeugen vor Gericht und wiederholten ihre bei der Polizei gemachten Angaben. Den hilfsbereiten Autofahrer Johann F. hatte seine Stichverletzung gezwungen, in Krankenstand zu gehen. Kurz vor der Tat hatte er als Vertreter einen neuen Arbeitsplatz gefunden und diesen wegen seines erzwungenen Krankenstandes wieder verloren. Der Kontrollor Walter R. wurde vom Richter gleichfalls befragt, wie lange er infolge seiner Verletzungen in Krankenstand gewesen war. Seine Antwort ließ aufhorchen, er war sieben Monate nach der Tat noch immer krank gemeldet, er litt seit der Gewalttat an Angstzuständen. Der Richter vertagte den Prozeß neuerlich, nunmehr zur Einholung eines Sachverständigengutachtens über die Erkrankung des Walter R.

Am 12. April 2000 wurde der Prozeß fortgesetzt. Der jugendliche Straftäter hatte während seiner Inhaftierung abermals seine Gefährlichkeit bewiesen. Während seines Aufenthaltes in der Haftanstalt des Jugendgerichtshofes Wien versetzte er einem Justizwachebeamten einen Faustschlag, und während seiner Unterbringung in der Strafanstalt Göllersdorf würgte er einen Justizwachebeamten. Der psychiatrische Sachverständige wurde gehört, und seiner Befundung nach war der Angeklagte schizophren und demnach für seine Straftaten nicht verantwortlich. Eine fortwährende medikamentöse sowie psychotherapeutische und psychosoziale Behandlung sei unbedingt erforderlich, andernfalls wäre mit neuerlichen Aggressionsausbrüchen zu rechnen. Die Staatsanwältin forderte in ihrem Plädoyer eine zwangsweise Unterbringung des Angeklagten in einer Anstalt für abnorme Rechtsbrecher, es wäre dies die einzige Möglichkeit, um weitere Straftaten zu verhindern. Der Verteidiger sprach sich, wie nicht anders zu erwarten, dagegen aus. Seiner Meinung nach wäre eine Behandlung des Angeklagten auch ohne zwangsweise Anhaltung möglich. Der dem Schöffengericht vorsitzende Richter erklärte die Beweisaufnahme für beendet, und das Gericht zog sich zur Beratung zurück. Nach etwa zehnminütiger Beratung verkündete der Richter die zwangsweise Einweisung. Der Verteidiger beriet sich mit dem Angeklagten und dessen Mutter und erklärte sich schließlich mit der getroffenen Entscheidung einverstanden. Der Kontrollor der Wiener Verkehrsbetriebe war durch die Straftat in seiner Psyche so beeinträchtigt worden, daß er seinen Beruf nicht weiter ausüben konnte. Walter R. wird deshalb noch in diesem Jahr frühzeitig in Pension gehen.

Dieser Kriminalfall belegt, daß die Folgen krimineller Handlungen, häufiger als man dies vermuten würde, das Leben des bzw. der Opfer auf Jahre hinaus beeinträchtigen können. Dem Autor des Buches sind keine Untersuchungen bekannt, die sich mit dieser Problematik befassen. Wie die Justiz beenden auch die Medien in aller Regel ihre Berichterstattung mit der Urteilsfällung. Vom weiteren Schicksal der Opfer erfährt die Öffentlichkeit üblicherweise nichts mehr.

Im Prozeß fiel auf, daß sich der Richter wiederholt nach dem Befinden des Angeklagten erkundigt hatte – für die Befindlichkeit der Opfer hatte er dieses Interesse nicht gezeigt.

Aus medienrechtlichen Gründen wurde der Name des Täters geändert.

128

EIN TÖDLICHER VERKEHRSUNFALL

Am 27. Februar 2000 betrat gegen 13.05 Uhr die 42jährige Hedwig F. unmittelbar neben dem Fußgängerübergang in der Höhe der Einfahrt zum Kaiser-Franz-Joseph-Spital die Fahrbahn der Kundratstraße.

Der Portier des Spitals wurde durch ein Bremsgeräusch und einen dumpfen Aufprall aus seiner sonntäglichen Ruhe gerissen. Als er auf die Kundratstraße blickte, bemerkte er einen Pkw der Marke Renault Clio, und einige Meter davon entfernt sah er eine Frau auf der Fahrbahn liegen. Der Portier handelte unverzüglich – wenige Minuten später traf die Rettung ein und brachte die Verletzte in das AUK Meidling. Die etwa gleichzeitig eingetroffenen Polizisten forderten das Verkehrsunfallskommando an. Der Lenker des Pkw, der 59jährige Richard M., schilderte den Unfallhergang: Demnach war er von Meidling kommend die Kundratstraße Richtung Triester Straße gefahren, als für ihn überraschend eine Frau die Fahrbahn betrat. Ungeachtet einer Notbremsung konnte er einen Zusammenstoß nicht verhindern. Wie bei Verkehrsunfällen mit Verletzten vorgesehen, wurde bei dem Autofahrer ein Alkotest vorgenommen, und dieser verlief positiv. Der Lenker hatte etwa ein Promille Alkohol im Blut. Er gab an, etwa 50 km/h gefahren zu sein. Die Brems- bzw. Blockierspuren wurden mit 18,7 m bzw. 13,9 m fest-

61 Verkehrstote wurden im Vorjahr in Wien registriert. Elf Menschen mussten heuer bereits in den ersten dreieinhalb Monaten ihr Leben auf der Straße lassen.

Besonders gefährlich ist die **Donaustadt**, wo es im Vorjahr 13 Tote und auch heuer zwei Opfer gab. „Hier sind die meisten Raserstrecken“, erklärt Oberstleutnant Josef Binder von der Verkehrspolizei. Als Beispiel nennt er etwa die B 302.

Auf Platz zwei der Bezirksstatistik liegt **Favoriten**, wo seit dem 1. Jänner 1999 acht Tote (einer davon heuer in der Kundratstraße) zu beklagen waren. Mitschuld an der schlechten Bilanz ist auch die Südost-Tangente.

Dahinter folgt das Feld dicht gedrängt. Fünf Tote gab es in den vergangenen fünfzehn Monaten in **Simmering**, **Rudolfsheim-Fünfhaus** und in **Ottakring**.

Besonders sicher sind die Bezirke **Mariahilf**, **Neubau** die **Josefstadt**, wo seit dem Vorjahr kein einziger tödlicher Verkehrsunfall passiert ist.

Kurier vom 18. April 2000

gestellt. Nach Abschluß ihrer Erhebungen und nach Führerscheinabnahme fuhren die Polizeibeamten ins AUK Meidling, um das Unfallopfer zu befragen. Es blieb beim Versuch, denn Hedwig F. war auf die Intensivstation verlegt worden. Die Frau hatte schwere Kopfverletzungen, einen Unterschenkelbruch, Rippenbrüche und einen Bruch des Scham- und Steißbeines erlitten. Es bestand akute Lebensgefahr. Wenige Stunden nach ihrer Einlieferung erlag sie ihren Verletzungen.

Einen Tag nach dem Unfall meldete sich ein Anrufer bei der Polizei Favoriten und teilte mit, daß er Zeuge des Unfalls gewesen sei und eine wichtige Aussage zu machen hätte. Noch am selben Tag erfolgte seine Einvernahme. Der Zeuge, ein Bekannter der Verstorbenen, gab zu Protokoll, daß er vom Balkon seiner vis-à-vis des KFJ-Spitales befindlichen Wohnung beobachtet hatte, wie Hedwig F. mit ihrem Auto zum Parkplatz vor dem Spital fuhr und ihr Fahrzeug dort abstellte. Nachdem sie aus dem Pkw ausgestiegen war, hatte er sie auf ihrem Handy angerufen, um ihr zu erklären, wie sie am einfachsten zu seiner Wohnung gelange. Noch während des Telefonates hatte Hedwig F. die Fahrbahn betreten und, dadurch abgelenkt, nicht auf den Verkehr geachtet. So hatte sie keine Chance, dem herannahenden Pkw auszuweichen. Der Zeuge war im übrigen der Meinung, daß der Lenker schneller als mit der erlaubten Höchstgeschwindigkeit gefahren war.

Ein bis dahin unbescholtener Mann hatte beim Frühschoppen zuviel getrunken, und eine sich auf ihren Besuch freuende Frau ließ sich durch ein Telefonat ablenken. Beide Umstände zusammen hatten einen tödlichen Verkehrsunfall zur Folge.

Richard M. wurde der Staatsanwaltschaft Wien wegen fahrlässiger Tötung unter besonders gefährlichen Verhältnissen angezeigt. Für den Richter wird es nicht einfach sein, eine dem Verschulden angemessene Strafe zu verhängen.

In diesem Zusammenhang sei auf die Verkehrsunfallstatistik für den Bezirk Favoriten aus dem Jahre 1998 verwiesen. Im angeführten Jahr hatten sich im Bezirk 434 Verkehrsunfälle mit Verletzten ereignet, dabei wurde eine Person getötet, 60 Personen wurden schwer, 26 unbestimmten Grades und 482 leicht verletzt. In 28 Fällen wurde Fahrerflucht verübt und in 21 Fällen waren die Lenker alkoholisiert. Hauptursache der Verkehrsunfälle waren überhöhte Geschwindigkeit und Mißachtung der Vorrangregeln.

NACHWORT

Am Zustandekommen des vorliegenden Buches waren meine Söhne Markus und Lukas maßgeblich beteiligt, meine Frau Elisabeth hat sich viel Mühe gemacht, mein Amtsdeutsch zu beseitigen.

Für die tagtägliche Unterstützung in guten und bösen Zeiten sage ich meiner Schriftführerin, Ingrid Vranka, ein Dankeschön.

Für die medienrechtliche Beratung danke ich den Herren Senatspräsidenten des Oberlandesgerichtes Wien, Mag. Ernest Maurer und Dr. Werner Schittenhelm. Den Wiener Tageszeitungen „Kurier“ und „Neue Kronen Zeitung“, vertreten durch die Rechtsanwaltskanzlei Dr. Stephan Ruggenthaler, danke ich für die Genehmigung zur Veröffentlichung von Bild- und Textmaterials, welches in dieses Buch Eingang gefunden hat.

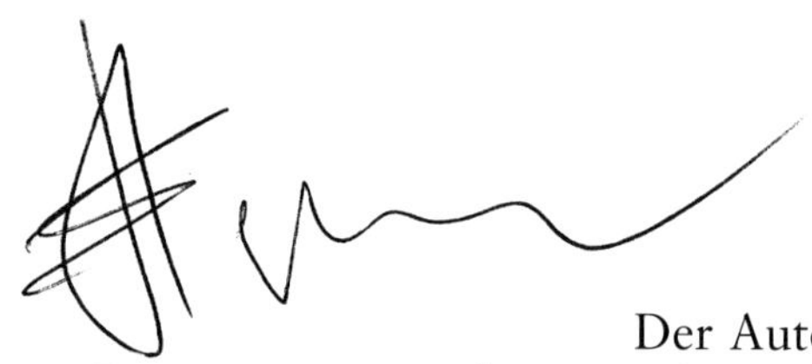

Der Autor
Ing. Mag. Dr. Ludwig Berghammer

Die Herausgabe des vorliegenden Buches haben die nachfolgenden Unternehmen in dankenswerter Weise gefördert:

Austrian Airlines
Bank Austria
Casino Tivoli
Eissalon Tichy
Express Internationale Spedition AG
Fürnkranz macht Mode Ges. m. b. H.
Kuratorium Fortuna
Robert Motzer, Aufsperrdienst
Österreichische Beamtenversicherung
Österreichische Postsparkasse AG.
Peugeot Wien GmbH
A. Porr AG
Semica Immobilien Verwaltung GmbH
Siemens AG Österreich
Tarbuk Autohaus Gesellschaft m. b. H. NFG. KG.
Therme Oberlaa Wien, Betriebsgesellschaft m. b. H.
Carl Tlapa, Kleidermoden Ges. m. b. H.
Fa. Turek
Visa-Austria
Vuzem Ges. m. b. H., Lederbekleidung
Wienerberger-Baustoffindustrie AG
Wiesenthal u. Co.
Zabransky Ges. m. b. H., Sicherheitstüren u. Tresore

WIENERBERGER
Baustoffindustrie AG
A-1102 Wien, Wienerbergerstraße 7
Business Park Vienna
Telefon: (01) 60 192/0*
Telefax: (01) 60 192/473
WIENERBERGER
SHOPPING PARK
SHOPPING PARK
P

RENAULT
Clio RENAULT sport
ISO 9002
ZERTIFIZIERT
RENAULT WIEN
10., Laaer Berg-Straße 66, Tel. 680 20 - 0

Der KRIMINALPOLIZEILICHE BERATUNGSDIENST

versucht, die Bevölkerung auf die verschiedenen Verbrechensarten aufmerksam zu machen und vor allem Tips zu geben, wie man sich davor schützen kann. Unzählige Straftaten werden nämlich von Gelegenheitstätern begangen, die ein Verbrechen nur dann verüben, wenn sie ein „geeignetes" Opfer finden. Ein Auszug aus den Themenbereichen: Einbruch, Taschen-, Trickdiebstahl, Fahrzeugkriminalität (vom Fahrraddiebstahl bis zu Tips für Fernfahrer), Scheck- und Kreditkartenkriminalität, sämtliche Betrugsformen (u. a. auch Wohnungs- und Mietbetrug), Sexualdelikte an Frauen und Kindern, Telefonterror usw. Zum Schutz vor Einbrüchen ist erwähnenswert, daß kriminalpolizeiliche Berater auch ins Haus kommen, um die Menschen vor Ort zu beraten.

Die Beamten der Kriminalpolizeilichen Beratungsstellen beteiligen sich an Messen und sonstigen Veranstaltungen und halten auf Wunsch Vorträge zu Sicherheitsthemen (Schulen, Seniorenvereine usw.).

Beratungsgespräche, die Produkte der Sicherheitstechnik betreffen, sind firmenneutral und objektiv gehalten. Firmen werden von Beratern als „empfehlenswert" bezeichnet, wenn sie auf der Liste des „Verbandes der Sicherheitsunternehmen Österreichs" (VSÖ) angeführt sind. Das auch nur deshalb, da es dem Laien beispielsweise beim Einbruchsschutz nichts nützt nur zu erfahren, welche Sicherheitseinrichtungen es gibt – nicht aber, wo es sie gibt.

Die Abteilung 11/12 ist mit der Öffentlichkeitsarbeit für den Kriminalpolizeilichen Beratungsdienst betraut.

Der Kriminalpolizeiliche Beratungsdienst ist rund um die Uhr unter der Hotline 0800/21 63 46 erreichbar.

10. Bezirk – Favoriten

AUS DER GESCHICHTE

Am 18. Juli 1873 gab der Wiener Gemeinderat seine Zustimmung zur Schaffung eines 10. Wiener Gemeindebezirkes, dessen Grenzen am 22. Mai 1874 festgelegt wurden.

70–100 n. Chr. Römische Legionen beziehen auf dem Bezirksgebiet Station.

Um 280 Auf dem Wienerberg werden Weingärten angelegt.

1120 Erste urkundliche Nennung Inzersdorfs.

1185 Erste Nennung Ober- und Unterlaas als „Lo“.

1301 Erste sichere urkundliche Erwähnung Rothneusiedls.

1451/52 Der Dombaumeister Hans Puchsbaum errichtet die „Spinnerin am Kreuz“, eine spätgotische Votivsäule. Am Wienerberg werden Gerichtsurteile vollstreckt.

1529 Nach dem Sieg über die Türken beginnt der Wiederaufbau der zerstörten Häuser.

1541/42 Die Pest fordert zahlreiche Todesopfer.

Mitte 16. Jh. Inzersdorf ist im Besitz der Brüder Geyer von Osterburg, die hier ein Zentrum der Evangelischen Lehre errichteten.

1678/79 Ein neuerlicher Pestausbruch dezimiert die Bevölkerung.

1683 Nach der erfolgreich abgewehrten zweiten Türkenbelagerung werden die zerstörten Weingärten wieder kultiviert.

1744/46 Mathias Gerl erbaut die Pfarrkirche zum Hl. Ägidius.

Mitte 18. Jh. Die meisten Weingärten am Wienerberg werden in Äcker umgewandelt.

1784 Der Matzleinsdorfer Friedhof wird angelegt.

1820 Die 1775 gegründete Ziegelei am Wienerberg in Inzersdorf wird von Alois Miesbach gepachtet, der zum größten Ziegelunternehmer der Monarchie wird.

1834 Das „Alte Landgut“ wird in ein Casino umgewandelt.

Ab 1837 Die Bauarbeiten für die Bahnhofsbauten und Gleisanlagen der Wien/Gloggnitzer Bahn (heute Südbahn) und Wien/Raaber Bahn (Ostbahn) verändern das Bezirksgebiet.

1839/40 wird zwischen den beiden Bahnhöfen die erste moderne, dampfluftbetriebene Maschinenfabrik eröffnet.

Ab 1850 Die „Siedlung vor der Favoriten-Linie“ entwickelt sich immer mehr zum Wohnquartier für die nach Wien strömenden Zuwanderer.

Ab 1857 Heinrich Drasche gelingt es, in der Ziegelproduktion nahezu eine Monopolposition aufzubauen.

1867–1873 Bauwelle im Gebiet zwischen Gudrun- und Inzersdorfer Straße. Favoriten wird durch das am Keplerplatz entstehende Gotteshaus kirchlich selbständig, erhält eine eigene Schule und wird durch

Linien der Pferdetramway erschlossen. Wasseranschluß der Siedlung. Die Bevölkerung wächst von 5500 (1869) auf mehr als 25.000 Menschen an.

1883	Eröffnung des Magistratischen Bezirksamtes.
1885	Anlage des „Böhmischen Praters" auf dem Laaerberg.
1890	Das Bezirksgebiet vergrößert sich durch die Eingemeindung von Teilen Inzersdorfs und Oberlaas, die Stadtgrenze wird bis zur Verbindungsbahn nach Süden verschoben.
1892	Fertigstellung der Bauarbeiten zum Franz-Josephs-Spital.
1898/99	Der Wasserturm, ein Wahrzeichen Favoritens, wird erbaut.
1910	Favoriten ist mit über 150.000 Einwohnern ein typischer Wiener Arbeiterbezirk geworden. Zahllose Großbetriebe prägen die Bezirksstruktur.
1914	wird das Preyersche Kinderspital im Rohbau fertig.
Ab 1919	Die „Amerikanische Kinderausspeisung" lindert die Not der Favoritener Kinder.
20er Jahre	Die Ankerbrotfabrik wird zur größten Brotfabrik der Welt ausgebaut.
1923	Eröffnung des Waldmüllerparks.
1926	Das Amalienbad auf dem Reumannplatz wird als modernstes Hallenbad der Welt eröffnet.
1927–1930	Eines der schönsten Gemeindebauten des „Neuen Wien", der George-Washington-Hof, wird errichtet.
1934	Größte Einwohnerzahl Favoritens: über 166.000 Einwohner.
1945	Favoriten erleidet als Industriebezirk die schwersten Bombardierungen aller Wiener Bezirke. Mehr als ein Drittel aller Wohnungen im Bezirk werden dadurch unbewohnbar.
1951	Fertigstellung der ersten Nachkriegssiedlung Wiens, der Per-Albin-Hansson-Siedlung (West). Oberlaa erlebt eine furchtbare Überschwemmung, die zur Regulierung der Liesing führt. Beginn der Bauarbeiten an einem gemeinsamen Bahnhofsgebäude für Süd- und Ostbahn.
1954	Eröffnung des Eissalon Tichy.
1959	Eröffnung des Sommerbades Laaer Berg. Fertigstellung des Verkehrsbauprojektes Südtiroler-Platz.
1962	Eröffnung der Schnellbahn und der neuen Volkshochschule.
1966	Beginn der Bauarbeiten zur Ergänzung der Per-Albin-Hansson-Siedlung.
1968	Favoriten erhält eine Pädagogische Akademie.
1974	Für die Internationale Gartenbauausstellung wird ein Landschaftspark in Oberlaa angelegt. Eröffnung des Kurzentrums und Thermalbades Wien-Oberlaa. Beginn der Grabungsarbeiten um die Johanneskirche.
1975	Im Zusammenhang mit dem Bau der U1 wird die Favoritenstraße als zweite Fußgängerzone Wiens eröffnet.
1975–1979	Der Architekt Günther Domenig errichtet die fast legendäre Z-Zweigstelle auf der Favoritenstraße.
1979	Eröffnung der Bezirksmuseums.
1982	Eröffnung des rund 40 Hektar großen Erholungsgebietes am Laaer Berg. Fertigstellung des Eisringes Süd.
1982–1985	Verbauung der sogenannten „Ankergründe".
1987–1994	Auf dem südöstlichen Teil der „Wienerberggründe" entsteht eine städtische Wohnhausanlage. Gleichzeitig erfolgt die Anlage eines Erholungsgebietes.
1996	Im Mai wird die Kurhalle Oberlaa umgebaut.
1997	Die Grundsteinlegung „Wohnen am Wasser" erfolgt im Oktober.
1998	Juli: Baubeginn UMA Rosingergasse.
1999	April: Baubeginn „Twin-Tower" (Wienerberg). Mai: Fertigstellung Thermensiedlung. Oktober: Grundsteinlegung Geriatriezentrum (KFJ).